U0126230

聲韻論叢

第十輯

中華民國聲韻學學會
輔仁大學中國文學系所　主編

陳新雄題

臺灣學生書局印行

何　序

　　《聲韻論叢·第十輯》收錄了二十二篇論文。這些論文是從輔仁大學中國文學系和中華民國聲韻學會共同舉辦的「第十八屆中華民國聲韻學學術研討會」宣讀論文中修訂、審查挑選出來的。研討會舉行於民國八十九年五月二十、二十一日兩天，與會的海內外學者約有二百人。

　　聲韻既是研讀古典的基礎，又是理解古今方語演變的關鍵，原應普爲推廣。但是學者畏難，兼非時用，所以同道們不免常以來薪爲憂，也因此格外重視後進的培育。年度研討會的舉辦，正是培育工作的一部份。我們很高興地看到十八年來的堅持已經有了初步的成果：不但參與研討的學生與日俱增，甚至重要論題的開發、突破，也多屬之年輕學人。雛鳳聲清，這一輯最足體現十年樹木的眞切。

　　在這裡我要向這次會議的合作夥伴輔仁大學中國文學系、參與研討的女士先生們、以及所有提供贊助的公私單位致謝；感謝他們共同促成了這次重要的會議。我也要特別向臺灣學生書局致謝，感謝他們多年來對《聲韻論叢》的支持。在這一輯論文的審查、編輯工作上，現任理事長姚榮松先生和主編吳聖雄先生任事時的一絲不苟、嚴格把關的認眞態度，尤其令人敬佩。

中華民國聲韻學常務監事

何大安　謹序

民國九十年五月一日

弁　言

　　《聲韻論叢》終於進入第十輯。本輯論文選自去年第十八屆學術
研討會的成果。特色之一是國內會議，仍邀請大陸學者來交流。會議之
擘畫及執行，皆在何前理事長任上，所以請何常務監事寫序。但負責本
期編務的吳聖雄理事，卻希望本人也對《論叢》的過去及未來，寫點想
法，畢竟本輯的出版也是新理事會職責，半年來應屆理事會規畫中的一
些方案理念，有必要藉此與會員分享或溝通。因此，明明有何序於前，
偏偏再續貂於後，只好說：象徵一種接棒。

　　四年前，在何前理事長的盛意邀約下，承擔了秘書長的業務，明
知這是一種繁重的工作，由於與學會有著一路走來的感情，以理事兼任
秘書處出版、學術、聯絡等工作，是家常便飯，也是本會一種不成文的
內規，學會有今日之成就，完全出於這種內聚力，理事們永遠不辭辛勞
的分擔工作，使本會的內部和諧超乎一般的學術團體。在這種情形下，
當大多數理事把理事長的工作嬗遞到你手中，你雖然有些倦勤，希望休
息兩年，讓更有資格的學長師友來擔任，卻推也不掉，卻之不恭。

　　承乏十個月的會務，推動的仍是四年來的經常項目：(1)與合辦學
校共同籌備下一屆年會（以學術研討會為主軸），(2)接洽再下一屆合辦
研討會的學校，(3)辦理年會中優秀青年學人獎的選拔，(4)舉辦每年一屆
「大專學生聲韻學論文優秀獎」徵文及審查，(5)每年出版《聲韻論叢》、
《聲韻學會通訊》各一輯（期），(6)舉辦一日型專題演講或其他活動（如
今年 3 月 10 日與台灣語言學會在中正大學合辦一日型的「初級音韻學

研習課程」）。這六項工作使秘書長殫思竭慮，僅有一名編制內的助理秘書忙得團團轉，因此我要對秘書長葉鍵得教授和秘書程俊源先生表示感謝。

半年來，理事會接受出版組吳理事的建議，成立六人小組，規畫《聲韻論叢》轉型爲半年型期刊，以強化本會的競爭力，並打開本會在國內外語言學界的能見度，希望把本會的學術公信力建立在期刊的審查和發行上頭，這個理念其實也是四年來與何前理事長共同承擔會務的心得，有些理想也在每年研討會的「接受論文審查」（依「提要」審查）中逐步落實，整體而言，本會正在上升，可以由研討會的規模愈來愈大、論文愈來愈厚、會員的增加及與會學者的驟增看出成效，我們不能自滿，近二屆國際性研討會的主題：「聲韻學與相關學科的整合」、「聲韻學研究之蛻變與創新」，刻畫出本會正走向轉型的大道，所謂「轉型」，是指質的提升與競爭力的保證。

《論叢》與《會訊》同步，各跨十步，何等莊嚴和諧！《論叢》擬改爲半年刊，每年十月和四月各出版一期，十月份稿源來自上半年研討會論文的審查，四月份以徵稿爲主，來源不限會員，但須合本刊宗旨，會員的優勢是可以對審稿意見提出申覆、再修改、再審查，不是「一審定生死」，這樣的構想如同一年開二次學術研討，想參與第二次者必須主動如期投稿，審查委員跟你對話，身份是保密的，但決定刊登與否是絕對公平，且尊重專業討論。唯有會員的積極投稿，《論叢》的稿源才能不虞匱乏，也才能成爲第一流的學術期刊。

新進的會員也許不了解《聲韻論叢》的出版經過，何以明年即將進入第二十屆研討會，《論叢》才出版十輯，第一輯的發刊辭已有詳細的說明，必須補充的是《論叢》自第七輯（1998）以後才能每年固定出

版去年（上屆）研討會的論文，在此之前，累積多屆的國際會議，如第
二屆（1992，全國第十屆）在中山大學，第三屆（1994，全國第十二屆）
在清華大學，第五屆（1996，全國第十四屆）在新竹師院，這三次會議
或在《論叢》出版的進度之外（每年只出一輯），或因論文篇數過多，
形成編輯出版之負擔，以致未能及時出版，今後或以專刊方式補行選刊。

　　十幾年來，伴隨《論叢》的輯數而成長，學生書局成為聲韻學會
的支柱，感謝鮑經理不計成本，堅定出版的意志，希望轉為期刊後，能
夠擴充發行。在感激之餘，令人想起曾經為《論叢》貢獻心力的林故理
事長炯陽先生及孔故理事仲溫先生，他們當年共同打拼的情景，歷歷在
目。當然更感激一手創辦本會的伯元老師，沒有老師的高瞻遠矚，爭取
書局的大力支持，就不會有今日豐碩的果實。乘著前人的樹蔭，我們豈
能不拼命向前！

理事長

姚榮松　謹誌

民國九十年五月十日

聲韻論叢　第十輯

目　錄

聲韻學與古籍研讀

陳新雄*

聲韻學與閱讀古籍，關聯密切，現在就從閱讀古籍與欣賞詩文兩方面，摘要敘述一些有趣的實例，提供讀者作為參考。

一、不明聲韻，不能理解古書的文義

聲韻學與研讀古籍，關係非淺，前賢論之已多，茲舉王引之《經義述聞·自序》為例，以為說明。王氏云：

> 詁訓之旨，存乎聲音，字之聲同聲近者，經傳往往假借，學者以聲求義，破其假借之字，而讀以本字，則渙然冰釋。

因為音義同條的關係，所以不明聲韻，就無從徹底瞭解訓詁，更無法把古書上的疑義徹底廓清了。下面我舉幾則例子來加以說明：

《禮記·學記》說：

> 不學操縵，不能安弦；不學博依，不能安詩；不學雜服，不能

---

*　國立臺灣師範大學國文系教授。

安禮。不興其藝，不能樂學。

「不學博依，不能安詩。」這兩句到底是什麼意思？首先我們要問：甚麼是博依？其次，我們要問：爲甚麼不學博依，就不能安詩？鄭注：「博依，廣譬喻也。」博釋作廣，自無疑義，依釋作譬喻，根據什麼？考《說文》依訓倚。於是孔疏乃疏釋成「依謂依倚也，謂依附譬喻也，先依倚廣博譬喻。」鄭注只釋依爲譬喻，孔疏把依釋作依附，則譬喻二字無所著落，好像是憑空掉下來似的。陳澔的《禮記集說》云：

詩人比興之辭，多依託於物理。

也是把依釋作依託，能進一步說到「詩人比興之辭」，尙不無發明。至於孫希旦的《禮記集解》把「博依」說成「雜曲可歌詠者也。」並說：「博依、非詩之正也，然不學乎此，則於節奏不嫻熟，而不能以安於詩矣。」簡直就是跑野馬，毫未深思「不學博依，不能安詩」的文理，而竟把「博依」說成「非詩之正也。」豈不可笑！鄭注釋「依」爲「譬喻」是對的，只是沒有說出「依」何以可釋作「譬喻」的所以來。清焦循《禮記補疏》所說，我認爲很可以補充鄭注的不足。焦氏云：

循案：《說文》：「衣、依也。」《白虎通》云：「衣者、隱也。」《漢書·藝文志》詩賦家有隱書十八篇。師古引劉向《別錄》云：「隱書者，疑其言以相問對者，以廬思之，可以無不諭。」《韓非子·難篇》云：「人有設桓公隱者云：一難、二難、三難。」《呂氏春秋·重言》篇云：「荊莊王立三年，不

聽而好讔。」高誘注云:「讔、謬言。」下載成公賈之讔云:
「『有鳥止于南方之阜,三年不動、不飛、不鳴,是何鳥也?』
王曰:『其三年不動,將以定志意也。不飛,將以長羽翼也。
不鳴,將以覽鳴則也。是鳥雖無飛,飛將沖天,雖無鳴,鳴將
駭人,賈出矣,不穀知之矣。』明日朝,所進者五人,退者十
人,群臣大悅。」《史記·楚世家》亦載此事,為伍舉曰願有
進隱。裴駰〈集解〉云:「隱謂隱藏其意。」時楚莊王拒諫,
故不直諫,而以鳥為譬喻,使其君相悅以受,與詩人比興正同,
故學詩必先學隱也。其後淳于髡、鍾離春、東方朔皆善隱。司
馬遷以為滑稽,蓋未識古人之學也。

　焦循以「依」釋作「譬喻」乃「讔」字之假借,其說極是。考《說
文》無「讔」字,俗只作「隱」。《集韻》上聲十九隱:「讔、廋語。
倚謹切。」考《說文》:「隱、蔽也。從阜、㥯聲。」又云:「㥯、謹
也。從心、㸚聲。」段玉裁注:「依㥯雙聲,又合韻最近,此與阜部隱
音同誼近,隱行而㥯廢矣。」《文心雕龍·諧讔》篇云:「讔者、隱也;
遯辭以隱意,譎譬以指事也。」從上所述,讔就是廋語,就是譬喻,字
通作隱。《史記·滑稽列傳》云:

　淳于髡者,齊之贅婿也。長不滿七尺,滑稽多辯,數使諸侯,
　未嘗屈辱。齊威王之時喜隱,好為淫樂長夜之飲,沈湎不治。
　委政卿大夫,百官荒亂,諸侯並侵,國且危亡,在於旦暮,左
　右莫敢諫,淳于髡說之以隱曰:「國中有大鳥,止王之庭,三
　年不蜚又不鳴,王知此鳥何也?」王曰:「此鳥不飛則已,一

飛沖天；不鳴則已，一鳴驚人。」

　　淳于髡說之以隱，不就是以一種譬喻來勸說齊威王嗎？

　　按鄭注博依之依，或作衣，依衣與殷隱聲多相通。《禮記·中庸》：「武王纘大王、王季之緒，壹戎衣而有天下。」鄭注：「戎、兵也。衣讀如殷，聲之誤也。齊人言殷聲如衣，壹戎殷者，壹用兵伐殷。」〈中庸〉的「壹戎衣」就是《書·康誥》的「殪戎殷」，可見衣殷古通。《廣韻》八微韻：「依、於希切，倚也。」《廣韻》十九隱韻：「隱、於謹切，藏也。」《集韻》上聲十九隱韻，隱㒃同音倚謹切。考之周秦古音，依屬微部，其音爲 *ʔiəi。㒃屬諄部，其音爲 *ʔjən。依㒃二字聲母、介音、元音皆相同，所不同者只是韻尾罷了。這就是陰陽對轉，其在聲韻上相通，是毫無問題的。

　　㒃既解作廋語，廋、《方言》云：「隱也。」《淮南子·詮言訓》：「冒廋而無漑於志。」注：「廋、隱也。」如此看來，廋語就是隱語，也就是不明白地說出來，而用別的事物來作譬喻。《五代史·李業傳》說：「而帝方與業及聶文進、後贊郭允明等狎昵，多爲廋語相誚戲，放紙鳶於宮中。」孫覿〈何嘉會寺丞嫁遣侍兒襲明有詩次韻〉云：「廋語尚傳黃絹婦，多情在好紫髯翁。」廋語亦作廋詞，曹鄴〈梅妃傳〉云：「江妃庸賤，以廋詞宣言怨望。」亦作廋辭，《國語·晉語五》云：「范文子暮退於朝，武子曰：『何暮也？』對曰：『有秦客廋辭於朝，大夫莫之能對也，吾知之三焉。』」韋昭注：「廋、隱也，謂以隱伏譎詭之言問於朝也。東方朔曰：『非敢詆之，與爲隱耳。』」《齊東野語》云：「古之所謂廋辭，即今之隱語，而俗謂之謎。」

　　上來所舉例證，可見廋語就是隱語，也就是隱言，就是不明所出

而曲爲譬喻，故此字從言隱會意，隱亦聲，乃會意兼形聲之字，故字作
讔。博依就是博讔，也就是廣泛的譬喻。作詩之法有三：就是賦、比、
興，譬喻就是比，如果學詩不先學會廣泛譬喻之法，就不善於作詩，也
就是不能把詩作好。不善於比，純任於賦，自然就不能安善於詩了。

《詩·秦風·終南》：

終南何有？有條有梅。君子至止，錦衣狐裘。顏如渥丹，其君
也哉！

終南何有？有紀有堂。君子至止，黻衣繡裳。佩玉將將。壽考
不忘。

二章的「有紀有堂」，毛傳說：「紀、基也；堂、畢道平如堂也。」
乍一看，根本就不知道毛`傳講的是什麼？再翻陳奐的《詩毛氏傳疏》，
陳氏說：「《小箋》云：『定本作平如堂非也，此自兩崖壁立言之，平
如堂則自道言之矣。』案段說是也。《爾雅》釋崖岸，畢、堂牆，此傳
所本。畢者道名，謂終南山之道，有崖岸如堂牆者也。傳釋紀爲基，基
爲山崖之下，堂爲山崖之邊。」刪掉了一個平字，另加了許多解釋，我
們才得了一個初略的概念，就是基爲山崖下的路基，堂爲壁立的山崖。
我們讀王引之的《經義述聞》第五，就清楚多了。王氏說：

《毛傳》曰：「紀、基也；堂、畢道平如堂也。」引之謹案：
「『終南何有？』設問山所有之物耳。『山基』與『畢道』仍
是山，非山之所有也。今以全詩之例考之，如『山有榛』、『山
有扶蘇』、『山有樞』、『山有苞櫟』、『山有嘉卉，侯栗侯

梅』、『山有蕨薇』、『南山有臺，北山有萊』。凡云山有某物者，皆指山中之草木而言。

又如『丘中有麻』、『丘中有麥』、『丘中有李』、『山有扶蘇，隰有荷華』、『山有喬松，隰有游龍』、『園有桃』、『園有棘』、『山有樞，隰有榆』、『山有栲，隰有杻』、『山有漆，隰有栗』、『阪有漆，隰有栗』、『山有苞櫟，隰有樹檖』、『墓門有棘』、『墓門有梅』、『南山有臺，北山有萊』、『南山有桑，北山有楊』、『南山有杞，北山有李』、『南山有栲，北山有杻』、『南山有枸，北山有楰』。凡首章言草木者，二章、三章、四章、五章亦皆言草木，此不易之例也。今首章言木，而二章乃言山，則既與首章不合，又與全詩之例不合矣。

今案：「紀」讀爲「杞」，「堂」讀爲「棠」。「條」、「梅」、「杞」、「棠」皆木名也。「紀」「堂」假借字耳。《左氏春秋桓二年》：「杞侯來朝」，《公羊》、《穀梁》並作「紀侯」。〈三年〉：「公會杞侯于郕」，《公羊》作「杞侯」。《廣韻》「堂」字注引《風俗通》曰：「堂、楚邑，大夫伍尚爲之宰，其後氏焉。」即〈昭二十年〉「棠君尚也」。「棠」字注曰：「吳王闔閭弟夫漑奔楚，爲棠谿氏。」定四年《左傳》作「堂谿」。《楚辭·九嘆》：「執棠谿以刜蓬兮」，王注曰：「棠谿、利劍也。」《廣雅》作「堂谿」。《史記·齊世家》索隱引《管子·小稱篇》作「堂巫」。是「杞」、「紀」，「棠」、「堂」古字並通也。考《白帖》「終南山類」引《詩》正作「有杞有棠」，唐時齊、魯詩皆亡，唯《韓詩》尚存，則所引蓋《韓詩》也。

柳宗元〈終南山祠堂碑〉曰：「其物產之厚，器用之出，則璆琳琅玕，〈夏書〉載焉；紀堂條梅，〈秦風〉詠焉。」宗元以「紀」、「堂」爲終南之物產，則是讀「紀」爲「杞」，讀「堂」爲「棠」，蓋亦本《韓詩》也。且首章言「有條有梅」，二章言「有紀有堂」；首章言「錦衣狐裘」，二章言「黻衣繡裳」。「條」、「梅」、「紀」、「堂」之皆爲木，亦猶「錦衣」、「黻衣」之皆爲衣也。自毛公誤釋「紀」、「堂」爲山，而崔靈恩本「紀」遂作「屺」。此真所謂說誤于前，文變于後矣。

新雄案：紀、《廣韻》居理切，古音*kjə；杞《廣韻》墟里切，古音*k'jə，二字韻同，聲母一見一溪，略有不送氣與送氣之別而已。堂、棠二字，《廣韻》同徒郎切，古音皆讀*d'aŋ。在古音上講紀爲杞之假借，堂爲棠之假借，毫無問題，王氏引之所說是對的。這樣一來，〈秦風·終南〉一詩就文從字順，毫無躓礙了。

《春秋·左氏隱六年傳》：

五月庚申，鄭伯侵陳，大獲。往歲，鄭伯請成于陳，陳侯不許。五父諫曰：「親仁善鄰，國之寶也，君其許鄭。」陳侯曰：「宋、衛實難，鄭何能爲？」遂不許。君子曰：「善不可失，惡不可長，其陳桓公之謂乎！長惡不悛，從自及也，雖欲救之，其將能乎！」〈商書〉曰：「惡之易也，如火燎于原，不可鄉邇，其猶可撲滅。」周任有言曰：「爲國家者，見惡，如農夫之務去草焉，芟夷蘊崇之，絕其本根，勿使能殖，則善者信矣。」

〈商書〉「惡之易也，如火之燎于原，不可鄉邇，其猶可撲滅。」數句，杜注曰：「〈商書·盤庚〉言：惡易長，如火焚原野，不可鄉近。」又曰：「言不可撲滅。」「其猶可撲滅」一句，解作「言不可撲滅」，這中間似乎不容易講得清楚，楊伯峻《春秋左傳注》把「其猶可撲滅」之「其」，謂作「豈」用，則應講作「難道還可以撲滅嗎？」固然也講得通，但總覺得有許多周折。新雄謹案：猶讀爲由，《易·豫》：「由豫。」釋文引馬注：「猶豫，疑也。」《禮記·雜記》：「猶是附於王父也。」注：「猶當爲由。」又：「則猶是與祭也。」注：「猶亦當爲由。」《孟子·公孫丑上》：「由反手也。」音義引丁音：「由、義當作猶，猶如也，古字借用耳。」《孟子·離婁下》：「我由未免爲鄉人也。」音義引丁音：「由與猶義同。」《荀子·富國》：「由將不足以勉也。」注：「由與猶同。」由與猶古音讀*rjəu，今音同以周切，古今皆同音，自可假借。可讀爲何，《左氏·襄十年傳》：「則何謂正矣。」釋文：「何或作可。」《左氏·昭七年傳》：「嗣吉何建。」釋文：「本或作可建。」《左氏·昭八年傳》：「若何弔也。」釋文：「本或作可。」《石鼓文》：「其魚隹可。」隹可即維何。何可二字古韻同部，古聲發音部位相同，屬旁紐雙聲。何古音讀*ɣai，可讀*kʼai，故相通假。「其猶可撲滅」，當釋作「其由何撲滅」，亦即「將從何撲滅」？如此解釋較前兩種解釋，似較順暢。質之讀者諸君，不知以爲然否？

二、不明聲韻，不能理會詩文之勝義

王易的《詞曲史·構律篇》嘗謂：

韻與文情關係至切：平韻和暢，上去韻纏綿，入韻迫切，此四聲之別也；東董寬洪，江講爽朗，支紙縝密，魚語幽咽，佳蟹開展，眞軫凝重，元阮清新，蕭篠飄灑，歌哿端莊，麻馬放縱，庚梗振厲，尤有盤旋，侵寢沈靜，覃感蕭瑟，屋沃突兀，覺藥活潑，質術急驟，勿月跳脫，合盍頓落，此韻部之別也。此雖未必切定，然韻近者情亦相近，其大較可審辨得之。

先師許詩英先生〈登樓賦句法研究兼論其用韻〉一文，對王粲〈登樓賦〉文情之關係，提示其精義。我曾經根據詩英先師的提示，寫過一篇〈王粲登樓賦的用韻與文情關係之研究〉，對先師的提示，加以闡述。西京之亂，王粲南下荊州以依劉表，表之爲人，外寬內忌，好謀無決，有才而不能用，聞善而不能納，且以粲貌寢體弱，故待粲簡慢而不甚敬重。故王粲在荊州意多抑鬱。待休沐假日，乃出遊登樓，初見景色開闊，心情愉快，神態悠然，故第一段以「憂、仇、州、流、丘、疇、留」等幽部三等字押韻，以韻頭 j 始，這是一個舌位高的舌面前半元音，舌位高則張口度小，元音的響度也小，接上去是一個舌中的央元音ə，舌位較低，響度較大。韻尾是 u，是一個舌面後的高元音，響度又較小，以這三個元音構成的三合元音，嘴脣的變化是由展脣變中性再變圓脣，舌頭的位置，是前高變中央再轉後高，響度的變化是小而轉大再轉小，但因爲韻尾是 u，所以整個音節是以元音收尾，凡是元音，對語音的延續，不會產生阻力，也就是說可任意延長，所以用 jəu 這種音節，就足以表達心中舒暢，神態悠然的情緒。王易《詞曲史》說「尤有盤旋」，盤旋就是悠揚，而平聲又最適宜表達和暢的感情，用來發舒王粲此時的心情，的確是最適當不過的了。長久的抑鬱，一得閒暇而使精神弛緩，觀

美景而令憂鬱暫銷，因爲儘管樓明豁而高敞，漳水清澈，沮水縈曲，有廣大之視野，視線所臨，有灌溉之河流，而樓上縱目所望，北盡於陶朱公的鄉野，西達於楚昭王的丘墳，草木開花結實，紅紫滿野；五穀有黍有稷，穎穟盈疇。但是這麼美麗的土地，卻不是我的故鄉。這樣一來，思鄉之情乃悠然而生，所以當行文到「雖信美而非吾土兮，曾何足以少留」時，心情爲之一轉，而變得沈重起來了，因爲思鄉而不得歸，是人生最無可奈何的愁緒。

　　第二段說懷土之思，由於遭亂的原因，先述己懷，原求世用，今既不得則望返鄉，思鄉不得返，故心情沈重，韻乃一轉，用了「今、任、襟、岑、深、禁、音、吟、心」等侵部三等字押韻，侵部三等字讀 jəm，前面兩音的結構與幽部同，只是韻尾換成了雙脣鼻音韻尾，雙脣鼻音韻尾-m 的拖長度，遠不及元音韻尾-u 那麼悠長，故沒有 jəu 韻母那麼悠閒。且雙脣鼻音韻尾-m 發音時，雙脣緊閉，最適合表達心情沉重的情感。所以王易《詞曲史》說「侵寢沈靜」。當我們心情沈重的時候，往往雙脣緊閉，不願講話。作者自西京遭亂，遷移至荆州，時逾一紀，故鄉山陽，在荆州北面，望而不可見，因被荆山所遮蔽，欲回去又因路長水深的阻隔而不可得。一想至此，就悽然落涕，聖人都有思歸之情，何況我是個常人呢？古人不論遇或不遇，懷念故鄉都是一樣的。我本來希望天下太平，以貢獻才力爲國家做事，但遭逢亂世，太平不可遇，歸鄉亦無期，心情沈重，悲切之情，就難以抑制了。

　　第三段因爲壓抑不住自己的傷感，心中就只有悵惘與焦急迫促之情了。所以韻腳又爲之一變，轉爲入聲職部韻，而用「極、力、食、匿、色、翼、息、側、臆、側」等職部三等字爲韻，職部三等字前二音也與前兩段的職部結構相同，只是韻尾變成舌根清塞音-k，塞音韻尾-k 不但

不能延長，且因爲是一個唯閉音（implosive），舌根與軟顎一成阻塞，即戛然而止，最足以表達作者內心的焦急與迫切之情了。如前所說，作者本欲待國家太平而貢獻才力以爲國用，但太平無期，又不見任，因而動思鄉之情，思歸不得，在樓上徘徊，所見之景，白日西匿，寒風蕭瑟，天色慘澹，獸走尋群，鳥歸舉翼，原野無人，惟我孤獨之旅人，猶徬徨而不得棲息，一念至此，胸中激憤，悵惶悽惻，殆泣不成聲矣。故王易《詞曲史》謂「質術急驟」。因爲詞韻中已將職德合併於質術之中矣。急驟就是焦急迫切之情，因爲發塞音韻尾時，閉塞口腔與鼻腔通路，使氣流外出之通道完全閉塞，則其音勢不能持久，故戛然而止，這種聲音，兩句一頓，極似悲痛之極，變爲泣不成聲的情狀。❶也許有人會懷疑三種不同的感情，僅在韻尾-u、-m、-k 的不同嗎？其實這是利用最小的音韻對比，來表達情感的差別。

---

❶　王粲〈登樓賦〉：

登茲樓以四望兮，聊暇日以銷憂。覽斯宇之所處兮，實顯敞而寡仇。挾清漳之通浦兮，倚曲沮之長洲。背墳衍之廣陸兮，臨皋隰之沃流。北彌陶牧，西接昭丘。華實蔽野，黍稷盈疇。雖信美而非吾土兮，曾何足以少留。

遭紛濁而遷逝兮，漫逾紀以迄今。情眷眷而懷歸兮，孰憂思之可任。憑軒檻以遙望兮，向北風而開襟。平原遠而極目兮，蔽荊山之高岑。路逶迤而脩迴兮，川既漾而濟深。悲舊鄉之壅隔兮，涕橫墜而弗禁。昔尼父之在陳兮，有歸歟之歎音。鍾儀幽而楚奏兮，莊舄顯而越吟。人情同於懷土兮，豈窮達而異心。

惟日月之逾邁兮，俟河清其未極。冀王道之一平兮，假高衢而騁力。懼匏瓜之徒懸兮，畏井渫之莫食。步棲遲以徙倚兮，白日忽其將匿。風蕭瑟而並興兮，天慘慘而無色。獸狂顧以求群兮，鳥相鳴而舉翼。原野闃其無人兮，征夫行而未息。心悽愴以感發兮，意忉怛而憯惻。循階除而下降兮，氣交憤於胸臆。夜參半而不寐兮，悵盤桓以反側。

　　下面我們從蘇軾的一些詩篇，來觀察一些聲韻與詩義解釋的關係。首先我們從選韻方面來看看蘇軾怎樣使韻與文情相配合。王易說：「眞軫凝重」，那是說眞軫韻適宜表現凝重的情感，因爲眞軫韻的韻值是-en 或近於-en 的音，主要元音是一個半高的前元音，韻尾是舌尖鼻音，元音高則口腔的張口度就小，有舌尖鼻音-n 韻尾，則口腔封閉而不暢通，這當然適合表現心情沈重或情緒凝重的感情。

　　譬如在宋神宗熙寧四年的時候，蘇軾因受王安石的姻親侍御史謝景溫的誣告，劾奏蘇軾在英宗治平三年護送父喪回蜀，沿途妄冒差借兵卒，並在所乘舟中，販運私鹽、蘇木家具和瓷器。這件劾案，詔下江淮發運湖北運使逮捕當時的篙工、水師，嚴切查問。又行文六路，按問水陸所經的州縣，令向蘇軾所差借的柁工偵訊。因爲本來就是子虛烏有的事情，毫無事實，雖窮治年餘，終無所得。但是蘇軾煩了，所以上章補外。神宗本欲與知州差遣，但中書不可，遂改通判杭州。這時候一班反對新法的同志像錢藻、劉邠、曾鞏、劉恕等紛紛遭貶逐。蘇軾滿腔的憤懣與悵惘，出京向他弟弟蘇轍任職的陳州進發，途中聽到一位志同道合反對新法的老朋友陸詵病故，他的心情是何等的沈重。在此情形下，寫下了〈陸龍圖挽詞〉：

> 挺然直節庇峨岷。謀道從來不計身。屬纊家無十金產，過車巷哭六州民。塵埃輦寺三年別，樽俎歧陽一夢新。他日思賢見遺像，不論宿草更沾巾。

　　王安石施行新法，元老重臣紛紛反對，於是引進一般新進少年，把一個隱匿母喪不孝的李定拔爲侍御史，中書舍人蘇頌、李大臨、宋敏

求不草制落職，史稱熙寧三舍人。給事中胡宗愈封還詞頭，也坐罪奪職，所以胡宗愈也是反對新法的直臣同志，當他的母親去世的時候，蘇軾聽到了消息，也以沈重的心情，寫下了〈胡完夫母周夫人挽詞〉，選的也是眞韻．

> 柏舟高節冠鄉鄰。絳帳清風聳搢紳。豈似凡人但慈母，能令孝子作忠臣。當年織屨隨方進，晚節稱觴見伯仁。回首悲涼便陳跡，凱風吹盡棘成薪。

元豐二年，因知湖州任所上謝表中「知其愚不識時，難以追陪新進；察其老不生事，或可牧養小民。」之語，爲權監察御史何正臣、權監察御史裏行舒亶、權御史中丞李定諸小人誣爲謗訕，逮送御史臺獄根勘。李定鞫獄，必欲置公於死地。蘇軾想不免一死，因授獄卒梁成遺子由二詩，他的心情又是何等的凝重與沈痛，因而又選了眞韻。他的詩及序說：

> 予以事繫獄，獄吏稍見侵，自度不能堪，死獄中，不得一別子由，故作二詩授獄卒梁成，以遺子由。
> 聖主如天萬物春。小臣愚暗自亡身。百年未滿先償債，十口無歸更累人。是處青山可埋骨，他年夜雨獨傷神。與君世世爲兄弟，又結來生未了因。

宋哲宗紹聖元年四月，東坡以端明、侍讀兩學士充河北西路安撫使兼馬步軍都總管知定州軍州事的崇高地位，落兩學士貶責英州，途中

復經三貶，責授建昌軍司馬，惠州安置，不得簽書公事。旋落建昌軍司馬，貶寧遠軍節度副使，仍惠州安置。〈八月七日初入贛過惶恐灘〉詩云：

> 七千里外二毛人。十八灘頭一葉身。山憶喜歡勞遠夢，地名惶恐泣孤臣。長風送客添帆腹，積雨浮舟減石鱗。便合與官充水手，此生何止略知津。

　　在這種情形下，心情焉得不沈重，所以他又選擇了適宜表達凝重心情的真韻。

　　現在我們換一個話題，看看東坡在心情開朗時，他寫的詩採用什麼樣的韻來表現。神宗元豐八年，蘇軾自黃州汝州，並請准得在常州居住。這一路上過筠州，會晤多年不見的弟弟蘇轍一家，遊廬山，過金陵，抵常州。此時他的老朋友孫覺字莘老的寄墨給他，他作詩四首。其四云：

> 吾窮本坐詩，久服朋友戒。五年江湖上，閉口洗殘債。今來復稍稍，快癢如爬疥。先生不譏訶，又復寄詩械。幽光發奇思，點黮出荒怪。詩成自一笑，故疾逢蝦蟹。

這時候的蘇東坡，「午醉醒來無一事，只將春睡賞春晴。」生活十分悠閒，自然心情也十分開朗，所以他用了佳蟹韻來表達他開朗的心情。因為佳蟹韻的韻母是-ai，口腔由侈而弇，嘴脣由張開而伸展成扁平形狀，那種情形像極了人開口笑時的狀態，所以很能表示他一作詩就「快癢如爬疥」的高興心情。

　　蘇軾不僅是寫詩選韻，使得文情配合得十分適切，而且還能把聲韻學的知識運用到詩句裏頭去，這樣，除了欣賞詞采意境之美以外，又多了一層音韻鏗鏘的優美。神宗元豐二年，蘇軾罷徐州任，調湖州知州，四月渡淮，過揚州，放舟金山，訪寶覺和尚，遇大風，留金山兩日，作詩一首云：

> 塔上一鈴獨自語。明日顚風當斷渡。朝來白浪打蒼崖，倒射軒窗作飛雨。龍驤萬斛不敢過，漁舟一葉從掀舞。細思城市有底忙，卻笑蛟龍爲誰怒。無事久留童僕怪，此風聊得妻孥許。濡山道人獨何事，夜半不眠聽粥鼓。

　　《晉書・佛圖澄傳》：「勒死之年，天靜無風，而塔上一鈴獨鳴，澄謂眾曰：『國有大喪，不出今年矣。』既而勒果死。」《世說新語・言語篇》：「佛圖澄與諸石遊。」注引《澄別傳》曰：「數百里外聽浮圖鈴響，逆知禍福。」鈴就是鐘，有舌謂之鈴，無舌謂之鐘，蘇軾首句「塔上一鈴獨自語」，暗用佛圖澄的典故，說此鈴聲能告訴未來的事情，未來的事是什麼？就是「明日顚風當斷渡」。顚風就是天風，《說文》：「天、顚也。」明日天刮大風，波濤洶湧，渡船不得過。詩意不過如此，但「顚風當斷渡」五字，拉長來讀爲 tien—fuŋ—taŋ—tuan—tu—。那眞像了鐘聲。所以乾隆皇帝說：「『明日顚風當斷渡』七字，即鈴語也。奇思得自天外，軒窗飛雨，寫浪之景，眞能狀丹青所莫能狀，末忽念及濡山道人不眠而聽粥鼓。想其濡筆揮毫，眞有御風蓬萊，汎彼無垠之妙。」讀者諸君試想一想，如果不是平日對聲韻學修養有素，在揮筆作詩的時候，能夠得天外的奇思，泛無垠的奧妙嗎？

李漁叔先生《風簾客話·再論律句》云：

> 律之細者，莫若杜少陵，余曩歲應友人林尹景伊之招，於其課
> 餘，與師範大學群彥，偶共商討詩法。當時曾舉少陵「兵戈飄
> 泊老萊衣」一篇爲例，以明其虛實相應之法，全詩旣寫置高壁，
> 從平列處看之，則一三五七句自成四聲。如：
> 兵戈飄泊老萊衣（平）。歎息人間萬事非。我已無家尋弟妹（去），
> 君今何處訪庭闈。黃牛峽靜灘聲轉（上），白馬江寒樹影稀。此
> 別仍須各努力（入），故鄉猶恐未同歸。

　　律詩中之奇數句，今所謂出句，出句雖不入韻，但卻用平上去入
四聲間隔，以取其錯綜之美，杜詩如此安排，而蘇詩亦往往如此。茲舉
數例，以見一般：

華陰寄子由

三年無日不思歸（平）。夢裏還家旋覺非。臘酒送寒催去國（入），
東風吹雪滿征衣。三峰已過天浮翠（去），四扇行看日照扉。里
堠消磨不禁盡（上），速攜家餉勞降駢。

夜直祕閣呈王敏甫

蓬瀛宮闕隔埃氛（平）。帝樂天香似許聞。瓦弄寒暉鴛臥月（入），
樓生晴靄鳳盤雲。共誰交臂論今古（上），只有閒心對此君，大
隱本來無境界（去），北山猿鶴漫移文。

陸龍圖詵挽詞

挺然直節庇峨岷（平）。謀道從來不計身。屬纊家無十金產（上），

過車巷哭六州民。塵埃輦寺三年別（入），樽俎歧陽一夢新。他
日思賢見遺像（去），不論宿草更沾巾。

胡完夫母周夫人挽詞

柏舟高節冠鄉鄰（平）。絳帳清風聳搢紳。豈似凡人但慈母（上），
能令孝子作忠臣。當年織屨隨方進（去），晚節稱觴見作仁。回
首悲涼便陳跡（入），凱風吹盡棘成薪。

這種平上去入四聲分用，足見在聲調上的錯綜間隔之美。

杜工部的律詩，除了出句有四聲錯綜之美外，其頸二聯，若用疊
字相對，往往可藉聲韻與文辭的配合，而加強情意的對比。例如杜詩〈秋
興〉八首當中的第三首頸聯，「信宿漁人還泛泛，清秋燕子故飛飛。」
這兩句中，以泛泛對飛飛，各家解說紛紜，觀葉嘉瑩《杜甫秋興八首集
說》自知。但從聲韻觀點看來，連續兩夜在江中捕魚的漁人，還在江中
飄泛不停，則金聖歎《唱經堂杜詩解》所云：「還泛泛者，是喻己之憂
勞，而無著落也。」蓋略近之。清爽的秋天，燕子該去而不去，尚故飛
飛，唐元紘《杜詩攟》所言「曰還、曰故，皆羨其逍遙字法也。」泛泛
句倒未必逍遙，飛飛而逍遙則近之。泛字為敷母梵韻，在唐代杜甫時代
大概讀成 pʻjuɐm 或 pfʻjuɐm 的音；飛屬非母微韻，大概讀 pjuəi 或
pfjuəi。在聲母上看，泛為送氣聲母，用力重；韻母收-m 韻尾，雙脣緊
閉，以泛泛來形容漁人飄泛不停的憂勞，豈不適當？飛為不送氣聲母，
用力輕；韻母收音於-əi，發音略如開口笑狀，表示其逍遙，不亦相合
嗎？故這兩句應是漁人該休息而不得休息，著其憂勞；燕子可飛走而不
飛走，顯其逍遙。上句言人之勞瘁，下句言燕子之輕靈。從聲韻上講來，
也正是一種強烈的對比。

　　蘇軾詩中，也有很多類似的表現技巧。元豐七年十日，東坡作〈白塔鋪歇馬〉詩云：

　　甘山盧阜鬱相望。林隙熹微漏日光。吳國晚蠶初斷葉，占城蚤稻欲移秧。迢迢澗水隨人急，冉冉巖花撲馬香。望眼盡從飛鳥遠，白雲深處是吾鄉。

　　腹聯疊字以「迢迢」對「冉冉」，這兩句字面的意思是：遠遠的山谷間的瀑布，隨人走得益近，聲響就越急；山巖邊淡淡的花香，被風吹向我的馬時，我嗅到了它的香味。從聲韻上分析，則可進一層加深這種景象。迢是定母蕭韻，朱桂耀在〈中國文化的象徵〉中說：「中國文字上學上，也有一種以某種聲音直接表示某種意義，是一種純粹的音的象徵。……又 d、t 等音，是舌端和牙床接觸，牙床是凸出的部分，而舌端的部位，也特別顯著，感覺又最靈敏，所以發這種音時，我們就起了一種特定的感覺。於是凡有 d、t 等音的字，多含有特定的意義。例如：特、定、獨、單、第、嫡、點，滴等是。」迢的聲母定的讀音正是 d' 或 d，合於朱桂耀的說法，應隱含有特定或確定的意義。蕭韻韻值為 -ieu，全部都是元音組成，這種韻母因為無輔音的阻礙，聲音最為舒暢悠揚，與王易所說的的飄灑意義相近。冉本作冄，日母琰韻字，王力在《漢語史稿》第四章詞彙的發展談到同源詞的時候說：「在人類創造語言的原始時代，詞義和語音是沒有必然的聯繫的。但是，等到語言的詞彙初步形成之後，舊詞與新詞之間決不是沒有聯繫。有些詞的聲音相似，因而意義相似，這種現象並非處處都是偶然的。」又說：「以日母為例，有一系列的日母字是表示柔弱、軟弱的概念，以及與此有關的概

念的。例如：柔 nǐəu、弱 nǐauk、荏（弱也）nǐəm、軟、耎、輭 nǐwan、兒 nǐe、蕤（草木花垂貌）nǐwəi、孺 nǐwo、茸（草木初生之狀）nǐwoŋ、韌 nǐən、蠕（昆蟲動貌）nǐwan、壤（《說文》：「柔土也。」）nǐaŋ、忍 nǐən、辱 nǐwok、儒 nǐwo。」冄字《說文》云：「毛冄冄也。」段注：「冄冄者，柔弱下垂之貌。」所以日母字大多數具有柔弱之義，應該是沒有問題的。至於鹽琰韻字則多函胡纖細之義。因爲琰韻的韻值爲-jɛm 或-jem，前有-j-介音，後有韻尾-m，j 的響度最小，-m 韻尾嘴脣緊閉，也很能符合函胡纖細的這層意思。蘇軾歇馬白塔舖，離廬山不遠。所以首句詩云：「甘山廬阜鬱相望」，迢迢固然是遙遠，從很遠的地方也可以確定那是從山上直瀉而下的瀑布，人越走越近，瀑布聲就越來越響，水珠飄灑得到處都是。冄冄是柔弱，幽幽的花香，從山巖上隨著馬的腳步飄來，一回兒聞到了，一回兒又好像嗅不到了。這樣強弱對比所表現的技巧，不是跟杜詩一樣嗎？

古籍研讀札記——漢藏比較與
古音研究的若干用例

施向東*

　　古籍的研讀中，有時一字之字形、訓解、讀音之正訛，都可能涉及版本、文字、訓詁、音韻等多種學科的知識，音韻學的知識對於古籍研讀實在是必不可少的。涉及上古語言材料的文獻，在文字的考訂、字義的訓釋中，離不開上古音的知識。漢藏比較對上古語言的語音的判定、字義的訓釋也有重要的作用。本文通過若干用例，揭示在古籍研讀中運用上古音研究和漢藏比較研究的成果以獲取新結論的方法和途徑，並對古籍注釋中的若干問題進行辨析，對一些有糾紛的舊說，提出新解。

一、葫

　　葫字不見於經傳和《說文》。北魏賈思勰《齊民要術·種蒜》云：「王逸曰：張騫周流絕域，始得大蒜、葡萄、苜蓿。」晉崔豹《古今注·草木》云：「胡國有蒜，十許子共為一株，籜幕裹之，名為胡蒜，尤辛

---

*　　天津大學教授。

於小蒜，俗人呼之為大蒜。」而明李時珍《本草綱目·菜一》引南朝齊梁間人陶弘景云：「今人謂葫為大蒜、蒜為小蒜。」並援引孫緬《唐韻》云：「張騫使西域，始得大蒜胡荽。」詳其文意，似謂大蒜出胡地，故有胡名。今按，這裏涉及兩個問題，一是大蒜是否果出於胡地，二是「葫」名是否果源於「胡」。今檢《史記》《漢書》，均未見張騫獲胡蒜於西域之記載。《爾雅·釋草》：「蒚，山蒜。」郝懿行注斥《古今注》之說為非，云，「蒜是總名，葫乃俗稱。」按：「葫」字漢語上古音是 *g'o（高本漢❶）/*ɣɑ（王力❷）/*gag（李方桂❸），而藏文所反映的古典藏語「大蒜」是 sgog-pa，今天拉薩藏話是 kok-pa，巴塘藏話是 go-pa，夏河藏話是 goχ-kwa，阿力克藏話是 rgok-kwa。藏緬族的普米語是 skɯ，札壩語是 ku-po-lo，達讓僜話是 gu-pa ❹。這些語言形式如此一致，與漢語「葫」明顯地具有對應的關係。即便他們的蒜也都是從西域引進的，也不可能這些民族都像漢人一樣把西域叫做「胡」吧？故謂大蒜得自胡地而名葫，純為臆說。葡萄苜蓿，盡得自西域，而不名胡。西域民族眾多，他們的語言中，大蒜叫什麼呢？阿爾泰系語言大蒜的叫法與「葫」肯定有很大的差別。今天維吾爾語大蒜叫 samsaq ❺，蒙古語叫 sɛrǰimsǎg ❻，《華夷譯語》作「撒林撒黑」sarimsaq ❼。所以「葫」也不可能來

---

❶ 高本漢，潘悟雲等譯：《漢文典修訂本》（上海辭書出版社，1997 年），頁 29。

❷ 王力：《漢語史稿》（北京：中華書局，1980 年），頁 66、77。

❸ 李方桂：《上古音研究》（北京：商務印書館，1980 年），頁 59。

❹ 黃布凡：《藏緬語族語言詞彙》（北京：中央民族學院出版社，1992 年），頁 142。

❺ 《漢維簡明小詞典》（烏魯木齊：新疆教育出版社，1976 年），頁 45。

❻ 道布：《蒙古語簡志》（北京：民族出版社，1983 年），頁 181。

自阿爾泰語大蒜的名稱。大蒜名葫,蓋源自漢藏語言的共同形式。

二、權

《爾雅·釋木》:「權,黃英。」郭注:「未詳。」《說文》:「權,黃華木也。」權爲木名明矣,《爾雅·釋草》又有「權,黃華」一條,郭注:「今謂牛芸草爲黃華,華黃,葉似苜蓿。」郝懿行《爾雅義疏》引鄭樵《通志》謂即野決明。則此「權」爲草,與爲木之「權」同名而異實。朱駿聲《說文通訓定聲》云:「按字從木,本字爲木,轉注亦以名草也。」然權木究竟爲何物,諸家注《爾雅》及《說文》者皆不得其詳。今按:與藏語對比觀之,權木乃油松一類樹木。藏文sgron-shing 油松木、杉❽。shing 義爲樹、木,則 sgron 與「權」音義皆密合。藏又有 sgron-pa 燃燒、點火;sgron-me,燈,炬。me 義爲火,則 sgron 與「爟」音義又密合。《說文》:「舉火曰爟。」《廣雅·釋器》:「爟,炬也。」爟與權通,此漢與藏所共。《史記·封禪書》「通權火」,集解引張晏曰:「權火,烽火也。」爟字今音灌,古與權同音。《呂覽·本味》「爝以爟火」高注:「爟讀若權衡之權。」「權、爟」上古音群紐（g-）、元部（-an），聲母與收聲皆合藏文,而藏文-on 與

---

❼ 賈敬顏、朱風合輯:《蒙古譯語　女眞譯語彙編》（天津古籍出版社,1990 年）,頁 29。

❽ 藏文引自張怡蓀:《藏漢大辭典》（北京:民族出版社,1993 年）、格西曲札:《藏文辭典》（北京:民族出版社,1957 年）、才旦夏茸:《藏漢詞彙》（西寧:青海人民出版社,1955 年）,以下不一一作注。

漢語上古音元部的對應也是規則的：

藏文	漢字
skon-pa,dkon 缺少，難得者	罕*han《詩經·大叔于田》傳：「罕，希也。」
sbon 吃,zon 食物	饌*dzruan《論語·爲政》「有酒食，先生饌」，馬融注：「飲食也。」
sgron,gon-pa 穿著	摜*gwran《廣雅·釋詁》三：「摜，著也。」
sgron-pa 圍住	環*gwran《周禮·秋官·序官》注：「環猶圍也。」

從藏文反觀，櫬木爲油松一類樹木，則《說文》、《爾雅》及先秦經傳用例迎刃而解。松花黃色，古今世人所共知；油松木富含油脂，析爲薪蒸，宜作炬火，俗謂「松明子」，先秦所謂「庭燎」。《說文》「燭」字許云：「庭燎，大燭也。」段注：「玉裁謂：古燭蓋以薪蒸爲之。」唐宋人乃有「松明」、「松明火」、「松明炬」之語。《藏緬語族語言詞彙》正釋 sgron 爲「松明」❾。

三、利

《老子》：「有之以爲利，無之以爲用。」注家皆著意於闡發「無」之「用」，而忽略「有」之「利」，尤其對「利」字不甚注意，即有訓

---

❾　同註❹，頁 130。

解，也都不得其詳。王弼注云：「言無者有之所以爲利，皆賴無以爲用也。」有的甚至望文生義，釋爲「實利」❿。朱駿聲《說文通訓定聲》謂利假借爲賴，於義庶幾得之，而「利、賴」兩字古音不同部。今按：利者，資也，老子之語，言有形質之物乃其空虛有用之處的憑依。《史記·留侯世家》集解引晉灼訓資爲藉，是矣。利、資上古音同在脂部，音近而義相通。藏語中有一組詞可資比較：

藏文	漢字
zhi 溫和，柔和，平和	利《周易·乾卦》傳：「利，和也。」
gzhi 根基，本體，自身；事物；因緣，種子	資《漢書·張良傳》集注：「資，質也」《管子·入國》注：「資謂財用」；《史記·留侯世家》集解：「資，藉也。」

藏語中的 zh-往往與 zl-交替。如 zheo 謂、說/zlo-bo 說、告知；zhu-ba 請問/zlug-pa 請問；而舌尖音前的 g 往往引起塞擦化，如 gzhi 根基/tsid 基石；gzer 時節/tshigs 時節，等等。所以 zhi/gzhi 與漢語 利/資 的對應是很整齊的。漢語中這兩個字在其他意義上也往往通用，如《左傳·僖公三十二年》「惟是脯資餼牽竭矣」注：「資，糧也。」利亦有糧食義。《詩經·小雅·大田》：「彼有遺秉，此有滯穗，伊寡婦之利。」《左傳·成公二年》「物土之宜而爲之利」，也是因地制宜地播種莊稼的意思❶。《周易·巽卦》：「喪其資斧」，《周易·旅卦》「得其資斧」。《經典釋文》：「子夏傳及眾家並作『齊斧』，張軌云，齊斧蓋黃鉞斧

---

❿　王力：《古代漢語》（北京：中華書局，1978 年），頁 346。
❶　此用陸宗達先生之說，引自 1981 年 11 月 17 日的聽課筆記。

也。」《漢書·王莽傳》：「司徒尋……亡其黃鉞，尋士房揚素狂直，乃哭曰：『此經所謂「喪其齊斧」者也！』」應劭曰：「齊，利也。」利和資兩字關係緊密若是。明乎此，即可知老子此章之意，乃以有爲體，以無爲用，這是哲學上論述體用關係的最早記錄。

四、黨

《公羊傳·文公十三年》：「往黨，衛侯會公于沓，至，得與晉侯盟。反黨，鄭伯會公于斐。」何休注：「黨，所也。所，猶是，齊人語也。」劉淇《助詞辨略》云：「五百家爲黨，黨是居處之所，故借爲語助之所。往所，反所，猶云往時，反時。時、是古通，故何云『猶是』也。」劉淇以「時」釋「黨」，一語破的，但「黨」爲何可訓作「時」，並沒有講清，也確實不容易講清。特別是「黨」在句子中的語序不容易講清。故後來諸家，若王引之《經傳釋詞》、裴學海《古書虛字集釋》、楊樹達《詞詮》釋「黨」爲「當」、「儻」，均因詞序不同而祇好回避此例。俞敏師多次指出，姜姓的齊人語言與西羌語（藏語的祖先）淵源最深⓬。他特別舉出此例，指出：「現代物理『時』、『空』兩個概念已經打通了。古人說話也常互相借用。不光齊語。藏文 sa-rub（字面是『地＋合』）是『黑閒』，也是『所』猶『時』。」⓭今按：俞敏師從漢藏比較的角度講清了「所」（＝藏文的 sa）猶「時」的理由，可惜

⓬　俞敏：〈東漢以前的姜語和西羌語〉，《俞敏語言學論文集》（北京：商務印書館，1999 年），頁 184。

⓭　同前註，頁 189。

沒有進一步直接解釋「黨」和「時」的關係。按：「黨」＝藏文的 dang。據端美三菩提《藏文文法三十頌》說，dang 是表示合併、分離、理由、時間、教導五種意義的一個虛詞⑭。dang 表示時間，如 ni-ma（日）-shar-ba（日出）-dang（時）-phyin-pa（出發）——日出時走了；kho（他）-slebs-pa（來到）-dang（時）-vgo-btsugs-pa（開始）——他一來就開始，等等。在句子中，dang 用在表示時間的動詞的後邊，與《公羊傳》完全一樣。而「所」「當」「儻」都是用在表示時間的動詞的前邊的。何休特意指出「齊人語也」，看來就是為了提醒人們注意這個字的特殊的語義和用法吧。

五、柔/腦

《說文》：「腦，頭髓也。」《左傳·僖公二十八年》：「晉侯夢與楚子搏，楚子伏己而盬其腦，是以懼。子犯曰：吉……吾且柔之矣。」為什麼別人吮吸他的腦漿，他還說吉利，將要「柔之」呢？杜預注：「腦所以柔物。」此注後人多不得其解。按古人認為腦性陰，可以柔物。《周禮·冬官·弓人》：「夫角之末蹙於腦而休於氣，是故柔。……夫角之末遠於腦而不休於氣，是故脆。」鄭注：「蹙，近也。休，讀為煦。」這是腦柔物的例證。今按：古音腦與柔同聲（泥母）同部（幽部）。（腦字上古音段玉裁歸入第三部即幽部，朱駿聲歸入小部即宵部，高本漢疑不能定，今從段玉裁並依高、王、李三家的音系擬音。）

---

⑭　張怡蓀：《藏漢大辭典》（北京：民族出版社，1993 年），頁 1239。

	高本漢	王　力	李方桂
腦	nuɡ	Nu	nəgw
柔	ni̯uɡ	njiu	njəgw

這很可能就是「腦」得名之由來。藏緬語中的情況也與此同樣：

	藏語	墨脫門巴語	書面緬語	扎壩語	呂蘇語	傈僳語
腦髓	（sgal-rnag 脊髓）	nok-taŋ	ǔ-hnɔk	ʂno	nu	o-nɯ
揉/柔	hno 揉(夏河話)	ne 揉	naj 揉	nu-nu 軟	nu-nu 軟	nu 軟

這裏，藏語 sgal-rnag「脊髓」的形式更接近同族語言「腦髓」的形式。
rnag 通常是「膿」的意思。漢語中「膿」和「腦」也恰恰是陰陽對轉
（幽-冬）的形式，「憹」即是「惱」。《集韻》：「憹，乃老切，與
惱同。」明乎「腦」與「柔」的語音關係，《左傳》的話就好理解了，
楚子吮吸晉侯的腦髓，就是晉侯把「腦」餵楚子，就是「腦之」，如同
以食養人曰「食人」，以秣餵馬曰「秣馬」，以飲料與人曰「飲之」，
以餅餌與人曰「餌之」等等一樣。「腦之」也就是「柔之」，這是語音
雙關的修辭手法，古人多用之。若匈奴歌「失我焉支山，令我婦女無顏
色」⓯，以「焉支」諧音「胭脂」云。

六、臏

《史記·孫子吳起列傳》「龐涓……乃陰使召孫臏，……以法刑

⓯　《古詩源》（北京：文學古籍刊行社，1957 年），頁 98。

斷其兩足」；《太史公自序》：「孫子臏腳，而論兵法。」舊說多以爲「臏」即臏刑，指去掉膝蓋骨。《漢書·刑法志》、《武帝紀》顏注、《荀子·正論》楊注皆持此說。《說文》：「臏，膝端也。」然《史記·秦本紀》正義云：「臏，脛骨也。」《華嚴經音義》引顧野王「臏謂斷足之刑」。今按《史記》一則曰「斷其兩足」，再則曰「臏腳」，是臏刑爲斷足，不爲去膝蓋骨，明矣。「臏」字上古音並紐眞部，依李方桂擬音當爲*bjin。藏文 byin-pa「脛，小腿」，與漢字「臏」音義嚴格對應。可證史遷用字精確無誤。「臏」用作名詞「脛，小腿」義，也用作動詞「刖足」義，與「鼻/劓」、「耳/刵」、「而/耐」、「頸/剄」平行。byin-pa 與「臏」對應並非單文孤證，藏文 phyind-pa「到，抵，達」，漢字「賓」，《禮記·月令》「鴻雁來賓」；藏文 phyid-pa「年老」（舊詞），漢字「賓」，《呂覽·季秋》注：「賓爵者，老爵也」；藏文 pir「蚍」，漢字「蠙」。《尚書·禹貢》疏：「蠙是蚍之別名。」字尾-n 與-d、-r 的交替，即所謂「陽入對轉」，在漢語和藏語中都是常見的現象。

七、便便

《後漢書·邊韶傳》：「邊孝先，腹便便……腹便便，五經笥。」李賢注僅云：「便音蒲堅反」，未予釋義。按「便便」爲古語，《論語·鄉黨》：「其在宗廟朝廷，便便言。」集解引鄭注：「便便言，辯貌。」字亦作「平平」。《史記·張釋之馮唐列傳》引《尚書》「不黨不偏，王道便便」，而〈宋微子世家〉則引作「毋黨毋偏，王道平平。」集解引孔安國曰：「言辯治也。」皆以「辯」釋「便」。兩字聲韻皆同，古

義得通。故《爾雅·釋言》：「便便，辯也。」《詩經·小雅·采菽》
「平平左右」釋文：「平平，辯治也，韓詩作便便，云：閑雅之貌。」
按：「辯、辯治」「閑雅」都不能解釋「腹便便」的「便便」。也不能
解釋經典爲何寫作「平平」。《韻會》先韻：「便：便便，肥滿貌。邊
韶腹便便。」以「肥滿」釋「便便」，當是以意逆志，雖離事實不遠，
卻根據不足。今按：「便便」乃懸垂之義。藏文 phyang-phyang-ba（＝
phyang-nge-ba）懸著，下垂。phyang 收舌根，這可以解釋《詩經》、
《尚書》爲何寫作收舌根的「平平」；藏文 phyal-mo 突出或下垂的腹
部（此詞還有「孕婦」的意思，當亦取其碩腹懸垂之義）。phyal 收舌，
這可以解釋「便便」的寫法。更有意義的是，phyang-nge-ba 還有「平
直的、伸開的」之意，phyal-le-ba 亦爲「平坦的、平放的」之義，用這
個意思更可以理解爲何要寫作「王道平平」。藏文收-l 與漢語收-n 對應
是有規則的，如：

藏文	漢字
gdal,brdal 展布	展*trjan
vtshal 吃	餐*tshan
thal-ba 灰	炭*than
Ral 爛	爛*ran
mtshal-lu 白蹄馬	騚*dzian《爾雅·釋畜》：「馬……四蹄皆白，騚。」
khol 沸，滾	涫*kuan《說文》：「涫，沸也。」
Shol 剩餘，多餘	羨*ljan《詩經·十月之交》傳：「羨，餘也。」

從藏漢比較可以看出，「腹便便」是碩腹下垂之義。藏文
phyal-phyang-nge-ba 大腹便便，佛經中所謂如來八十種隨好之一「腹圓
相，平腹下垂」，藏文作 phyal-phyang-nge-bavi-dpe-byad，phyang 這個
詞的用法與漢語的「平、便」是相當一致的。「腹便便」的說法不見於
先秦，《詩經》中類似的意思寫作「碩膚」（見《豳風·狼跋》）。按
《說文》，「膚」是「臚」的籀文，《藝文類聚》卷四十九「鴻臚」條
引韋昭辯釋名曰：「腹前肥曰臚。」那麼「碩膚」就是便便的大腹了（參
見聞一多《神話與詩》❶）。

八、之子

　　《爾雅·釋訓》：「之子者，是子也。」《詩經·周南·漢廣》
「之子于歸」箋：「之子，是子也。」孔疏：「釋訓云：之子，是子也。
李巡曰：之子者，論五方之言，是子也。然則之為語助，人言之子者，
猶云是此子也。」《漢語大詞典》「之子」條釋云：「這個人。」今按：
「之」訓為「是」雖常見於經典，然此處不當為語助。釋為「這個人」
尤誤。《詩經·周南·桃夭》「之子于歸」傳：「之子，嫁子也。」孔
疏以「行嫁之子」釋之。《莊子·逍遙游》「是其言也猶時女也」釋文：
「時女，司馬云，猶處女也。」《莊子》「時女」猶《詩經》「之子」、
《爾雅》、《鄭箋》「是子」矣，「處女」亦即「行嫁之子」也。「之、
是、時」三字上古同為章組聲母字，「是、時」同紐，「之、時」同部
（之部）。故三字得互用。「之子，是子」的「之、是」，皆用「時女」

---

❶　聞一多：《聞一多全集》（北京：生活·讀書·新知三聯書店，1982年），頁359。

的「時」義。「時」有停留、居處、等待義。《爾雅·釋宮》：「室中謂之時。」《玉篇》足部「跱：爾雅曰：室中謂之跱。跱，止也。」《論語·陽貨》「時其亡也而往拜之」，「時」亦等待之義**⑰**。按藏文 sdod-pa「坐、居處，停留、等待」，正與「時」字相當。sd>ds（包擬古1995）**⑱**，dsod 又與「之」字音相當。漢語上古音之部字多與藏文-od 相對，如：

藏文		漢字	
dod 代替。		代	
chod 裁，割斷，決斷。		裁	
rjod-pa 話，句子。		辭	
gzod 然後，纔。		才纔	
mod　1)當時，其時。		每	1)《呂覽·貴直》注：「每猶當也」
2)豐富。			2)《說文》：「每，草盛上出也」。
bkod-pa 計劃，計謀。		基	《爾雅·釋詁》：「基，謀也。」
mdzod 做事（尊稱）。		采	《尚書·堯典》傳：「采，事也。
tshod-ma 菜。		菜	《說文》：「菜，草之可食者。」
smod,dmod 惡語，咒罵。		侮	《尚書·仲虺之誥》疏：「侮謂侮慢其人。」
mdzod 庫。		庤	《說文》：「庤，儲置屋下也。」
dgod 大笑，嬉笑。		咍	《廣雅·釋詁》一：「咍，笑也。

---

⑰　此用陸宗達先生之說，引自1981年12月1日的聽課筆記。

⑱　包擬古，潘悟雲、馮蒸譯：《原始漢語與漢藏語》（北京：中華書局，1995年），頁9。

ldod 倒嚼，反芻。　　　　　齝　《說文》：「齝，吐而噍也。」

知「時」爲停留、居處、等待，則「之子」、「是子」、「時女」即處室待嫁之女，《桃夭》毛傳、孔疏及《莊子》司馬彪注得之。「處女」或作「處子」（《莊子・逍遙游》）、「室女」（《鹽鐵論・刑德》），詞義顯豁，故後世多用之。

九、嚄唶

　　《史記・魏公子列傳》：「侯生曰：『將在外，主命有所不受，以便國家。公子即合符，而晉鄙不授公子兵而復請之，事必危矣。』……公子曰：『晉鄙嚄唶宿將，往恐不聽，必當殺之。』」《索隱》：「嚄唶謂多詞句也。」，《正義》引《聲類》曰：「嚄，大笑；唶，大呼。」《集韻》、《類篇》並作「嚄唶，多言。」《聯綿字典》折中上說，於「嚄唶」條下云：「大笑呼也，一曰多言也。」並云：「轉爲嚄嘖。」「嚄嘖」條下云：「大喚也」，並引《切韻》殘卷、《廣韻》云：「嚄嘖，大喚。」❶《漢語大詞典》「嚄唶」條下引《史記》此文，而釋爲「大聲呼叫。形容勇悍。」❷今按：細按上下文，「嚄唶」之義，釋爲「多詞句」、「多言」、「大笑呼」、「大聲呼叫」、「形容勇悍」，皆失之。多言、勇悍之人，何必見兵符會「不聽」？惟有固執守舊而謹愼瑣屑者，方有「不聽」、「復請」的表現。然則「嚄唶」當與「齷齪」

---

❶　符定一：《聯綿字典》（北京：中華書局，1954 年），丑部，頁 169。

❷　羅竹風：《漢語大詞典》（上海：漢語大詞典出版社）第 3 冊，頁 514。

同義。「齷齪」又作「握齪」、「偓促」。《史記·司馬相如列傳》：「委瑣握齪，拘文牽俗」；《三國志·魏書·陳思王植傳》：「齷齪近步，遵常守故」；劉向《九嘆·憂苦》「偓促談於廊廟兮」王逸注：「偓促，拘愚之貌。」左思《吳都賦》「齷齪而算」劉逵注：「齷齪，好苛局小之貌。」按：「嚄唶」疊韻，上古音屬鐸部，「齷齪」亦疊韻，上古音屬屋部，而嚄齷雙聲，屬影紐，唶齪齒音旁紐雙聲。古疊韻聯綿字以聲紐為軸而同義相轉者，不可勝計，如蹒跚/便旋/蹩躠，嶄嵓/嵯峨/嶕嶢/巉巇，崚嶒/巃嵸/碥碟，摩抄/捫捊/抹摋，等等，嚄唶/齷齪衹是其中的一例。藏文 u-tshugs 固執，堅持，勉強，頑固。與漢語「齷齪」音義對應。

藏文　u-tshugs 固執，堅持，勉強，頑固。

漢語　*·ruk-tshruk 齷齪（擬音依李方桂）

　　　*·rak-tsrak 嚄唶（《史記集解》：上音烏百反，下音莊白反。

依此解，則晉鄙為人拘謹固執，雖見虎符，必疑心而不從，侯生薦朱亥擊殺之而奪其兵，也就順理成章了。

十、牝雞之晨，惟家之索

　　《尚書·牧誓》：「古人有言曰：牝雞無晨。牝雞之晨，惟家之索。」偽孔傳：「索，盡也。」孔疏：「鄭玄云：索，散也。物散則盡。」為何「古人」把牝雞司晨與家道敗落聯繫起來？周武王時代所謂「古人」，一定是遠古時代的人了，後人所謂「婦奪夫政則國亡」（偽孔傳語）之類的觀念不可能已經產生，這句諺語一定說的是一種很平常、很

自然的現象，而由某一種機制，把牝雞司晨與家道敗落聯繫了起來。以余淺見，這種機制，就是我們今天民間歇後語中常見的諧音修辭，比如：老虎拉車──誰趕（敢）？旗杆上插雞毛──好大的撢（膽）子！狗攆鴨子──呱呱叫（刮刮叫），等等。這最後一個例子，與〈牧誓〉的諺語最近似。牝雞的叫聲，古無明文，以今度之，當與古無異。今童言云：「kog-kog-ta 咯咯嗒，烙餅炒豆芽」，咯咯嗒，即模擬牝雞之聲。《集韻》鐸韻：「咯，雉聲。」（《說文》有呝、喔，云：「喔，雞聲也；呝，喔也。」驗之今日，當是雄雞聲。唐張籍詩「晨雞喔喔茅屋傍，行人起掃車上霜」是也。）古人聽牝雞 kag-kag 或 kog-kog 地叫，用「家」字來擬聲。「家」字古音*kɔ（高本漢）/*krag（李方桂）/*kag（陸志韋❷❶），與《集韻》鐸韻「咯」字（kak）音近，與今天人們模擬牝雞鳴聲的 kog-kog-ta 也相近。「索」字是「嗦」字的假借。《文選·風賦》注引《聲類》曰：「嗦，大喚也。宏麥切。」按，喚亦鳴也，在人曰喚，在物曰鳴。索、嗦二字上古音同在鐸部，聲紐心、匣相轉。夔聲字多與索字相通，《廣雅·釋詁》二：「劐，裂也。」裂與散同意。要之，牝雞之晨──惟「家」是嗦（與上述「狗攆鴨子──呱呱叫」何其相似！）通過類似的機制，變成了「惟家之索」。「家」由象聲詞變為名詞；表示鳴叫的「嗦」變成了表示「散、盡」的「索」。在藏文中，我們可以看到非常有趣的平行現象。藏文有一個藻飾詞 ku-ku-sgrog 咕咕鳴，意思是雞，雄雞。（把 ku-ku 的聲音歸於雄雞，可能受到了梵文的影響，梵文 kukkuta 公雞）sgrog-pa 是「呼喚，發出高聲」，這簡直就是漢字

---

❷❶　陸志韋：《古音說略》，見《陸志韋語言學著作集（一）》（北京：中華書局，1985年），頁 141。

「嚄」的鏡象，依李方桂的構擬，「宏麥切」，上古音就是 grak，漢藏之間嚴格對應。藏文 sgrog，意思是「帶子、鏈子」，sgrog-thag 是「帶子、繩子」，而這正好是漢字「索」的意思。但是跟漢字「索」音義對應更好的是以下這些藏文詞：zhags-pa「繩索」，zhogs-ma「零塊、碎屑」，gshags,gshogs「劈開、撕開、弄碎」。很明顯，zh-是 sh-的交替形式，而 gsh-與 sgr-之間似乎存在一個「換位」的過程。漢語的方塊字掩蓋了這些音義聯繫，我們習慣上就籠統地名之曰「假借」或「通假」。以上的分析揭示了「牝雞之晨，惟家之索」這一古語的來源，證明了這是中國文獻中最古老的一條歇後語，不知是否會引起修辭學家和語彙學家的興趣。

寤寐思服解──聲韻知識在古籍研讀上之效用舉隅

李添富*

一

胡適之先生〈談談詩經〉一文嘗云：「詩經的研究，雖說是進步的，但是都不徹底，大半是推翻這部，附會那部；推翻那部，附會這部。我看對於《詩經》的研究，想要徹底的改革，恐怕還在我們呢。」❶誠然，自毛氏傳《詩》以來，詩義的詮釋，可謂聚訟紛紜，莫衷壹是；依循傳統詩教立場解詩者有之，揚棄舊說而出新義者亦有之。其中雖然不乏立論精審而見的深入者，卻又由於無法完全拋棄舊說，因此，研究所得，仍然不脫傳統說解的範疇。是以，胡適之先生主張：「我們應該拿起我們新的眼光，好的方法，多的材料，去大膽地細心研究；我們相信我們研究的效果比前人又可圓滿一點了。這是我們應取的態度，也是我們應盡的責任。」基於這樣的論點，胡適之先生以為《詩經》的研究，大約不外以下兩個途徑：

---

* 輔仁大學中國文學系副教授。

❶ 詳見《古史辨》第三冊下編，頁 576。

　　(第一)訓詁　用小心的、精密的、科學的方法，來做一種新的訓
　　　　　　　　詁工夫，對於《詩經》文字和方法上都從新下註解。
　　(第二)解題　大膽地推翻二千年來積下來附會的見解，完全用社
　　　　　　　　會學的、歷史的、文學的眼光，從新給每一首詩下
　　　　　　　　個解釋。

也就是說，「研究《詩經》，關於一句一字，都要用小心的科學方法研究；
關於一首詩的用意，要大膽地推翻前人的附會，自己有一種新的見解。」

　　胡適之先生這種擺脫託意言志，掃除實用觀念，完全以就詩論詩
的觀點來詮釋詩義，領受詩境的方法，開創了民國以來《詩經》研究的
新局面，❷影響甚爲深遠。然而，仔細地推究胡適之先生的《詩經》研
究方法，胡先生的見解雖然精闢，卻也存在一些值得重新商榷的疑義，
譬如：胡先生以爲研究《詩經》必須「拿起新的眼光、好的方法、多的
材料，去大膽地細心研究」、「用小心的、精密的科學方法，來作一種
新的訓詁工夫，對於文字和文法上都從新下註解」雖屬的論；至於必欲
「大膽地推翻二千年來積下來的附會的見解，完全用社會學的、歷史
的、文學的眼光，從新給每一首詩下個解釋」恐怕就有商榷的必要了。
因爲，兩千年來《詩經》研究的成果，並非全然穿鑿附會，今天我們所
能得見的《詩經》研究論著，也不乏以社會學、歷史學和文學眼光探尋
詩義者；❸至於「詩是人的性情的自然表現，心有所感，要怎麼寫就怎

---

❷　周作人先生〈談談談詩經〉云：古往今來，談《詩經》的最舊的見解大約要算毛傳，
　　最新的自然是當今的胡適博士了。」詳見《古史辨》第三冊下編，頁 587。

❸　如姚際恆《詩經通論》等。

麼寫,所謂『詩言志』是。」的見解❹,似乎也忽略了《詩經》所以成為經典的意涵。另外,對於《詩經》一書所載,先生概以一般詩歌視之,因此,就詩義的探求而言,自然也因所持立場不同,而與傳統說解有所出入。

以《周南·關雎》一首為例,〈詩序〉云:「關雎,后妃之德也。」自毛傳以至於清代學者如方玉潤、姚際恆等,雖然說解各異,大抵不離讚美后妃盛德的範疇。胡適之先生則以為「關雎完全是一首求愛詩,他求之不得,便寤寐思服,輾轉反側,這是描寫他的相思苦情;他用了一種種勾引女子的手段,友以琴瑟,樂以鐘鼓,這完全是初民時代的社會風俗,并沒有什麼希奇。義大利、西班牙有幾個地方,至今男子在女子的窗下彈琴唱歌,取歡於女子。至今中國的苗民還保存這種風俗。」因此,不但不同意〈關雎〉為新婚之詩,更以為解〈關雎〉作「文王生有聖德,又得聖女姒氏以為之配。」的說法是「胡說八道」,當然更不會同意於「后妃之德」的說解。

徐復觀先生在〈釋詩的溫柔敦厚〉一文中,以為:「溫」是一種「不太冷」也「不太熱」的感情,是一種「不遠不近的適當時間距離的感情」,而這種感情「正是創作詩的基礎感情」,「因為此時可以把太熱的感情,加以意識地,或不意識地反省,在反省中把握住自己的感情,條理著自己的感情。詩便是在感情的把握、條理中創造出來。」「柔」則是「是指在太熱與太冷之間的溫的感情」,是一種「有彈性、有吸引力、容易使人親近的『柔和』的感情。」至於「敦厚」,指的則是「富於深度、富於遠意的感情,也可以說是有多層次,乃至於有無限層次的

❹ 詳見〈談談詩經〉一文。

感情。」❺

　　根據徐復觀先生的說法，我們可以得到一個這樣的概念：詩所蘊涵的情感是廣闊而且多層次的，同時更是隨著每個人不同立場與觀點而互異的。作者創作詩歌時，有他當時所感觸的情感；讀者賞析詩歌時，也因各人閱歷不同，而有不同的說解。所以董仲舒有「詩無達詁」的慨歎。❻由於這些原因，詩的作義不易確知，加上今日所見的《詩經》，應是一部採詩、編詩或是作序之人，基於儒家政教立場採集編纂的成果，儒家那「順陰陽，明教化」的目的，自然依附其間。❼如今想要完全揚棄兩千年來基於儒家詩教立場而獲致的《詩經》研究成果，從而追尋不可確知的詩義；或明知詩文之中有其暗含的譬喻，卻又避之不談，恐怕也非研究《詩經》時所當持有的態度。〈學記〉有言：「不學博依，不能安詩。」由於作詩者可以多方設喻，因此解詩者也就必須多方探求；也只有能夠廣博設喻，多方探求，才能夠安善其詩。因此，基於詩的作意不可確知，加上自古就有詩諫、詩教等制度，❽轉而專就編詩、作序者的立場以研究《詩經》，並且依據訓詁觀點，考察其說是否合理可信，不僅能夠達到多方追尋的要求，更合於胡適之先生所謂的科學新方法，相信必能有所創獲的。

　　由於漢語聲義同源的特性，依據訓詁觀點進行詩義推求的同時，

---

❺　詳見《中國文學論集》，頁 445。

❻　詳見董仲舒《春秋繁露》。

❼　《漢書·藝文志·諸子略》：「儒家者流……順陰陽而明教化於六經之中，仁義之中。」

❽　如《漢書·王式傳》所載王式「以三百篇諫」、賈生〈上漢文帝書〉謂「工誦箴諫，瞽誦詩諫」等。

聲韻知識的掌握與運用，可以說是最爲重要的一環。我們試以《詩經·周南·關雎》「寤寐思服」一句的說解爲例，便可得知聲韻知識在講求詩義或是研讀古籍的效用。

二

《詩經·周南·關雎》云：

> 關關雎鳩，在河之洲；窈窕淑女，君子好逑。
> 參差荇菜，左右流之；窈窕淑女，寤寐求之。
> 求之不得，寤寐思服；悠哉悠哉，輾轉反側。
> 參差荇菜，左右采之；窈窕淑女，琴瑟友之。
> 參差荇菜，左右芼之；窈窕淑女，鐘鼓樂之。

毛傳云：「寤，覺；寐，寢也。」鄭箋：「言后妃覺寐則常求此賢女，欲與之共職也。」我們先拋開這首詩在意旨上究竟是講「后妃之德」，還是描寫「君子追求淑女，終成婚姻之詩。」的爭議。也不管他到底是誰在爲追求不到那位窈窕淑女而輾轉反側。他「寤寐求之」、「寤寐思服」總是一個是實。但是，這「寤寐」二字的意思到底是什麼呢？《毛傳》和《鄭箋》說是「覺寢」或「覺寐」，案《說文·宀部》云：「寐，臥也。」段注：「俗所謂睡著也。〈周南·毛傳〉曰：『寐，寢也。』」《說文·宀部》又云：「寤，寐覺而有言曰寤，一曰晝見而夜夢也。」段注：「蓋亦《周禮》寤夢之說。」馬瑞辰《詩經傳箋通釋》則有更爲詳盡的說解，他說：

《周官》占夢，四曰寤夢。鄭注：覺時道之而夢，即《說文》
「一曰晝見而夜夢」之義。而凡夢亦通言寤，《左傳》鄭莊公
寤生，杜注：「寐寤，而莊公已生。」《逸周書·寤儆解》：
「王曰：今朕寤有商驚予。」孔注：「言夢爲紂所伐，故驚。」
又：「王召左史戎夫曰：今夕朕寤遂事驚予。」寤亦夢也。漢
武帝〈悼李夫人賦〉云「宵寤夢之芒芒」，以寤夢連言，皆寤
訓爲夢之證。徐幹《中論·治學篇》曰，「學者如登山焉，動
而益高；如寤寐焉，久而益足。」班倢妤賦曰：「每寤寐而累
息兮，申佩離以自思。」潘岳〈哀永逝文〉曰：「既寓目焉無
兆，曾寤寐兮弗夢。」所謂寤寐皆夢寤也。是知此詩「寤寐求
之」，即夢寐求之也，「寤寐思服」即夢寐思服也。〈澤陂〉
「寤寐無爲」即夢寐無爲也。《後漢書·臧洪傳》「隔闊殊思，
發於寤寐」，亦即夢寐耳。又《後漢書·劉陶傳》曰：「屏營
彷徨，不能監寐。」李賢注：「監寐，猶寤寐也。」亦寤寐即
夢寐之證。又按：〈小弁〉詩「假寐永歎」，而《後漢書》和
帝詔言「寤寐永歎」，寤寐或與假寐相類。〈柏舟〉詩「耿耿
不寐，如有隱憂」，而《易林·屯》之乾曰：「耿耿寤寐，心
懷大憂」，則寤寐又即不寐。

就馬瑞辰所引的文獻而言，「寤寐」二字可能是「夢寐」，也可能是「不
寐」；換而言之，這「寤」字可能是「夢」字的假借，也可能是「不」
字的假借。今考「寤」、「夢」、「不」三字的音讀分別爲：

寤　《廣韻·去聲·暮韻》五故切　　古音疑母魚部

夢 《廣韻·平聲·東韻》莫中切

　　《廣韻·去聲·送韻》莫鳳切　　古音明母蒸部

不 《廣韻·平聲·尤韻》甫鳩切

　　《廣韻·上聲·有韻》方久切

　　《廣韻·去聲·宥韻》甫救切

　　《廣韻·入聲·物韻》分勿切　　古音幫母之部

而「寐」字的音讀則爲：

寐 《廣韻·去聲·至韻》彌二切　　古音明母沒部

如果依照《說文》本義說解的話，「寤寐」兩字的意思，便如《朱傳》所說的「或寤或寐，言無時也」；而「寤寐求之」的意思，就如同王師靜芝所言「不僅醒時，即使寢眠，亦心向而求之也。」「寤寐思服」的意思，便爲「寤寐之間，皆思念不止也。」❾這樣的說解，直截明瞭，不必拐彎抹角的作任何不必要的引申和曲解，可以說是相當合宜的。

　　如果我們一定要說《詩經》是「溫柔敦厚」的，是富有多層次的深層意涵的，甚至不願意相信《詩經》所表達的，就如同字面所呈現的那麼單純，因而從馬瑞辰的說法，將這「寤」字當成是「夢」字的假借，或者就像屈萬里先生的《詩經釋義》、李辰冬先生的《詩經通釋》、馬持盈先生的《詩經今註今譯》或是白川靜先生的《詩經研究》直接將「寤寐」解作「夢寐」，也無不可。

---

❾　詳見王詩靜芝《詩經通釋》，頁 37。

　　不過，就古書通假的條件限制而言，說「寢」字是「夢」字的假
借，卻有些窒礙。我們知道，假借一項，不論我們採的是條件限制嚴謹
的「本無其字，依聲託事」，還是古人寫別字的「本有其字，依聲託事」
❿，或者是段玉裁假借三變裡的「後世誤爲字，亦得自冒於假借」。借字
與被借字之間必須存在著聲音上的關係，雖然說他們之間的音讀關係，
並不一定非得同音不可，或者雙聲相轉，或者疊韻相迆，大抵只要合於
黃季剛先生〈求本字捷術〉的音韻層次要求即可。⓫今考「寢」字，古
音疑母魚部，而「夢」字古音則屬明母蒸部；雖然聲母「疑」〔ŋ-〕「明」
〔m-〕同屬鼻音，發音部位卻牙、脣有別；至於韻部則不僅「魚」〔-a〕
「蒸」〔-əŋ〕互異，⓬陰陽更是有別。季剛先生以爲：「異韻異類，
非有至切至明之證據，不可率爾妄說。」如果依照黃季剛先生〈求本字
捷術〉的標準，「寢」「夢」二字應該算是異韻異類關係，就假借而言，
未必能夠做一番明晰的辨識與說解。當然，馬瑞辰所引「寢寐」就是「夢
寐」的例證，非只一個，因此，並非率爾妄說。只是像《左傳》莊公寢
生的例子，我們也可以說這「寢」字是「牾」或「啎」的假借；又如潘
岳〈哀永逝文〉以「寢寐弗夢」與「寓目無兆」並列、徐幹《中論·治
學篇》以「登山」與「寢寐」對稱，文中的「寢」字是否即是「夢」字，
或作「夢」字解，恐亦有待商榷。

　　至若將「寢」字當作「不」解，「寢寐求之」是「不寐求之」，

---

❿　詳見拙著〈假借與破音字的關係〉輔仁學誌第十四期。

⓫　詳見拙著〈黃季剛先生求本字捷術的音韻層次〉陳伯元先生六十壽慶論文集。

⓬　本篇韻部分析採本師陳先生《古音研究》所分古韻三十二部。聲韻類之音讀構擬，
　　亦從之。

「寤寐思服」爲「不寐思服」，似乎這位君子對那淑女的追求與思念之情，不只是茶不思，飯不想，而且已經到了不眠不休的地步了。就二字的音讀而言，「寤」字古音疑母魚部，而「不」字古音則爲幫母之部；韻部「魚」〔-a〕、「之」〔-ə〕旁轉，聲母則「疑」〔ŋ-〕「幫」〔p-〕互異。就黃季剛先生的〈求本字捷術〉而言，在音韻層次上，亦屬異韻異類，並非恰當的假借關係。而且，〈邶風・柏舟〉「耿耿不寐」一句，學者大抵解作「心中頗爲憂慮而難寐」⓭或「憂心焦灼，不能成眠」。⓮因此，馬瑞辰引《易林・屯》之乾謂「寤寐」即「不寐」的說法，似乎不易成立。

既然從音讀探尋上，「寤寐」二字解作「夢寐」或「不寐」都不是很好的條件，似乎也就沒有再作推敲的必要了，只是我們仍須注意：黃季剛先生的〈求本字捷術〉雖然有其理論依據，但是否古人用字都如季剛先生所言而沒有例外？另外，季剛先生既然爲「異韻異類」留有空間，而且現存的文獻史料也有不容忽視的線索，我們也就不應立刻放棄他們。今考本詩以「寤」「寐」連語，如果這「寤」字當作「夢」，二字的音讀關係爲：

夢，古音明母蒸部；音〔məŋ〕。
寐，古音明母沒部；音〔mɛt〕。

雖然韻部關係並不密切，卻是一個不折不扣的雙聲聯綿詞；而且，就《左

⓭　詳見王師靜芝《詩經通釋》，頁 78。
⓮　詳見程俊英先生《詩經譯註》，頁 43。

傳》「莊公寤生」這個例子而言，如果將「寤」字解作「覺」或「醒」，說那武姜在生莊公時，由於難產，在昏厥復甦之後才生下莊公，武姜因爲受到驚嚇，所以將他取名爲寤生，也因而不喜歡他。又如果將「寤」字解作「牾」或「啎」，說那莊公是腳先頭後的倒著生出來，武姜因此受到驚嚇，所以將他取名爲寤生，也因而不喜歡他。這樣的說解固然有他的道理存在，卻有違母性與親情的常理；倒是杜預的說法：武姜在睡夢之中生下莊公，因此受到驚嚇，所以將他取名爲寤生，也因而不喜歡他。就「左氏豔而富，其失也巫」的好言災祥角度言之，這樣的說解，要比前面兩種說法更爲傳神許多。也因此，我們似乎不宜斬釘截鐵的說：「寤寐求之」與「寤寐思服」的「寤寐」不能當作「夢寐」解。

<h2 style="text-align:center">三</h2>

　　至於「思服」二字，《毛傳》說：「服，思之也。」《鄭箋》則云：「服，事也。求賢女不得，覺寐則思己之職，當誰與共之乎。」鄭玄的箋注，很明顯的是站在詩序姒氏求賢女的立場上進行說解的，因此，在說解的層次上，有脫離文字音義的可能。

　　案《說文·思部》云「思，容也。」段注：「谷部曰：容者，通深川也。引申之凡深通皆曰容；謂之思者，以其能深通也。」又《說文·舟部》云：「服，用也，一曰車右騑所以舟旋。」今考《爾雅·釋詁》：「懷、惟、慮、願、念、惄，思也。」郭注：「皆思念也。」可知「思」字有「思念」的意思。「服」字則不論《說文》、《爾雅》皆無「思念」意。而《莊子·田子方》云：「吾服女也，甚忘。」郭注：「服，思存之謂也。」然則「服」字也有作「思念」義的情形。因此《毛傳》云：

「服，思之也。」然則「服」「思」二字都有解作「思念」的可能。

王引之《經傳釋詞》云：

> 思，句中語助也。〈關雎〉曰：「窈寐思服。」《傳》曰：「服，
> 思之也。」訓服爲思之，則思服之思當是語助。《箋》曰：「服，
> 事也。思己職事當誰與共之乎？」王注曰：「服膺思念之。」
> 皆於義未安。〈桑扈〉曰：「旨酒思柔。」〈絲衣篇〉同。柔，
> 和也。思柔與其觩對文，是思爲語助也。《箋》曰：「其飲美
> 酒，思得柔順中和與共得其樂。」《左傳》杜注同。〈絲衣·
> 箋〉曰：「柔，安也。飲美酒者，皆思自安。」並失之。〈文
> 王有聲〉曰：「自西自東，自南自北，無思不服。」無思不服，
> 無不服也。思，語助耳。〈閔予小子〉曰：「於乎文王，繼序
> 思不忘。」繼序思不忘，繼序不忘也。〈烈文〉曰：「於乎前
> 王不忘。」無思字。是思爲語助也。《箋》曰：「思其所行不
> 忘。」失之。思皆句中語助。

馬瑞辰《毛詩傳箋通釋》也認爲「服」字當作「思」解，他說：
「按《莊子·田子方》曰：『吾服女也，甚忘。』郭注『服者，思存之
謂也。』是服有思義，故《傳》以爲思之也。」孔穎達《毛詩正義》云：
「服，服膺念慮而思之。」朱子《詩集傳》云：「服猶懷也。」嚴粲《詩
緝》云：「猶人言佩服不忘之義。」則認爲「服」字的意思爲「服膺」，
意謂思念之情長懷在心。

聞一多先生《詩經通義》則以爲「服」字爲「復」字的假借，他
說：

　　《初學記》一七引詩「出入復我」，黃生即疑〈蓼莪〉篇三家異文。案黃說近確。毛作「腹」。此「復我」即疊上「顧我復我」中句之文。復者，上文「拊我畜我，長我育我。」拊畜同義，長育同義，此文「顧我復我」顧復亦當同義。〈桑柔〉篇上文「弗求弗迪」，求迪義近，則下「是顧是復」顧復亦然。顧，念也；復亦訓念。復之義爲往復，往復思之亦謂之復。《說文》曰：「念，常思也。」常思即往復思之，故念亦謂之復。《莊子·徐無鬼篇》曰：「以目視目，以耳聽耳，以心復心。」即「以心念心」。〈田子方〉篇「吾服女也甚忘。」成本服作復，疏曰：「復者，尋思之謂也。」尋思即念也。樂府〈婦病行〉曰：「思復念之。」復念疊韻連語，復亦念也。副與伏通，《楚辭·七諫·沈江》曰：「伏念思過兮，無可改者。」伏念即復念。又與服通，《書·康誥》曰：「要囚服念五六日。」服念亦即復念。《莊子·田子方》篇「吾服女也，甚忘」，郭注曰：「服者思存之謂。」思存即思念。本篇「寤寐思服」即思復，猶言思念也。《傳》文疑當重服字，作「服，服思之也。」言往復思之，即念之也。今本脫一服字，則思下「之」字，殆成贅文？《箋》改訓事，而釋爲「思己職事當誰共之乎。」迂曲已甚。〈文王有聲〉篇「無思不服」，即無思不復。謂每思必往復追懷，不能自己，蓋極言其思之之甚也。思之即念之矣。《箋》訓服爲歸服，王引之更讀思爲語詞，以曲成其說，亦千慮一失耳。〈韓詩外傳〉五曰：「關雎之事大矣哉！馮馮翼翼，自東自西，自南自北，無思不復。子其勉強之，思服之。」曹大家〈雀賦〉曰：「自東西與南北，咸思服而來同。」是兩漢

人猶知〈文王有聲〉「無思不服」之思服,即〈關雎〉「寤寐思服」之思服,其不以思爲語詞明矣。

清林伯桐《毛詩通考》云:

> 寤寐思服,《傳》曰:「服,思之也。」服古通伏。毛意讀服爲伏,而《傳》例不破字。服思之也四字連讀,謂伏而思之也。下文輾轉反側,則伏臥而不周正,甚於此也。《箋》云:「服,事也。」全非毛意。

案林伯桐《毛詩通考》所謂「伏而思」依據下文「下文輾轉反側,則伏臥而不周正,甚於此也。」似乎「伏」字的意思爲「伏臥」的「伏」;今考《說文·人部》云:「伏,司也。」段注:「司者,臣司事於外者也。司,今之伺字。凡有所司者必專守之。服伺,即服事也。引伸之爲俯伏,又引伸之爲隱伏。」然則,「伏思」似又宜當作「私下」或「默默」解。

今考「服」「復」「伏」與「思」等字的音讀分別爲:

服　《廣韻·入聲·屋韻》房六切　　古音並母職部

復　《廣韻·去聲·宥韻》扶富切

　　《廣韻·入聲·屋韻》房六切　　古音並母覺部

伏　《廣韻·去聲·宥韻》扶富切

　　《廣韻·入聲·屋韻》房六切　　古音並母職部

思　《廣韻·平聲·之韻》息茲切

　　《廣韻·去聲·志韻》相吏切　　古音心母之部

從音讀的角度而言，「思」「服」兩字聲母心、並互異，韻部則之、職相配；就假借條件而言，雖然不盡理想，至少屬於同韻異類的關係。因此，要說這「服」字是「思」字的假借，也還勉強可通；只是「服」字作「思」解，「思」字卻作語詞，似乎稍嫌複雜了些。

如果「思」字就是「思念」，「服」字也作「思念」解，則如胡承珙《毛詩後箋》所云：「或疑思服相連，服亦爲思，於義重複。承珙案：〈康誥〉曰：『要囚服念五六日，至於旬時。』服念連文，不嫌複也。」誠如上文所言，我們固然不必懷疑服思連文而皆有思念義，但是，我們更不可以忽視既有的文獻史料與前輩學者的研究成果。雖然王引之依據語法形式的比對，認爲王肅作「服膺思念之」，於義未安，可是就文義以及用韻的角度而言，本句或許當作「寤寐服思」，只是爲了用韻所以倒裝文句，成爲「寤寐思服」。然則，孔穎達《毛詩正義》「服，服膺念慮而思之。」朱子《詩集傳》「服猶懷也。」嚴粲《詩緝》「猶人言佩服不忘之義。」的說法，就變得合理可信。至於聞一多先生解「服」作「復」，林伯桐先生讀「服」爲「伏」，除了在意義上有他的道理存在，就音讀而言，也是可以說解的。今考服、復、伏三字的音讀關係爲：

　服　古音並母職部
　復　古音並母覺部
　伏　古音並母職部

「服」「復」二字古音同屬並紐，韻部職〔-ək〕覺〔-əuk〕切近，可相通假；至於「服」「伏」二字古音同屬並紐職部，同音通用，更是合於假借的音韻條件。如果一定要在兩字當中選擇一個的話，則「伏」字

的音韻條件，較「復」字爲善。

因此，我們可以說「思」是「思念」，「服」是「服念」，二字連文而同義；也可以把「思」字當作助詞，並解「服」字作「思念」，「思服」兩字的意思就是「思念」；更可以說他是「伏思」或「復思」的倒裝，或者解作「默默的想念著」，或者說是「不停的思念著」。當然二字同義連文的說解方式是最爲單純的；如果說是「思復」或「思伏」，就音讀的切近關係而言，則「思伏」又要比「思復」來的恰當。

除了「思伏」與「思復」之外，我們也可以跟「寱寐」一樣，從聯綿詞的角度來思考「思服」這兩個字。誠如上文所云，「思服」二字可能是爲了用韻而倒裝，所以我們將他還原成爲「服思」「復思」或「伏思」。今考《釋名・釋宮室》云：「罘罳，在門外。罘，復也；罳，思也。臣將入請事，於此重復思之也。」王念孫《疏證》：「《漢書・王莽傳》遣使壞渭陵、延陵園門罘罳，曰：『毋使民復思也。』」又韓愈〈詠雪贈張籍詩〉云：「狂教詩硉矹，興與酒毰毸。」案《玉篇・毛部》曰：「毰毸，鳳舞貌。」引伸而有怒放、勃發之意，以與硉矹豪放對稱；若再由怒放、勃發之意引伸，謂此君子思求淑女的熱忱鎮日充滿心胸。就詩義而言，也可說解；因此，我們也可以說「服思」就是「罘罳」或是「毰毸」。案「罘罳」「毰毸」與「服思」的音讀分別爲：

服　《廣韻・入聲・屋韻》房六切　　古音並母職部
思　《廣韻・平聲・之韻》息茲切
　　《廣韻・去聲・志韻》相吏切　　古音心母之部
罘　《廣韻・平聲・尤韻》縛謀切　　古音並母之部
罳　《廣韻・平聲・之韻》息茲切　　古音心母之部

毰　《廣韻·平聲·灰韻》薄回切　　古音並母之部

毸　《廣韻·平聲·灰韻》素回切　　古音心母之部

「罘罳」「毰毸」與「服思」三組的音讀，可以說是完全相同。因此，說他們是「反復思量」的「罘罳」或是「充滿心胸」的「毰毸」，都無不可。

<h1 style="text-align:center">四</h1>

　　董仲舒《春秋繁露》所謂「詩無達詁」，原本是就整首詩的意旨而言的，我們都知道，由於詩的作意無法確知，學者在讀詩、解詩的時候，也因爲個人思考模式或者主觀立場的不同，而有不同的闡釋；加上學者對前輩儒生以詩推行教化的方法與觀點不一，甚至是學者賦與詩篇的新的生命也不盡相同。因此，即使是耳熟能詳的詩篇，也可能出現差異甚鉅的說解。除此之外，對於詩中字詞說解的不一，往往也是造成詩旨無法確切掌握的重要原因。當然也並非某一字詞的說解不同，就會造成詩義太大的差異，有時只是在意境的營構或情感的表現上，呈現些微的差異罷了。只是站在讀詩雖不必求甚解，卻必須多方設解的立場，審愼推求每個字詞的意涵，也是有其必要的。

　　以《周南·關雎》「寤寐思服」一句爲例。雖然不管我們將「寤寐」二字解作「覺寐」「覺夢」「夢寐」或是「不寐」，就詩義的探求而言，並沒有什麼影響；至於「思服」二字的意涵，說他是「思念」「服念」「伏念」或是「復念」，也都不影響詩文的說解。只是這些在意義推求上雖有不同，卻不影響詩意與表現的語詞，在作者創作詩文的時

候,應當只有一個或一組才對。當然就詩文本字即可說解清楚的,我們不必也不該進行過度的推求;但是,如果就原文字的音義進行說解,將產生迂曲或是無法說解的情況,就必須作更進一步的推求了。

在經過一番透過音讀關係的比對之後,我們覺得「寤寐」兩字,就依字面逕行說解,是最為簡單明瞭而適切的;不過如果從聯綿詞的角度觀之,當作「夢寐」卻是一個不錯的選擇;至於「不寐」,似乎就缺乏說服力了。將「思服」二字當作同義複詞看待,不但文義足,同時不必牽涉到什麼倒裝協韻等問題,當然是個很好的解釋,但是如果還要兼顧音讀關係的話,作「思伏」是不錯的,只是如果也從聯綿詞的角度來說,當作「復思」「罘罳」或「毣毢」,也都是合理可通的。

參考書目

詩集傳	朱 熹	藝文印書館
詩緝	嚴 粲	廣文書局
毛詩傳箋通釋	馬瑞辰	中華書局
詩經通釋	王師靜芝	輔仁大學文學院
詩經詮釋	屈萬里	聯經出版事業公司
詩經譯註	程俊英	宏業書局
詩經直解	陳子展	復旦大學出版社
詩經選	余冠英	人民文學出版社
詩經全譯	金啓華	江西古籍出版社
詩經評註讀本	裴普賢	三民書局
詩經周南詩學	林明德	國立編譯館

詩經今註今譯	馬持盈		臺灣商務印書館
詩經主題辨識	楊合鳴	李中華	廣西教育出版社
詩經譯注	袁　梅		齊魯書社
詩經評注	王守謙	金秀珍	人民文學出版社
國風詩旨纂解	郝志達		南開大學出版社
十三經注疏			大化書局
春秋左傳注	楊伯峻		源流出版社
說文解字注	許慎著	段玉裁注	洪葉出版社
宋本廣韻	陳彭年		藝文印書館
古音研究	陳師新雄		五南圖書出版公司
古音學發微	陳師新雄		文史哲出版社
經傳釋詞	王引之		河洛圖書出版社
古史辨	顧頡剛		
聞一多全集	聞一多		里仁書局

《詩經》古韻資料庫的運用

曾榮汾*

一、前言

　　《詩經古韻資料庫》是筆者在八十四年爲開發《詩經古韻練習程式》所整理的，並在當年提供一個試用版本給有興趣的學生試用。正式的版本直至今年初才修正完成。因爲開發得早，所以這套程式像《廣韻聲韻類練習測驗程式》與《韻鏡塡圖練習程式》一樣，原都是非視窗環境版本，今日假如配合如軟蛙的 sb2k ❶，這三套程式都可以在中文版微軟視窗 95/98 的 msdos 下使用。

　　過去在聲韻學會上，筆者曾介紹了《廣韻切語資料庫》，說明其可延伸的利用價值❷。這一次再來介紹這個古韻資料庫。這個資料庫也是依據筆者早年學習聲韻學時，陳新雄教授所教導的古韻練習模式去設計的。當年的模式是這樣子的：

　　1.以《詩經》爲底本。

---

*　　中央警察大學資訊所教授。

❶　　Sb2k 全名爲「軟蛙兩 K 輸入系統 FOR CWIN95」，爲軟體蛙蟲工作室開發。

❷　　曾榮汾，《廣韻切語資料庫之建構與運用》，第十七屆聲韻學研討會論文。

2.依序圈出每一章詩的韻腳。

3.填注韻腳的《廣韻》韻部。

4.填注韻腳的古韻部。

當時所用的古韻部爲段氏十七部。所以古韻填注依段氏《古十七部諧聲表》及《詩經韻分十七部表》。模式概如下例：

《關雎》

？　　關關雎鳩（尤/3），在河之洲（尤/3）。窈窕淑女，君子好逑（尤/3）。

？　　參差荇菜，左右流（尤/3）之。窈窕淑女，寤寐求（尤/3）之。

？　　求之不得（德/1），寤寐思服（屋/1）。悠哉悠哉，輾轉反側（職/1）。

？　　參差荇菜，左右采（海/1）之。窈窕淑女，琴瑟友（有/1）之。

？　　參差荇菜，左右芼（號/2）之，窈窕淑女，鍾鼓樂（效/2）之。

如此依序練習，可以逐漸熟悉整部《詩經》的韻部。唯一的缺點就是，每重作一次，都需要一本新的《詩經》。因此，爲了便於練習，筆者遂於完成《韻圖填測程式》後，遵陳師囑咐，嚐試將此模式電子化，本資料庫即是將此種嚐試的成果。

本資料庫的結構，基本欄位包括《詩經》篇目、內文、韻腳、古韻。古韻的部分分段氏十七部及陳師的三十二部。在韻例判斷上，如果兩家有所參差，則依陳師判斷爲準。段氏古韻部以數目表示，陳氏古韻部以韻目表示。仍以《關雎》爲例，說明如下：

篇目：周南關雎

內文：

○關關雎鳩在河之洲窈窕淑女君子好逑○參差荇菜左右流之窈窕淑女寤寐求之求之不得寤寐思服悠哉悠哉輾轉反側○參差荇菜左右采之窈窕淑女琴瑟友之○參差荇菜左右芼之窈窕淑女鍾鼓樂之

韻腳：

○鳩洲逑○流求得服側○采友○芼樂

段十七部：

○030303○0303010101○0101○0202

陳三十二部：

○幽幽幽○幽幽職職職○之之○宵藥

所以這個資料庫包括了：

1. 《詩經》全文❸
2. 《詩經》韻腳
3. 段氏古韻分部
4. 陳氏古韻分部

有了這些資料，這個資料庫即可以進行如「段陳二家古韻練習」、「詩經全文檢索」、「詩經韻讀模式」等運用。

---

❸　資料庫的《詩經》內文是由陳新雄教授輸入。

二、古韻練習的運用

在古韻練習的運用上，以筆者設計的程式為例，所規劃的步驟如下：

1. 捨棄問題較多的《大雅》及《頌》，選擇《國風》及《小雅》部分作為練習資料庫。
2. 進入練習功能時，可選擇段氏或陳氏的古韻。
3. 決定後，將以亂數選擇詩篇作為題目。
4. 進行古韻填寫練習，分為韻腳及韻部兩部分。
5. 如果全對，則顯示鼓勵訊息，否則，呈現正確答案勘誤。
6. 練習不限題數，直至使用者選擇退出。
7. 退出練習功能時，則曾有誤答者，會呈現「錯誤題重作嗎？」訊息。

若選擇重作，則會將誤答題目原樣重新呈現一次。

底下舉一實例說明進行時步驟時之畫面：（以 win95/98 配合 sb2k 為例）

第一步執行 win95/98

第二步點選入 msdos

第三步執行 sb2k

第四步執行 shrjing

第四步執行後，出現如下畫面：

授權聲明：

《詩經古韻練習程式》為曾榮汾所設計，為感佩恩師陳伯教授推廣聲韻學教育數十年的心力，本程式開放給學界用，希望有助聲韻知識的傳播。

設計者：曾榮汾敬啓 89.1.

請按任何鍵進入系統————————————

按鍵後出現主功能選項畫面：

```
        ** 聲韻學電腦程式第三種 **
             詩經古韻練習程式
              （附檢索功能）

    曾榮汾設計      民國 89-1   V2.00
```

1.練習 2.檢索 3.退出 =====>

選擇"1.練習"後後進入下畫面：

```
┌─────────────────────────────────────────────┐
│          ** 詩經古韻練習測驗程式 **            │
│             --- 練 習 功 能 ---              │
│                                             │
│      ** 1. 段氏古韻指段玉裁古韻十七部          │
│      ** 2. 陳氏古韻指陳新雄古韻卅二部          │
└─────────────────────────────────────────────┘
```

1.段氏古韻　2.陳氏古韻　3.退出 =====>

選擇"1.段氏古韻"後，進入練習畫面，程式將亂數選擇詩篇，如：

══

周南.關雎
○關關雎鳩在河之洲窈窕淑女君子好逑○參差荇菜左右流之窈窕淑女
寤寐求之求之不得寤寐思服悠哉悠哉輾轉反側○參差荇菜左右采之窈
窕淑女琴瑟友之○參差荇菜左右芼之窈窕淑女鍾鼓樂之

══

◇段氏古韻十七部:01之 02宵 03幽 04侯 05魚 06蒸 07侵 08覃 09東 10陽
　　　　　　　　11庚 12真 13諄 14元 15脂 16支 17歌'
**請先填入本詩的韻腳，再填入所屬古韻部的部次。分章之處以○號隔開==>
◎韻腳：
◎古韻：

畫面出來後，即可進行填答：

```
*=============================================================*
周南.關雎
○關關雎鳩在河之洲窈窕淑女君子好逑○參差荇菜左右流之窈窕淑女
寤寐求之求之不得寤寐思服悠哉悠哉輾轉反側○參差荇菜左右采之窈
窕淑女琴瑟友之○參差荇菜左右芼之窈窕淑女鍾鼓樂之
*=============================================================*
```

◇段氏古韻十七部:01之 02宵 03幽 04侯 05魚 06蒸 07侵 08覃 09東 10陽
　　　　　　　 11庚 12真 13諄 14元 15脂 16支 17歌'
**請先填入本詩的韻腳,再填入所屬古韻部的部次。分章之處以○號隔開=>
◎韻腳:○鳩洲逑○流求得服側○采友○芼樂
◎古韻:○030303○0303010101○0101○0202

如果答案完全正確,即會出現鼓勵訊息:

　　　　　<<<<<<<<<<<<<１００分 >>>>>>>>>>>>
　　　　　!!!!!!!!!!!! 佩服 佩服 !!!!!!!!!!!!
　　　　　*****按　鍵　退　出*****

如果答案有誤者,則出現正確答案:

>>有誤==>
◎答案:'
　　　○鳩洲逑○流求得服側○采友○芼樂
　　　○030303○0303010101○0101○0202
　　　*****按　鍵　退　出*****

程式可以反復練習。退出時如有錯誤題會建議重作:

```
┌─────────────────────────────────────┐
│                                     │
│     **錯誤題重作嗎？y/n:             │
│                                     │
└─────────────────────────────────────┘
```

如果先前選擇的是"2.陳氏古韻"，則畫面如下：

══════════════════════════════════════
周南.關雎
○關關雎鳩在河之洲窈窕淑女君子好逑○參差荇菜左右流之窈窕淑女
寤寐求之求之不得寤寐思服悠哉悠哉輾轉反側○參差荇菜左右采之窈
窕淑女琴瑟友之○參差荇菜左右芼之窈窕淑女鍾鼓樂之
══════════════════════════════════════
◇陳氏古韻：01歌02月03元04脂05質06真07微08沒09諄10支11錫12耕13魚14鐸
　　　　　15陽16侯17屋18東19宵20藥21幽22覺23冬24之25職26蒸27緝28侵
　　　　　29怗30添31盍32談
**請先填入本詩的韻腳，再填入所屬古韻部的部次。分章之處以○號隔開⇒
◎韻腳：
◎古韻：

以上介紹的是本資料庫的第一種運用方式。

三、全文檢索的利用

　　本資料庫既然含有《詩經》全文，自可發展爲《詩經》內文檢索
工具。在進入「主功能選項畫面」後，選擇"2.檢索"，即可進入如下之
畫面：

```
┌─────────────────────────────────────────┐
│    ** 詩經古韻練習測驗程式 **            │
│      ── 檢 索 功 能 ──                  │
│                                          │
│    ！注意：本檢索內文用字或與原文小異    │
│        如須引用，請再還原詩經本文        │
└─────────────────────────────────────────┘
```
1.字詞檢索　2.篇名檢索　3.退出 =====>

「字詞檢索」功能提供以《詩經》內文字詞來進行撿索，「篇名檢索」
則是以《詩經》篇名來進行檢索該詩篇內文。無論選擇何項，都會出現
以下畫面：

　　　　　　　鍵入欲檢索字詞，逐筆按鍵進行：

或

　　　　　　　鍵入欲檢索篇名，按鍵逐筆出現：

若是輸入錯誤，檢索不到，會出現以下訊息：

```
┌──────────────────┐
│                  │
│     無此資料     │
│   按任何鍵退出   │
│                  │
└──────────────────┘
```

或是：

!!!對不起，無此篇名，按鍵退出————————>

若是檢索到了，以「伊人」一詞爲例，結果爲：

○蒹葭蒼蒼白露爲霜所謂伊人在水一方溯洄從之道阻且長溯游從之宛　　秦風蒹葭
在水中央○蒹葭淒淒白露未晞所謂伊人在水之湄溯洄從之道阻且躋溯　　秦風蒹葭
游從之宛在水中坻○蒹葭采采白露未已所謂伊人在水之涘溯洄從之道　　秦風蒹葭
猶求友聲矧伊人矣不求友生神之聽之終和且平○伐木許許釃酒有藇既　　小雅伐木 1
○皎皎白駒食我場苗縶之維之以永今朝所謂伊人於焉逍遙○皎皎白駒　　小雅白駒
食我場藿縶之維之以永今夕所謂伊人於焉嘉客○皎皎白駒賁然來思爾　　小雅白駒

如以篇名「葛覃」來找，結果爲：

○葛之覃兮施于中谷維葉萋萋黃鳥于飛集于灌木其鳴喈喈○葛之覃兮　　周南葛覃
施于中谷維葉莫莫是刈是濩爲絺爲綌服之無斁○言告師氏言告言歸薄　　周南葛覃
汙我私薄澣我衣害澣害否歸寧父母　　　　　　　　　　　　　　　　　周南葛覃

以上介紹的即是本資料庫的檢索功能運用。只不過因爲配合目前中文系
統收字的環境，所以有一些內文用字與《詩經》原文稍異，檢索結果如
須引用者，得進一步查對原文。本資料庫所用《詩經》底本爲十三經注
疏本。

四、《詩經韻讀》模式的運用

　　王力先生編有《詩經韻讀》一書❹，將《詩經》之詩逐篇列出，標注韻部及擬音，說明通韻、合韻等關係，使用起來頗為方便（參文末所附《邶風·泉水》書影）。但是各家分部不同，擬音也有差異，所編的《詩經韻讀》當也不同。本資料庫之另一運用價值就是可以作為各家新編《詩經韻讀》的底稿。運用的步驟如下：

　　1.選定某家韻部為準，作為韻例及韻腳、韻部填注之依據。

　　2.將資料庫轉為文書檔。

　　3.仿《詩經韻讀》格式重新編排。

例如本資料庫中收有陳新雄教授的古韻分部資料，即可將之轉為如下之格式：

國風
一　周南
1關雎
○關關雎鳩〔幽〕
　在河之洲〔幽〕
　窈窕淑女　君子好逑〔幽〕
○參差荇菜　左右流〔幽〕
　窈窕淑女　寤寐求〔幽〕
　求之不得〔職〕
　寤寐思服〔職〕
　悠哉悠哉　輾轉反側〔職〕

---

❹　1980-12，新華書店上海發行所發行。

○參差荇菜　左右采〔之〕
　窈窕淑女　琴瑟友〔之〕
○參差荇菜　左右芼〔宵〕
　窈窕淑女　鍾鼓樂〔藥〕

2葛覃
○葛之覃兮　施于中谷〔屋〕
　維葉萋萋〔脂〕
　黃鳥于飛　集于灌木〔屋〕
　其鳴喈喈〔脂〕
○葛之覃兮　施于中谷〔屋〕
　維葉莫莫〔鐸〕
　是刈是濩〔鐸〕
　爲絺爲綌〔鐸〕
　服之無斁〔鐸〕
○言告師氏　言告言歸〔微〕
　薄汙我私　薄澣我衣〔微〕
　害澣害否〔之〕
　歸寧父母〔之〕

如此再進一步加注其他條件，則一部陳氏《詩經韻讀》自可完成。這是本資料庫運用之另一功能介紹。

五、結語

　　從上文來看，本《詩經》資料庫所包含的資料，除《詩經》內文外，都是開放式架構。使用者可以依自己需要，改變欄位設計。所以本資料庫實際運用上並不局限於上文的介紹。例如本資料庫收納段、陳二

家古韻,雖然資料整理以陳氏古韻觀念爲主軸,但正可作段氏與陳氏古韻部同異之比較。如果再添益韻腳之相關屬性,如《廣韻》韻部、陰陽入、韻等等,當亦可以作爲古今韻對照、四聲混押、古聲調研究等問題研究之材料。這個資料庫的聲韻學價值當就在此。

筆者從《廣韻》、《等韻》到《古音》,一共寫了三套程式,以《廣韻》爲基礎,橫向結合了《等韻》,縱向結合了《古音》,恰好涵括了聲韻學三大領域。在陳老師的指導下,這三套程式原先所要呈現的只是筆者當年受教的三種作業模式而已,但隨著資料數位化,它們所能提供的卻又不只是練習而已。這些程式與資料整理,筆者從摸索到完成,一共花了五、六年時間,從早期的倚天中文環境,寫到現在的視窗環境。這期間,電腦環境變化的快速的確令人目不暇給,但卻影響不了資料庫的實質內容。這些資料庫也許仍嫌粗糙,系統也許落伍,不過在聲韻學的教學研究上,當仍有些微助益,這正是筆者敢於獻曝的用心了。一本以往,有興趣的同好都可以來信索取本資料庫,筆者電子郵件地址爲:tzeng@bach.im.cpu.edu.tw

參考資料

1. 毛詩　陳新雄抄本　學海出版社　民國 74 年 8 月
2. 陳新雄　古音研究　五南圖書公司　民國 88 年 4 月
3. 王力　詩經韻讀　新華書店　1980-12
4. 曾榮汾　詩經古韻練習測驗程式　辭典學研究室　民國 89 年 1 月
5. 曾榮汾　字頻統計法運用於聲韻統計實例　聲韻論叢第八輯
6. 曾榮汾　廣韻切語資料庫之建構與運用　第十七屆聲韻學學術研討會論文

附：王力《詩經韻讀》書影

西方之人(njien)兮！(真部)

39　泉　　水

毖彼泉水，亦流于淇(giə)。
有懷于衛，靡日不思(siə)。
孌彼諸姬(kiə)，
聊與之謀(miuə)。（之部）

出宿于泲(tzyei)，
飲餞于禰(nyei)。
女子有行，遠父母兄弟(dyei)。
問我諸姑，遂及伯姊(tziei)。（脂部）

出宿于干(kan)，
飲餞于言(ngian)。（元部）
載脂載舝(heat)，
還車言邁(meat)。
遄臻于衛(hiuat)，
不瑕有害(hat)。（月部）

我思肥泉(dziuan)，
茲之永歎(than)。（元部）
思須與漕(dzu)，
我心悠悠(jiu)。
駕言出遊(jiu)，
以寫我憂(iu)。（幽部）

論上古的流音聲母

竺家寧*

提　要

　　本文所討論的流音，指 l-、r- 兩個聲母。但不包含清化的 l-、r-。實際上，討論的重點放在來母和喻四的上古音值方面。

　　傳統上，總以來母爲*l-，喻四爲*r-。近年來，透過漢藏語言的比較研究，有些學者發現和來母對應的藏語往往是 r-，而和喻四對應的卻是藏語的 l-。於是認爲傳統的擬音應該倒轉過來：成爲來母*r-、喻四*l-。後來，*l- 失落，變爲零聲母，*r- 則轉爲*l-。

　　兩派看法孰是孰非呢？首先，我們肯定上古有 l-、r- 的對立，因爲無論是白保羅所擬訂的藏緬母語、或現代藏語、李方桂所擬訂的原始台語、或現代泰語，都有 l- 與 r- 的對立，既然同族語言有這樣的現象，獨有漢語自始就只有個 l-，反而是難以令人信服的。

　　接著的問題是，l- 和 r- 是那個中古聲母的來源呢？我們認爲，從很多語言的演化看，l-的穩定性總是比較強些，我們既肯定中古來母的音值是 l-，那麼，上古它也應當是 l-。反之，由許多語言的通例看，r-

*　中正大學中國文學研究所教授。

是比較不穩定的，它在演化的過程中，往往傾向於消失。因此，頭一派的觀點比較合乎音變的常例，就是*l- > l-，*r- > ø。如果按後一派的看法，*r- > l-，*l- > ø，r- 不失落，反而是 l- 失落，未免太特殊了一點。

從漢語本身的資料看，和從同族語言的比較資料看，顯然有不同的結果。過去的學者往往把所有的「上古」語料壓縮在一個平面看，恐怕是不妥的。原始漢藏語的資料應早於漢語本身語料所顯示的「上古音」。

我們不妨假定，原始漢語有 r-、l- 的對立，上古音裡，它們是 l-（>來母）。而上古音的喻母字主要是*r-，也有少數是*gr-、*br- > *r- > 喻四。換句話說，喻四的來源不是單一的。正如現代的零聲母也不是單一的來源（有六種不同的中古來源）。

因此，我們的看法是：

原始漢語 l- > 上古來母 l- > 中古來母 l-

原始漢語 gr-、br-、r- > 上古喻母 r- > 中古喻四 ø-

壹、流音在各語言裡的分配

依據 UCLA 發行的 Patterns of Language 一書統計 317 種語言的結果，也就是 UPSID（the UCLA Phonological Segment Inventory Database）資料庫，沒有舌尖邊音 [l] 和舌尖閃音 [r] 對立的語言只有 74 個，只佔了 23.3%（p83）。其他都有 [l]、[r] 的對立。可以證明語言中兼具 [l]、[r] 是一個普遍的現象，是語言的常態。

該資料庫在論及「Generalizations on the structure of liquid system」時，歸納出的七條原則，首一條就強調：

A language with two or more liquids is most likely to have at least one lateral. (227/230　98.7%)

統計數字表示 230 個具有多種流音的語言中，有 227 個都一致帶有 [l]，佔了 98.7%。說明舌尖邊音 [l] 的普遍性又更高於舌尖閃音 [r]。它給我們什麼啓示呢？它可以讓我們導出一個合理的推測：舌尖邊音 [l] 是一個穩定性很高的輔音。

在漢藏語言中，大部分都有舌尖邊音 [l] 和舌尖閃音 [r] 的對立，例如：景頗語、卡倫語、藏語、緬語、克欽語、達莽語、盧舍依語等。從歷史語言學看，古代藏語、藏緬語都有舌尖邊音[l]和舌尖閃音[r]的對立（見 P. K. Benedict, S-T: A Conspectus）。古代侗台語（proto-Tai）也有同樣的對立（見李方桂 A Handbook of Comparative Tai）。由此觀之，上古漢語也應當有舌尖邊音 [l] 和舌尖閃音 [r] 的對立。

貳、哪些字上古音念流音聲母？

曾運乾提出「喻四古歸定」的聲母條例，證明上古的喻四發音很接近定母。李方桂更進一步認爲喻四上古是一個舌尖音聲母。在古代台語當中，用 [r] 來代替「酉」字的聲母。於是李氏把喻四擬爲舌尖閃音 [r]。到了中古音，[r-] 就變成了 [ji-]。古緬甸語的 [r] 正是變成了近代的 [j-]。

李氏在侗台語方面的研究成績，以及精通漢語史的程度，在當今世界上，很難找到一位可以和他相提並論的學者。加上他一向治學嚴謹，必不致輕易提出新說。所以我們很難懷疑他的這項結論是錯誤的。

我們可以說，上古音當中的一套流音聲母正是喻四 [r-] 和來母 [l-]。包括了以下列字爲反切上字的所有字。

喻四 [r-]：夷以羊翼移余予營

來母 [l-]：落勒盧六力里良離

參、「來、喻」音值互換的新說

包擬古在〈上古音的 l 和 r 介音〉（Evidence for l and r Medials in Old Chinese, 1979）一文中指出來母一等字的來源是 r，他把各家擬音列成一表：

	上古音	中古一等字
高本漢	lam, glam	lam
李方桂	lam, glam	lam
蒲立本	ram	lam
包擬古	(g-)ram	lam

他解釋說：

My view is that MC l- is a reflex of various clusters in the earlier stages of OC (which I represent by the ad hoc notation g-r, b-r, and d-r). Later, probably during Eastern Han, these clusters simplified to r- which later shifted to MC l-.

他表中所列的蒲立本擬音，也是 r- > l-。這個觀點在蒲立本的〈漢語詞類新論〉（Some New Hypotheses Concerning Word Families in Chinese, 1973）一文中提及，他說：

I recognized that Chinese l- corresponded to Tibetan r- , ... I would now revise the Old Chinese reconstruction to r > l, and l > d/j.

主張這一說的學者，它們提出的證據完全是同族語言的對應字。例如：

(T)代表藏語，(B)代表緬語，(台)代表侗台語。

六	drug(T), khrok(B)
涼	grang(T)
量	grangs(T), khrang(B)
絡	grags(T)
羅	dra(T)
類	gras(T)
連	gral(T)
籬	ra(T)
藍	rams(T), gram(台)
髏	rus(T)
龍	brug(T)

（以上龔煌城〈從漢藏語的比較看上古漢語若干聲母的擬測〉共11例）

懶　　　gran(台)

蠻　　　bruan(台)

漏　　　rua(台)

（以上李方桂〈比較台語手冊〉3 例）

揚　　　lang(T)

翼　　　lag(T)

夜　　　zla(T), lak(B)

移　　　lay > l-(B)

（以上龔文 4 例）

舁　　　bla(T)

悅　　　glod-pa(T)

葉　　　lo-ma(T), lap(景頗)

淫　　　ltem-pa(T)

容　　　lun(T)

羭　　　lug(T)

贏　　　bling(TB)

燁　　　lyap(TB)

炎　　　slyam(T)

（以上 Schuessler "R and L in Archaic Chinese" 9 例）

律　　　'khrid-pa(T)

離　　　ral(T)

纍　　　'khril-ba(T)

盧　　　rog-po(T)

摝　　　sprug-pa, srug-pa(T)

（以上 Schuessler 5 例）

梁　　ruong(越)

帘　　rem(越)

欄　　ran(越)

利　　rai(壯)

籠　　ro:ng(壯)

立　　rap(B)

（以上雅孔托夫〈上古漢語裏的 l 和 r 聲〉6 例）

蠅　　lang(越)

養　　liang(泰)

餘　　hlua(泰)

（以上雅孔托夫 3 例）

烏戈山離＝Alexandria(漢代譯名)

以上共 39 例

大陸學者潘悟雲也贊成此說，他認爲：❶

> 李方桂先生擬來母作 [l]，喻母四等作 [r]，見母二等作 [kr]，
> 跟見母諧聲的章母作 [krj]。但是，見母二等幾乎只跟來母諧聲，
> 而不跟喻母四等諧聲。所以要麼見母二等爲 [kl]，要麼喻母四
> 等爲 [l]，來母爲 [r]，否則不好解釋諧聲現象。我是非常贊成
> Pulleyblank 的意見，定來母爲 [r]，喻母四等爲 [l]，還有大量
> 的古漢語外譯材料和親屬語同源詞材料以爲佐證。

---

❶　這段話是引用潘先生於 1994 年 8 月 28 日來信討論該問題的原文。

肆、由不同的角度看 l 與 r 互換的問題

1.藏語的證據最早不過唐代，相當於中國的中古音，而所要討論的漢語的流音問題卻是先秦上古音❷。我們如何證明藏語在唐代以前，不會由 l- 變爲 r- 呢？如果藏語曾有過這樣的變化，我們又怎能用來證明漢語的 l- 本來是個 r- 呢？用唐代的藏語去更改先秦的漢語音讀是否合適呢？應用差距達一千年以上的不同語言作爲證據，時空都不能切合，這樣的結論，說服力似乎顯得薄弱。

2.上節的證據多半是複聲母，由其中的一個成分來對應漢語的某一個聲母，進而認爲漢語的這個聲母就是這樣念的，這樣的比對方式，偶然性太高。例如：

「六 drug(T), khrok(B)、羅 dra(T)」，我們爲什麼會認定這幾個音當中的 -r- 是漢字「六、羅」的聲母來源？而不是當中的 d- 或 kh- 呢？

「涼 grang(T)、量 grangs(T), khrang(B)、絡 grags(T)、類 gras(T)、連 gral(T)」我們又爲什麼會認定這幾個音當中的 -r- 是漢字「涼、量、絡、類、連」的聲母來源？而不是當中的 g- 或 kh- 呢？

「龍 brug(T)、孿 bruan(台)」我們又爲什麼會認定這幾個音當中的 -r- 是漢字「涼、量、絡、類、連」的聲母來源？而不是當中的 b- 呢？其他複聲母的例證其實都有待商榷。例如：悅 glod-pa(T)、淫 ltem-pa(T)、贏 bling(TB)、律'khrid-pa(T)、纍'khril-ba(T)、摍 sprug-pa,srug-pa(T)、

---

❷ 馬學良《漢藏語概論》（北京大學，1991 年）引用羅里希（G.N. Roerich）1961《藏語》一書，認爲七到九世紀吐番王朝時期才建立了藏文書面語。主要文獻有敦煌藏文手卷、碑銘、以後藏方言爲基礎的佛經譯語。

餘 hlua(泰)。

顯然當中還難免有相當的主觀性。如果去除上節證據中的複聲母，剩下的證據就很有限了。

3.上節學者舉出證據對應之例共 39 個，其中是否都可以成立，是否果真屬於漢藏同源詞，仍值得進一步討論。例如：

髏 rus(T)，漢語上古音 lo（擬音依照郭錫良《漢字古音手冊》1986，北京大學出版社，稍作調整，下同）

漏 rua(台)，漢語上古音 lo

容 lun(T)，漢語上古音 rjuong

離 ral(T)，漢語上古音 lja

利 rai(壯)，漢語上古音 ljet

立 rap(B)，漢語上古音 ljəp

由上面的比較，音韻關係相去甚大，很難找出對應規律。因此，l 與 r 互換之說仍有待更進一步的證明。

4.倡此說者，源自西方學者，他們對藏語、漢語的了解皆為間接，多半依賴字典之類的工具書查考出所謂的對應字例。然後又依賴找出的幾十個例子，把傳統的擬音換個位，變成來母為 r，喻四為 l 的結論。李方桂先生在古漢語、西方語言學、漢藏語言學都是當代大師，像這樣對這三方面都有深入造詣的學者，並不多見。李氏以後的西方學者想過的可能性，當初李氏必然考慮過而未採用，應有其一定的顧慮，不能視為李氏有所誤漏，必待後人之修正。

5.我們還可以舉出 l > φ，r > l 說的反証。例如：酉 ru（布依語）、楊 r-（布依語）、龍 kluong（瑤語），這幾個例子都是來母念 l-，喻四念 r-。

Manomaivibool 1975 《 A Study of Sino-Thai Lexical Correspondences》有以下的證據：

余 ra:(台)

移 re:(台)

泄 ria(台)

腋 rak(台)

艷 riam(台)

中央民族學院編輯、出版的《苗瑤語方言詞匯集》（1987，北京）列出苗語黔東方言有 [l]、[r]的對立（p2），而來母字都用來 [l] 對應。例如：

量 li(p90)

里 li(p92)

利 li(p92)

糧 liang(p92)

兩 liang(p92)

輛 lɛ(p94)

粒 lɛ(p94)

爛 la(p96)

流 la(p96)

燎 lang(p96)

牢 lo(p96)

來 lo(p96)

擄 lu(p98)

騾 lu(p98)

老 lu(p98)

倪大白《侗台語概論》（中央民族學院，1990，北京）有以下的例子，證明來母作 [l]，喻母四等作 [r]。例如：

予 raɯ(p8)

力 lɯk(p11)

老人家 pula：u(pu-為前綴)(p11)

船、艫(龍州方言)lɯ(p18)

儸 la 布依語(p32)

綠 lok 布依語(p34)

臉 la 傣語(p42)

王輔世《苗語方言聲韻母比較》（中國社會科學院民族研究所，1979，北京）

爛 la(p70)

聾 long(p70)

來 lau(p70)

老 lo(p70)

兩 lang(p70)

露 lu(p70)

里 li(p82)

即使由藏文來看，我們也可以見到 r- 和喻四對應的例子。「易」字藏語 rje（交換、貿易）。❸

---

❸　包擬古著，潘悟雲、馮蒸譯；《原始漢語與漢藏語》（北京：中華書局，1995 年），頁 121。

同族語言當中還有很多 r-並不對應來母，例如：❹

原始瑤語 rui　　　漢語「衣」（影母）

藏語 rengs　　　　漢語「擅」

藏語 re　　　　　漢語「是」

藏語 ran-pa　　　漢語「善」

藏語 ril　　　　　漢語「旬」

藏語 rag　　　　　漢語「亞」

藏語 rag　　　　　漢語「核」

藏語 rigs　　　　漢語「域」（喻三）

藏語 ral　　　　　漢語「閒」

景頗語 ran　　　　漢語「閒」

　　那麼這些聲母的字我們是否也要考慮上古音有念 r- 的可能？在選擇對應的例子時，我們不能只保留對某一個理論有利的，而無視於那些有衝突的例子。

伍、從演變看流音

　　我們從漢語方言來看流音問題，可以發現來母字沒有一個方言念成 [r-] 的。而喻母四等字也沒有一個方言念成 [l-] 的。如果上古音果眞把喻母四等字念成 [l-]，把來母念成 [r-]，應該會有一些痕跡殘留下來。但是，我們一個這樣的證據也看不到。上古音擬音把 l- 和 r- 倒過來的理論完全是依據別的語言得來的結論。我們以爲，漢語的古音研究

---

❹　同上書，頁 103-108。

更應該注意漢語本身內部的證據。從漢語本身的規律顯示，來母的 [l-]
一直是個 [l-]，而喻四現代方言幾乎都念成零聲母。古音學者已經證明
「喻四古歸定」的條例，說明喻四在上古音當中是一個接近舌尖濁塞音
的聲母，而另一方面，今天演變的結果，又證明它是一個最容易失落的
輔音，那麼，除了 [r-] 還會是什麼呢？從語言史告訴我們，[r-] 是一
個很容易失落的音。我們可以參考英語的情況，John Clark & Colin
Yallop《An Introduction to Phonetics Phonology》一書中云：（p164）

Consider, for example, the deletion of /r/ in many varieties of
English, where /r/ is not pronounced before a consonant nor at the
end of a word when nothing follows and is retained only before a
vowel.

他用下列公式表明：

1. r > ø/_C
2. r > ø/_##

[r-] 是一個容易失落的輔音，因此我們可以合理的假定 [r-] > [ø-]
的演變，而不會是 [r-] > [l-] 的演變。

陸、結論

我們不妨假定，原始漢語有 r-、l- 的對立，上古音裡，它們是 l-
（>來母）。而上古音的喻母字主要是*gr-，*br- > *r- > 喻四。換句話

說，喻四的來源不是單一的。正如現代的零聲母也不是單一的來源（有六種不同的中古來源）。

因此，我們的看法是：

原始漢語 l- > 上古來母 l- > 中古來母 l-

原始漢語 gr-、br-、r- > 上古喻母 > r- > 中古喻四 ø-

我們可以觀察喻四的諧聲狀況，喻四除了本母相諧之外，也常常和其他聲母諧聲：

夷：咦（喜夷切）

㕣頤：姬

與：舉

勻：均

羊：姜

異：冀

邀：繳

諸如此類的諧聲現象，說明上古這個喻四有可能由 xr-、gr- 變來。

陸志韋《古音說略》論及說文諧聲中聲母的通轉次數，其中以母和其他聲母接觸的次數如下（除了本母相諧以及和舌尖音諧聲的）：（p254-255）

和見母諧聲 43 次

和溪母諧聲 7 次

和群母諧聲 9 次

和曉母諧聲 7 次

和云母諧聲 9 次

和影母諧聲 4 次

和匣母諧聲 23 次（以上和舌根音諧聲共 102）

和唇音諧聲 6 次

但是，以母本母相諧的例子高達 247 次。說明大部份的喻四已經演變成一個單聲母 r-。和舌根音、唇音諧聲的仍是 gr-、br-。

gr-、br- 複聲母當中的塞音弱化爲舌尖閃音 r，再後，就消失爲零聲母。

以上我們根據不同的資料，討論了上古流音的問題。嘗試由不同的方向來思考。所得的結論也許還不是最後的定論，不過我們相信任何學術問題都必須經由不斷的挑戰和考驗，才能越接近眞相。本文所提出的看法，一定也還存在著一些弱點與不足之處，希望能透過大家的集思廣益，使這個領域的研究能夠更向前推進一步。

【參考書目】

《Patterns of Language》, UPSID (the UCLA Phonological Segment Inventory Database) UCLA 發行

John Clark &Colin Yallop《An Introduction to Phonetics Phonology》, 1990

Manomaivibool《A Study of Sino-Thai Lexical Correspondences》, 1975

P. K. Benedict, S-T: A Conspectus

R.A.D Forrest〈A Reconsideration of the Initials of Karlgren's Archaic Chinese〉(T'oung Pao 51, 1964, Leiden, Netherlands)

Schuessler〈R and L in Archaic Chinese〉(Journal of Chinese Linguistics Volume2, Number2, 1974, JCL)

中央民族學院編《苗瑤語方言詞匯集》（中央民族學院，1987，北京）

王輔世《苗語方言聲韻母比較》（中國社會科學院民族研究所，1979，

　　北京）

包擬古〈上古音的 l 和 r 介音〉（Evidence for l and r Medials in Old
　　Chinese, 1979）

包擬古著；潘悟雲、馮蒸譯《原始漢語與漢藏語》（中華書局，1995，
　　北京）

白保羅〈Archaic Chinese Initials〉（上古漢語的聲母，香港中國語文學
　　會編《Wang Li Memorial Volume》，三聯書店）

李方桂〈比較台語手冊〉（A Handbook of Comparative Tai）

倪大白《侗台語概論》（中央民族學院，1990，北京）

張世祿、楊劍橋〈論上古帶 r 複輔音聲母〉（復旦學報 5，1986）

郭錫良《漢字古音手冊》（北京大學出版社，1986，北京）

陸志韋《古音說略》（學生書局，1971，台北）

雅孔托夫〈上古漢語的起首輔音 l 和 r〉（唐作藩、胡雙寶編選《漢語
　　史論集》，北京大學出版社，1986，北京）

雅孔托夫〈上古漢語的複輔音聲母〉（唐作藩、胡雙寶編選《漢語史論
　　集》，北京大學出版社，1986，北京）

蒲立本〈漢語詞類新論〉（Some New Hypotheses Concerning Word
　　Families in Chinese, 1973）

潘悟雲〈漢藏語歷史比較中的幾個聲母問題〉（語言研究集刊 1，1987）

龔煌城〈A Comparative Study of the Chinese, Tibetan, and Burmese Vowel
　　Systems〉（史語所集刊 51，1969）

龔煌城〈從漢藏語的比較看上古漢語若干聲母的擬測〉（第七屆全國聲
　　韻學研討會論文，1989，臺中）

從音義關係看「酉」字的上古音

金鐘讚*

一

　　研究聲韻學的人都以中古音爲主再配合上古的書面資料構擬上古音。有趣的是他們的觀點不完全與文字學家相同。比如酉字與酒字,聲韻學家認爲它們在上古就是不同音,但文字學家認爲它們在上古是同音的。到底哪種意見比較合理?

　　文字是語言的符號,這是現在大家都公認的文字的科學的定義。我們認爲研究文字應當從這一點出發考慮,作爲語言符號,文字有形、有音、有義,三者是個統一體,是不能分開的。研究文字,不能離開義而只講形。只講形,那就失去其作爲語言符號的性質。也不能離開形而只講義。只講義,那就是訓詁學,而不是文字學。我們只能把它作爲語言的符號,形、音、義三者同時都研究。我們在這篇論文中依據這種觀點去考察,「酉」字的形、音、義變遷過程以及其後起字「酒」字之間的關係,闡明我們對「酉」字之見解。

---

*　　韓國安東大學中文系。

二

　　我們研究古語的音値時，只靠紙上材料是不夠的，因爲我們從紙上資料只能做到古語語音系統的擬測。在這一工作上，我們可以利用一些現代活的方言。現代漢語方言是隨著不同的演變過程而產生的，所以我們只要掌握住其演變規律，然後根據這些規律往上推，而擬測出古代漢語的音値來。故董同龢先生曾說：

> 　　我們如把紙上材料所表現的古語音類擺在一端，把現代方言中各種音讀擺在另一端，以語言演變的通則作參考，豈不是可以替那些今音分別擬出一個共同的來源，而假設他們就是古音某某類的音値嗎？這是近代歷史語言學給我們開闢的一條大路。❶

　　瑞典漢學家高本漢曾對漢語方言做過調查，並把調查結果作爲構擬古音的重要依據。這一研究實踐，更是給予中國語言學者具體的借鑒。於是漢語方言的調查研究，特別是方言的調查研究陸續發展，並促使漢語音韻學的研究進入了一個新的階段。他的《中國音韻學研究》❷是近幾十年中古音研究的基石。

　　高本漢對切韻的研究有兩方面：一是根據韻書反切跟等韻圖表，區分音類；二是根據方言跟對音，構擬每個音類的音値。這裏注意的是高本漢對全濁聲母的擬音與喻母字的擬音。他認爲全濁聲母都是送氣

---

❶　　董同龢：《漢語音韻學》（臺北：文史哲出版社，民國 82 年 9 月），頁 139。

❷　　高本漢：《中國音韻學研究》（臺北：商務印書館，民國 71 年 6 月）。

音，喻母是零聲母，這觀點跟高氏對上古音的觀點有關係。

高本漢構擬上古音時基本上根據中古音往上推研究，再參考上古的諧聲等資料。高氏的上古音有兩套濁聲母。在他的系統中喻母字才有歸於 b、d、g、z 的可能性。因為「酉」與「酒」有諧聲關係。故給「酉」字擬 zisəu 音而給「酒」字擬 tsiəu 音。如果高氏的上古有兩套濁聲母的觀點不成立的話，他對喻母字「酉」所擬的音就自然而然地不能成立了。後來不接受高氏之觀點的人陸續提出他們的看法。李方桂先生考慮到喻母字的諧聲問題就說：

> 大體上看來，我暫認喻母四等是上古時代的舌尖前音，因為他常跟舌尖前塞音互諧。因此可以推測喻母四等很近 r 或者 l。又因為他常跟舌尖塞音諧聲，所以也可以說很近 d-。我們可以想像這個音應當很近似英文（美文也許更對點兒）ladder 或者 latter 中間的舌尖閃音（flapped d，拼寫為-dd-或-tt-的），可以暫時以 r 來代表他，如弋*rək，余*rag 等。到了中古時代*r-就變成 ji-了。❸

李方桂先生的擬音目前最為人所接受。李方桂先生認為喻母（四等）字的上古音應該是 r 音，故分別給「酉」、「酒」二字擬成*rəgwx、*tsjəgwx 音。

「酉」與「酒」二字是有諧聲關係的，則它們之間必定要有聲同或聲近關係。一般而論，諧聲不僅要在聲母上有聲音關係，也要在韻母

---

❸　李方桂：《上古音研究》（北京：商務印書館，1983 年 3 月），頁 13。

上有聲音關係。李方桂先生的擬音不符合聲近原則。吳世畯先生注意到
這點,就在〈李方桂諧聲說商榷〉中把李氏的擬音改成如下:

$$酉〔*ləgwx > jiəu〕,酒〔*tsljəgwx > tsjəu〕 ❹$$

吳先生的擬音對不對暫且不論,但起碼他能試讓「酉」與「酒」在聲音
上發生關係,這點是值得稱道的地方。目前研究聲韻學的人對「酉」、
「酒」二字所擬的音不完全相同,但都給它們擬出不同的上古音。

三

今人往往把古今字當作文字學範疇的概念,即把產生在前的稱為
古字,把出現於後的叫今字。如果從這個角度出發,古今字即可分為兩
類。一類是古字與今字音義完全相同而形體不同,換句話說,這不過是
產生的時間有先後的異體字。另一類是由本字與分化字構成的古今字。
這類古今字又有兩種情況。一種情況是由於字義的引伸及文字的分化所
造成的,聲音相同或相近,意義同源,形體上大都有密切連繫。換句話
說,這類古今字是產生的時間有先後的同源字。❺

---

❹　吳世畯:〈李方桂諧聲說商榷〉,《第四屆國際暨第十三屆全國聲韻學學術研討會
論文集》1995 年,頁 B3-11。

❺　王力先生說:「還有一類很常見的同源字,那就是分別字(王筠叫做『分別文』)。
分別字歷代都有。背東西的『背』晚近寫作『揹』,以區別於背脊的『背』。嘗味
的『嘗』,晚近許多人寫作『嚐』,以區別於曾經的『嘗』。」王力:《同源字典》
(北京:商務印書館,1987 年 4 月),頁 6。

另一種情況是由於字義的假借及文字的分化所造成的，聲音相同，形體上大都有密切連繫，但不同源。這類古今字分為兩類：

a.由假借義分化出的今字。如「莫」造字本義指日落天晚，它借音表義，可表示許多假借義，據朱駿聲《說文通訓定聲》所載有：「無莫（慕）也」（《論語·里仁》）；「莫（嘆）其德音」（《禮記·樂記》）；「聖人莫（謨）之」（《詩·小雅·巧言》）；「求民之莫（瘼）」（《詩·大雅·皇矣》）；「皆輸入莫（幕）府」（《史記·廉頗藺相如列傳》）；「廣莫（漠）之野」（《莊子·逍遙遊》）；「猶未之莫（慔）」（《淮南子·繆稱》），括弧裏的慕、嘆、謨、瘼、幕、漠、慔均是由假借義發展來的後起字。

b.由本義產生的後起字。如「莫」又假借指無定代詞，這個詞義「壟斷」了「莫」這個字形，於是本義另造「暮」字，屬於這一類的古今字還有要／腰、采／採、匪／篚、康／糠、感／憾、羞／饈、禽／擒、亢／頏、貨／賄、前／剪、爰／援、反／返、縣／懸、益／溢、其／箕、虛／墟、監／鑑、止／趾、然／燃、求／裘、正／征、聿／筆等。

同源字的產生與詞義的發展密切相關。同源字的產生，是語言隨社會交際的需要，使詞匯表意相應日益精確的結果。社會生活日益豐富，語言也隨之不斷發展，在語言諸要素中，詞匯是最活躍的因素，詞匯發展的主要形式是詞義的引申，即從本義出發，沿著它的特點所規定的方向，按著各民族的習慣，根據社會的需要，不斷產生新義，當一個詞的引申義發展到一定範圍，人們為了避免書面表達上的歧意，便會派生出新詞，一個詞經過幾代甚至幾十代的派生便形成一個意義相關的詞族，這就是同源字。王興業先生在〈郭錫良等編《古代漢語》注釋中「通」和「同」的辨正兼與《辭海》、《辭源》商榷〉中云：

同源字之間和通假字與本字之間有相同之處：它們互相之間都
存在著語音上的連繫，或相同，或相近。❻

我們在第二節中考察過聲韻學家們對「酉」、「酒」二字的擬音情況。
它們之間若有同源關係的話，它們的上古音可以相同，也可以相近，則
聲韻學家們可以給它們擬出不同的音。

戴侗《六書故》書故云：

> 酉，釀之通明也，象酒在缸瓮中。借爲卯酉之酉，借義擅之，
> 故又加水作酒，醪醴之類，無不從酉，此爲明徵。

周伯琦《六書正訛》亦云：

> 酉，古酒字，釀米麴而味美者也。象酉在器中之形。

彭利藝在《象形釋例》中云：

> 酉
> 〔解形〕
> (一)〔酉〕：甲文酉，象酒器形。象小口、長頸、大腹、尖底形。
> 酉是酒的本字。凡從酉的字，都與酒有關，如醉，言喝酒過量，
> 神忘迷亂。醴，是甜酒。醫，酒是中藥的主藥，因此醫字下是

---

❻ 王興業：〈郭錫良等編《古代漢語》注釋中『通』和『同』的辨正兼與《辭海》、
《辭源》商榷〉，《古漢語研究》（北京：河南大學出版社，1989 年 11 月），頁
255。

酉字。足以證明酉、酒是古今字。……

〔釋義〕

本義：作「醴之通路」解，指酒的通稱，名詞。惟本義被酒字所專。酉字現行義為別義。

假借義：「子、丑、寅、卯、辰、巳、午、未、申、酉……」的「酉」，託名標識字，地支名，居第十位。❼

以上我們考察過有關「酉」、「酒」二字的問題。它們之間沒有同源關係。它們的關係應是 b 類古今字，也就是由本義產生的後起字這一類。

四

漢字的演化史大致可以分做三個階段：

第一階段，可以叫做表形時期。

第二階段，可以叫做假借時期。

第三階段，可以叫做形聲時期。

其中跟本論文最有關係的是假借這個問題。

甚麼是假借字？許慎在《說文解字敘》中說：「假借者，本無其字，依聲託事。」意思是說語言中的某一個詞，本來在產生時沒有替它造字，而是照它的聲音，借用一個已有的同音字或音近字來表示它，這個替代的字就是假借字。換句話說，就是用一個同音字作記音符號來記錄那個詞。這種情況是文字從較原始的象形（包括指事、會意）字向表

---

❼　彭利藝：《象形釋例》（臺北：新文豐出版公司，民國 72 年 4 月），頁 396。

音文字發展初期的共同現象。

假借字與被借字之間意義上沒有必然的連繫，實際上是完全不同的兩個概念，嚴格地說它們應該用不同形式的兩個符號表現出來，只是因為當時還未給假借字找到一個獨特的形體，而靠音同或音近的條件借用了被借字的形體，這就形成了一個形體表示兩個不同概念的現象，然而實質上它們只不過是兩個符號借用了同一個形體，而不應當僅從形式上把它們看成是一個符號。所以我們一直堅持認為借字與被借字是同形異字。但同一文字形體同時記錄過多的語義內容就影響人們對書面語言的準確理解，產生記錄與理解的矛盾。理解發生障礙就直接破壞了文字的記錄功能。為了解決這一矛盾，人們就要創制新的文字來記錄舊字的一義項，解決舊字兼職過多的問題，這就是促成了文字的分化。

周祖謨先生在《周祖謨學術論著自選集》中說：

> 文字是記錄語言的符號。語言在發展的過程中不斷產生新詞，就要創造新字。由於語義的發展和語音的改變，原有的存在表意或表音上有不足之處，就要在原有的形體上增改意符，或改變聲符。例如「莫」字原義是日暮，「莫」作否定詞以後，另造「暮」字，代表日暮的意思。「采」本意為採摘，後來「采」作五彩，色彩來用，於是又造「採」字，代表採摘的意思。[8]

由此可見分化的方法是為多義字的某一義項創制新字，從而把這一義項

---

[8] 周祖謨：《周祖謨學術論著自選集》（北京：北京師範學院出版社，1993 年 7 月），頁 27。

從原字轉移給新造字，創制新字的方法主要是給原字增加聲旁或與字義相關的形旁，這樣做不僅充分利用了舊字形，而且通過增加形旁的方式使新字符合形義統一的原理。

在口頭語言當中已經存在著「干支」之「酉」這個概念，但在書面語言中還沒有與之相應的字，而且這又是一個很抽象的概念，用象形的手段來表示不可能，用會意的辦法來表示也不容易，於是就借用了一個與之音近的「酉」字（案酒之義）爲其形體。「酒」這個概念的「酉」字假借爲干支之「酉」這個概念之後，「酉」字就表示兩個詞義了。假借義變成了專用義、常用義。於是假借字與假借義的關係，如同本字與本義的關係一樣，人們都把它們當作本字本義看待了。因此，爲了不使二者相混，人們就在「酉」的左邊加了個「水」旁，變成了「酒」字，用來專門表示「酒」這一概念。現在圖解一下「酉」、「酒」之間的關係：

酉 b （案酉 a 表示「酒」之義，酉 b 表示「干支」之義。）

依據詞語本身在使用，構造新詞等方面的不同特點。現代漢語的詞匯可以分爲一般詞匯和基本詞匯。一般詞匯指的是語言中那些不具備穩固性，能產性，全民常用性的集合體。一般詞匯的特點是它的靈活性和敏感性。一般詞匯處在經常的變動中，它能迅速反映社會各方面的情

況，適應社會各方面的需要增加新詞，而將用不著的舊詞淘汰掉。基本詞彙在語言中被廣泛運用，又有很強的構成新詞的能力，它們代表的都是人們生活所必需的內容，它們意義明確，為一般人所共同理解。這樣的詞就是基本詞，由基本詞構成的集合體叫基本詞彙。

我們已在第二節中提到各家的擬音，他們都給「酉」、「酒」二字擬不同的上古音。「酉」與「酒」字指的是同一物，而且我們喝的酒又是基本詞，何以古人把同一物既讀*ləwx（酒）又念*tsljəwx（酒）呢？按理「酉」與「酒」既是同一物，則聲音也要相同吧。故徐中舒主編《甲骨文字典》云「酉讀為酒」，張建葆先生也在《說文音義相同字研究》中云：

> 酉就也。八月黍成可為酎酒。
> 酒就也。所以就人性之善惡。從水酉，酉亦聲。
> 案酒從酉聲，且皆訓為就，酉與酒音義相同。❾

聲韻學家認為「酉」與「酒」在上古是不同音而文字學家認為它們是同音。「酉」與「酒」字在上古正是同音的話，後來何以變成兩個不同的音呢？研究文字學的人到目前為止沒有做個圓滿的解釋，故研究聲韻學的人無法相信文字學家的這種見解。

---

❾　張建葆：《說文音義相同字研究》（臺北：弘道文化事業有限公司，民國 63 年 2 月），頁 419。

五

劉宗德先生在〈『右文說』探討〉一文中說：

> 語言的發展總是先有口頭語言才有書面語言，先有字的音然後
> 有字的形。從這方面看，字音和字義的關係，比之字形和字義
> 來還要密切得多。❿

　　漢字與漢語語言所表示的意義有什麼關係呢？回答這一問題，要
從形、音、義三者的來源談起。三者之中，義最早。自從人類社會產生，
人類要生存、勞動、組織生產、交流思想等等，隨之就產生了意義；由
於人們迫切需要交際，於是語音應運而生。這種表達一定意義的聲音就
是語言。這裏必須指出，語言和意義之間的關係，並不是必然的，而是
「約定俗成」的。例如古代一種體形比牛小帶雙角的哺乳動物，一個人
叫它〔ian〕，別人也跟著這麼叫，時間一久，大家都這麼叫，〔ian〕
這個語音就代表「羊」這種動物。其實，開始那個人拿別的音表示羊，
是完全可以的。人類語言有漫長的歷史，而文字卻是以後很久才產生
的。人類在一個很長的時期只有語言而沒有文字。隨著人類社會的進
步，人們迫切需要語言能傳之久遠，於是創造了記錄語言的符號漢字。
　　在上古已有酒這一物之音、義以及干支之酉這一概念和音。古人
先是用「酉」字表達「酒」這一物的音、義而後又用來表達干支之酉這
一概念和音。問題是當發生假借時，本來就不是靠同音而是靠音近關

---

❿　劉宗德：〈『右文說』探討〉，《語言文字學》（北京：人民大學書報資料社，1982
　　年），頁 44。

係。因此，「酉」字就變成一字二音二義了。等借義佔上風，古人爲了本義再造「酒」字。表面上看來「酉」字的本義雖然在它的義項中消失，但這個意義並沒有眞正消亡，而是轉移給別的字了。「聲隨義轉」，這時「酉」字的本音也跟隨本義轉附於「酒」字上了。結果「酉」字只具有借音、借義了。故韓陳其先生在《中國古漢語學》（上）中云：

> 漢字有形、音、義三個要素，其中「義」是最重要的起著決定性作用的要素。因此當漢字的「義」發生變化時，「形」（有時也包括「音」）也隨之變化，這種變化適應了文字作爲交際工具的需要。⓫

「酉」字的經過應是如下：第一階段爲一字一音一義，第二階段爲一字二音二義，第三階段爲過渡期，第四階段爲一字一音一義。第一階段與第四階段的字形都是「酉」字，但其音、義卻不同。至於後起字「酒」，雖然它的字形是與「酉」字不同，但其音、義反而與「酉」字的第一階段相同。

漢字的字體是不斷發展演變的。這種演變一般是緩慢的、漸進的，不是新字體一出現，舊字體就廢除不用，而是新舊字體並存一段時間以後，才由新字體代替舊字體，成爲普遍通用的字體。舊字體基本不用之後，也不是一下子消滅掉，在某些場合還會使用。

有關字音問題，原則上講只有同音字才能假借，這符合語言以音曉義的原則；如果允許不同音的字可以隨便假借，那麼文字也就難以起

⓫　韓陳其：《中國古漢語學》（上）（臺北：新文豐出版公司，民國 84 年 5 月），頁 257。

到傳遞語言信息的作用。道理是清楚的。所以古音假借中許多是同音字，但不必一定完全相同。故王力先生說：「同音字的假借是比較可信的，讀音十分相近（或者是既雙聲又疊韻，或者是聲母發音部位相同的疊韻字，或者是韻母相近的雙聲字）的假借也還是可能的。**⑫**」現在我們以這種觀點圖解一下「酉」、「酒」二字之音、義關係，例如：

上古第一階段　　　　　　　　上古第二階段

酉（本義）*tsljəgwx　　　　→　　酉（本義）*tsljəgwx　　　→

干支之酉，有音無字*ləgwx →　　酉（借義）*ləgwx　　　　→

上古第三階段　　　　　　　　上古第四階段

酒（本義）*tsljəgwx　　　　→　　酒（本義）*tsljəgwx

酉（本義）*tsljəgwx　　　　→　　酉（借義）*ləgwx

酉（借義）*ləgwx　　　　　→

　　我們往往把文字語言混爲一談，爲字形所束縛，長期把文字作爲研究對象，而不能直接進入對語言本身的研究。「酉」字的中古反切保存的不過是後起借義的音，它的本義、本音就老早轉附於「酒」字上而不見了。爲什麼我們還要在後起義的反切上捉摸著「酉」字本義的上古音呢？我們依據「酉」字的中古音往上推研究出來的上古音只能表示與干支之酉有關係而與酒之義無關。在酉與酒字之間，今字不但記錄古字的本義，也具有古字的本音。現在根據這種觀點去看一下「酉，古酒字，釀米麴而味美者也。象酉在器中之形。」，「睡虎地秦墓竹簡《田律》：

---

⑫　王力：《龍蟲並雕齋文集》第一冊（北京：中華書局，1982 年 6 月），頁 339。

『百姓居舍者毋敢酤酒』。」⑬這裏的「酉」字其意義都跟酒有關係，如果以國語來念的話，個人認爲非得念 tɕiou 不可。⑭

六

　　假借是文字的一種使用方法。這種方法用得很早，卜辭中就有不少假借字。這種方法的產生，是由於文字造字的方法與漢語之間的矛盾使然的。有許多抽象的、無形的東西就無法用字形表示。這類的詞只能借用聲音與之相同或相近的字作爲它的符號。

　　「酉」字的本身具有酒之音、義。後來它被借爲與之聲音相近的干支之酉以後，它就變成一字二音二義了。一爲喝酒之「酒」的音與義，一爲干支之「酉」的音與義。久假不歸而再造「酒」字保存本義。這時不但把「酒」之義從「酉」字轉附給「酒」字上，連其「酒」之聲音也跟著從「酉」字轉附於「酒」字了。結果「酉」字後來只具有借音、借義了。「酉」字之中古音不是從「酉」字之本音演變而來的，而是從「酉」字的借音而來的。實際上「酉」字之本音、本義已轉到「酒」字上，故若要找出「酉」字的本音，應該從「酒」字之音入手。故我們主張在本義上「酉」字之音正是與「酒」字相同。

---

⑬　李樂毅：《漢字演變五百例》（北京：北京語言學院出版社，1992 年 5 月），頁 433。

⑭　「口之於味也，目之於色也，耳之於聲也，鼻之於臭也……」（《孟子·盡心章句下》），「弟子入則孝，出則弟。」（《論語·學而》），「仁者不憂，知者不惑，勇者不懼，……」（《論語·憲問》），上面例子中臭、弟、知的讀音無疑都跟意義有關係。

丁履恆「合韻理論」與
章君「成均圖」比較研究

李鵑娟*

一、前言

後人以後世音讀，讀古代韻文，每有不能協叶之感，為解決此一現象，前輩學者提出許多辦法，或說明其理、或解釋其因，古韻學的發展於是興起。然而，對此不能協叶之情形，嘗試解釋的看法與方向或有不同，所發明的理論也就有所差異，如六朝隋唐除了有「協韻」、「合韻」或「取韻」、「協句」之說，❶也有「韻緩」的

---

* 輔仁大學中國文學研究所。

❶ 三者名雖異而實同，皆為改讀之說。

陸德明《經典釋文》謂之「協韻」。

《詩經·召南·采蘋》三章：

于以采蘋。南澗之濱。予以采藻。于彼行潦。

于以盛之，維筐及筥。于以湘之，維錡及釜。

于以奠之，宗室牖下。誰其尸之，有齊季女。

陸氏於「宗室牖下」下字下注云：「下、協韻則音戶」。

又《詩經·邶風·日月》首章：

日居月諸，照臨下土。乃如人之今，逝不古處。胡能有定，寧不我顧。

意見；❷到了宋代更有「叶韻」、「叶音」或「本音」之說，❸而吳棫

日居月諸，下土是冒。乃如人之兮，逝不相好。胡能有定，寧不我報。

日居月諸，出自東方。乃如人之兮，德音無良。胡能有定，俾也可忘。

日居月諸，東方自出。父兮母兮，畜我不卒。胡能有定，報我不述。

陸氏於「寧不我顧」顧字下云：「顧、徐音古，此亦協韻也。」

顏師古《漢書注》謂之「合韻」。

顏氏於《漢書·司馬相如傳》「其上則有鵷雛孔鸞，騰遠射干。其下則有白虎玄豹，

蟃蜒貙犴。」下注云：「犴音案，合韻音五安反。」

徐邈《毛詩音》謂之「取韻」。

《詩經·召南·行露》三章：

誰謂鼠無牙，何以穿我墉。

誰謂女無家，何以速我訟。

雖速我訟，亦不女從。

徐氏於「何以速我訟」訟字下注云：「訟，取韻才容反。」

徐氏之意以爲，「訟」自後世音似用反，與「墉」、「從」等字不協，改爲「才容

反」後，才可押韻。

沈重《毛詩音》謂之「協句」。

沈氏於《詩經·邶風·燕燕》首章、三章皆注云「協句」：

燕燕于飛，差池其羽。之子于歸，遠送于野。瞻望弗及，泣涕如雨。

燕燕于飛，頡之頏之。之子于歸，遠于將之。瞻望弗及，佇立以泣。

燕燕于飛，上下其音。之子于歸，遠送于南。瞻望弗及，實勞我心。

仲氏任只，其心塞淵。終溫且惠，淑慎其身。先君之思，以勗寡人。

沈氏於「遠送于野」野字下云：「野、協句，宜音時欲反。」於「遠送于南」南字

下云：「南、協句，宜音乃林反。」

沈氏以爲，「野」後世音羊也反，改讀爲時欲反，以與「羽」、「雨」協音。「南」

後世音那含反，改讀爲乃林反，以與「音」、「心」相協。

❷ 陸德明《經典釋文》於《詩經·邶風·燕燕》三章「南」字下，既陳沈重「協句」

之說，又申己意云：「古人韻緩，不煩改字。」

❸ 沈括《夢溪筆談》謂之「叶韻」。

沈氏於南宋毛晃增注、其子居正校勘重增之《增修互註禮部韻略》十「陽」下云：

作《韻補》則有「通轉」的體會；❹到了明代，楊愼亦提出「叶音」

「沈括云：古人詩之協韻也，音霜。」「慶」字下云：「沈括云：古人協韻，宜音羌。」

陳第亦以爲「叶韻」說肇自沈括。其〈讀詩拙言〉云：「『沈括云：慶，古人協韻也，宜音羌。』諸儒遂以爲然，故註詩者，一則曰叶，再則曰叶；近有易書，於『當』字下注云：『本去叶平』，亦襲沈括之說也。」

宋朱熹《詩集傳》大量使用「叶音」之說，其意以爲古人爲押韻之方便，可任意將詩中之字改讀，以配合協韻之音，如此，則無字不可叶。

如一「家」字，《詩經·周南·桃夭》首章：

桃之夭夭，灼灼其華。之子于歸，宜室宜家。

其「家」字可讀爲本音。

《國風·豳風·鴟鴞》三章：

予手拮据。予所捋荼。予所蓄租。予口卒瘏。曰予未有室家。

《詩經·小雅·采薇》首章：

靡室靡家。玁狁之故。不遑啓居。玁狁之故。

其「家」則讀爲「姑」音，古胡切。

《詩經·召南·行露》二章：

誰謂雀無角，何以穿我屋。誰謂女無家，何以速我獄。雖速我獄，室家不足。

「家」字叶音「谷」。

《詩經·召南·行露》三章：

誰謂鼠無牙，何以穿我墉。誰謂女無家，何以速我訟。雖速我訟，亦不女從。

「家」字叶「各空反」。

宋項安世《家說·論詩音》云：「……其所通韻，皆有定音，非泛然雜用而無別者，於此可見古人呼字，其聲之高下，與今不同。又有一字而兩呼者，古人本皆兼用之，後世小學，字既皆定爲一聲，則古之聲韻遂失其傳，而天下之言字者，於是不復知有本聲矣。雖然，求之方俗之故言，參之制字之初聲，尚可考也。……夫自之本聲，不出於方俗之言，則出於制字者之說，舍是二者，無所得聲矣。今參之二者以讀聖經，既無不合矣，而世之儒生，獨以今《禮部韻略》不許通用，而遂以爲詩人用韻皆氾濫無準，而不信其爲自然之本聲之，不亦陋乎！」

❹ 《韻補》專就《廣韻》二百六韻注明古通某、古轉聲通某、古通某或轉入某。此爲

說，❺無論如何，無法協叶的韻文引起高度注意後的結果，即是古韻分部理論的發展。前輩學者在那些無法諧叶的「例外」中，找到了規律，❻並由此規律，逐一建立古韻部目，也逐一歸納、整理出古韻的理論。由於古今音讀的不同；方言、俗語的差異，使得歷來學者在研究古音時，不得不面對材料分析上無法統合的現象，並建構出一套解決這些差異的理論系統。也因爲有此理論系統的產生，使得前輩學者更爲注意古韻分部的問題。因此，我們可以大膽的假設，若沒有通用、合用等押韻現象的歸納整理，應該不可能憑空出現古韻部的理論；古韻分部的理論只是一個「果」，眞正使得果實生長的觸媒即是古韻部的通合現象。

　　經由清代古音學者的研析，終於確立出一個重要的觀念：對於以今音讀之，而苦於無法協叶的韻文，大致上可以段玉裁所提出的「古合韻」與「古本音」來說明；❼換言之，凡是古今音讀差異所造成的不能

《韻補》三例。據吳氏所注通轉歸類，可得古韻九類：

東（冬、鐘通，江或轉入）

支（脂、之、微、齊、灰通，佳、皆、哈轉聲通）

魚（虞、模通）

眞（諄、臻、殷、痕、耕、庚、清、青、蒸、登、侵通，文、元、魂轉聲通）

先（僊、鹽、沾、嚴、凡通，寒、桓、刪、山、覃、談、咸、銜轉聲通）

蕭（宵、肴、豪通）

歌（戈通，麻轉聲通）

陽（江、唐通，庚、耕、清轉聲通）

尤（侯、幽通）

❺　楊慎著《轉注古音略》，以爲宋人叶韻之說漫無準則，古人叶韻，乃自轉注而來，以一自轉數音者爲轉注，謂「學者之叶韻自叶韻，轉注自轉注，猶知二五而不知十」。

❻　如同李師添富所說，所有的例外現象只是尚未找到其規律，所以稱之爲「例外」。

❼　段玉裁於〈詩經韻分十七部表〉云：「（詩經及群經）學者讀之，知周秦韻與今韻

諧叶現象，❽便是段氏所謂的「古本音」，若是古音本就不屬同部的押韻現象，就稱爲「古合韻」。而這種「古韻異部的押韻情形」的看法提出，正是「合韻理論」的濫觴。

段氏爲「合韻」現象創建三種辦法解決：以〈古十七部合用類分表〉，區隔陰聲韻部間或陽聲韻部間的通協；以「異平同入」說，解釋陰聲韻部與入聲韻部的往來；❾以「古諧聲偏旁分部互用說」和「古一字異體說」，處理《說文》諧聲的不合。雖然，以今日的古韻研究成果視之，段氏學說不免疏漏，然而，其利用「合韻」排比古韻部遠近關係，影響古音研究的發展甚鉅。

段氏之後，古音學家一方面分立古韻部，以建構古韻理論；另一方面則對古韻部「通合」現象，提出更爲精審的分析。如戴震有「正轉」、「旁轉」的提出；❿孔廣森有「陰陽對轉」之說；⓫宋保也有所謂「同

異，凡與今韻異部者，古本音也。其於古本音有齟齬不合者，古合韻也。本音之謹嚴，如唐宋人守官韻。合韻之通變，如唐宋詩用通韻。不以本音蔑合韻，不以合韻惑本音，三代之韻昭昭矣。」

❽ 古音、今音的差異事實上就是方言、俗語的不同。在以「化時間爲空間」的研究成果中，依照各城市進步的程度，佐之以當地的語言特色，可以發現時空的變遷，造成方言、俗語的差異。如純粹未經交流的閩南方言，則較爲忠實的保存了戰國古音的特色。

❾ 段氏以入聲韻部配列陰聲韻部，故言之。

❿ 戴震〈答段若膺論韻書〉云：「其正轉之法有三：一爲轉而不出其類，脂皆、之轉咍，支轉佳是也。一爲相配互轉，眞、文、魂、先轉脂、微、灰、齊，換轉泰、咍、海轉登、等，侯轉東，厚轉講，模轉歌是也。一爲聯貫遞轉，蒸、登轉多，之、咍轉尤，職、質轉屋，東、多轉江，尤、幽轉蕭，屋、燭轉覺，陽、唐轉庚，藥轉錫，眞轉先，侵轉覃是也。以正轉知其相配及次序，而不以旁轉惑之，以正轉之同入相配，定其分合，不徒恃古人用韻爲證。」戴震轉而不出其類之正轉，未出其部，

位」、「異位」說；⓬王念孫作《合韻譜》；⓭江有誥有「正韻」、「通
韻」、「合韻」與「借韻」理論；⓮張惠言也有「通合」說的提出；⓯

未出其類；其相配互轉之正轉，部有陰陽之別，但仍未出其類；其連貫遞轉之正轉，
則依九類二十五部各類各部先後次序之標準。

至於旁轉之說，《聲韻考》云：「旁推交通，如眞于蒸及青，寒、桓于歌、戈，之
于眞及支，幽、侯于虞，屋、燭于錫，宵于魂及之，支、佳于麻，歌于支、佳，模
于支，侵、凡于東。」

按：戴氏正轉或同部相轉，或同類共入相轉，或連貫遞轉，皆轉而不出其類；聯貫
遞轉或有連比之類互轉。至若既非同類相轉，又非連比之類互轉者，即旁轉是也，
由是可知戴氏所謂旁轉即隔類相轉。是以戴氏論韻部分合相配及次第，以正轉爲
主，旁轉則濟其窮。

⓫ 孔廣森作《詩聲類》分陰聲九、陽聲九，陰聲陽聲兩兩相配，可以對轉，其言曰：
「分陰分陽，九部之大綱，轉陽轉音，五方之殊音。入聲者，陰陽互轉之樞紐，而
古今變遷之原委也，舉之、咍一部而言之，之之上爲止，止之去爲志，志音稍短則
爲職，由職而轉爲證，爲拯，爲蒸矣。咍之上爲海，海之去爲代，代音稍短則爲德，
由德而轉則爲嶝，爲等，爲登矣。推諸他部，耕與佳相配，陽與魚相配，多與侯相
配，冬與幽相配，侵與宵相配，眞與脂相配，元與歌相配，其間七音遞轉，莫不如
是。」

⓬ 《諧聲補逸·卷四》云：「大抵合音之理，取諸同位，如眞文入元寒；取諸異位，
如諄文元寒入支佳。總視其聲之遠近，近者直達，遠者每由相近之部份以傳達之，
此古音諧聲之理，後世音轉由此而生，陸韻次第多準乎此。」宋氏所謂取諸同位，
乃陰聲與陰聲及陽聲與陽聲之旁轉；所謂取諸異位，乃陰聲與陽聲之對轉或旁對轉。

⓭ 今可由陸宗達先生〈王石臞先生韻譜合韻譜稿後記〉一文所載王氏韻部通合之例，
以及許世瑛先生〈王念孫古韻譜考其古韻二十一部相通情形〉所輯合韻諸例，明其
條貫。

⓮ 江氏《古韻凡例》云：「古有正韻、有通韻、有合韻。最近之部爲通韻，隔一部爲
合韻。《詩經》用正韻者十之九，用通韻者百中之五六，用合韻者百中之一二。計
三百五篇，除《周頌》不諭，其國風、大小雅、商魯頌，共詩一千百時有二章，通
韻六十見，合韻十餘見，不得其韻者數韻而已。知其合乃愈知其分。即其合用之故，
而因之已知古韻之次第，並可知唐韻誤合之由。」

在在都顯示出「合韻理論」的重要性，以及前儒對此的重視。

　　本文則以丁履恆《形聲類篇・通合篇》與章君太炎之〈成均圖〉為比較對象，旨在闡明古音學之發展，莫不由「合韻理論」開始：古韻分部的歷程，❻係乃「通用」、「合用」研究日益精微所致；古韻部目次第之排列，也因「合韻」關係之遠近而定；陰聲、陽聲、入聲明晰精準之配列，亦有待「合韻理論」之完成而後定。

二、丁履恆、章太炎之古韻分部

　　欲研究丁、章二氏之「合韻理論」，不得不自二人之古韻分部談起，為方便研析，並為其古韻部擬測音值，以利說解。

　　按：其所謂最近之部為通韻者，乃指元音相近而合用；至於所謂合韻者，當係不同部而合韻之現象，也就是元音稍遠而相叶者。另江氏又云：「近者可合，而遠者不可合。許世瑛先生謂「凡隔數部者為借韻」。

❺　丁氏《形聲類篇・通合篇》錄張氏合韻表，以為張氏之通合，約有五類：
　　一曰通，謂本一部，分為二也。如中、僮一部，蒸、林一部是也。
　　二曰韻類，凡同類者多合韻。如中、僮、林、蒸為一類，嚴、筐為一類，筐、榮、蒸、說、干為一類。
　　三曰韻等，凡絲連者，此近相合也。如中為一等，僮、蒸、林、嚴為二等，筐為三等，榮、蒸、說、干為四等，婁、肆為五等，揖為六等，支、皮為七等，絲、鳩、毛、婁、岨為八等是。
　　四曰同入。如僮部之入在鳩婁二部，蒸部之入在絲部是也。
　　五曰旁合。如合絲，則從絲合鳩，又從絲合婁，皆在其類。

❻　由鄭庠六部、顧炎武十部、江永十三部、段玉裁十七部、戴震十六部、孔廣森十八部、丁履恆十九部、張惠言二十部、王念孫二十一部、江有誥二十二部、乃至於章君太炎二十三部。

(一)丁履恆之古韻分部及其擬音

丁履恆，字若士，號道九，晚年自號東心，一作多心，江蘇武進人。生於清乾隆三十五年（西元 1770 年），卒於清道光十二年（西元 1832 年）。丁氏關於音韻學的專著有《形聲類篇》與《說文諧聲類編》。

丁氏分古韻爲十九部，統以十幹，**⓱**蓋承繼顧炎武之十部，江永之十三部，段玉裁之十七部，而得者。丁氏古韻分部成就比起其他清儒，如段玉裁有支、脂、之三分，孔廣森有多部獨立，並無獨特創見，但，對於歷來古音學家的研究成果，丁氏皆親自驗證，同時也認同諸儒的古音成就。

丁氏將多部自東部分出，雖非首創，然而，正當孔廣森提出東、多分部之時，仍有部份古音學家持保留態度，如王念孫一直到晚年，才眞正認同東、多分部而確立其古韻分二十三部，丁氏能夠就群經之押韻現象與《說文》形聲字得聲偏旁之歸納，而有此認知，不能不說其古音觀念的進步。

孔廣森侵、合分部，而丁氏併之；孔氏眞、諄併之，而丁氏從段氏分部。段氏分眞、諄爲二，蓋古韻分部上之重要創獲，丁氏能不受孔氏眞、諄合併之影響，仍分立二部，更進一步將眞、文、元三部統爲戊部上、中、下，既明三部之切近關係，又能分立三者，其古音研究的深入由此可見一斑。丁氏以《廣韻》之侵、覃、添、咸、凡、談、鹽、銜、

⓱　丁氏分古韻十九部爲：甲部上東韻、甲部下多韻，乙部上侵韻、乙部下談韻，丙部蒸韻，丁部上陽韻、丁部下耕韻，戊部上眞韻、戊部中文韻、戊部下元韻，己部上脂韻、己部下祭韻，庚部上支韻、庚部下歌韻，辛部之韻，壬部上幽韻、壬部下宵韻，癸部上侯韻、癸部下魚韻。

嚴、緝、合、帖、洽、乏、盍、葉、狎、業爲有入之韻部，謂之「四聲通轉，分配甚明」，其餘皆以陰入聲配列；以今日陰、陽、入三分確立的觀念而言，丁氏對入聲的認識無疑是不足的，但就其古韻分部體系而言，丁氏的分部仍較孔氏整齊。

在韻目方面，丁氏並不認同張惠言等，以《詩經》先出字爲韻目代表的作法，從丁氏徵引張氏〈合韻表〉而改其韻目字，並注明：「張氏原本以詩中先見字分部，今改用《廣韻》部目，以便省覽」一語可知，其人並不贊同以非《廣韻》韻目字爲分部名稱，而此舉無疑減少了後學在研究古音時的額外攪擾。

段玉裁以前，學者多依《廣韻》韻目次第排列古韻部；自段玉裁注意到韻部與韻部之間有其音讀遠近關係存在，並依韻部音讀之切近關係排列韻部，成爲古韻研究主要觀念之一。如江有誥以及丁氏皆然。唯段氏完全打破《廣韻》韻目之次第，以「之部」爲建首，丁氏則仍依《廣韻》以東爲首，方便後學認識。若再仔細觀察二者之異同，尚可以發現，段氏之韻部次第，特重韻尾收音，而丁氏則二者並重，更據之發明「比類通合」等條例。案以韻尾收音之遠近排列韻部者，可以彰顯陰陽對轉理論，而以主要元音之近似排列者，則能言旁轉關係，丁氏二者並重，故能於「比類通合」之外，發明「同列通合」條例，並進而衍生出次旁轉、旁對轉關係之「從類旁合」條例。然則可知有關韻部排列之次第先後，其實正是其人合韻理論之觀點。

由於丁氏對入聲的認識不足，故仍從顧炎武之舊說，以入聲韻部配列陰聲韻部，然而，因爲沿襲顧說，是以誤以爲歌部無入聲，而將歌部之入聲，與祭、泰、夬、廢四韻併爲祭部。今考祭、泰、夬、廢四韻於中古雖屬去聲韻部，就上古而言，則爲入聲韻部，丁氏不明此理，以

祭部爲陰聲韻部，造成陰聲、入聲系統上未盡整齊的謬誤。

至於丁氏古韻分部最爲不足的，自然就是入聲韻部並未獨立，因此，丁氏只能成爲考古派之一支，而考古派分立古韻部至此也已發展到最後階段，眞正能夠再爲古韻分部理論另闢蹊徑的，端賴審音派入聲獨立的貢獻。是以，丁氏古韻研究雖有「合韻理論」之承啓貢獻，然其古韻爲十九部理論則多承舊說，未能有所發明，故陳師只能歸諸清代古音學家之旁支。⓲

依陳師新雄古韻三十二部之擬音原則，丁氏十九部音値當如下：⓳

主要元音／韻尾	ə		ɐ		a	
-ø	之辛部	〔ə〕	支庚部上	〔ɐ〕	魚癸部下	〔a〕
-ŋ	蒸丙部	〔əŋ〕	耕丁部下	〔ɐŋ〕	陽丁部上	〔aŋ〕
-u	幽壬部上	〔uə〕	宵壬部下	〔uɐ〕	侯癸部上	〔au〕
-uŋ	冬甲部下	〔əuŋ〕			東甲部上	〔auŋ〕
-i	脂己部上	〔əi〕	祭己部下	〔ɐi〕	歌庚部下	〔ai〕
-n	文戊部中	〔nə〕	眞戊部上	〔nɐ〕	元戊部下	〔an〕
-m	侵乙部上	〔mə〕			談乙部下	〔am〕

㈡章君太炎之古韻分部及其擬音

章炳麟，字太炎，初名學乘，改名絳，後改名炳麟，號菿漢，字

⓲　說見陳師新雄〈清代古韻學之主流與旁支〉，見第一屆國際清代學術研討會論文集。

⓳　有關於丁氏十九部之音値構擬，詳見拙著《丁履恆形聲類篇「通合理論」研究》。

梅叔、枚叔，其他別名、別號甚多。❷浙江餘杭人。生於清同治七年（西元 1869 年），卒於民國二十五年（西元 1936 年）。章君著述甚繁，關於語言文字之屬亦多，要之以《國故論衡》、《文始》、《新方言》、《小學答問》等爲代表。❷

　　章君初主二十二部之說，❷丙午年（西元 1906 年）與劉光漢書云：「古韻分部，僕意取高郵王氏，其外復取東、冬分部之義。王故有二十一部，增冬部爲二十二。清濁斂侈，不外是矣。」❷其後作《文始》，認爲王氏脂部去入聲字，於《詩經》之中多獨用，而不與平上通用，故據之以析出隊部。《文始》云：「隊、脂相近，同居互轉，若聿出內尤戾骨兀鬱勿弗卒諸聲諧韻，則《詩》皆獨用，而追隹雷或與脂同用，乃夫匘昧同言，坻汝一體，造文之則已然，亦同門而異戶也。」❷章君《國故論衡·成均圖》又云：「脂隊二部同居而旁轉，舊不別出，今尋隊與術物諸韻，與脂微齊皆自有巨細。」❷至於隊部與脂部的區別則在去入聲與平聲韻的不同。

　　章君晚年以爲冬侵二部「同部而非合用」，並更進一步評論孔廣森冬、侵分部的說法，章君云：「孔氏故云，冬古音與東、鐘大殊，與

---

❷　　章氏之生平，徵引陳梅香先生《章太炎語言文字學研究》。

❷　　關於章君之著述年表與類別，詳見陳梅香先生《章太炎語言文字學研究》附錄。

❷　　章君云：「計實可得二十二部，曰之蕭、尤、侯、魚、蒸、冬、侵、覃、緝、合、東、陽、庚、真、諄、元、脂、祭、月、支、歌、之。」詳見章君〈論語言文字之學〉。

❷　　說見章君《章太炎全集(四)·太炎文錄初編》卷 2。

❷　　詳見章君《文始》。

❷　　詳見章君《國故論衡·小學略說》。

侵最近，乃不能并冬於侵，蓋創作之始，不敢不慎也；余向作《文始》
尚沿其說，及作〈二十三部音準〉，亦未攷正，由今思之，古音但有侵
部而已，更無冬部也。」❷由是可知，章君晚年又將冬部並入侵部中，
故其古韻分部當爲二十二部。然而因爲「《文始》與《國故論衡》知者
較眾」❷，故論及章君古韻分部，多稱二十三部。

　　由於章君古韻分部前後主張不同，❷使得韻目內容也因而不同，大
抵而言，有韻目名稱、韻部分立以及韻目配對的差異。章君初期的韻目
名稱多以王念孫爲主，其後又近於江有誥，還有部份韻目名稱取自於姚
文田、劉逢祿、黃以周等人。就韻目名稱而言，章君明白指出韻部定名，
宜從《切韻》，使人容易了解，此舉不啻爲爲古韻部的研究確立了正確
的標目方式。對於新立韻部的探索，章君雖曾提出可自脂部再分出灰
部，❷但並未加以闡述，反而自脂部釐析出隊部，成爲章君古韻分部的
重要成就。在韻目的配對上，章君嘗試由音理的角度，爲古韻部陰陽入
的關係作一相配，但因脂隊、歌泰均屬去入韻與平聲韻分立的韻部，故
在配對上顯得較爲參差。

　　章君並辨析陽聲之類別，其云：「陽聲即收鼻音，陰聲非收鼻音
也。然鼻音有三孔道，其一侈音，印度以西皆以半摩字收之（即收--m），
今爲談蒸侵冬東諸部，名曰撮唇鼻音。（古音蒸侵常相互合用，東談亦

---

❷　詳見章君等《中國語文學研究》。

❷　說見陳師新雄《古音學發微》。

❷　詳可見章君〈丙午與劉光漢書〉（西元 190?年）、《新方言》（西元 1907 年）、
　　《國故論衡・小學略說》（西元 1910 年）、〈論古韻四事〉（西元 1931 年）等論
　　著。

❷　說見章君《新方言》。

常相合互用，以侵談攝唇，知蒸東亦攝唇，今音則侵談攝唇，而蒸登與陽同收，此古今之異。）其一弇音，印度以西皆以半那字收之（即收--n），今爲青眞諄寒諸部，名曰上舌鼻音。其一軸音，印度以娤字收之（即收--ŋ），不待攝唇收鼻，張口氣悟，其息自從鼻出，名曰獨發鼻音。夫攝唇者使聲上揚，上舌者使聲下咽，既已乖異，且二者非故鼻音也。以會厭之气被距于唇舌，宛轉以求渫宣，如河決然，獨發鼻音則異是，印度音摩那皆在體文，而娤獨在聲勢，亦其義也。」❸章君分陽聲爲三類，雖部份仍有審音之疏，❸然因其人已能運用語音學理分析韻部，故其說條理甚爲明晰。

　　對於入聲，古人或屬陽聲，或隸陰聲，或兼配陰陽，然章君則有「陰聲之入（收--t）即收舌（喉）之入，與陽聲之入（收--p）即收唇之入，而收顎之入（收--k）爲陰聲之變聲」的看法。陳師新雄以爲，章君分入聲爲收喉、收唇二類，收喉者，爲陰聲之入，收唇者，爲陽聲之入，收顎者非屬入聲，乃陰聲之變，與實際音理不相符合，入聲於《廣韻》中皆承陽聲，章君陽聲有攝唇、上舌、獨發三類，而入聲僅有收唇、收喉二類，於陽入分配上，失去均衡，是知章君所說，並未確然。❸

　　章君曾於〈音理論〉與〈二十三部音準〉中，依據戴震《聲類表》取喉音作爲標目的原則，以文字描繪的方式，論其所定古韻二十三部的音讀狀況，並提出諸如《廣韻》二百六韻中包含正韻、支韻的區別，審定古韻的音讀，辨析古韻斂侈等問題，嘗試由發音方式說明音讀狀態，

---

❸　說見章君《國故論衡・小學略說》。

❸　如以蒸東爲收唇，青爲收舌皆是。

❸　說見陳師新雄《古音研究》。

足見章君審音知識的進步。近世學者多以章君爲清代古音學研究考古派的集大成者，❸然鄙者並不以爲然。陳師新雄在爲審音派說解的同時，亦曾甚爲清楚的定義了考古派與審音派：「懂得等韻的條理，可說懂得審音，但不一定是審音派的古音學家，因爲要用上了等韻的條理去做古韻分析，才能算是審音派的考古學家；就是用了等韻的條理去分析上古韻部，而沒有把入聲獨立成部，還非審音派。把入聲韻部獨立，是審音派古音學家的必要條件，但不是充分條件，要陰陽入三分，使入聲與陰陽兩聲能分庭抗禮，也就是注意到陰陽入三聲之的互配關係，能如此才算是一位眞正的審音派古音學家。」❸也就是說，「入聲獨立與否」成爲審音派與考古派最大的分際，就此而言，章君無疑的屬於考古派。

　　然而，綜觀章君古韻理論，其嘗試以穿口、橫口、縱口、幀呼等術語，描述元音的開口程度，以斂侈指陳發音時開口的大小，提出「古音侈，今音斂」的看法，在在顯示章君已具進步的審音知識，若僅只因爲其入聲並未獨立，而忽略章君就其審音觀點所提出的古音研究成就與貢獻，似乎仍有再深入討論的空間。拙著《丁履恆〈形聲類篇〉「通合理論」研究》曾參酌都惠淑先生所提出的「折衷派」的看法，❸對處於考古派、審音派過渡期的古音學家，如江永、劉逢祿、章君等人，若能歸諸「折衷派」，一來並不悖離於考古、審音兩派的定義，二來更可彰明古韻理論的發展。

---

❸　是說肇始於王力先生所言：「近代古音學家，大致可分爲考古、審音兩派。」說見王力先生〈上古韻母系統研究〉。

❸　說見陳師新雄〈怎樣才算是古音學上的審音派〉。

❸　其說見於都惠淑先生《劉逢祿古音研究》。

　　李師添富以為，古韻理論的建立確是一場「長程接力賽跑」，**㊱**清代古音學者在先秦有韻文字的歸納與分析上，做了最大的努力，但是對於古韻理論系統的建立，明顯的是不足的。因此在韻部系統發展到極致之後，勢必尋求韻母系統的分析。而由韻部歸納到韻母分析的發展過程中，必然有一過渡時期，而這也正是考古派與審音派無法明確分立的原因。

　　今依章君對古韻二十三部所提出的音讀狀況，佐以陳梅香先生所擬音值，得出章君古韻二十三部音值說明如下：

陰聲		陽聲	
弇侈軸	擬音	弇侈軸	擬音
-ø（陰軸）	-u 魚	-ŋ（陽軸）	-uŋ 陽
-i（陰弇）	-a 歌	-n（陽弇）	-an 寒
	-a 泰		
	-uə 脂		-uən 諄
	-uə 隊		
	-i 至		-in 眞
	-e 支		-en 青
-u（陰侈）	-ɔ 侯	-m（陽侈）	-ɔm 東
	-iɐ 幽		-iɐm 冬
			-ɐp 緝
			-ɐm 侵
	-ə 之		-əm 蒸
	-ɑ 宵		-ɑm 談
			-ɑp 盍

㊱　語見竺家寧先生《古音學入門》。

三、丁履恆「合韻理論」與章君太炎〈成均圖〉比較

(一)丁履恆《形聲類篇·通合篇》

　　丁履恆作《形聲類篇》，有〈通合篇〉一卷。其《形聲通合篇·通論》云：「顧氏既分古音爲十，每字必求本音以合之，其有不合，則以爲非韻，又以爲方音。江氏且以《離騷》、《七諫》用「調」協「同」，爲強效詩韻之誤，遂使古人有韻之文變爲無韻，千載存疑，莫開其竇。段氏始於本音之外，刱爲合韻之說，分十七部爲六類，從次第遠近求之，而以異平同入爲樞紐。孔氏以陽聲九類相配偶，其偶皆可通合。張氏又廣合韻之例爲五法，益加密焉。」丁氏「合韻理論」首論段氏之古合韻說，詳析段氏六類十七部次第排列，並彰明段氏合韻之鑰爲：「同類爲近，異類爲遠，非同類而次第相附爲近，相隔爲遠，近則相合，遠則不合。」

　　丁氏依段氏要旨分十九部爲五類：

　　　東、冬、侵、談爲一類

　　　陽、耕、眞（文附於眞）元爲一類

　　　脂、祭、支、歌爲一類

　　　幽、宵、侯、魚爲一類

　　　蒸、之介于四類之中，亦自爲類

丁氏雖自言其十九部分爲五類，實際上則應視爲六類。案蒸、之介於四類之中，又可自爲一類，若就其分則爲六類，唯蒸、之性質較爲特殊，蒸可上通多、下合耕眞；之可上合脂、支，下通幽侯。而蒸又可與東、多、侵、談爲一類，之亦可附脂、祭、支、歌爲一類，則十九部又僅四類，因此，若將蒸、之各自視爲一類，不但可以彰明蒸、之與他類之差

異，又不泯滅其與他類通合之實際現象，是以，本文視丁氏爲六類十九部。今試爲丁氏通合關係圖列如下：

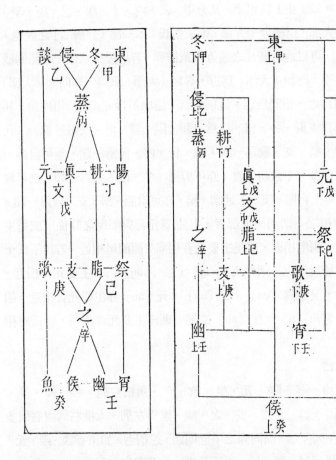

案丁氏通合條例有四：比類通合、同列通合、同入通合、從類旁合。以下試依序說明之：

1.比類通合

丁氏十九部次第從段氏「以類相從」的方法，次第排列，並依《廣韻》舊部目，以「東」爲起始，其分甲、乙、丙、丁、戊、己、庚、辛、壬、癸等十大部，以統合十九部，則依張氏「本一部，分爲二」之說也。各大部之間，再以通合關係之遠近次第排列，若以段氏六類十七部的概念觀之，亦屬「同類（大部）爲近，異類（大部）爲遠。非同類（大部）而次第相附爲近，相隔爲遠。近則相合，遠則不合。」之合用理論，其六類十九部爲：東、多、侵、談爲一類，陽、耕、眞（文附於眞）、元爲一類，脂、祭、支、歌爲一類，幽、宵、侯、魚爲一類。蒸可自爲一類，又可上合多，下合耕、眞，亦可與東、多、侵、談爲一類。之可自爲一類，又可上合脂、支，下通幽、侯，亦可附脂、祭、支、歌爲一類。

以音理視之，則同一大部者，其主要元音與韻尾之關係，或是主要元音相近、韻尾相同，或是主要元音相同，而韻尾相近。若爲丁氏十九部構擬音值說解之，則如東〔uŋ〕，多〔əuŋ〕二者主要元音相近，而韻尾相同，又如眞〔ɐn〕、文〔ən〕、元〔an〕亦主要元音相近，韻尾相同；至若魚〔a〕、侯〔au〕二部，則爲主要元音相同，而韻尾相近。

2.同列通合

丁氏以東、談、陽、元、祭、歌、宵、魚爲右列，多、侵、蒸、耕、眞（文附于眞）、脂、支、之、幽、侯爲左列。大抵右列與右列多通，左列與左列多通，而同列之中近則通，遠則否，如東通談、陽、元，而不及祭；侵通耕、眞、脂，而不及支。而若有自右列通左，自左列通右，則必有所從合，此即從類旁合，如東、侯同入通合，東可從侯合幽；東、多比類通合，多可從東合陽。

　　由丁氏所言左列與右列中的各韻部音值來看，右列爲東〔auŋ〕、談〔am〕、陽〔aŋ〕、元〔an〕、祭〔ɐi〕、歌〔ai〕、宵〔ɐu〕、魚〔a〕，其主要元音大抵爲〔-a〕，而左列之冬〔uŋ〕、侵〔əm〕、蒸〔əŋ〕、耕〔ɐŋ〕、眞〔uɐ〕（文〔ən〕附於眞）、脂〔ei〕、支〔ɐ〕、之〔ə〕、幽〔uə〕、侯〔au〕，其主要元音大體而言，若非〔-e〕，即〔-ɐ〕，若干不合於此項元音歸納原則的，如：祭部〔ɐi〕（右列元音爲〔-a〕）、宵部〔ɐu〕（右列元音爲〔-a〕）、侯部〔au〕（左列元音爲〔-ə〕或〔-ɐ〕）。就丁氏右列與左列的「同列通合」條例而言，我們可以大膽的認爲丁氏以主要元音作爲分別標準的假設，應該是可以成立的。

　　將丁氏上古韻部主要元音分爲〔-a〕、〔-ə〕與〔-ɐ〕，❸❼是採簡化上古韻部元音系統的方法。而就丁氏之分配可以看出，主要元音〔-a〕之韻部與主要元音〔-ə〕、〔-ɐ〕之韻部，在所有陽聲韻部以及大部分陰聲韻部中，分別井然。主要元音〔-a〕的舌位較前、較低，而〔-ə〕則屬央中元音，至於〔-ɐ〕的舌位較〔-ə〕爲低，屬央次低元音。就舌位圖來看，我們很容易可以理解，央中元音〔-ə〕與央次低元音〔-ɐ〕因爲舌位高低差異小，很容易因爲發音習慣，亦或是聲母、韻尾的影響，

---

❸❼　在這裡，我們應先確立一個觀念，如周法高先生以及陳師新雄所認爲，上古韻部主要元音越簡單，越有利於分析合韻現象，因爲若上古韻部元音較爲複雜，且數目太多，易於形成元音相去太遠，而難以解釋其合韻關係。此外，我們也應該考慮到，上古時期，人民對語言的需求度較小，過於複雜的元音系統，當時人民是否能夠使用並辨識其間所存在的細微差異，以作爲語言運用的基礎，這是值得懷疑的。因此，將上古韻部主要元音簡單化爲三組，除了有易於說解合韻現象的考量外，更重要的，應該是較爲符合當時人民語言運用的實際情況。

產生混淆，而主要元音〔-a〕，則因爲其位置較前、較低，就三個主要
元音的彼此關係而言，自然比較不容易產生合用混淆的現象。

　　至於少數不合於主要元音歸納原則的韻部，如祭部〔ei〕（右列元
音爲〔-a〕）、宵部〔eu〕（右列元音爲〔-a〕）、侯部〔au〕（左列
元音爲〔-ə〕或是〔-ɐ〕）等，丁氏因誤以祭部爲陰聲韻部，復以本屬
歌部入聲之月、曷、末、薛、術、屑等韻入於祭部當中，使得歌部無入
聲。就丁氏合韻理論系統而言，雖然其人提出「比類通合」、「同列通
合」、「同入通合」以及「從類旁合」四項條例，就其理論原則深入探
索，卻又發現各條例隱然有其主要關係與次要關係之分。大抵而言，丁
氏倣效段玉裁「以類相從」之理分立古韻部，故「比類通合」之條例，
可以合理假設爲主要之通合關係，而同列通合之諸條例，則以主要元音
之相同與近似分爲二組，因此，就合韻關係來體會，應以較近於同部之
「比類通合」爲主要通合關係。是以，就祭部之諸韻通合關係而言，與
脂、支、之的比類通合當爲構擬音值時較爲重要之條件，由是可知，將
祭部擬爲〔ei〕，乃爲顧全系統之配列，以及丁氏通合關係之遠近所致。
因此，鄙意以爲丁氏雖然能夠歸納出以主要元音差異的同列通合條例，
但在古韻分部上，仍有分析不夠精準的缺失存在。其次，若宵部〔eu〕
與侯部〔au〕之構擬，也以比類通合條例爲主要依據。因此，就古韻分
部理論而言，丁氏分古韻爲十九部，仍是有所不足的，但若就其所研析
發明的合韻理論而言，丁氏的發明是有其貢獻的。

　3.同入通合

　　至於其同入通合，約有五條：

　　　東、侯同入通合

　　　蒸、之同入通合

陽、魚同入通合

耕、眞，脂、支同入通合

元、祭同入通合

就本文為丁氏十九部構擬之古韻部音值而言，其通合關係如下：

東〔auŋ〕←→侯〔au〕

蒸〔əŋ〕←→之〔ə〕

陽〔aŋ〕←→魚〔a〕

耕〔ɐŋ〕、眞〔ɪaŋ〕←→脂〔ɪɐi〕、支〔ɐ〕

元〔ɐn〕←→祭〔ɪa〕

由於丁氏將入聲韻部併入陰聲韻部之中，因此，其同入通合條例呈現出來的主要元音相同面貌，一如孔廣森之陰陽對轉。今以此條件檢討丁氏之同入通合各條例，可以發現，除了耕〔ɐŋ〕、眞〔ɪaŋ〕與脂〔ɪɐi〕、支〔ɐ〕這一類，以及元〔ɐn〕與祭〔ɪa〕這一類稍有疑義外，主要元音與韻尾的配列情況，皆是非常整齊的。至於兩類所以形成參差的原因，主要在於祭部的分立未盡精當。不過，若參酌陳師新雄古韻三十二部，陰聲、陽聲、入聲的配列情況可以發現，❸丁氏的同入通合條例，

---

❸　陳師新雄陰聲、陽聲、入聲三分表：

陰　聲	入　聲	陽　聲
歌 ai	月 at	元 an
脂 ɐi	質 ɐt	眞 ɐn
微 əi	沒 ət	諄 ən
支 ɐ	錫 ɐk	耕 ɐŋ
魚 a	鐸 ak	陽 aŋ
侯 au	屋 auk	東 auŋ
宵 ua	藥 uak	
幽 ue	覺 uek	冬 uəŋ

雖然或因其古韻分部未盡精詳而造成若干缺失，大體而言，其同入通合仍然算是相當精確的。

4.從類旁合

至於其從類旁合則依其十九部之順序條列如下：❸

(1)甲部上東〔auŋ〕

　東從多〔əuŋ〕合侵〔əm〕（比類通合）→（比類通合）

　東從多〔əuŋ〕合蒸〔əŋ〕（比類通合）→（比類通合）

　東從侯〔au〕合魚〔a〕（同入通合）→（比類通合）

　東從侯〔au〕合幽〔əu〕（同入通合）→（比類通合）

　東從侯〔au〕合之〔ə〕（同入通合）→（比類通合）

　東從陽〔aŋ〕合耕〔ɐŋ〕（同列通合）→（比類通合）

(2)甲部下多〔əuŋ〕

　多從東〔auŋ〕合陽〔aŋ〕（比類通合）→（同列通合）

　多從侵〔əm〕、蒸〔əŋ〕合耕〔ɐŋ〕、眞〔ɐn〕（比類通合）
　→（同列通合）

(3)乙部上侵〔əm〕

　侵從蒸〔əŋ〕合之〔ə〕（比類通合）→（同入通合）

　侵從幽〔əu〕合宵〔ɐu〕（同列通合）→（比類通合）

　侵從耕〔ɐŋ〕、眞〔ɐn〕合脂〔əi〕、祭〔ɐi〕（同列通合）→

之 ə	職 ək	蒸 əŋ
	緝 əp	侵 əm
	怗 ɐp	添 ɐm
	盍 ap	談 am

❸　按丁氏古依韻十九部之順序條列其從類旁合，並於其後說明從類旁合之依據。

（同入通合）

⑷乙部下談〔am〕

　談從元〔an〕合祭〔ɐi〕（同列通合）→（同入通合）

　談從元〔an〕合歌〔ai〕（同列通合）→（同列通合）

　談從陽〔aŋ〕合魚〔a〕（同列通合）→（同入通合）

⑸丙部蒸〔əŋ〕

　蒸從眞〔ɐn〕合文〔nə〕、元〔an〕（同列通合）→（比類通合）

　蒸從耕〔ɐŋ〕合陽〔aŋ〕（同列通合）→（比類通合）

⑹丁部上陽〔aŋ〕

　陽從元〔an〕合眞〔ɐn〕、文〔ən〕（比類通合）→（比類通合）

　陽從魚〔a〕合侯〔au〕（同入通合）→（比類通合）

⑺丁部下耕〔ɐŋ〕

　耕從眞〔ɐn〕合文〔ən〕、元〔an〕（比類通合）→（比類通合）

　耕從蒸〔əŋ〕合之〔ə〕（同列通合）→（同入通合）

⑻戊部上眞〔ɐn〕

　眞從脂〔əi〕合支〔ɐ〕（同入通合）→（比類通合）

⑼戊部中文〔ən〕

　文從脂〔əi〕合支〔ɐ〕（同入通合）→（比類通合）

⑽戊部下元〔an〕

　元從宵〔ɐu〕合幽〔əu〕（同列通合）→（比類通合）

　元從祭〔ɐi〕合脂〔əi〕（同入通合）→（比類通合）

　元從祭〔ɐi〕合支〔ɐ〕、之〔ə〕（同入通合）→（比類通合）

⑾己部上脂〔əi〕

⑿己部下祭〔ɐi〕

⒀庚部上支〔ɐ〕

　　支從歌〔ai〕合魚〔a〕（比類通合）→（同列通合）

　　支從之〔ə〕合幽〔ɐu〕（比類通合）→（比類通合）

　　支從之〔ə〕合侯〔au〕（比類通合）→（比類通合）

⒁庚部下歌〔ai〕

　　歌從支〔ɐ〕合脂〔əi〕（比類通合）→（比類通合）

　　歌從魚〔a〕合侯〔au〕（同列通合）→（比類通合）

　　歌從宵〔ɐu〕合幽〔əu〕（同列通合）→（比類通合）

⒂辛部之〔ə〕

　　之從幽〔əu〕合宵〔ɐu〕（比類通合）→（比類通合）

　　之從侯〔au〕合魚〔a〕（比類通合）→（比類通合）

⒃壬部上幽〔əu〕

　　幽從侯〔au〕合魚〔a〕（比類通合）→（比類通合）

⒄壬部下宵〔ɐu〕

⒅癸部上侯〔au〕

⒆癸部下魚〔a〕

　　由丁氏「從類旁合」諸條例看來，可以發現，「從類旁合」乃在「比類通合」、「同列通合」、「同入通合」的基礎上，更進一步引申擴展的合韻關係；證之樂理，則可以呈現學者對押韻條件限制的兩種不同主張。一般而言，對於押韻條件的認知，前輩學者多傾向於以主要元音相同或相近爲首要條件，❹李師添富對押韻條件，有其更爲深入的看

---

❹　其說可由自段玉裁提出「異平同入」以主要元音相同或相近之陰聲、陽聲韻部爲合
　　韻條件，到孔廣森「陰陽對轉」雖然否定入聲韻部卻仍以主要元音爲聯繫的合用關

法，李師以為，固然主要元音的相同與相近，是合韻關係的重要條件，但並非唯一的條件；事實上，若從韻文多以吟唱方式表現的特殊性質來理解的話，韻尾的相同與相近更是押韻關係的另一個重要條件。

在丁氏的「從類旁合」諸條例之中，可以發現，有先以主要元音關係通合，再以韻尾關係聯繫的合韻現象；也有先以韻尾關係合用，再以主要元音關係溝通的合韻現象。因此，丁氏「從類旁合」的提出，一來可以證明主要元音或韻尾的相近與相同，為押韻關係的兩個不同條件；二來可以補充歷來學者，對於合韻理論僅措意於主要元音，未能重視韻尾關係的不足，這對於通合理論的建構，無疑是件相當重要的發明。

㈡章君〈成均圖〉

章君對於古音研究另一項重要的發明即是〈成均圖〉的製作。〈成均圖〉的著作動機主要是針對孔廣森「陰陽對轉」觀念的缺失而來：章君認為在古韻部的次第排列上，孔氏雖然顧及陰陽聲的對轉關係，卻忽略陰聲與陰聲、陽聲與陽聲韻部間的遠近關係，且又未能分別其親疏，使得韻部之間「經界華離，首尾橫決」；其次，在陰聲、陽聲韻的認定上，將入聲歸為陰聲韻部並不恰當，章君以方言存古的現象，說明緝、盍二部應歸入陽聲韻部；三則在陰陽聲的配對上，以陰聲一部配對陽聲一部，有掛一漏萬之虞，雖然顧及系統的單一性，卻忽略整個陰陽對轉的多元化。❹

是以，章君對「陰陽對轉」的關係，並不以直線的平行配對表示，

係諸說得到應證，歷來專注合韻理論的古音學家幾乎也多措意於此。

❹ 其說詳見章君《國故論衡·成均圖》。

而以圓形圜圖呈現，命名為「成均圖」，章君云：「今爲圜則正之，命曰成均圖；成均圖者，大司樂掌成均之法，鄭司農以均爲調，古之言韻曰均，如陶均之圓也。」❷列圖如下：

成 均 圖

　　凡是在界軸坐標的四個區內，同區諸部都是同列（陰陽、弇侈都相同）。同列者可以旁轉，相近者爲近旁轉，相遠者爲次旁轉。對轉是弇侈相同，陰陽相對，由於陰弇陽侈各有兩組同居，就有四個韻部同居，即歌泰、隊脂、侵冬緝、談盍，這些同居韻部稱之爲「同居近轉」，這種同居關係，表現了韻部的「近親」關係，而比較疏遠的，則有次旁轉及次對轉。凡是被分界隔開的陰弇和陽侈之間，陽侈和陰弇之間，都不

---

❷　說見章君《國故論衡·成均圖》。

能發生旁轉，隔著軸的同陰陽但弇侈相異的韻部也不能次旁轉。

　　章君在〈成均圖〉之後，列有七種「韻轉規律」，綜合《國故論衡》與《文始》，可知各轉間之音讀關係為：

陰弇與陰弇為同列

陽弇與陽弇為同列

陰侈與陰侈為同列

陽侈與陽侈為同列

凡二部同居為近轉

凡同列相比為近旁轉

凡同列相遠為次旁轉

凡陰陽相對為正對轉

凡自旁轉而成對轉為次對轉

凡陰聲陽聲雖非對轉，而以比鄰相出入者，為交紐轉

凡隔軸聲音不得轉，然有開以軸聲隔五相轉者，為隔越轉

凡近轉、近旁轉、次旁轉、正對轉、次對轉為正聲

凡雙聲相轉不在五轉之例為變聲（交紐轉、隔越轉為變聲）

　　章君〈成均圖〉除了承襲孔廣森「陰陽」的名稱之外，更經由韻部的配對關係，及其審音觀念，為「陰陽」二名作了定義，章君以「陽聲」收鼻音，「陰聲」非收鼻音，確立了「陰陽」二名的實際性質。章君並由印度及其以西的語言獲得鼻音發音方式的比對，分鼻音的三種發音方法為「弇、侈、軸」，[43]而「軸」名的提出，更是章君個人特出之

---

[43]　「弇侈」的名稱，清代古音學者以多運用。如江永有「口斂而聲細」、「口侈而聲大」之語，若以現今語言學的知識來解釋，「弇侈」之語大抵是指主要元音開口程

觀點。在韻目的命名上，章君有「名自古成，由名召實」的觀點，並以《切韻》韻字爲其符號，使人一目瞭然，明白所指。

對於韻目陰陽的對轉關係，章君當列出〈韻目表〉爲之說明：

寒 ---------- 〔歌泰〕

諄 ---------- 〔隊脂〕

眞 ---------- 至

青 ---------- 支

陽 ---------- 東

〔冬侵緝〕 ---------- 幽

蒸 ---------- 之

〔談盍〕 ---------- 宵

對於「對轉」的學說，章君明白指出「言語變遷，多以對轉爲樞」以及「古語有陰聲者，多有陽聲與之對轉」的現象，❹並更申其說，曰：「夫語言流轉，不依本部，多循旁轉、對轉之條，斯猶七音既定，轉以旋宮，則宮商易位，錯綜以變，當其未旋，則宮不爲商，商不爲角，居然有定音矣，若無七音之準，雖旋宮亦無所施，徒增其昧亂耳，夫經聲者方以智，轉聲者圓而神，圓出于方，方數爲典，分有二十三部，雖欲明其轉變，亦何由也。」❺陰陽與韻目間的聯繫，使得古籍韻文押韻與文字孳乳、變易的現象，得到具體的說明。

章君云：「古韻二十三部，蓋是詩人同律，取被管絃，詩之作也，

度的大小。

❹ 說見章君《文始》。

❺ 說見章君《文始》。

諒不于上皇之世，然自明良喜起箸在有斯，帶泠倫作樂，部曲已分，降及商周，元音無變，至于語言流衍，不盡遵其局道，然非韻無以明也；……猶有辨異，曷若分其乓什，綜其弇侈，以簡馭紛，則總紐于此，成文于彼，無患通轉有窮，流侈或窒，權衡得失，斷可知矣。」❹案章君此言，明示許多重要音學觀點：首先，古韻分部的發展，並非古音學家己所妄臆，而是「詩人同律，取被管絃」的結果，或許因爲語言多樣變化的特性，演變軌跡也不見得完全具有規律性，然而，在元音變化較小的前提下，爲明瞭古音大略，分韻是最爲明晰的途徑；再則，古音之中，原本綜合各地方言，各方言間未必出現相同或固定的演變規律，因之，對於其相異的部份，必須以簡馭繁，才能全面探索古音發展的歷程。

此外，對於韻目與弇侈軸間的關係，章君亦提出說明：「古音不當形聲，欲孳乳，自直舷曲相遷，若賞知音，即須弇侈有異。」❹章君旨在彰明以「弇侈有異」的觀點，作爲韻部的分野，至於「軸」音，因具有與弇侈交捷的特性，故而兼有能與上下之弇侈韻部旁轉的性質。章君由用韻是否分立的基礎、諧聲偏旁、義同聲轉、同訓以及一語之轉等各方面著眼，分析出文字間密切的聲韻關係，並歸納出對轉、旁轉的對應關係，同時更顯示出對轉、旁轉聲韻遠近親疏的詮釋價值。

以下茲列章君各韻轉條例如下：❹

1.**近轉**

---

❹　說見章君《文始》。

❹　說見章君《文始》。

❹　本文僅列章君五轉條例之正轉部份，以作爲研究、探討之對象。

	弇	軸	侈
陰聲	脂〔uə〕隊〔eu〕 泰〔a〕歌〔a〕		
陽聲			冬〔iɐm〕侵〔ɐm〕 侵〔ma〕緝〔ɐp〕 談〔am〕盍〔ɑp〕

上文已提及，因脂隊、歌泰均不以韻頭、韻腹或韻尾的不同區別，而以平聲和去入聲的差異分別之，因此形成韻母相同的現象，故有釐析未清的缺失。至於冬部因由侵部分出，屬齊齒收唇音，故與侵部為細音與否的區別；而侵緝皆收唇音，故可通轉。談盍二韻，談為平聲韻，盍為去入韻，故通用甚為頻繁。

2.近旁轉

	弇	軸	侈
陰聲	支〔e〕至〔i〕 至〔i〕脂〔uə〕 脂〔uə〕歌〔a〕 隊〔uə〕泰〔a〕	弇 魚〔u〕支〔e〕 侈 魚〔u〕侯〔ɔ〕	侯〔ɔ〕幽〔ɐi〕 幽〔ɐi〕之〔ə〕 之〔ə〕宵〔ɑ〕
陽聲	青〔en〕眞〔in〕 眞〔in〕諄〔uən〕 諄〔uən〕寒〔an〕	弇 陽〔uŋ〕青〔en〕 侈 陽〔uŋ〕東〔ɔm〕	東〔ɔm〕冬〔iɐm〕 冬〔iɐm〕蒸〔əm〕 侵〔ɐm〕蒸〔əm〕 蒸〔əm〕談〔am〕

章君在說明「弇侈軸」的發音方法時，僅措意於陽聲韻部，章君不僅明言陽聲韻部為收鼻音者，更分其韻尾為攝唇、上舌與獨發三類，

而對於陰聲韻部的韻尾問題，章君僅以「非收鼻音」一語帶過，雖然經由陰聲弇侈與陽聲弇侈的對應，可以大致歸納出侯、幽、之、宵諸韻，其聲近於撮脣；歌、泰、脂、隊、至諸韻，其聲近於上舌；魚部則爲軸音，然而，其說畢竟不夠清楚明晰。

陳晨先生曾假定章君之陰聲韻之弇、侈、軸爲元音韻尾-i、-u 開尾韻-ø，[49]然而，我們可以發現，歌、泰、脂、隊、支、幽、之諸韻，並不合於陳先生所擬測的系統；而姚榮松先生則另外提出陰聲韻尾爲塞音的可能說法，重新爲陰聲弇侈軸的關係，訂立一套韻尾系統，[50]但姚先生也不得不承認章君的理論仍然存在一些問題。於是，我們似乎可以大膽假設，章君對於陰聲韻尾弇侈軸的音理，並未能釐析清楚，因此，章君以陰聲諸韻直接對應辨析完整的陽聲韻部，使得吾輩以音理探索陰聲諸韻的通轉關係時，難免有扞格之感。

事實上，誠如李師添富所言，構擬其實就是虛擬，也就是用一個音來假定上古的音值，以說明古韻系統的發展。因此構擬章君二十三部音值之時，或有與今日語音學之發展未能完全吻合之處，然爲照顧章君全面性的音韻理論系統，只能由其提出之審音觀念作爲構擬的標準。於不能完全切合的原因，大抵有二：一則是章君本身音理知識的不足，與延續前人之說所造成的缺失；再者則在於構擬的音值本身並不能完全代表古韻部的緣故。

3.次旁轉

---

❹ 此說轉引陳梅香先生《章太炎語言文字學研究》。

❺ 說見姚榮松先生〈《文始·成均圖》音轉理論述評〉。

	弇	軸		侈
陰聲	支〔e〕脂〔uə〕 支〔e〕泰〔a〕 支〔e〕歌〔a〕 至〔i〕泰〔a〕	弇	魚〔u〕至〔i〕 魚〔u〕脂〔uə〕 魚〔u〕隊〔eu〕 魚〔u〕泰〔a〕 魚〔u〕歌〔a〕	侯〔ɔ〕宵〔ɑ〕 侯〔ɔ〕之〔ɐ〕 幽〔ɐi〕宵〔ɑ〕
		侈	魚〔u〕幽〔ɐi〕 魚〔u〕之〔ɐ〕 魚〔u〕宵〔ɑ〕	
陽聲	青〔en〕寒〔an〕 眞〔in〕寒〔an〕 青〔en〕諄〔uən〕	弇	陽〔uŋ〕眞〔in〕 陽〔uŋ〕諄〔uən〕 陽〔uŋ〕寒〔an〕	東〔mɔc〕蒸〔əm〕 東〔mɔc〕談〔ɑm〕 冬〔mai〕談〔ɑm〕 侵〔mɐ〕談〔ɑm〕
		侈	陽〔uŋ〕冬〔iɐm〕 陽〔uŋ〕侵〔ɐm〕 陽〔uŋ〕緝〔da〕 陽〔uŋ〕蒸〔əm〕 陽〔uŋ〕談〔ɑm〕 陽〔uŋ〕盍〔ɑp〕	

　　由章君次旁轉諸條例就音理考之，可以歸納出韻尾相近的合韻關係。按章君依照韻尾發音時口腔開合的程度，分陰聲、陽聲諸韻部爲弇、軸、侈六類，因此，我們可以推知，相鄰韻部的韻尾發音開口程度相似，同弇、同侈之諸韻部，其發音方式亦應相去不遠，故彼此間通轉仍屬正轉條例。

至於陽部，若以印度聲韻知識體現，則僅為「聲勢」，不待撮唇、上舌，張口氣悟，而息自鼻出，故非「體文」，與撮唇鼻音聲上揚、上舌鼻音聲下咽二類相異，因其只為聲勢，故得與二類通轉；與陽部對轉之魚部，應可以相同道理體會。

4.正對轉

弇	軸	侈
青〔en〕支〔e〕 眞〔in〕至〔i〕 諄〔uən〕脂隊〔uə〕 寒〔an〕泰歌〔a〕	魚〔u〕陽〔uŋ〕	東〔om〕侯〔o〕 冬〔iɐm〕幽〔iɐ〕 侵〔mɐ〕幽〔iɐ〕 緝〔ɐp〕幽〔iɐ〕 蒸〔əm〕之〔ɐ〕 談〔am〕宵〔a〕 盍〔ɑp〕宵〔ɑ〕

「陰陽對轉」理論的陳述，正是章君〈成均圖〉的製作動機，亦是〈成均圖〉的最大成就。經由章君〈成均圖〉「陰陽對轉」條例的提出，確立了「陰陽對轉」為語言流轉重要依據的理論，並可藉之具體說明，韻文押韻標準與文字孳乳、變易的現象。唯其說雖是針對孔廣森「陰陽對轉」觀念的缺失而來，然而，畢竟章君在古韻分部仍有不足，因此，配列仍然不夠整齊。案章君以為孔氏以一陰聲配列一陽聲，雖然顧及系統的單一性，卻有掛一漏萬之虞，今章君古韻二十三部中，陰聲韻部十一，陽聲韻部十二，而仍配為九組，恐怕仍受孔氏影響。

5.次對轉

弇	侈
青〔eŋ〕至〔i〕	東〔ɔm〕幽〔ɐi〕
眞〔in〕支〔e〕	緝〔ɐp〕之〔ə〕
眞〔in〕脂〔uə〕	侵〔ɐm〕冬〔iɐm〕之〔ɐ〕
寒〔an〕支〔e〕	東〔ɔm〕之〔ə〕
寒〔an〕脂〔eu〕	

　　至於次對轉諸條例，大抵先依對轉確立主要元音相同，再從旁轉說明韻尾弇侈，在認同章君韻部排列以及韻尾弇侈切近的前提下，雖然二部音讀相去較遠，仍然可以通轉。

㈢丁履恆「合韻理論」與章君〈成均圖〉比較

1.古韻分部

　　首先，就丁氏與章君的古韻分部而言，章君較丁氏多分立隊、至、盍、緝等四部。然而詳考丁氏之祭部，含有《廣韻》祭、泰、夬、廢、月、曷、末、薛、術、屑等韻，脂部內含《廣韻》質、職、物、沒、黠等韻。陳師新雄以質部（即屑韻）爲脂部之入，月部（即曷、末韻）爲歌部之入，沒部（即章君隊部）爲微部之入。章君脂部、隊部純粹爲平聲與去入聲韻的差異，而丁氏併脂部入聲於脂部之中，符合其以入聲爲聲調，併入陰聲韻部的觀點，故章君之隊、至二部可由此而併入丁氏之脂部之中；相同的觀點也出現於丁氏侵部、談部，是以丁氏侵部中包括了章君所擬的緝部，而章君所立的盍部，則爲丁氏談部所統。

　　若依李師添富所提出之「音韻結構」觀念來看，❺[1]由於「陰聲、陽

---

❺[1]　　說見李師添富〈從「音韻結構」談古韻分部及其發展〉。

聲、入聲之間，除非有音理上無法否定或突破的理由，在理論上應當呈現配列整齊的組合關係。」丁氏與章君的古韻分部都顯得不夠完整，這也正驗證了章君所言，古韻理論的發展正是「前修未密，後出轉精」的看法。

2.對入聲的看法

丁氏以入聲為聲調的觀念，❺將入聲諸韻部併入陰聲韻部中討論；而章君則對入聲有獨到看法，章君基於方言存古的理論，提出入聲有「陰聲之入」亦有「陽聲之入」，❺並主張不可以將入聲完全歸為陰聲韻部。

由章君「陰聲之入」、「陽聲之入」說的提出，我們可以認為章君審音觀點已相當進步，雖然或有「知其然，而不知其所以然」之憾，卻無損於章君較諸前儒更注重音理的研究方向。至於丁氏雖然有「同入通合」條例的提出，畢竟謹守於前儒大致的配列方式，且以歌部無入聲，故將歌部之入聲併入祭部之中，而以祭部、元部同入通合，使得陰聲、

---

❺ 丁氏於《形聲類篇·論入聲分部》云：「古人但有長言、短言之分，漢人注經乃有緩讀、急讀。大約長言之則為平聲，短言之則為入聲。緩讀為平，急讀為入。上與去者，自平之、入之聲轉，上近于平，去近于入。平不能一讀而之入，並自上之去然後轉讀為入，此音聲自然之節。……古今音變之不同，亦如南北方音之難。一有古讀平而今讀入者，亦有古讀入而今讀平者。試取南人所讀之入聲，令北人讀之，有大半平聲者矣，然則居今之日，讀周秦以上之書，亦惟知某與某韻而已。段氏、孔是以古韻讀三百篇、易、禮諸書，猶拘牽于平上去入之界，必曲為之說，以求其諧合，不亦勞心于無用之地乎。」

❺ 章君以為，緝、盍即是「陽聲之入」。丁氏則將唇音韻尾之入聲韻部，視為其陽聲韻部之平、上、去、入四聲配列整齊的結果。蓋以今日審音觀念體會，收雙唇鼻音韻尾之韻，本身即具強烈閉口性質，而入聲音至短促，不待收鼻，其音已畢，故無與之相配之陰聲韻部。

陽聲的配列不夠整齊，更是一大缺憾。

再則，近世學者多以「入聲是否獨立」，作為古音學家考古、審音二派的區別，雖然，章君多以分析韻部弇侈之審音觀點分立古韻部，並製作〈成均圖〉，然而，在傳統既有的分立標準下，章君也只能被視為考古派的集大成者。

3.韻部次第

丁氏取法段玉裁六類十七部「以類相從」之理，而亦分其古韻十九部為六類，並由之提出「比類通合」之通轉條例。詳考丁氏六類及其韻部次第，大抵可以歸納出「主要元音相同或相近，韻尾亦相同或相近」的原則。

章君亦以韻部次第的觀念製作〈成均圖〉，以陽聲韻部韻尾之弇侈為標準，排列其十二部陽聲韻部，至於陰聲韻部，則未經審辨而逕以「陰陽對轉」的方式對應於陰弇、陰軸、陰侈之上。至於「類」的看法，章君曾云：「曰蕭尤侯魚為一類，蒸冬侵覃緝合為一類，二類不同，而皆與之部為類；其他東陽庚為一類，真諄元脂祭月為一類，支歌為一類。」❺❹唯這只是章君早期所提出的見解，其後並未再見相關的論述，因此，我們似乎可以大膽假設，章君對於韻部次第遠近的看法，大抵以陽聲韻部韻尾為依歸，而未涉及韻部主要元音的問題。

4.韻目立字

在韻目立字上，丁氏與章君的看法大抵相同。丁氏對於張惠言以《詩經》先出字為韻目，並不表認同；❺❺章君亦提出「名自古成，由名

---

❺❹　說見章君〈論語言文字之學〉。

❺❺　可由丁氏徵引張氏〈合韻表〉，卻更改其韻目，並注云「以便省覽」，窺知一二。

召實」的觀念，而全以《切韻》韻目爲其古韻二十三部韻目。

5.審音知識

章君以陽聲韻部韻尾的發音方法，歸納出陽弇、陽軸、陽侈諸韻部，並嘗試以文字描繪古韻二十三部之音讀，❺在審音觀點上，無疑較丁氏更爲進步，也因爲審音知識的運用，使其古韻部的分立，較丁氏更爲完整，此發展歷程正如同李師添富所以爲，古韻理論的建立是一場長程接力賽跑❺，清代古音學者在先秦有韻文字的歸納與分析上，作了精微的努力，但是對於古韻理論系統的建立，明顯的是不足的。因此在韻部系統發展到極致之後，勢必尋求韻母系統的建立。而由韻部系統到韻母系統的發展過程中，必然有一過渡期，這就是考古派與審音派其實無法明確分立的原因。

6.通轉條例

丁氏將韻部間之通合現象分爲「比類通合」、「同列通合」、「同入通合」與「從類旁合」四端。明白確立古者異部合用、通押的關係，並據以歸納韻部通用關係之遠近次第。所謂「比類通合」乃指主要元音相同、韻尾相近或主要元音相近、韻尾相同的合用關係；「同列通合」則將古韻十九部歸納成兩類，以通用關係與否，說明其主要元音之差異；「同入通合」可視爲戴震、孔廣森「陰陽對轉」理論的闡揚，以主要元音相同，韻尾一陰一陽爲分際；至於「從類旁合」，則可以章君「旁對轉」、「次旁轉」之說體現，說明除了鄰近韻部、陰陽對轉或主要元音相同的情況下，尚有關係較遠但仍可通叶的同用現象。

---

❺　說可見於章君〈音理論〉與〈二十三部音準〉。

❺　語見竺家寧先生《古音學入門》，頁157。

　　章君〈成均圖〉雖分部未盡精到,以圓形排列說明古韻部「對轉」、「旁轉」、「旁對轉」、「次旁轉」等通合關係,無疑乃是最爲清楚明晰的表現方法,尤其〈成均圖〉各韻部間之遠近與次第關係,更是得以彰顯,對於後學以之研究轉注、假借之文字滋乳,抑或聲韻上之合用關係,皆有莫大助益。就韻部間合用以及遠近關係之探求而言,丁氏之合韻理論雖然未能發展出如〈成均圖〉般之明確韻部通合關係圖,而能夠突破傳統文字描述的方式,以圖表形式表現各部之通合關係,已屬難能可貴之科學化創獲。

　　對於合韻諸說,歷來學者關注角度不一,如段氏「以類相從」之說,若以今日審音觀念視之,既以韻尾相從爲其「類」,然則,段氏六類十七部之次第與遠近,當由韻尾關係開展而來;至於「異平同入」之說,特重陰聲、陽聲之配列,以音理視之,殆指主要元音之相近關係而言。與孔廣森所提「陰陽對轉」理論,名雖異而實同。

　　就丁氏提出合韻四科而言,其「比類通合」實乃段氏「以類相從」理論之發闡,唯丁氏更重各部間主要元音之配合關係,故其「同列通合」之配列並不影響丁氏古韻十九部,統之十幹的排列次第。另外,孔氏雖注意到「陰陽對轉」關係,卻未措意其他合韻現象,對於周秦韻文乃至於形聲字得聲偏旁之通用與轉注、假借關係而言,無疑是不足的。丁氏則除了注意到「陰陽對轉」之同入通合關係外,更明列主要元音相近之同列通合關係,以及主要元音、韻尾彼此至爲相近的比類通合之合韻關係。

　　然而,丁氏雖然能夠突破傳統以文字敘述的方式說明古韻部的合韻關係,改以圖示的方式闡明各部的遠近與次第關係,然而,丁氏的圖表只能顧及「比類通合」與「同列通合」的合韻關係,對於「同入通合」

和「從類旁合」，仍然必須以條例的舊有形式進行說解，相較之於章君〈成均圖〉的圓型排列，不論是數部同居的「近轉」，相鄰韻部的「旁轉」，陰聲、陽聲配列的「對轉」，都可以由一簡單的圖列獲致明晰的認識，甚至連合韻關係較遠的「旁對轉」與「次旁轉」也都能夠藉由〈成均圖〉而得到確立的關係模式，顯然有很大的不如。對於後學研究合韻理論時，所能提供的訊息與便捷，章君〈成均圖〉毋寧說是較爲科學化，而且易於熟習、運用的圖示。

三、結論

湯炳正先生於其〈《成均圖》與太炎先生對音轉理論的建樹〉一文中曾云：❺「先生之功績，蓋不在於對韻部的劃分，而在於求韻部之『通轉』；不在於得其『體』，而在於窮其『用』。先生在擁有大量文獻資料之基礎上，不僅證明了他的二十三部的劃分根據，而更重要的是以大量的文獻資料，溝通了二十三部之間的通轉關係。……從橫向來講，是形、音、義融爲一體；從縱向來講，又充分體現了語言文字學上孳乳、引申、假借等一整套的演化規律。」

又云：「對先生〈成均圖〉的通轉關係，前人及時賢，亦多有微言。以爲循是以往，則二十三部『無所不通，無所不轉』，或竟『混爲一部』矣。……先生的通轉說，乃在嚴格分部的基礎上建立起來的；他的靈活運用，乃是在精密的音學理論指導下進行的。分部乃其『常』，通轉乃其『變』，『常』『變』之間，在先秦韻文中，自有其科學比例，

---

❺ 詳見湯炳正先生《語言之起源》。

不容混淆。……探索這種通轉規律在音理上的根據，還需要學術界的不斷努力，但如果只承認聲紐有遠近之分，而否定韻部亦有親疏之別，此實不精之論。」

　　湯先生除了彰明章君〈成均圖〉的成就、貢獻外，更提出對於認識「合韻理論」的重要觀念，由於合韻現象向來爲古音學者研究古音理論所憑藉之重要根據，其所揭示旁轉、對轉等合用現象與界限研究，使得古韻分部理論獲致相當成效的開展。而合韻現象所推演之合韻理論更是學者建構其理論之基礎。江永「數韻同一入」、段玉裁「異平同入」、孔廣森「陰陽對轉」說、王念孫「通韻、合韻譜」乃至於章君〈成均圖〉無不由「合韻理論」推闡而得。

　　藉由丁氏對合韻理論的建構，我們可以發現，對於章君以〈成均圖〉圖示形式來說解合韻現象，並非妄臆之作，而是對歷來研究古音的諸多材料進行歸納、演繹而得的，尤其是丁氏的合韻理論圖說，更是提供了相當程度的訊息。至於對研習古韻合韻理論的我們，除了必須更進一步的申明章君的合韻理論外，更必須對部份古音學家視合韻理論爲「漫無準則」的看法提出檢討。是以，吾輩若不能認同由諸多合韻現象所歸納而得的合韻通合理論，自然對歷來古音學家所創獲的古韻分部成果產生懷疑。

　　因此，如何掌握運用前輩學者研究創獲的結果，作爲吾輩繼續研究發展的基石，是件輕忽不得的大事。儘管前輩學者的學說、理論，限於當時之時代背景與基礎知識的不足而有所缺失，其所發明仍然有可取之處。就合韻理論而言，丁氏與章君的通合諸說，雖然仍存不少不足與疑義，但在承繼舊說與開創新論的歷史過程中，著實是有其不可磨滅的地位與價值。如何善用它們以作爲研究古韻通合現象，並爲古韻通合建立

一套完整而又客觀公允的學術理論，無疑是我們在日後所應秉持的態度
與精神。

參考書目（依作者姓氏筆劃排列）

丁履恆

　　《形聲類篇》　大亨山館叢書本

王　力

　　〈略論清儒的古音研究〉　龍蟲並雕齋文集　第三冊　1980.1

　　〈古韻分部異同考〉　王力文集　第十二卷　1990.9

　　〈清代古音學〉　王力文集　第十二卷

王若江

　　〈試析“數韻共一入”與“異韻同入”〉　語文研究　第三期
　　1990

王　顯

　　〈清代學者在古韻分部研究上的貢獻〉　1984　古漢語研究論文集
　　（二）　北京出版社

孔師仲溫

　　〈廣韻祭泰夬廢來源試探〉　聲韻論叢　第一輯　學生書局　民
　　83.5

　　〈論江永古韻入聲八部的獨立與相配〉　第四屆清代學術研討會論
　　文集

孔廣森

　　《詩聲類》　音韻學叢書　廣文書局

伍明清

　　〈項安世之古音觀念〉　中國文學研究　二　民 77.5

汪榮寶

　　〈論阿字長短音答太炎〉　學衡　四十三期

吳慶峰

　　〈論"異平同入"〉　語言文字學　1989.8

何大安

　　《規律與方向：變遷中的音韻結構》　中央研究院歷史語言研究所
　　民 77

李妍周

　　〈清人論陰陽對轉的過程〉　中國文學研究　第六期　民 80

李師添富

　　〈語音規範的問題〉　輔仁國文學報　第六集

　　〈談語音的變化〉　輔仁學誌——文學院之部　第二十一期

　　〈從「音韻結構」談古韻分部及其發展〉　輔仁學誌——文學院之
　　部　第二十四期

　　〈餘杭章君轉注說探源〉　林尹教授逝世十週年學術論文集

　　〈從「答李子德書」論顧炎武之古音成就〉　第二屆清代學術研討
　　會論文集

李鵑娟

　　〈顧炎武陰入相配說再商榷〉　漢語音韻學第五屆國際學術研討會

　　〈「合韻」現象源流考〉　林炯陽先生六秩壽慶論文集　民 88

　　《丁履恆形聲類篇「通合理論」研究》　輔仁中國文學研究所碩士
　　論文

林　尹

〈章炳麟之生平及其學術文章〉　孔孟月刊　第十四卷　第十一期
民 65

林尹・林師炯陽

《中國聲韻學通論》　黎明文化事業公司　民 75

林慶勳

《段玉裁之生平及其學術成就》　文化中國文學研究所博士論文
民 68

林慶勳・竺家寧

《古音學入門》　學生書局　民 78

周法高

《中國音韻學論文集》　中文大學出版社　1984.1

姚榮松

〈文始・成均圖音轉理論述評〉　師大國文學報　第二十期

唐作藩

〈論清代古音學的審音派〉　語言研究 1994 年增刊

祝敏徹・張文軒

〈論初期"協韻"〉　語言文字學　1982.2

段玉裁

《六書音均表》　音韻學叢書　廣文書局

陳師新雄

《古音學發微》　文史哲出版社　民 72.2

《鍥不舍齋論學集》　學生書局　民 73.8

《音略證補》　文史哲出版社　民 77.9

《文字聲韻論叢》 東大圖書公司 民 81.1

《古音研究》 五南圖書 民 88

〈清代古音學之主流與旁支〉 第一屆國際清代學術研討會 民 82.11

〈怎樣才算是古音學上的審音派〉 中國語文 五期 1995

〈章太炎先生轉注假借說一文之體會〉 國文學報 第二十一期

陳梅香

《章太炎語言文字學研究》 中山大學中國文學研究所博士論文 民 86

〈章炳麟成均圖古韻理論層次之探析〉 中山大學中文學報 第一 期 民 74

陳 燕

〈試論段玉裁的合韻說〉 語言文字學 1992.8

都惠淑

《劉逢祿古音研究》 政治中國文學研究所博士論文 民 88

張文軒

〈論初期協韻〉 蘭州大學學報 第一期 1982

〈論協韻和讀破的關係〉 蘭州大學學報 第四期 1984

〈顏師古的 "合韻" 和他的古音學〉 語言文字學 1986.10

章太炎

《文始》 廣文書局 民 59.10

《小學答問》 廣文書局 民 59.10

《國故論衡》 廣文書局 民 62.6

《章氏叢書》 世界書局 民 71.4

許慎・段玉裁

　　《說文解字注》　洪葉文化事業有限公司　民88

湯炳正

　　《語言之起源》　貫雅文化事業有限公司　民79

黃　侃

　　《文字聲韻訓詁筆記》　木鐸出版社　民83.9

　　〈與人論治小學書〉　黃侃論學雜著　漢京

劉人鵬

　　〈協音說歷史考〉　中國文學研究　第三期　民77.5

謝美齡

　　〈「合韻」、「旁轉」說及例外諧聲檢討〉　聲韻論叢　第八輯　民
　　88.5

《說文》讀若所反映的
幾個漢代聲母

吳世畯*

一、前言

　　《說文》的注音方法有三種：一是諧聲，二是聲訓，三是讀若。其中諧聲是研究上古音的主要材料之一。

　　然對讀若的音系，其看法卻往往不一致。陸志韋（1946）認為讀若所反映的是上古音系，所以他用自己的上古音系統構擬並解釋所有讀若。後來楊劍橋（1982）及謝紀鋒（1986）二人採取較科學的方法重新探討讀若的性質及其音系問題，雖為同樣材料，但這二人的詮釋卻有多處不同。

　　依楊氏（1982:45-48）主張，讀若聲母音系屬上古音系統。所以他設「讀若所反映的上古聲母」一條，專談其聲母系統有幾種特點，如「無輕唇音」「泥娘不分，泥日相近」「照系二等歸精系」「知章二系部分相混」以及「有[*kl-][*sx-][*hm-]等複聲母」。謝氏認為「《說文》讀

---

*　　韓國韓瑞大學中文系助教授。

若所反映的聲紐系統，與中古音基本一致」（1986:131）。甚至還在他論文中的「《說文》讀若聲類與古紐不合」一條裡，主張讀若不反映「古無輕唇」「古無舌上」「娘日歸尼」「照系二等歸精系」「喻三歸匣」「喻四歸定」等古紐說。

　　本論文將討論讀若聲母系統的音系歸屬問題以及具體擬音。討論問題主要集中在幾個聲母問題上，因此論文所及不夠全面。

二、選材標準及凡例

　　W.S. Coblin（1978）討論讀若時也經常利用聲訓及其他漢代語料。而本文將《說文》讀若當作主要討論材料。《說文》讀若數大小徐本❶各不同，據謝紀鋒（1986:131）的統計，大徐本有讀若 790 條，小徐本有 830 多條，後來的段注本亦有所增補，三者互有參差。爲愼重起見，本文基本上採取謝氏的選材標準，其標準如下：

　　㈠只取大小徐本相同的，而不取大小徐本有異的。

　　如，「扮，握也。从手分聲。讀若粉。」小徐本作「讀若蚡」。

　　㈡不取「一曰」「或曰」「或」後面的讀若例。因爲本字音義與「一曰」音義是不同的。如，「鬏，鬜也。一曰長兒。从髟兼聲，讀若慊。」

　　㈢不取有爭論的。如，「誃，離別也。从言多聲。讀若論語跢予之足。」關於「跢」字有爭論。

---

❶　本文所本大小徐本爲丁福保所編《說文解字詁林》（臺北：鼎文書局，1983 年第 2 版）。

㈣不取「又讀若」或「讀又若」型。如，「訇，駭言聲。从言匀省聲。漢中西城有訇鄉，又讀若玄。」

㈤不取本字與讀若字相同的。如，「該，軍中約也。从言亥聲。讀若心中滿該。」

㈥不取有方言成分的。如，「獡，犬獡獡不附人也。从犬舄聲。南楚謂相驚曰獡。讀若愬。」

凡　例

㈠每條本字與讀若字皆採用《廣韻》反切，而不用徐鉉、徐鍇所錄反切。因為有的徐鉉反切不太可靠。如，大徐本注為「怡（夷在切），讀若騃（五駭切）。」然從《說文》與《廣韻》比較可知「騃」的正音是「牀史切」。

㈡本文上古擬音暫時用龔煌城先生（1990,93,95,99）系統，簡稱「龔音」。

㈢符號　* 代表上古音，EH 代表東漢音（Eastern Han）。

如，「橋[*kh-ljagw > EH kh-l- > tśhjäu]」表示「橋」的上古音、東漢音（省略韻母）以及中古音（《廣韻》音系）的演變。

三、讀若所反映的漢代聲母

關於讀若的性質問題，已經有很多人談過。一般認為讀若的性質是「①擬音，②假借，③既有擬音，又有擬音加假借」（楊劍橋 1982:37）。而最近馮玉濤（1996）認為它有五大作用：說明同源字，說明異體字，說明古今字，說明通假字，注音。馮氏主張確有中肯之處。雖然如此，

我們不能因此而否認本字跟讀若字之間存在的密切音韻關係。而本論文的主要討論方向不在於其性質，在於其具體讀音問題上。我們應從中可以得出讀若音系的大概。

我們初步認為讀若音系與上古音系有所差別。既然許慎除了「諧聲」以外另用「讀若」，其實質與諧聲應有不同之處。章季濤（1991:82）說：「當形聲字的聲符不能代表形聲字的當代讀音時，《說文》即添加「讀若」以比譬其音讀」。然此觀點也有待商榷之處。因為它不能解釋如下讀若類型（擬音為「龔音」）：

　①「嗑，多言也。从口，盍聲。讀若甲。」(cf.4)
　　嗑[*kap>kâp]：盍[*kap>kâp]：甲[*krap>kap]
　②「斜，抒也。从斗，余聲。讀若茶。」(cf.10,21)
　　斜[*ljiag>zja]：余[*lag>jiwo]：茶[*dag(?)>duo]
　③「襰，袁裡也。从衣，隔聲。讀若擊。」(cf.7,14)
　　襰[*khrik>khɛk]：隔[*krik>kɛk]]：擊[*kik>kiek]
　④「譸，詶也。从言，壽聲。讀若醻。」
　　譸[*rtjəgw>ṭjə̌u]：壽[*djəgw>źjə̌u]：醻[*djəgw>źjə̌u]

依章氏理論，①可以這樣解釋:即在東漢「嗑」與其聲首字「盍」之間已存在相當大的音距，則「盍[*kap>kâp]」不能代表「嗑[*kap>kâp]」的當時讀音，因此許慎用讀若字「甲[*krap>kap]」來注「盍[*kap>kâp]」的當時讀音。從此我們可以發現章氏的理論完全不合乎本條讀若。首先，本字「嗑[*kap>kâp]」與聲首字「盍[*kap>kâp]」的中上古音完全相同，談不上什麼「當代讀音」問題，也不需要用讀若字注音。第二，根據上古音，「嗑[*kap]：甲[*krap]」之間的音距比「嗑[*kap]：盍

[*kap>kâp]」的還要遠。既然我們不能將「嗑」假設爲[*krap>kâp]，在音理上這條讀若反而不比原先的諧聲理想。其他②③④條也有同樣問題。

這樣我們有必要從新檢討《說文》讀若性質的問題。初步想，讀若恐怕不只爲記錄當時音的目的而使用。

但我們總不能否認它多半兒反映東漢當時❷語音情況的事實。我們也許從中可以看出位于上古和中古之間的東漢當時的語音實際。

如上所述，楊劍橋（1982）及謝紀鋒（1986）二人已用比較統計法分析過讀若聲類。雖然二人以同樣的材料及研究方法討論讀若，其結果卻各不相同。比如在唇音問題上，二人雖早已注意過輕重唇音接觸例甚少的情形❸，而楊氏認爲「讀若時代無輕唇音」，謝氏卻主張「輕唇跟重唇已不混」。這是二人對少數例外讀若的處理方法不同所致的結果。楊氏是看重他的 8 條少數例，謝氏卻忽略他的 5 條（7.2%）少數例。

要合理的解決問題，我們認爲應該要採取分開處理主流和例外的方法。謝氏在他的論文已列出很詳細的「讀若聲類表」，從中我們可知讀若所表現的音韻情況確實跟《切韻》略和符節。但也有很多例外讀若無法用《切韻》解釋。本論文主要討論這個部分。

在本章我們將採取另一種方法試圖分析讀若音系的實質及具體讀法——以目前上古聲母學說求證之。爲簡便起見，討論材料選自周何（1962）。該文有「①聲韻全同」「②聲異韻同」「③聲同韻異」「④

---

❷ 許慎大約生於公元 58 年，卒於公元 147 年，生活於東漢中期。

❸ 對重唇聲母與輕唇聲母構成讀若的例子，楊氏說有 8 例，謝氏說有 5 例。

聲韻全異」四大部分，其中①③對我們的聲母研究沒有太大幫助，④的材料或有不甚可靠之處，而只取②部分。然對②也需進行選材工作。雖然可用的材料不過 50 餘條，但仍從中可得當時語音信息的一二。

　　研究讀若聲母系統，我們可以從上古帶過流音的幾個聲母著手。因爲這幾個聲母具有與中古聲母截然不同的類型。比如，喻四、來母、二等字、四等字、知系字、照二系字等。

㈠喻四讀法與相關問題

　　東漢的準確喻四讀法是個重要的問題。因爲這個問題牽涉到來母及其他聲母的讀法。前人早就注意到上古的喻四字經常跟舌尖塞音字來往，所以說「喻四古歸定紐」，高本漢等人將它擬爲[*d->ji-]。李方桂（1971）舉了古台語例證及漢代譯音而將它改擬爲[*r->ji-]。後來龔煌城先生（1990:76-81）接著利用漢藏語同源詞將喻四與來母一並改擬爲[*l->ji-] [*r->l-]。而這二音在東漢是否仍保持不變，是個我們即將討論的問題。要解決這個問題，必須得從喻四談起。龔先生說（1990:79）：

> 因爲藏語至今仍然保存兩種流音，實無法想像在過去某一時代曾發生 l-與 r-的互換，而漢語則因爲兩種流音（即來母與喻母）之中有一種（即喻母）在中古以前即已消失，所以如果來母原來是 r-，只要假設在喻母 l-音消失以後，發生了 r->l-的語音變化，來母字由原來的 r-音變成現代的 l-音，漢藏語的對應關係便可得到合理的解釋。

在同頁又說：

在理論上 r-要變成 l-，必須在 l-音變成 j-之後，否則 l-音尚保持
不變時 r-音若變成 l-，二音勢必混同（merger），無法再分。而
在上古諧聲時代喻（j）母字與舌尖音諧聲，表示 l-音尚保存未
消失，此時 r-音不可能變成 l-音，故上古漢語來母字必定是 r-
音，喻母字應該仍讀 l-。

就是說，若能證明東漢時的喻母仍讀 l-，便可證明來母當時也讀 r-
了。換個方向，若這喻四又跟舌尖塞音字來往，就能證明它仍讀爲 l-。
因爲喻四一但變爲[ji-]，就再也不能和舌尖塞音字來往。

以下是和喻四字有關的 4 條例外讀若❹例（擬音爲「龔音」）。

1. 「楢，柔木也。公官以爲奿輪。从木，酋聲。讀若糗。」

   楢[*ləgw>jiǒu]　　　　　　：糗[*khləgw>khjǒu]

   [*thjagw(?)>tśhjäu]❺

2. 「像，象也。从人，从象，象亦聲。讀若養。」

   像[*ljaŋ>zjaŋ]：養[*laŋ>jiaŋ]

3. 「佁，癡皃。从人，台聲。讀若騃。」（cf.15）

   佁[*ləg>jiï]：騃[*gljəg>dźjï]（趨行皃）

   [*ŋrəg>ŋǎi]（癡也）

4. 「醷，酒味淫也。从酉，竷省聲。讀若春秋傳曰美而豔。」

---

❹　所謂「例外讀若」指中古韻同而聲母不同的兩個字構成讀若的例。

❺　《廣韻》「楢」有「以周 · 尺沼」二切。而「尺沼切（赤木名，又音猶，音酉）」
　　的上古音（龔音）或可擬爲[*khljagw>tśhjäu]。因爲聲系中有舌根音字「猶（余救 ·
　　居祐切）」。

醯[*kam>kâm]❻ ：豔[*lams>jiäm]

　　我們從中可以發現東漢的喻四很可能仍讀爲[*l-]。因爲如果東漢當時的喻四已變爲[ji-]，以上所舉四條就不能構成讀若了。除了第 4 條外，「龔音」的上古音都可以解釋它們之間的關係。

　　1-1. 如果喻四當時讀爲[ji-]，第 1 條則爲「[ji-](楢)：[khl-](糗)」或「[ji-](楢)：[khj-](糗)」關係，而這種關係是不能想像的。它們的關係可擬爲如下：

楢[*ləgw>EH l->jiǒu]　　　　　　：糗[*khljəgw>EH khlj->khjǒu]

[*kh-ljagw>EH kh-l->tśhjäu]

　　2-1. 我們認爲第 2 條的東漢讀法跟上古沒有兩樣的，即「養」仍讀爲[l-]。如果「養」當時已讀爲[ji-]，那就不好解釋「[EH zjaŋ](像)：[EH jiaŋ](養)」的關係。邪母上古音[*lj->zj-]本來考慮喻四與邪母的密切關係而構擬的。既然喻四已變爲[ji-]，那邪母再也不是[lj-]了。因爲[zj-][ji-]二者其發音部位不同，不太可能結爲讀若。

　　3-1. 如果東漢的「怡」是[ji-]，那它不好跟「駼[*glj->dźj-]&[*ŋr->ŋ-]」發生關係。相反的「怡」若爲[l-]，可以自然的跟「[*glj->dźj-]&[*ŋr->ŋ-](駼)」來往。另外本條顯示，在東漢二等韻字似乎仍帶介音 r。因爲如果不帶 r，我們無法解釋「[*l->ji-](怡)」與「[ŋ-](又音「駼」)」的接觸。關於此問題留後再談。最後，擬出本條音韻關係如下：

怡[*ləg>EH l->jiï] ：駼[*g-ljəg>EH g-lj->dźjï](趨行皃)

---

❻　　根據董同龢（1944:238），何九盈（1987:324）將醯歸于談部。

[*ŋrəg>EH ŋr->ŋǎi] (癡也)

4-1. 上古「龔音」因系統問題不能解釋本條讀若。因爲在他的系統裡見母一等只有[*k->k-]，而[*kl-]是[kj-]的唯一來源。本人系統（1995）中雖有[*kl->ki-]，然這是四等韻的來源，無法解釋本條讀若。但若用「兩讀」可以勉強解釋本條讀若。醫在《玉篇》除了見母讀外又有喻四讀：「古襌・余瞻切」。也許許慎用的是這喻母讀。這樣它們的關係是：

[*kam>EH k->kâm]：豔[*lams>EH l->jiäm]

[*lam>EH l->lâm]

另外我們值得參考李方桂（1971）、陳新雄師（1999）的[*gr->ji-]。這個音正好可以解釋本條讀若。然如何與本條結合，有待商榷。

㈡來母讀法與相關問題

在上一節我們已經談過東漢的喻四仍讀爲 l-。如上所述，喻四 l- 仍保持不變時，來母[*r-]就不能變爲 l 了。因爲如果來母已變爲 l-，就勢必跟喻四 l-混同。既然喻四的 l-仍保持不變，那東漢時的來母不可能讀[l]，是[r]了。以下是來母字構成的例外讀若例三條。

5. 「婪，貪也。从女林聲，讀若潭。」「婪(盧含切)」與「潭(徒含切)」其音本近，可以構成讀若。

6. 「蟘，海蟲也。从虫，兼聲。讀若嗛。」(cf.17)
   蟘[*rjiam>ljäm]：嗛[*khiam>khiem]

7. 「稴，稻不黏者。从禾，兼聲。讀若風廉之廉。」
   稴[*giam>ɣiem]：廉[*rjam>ljäm]

舌根音字跟來母字構成讀若的這兩例顯示，《說文》時代仍有跟來母有關的複聲母。「蝶、嗛、穅、廉」四字均爲「从兼得聲」，《說文》聲訓又有「廉，蒹也。」除此之外，在上古語料中舌根兼聲系字和來母字接觸的其他例子頗多❼。而「龔音」因系統上的問題，不能解釋本讀若所顯示的音韻現象。《廣韻》《集韻》的又切也顯示「穅」字在上古帶[*KL-]型複聲母。其又切如下：

《廣韻》戶兼切（稻不黏者） 　《集韻》盧忝切（稻不黏者）
　　　力忝切（禾稀） 　　　　　　勒兼切（說文：不黏者）
　　　　　　　　　　　　　　　　　堅嫌切（稻不黏者）
　　　　　　　　　　　　　　　　　胡讒切（稻不黏者）

本人認爲上古四等韻字都帶過流音 l，所以當初（1995）將「蝶、嗛」擬爲「[*rjiam>ljäm](蝶)：[*khlam>khiem](嗛)❽」。如果這個設想用於本條，「穅、廉」也可擬爲「穅[*glam>ɣiem]：廉[*rjam>ljäm]」。這種解釋也有局限性，如[*r-]與[*khl-][*gl-]之間仍有較大的音距。但也勉強可以解釋本條問題，它們的關係可擬爲如下。有關四等韻字構成的讀若例留下一節再討論。

6-1. 蝶[*rjiam>EH rj->ljäm]：嗛[*khlam>EH khl->khiem]

7-1. 穅[*glam>EH gl->ɣiem]：廉[*rjam>EH rj->ljäm]

要解釋這兩條讀若，我們另可設想兩種不同擬法。然這種方法也

---

❼　詳見本人論文（1995:90, 141-143）。

❽　根據「上古四等介音 l 說」，將四等韻字「嗛」構擬爲[*khl->khi-]。

有缺點。如：

　①蠊[*rjiam>EH rj->ljäm]：嗛[*khriam>EH khri->khiem]
　　稴[*griam>EH gri->ɣiem]：廉[*rjam>EH rj->ljäm]
　②蠊[*grjiam>EH grj->ljäm]：嗛[*khiam>EH khi->khiem]
　　稴[*giam>EH gi->ɣiem]：廉[*grjam>EH grj->ljäm]

　　①是爲跟來母來往的舌根四等韻字擬爲[*khri->EH khri->khi-]的。
②是爲跟舌根音字來往的來母字及四等韻字各擬爲[*grj->EH grj->lj-]
及[*khi->EH khi->khi-]的。

　　若採取①式，可以拉近二者間的音距，如「[EH rj-](蠊)：[EH khri-]
(嗛)」。但必須重新考慮整個聲母系統。比如要解決在我們的[*kh->kh-](1
等)，[*khr->kh-](2 等)，[*khrj->khj-]❾，[*khlj->khj-]❿，[*khi->khi-]⓫
上，能否再加[*khri->khi-]的問題。從分布上看問題，這個假設也有很
大的問題。龔煌城先生（1995）發現，在上古音的分布上，來母字與跟
來母字諧聲的字有互補關係。他說（1995:214）：

　　換句話說凡是來母字出現的地方決不出現與來母字諧聲的字，
　　而與來母字諧聲的字出現的地方決不出現來母字：這兩類字的
　　出現呈現互補的分布。

---

❾　這是爲跟來母諧聲的見母三等字以及見母重紐三等字擬的音。

❿　這是爲跟喻四等諧聲的見母三等字擬的音。

⓫　萬一接受[*khri->khi-]，只能放棄原來爲四等韻構擬的[*khl->khi-]。

基於這個分布上的呈現，他把來母字擬爲[*r-]，相對的將不具來母字而與來母字諧聲的字都擬爲帶 r 的複聲母。見母重紐三等的[*krj-]類也剛好符合於這種分布。

回到我們的主題，「嗛」是四等忝韻字，而韻中就有來母字。如果我們遵守龔先生的規律，我們就不能將「嗛」擬爲[*khri-]等複聲母。

關於②，來母構擬音[*grj->EH grj->lj-]與我們的系統基本不一致，不太適合於本文。而且這個音與我們的群母重紐三等音[*grj->gj-]起衝突。

總之，「上古四等帶流音 l 說」理論的[*khl->EH khl->khi-]等是能解決問題的最好方法，則如「6-1，7-1」。

㈢二等字讀法與相關問題

大家都認爲二等韻字在上古有 r 介音，而本節則試探《說文》時代二等韻字是否仍有 r 介音以及其他相關問題。先舉二等韻字構成讀若例如下（擬音爲「龔音」）：

8.「嗑，多言也。从口，盍聲。讀若甲。」

　　嗑[*kap>kâp]：甲[*krap>kap]

9.「詗，待也。从言，佪聲。讀若鑿。」(cf.16)

　　詗[*gig>ɣiei]：鑿[*rnik>ŋɛk]

10.「脘，胃脯(府)也。从肉，完聲。讀若患。」

　　脘[*kwan>kuân]：患[*gwrans>ɣwan]

11.「襚，袁裡也。从袁，鬲聲。讀若擊。」(cf.18)

　　襚[*khrik>khɛk]：擊[*kik>kiek]

12.「泧，濊泧也。从水，戉聲。讀若椒樧之樧。」(cf.29)

　　泧[*hwat(?)]⑫>xuât]：樧[*rsiat>sǎt]

13.「鑼，梠屬。从金，罷聲。讀若嫣。」

　　鑼[*brad>baï]：嫣[*kwrjar>kjwě]。

14.「斜，抒也。从斗，余聲。讀若荼。」(cf.26)

　　斜[*ljiag>zja]：荼[*?>*dag(?)>duo]苦荼

　　　　　　　　　　　　*rdag>ɖa]苦荼

15.「佁，癡兒。从人，台聲。讀若駭。」(cf.3)

　　佁[*ləg>jiï]：駭[*gljəg>dźjï](趨行兒)

　　　　　　　　　　[*ŋrəg>ŋǎi](癡也)

　　試析這八條的音系系屬，可知以中古音（龔音）不能解釋音韻關係的有第9、12、13、14、15的五條，而以其上古音明顯不能解釋的只有第9、12的二條。這點表示跟二等韻有關的讀若音系明顯的接近於上古音系。然有些問題需要深入探討。

　　在第8、9、10條裡有一個讓人困擾的問題。就是其本字與該字的聲首字之間的音距反而比本字與讀若字之間的音距近。依一般讀若的性質，其結果應該要相反才對。這是有待商榷的問題。如(擬音為「龔音」)：

8-A. 嗑[*kap]：盍[*kap]：甲[*krap]

9-A. 臂[*gig]：伲[*?>*kljig]：鳌[*rnik]

<hr>

⑫　「泧」的「龔音」，我們不得而知。《説文》戉聲系沒有明母字，而有見母，喻三字。但《説文》的連綿字「泧，濊泧也」似乎顯示「泧」也跟明母有關聯。這樣根據他的1999年論文，「泧」的「龔音」有[*h->x-][*sm->x-][*s-k->x-]三種可能。

>*lig]

10-A. 睕[*kwan]：完[*gwan]：患[*gwrans]

「8-A」來說，本字「嗑[*kap]」與「盍[*kap]」間的音距比「嗑[*kap]」與「甲[*krap]」間的音距還近多。「9-A」「10-A」兩例也是一樣。由此可見《說文》讀若的本字與讀若字音不一定完全相同。有時二字之間存在較大的音距。這點可能表示許慎讀若除了標音目的以外可能另有其他意義。而這意義與標音有出入的時候，許慎可能犧牲點標音。

要解釋這種現象或許有人會想：《說文》時代的二等韻字已經沒有 r 介音。因為沒有 r 介音根本不發生以上三條的問題。然另面對其他二等韻字讀若例，就不能設想這個假設，如第 9、11、12、13、15 條。討論這幾條的具體問題如下：

8-1. 嗑[*kap>kâp]：甲[*krap>kap]

對「嗑」的反切，大徐本注匣母「候榼切」音。然根據《說文》及《廣韻》的本義，其正音應為「古盍切」。「龔音」可算圓滿解釋本條讀若。我們認為本條的東漢音也跟上古沒有兩樣。如：

嗑[*kap>EH k->kâp]：甲[*krap>EH kr->kap]

9-1. 睯[*gig>ɣiei]：臲[*rnik>ŋɛk]

上古「龔音」不能解釋本條讀若。

關於四等韻字「睯」的上古音，本人當初（1996）認為[*glig>ɣiei]。因為它的聲系主要是由照三、舌根、喻四字構成的。比如（擬音為「龔音」）：

只(章移切)　　　　[*kljig>tśjě]

枳(諸氏切)　　　　[*kljig>tśjě]

　(居紙切)　　　　[*kjig>kjiě] (重紐 4)

伿(支義切)　　　　[*kljig>*kljig>tśjě] 惰也

　(以鼓切)　　　　　　>*lig>jiě] 惰也

　(胡禮切)　　　　[*gig>ɣiei]

依「龔音」，這聲系就無法相諧。如四等韻字「傒[*gi->ɣi-]不能跟「伿[*lig](支義切)」諧聲。如果它有 l 音，它們就可以自由諧聲。

另外「傒」又或作「徯」。如徐鍇《繫傳》云「此亦與徯字義相通也」，《集韻》也云「傒，或作徯。」值得我們注意的是聲系裡的喻四字。它的《說文》諧聲關係如下（擬音爲「龔音」）：

徯(胡禮切)　　　　[*gig>ɣiei](从彳奚聲)

奚(胡雞切)　　　　[*gig>ɣiei](从大系省聲)

系(胡計切)　　　　[*gigs>ɣiei](从糸乀聲)

乀(餘制切)　　　　[*lads>jiäi]⓭

虒(息移切)　　　　[*stjig(?)>sjě](从虎乀聲)

螔(土雞切)　　　　[*s-lig>hlig>thiei]

蠵(杜奚切)　　　　[*N-lig>diei]]

篪(直離切)　　　　[*drjig(?)⓮>djě]

⓭　「乀(餘制切)」的韻部歸屬問題有待商榷。因爲若將它歸于「祭部」，那就[*-ads]與从乀得聲的「系[*-igs]」「虒[*-jig]」等之間的音距未免太大。

慷(弋支切)　　　[*lig>jiě]

纙(郎奚切)　　　[*rig>liei]

這個聲系的不夠和諧也是從各四等韻字（「系」等）來的。若它們是帶 l 介音的[*gligs]（系）等，那就可以跟其他聲系字「乁[*lads]」「鼶 [*s-lig>*hlig]」等自由諧聲。

從以上討論，我們認爲上古四等韻字有介音-l-。並且在構擬重紐四 等的問題上，「龔音」的當初（1993）擬音[*kl->kji-]比後來的（1995） [*kji->kj-]更爲理想。如果《說文》時代的四等韻字也仍帶 l 音，則本 條讀若暫時可擬爲：

詣[EH glig>ɣiei] : 鮺[EH rnik>ŋɛk]

問題是[glig]跟[rnik]之間仍有相當大的音距。如果將[rnik]改爲原來 (1993,95)的「龔音」[nrik]，則它們之間的音距更爲接近。也許鮺已經 經過[*rnik>EH nr->ŋɛk]階段。這樣本條讀若關係應可擬爲如下：

詣[*glig>EH gl->ɣiei] : 鮺[*rnik(?)>EH nr->ŋɛk]

10-1. 脘[*kwan>kuân] : 患[*gwrans>ɣwan]

基於以上討論，本條可擬爲：

脘[*kwan>EH k->kuân] : 患[*gwrans>EH gwr->Gwan]

11-1. 虩[*khrik>khɛk] : 擊[*kik>kiek]

⓮　根據「龔音(1999)」，澄母有[*rd->d-][*dr->d-]兩種來源。其中後者是爲照顧跟來母 來往的例而構擬的。而本聲系正好有來母字。

· 160 ·

跟上一條一樣，我們不能否認帶 r 的[*khr-]與[*k-]之間存在的較大的音距。但是如果東漢的四等韻字「擊」仍有 l 介音，即仍可圓滿解釋本條讀若關係。以下所舉「㲉聲」系的諧聲關係可以證明，擊字在上古可能帶過 l（擬音為「龔音」）。

㲉(苦擊切)	[*khik>khiek]	
擊(古歷切)	[*kik>kiek]	
罄(苦計切)	[*?>*khigs>khiei]	說文云：器中盡
(楷革切)	>*khrik>khɛk]	器空
嫛(苦蟹切)	[*?>*khrig>khaï]	意難
(苦賣切)	>*khrigs>khaï]	難也
(苦計切)	>*khigs>khiei]	難也
𤫝(郎擊切)	[*rik>liek]	

從此可以發現，聲系中的所有四等韻字（擊[*kik]等）都不能跟來母字（𤫝[*rik]）諧聲。相反的如果它們有-l 音，就勉強可以跟它諧聲。基於此，本條可擬為：

$$讟[*khrik>EH khr->khɛk]：擊[*klik>EH kli->kiek]$$

12-1. 泧[*hwat(?)>xuât]：樧[*rsiat>ṣăt]

各資料所收「泧」的反切往往不一致，難以確定其正音。

第一，《廣韻》收王伐（大水）、許月（水皃）、呼括（濊泧）三切。根據《說文》本義「泧，濊泧也」，其中的「呼括切（曉母一等）」可算正音。

第二，段氏《說文段注》收審二「所八切」，他說：「按音所八

切，十五部。大徐云火活切，非也。」

　　第三，《玉篇》收心母音，如「桑結切，泧濊也。又呼括、許月二切。」

　　第四，《集韻》收符合於《說文》本義的心、曉母讀「桑葛切（泧濊）、呼括切（說文濊泧也）、先結切（濊潐水皃泧）」外，又收「王伐切（大水皃）、許月切（大水皃）」二切。

　　綜合以上各反切，我們可知在本義「濊泧」上，「泧」有「呼括、桑結、桑葛、先結切」等心、曉二母讀法。換句話說，這些反切是同出一源的。

　　構擬「泧」的東漢聲母也要滿足這點。《說文》戉聲系只有舌根音字。因此構擬「泧」時可以採取[*skh->x-][*sk->s-]方式。關於這點，李方桂（1971）曾經構擬過[*sk->s-]，「龔音（1999）」有[*sk->x-][*skh->x-]等。這樣「泧」可擬爲如下：

　　　　泧[*skhwat(?)>EH skh->xuât](呼括切)

　　　　　　　　sk->sât](桑葛切)

另有個問題，「[skh-]&[sk-](泧)：[rs-](橵)」之間仍存在較大的音距。我們認爲將[rs-](橵)改爲原來的[sr-]更能和[skh-]&[sk-](泧)構成讀若關係。本人認爲本條的音韻關係可以構擬爲如下：

　　　　泧[*skhwat(?)>EH skh->xuât]：橵[*rsiat>EH sr->ṣăt]

　　　　　　　　>EH sk->sât]

13-1. 羆[*brad>baï]：嬀[*kwrjar>kjwě](重紐三等)

　　關於「羆」的反切，大徐本收幫母支韻音「彼爲切」。然《廣韻》

只收並母二等音「薄蟹切」，今從《廣韻》。

[*br-](鑼)與[*kwrj-](嬀)能否自由來往，是個值得深思的問題。本文暫且存疑，仍擬爲：

鑼[*brad>EH br->baï]：嬀[*kwrjar>*EH kwrj->kjwě]

14-1. 斜[*ljiag>zja]：茶[*? >*dag(?)>duo]苦茶

>*rdag>da]苦茶

上古「龔音」可算圓滿解釋本條讀若。既然東漢已有[l->ji-](喻四)，應可以將跟它有密切來往的邪母擬爲[lj->zj-]。另外如上所述(9-1)，這裡的[*rd->d-]也需改爲[dr->d-]。因爲「[*lj-]:[*rd-]」關係總不比[*lj-]：[*dr-]」自然。這樣它們的關係可擬爲：

斜[*ljiag>EH lj->zja]：茶[*? >*dag>EH d->duo]

>*rdag(?)>EH dr->da]

15-1. 怡[*ləg>jiǐ]：騃[*gljəg>dźjǐ](趨行皃)

[*ŋrəg>ŋǎi](癡也)

「龔音」能圓滿解釋本條。本條對「東漢二等字也有 r 介音」有正面影響。因爲若不是，我們只能將「騃(癡義)」擬爲[ŋ-]。而這個[ŋ-]當然不能跟[*lj-](斜)構成讀若。因此它們的關係是：

怡[*ləg>EH l->jiǐ]：騃[*gljəg>EH glj->dźjǐ](趨行皃)

[*ŋrəg>EH ŋr->ŋǎi](癡也)

㈣四等韻字讀法與相關問題

可用材料有以下五條。其中第 16、17、18 條已經在上面談過，不再贅言。

16.「詧，待也。从言，伿聲。讀若褩。」(cf.9)

詧[*gig>ɣiei]：褩[*rnik>ṇɛk]

17.「蠊，海蟲也。从虫，兼聲。讀若嗛。」(cf.6)

蠊[*rjiam>ljäm]：嗛[*khiam>khiem]

18.「襋，裘裡也。从裘，鬲聲。讀若擊。」(cf.11)

襋[*khrik>khɛk]：擊[*kik>kiek]

19.「燮，和也。从言，从又炎。讀若溼。」

燮[*siap(?)>siep]：溼[*hljəp>śjəp]

20.「翏，堖蓋也。讀若范。」

翏[*miam>miem]：范[*bjam>bjwɐm]

19-1. 燮[*siap(?)>siep]：溼[*hljəp>śjəp]

本條讀若繼承了各上古語料，如左氏襄八年傳云：「獲蔡司馬公子燮」，而穀梁傳作：「獲蔡公子溼」。亦有甲骨例，李孝定（1965:3192）說：「契文言『夕燮』即『夕溼』，謂夕有憂患也。」這些都證明「燮」「溼」的密切音韻關係。

「龔音」「①[*siap(?)](燮)：[*hljəp](溼)」難以解釋本條音韻關係，而其中古音「②[siep](燮)：[śjəp](溼)」卻可以解釋。但也不能因此而說它們在東漢已經是②。因爲本條讀若是繼承上古的，不可能自上古一直是②。我們認爲在東漢「燮」仍念[sl-]。這個[sl-](燮)可以跟[hlj-](溼)自由來往。如：

變[*slap>EH sl->siep]：淫[*hljəp>EH hlj->śjəp]

20-1. 夎[*miam>miem]：范[*bjam>bjwɐm]

「龔音」勉強可以解釋其音韻關係。但對「范[*bjam]」的擬音，我們可以注意《説文》聲訓「氾，濫也」「濫，氾也」。這組聲訓，可以擬為「[*phrjams>phjwɐm](氾)：[*rams>lâm](濫)」。而本條的「范」是從氾得聲，應可擬為[*brjam>bjwɐm]。如果《説文》時代的「范」仍維持[*brjam>bjwɐm]，根據「上古四等字帶流音 l 説」可以將「夎」擬為[*ml->mi-]。那這組讀若關係可能如下：

夎[*mlam>EH ml->miem]：范[*brjam>EH brj->bjwPm]

我們認為「[ml-]：[brj-]」的關係總比「[mi-]：[bj-]」關係自然得多。

從以上所論，我們可説《説文》時代的四等韻字仍帶介音 l。

㈤知、照二系字的讀法與相關問題

有關此條例外讀若例共有以下 10 條（第 26、29 條已在上節談過）。如（擬音為「龔音」）：

21.「尐，少也。从小，乀聲。讀若輟。」

尐[*tsjat>tsjät]：輟[*rtjuat>ṭjwät]

22.「譸，詶也。从言，壽聲。讀若醻。」

譸[*rtjəgw>ṭjə̌u]:醻[*djəgw>źjə̌u]

23.「羍，五月生羔也。从羊，宁聲。讀若袳。」

羍[*rdjag>djwo]：袳[*tjag>tśjwo]

24.「紖，牛系也。从糸，引聲。讀若弦。」

紉[*rdjin>djěn]：弞[*hljin>śjěn]

25.「椆，从木，周聲。讀若ㄐ。」

　椆[*rdjəgw>djǒu]：ㄐ[*kləgw(?)❶❺>kjǒu]

26.「斜，抒也。从斗，余聲。讀若荼。」(cf.14)

　斜[*ljiag>zja]：荼[*?>*dag(?)>duo]苦荼

　　　　　　　　　>*rdag>ḍa]苦荼

27.「覛，司人也。从見，它聲。讀若馳。」

　覛[*hljar>śjě]：馳[*rdjar>djě]

28.「籈，折竹箯也。从竹，余聲。讀若絮。」

　籈[*N-lag>duo]　：絮[*snjags>śjwo]

　　[*rthjag>ṭhjwo]

29.「泧，濊泧也。从水，戉聲。讀若椒樧之樧。」(cf.12)

　泧[*hwat(?)>xuât]：樧[*rsiat>ṣǎt]

　　觀察以上 9 條，我們可以知道它們的中古音都不能解釋它們的密
切關係，而上古音（龔音）除了第21、29 二條之外其他例子基本上可
以解釋。從此我們可說讀若音系近於上古音系，遠於中古音系。

　　另外，該討論的是：「龔音（1999）」中的[*rt->ṭ-]等在東漢如何
被呈現，有沒有必要要這個音？觀察以上諸條，[*rt-]等有助於解釋各
讀若的僅有第 21、22、23 的三條，而在上一節的第 9 條以及本節的第
24、25、26、27、29 的 6 條上，這個[*rt-]卻不如原來的[*tr-]。[*rt->ṭ-]

---

❶❺　「ㄐ」的「龔音」應可擬爲[*kl->kj-]。因爲《說文》ㄐ聲系裡有審三字「收[*hlj->śj-]
　　（从攴ㄐ聲）」。

等本是經過嚴謹的漢藏同源詞的比較而得的結論，當然不能僅此幾例否認該說。但讀若所呈現的音韻關係卻不是這樣，也許這個[*rt-]等在東漢已經變爲[EH tr-]。

每條的具體擬音如下：

21-1. 乑[*tsjat>tsjät]：輆[*rtjuat>tjwät]

「龔音」不能解釋本條讀若關係。因爲根據李方桂（1971）的諧聲原則，舌尖塞音跟塞擦音是不常諧聲的。雖然在「乑聲」系裡沒有舌尖塞音字，我們可以根據本條將它擬爲[s-tj->ts-]。這個音可以跟舌尖塞音[rtj-]或[trj-]（輆）構成讀若。本人不把它擬爲[*st-]是因爲在我們的系統中[*st(j)-]是心母[s(j)-]的來源。我們認爲本條讀若關係可以擬爲：

以下是根據上面的討論對各條進行改擬的：

22-1. 譸[*rtjəgw(?)>EH trj->tjəʊ]：疇[*djəgw>EH dj->ʑjəʊ]

23-1. 羜[*rdjag(?)>EH drj->djwo]：袬[*tjag>EH tj->tɕjwo]

24-1. 我們認爲「龔音」的「[*rdj-]（紂）：[*hlj-]（弛）」關係不比我們的「[drj-]（紂）：[hlj-]（弛）」關係更好。

紂[*rdjin(?)>EH drj->djěn]：弛[*hljin>EH hlj->ɕjěn]

25-1. 我們認爲「[drj-]（椆）：[klj-]（丩）」比「龔音」的「椆[*rdj-]：丩[*kl-]」自然些。這樣它們的關係是：

椆[*rdjəgw>EH drj->djəʊ]：丩[*kljəgw>EH klj->kjəʊ]

26-1. 我們的「[lj-]（斜）：[dr-]（茶-又音）」總比「龔音」的「[lj-]（斜）：[rd-]（茶）」和諧多。這樣它們的關係是：

斜[*ljiag>EH lj->zja]：茶[*?>*dag>EH d->duo]

>*rdag(?)>EH dr->ḍa]

27-1. 本條和第 24 條一樣是審三字跟知系字構成的讀若。我們可
說「龔音」的「[hlj-](馀)：[rdj-](馳)」關係不比「[hlj-]：[drj-]」
關係和諧。所以它們的關係是這樣：

馀[*hljar>EH hlj->śjě]：馳[*rdjar(?)>EH drj->ḍjě]

28-1. 箷[*N-lag>duo]　　：絮[*snjags>sjwo]

[*rthjag>thjwo]

絮，《廣韻》有息據（說文曰：敝棉也）、乃亞（絲結亂也）、
抽據（和調食也）、尼據（姓也）四切。《玉篇》收思據（敝緜也）、
丑慮（調和食也）二切。從此我們可知「絮」有泥、徹、心等三母讀法。
因為這三種讀法的詞義不同，而不能將它們看成同源詞。但在聲系中有
必要解釋它們之間的諧聲關係。這樣從中可以得到它們的新擬音。這個
新擬音有助於解釋本條讀若的音韻關係。《說文》「如聲」系的主要諧
聲關係如下（擬音為「龔音」）：

如　（人諸切）[*njag>ńźjwo]

絮　（息據切）[*snjags>sjwo]（說文曰：敝棉也）

　　（抽據切）[*snrjags>thjwo]（和調食也）

　　（尼據切）[*nrjags>njwo]（姓也）

　　（乃亞切）[*nrags>na]（絲結亂也）

恕　（商署切）[*hljags>śjwo]

「龔音」可算解釋了本條諧聲關係。然仍有不夠理想之處。第一，
[*nj-](如)與[*hlj-](恕)之間仍有一段距離。第二，若將「息據切」音的

「絮」擬爲[*snj-]，則不能解釋本條讀若「絮[*N-l-]&[*rthj-]：絮[*snj-]」。
這點表示「息據切(絮)」音可能帶 r 音。爲滿足以上各現象，我們可以
作如下假設：

如　(人諸切) [*nljag>ńźjwo]

絮　(息據切) [*snrjags>sjwo] (說文曰：敝棉也)

　　(抽據切) [*hnrjags>ṭhjwo] (和調食也)

　　(尼據切) [*nrjags>njwo] (姓也)

　　(乃亞切) [*nrags>na] (絲結亂也)

恕　(商署切) [*hljags>śjwo]

這種擬法有以下幾點好處：

第一，「如[*nlj-]」可以跟「恕[*hlj-]」自由諧聲。

第二，「絮」的四種讀法[*snrj->sj-]、[*hnrj->ṭhj-]、[*nrj->nj-]、[*nr->n-]
都帶 n 與 r 音，可表示又讀關係的密切性。

第三，對心、徹二母的例外諧聲及讀若關係的解釋有好處。如，
李方桂（1971:19）、Coblin（1978:48）等人爲解釋徹母跟舌尖鼻音諧
聲的現象而構擬了[*hnrj->ṭhj-]。後來龔煌城（1999）先生將它改擬爲
[*snrj->ṭhj-]。我們認爲仍需要兩種類似的複聲母[*snrj->sj-]、[*hnrj->
ṭhj-]。這個音可以同時解釋「如聲」系的諧聲關係及本條讀若的音韻關
係。如本條讀若可以擬爲：

絮[*N-lag(?)>EH N-l-(?)>duo]：絮[*snrjags>EH snrj->sjwo]

[*rthjag(?)>EH thrj->ṭhjwo]

29-1. 在上一節的第 12 條已經談過。它們的關係是：

泧[*skhwat(?)]>EH skh->xuât]：檪[*rsiat>EH sr->ṣǎt]
>EH sk->sât]

四、結論

通過以上討論，我們得出了以下結論：

從單聲母的類別來看，讀若音系或許與《切韻》聲母系統差別不大。然從例外讀若所構擬出來的具體擬音卻與中古音系統相差甚遠，而與上古音系統基本一致。比如在上文所舉有關知、照二系的 10 條例外讀若例說，其中古音全不能解釋它們的關係，而上古擬音（龔音）則可以解釋大部分的例子。喻四、來母、二等韻有關的例外讀若例也顯示它們明顯的接近於上古音系統。以下是我們結論的主要內容：

㈠[*l->ji-](喻四)、[*r->l-](來母)的演變是魏晉以後發生的。所以東漢的喻四及來母仍讀為[EH l-][EH r-]。

㈡東漢的二等仍有介音 r。

㈢東漢四等韻仍帶流音 l-。

㈣東漢的知系二等字已經是[EH tr-][EH nr-]等。

綜合以上討論，列出若干聲母的演變律則如下：

上古		東漢(EH)		中古
[*l-]	⟶	[l-]	⟶	[ji-](喻四)
[*r-]	⟶	[r]	⟶	[l](來母)
二等 [*kr-]	⟶	[kr-]	⟶	[k-](見母二等)

	[*ŋr-] ⟶	[ŋr-] ⟶	[ŋ-](疑母二等)
	[*rn-(?)] ⟶	[nr-] ⟶	[ṇ-](娘母二等)
	[*khr-] ⟶	[khr-] ⟶	[kh-](溪母二等)
四等	[*gl-] ⟶	[gl-] ⟶	[ɣi-](匣母四等)
	[*kl-] ⟶	[kl-] ⟶	[ki-](見母四等)
	[*khl-] ⟶	[khl-] ⟶	[khi-](溪母四等)
	[*gl-] ⟶	[gl-] ⟶	[ɣi-](匣母四等)
	[*ml-] ⟶	[ml-] ⟶	[mi-](明母四等)
	[*sl-] ⟶	[sl-] ⟶	[si-](心母四等)

[*rtj-(?)] ⟶	[trj-] ⟶	[tj-](知母)
[*rthj-] ⟶	[thrj-] ⟶	[thj-](徹母)
[*rdj-] ⟶	[drj-] ⟶	[dj-](澄母)

[*klj-] ⟶	[klj-] ⟶	[kj-](見母)
[*khlj-] ⟶	[khlj-] ⟶	[khj-](溪母)
[*kwrj-] ⟶	[kwrj-] ⟶	[kjw-](見母合口重紐三等)
[*skh-] ⟶	[skh-] ⟶	[x-](曉母)

[*s-tj-] ⟶	[s-tj-] ⟶	[tsj-](精母)
[*snrj-] ⟶	[snrj-] ⟶	[sj-](心母)
[*sk-] ⟶	[sk-] ⟶	[s-](心母)
[*lj-] ⟶	[lj-] ⟶	[zj-](邪母)

[*tj-]　　⟶　　[tj-]　　⟶　　[tśj-](照母)

[*kh-lj-]　⟶　　[kh-lj-]　⟶　　[tśhj-](穿三)

[*g-lj-]　⟶　　[g-lj-]　　⟶　　[dźj-](神三)

[*rs-(?)]　⟶　　[sr-]　　⟶　　[ʂ-](審二)

[*hlj-]　　⟶　　[hlj-]　　⟶　　[śj-](審三)

[*dj-]　　⟶　　[dj-]　　⟶　　[źj-](禪母)

[*br-]　　⟶　　[br-]　　⟶　　[b-](並母二等)

[*brj-]　　⟶　　[brj-]　　⟶　　[bj-](並母)

主要參考資料

丁　度等　　？　　《集韻》，述古堂影宋鈔本（1986　臺北：學海　印本）。

丁福保　　1928　《說文解字詁林》（1983　臺北：鼎文書局　第 2 版）。

何九盈等　1987　《古韻通曉》，北京：中國社會科學出版社。

吳世畯　　1995　《說文聲訓所見的複聲母》，東吳大學　中研所　博士論文。

　　　　　1996　〈從諧聲看上古漢語四等帶流音 1 說〉，第五屆國際暨第十四全國聲韻學學術研討會　宣讀論文（新竹：新竹師院）。

李方桂　　1971　《上古音研究》（1980　北京：商務印書館）。

李孝定　　1965　《甲骨文字集釋》，中研院　史語所專刊之五十（1970　再版）。

沈兼士　　1945　《廣韻聲系》（1985　北京：中華書局　1版）。

周　何　　1962　《說文解字讀若文字通假考》，國立臺灣師大　國
　　　　　　　　文研究所集刊6。

陳初生　　1985　《金文常用字典》（1992　臺北：復文圖書出版
　　　　　　　　社）。

陳新雄師　1999　《古音研究》，臺北：五南圖書出版公司。

陸志韋　　1946　〈說文解字讀若音訂〉，《燕京學報》30期。

馬天祥　　1991　《古漢語通假字字典》（陝西人民出版社）。

章季濤　　1991　《怎樣學習說文解字》，臺北：群玉堂。

許　慎著　徐鉉校訂

　　　　　東漢　《說文解字》（1992　北京：中華書局　12版）。

董同龢　　1944　《上古音韻表稿》（1975　臺北：台聯國風　三版）。

馮玉濤　　1996　〈說文解字讀若作用類考〉（1996　《語言文字學》
　　　　　　　　北京：中國人民大學）。

楊劍橋　　1982　〈說文解字讀若研究〉（復旦大學　1987　《語言
　　　　　　　　研究集刊》1）。

謝紀鋒　　1986　〈說文讀若聲類考略〉，《河北師院學報》4。

權少文　　1987　《說文古均二十八部聲系》，甘肅人民出版社。

顧野王　　　？　《大廣益會玉篇》（1987　北京：中華書局）。

龔煌城　　1990　〈從漢藏語的比較看上古漢語若干聲母的擬測〉
　　　　　　　　（1994　《聲韻論叢》1輯，臺北：學生書局）。

　　　　　1995　〈從漢藏語的比較看重紐問題〉（1997　《聲韻論
　　　　　　　　叢》6輯，臺北：學生書局）。

　　　　　1999　〈從漢藏語的比較看上古漢語的詞頭問題〉，第六

屆國際暨第十七屆中華民國聲韻學學術研討會
宣讀論文（臺北：臺灣大學）。

GONG, HWANG-CHERNG

    1993   〈THE PRIMARY PALATALIZATION OF VELAR
           IN LATE OLD CHINESE〉, THE SECOND
           INTERNATIONAL   CONFERENCE   ON
           CHINESE LINGUISTICS, PARIS.

W. SOUTH COBLIN

    1978   〈THE INITIALS OF XU SHEN'S LANGUAGE AS
           REFLECTED IN THE SHUOWEN DURUO
           GLOSSES〉, 《JOURNAL OF CHINESE
           LINGUISTICS》VOL.6, NO.1

《說文》既言「某聲」又注「讀若」之音韻現象初探——以聲母部分為主

陳梅香*

一、前言

　　「讀若」是反切產生以前非常重要的注音形式之一，更是《說文》當中很重要的一個條例。歷來研究《說文》的學者多從訓詁學的角度，探究「讀若」一詞的涵義，尤其從清代有系統地研究《說文》「讀若」開始，學者的觀點仍時有紛歧，歸納其論點，約可分為兩派：一派以為「讀若」是一種普通的直音方法，只是擬其音而已，以段玉裁為代表；一派則以為「讀若」除了有說明音讀的作用之外，也兼有明義、明字等說明假借的情況，以錢大昕、王筠、洪頤煊、張行孚等人為主；民國以來的學者，如朱孔彰、方勇、楊樹達、龍宇純和周何等，亦多著重在考訂、釋例和舉證考源上，所論亦不出擬音和假借的訓詁範疇。綜合來說，擬音和假借兩派在「讀若」一詞意義的詮釋上，儘管雖有寬狹的不同，

---

*　　國立成功大學中國文學系。

但可以明顯確定的是,「讀若」需要具備聲音相同的條件,則是不容置疑的事實。

值得注意的是,「讀若」既然需要具備聲音相同的基礎,除了陸志韋、張鴻魁、謝紀鋒等曾個別論及擬音、魚侯二部的分合與聲調問題之外,其他學者實鮮少對於「讀若」在聲韻學上所呈顯的意義與問題,加以較爲全面地探析。又在明音的對象上,漢字只有形聲字有標音的聲符,因此,最需要注「讀若」的字理應爲象形、指事和會意字才是,但是,綜觀徐鉉《說文》校本和徐鍇《說文繫傳》所載八百三十多條的「讀若」字當中,形聲字卻佔了七成以上大多數的比例;對於形聲與讀若之間的關係,陸志韋曾提出:

> 其言「某聲」、「某亦聲」、「某省聲」者,非謂古必同音也,但爲類似之音而已。解字之例非以明音,亦非謂漢音之必同乎古音。注音之例存乎讀若。❶

就陸氏的觀察與認識,蓋認爲《說文》的當代注音應存於「讀若」而非「形聲」,若「單從考察漢代音韻的角度看,八百條『讀若』都反映了東漢時代的音讀」❷來說,則既言「從某聲」的形聲字,又注明「讀若」的現象,正可能反映了諧聲到東漢時代時所產生音韻變化的對比性意義,故而使得所從「某聲」、「某亦聲」、「某省聲」的諧聲說明,

---

❶ 詳見陸志韋〈《說文解字》讀若音訂〉,《燕京學報》30 期,1946 年,頁 138。

❷ 詳見張鴻魁〈從《說文》「讀若」看古韻魚侯兩部在東漢的演變〉,頁 396,收錄於程湘清主編《兩漢漢語研究》,1992 年,頁 394-422。

變成「類似之音」，實已非具備同音的性質；因此若能經由二徐本《說文》既言「從某聲」又注「讀若」現象的歸納與分析，得出一個較爲全面的音韻面貌，進而對其可能呈現的聲母、韻部與聲調的特殊現象，做一更深入的探討，當有助於說明東漢時期語音狀況之一二；本文先以讀若現象在本字與諧聲偏旁2字相同情況的聲母部分做爲探討的對象。

二、言「某聲」又注明「讀若」現象之歸納與說明

比對二徐本《說文》既「從某聲」又言「讀若」的相關內容，多同而少異，而「讀若」內容字形相異的部分，蕭泰芳先生曾針對清同治十二年（西元 1873 年）陳昌治改刻的《說文解字》讀若字及徐鉉等所注的切音，因傳抄轉刻造成的字形訛誤和徐鉉等爲《說文》讀若字所注音切不合許愼的讀若本音者，分類列舉，做一些勘訂的工作；茲將蕭氏所論有關二徐本讀若字形相異勘誤的考訂，列表說明如下：❸

本字	徐鉉本讀若字	徐鍇本讀若字	蕭泰芳考訂	理由說明
徸	螽	螽	螽	《說文》螽字下收有籀文蠹，蠹與螽形近易誤。螽，徐鉉等注爲敷容切，其音正與螽*字相同。（按：此螽*字疑應爲「徸」字）

---

❸ 詳見蕭泰芳〈陳刻《說文解字》讀若字及徐鉉等所注切音舉誤〉，《中國海峽兩岸黃侃學術研討會論文集》（湖北：華中師範大學出版社，1993 年），頁 74-75。

本字	徐鉉本讀若字	徐鍇本讀若字	蕭泰芳考訂	理由說明
馨	聲	馨	馨	聲之繁體聲，與馨形近，且馨之釋義爲聲，字形分析又有『粵聲』，陳昌治本『讀若聲』顯屬連文竄誤，馨，徐鉉等注爲呼形切，其音正與馨字相同。
覤	兆	兜	兜	「覤」字徐鉉等注爲當侯切，當遵從徐鍇與朱筠批校本大徐《說文解字》並做「讀若兜」因「兆、兜二字小篆形似，《說文》中又爲緊鄰，極易竄誤，兜，徐鉉等注爲當侯切，其音正與覤字相同。」
勘	萬	厲	邁	「勘」字音切莫話切，故懷疑「『讀若萬』與『讀若厲』，均當爲『讀若邁』之形誤，萬厲、邁三字形體相近」，而「邁」字音切正與「勵」字相同。
顲	戀	贛	憨	「顲」字徐鉉所注音切，比對二徐戀、贛二字音切，認爲「戀」字當爲「憨」字的形誤，顲憨二字只有聲調上上去的微小分別。

　　蕭氏在版本的掌握與字形、字音的考訂上，所論有據，當可採用，故而本文論及本字既言「某聲」又注明「讀若」現象的歸納整理，在徐鉉、徐鍇本《說文》的基礎之上，酌予參考蕭氏所勘訂的內容，加以分類進而分析。

　　若以「從嚴」的角度，即二徐皆明言「從某聲」且有「讀若」的情況之下（讀與某同、讀如某視爲「讀若」的變例），比對整理歸納出來的結果，約可分爲三大類：一爲 AB 相同，二爲 AB 相異，三爲條件不合。（以 A 代表「從某聲」的「某」字，以 B 代表「讀若某」的「某」

字)

　　首先先說明條件不合的情況，這一類的情形主要是因為「讀若」的部分，出現「或」、「一曰」、「又」、「亦」、或某人的讀若等情形，如徐鉉本《說文》：

卷次	例字	說　明
二下	齮	缺齒也，一曰曲齒，从齒喬聲，讀又若權。
二下	蹙	僵也，从足厥聲，一曰跳也，亦讀若　。
三上	訇	駭言聲，从言勻省聲，漢中西城有訇鄉，又讀若玄
三上	謺	失气言，一曰言不止也，从言龖省聲，傅毅讀若慴
六上	极	驢上負也，從木及聲，或讀若急。
十下	奊	大兒，从大圂聲，或曰拳勇字，一曰讀若傿。

　　這些字出現的意義，皆表明本字有兩個以上的讀音，意即一字多讀，有「疑疑亦信」❹的意味；然而在字音的解釋部分上並沒有羅列本來的讀音，往往只是本字的「又讀」或者「或讀」而已，「又讀」有音讀並存的意思，「或讀」則表達了音讀對立的關係，至於本讀與並存或對立的確實內容為何，《說文》則未明白指出，故暫列入不予討論的範圍；以下針對 AB 相同與 AB 相異兩個部分加以說明與分析。

㈠ AB 相同

　　《說文》在形聲的說解（包括亦聲與省聲字），與「讀若」的表

---

❹　同註❶，陸志韋〈《說文》讀若音訂〉，頁 149。

述當中，有一少部分的內容是相同的，對於這樣的現象，陸宗達以爲這樣的注音，需要注意「經傳用字」的實際情況，陸氏云：

> 在選擇讀若字時，他盡可能考慮到經傳用字的情況，想用注音來爲人們閱讀理解經典指明線索。這種與經傳用字有關的「讀若」，雖不是全部，但也不是一兩條偶然的現象，許慎是有意圖在先的。❺

　　陸氏並舉這一類 AB 相同的例子，如圓、鄭、瓥、牏、褐與獂字等形聲字即讀若它所得聲的聲符，認爲如果僅以明音爲目的來作讀若，其實應算是多餘的，而要論其意圖，即在於考慮「經傳用字」。
　　其實，對於本字、諧聲偏旁與讀若字三者之間的符號關係，早在徐鉉在注解《說文》時，即已注意到其中特殊的一些現象，徐氏首先注意到讀若字有跟本字字形相同的現象，如《說文·一上·祟》字「數祭也。从示毳聲，讀若春麥爲秦之秦。」下注云：

> 臣鉉等曰：春麥爲秦，今無此語，且非異文，所未詳也。

雖然徐氏已注意到有讀若字讀同本字的情況，但在當時已找不到根據，而有所疑；後於《說文·九上·獂》字「頭妍也。从頁翩省聲。讀若翩。」下注云：

---

❺　詳見陸宗達〈《說文》「讀若」的訓詁意義〉，頁 354，收錄在《陸宗達語言學論文集》（北京師範大學出版社，1996 年），頁 349-362。

臣鉉等曰从翩聲，又讀若翩，則是古今異音也。

從注文當中可以明確看出大徐以爲這種 AB 相同的因素，乃在於「古今異音」，意即有以古時與當時的語音，已有差異之意，故而使得「獺」字既從翩聲，卻出現又讀若翩的情形，但具備什麼樣的差異？由於都是由同一個文字外形的符號加以表述，很難看出其中確切變化。張鴻魁從形聲與讀若的歸納比對之中，則以爲：

> 許慎給《說文》注的音不可能是周秦古音，不僅音值上無法相像，音類上也大有不同。這可以從「讀若」與諧聲系統的矛盾上看出來。如：雅，方聲而「讀若方」。這「讀若」似乎是多餘的。其實這已從反面表明，有的字方聲不一定讀方。我們又看到，雅，方聲，讀與彭同。這就很明確了。❻

張氏對「从方聲，讀若方」的認識，認爲从方得聲，還讀若方的讀音，其實強調有的字雖仍從方聲，但卻已不一定讀爲方的讀音，正與徐鉉的「古今異音」的體認相反；而在其他相同諧聲偏旁的比對之下，顯得尤爲有意義，方聲不一定讀若方的還有「瓬」字，雖從方聲而讀若抵；歸納整理《說文》當中這種類似的情況，可列表觀察如下：

---

❻　同註❷，張鴻魁〈從《說文》「讀若」看古韻魚侯兩部在東漢的演變〉，頁 396-397。

《說文》讀若字與本字諧聲偏旁相同之相關現象一覽表

讀若現象 本字－聲符－讀若字	徐鉉反切 本字－聲符－讀若字	古聲 19 紐 本字－聲符－讀若字
雓－方－方	府良切－府良切－府良切	幫－幫－幫
趽－方－彭	薄庚切－府良切－薄庚切	並－幫－並
瓬－方－抦❼	分兩切－府良切－？？切	滂－幫－？
薄－尃－尃	方遇切－方遇切－方遇切	幫－幫－幫
誧－甫－逋	博孤切－方矩切－博孤切	幫－幫－幫
備－甫－撫	芳武切－方矩切－芳武切	滂－幫－滂
庯－甫－敷	芳無切－方矩切－芳无切	滂－幫－滂
頨－羽－翩	王矩切－芳連切－芳連切	匣－滂－滂
艑－扁－邊	方田切－方沔切－布賢切	幫－幫－幫
蹁－扁－萃	部田切－方沔切－符兵切	並－幫－並
厖－尨－尨	莫江切－莫江切－莫江切	明－明－明
坆－尨－隴	亡江切－莫江切－力鍾切	明－明－來
袛－氐－氐	都兮切－丁禮切－丁禮切	端－端－端
覒－氐－迷	莫兮切－丁禮切－莫兮切	明－端－明
蚳－氐－祁	直尼切－丁禮切－巨支切	定－端－匣
朾－丁－丁	當經切－當經切－當經切	端－端－端
佇－宁－煮	直呂切－直呂切－章與切	定－定－端
脀－丞－丞	署陵切－署陵切－署陵切	定－定－定
氶－丞－拯	署陵切－署陵切－(氶上聲) 煮仍切	定－定－端
襡－蜀－蜀	市玉切－市玉切－市玉切	定－定－定

---

❼ 抦字，《說文》未見，徐鉉注：「抦音丙，非聲，未詳。」

讀若現象 本字－聲符－讀若字	徐鉉反切 本字－聲符－讀若字	古聲 19 紐 本字－聲符－讀若字
趨－蜀－燭	之欲切－市玉切－之欲切	端－定－端
鮞－而－而	如之切－如之切－如之切	泥－泥－泥
奭－而－偄	而沇切－如之切－奴亂切	泥－泥－泥
㮿－奭－偄	奴亂切－而沇切－奴亂切	泥－泥－泥
颲－列－列	良薛切－良薛切－良薛切	來－來－來
劉－列－剌	盧達切－良薛切－盧達切	來－來－來
縣－梟－梟	親小切－穌到切－穌到切	清－心－心
㯩－梟－藪	山樞切－穌到切－蘇后切	心－心－心
迀－干－干	古寒切－古寒切－古寒切	見－見－見
骭－干－汗	侯幹切－古寒切－侯旰切	匣－見－匣
肤－決－決	古穴切－古穴切－古穴切	見－見－見
妜－決－炔❽	於說切－古賣切－？？切	影－見－？
圓－員－員	王問切－王權切－王權切	匣－匣－匣
隕－員－隕	于閔切－王權切－于敏切	匣－匣－匣
䪼－員－運	王問切－王權切－王問切	匣－匣－匣
腪－員－遜	穌本切－王權切－蘇困切	心－匣－心
趱－匠－匠	疾亮切－疾亮切－疾亮切	從－從－從
俞－俞－俞	度侯切－羊朱切－羊朱切	定－定－定
瑂－眉－眉	武悲切－武悲切－武悲切	明－明－明
鐼－彗－彗	于歲切－祥歲切－祥歲切	匣－定－定
喋－集－集	子入切－秦入切－秦入切	精－從－從
巒－䜌－䜌	洛官切－呂眞切－呂眞切	來－來－來
鄤－蔓－蔓	無販切－無販切－無販切	明－明－明

---

❽ 炔字，《說文》未見，段玉裁注：「火部無此字。」

讀若現象 本字－聲符－讀若字	徐鉉反切 本字－聲符－讀若字	古聲 19 紐 本字－聲符－讀若字
裾－居－居	九魚切－九魚切－九魚切	見－見－見
齜－柴－柴	仕街切－士佳切－士佳切	從－從－從
景－柭－柭	女版切－女版切－女版切	泥－泥－泥
簡－簡－簡	古限切－古限切－古限切	見－見－見
榮－學－學	胡角切－胡覺切－胡覺切	匣－匣－匣
鈁－劫－劫	居怯切－居怯切－居怯切	見－見－見

　　若從張氏對「旌」字諧聲偏旁與讀若「方」字的說解方式，重新省視「獖」字所從聲符與讀若「翩」字，從上列表中恰好有明顯的比較對象，因為「翩」字的諧聲偏旁為「扁」字，而從扁得聲的牏、蹁二字讀音皆不與翩字相同；薄字從傅得聲讀若傅，而傅字則從專得聲，專字從甫得聲，意即傅字的形聲字聲母雖為甫字，而觀察與甫字相關諧聲偏旁的本字與讀若的現象，聲母上已有幫、滂二母的差異，且一級聲子專字為芳無切，屬滂母，與傅字屬幫母，也呈現聲母發音方法上送氣與否的差異；又咪、塾二字同尥得聲，一讀若尨，一讀若隴，顯示尥字與明母、來母都有關係，若具備複輔音的性質，只能證明已有掉落 m-的現象，故而有隴的聲母讀法，至於从尥聲又讀若尨字，則無法顯示其必然掉落 l-，而只剩明母的讀法；從蜀得聲的襡字，仍讀若蜀，但也是從蜀得聲的趣字，則已讀若燭，有發音方法上清濁的不同；同理其他如衾、叮、脅、迁等字皆能反證雖從相同諧聲偏旁但聲母的讀法已有明顯不同的現象。

　　肤字，因為其相關諧聲偏旁「妜」字的讀若字「快」，未能於《說文》火部當中順利找到，故而未能確定其間音讀的關係，除此之外，鮞、

奘、奰這三個字的讀若現象，也有其特殊之處，鮞字從而得聲亦讀若而，奰字從奘得聲則讀若偄，然奘字從而得聲，與奰字同樣讀若偄，顯然奘字與其所從諧聲偏旁如偄、奰等的關係，要比奘字本身所從諧聲偏旁的關係，來得密切許多，若聲母同屬泥母，則韻母或聲調上應有不同才是；而考察颲、繺、鮞3字的諧聲偏旁與其相關的讀若字之間，聲母都相同，但列、剌二字中古《廣韻》一屬入聲薛韻、一屬入聲曷韻，臬、藪二字，中古《廣韻》一屬去聲号韻、一屬上聲厚韻，而、偄二字，中古《廣韻》一屬平聲之韻、一屬上聲獮韻，也能經由韻部、聲調的比較，溯知當時或應有讀音上的差異；比較特殊的是從「員」得聲的本字，其讀若現象多達4種，而「員」字，《廣韻》有王分切、王權切、王問切3個音讀，聲母皆屬上古匣母，而《說文》中相關的讀若現象，則出現「腜，從員聲，讀若遜」，聲母屬心母，發音部位差異較大。

其他個別的情況有趑、瑂、嗥、觛、鄭、彎、景、牏、裾、𥳑、𥯡、鐠、鈺等13字，其中又包含觛（柴省聲）、景（叔省聲）、𥳑（簡省聲）、𥯡（學省聲）、鈺（劫省聲）等5個省聲字，而這5個省聲字除了劫字從力去爲會意字之外，柴字（屬從母）從此聲（雌氏切，清母），叔字（屬泥母）從及聲（房六切，並母），學字（屬匣母）從臼聲（居玉切，見母），簡字（屬見母）從閒聲（古閑切，見母），柴、學二字與其所從諧聲偏旁有清濁的不同，叔、及二字發音部位不同，只有簡、閒二字聲母相同。

因此，從若干讀若與諧聲系統的矛盾當中，正反證當時實際語音已呈現出與周秦諧聲系統語音相當的差異，實際上呈顯了「讀若」聲韻上的意義。

(二) AB 相異

在「从 A 聲」而「讀若 B」的情況當中，AB 兩字絕大部分是相異的文字，但在歸納整理之中，卻也有一大部分是屬於 AB 兩字聲符相同的關係，這些聲符相同的字在聲韻的關係上，自然是緊密的諧聲系統所賴以為媒介的，但是，若是「从 A 聲」而「讀若 B」在 AB 文字外形相同所呈顯的意義，正是強調諧聲偏旁與讀若字當時語音仍相同的可能性來說，那麼，AB 相異而聲符相同的現象，其間的聲音關係尤其是發音部位上應仍算密切，不致於有太大的音變才是。

而在 AB 兩字聲符相異的關係上於《說文·五下·籇》字「收束也，从韋糕聲，讀若酋。」下注云：

> 臣鉉等曰糕側角切，聲不相近，未詳。即由切。

蓋徐氏即認為「籇」字既言从糕聲，那麼，「籇」應與「糕」字聲音相關，卻又注讀若「酋」，以糕、酋二字音讀來說，「糕」字讀側角切，屬中古莊母入聲覺韻，顯然與讀若即由切的「酋」字，屬從母平聲尤韻，聲音相差頗遠，如何可以同時做為「籇」字聲音的說解，實頗令人心生疑惑，故言「聲不相近，未詳」；從此亦可窺見徐氏實已注意到从某聲的聲符與讀若字之間，音讀似有不相同的現象，故而提出案語，於此當益可見本字與讀若字雖然具備擬音的性質，但藉由聲符的聯繫之後，亦可能呈顯出聲韻上的音變現象。

陸宗達曾從訓詁的角度，分析讀若字與本字之間的意義關係，認為其中有四類的關係：一、「異體字」如欿與貪、夢與萌等，二、「同源字」如丑與冠、袢與普等，三、「聲借字」如肌與舊、褥與督、醽與

規等，四、「後出字」如敫與狠（小徐本作「塋」）等；儘管意義關係上的分類多至四種，但陸氏亦明言，這四類的共同點，就是「他們都與本字有音同或音近的關係，所以首先具備直音的條件」，❾可見讀若與被讀若二者之間並不因用字的不同，而減損其聲韻上的價值，陸氏更從「運用讀若提供的聲音關係通訓詁」一節當中，進而提出「很多聲借和同源現象，其間都要發生音變」，❿亦可見「讀若」於訓詁意義之外的聲韻涵義；又若以本字諧聲系統的聲符做爲具體的媒介，從其中再加以聯繫的話，則或可進窺其周秦古音以至東漢時期語音變化的一些訊息。

三、諧聲偏旁與本字、讀若字特殊聲母現象的分析

　　雖然，《說文》注明讀若的例子不多，但在歸納整理之後，綜觀二徐本皆言某聲，且也注明讀若情況約五百多條的內容，也可看出若干特殊的音韻現象，以下從若干諧聲偏旁與本字、讀若字之間，特殊的聲母關係，加以討論與分析。

㈠諧聲偏旁爲古脣音之讀若現象

　　此部分諧聲偏旁 2 字以上相同且爲古脣音者主要是从丰、从甫、从方、从犮、从亡、从文、从丏、从皮、从尨、从𤰞、从朋、从非、从扁、从敝、从票、从無、从番等諧聲偏旁的字，其相關內容列表討論如下：

---

❾　同註❺，陸宗達〈《說文》「讀若」的訓詁意義〉，頁 354-360。

❿　同前註，頁 362。

《說文》諧聲偏旁為古脣音之讀若現象一覽表

讀若現象 本字－聲符－讀若字	徐鉉反切 本字－聲符－讀若字	古聲 19 紐 本字－聲符－讀若字
薄－傅－傅	方遇切－方遇切－方遇切	幫－幫－幫
誧－甫－逋	博孤切－方矩切－博孤切	幫－幫－幫
俌－甫－撫	芳武切－方矩切－芳武切	滂－幫－滂
厞－甫－敷	芳無切－方矩切－芳旡切	滂－幫－滂
雄－方－方	府良切－府良切－府良切	幫－幫－幫
趽－方－彭	薄庚切－府良切－薄庚切	並－幫－並
瓬－方－抓⓫	分兩切－府良切－？？切	滂－幫－？
辈－非－匪	非尾切－甫微切－非尾切	幫－幫－幫
跳－非－匪	扶味切－甫微切－非尾切	並－幫－幫
猵－翩－翩	王矩切－芳連切－芳連切	匣－滂－滂
牖－扁－邊	方田切－方沔切－布賢切	幫－幫－幫
踽－扁－苹	部田切－方沔切－符兵切	並－幫－並
熛－票－摽	甫遙切－方昭切－符少切	幫－幫－並
膘－票－繇	敷紹切－方昭切－余昭切	滂－幫－定
夆－丰－縫	敷容切－敷容切－符容切	滂－滂－並
玤－丰－菶	補蠓切－敷容切－補蠓切	幫－滂－幫
徸－夆－蠭	符容切－敷容切－敷容切	並－滂－滂
粵－甹－亭	特丁切－普丁切－特丁切	定－滂－定
覡－甹－馨	呼形切－普丁切－呼形切	曉－滂－曉
叐－犮－紱⓬	分勿切－蒲撥切－？？切	滂－並－？
魃－犮－撥	蒲達切－蒲撥切－北末切	並－並－幫

⓫ 抓字，《說文》未見，徐鉉注：「抓音尥，非聲，未詳。」

⓬ 紱字，《說文》未見，段玉裁注：「許無紱字，而見於此叐。」

讀若現象 本字－聲符－讀若字	徐鉉反切 本字－聲符－讀若字	古聲 19 紐 本字－聲符－讀若字
帗－友－撥	北末切－蒲撥切－北末切	幫－並－幫
跛－皮－被	博禾切－符羈切－平義切	幫－並－並
跛－皮－彼	布火切－符羈切－補尾切	幫－並－幫
驚－敝－驚	必袂切－毗祭切－并列切	幫－並－並
嫳－敝－撆	匹滅切－毗祭切－芳滅切	滂－並－滂
橎－番－樊	附轅切－附袁切－附袁切	並－並－並
䡊－番－樊	附袁切－附袁切－附袁切	並－並－並
㟪－崩－陪	薄回切－北滕切－薄回切	並－幫－並
倗－朋－陪	步崩切－馮貢切－薄回切	並－並－並
蠇－蠆－厲	力制切－丑介切－力制切	來－透－來
勱－萬－厲	莫詰切－無販切－力制切	明－明－來
蠣－萬－賴	力制切－無販切－洛帶切	來－明－來
𣱑－亡－盲	武庚切－武方切－武庚切	明－明－明
㲞－亡－撫	芳武切－武方切－芳武切	明－明－明
虔－文－矜	渠焉切－無分切－巨巾切	匣－明－匣
趌－虔－愆	去虔切－渠焉切－去虔切	溪－匣－溪
㝰－丏－瞑	莫甸切－彌兗切－武延切	明－明－明
蚔－丏－粄	武延切－彌兗切－女版切	明－明－泥
哤－尨－尨	莫江切－莫江切－莫江切	明－明－明
𡏄－尨－隴	亡江切－莫江切－力鍾切	明－明－來
膴－無－謨	荒烏切－武扶切－莫胡切	曉－明－明
鄦－無－許	虛呂切－武扶切－虛呂切	曉－明－曉

　　從所列表中，除了薄、䡊、猵、哤等字諧聲偏旁與讀若字相同的情況，已於前一節有所論述之外，若從本字、諧聲偏旁與讀若三者的發

音部位與發音方法的差異性來觀察，則其所從諧聲偏旁有演變爲後世輕脣音聲母的情況，如从丰、从甫、从方、从亡、从文、从非、从無等例字，誧、甫、逋三字上古皆屬幫母，甫字聲調與誧、逋二字中古聲調有平、上聲的差異；又如虔字，既是本字也是諧聲偏旁，虔字雖然从文得聲，可是許慎顯然無從文聲聯繫虔字的聲音關係，故而特別注明虔字雖从文得聲，卻讀若矜，同屬匣母，但同从虔得聲的趑字，則讀若愆（屬溪母），那麼或可大膽地假設从虔得聲的字或正處於濁音清化的演變階段；而與虔字性質相似，夆字既是本字也是諧聲偏旁，夆、玤二字皆从丰得聲，而其讀若字則有聲母清濁的差異，夆、徟二字皆从夆得聲，其讀若字亦有聲母清濁的不同，而從夆字讀若狀況對比而言，夆字當時應仍讀濁音，而从夆得聲的徟字，恐另有清音的讀法，因此有可能从夆得聲的諧聲偏旁的字，有濁音清化的現象，故而產生讀若字清濁聲母共存的情形；辈、跸二字同从非得聲，亦皆讀若匪，非、匪二字較大的差異或在於聲調，而非聲母；从無得聲的膴、鄦二字，聲母皆爲曉母，一讀若謨，一讀若許，一爲明母，一爲曉母，其中「鄦」字爲潁川地名，而同从無得聲的撫字，同爲攺、俌二字的讀若字，顯示無字聲母到東漢或已有分化。

　　也有部分如从敝、从丙、从皮、从粤、从朋、从扁、从票、从尨仍讀重脣音的字，而从犮、从番諧聲偏旁的字，則讀如輕重脣者皆有；又與重脣有關這幾個字當中，發音方法上如敝、皮、犮、番都是全濁的聲母，而與相關的本字、讀若字，則清濁聲母皆有，較爲特殊的是从番得聲的播、譒二字，其讀若字皆爲樊字，三者聲母皆爲並母，似無不同，然既从番聲，又強調讀若不同的樊字，則番、樊二字其間當有細微的差異才是；其他如丙、尨、粤、票則與其他發音部位的聲母相關，从扁得

聲的本字如牑、蹁二字，牑讀若邊，蹁讀若苹，二者中古聲調皆相同，其讀若字與本字皆非同一諧聲偏旁，與扁字聲調也顯然不同。

㈡諧聲偏旁爲古舌音之讀若現象

先列觀察如下：

《說文》諧聲偏旁為古舌音之讀若現象一覽表

讀若現象 本字－聲符－讀若字	徐鉉反切 本字－聲符－讀若字	古聲 19 紐 本字－聲符－讀若字
耑－耑－端	丁果切－多官切－多官切	端－端－端
貒－耑－湍	他耑切－多官切－他耑切	透－端－透
諯－耑－專	尺絹切－多官切－職緣切	透－端－端
歂－耑－輇	市緣切－多官切－市緣切	定－端－定
腨－耑－捶	旨沇切－多官切－之壘切	端－端－端
衹－氐－氐	都兮切－丁禮切－丁禮切	端－端－端
覗－氐－迷	莫兮切－丁禮切－莫兮切	明－端－明
蚳－氐－祁	直尼切－丁禮切－巨支切	定－端－匣
島－鳥－蔦	都皓切－都了切－都了切	端－端－端
鳴－鳥－雕	都僚切－都了切－都僚切	端－端－端
竅－毳－竅	麤最切－之芮切－麤最切	清－端－清
毳－毳－毳	此芮切－之芮切－充芮切	清－端－透
腏－叕－啜	陟劣切－陟劣切－昌說切	端－端－透
娺－叕－唾	丁滑切－陟劣切－湯臥切	端－端－透
妓－支－跂	渠綺切－章移切－巨支切	匣－端－匣
敊－枝－規	巳恙切－章移切－居隨切	定－端－見
啻－帝－鞮	施智切－都計切－都兮切	透－端－端

讀若現象 本字－聲符－讀若字	徐鉉反切 本字－聲符－讀若字	古聲 19 紐 本字－聲符－讀若字
樀－啻－榋	都歷切－施智切－都歷切	端－透－端
箈－沾－錢	昨鹽切－他兼切－昨先切	從－透－從
耆－占－耿	丁念切－職廉切－古杏切	端－端－見
叮－丁－丁	當經切－當經切－當經切	端－端－端
羜－宁－煮	直呂切－直呂切－章與切	定－定－端
劭－召－韶	寔照切－直少切－市招切	定－定－定
忍－刀－頦	魚既切－都牢切－五怪切	疑－端－疑
趉－出－屈	瞿勿切－尺律切－九勿切	匣－透－見
柮－出－貀	女滑切－尺律切－女滑切	泥－透－泥
焎－出－拙	職悅切－尺律切－職說切	端－透－端
泏－出－窋	竹律切－尺律切－丁滑切	端－透－端
聉－出－孽	五滑切－尺律切－魚列切	疑－透－疑
軐－蚩－蜃	丑郢切－丑善切－特忍切	透－透－定
蚩－屮－騁	丑善切－丑列切－丑郢切	透－透－透
屵－屮－蔡	魚列切－丑列切－魚祭切	疑－透－疑
戾－大－鈦	徒蓋切－他達切－特計切	定－透－定
奎－大－達	他末切－他達切－徒葛切	透－透－定
梌－余－塗	同都切－以諸切－同都切	定－定－定
郤－余－塗	同都切－以諸切－同都切	定－定－定
斜－余－荼	似嗟切－以諸切－同都切	定－定－定
筡－余－絮	同都切－以諸切－息據切	定－定－定
酴－余－盧	同都切－以諸切－洛乎切	定－定－來
讋－壽－醻	張流切－直由切－市流切	端－定－端
璹－喜－淑	殊六切－直由切－殊六切	定－定－定
輖－喜－糗	徒刀切－直由切－去九切	定－定－溪

讀若現象 本字－聲符－讀若字	徐鉉反切 本字－聲符－讀若字	古聲 19 紐 本字－聲符－讀若字
墥－喜－毒	都皓切－直由切－徒沃切	端－定－定
驔－覃－簟	徒玷切－徒含切－徒念切	定－定－定
樿－覃－鄿	徒感切－徒含切－徒含切	定－定－定
嘾－覃－深	乃忝切－徒含切－式針切	泥－定－透
卥－卥－攸	以周切－徒遼切－以周切	定－定－定
靦－卥－攸	以周切－以周切－以周切	定－定－定
歈－卥－酉	与久切－以周切－與久切	定－定－定
脀－丞－丞	署陵切－署陵切－署陵切	定－定－定
乗－丞－拯	署陵切－署陵切－(烝上聲) 煮仍切	定－定－端
埀－垂－箠	之壘切－是為切－之壘切	端－定－端
埵－垂－朵	丁果切－是為切－丁果切	端－定－端
薄－毒－督	徒沃切－徒沃切－冬毒切	定－定－端
裻－毒－督	冬毒切－徒沃切－冬毒切	端－定－端
飾－食－式	賞隻切－乘力切－與職切	透－定－定
飭－食－敕	恥力切－乘力切－恥力切	透－定－透
趖－異－敕	丑亦切－羊吏切－恥力切	透－定－透
廙－異－枲	胥里切－羊吏切－弋之切	心－定－定
逝－折－誓	時制切－食列切－時制切	定－定－定
錾－折－誓	時制切－食列切－時制切	定－定－定
襡－蜀－蜀	市玉切－市玉切－市玉切	定－定－定
趜－蜀－燭	之欲切－市玉切－之欲切	端－定－端
諄－享⑬－庉	章倫切－常倫切－徒損切	端－定－定

⑬　徐鉉本《説文》：「讀若純」。

讀若現象 本字－聲符－讀若字	徐鉉反切 本字－聲符－讀若字	古聲 19 紐 本字－聲符－讀若字
埻－享－準	之允切－常倫切－之允切	端－定－端
敊－也－施	式支切－余爾切－式支切	透－定－透
暆－施－酏	弋支切－式支切－移烝切	定－透－定
鉈－它－馳	式支切－託何切－直离切	透－透－定
掔－臤－賢	喫善切－苦閑切－胡田切	透－溪－匣
趣－臤－菣	弃忍切－苦閑切－去忍切	溪－溪－溪
掔－臤－掔	苦閑切－苦閑切－苦閑切	溪－溪－溪
臤－臣－鏗	苦閑切－植鄰切－古甸切	溪－定－見
誳－臣－指	職雉切－植鄰切－職雉切	端－定－端
掔－堅－鏗	口莖切－古賢切－古甸切	溪－見－見
鮞－而－而	如之切－如之切－如之切	泥－泥－泥
耎－而－偄	而沇切－如之切－奴亂切	泥－泥－泥
甊－耎－偄	奴亂切－而沇切－奴亂切	泥－泥－泥
瓇－夓－柔	耳由切－奴刀切－耳由切	泥－泥－泥
轗－夓－閔	眉殞切－奴刀切－眉殞切	明－泥－明
巙－夓－幺	乃昆切－奴刀切－奴案切	泥－泥－泥
鬫－爾－鬫	奴礼切－兒氏切－奴礼切	泥－泥－泥
檷－爾－柅	奴礼切－兒氏切－女履切	泥－泥－泥
颲－列－列	良薛切－良薛切－良薛切	來－來－來
劙－列－剌	盧達切－良薛切－盧達切	來－來－來
菫－里－釐	里之切－良止切－里之切	來－來－來
趕－里－孩	戶來切－良止切－戶來切	匣－來－匣
綝－林－郴	丑林切－力尋切－丑林切	透－來－透
婪－林－潭	盧含切－力尋切－徒含切	來－來－定
襱－龍－聾	盧紅切－力鍾切－盧紅切	來－來－來

讀若現象 本字－聲符－讀若字	徐鉉反切 本字－聲符－讀若字	古聲 19 紐 本字－聲符－讀若字
襱－龍－聾	盧紅切－力鍾切－盧紅切	來－來－來
癘－麗－隸	郎計切－郎計切－郎計切	來－來－來
覼－麗－池	郎計切－郎計切－徒何切	來－來－定
鄙－嗇－淫	力荏切－力荏切－余箴切	來－來－定
嗇－㐭－甚	力荏切－力甚切－常衽切	來－來－定

從所列表中，除了㝅、阬、脅、䄡、鯳、颮等字諧聲偏旁與讀若字相同的情況，已於前一節有所論述之外，就《說文》諧聲偏旁為古舌音的讀若現象來看，从出、从余、从耑的諧聲偏旁比例偏高，本字與讀若字大多有相同的諧聲偏旁，若從同从方聲的旊、趽二字的讀若現象推論，則从出、从余、从耑的諧聲字，顯然與所从諧聲偏旁的讀音已有不同，从出得聲的趉、聉二字，讀若字聲母為見、疑母，从余得聲的筡字，其讀若字為心母，而中古屬邪母亦从余聲偏旁的斜字，也出現在被讀若的對象上；从耑得聲的穑、貒二字，《說文》皆用中古端系的字為讀若字，而諯、歂、顓三字中古照系的字，《說文》用不同諧聲偏旁而中古亦屬照系聲母為讀若字；又毒字（屬定母）既是碣字的讀若字，也是薄、禱二字的諧聲偏旁，從薄、禱二字皆讀若督（屬端母）的情況來看，很有可能从毒諧聲偏旁的字亦有濁音清化的現象；又臤字雖然從臣得聲，但許多从臤得聲的字，卻已與臣聲的關係頗為疏遠，此「臤」字性質，應有與「虔」字性質相似之處，故而《說文》除了強調从臤得聲的諧聲字，與牙喉音關係較為密切，也將臤字从臣得聲，卻讀若鏗，明白點出臤、臣聲符雖同但讀音已明顯不同的現象。

幾個从覃得聲的讀若現象，聲母都屬定母，本字、讀若字所从諧聲偏旁亦皆相同，不同的是嬋字讀若深（屬透母），較爲特別，有發音方法上清濁的差異；从氏得聲的字，除了有直接讀若氏的情況，也有讀若迷（屬明母）、讀若祁（屬匣母），聲母涵括的頗爲廣泛；从支得聲的諧聲偏旁如妓、𧻕二字，讀若字皆與牙喉音有關，从里得聲的菫、趕二字，一讀若釐（屬來母），一讀若孩（屬匣母），而皆不言讀若里，里字還有从土的埋字（屬明母）；从林得聲的綝、棼二字，一讀若郴（屬透母），一讀若潭（屬定母），亦不言讀若林，林字還有屬來母的常見讀法；而从占得聲，與从沾得聲的者、箔二字，讀若耿、錢，聲母涉及端、精、見三系聲母，很可能許慎已觀察到，與占字諧聲的若干字，實際上已呈現聲母讀法分歧的現象。

啻、帝二字均曾出現於戰國古文當中，〈因脊錞〉：「高且黃啻」，「黃啻」即「黃帝」，可見戰國時啻、帝仍同音，但《說文》在聲音的說解上云「从口帝聲，讀若鞮」，雖強調啻字从帝得聲，但已讀同鞮字而非帝字，鞮、帝二字聲調已有差異；而何琳儀在啻字《說文》的說解之下，補充「在偏旁中隸定爲商」，〈望山〉簡云：「啻僉」（二·七），即「敵劍」，❹若依此對比《說文》「樀」字「从啻得聲而讀若滴」的說明，顯然樀、樀二字應是同一字，只是隸定不同而已，但許慎特別說明樀字讀若滴，可見滴字應爲當時較爲通行的寫法。

(三)諧聲偏旁爲古齒音之讀若現象

❹ 有關啻、帝二字戰國古文的相關資料，請詳見何琳儀《戰國古文字典》（北京：中華書局，1998年），上冊，頁747-748。

先列表觀察如下：

《說文》諧聲偏旁為古齒音之讀若現象一覽表

讀若現象 本字－聲符－讀若字	徐鉉反切 本字－聲符－讀若字	古聲 19 紐 本字－聲符－讀若字
趁－眞－顚	都年切－側鄰切－都年切	端－精－端
賮－眞－資	即夷切－側鄰切－即夷切	精－精－精
幀－眞－鏗	苦閑切－側鄰切－古甸切	溪－精－見
萃－卒－瘁❺	秦醉切－臧沒切－？？切	從－精－？
悴－卒－萃	秦醉切－臧沒切－秦醉切	從－精－從
趀－朿－資	取私切－即里切－即夷切	清－精－精
鉂－朿－齊	徂奚切－即里切－徂兮切	從－精－從
羗－差－薔	楚宜切－初牙切－楚宜切	清－清－清
滽－差－遲	士皆切－初牙切－直尼切	從－清－定
扭－且－櫨	側加切－千也切－側加切	精－清－精
虘－且－鄘	昨何切－千也切－昨何切	從－清－從
垍－自❻－息	其冀切－疾二切－其冀切	匣－從－匣
詯－自－眛	荒內切－疾二切－洛代切	曉－從－來
郋－自－奚	胡雞切－疾二切－胡雞切	匣－從－匣
艍－酋－鰌	居月切－字秋切－支由切	見－從－端
楢－酋－糗	以周切－字秋切－去九切	定－從－溪
歗－酋－蹴	十宿切－字秋切－七宿切	定－從－清
鯫－糕－酋	即由切－側角切－字秋切	精－精－從

---

❺ 瘁字，《說文》未見。

❻ 自字，《說文·一上·皇》字云：「自讀若鼻」。

讀若現象 本字－聲符－讀若字	徐鉉反切 本字－聲符－讀若字	古聲 19 紐 本字－聲符－讀若字
罼－焦－劋	才肖切－即消切－子小切	從－精－精
譙－焦－噍	才肖切－即消切－才肖切	從－精－從
朡－雋－纂	子沇切－徂沇切－作管切	精－從－精
鐫－雋－瀸	子全切－徂沇切－子廉切	精－從－精
纔－毚－讒	士咸切－士咸切－士咸切	從－從－從
鄻－毚－讒	士咸切－士咸切－士咸切	從－從－從
諎－昔－笮	壯革切－思積切－阻厄切	從－心－精
皵－昔－冪	莫狄切－思積切－莫狄切	明－心－明
𥯋－昔－笮	士革切－思積切－阻厄切	從－心－精
褫－虒－池	直离切－息移切－徒何切	定－心－定
憑－虒－移	移尔切－息移切－弋支切	定－心－定
趚－虒－池	直离切－息移切－徒何切	定－心－定
臑－需－糯	那到切－相俞切－人朱切	泥－心－泥
繻－需－繻	相俞切－相俞切－相俞切	心－心－心
獳－需－槈	奴豆切－相俞切－奴豆切	泥－心－泥
繰－喿－喿	親小切－穌到切－穌到切	清－心－心
槮－喿－藪	山樞切－穌到切－蘇后切	心－心－心

　　從所列表中，除了繰字諧聲偏旁與讀若字相同的情況，已於前一節有所論述之外，就《說文》諧聲偏旁為古齒音的讀若現象來看，從虒得聲的褫、憑、趚三字的讀若字，都不是具備諧聲關係的字，而聲母皆屬定母，其中褫、褫二字又都以池字為讀若字，顯示從虒聲（屬心母）的諧聲字，與虒聲關係恐怕已因音變以致疏遠；從昔得聲的諎、𥯋二字（屬從母），其讀若字皆為笮字（屬精母），而昔字聲旁聲母為心母，

同一發音部位而有清濁的相混；從酋得聲的諧聲字，其讀若字的聲母讀法頗爲繁雜，而可確定的是實與酋字聲音已不相同，可從酋字亦當做䰜字的讀若字窺出一點端倪，因爲酋字既然可以當做讀若的用字，顯示酋字當有做爲語音溝通上某種程度的共識，而艏、楢、敵三字既已明言從酋得聲，實際上應不用再特別說明其音讀，酋字沒有當做與酋相關諧聲偏旁的讀若字，但又出現在別字的讀若用字上，益可見酋字已與其所從諧聲偏旁正存在著語音上的歧異關係，這樣的不同，反應在讀若上則是發音部位上的紛歧；眞字中古屬莊母，從眞得聲的諧聲字，則有端、見、精三系的聲母；從需得聲的諧聲字，顯然與泥母的關係亦稱密切。

　　從雟得聲的本字與讀若字並無諧聲關係，聲母明顯有清濁的不同；從帇得聲的讀若現象，情況與雟字相似；從且得聲的讀若用字，皆從虘諧聲，卻也有清濁的不同，虘是本字，卻也是鄌、樝兩字的諧聲偏旁，顯示且、虘二字已有清濁的差異；「自」字《説文》於「皇」字說明之下云「自讀若鼻」，但從自得聲的坥、詯、郒三字，卻讀若息、睞、奚，聲母屬匣、來二母，與鼻字聲母發音部位相差甚遠，顯示自字音讀呈現紛雜的狀況！

㈣諧聲偏旁爲古喉牙音之讀若現象

　　先列表觀察如下：

《說文》諧聲偏旁為古喉牙音之讀若現象一覽表

讀若現象 本字－聲符－讀若字	徐鉉反切 本字－聲符－讀若字	古聲 19 紐 本字－聲符－讀若字
稴－兼－廉	力兼切－古甜切－力兼切	來－見－來
鶼－兼－慊	力鹽切－古甜切－戶兼切	來－見－匣
磏－兼－鎌	力鹽切－古甜切－力鹽切	來－見－來
蒹－兼－嗛	力鹽切－古甜切－戶兼切	來－見－匣
猲－兼－檻	胡黤切－古甜切－胡黤切	匣－見－匣
陳－兼－儼	魚檢切－古甜切－魚儉切	疑－見－疑
宄－九－軌	居鮪切－舉有切－居洧切	見－見－見
勼－九－鳩	居求切－舉有切－居求切	見－見－見
肍－九－舊	巨鳩切－舉有切－巨救切	匣－見－匣
旭－九－勖	許玉切－舉有切－許玉切	曉－見－曉
竘－句－苟	古厚切－古侯切－古厚切	見－見－見
敂－句－扣	苦候切－古侯切－丘后切	溪－見－溪
絇－句－鳩	其俱切－古侯切－居求切	匣－見－見
軥－句－齲	丘羽切－古侯切－區禹切	溪－見－溪
妍－开－研	五堅切－古賢切－五堅切	疑－見－疑
肝－开－攜	苦分切－古賢切－戶圭切	溪－見－匣
栞－开－繭	古典切－古賢切－古典切	見－見－見
唊－夾－莢	古叶切－古狎切－古叶切	見－見－見
鋏－夾－莢	古叶切－古狎切－古叶切	見－見－見
烄－夾－澁	山洽切－古狎切－色立切	心－見－心
鞾－軍－運	王問切－舉云切－王問切	匣－見－匣
鶤－軍－運	古渾切－舉云切－王問切	見－見－匣
楎－軍－渾	戶昆切－舉云切－戶昆切	匣－見－匣

讀若現象 本字－聲符－讀若字	徐鉉反切 本字－聲符－讀若字	古聲 19 紐 本字－聲符－讀若字
赾－斤－菫	丘菫切－舉欣切－臣斤切	溪－見－匣
昕－斤－忻	許斤切－舉欣切－許斤切	曉－見－曉
仜－工－紅	戶工切－古紅切－戶公切	匣－見－匣
瓨－工－洪	古雙切－古紅切－戶工切	見－見－匣
迂－干－干	古寒切－古寒切－古寒切	見－見－見
骭－干－汗	侯幹切－古寒切－侯旰切	匣－見－匣
黜－甘－黜	巨淹切－古三切－巨淹切	匣－見－匣
厤－甘－函	古三切－古三切－胡男切	見－見－匣
肤－決－決	古穴切－古穴切－古穴切	見－見－見
妜－決－炔❶	於說切－古賣切－？？切	影－見－？
哽－更－綆	古杏切－古孟切－古杏切	見－見－見
埂－更－綆	古杏切－古孟切－古杏切	見－見－見
輑－君－群	牛尹切－舉云切－渠云切	疑－見－匣
莙－君－威	渠殞切－舉云切－於非切	匣－見－影
婠－官－宛	一完切－古丸切－於阮切	影－見－影
綰－官－卵	烏版切－古丸切－盧管切	影－見－來
蟳－規－嬀	居隨切－居隨切－居爲切	見－見－見
鄈－規－癸	居隨切－居隨切－居誄切	見－見－見
釽－金－琴	巨今切－居音切－巨今切	匣－見－匣
滏－金－紟	巨今切－居音切－巨今切	匣－見－匣
罄－㱿－斛	胡谷切－苦江切－胡谷切	匣－溪－匣
馨－㱿－莩	苦候切－苦江切－芳無切	溪－溪－滂
謦－㱿－庫	空谷切－苦江切－苦故切	溪－溪－溪

---

❶　炔字，《說文》未見，段玉裁注：「火部無此字。」

讀若現象 本字－聲符－讀若字	徐鉉反切 本字－聲符－讀若字	古聲 19 紐 本字－聲符－讀若字
燆－殻－構	火屋切－苦江切－古后切	曉－溪－見
楇－咼－過	乎臥切－苦媧切－古禾切	曉－溪－見
殇－咼－夥	乎果切－苦媧切－乎果切	曉－溪－曉
媧－咼－虺	於跪切－苦媧切－於軌切	影－溪－影
頬－契－楔	胡計切－苦計切－先結切	匣－溪－心
揳－契－薊	古詣切－苦計切－古詣切	見－溪－見
泑－幼－䑏	於糾切－伊謬切－於斗切	影－影－影
魕－幼－幽	於糾切－伊謬切－居衣切	影－影－見
炟－𠃨－駒	都歷切－烏皎切－都歷切	端－影－端
旭－𠃨－燿	弋笑切－烏皎切－弋笑切	定－影－定
雁－厂－鴈	五晏切－呼旱切－五晏切	疑－曉－疑
贗－雁－鴈	五晏切－五晏切－五晏切	疑－疑－疑
㢨－厂－移	以支切－呼旱切－弋支切	定－曉－定
礦－黃－穬⓲	古猛切－呼光切－古猛切	見－曉－幫
璜－黃－郭	苦郭切－呼光切－古博切	溪－曉－見
格－咎－皓	古老切－其久切－胡老切	見－匣－匣
稒－咎－皓	古老切－其久切－胡老切	見－匣－匣
欯－咎－礜	於糾切－其久切－其久切	影－匣－匣
絡－咎－柳	力久切－其久切－力久切	來－匣－來
屨－屚－軌	居洧切－居洧切－居洧切	見－見－見

⓲　蕭泰芳以「《繫傳》和宮（明宮紫陽翻刻宋本《說文韻讀》）、朱（朱筠批校覆刻
汲古閣本大徐《說文解字》）二本穬字並爲古猛切，與礦字讀音正同。」以其因古、
百字形相近，以致陳本（陳昌治改刻大徐本《說文解字》）改刻形近訛誤。同註❸，
頁 75-76。

讀若現象 本字－聲符－讀若字	徐鉉反切 本字－聲符－讀若字	古聲 19 紐 本字－聲符－讀若字
瑂－有－畜	許救切－云九切－丑六切	曉－匣－透
趧❶－有－又	于救切－云九切－于救切	匣－匣－匣
盔－有－灰	于救切－云九切－呼恢切	匣－匣－曉
姷－有－祐	于救切－云九切－于救切	匣－匣－匣
圓－員－員	王問切－王權切－王權切	匣－匣－匣
顴－員－隕	于閔切－王權切－于敏切	匣－匣－匣
覾－員－運	王問切－王權切－王問切	匣－匣－匣
腪－員－遜	穌本切－王權切－蘇困切	心－匣－心
騜－王－皇	戶光切－雨方切－胡光切	匣－匣－匣
軖－王－狂	巨王切－雨方切－巨王切	匣－匣－匣
㾩－王－皇	胡光切－雨方切－胡光切	匣－匣－匣
倓－炎－談	徒甘切－于廉切－徒甘切	定－匣－定
錟－炎－聃	徒甘切－于廉切－他甘切	定－匣－透
核－炎－導	以冉切－于廉切－徒皓切	定－匣－定
炆－炎－忽	許物切－于廉切－呼骨切	曉－匣－曉
遏－曷－蝎	烏割切－胡葛切－胡葛切	影－匣－匣
堨－曷－謁	魚列切－胡葛切－於歇切	疑－匣－影
竭－曷－瘞	於闕切－胡葛切－於闕切	影－匣－影
脜－臽－陷	戶嶮切－戶嶮切－戶嶮切	匣－匣－匣
啗－臽－含	徒濫切－戶嶮切－胡男切	定－匣－匣
欿－臽－貪	他含切－戶嶮切－他含切	透－匣－透
講－嶲－畫	呼麥切－戶圭切－胡麥切	曉－匣－匣

---

❶ 蕭泰芳云：「宮本、朱本趧字均爲于救切，其音正與又字全同。顯因子、于形，陳本改刻致誤。」同前註，頁 75。

讀若現象 本字－聲符－讀若字	徐鉉反切 本字－聲符－讀若字	古聲 19 紐 本字－聲符－讀若字
嬀－崀－陸	式吹切－戶圭切－許規切	透－匣－曉
纗－崀－畫	戶圭切－戶圭切－胡麥切	匣－匣－匣
貦－云－郋	羽文切－王分切－羽文切	匣－匣－匣
沄－云－混	于分切－王分切－胡本切	匣－匣－匣
靸－及－沓	穌合切－巨立切－徒合切	心－匣－定
帢－及－蛤	古沓切－巨立切－古沓切	見－匣－見
眅－戉－瀎	呼哲切－王伐切－呼會切	曉－匣－曉
烕－戉－樧	火活切－王伐切－所八切	曉－匣－心
趫－喬－蹻	去囂切－巨嬌切－居勺切	溪－匣－見
敽－喬－矯	居夭切－巨嬌切－居夭切	見－匣－見
瓛－羣－曷	胡捌切－胡戞切－胡葛切	匣－匣－匣
薛－羣－害	胡蓋切－胡戞切－胡蓋切	匣－匣－匣
篧－熒－濚	張營切－戶扃切－渠營切	端－匣－匣
縈－熒－縈	於營切－戶扃切－於營切	影－匣－影
瘱－盍－脅	烏盍切－胡臘切－虛業切	影－匣－影
嗑－盍－甲	候盍切－胡臘切－古狎切	匣－匣－見

　　從所列表中，除了迁、朕、圓等字諧聲偏旁與讀若字相同的情況，已於前一節有所論述之外，就《說文》諧聲偏旁爲古牙喉音的讀若現象來看，從其反切觀察，諧聲偏旁屬見母者有兼、九、句、开、夾、軍、斤、工、甘、決、更、君、官、金、規等字，諧聲偏旁屬溪母者有毃、咼、契等字，諧聲偏旁屬影母者有幼、皀等字，諧聲偏旁屬曉母者有厂、黃字，諧聲偏旁屬匣母者有咎、有、員、王、炎、曷、臽、崀、云、及、戉、喬、羣、熒、盍等字，其中屬見母與匣母者佔絕大多數；本字的諧

聲偏旁屬牙喉音，其讀若用字的反切上字聲母亦多屬牙喉，至多發音方法上有所差別。

　　比較特殊而值得注意的，如从兼得聲的諧聲字，多以相同諧聲偏旁的字做爲讀若字，聲母亦旁及舌音來母，明顯的差異在於發音方法上清濁的不同，而在未以「兼」字做爲讀若用字的考量上，上古「兼」字複聲母的可能讀法，其所从諧聲偏旁已明顯有所分化，故而使得从兼得聲的讀若現象多達 6 個例字之多，需另外再加讀若注明其間的差異性，其中獫、嬚選擇以檻、儼二字，較爲特殊，聲母擴及舌根鼻音疑母；从咎得聲的本字多爲清聲母，而讀若字多爲濁聲母，除了匣母之外，也有來母，而咎字未有當讀若字的情形，顯示咎字應與其他本字、讀若字讀音相異，但咎字讀母是否可能還具備有複聲母的讀法，與「兼」字相同，雖仍需證據，但讀若現象上，从咎得聲的本字多達 6 字，所用讀若用字只有 1 例是諧聲字，是否可以大膽假設咎字雖仍具複聲母的讀法，但其所从諧聲偏旁已多變爲牙喉音聲母，或者咎字已从匣母產生發音部位上的變化，變爲群母的讀法；从九得聲的諧聲字，除了與聲母見母多所關聯之外，也與匣、曉二母有關，而其讀若字則皆非从九得聲；从句得聲的本字與讀若字之間，多爲發音方法不同的小差異；从有得聲的讀若字，都不是从有的諧聲偏旁；从員得聲的情況，則有與心母相關的讀若現象；从殼得聲的諧聲偏旁本字，其讀若字也不从殼得，从其讀若字的情況來看，有匣、溪、見母，但也出現滂母的特殊情形；从王得聲的鼉、翌二字同樣讀若皇，而亦从王得聲的軭字，則讀若狂，皇、狂中古已有匣、群發音部位的差異；唊、鋏从夾得聲，同樣讀若莢（屬見母），而同从夾得聲的爽，則讀若濇（屬心母），發音部位差異頗大；从炎得聲的倓、棪、錟三字與曉、定二發音部位皆相關，與炎字聲母或有匣、定、

透等發音部位上的不同，或只是發音方法上曉匣二母清濁的不同；從軍得聲的鞸、鶤、楎三字其讀若用字也都是相同的諧聲偏旁，皆屬匣母，諧聲偏旁軍字與讀若用字運渾，顯然應爲聲母清濁的不同，軍字可能已有濁音清化的現象。

四、結論

　　若從中古《廣韻》（1008AD）到《中原音韻》（1324AD）相隔約300年的年代來看，其間經由反切聲母的比較，可概知其間實已發生舉如濁音清化、捲舌化、零聲母化等音變現象，[20]若以《說文》成書於東漢和帝永元十二年（AD100）的年代往上溯至諧聲時代的先秦時期（BC770－BC221），其間最遠相差870年，最近相差321年，在這麼長的時間洪流裏，要如王力所說：「可以假定，漢代聲母和先秦聲母一樣，或者說變化不大」，似乎頗難成立，[21]而陸志韋從梵漢譯音的對應關係考察漢朝聲母的沿革，認爲有兩點重要的音變：一爲複輔音之消失始於西漢，二爲舌音之顎化分爲二期，其先起者爲 ti 變爲tɕi，其後起者爲 tɪ之變tɪ（知），與 tsɪ之變 tʃɪ（照二等）爲同時，其重要的佐證就是許愼《說文》的讀若；[22]從《說文》讀若與其本字諧聲偏旁反切的比較結果來看，許愼應已注意到許多雖然是相同的諧聲偏旁，卻已有不同的音讀，藉由諧聲的說明，與讀若的加注，凸顯出形聲字聲母及其聲子

---

[20]　詳見林燾、耿振生《聲韻學》（臺北：三民書局），頁282。
[21]　詳見王力《漢語語音史》，《王力文集》（山東教育出版社，1987年），第9卷，頁100。
[22]　同註❶，陸志韋〈《說文解字》讀若音訂〉，頁146。

之間的聲音關係，已產生某種程度的距離，實際語音狀況似乎已無法反映其間的緊密關係；也因爲形聲字聲母與聲子之間的聲音關係，日漸疏遠，使得許愼碰到一些聲母、聲子還有讀音相同的情況時，做了特別的說明，故而產生《說文》在文字的聲音說解上，出現諧聲偏旁與讀若用字相同的特殊現象。

　　而由諧聲偏旁與本字、讀若字特殊聲母現象的歸納分析之下，可以看出其中很大的比例是發音方法上清濁的對立，因此，到了東漢時期的語音演變，除了陸氏所說發音部位上的音變之外，或許還應考慮濁音清化的可能性。

參考引用資料

一、專著

許愼著　　　　《說文解字》　　　　宋刊唐寫本。
徐鉉注

許愼著　　　　《說文繫傳》　　　　臺北：華文書局。
徐鍇注

許愼著　　　　《說文解字注》　　　臺北：黎明文化事業有限公
段玉裁注　　　　　　　　　　　　　司。

龍宇純　1957　《說文》讀若釋例　　臺北：國立臺灣大學中國文
　　　　　　　　　　　　　　　　　學研究所碩士論文。

王　力　1987　《漢語語音史》　　　《王力文集》第九卷，山東
　　　　　　　　　　　　　　　　　教育出版社。

陸宗達　1996　《陸宗達語言學論文集》　北京師範大學出版社。

何琳儀　1998　《戰國古文字典》　　北京：中華書局。

二、期刊論文

| 朱孔彰 | 1911 | 釋《說文》讀若例 | 《國粹學報》第 7 年第 6 冊第 80 期頁 1-3。 |

方　勇　1926　《說文》讀若考例言　《北京大學研究所國學門周刊》2卷15、16合刊頁33-37。

劉秀生　1928　《說文》讀若字研究　《語歷所周刊》4 集 41 期頁 12。

宋爲霖　1939　《說文》漢讀通叚說　《制言》54 期頁 1-16。

陸志韋　1946　《說文解字》讀若音訂　《燕京學報》30 期頁 135-278。

楊樹達　1947　《說文》讀若探源　《學原》1 卷 5 期頁 71-84；
　　　　1954　　　　　　　　　　1 卷 6 期頁 55-66。《積微居小學述林》頁 109-152。

周　何　1961　《說文解字》讀若文字通　臺北：國立臺灣師範大學國
　　　　1962　假考　　　　　　　　　　文研究所碩士論文。
　　　　　　　　　　　　　　　　　　　《國立臺灣師範大學國文研究所集刊》第 6 號。

謝紀鋒　1984　從《說文》讀若看古音四　《羅常培紀念論文集》，
　　　　　　　聲　　　　　　　　　　　1984 年，北京：商務印書館，頁 316-344。

張鴻魁　1992　〈從《說文》「讀若」看古　收錄於程湘清主編《兩漢漢
　　　　　　　魚侯兩部在東漢的演變〉　語研究》，頁 394-422。

蕭泰芳　1993　〈陳刻《說文解字》讀若　《中國海峽兩岸黃侃學術
　　　　　　　及徐鉉等所注切音舉誤〉　研討會論文集》，1993 年，
　　　　　　　　　　　　　　　　　　　湖北：華中師範大學出版社，頁 74-77。

《黃庭經》用韻時代新考

虞萬里*

　　《黃庭經》是道教上清派早期的主要經典之一。道藏及史志中以「黃庭」命名的著作多得就像冠以「老子」「黃帝」的道經、醫經一樣，這就足以表明其在道經中之地位。通常所謂「黃庭經」即指《黃庭內景經》、《黃庭外景經》和《黃庭中景經》，而在六朝以前，則僅指內、外兩經。

　　《黃庭經》之命名，與秦漢之際廣爲流傳的陰陽五行、呼吸導引及經穴醫理有關係。唐梁丘子釋「黃庭」云：「黃者，中央之色也；庭者，四方之中也。外指事，即天中地中人中；內指事，即腦中心中脾中：故曰黃庭。」依五行方色原理，中央戊己土，色黃。庭爲階前空地。「黃庭」兩字，隱示中空之義。「天中」指鼻，「地中」指臍。嬰兒未世以前，呼吸以臍；既生之後，代以鼻竅。《黃庭經》提倡欲返嬰孩，故崇尚胎息；提倡存神內觀，故備述人體五官、五臟、六腑即八景二十四眞之形像與作用。撮其修煉方法有存神、漱津、呼吸、斷欲等，強調通過固精練氣，塡滿黃庭，以達到耳聰目明、五臟生華之目的，最後臻至長生久視之境。

　　自唐至清，注釋《黃庭經》者無慮數十家，然一論及其成書年代

---

*　　上海辭書出版社副編審。

及內、外景關係，則或語焉不詳，或附會道教荒誕不經之說，使人不得其要。1948 年，王明先生著《黃庭經考》，❶考定《內景》流傳於魏末晉初的魏夫人之前，《外景》成書則在其後；《外景》係隱括《內景》而成。其後陳攖寧道長、王偉業先生及任繼愈先生均有述說。❷筆者曾於 1984 年著《黃庭經新證》（以下簡稱《新證》），博徵文獻，略考用韻，所得結論適於王明先生相反。即：《外景》早於《內景》，《外景》流傳於東漢，而定本或不出張魯及一幫祭酒的範圍，《內景》之作者當是魏夫人。❸然九十年代前後的一些有關書籍仍多引述王說。❹故直至 1995 年，仍有學者著文申述先外後內之說。❺諸說從二景內容異同、詳略及有關文獻予以分析論證，有些已為《新證》所證實，但《新證》所曾考察過的韻文時代烙印，卻未被引起注意。筆者認為，經文內容與文獻史料固然重要，但韻文烙印及詞彙特色更具有其他所不能替代的鮮明時代性。鑑于《新證》考察韻文未臻完善，故草就此文，將《黃

---

❶　王明〈黃庭經考〉，刊《中央研究院歷史語言研究所集刊》第 20 本。又收入《道家和道教思想研究》（北京：中國社會科學出版社，1984 年），頁 324-371。

❷　陳攖寧道長認為《外景》早於《內景》，王偉業同意陳說，但認為《內景》成於隋唐之際。說見《黃庭經講義》，《中華氣功》1984 年 3 期。任繼愈主編之《宗教詞典》認為《內景》晚於《外景》，但以為《內景》所述之神名在南北朝以前多未出現。（上海辭書出版社，1981 年版。）

❸　虞萬里〈黃庭經新證〉，《文史》（北京：中華書局，1988 年），29 輯，頁 385-408。

❹　如《中國大百科全書·宗教卷》（中國大百科全書出版社，1988 年），頁 166。卿希泰主編《中國道教史》第一卷（四川人民出版社，1988 年），頁 352，均以王先生說為主要意見，其他不縷述。

❺　見楊福程〈黃庭內外二景考〉，《世界宗教研究》1995 年第 3 期，頁 68-76。又龔鵬程〈黃庭經論要〉亦謂「《黃庭經》出現於晉朝，但在漢末可能已有草本流傳」，見《書目季刊》第 31 卷第 1 期，頁 66-81。

庭經》用韻作一全面詳盡之整理，並與相近時代的別他道教經籍之用韻
進行比較，期對《黃庭經》產生年代提供一確鑿可據的定說。

一、《黃庭經》韻譜與漢魏晉文人用韻之比較

　　《黃庭》外、內二經，均是規整的七言韻語。《外景經》一百九
十六句，因版本的不同，除大多分為上、中、下三部經外，也有分為三
卷或二十四章者。《內景經》四百三十七句，分為三十六章。唐宋以還，
為內外經作注者無慮數十百家，很多已湮沒無聞，有的僅存書名。今就
筆者所蒐輯的刊本、鈔本、稿本以及各家書帖計，有《外景經》三十八
種，《內景經》三十二種。比較各種版本，字詞錯訛固不在少數，即句
之多少、有無及次序先後，亦各有不同。由於《黃庭經》無確切的製作
年代，用韻無一定程式，異文又多，故在劃分韻段、確定韻字之前，先
訂立以下原則：
　　1.統觀全部用韻規律以確定韻段；
　　2.韻段劃分與經文義段劃分同步；
　　3.韻段劃分與內外經經文的對應相一致；
　　4.韻字異文取舍參酌以上三點而定。
根據上述原則，將《黃庭》內、外二景經用韻劃分為 35 類 87 個韻段。
從中可知，《黃庭經》用韻，大多為平聲，上去入三聲用得較少。《內
景經》三十六章中，一韻到底的佔了相當一部分；即有換韻，亦祇是一
至二次，而有些極個別章節的換韻處，可體味到意義的突兀與不完整
性，料想其從產生到陶弘景蒐輯整理以至流傳，期間尚有錯簡與脫漏。
以兩漢魏晉韻部衡之，獨用者少，同用者多，個中透露出《黃庭經》產

生年代的消息。下面先獨用、後同用，依次按陰聲、陽聲、入聲列出，分別與文人用韻相比較。

(一)獨用：

　　(1)之部　4 例
　　　期 來（中部經）
　　　裏 子 始（肝部章）
　　　己 裏 齒❻（脾部章）
　　　起 子 齒 裏 始（肺之章）
　　(2)幽部　4 例
　　　守 飽 酉 九 老（中部經）
　　　修 遊 休（天中章）
　　　道 保 老 腦（高奔章）
　　　酉 壽 九 老 守（經歷章）

　　飽是巧韻字，老與下文之幽同用二例中的道寶草均是皓韻字，漢時皆屬幽部。❼三國以後，豪肴蕭幾韻併入宵部，已呈《切韻》系統的

---

❻　本句「消穀散氣攝牙齒」，牙齒，李一元本、冷謙本作「齒牙」，誤。下文所校，
　　凡非涉韻字，概略。異文爲同韻或同用範圍內者，一般不判是非。

❼　本文所用兩漢魏晉南北朝韻部的韻字及文人詩文用韻例子均採自羅常培、周祖謨
　　《漢魏晉南北朝韻部演變研究》（第一分冊）（北京：科學出版社，1958 年），于
　　安瀾《漢魏六朝韻譜》（修訂本）（河南人民出版社，1989 年）。關於漢魏六朝韻
　　部的演變分合情況，多參據周祖謨〈魏晉音與齊梁音〉、〈魏晉宋時期詩文韻部的
　　演變〉、〈齊梁陳隋時期詩文韻部研究〉諸文，《周祖謨語言文史論集》（浙江古
　　籍出版社，1988 年）。以下不隨文再注。

趨勢。魏晉詩文中豪韻系字雖然仍多和幽部相諧，如曹丕〈述征賦〉、
繁欽〈愁思賦〉、邯鄲淳〈曹娥碑〉以及傅咸、二陸等人作品，但僅限
於平聲。上聲如道寶草老等字，絕不與幽部相諧。因而這些上聲通諧現
象的時代下限祇能截止於漢末。

(3)魚部　5例

　　居❽ 污 度 素 固❾ （上部經）

　　居 無 慮 疏❿ 去 （中部經）

　　誤 樓 珠 （中部經）

　　珠 符 居 扶 （中池章）

　　珠 無⓫ （天中章）

　　居字古有平去二讀，衡以〈上部經〉，似讀去聲；衡以〈中池章〉，
似讀平聲。衡以〈中部經〉，頗難定其聲，若定以去聲，「無」乃平聲；
若定以平聲，「去」雖亦有平聲一讀，而「慮」乃去聲，且〈上部經〉
諧去聲，〈中部經〉諧平聲，非漢以後用韻常例。樓是侯韻字，曹魏以

---

❽　本句「正室堂前神所舍」，舍，李一元本、施駿本、明天啓本、精華錄本同，他本
　　及諸書帖皆作「居」。舍，漢時多與魚部字相諧。

❾　本句「虛無自然道之固」，固，李一元本、明天啓本、精華錄本、周楣聲本同，他
　　本及諸書帖皆作「故」，韻同。

❿　本句原作「羽翼已具正扶骨」，骨，李一元本、明天啓本、精華錄本同，他本及書
　　帖均作「疏」。今從他本及書帖。

⓫　本句「九幽日月洞空無」，空無，本文本、許元莊本、品節本、何所子本、查破本、
　　臺中本、《道書全集》本、董德寧本作「虛元」，胡安樸本作「空元」，「元」爲
　　「無」異體「无」之形誤。純陽道人本作「虛玄」，則又以爲諱而回改，皆誤且非
　　韻。

後，侯韻字從魚部中分離出來而與幽尤兩韻合爲一部。魏晉時雖有以侯韻與魚部通諧者，宋以後即不徑見。此〈中部經〉以去聲暮韻的誤與平聲侯韻的樓、平聲虞韻的珠相諧，更是少見。上溯《詩·大雅·雲漢》去故莫虞怒相諧，《小雅·何人斯》舍車盱相諧等，皆平仄通用。以此觀之，〈上部經〉、〈中部經〉尚帶有古韻押韻法的痕跡。

(4)歌部　1 例

　　野　下（靈臺章）

(5)脂部　3 例

　　衣　扉　巍　微　肥　衰（上部經）

　　味　氣　溉❶❷（中部經）

　　機　棐　衰（三關章）

溉是代韻字。晉宋時期，脂微與皆咍（代之平聲）灰齊有分爲兩部的趨勢，兩部平聲雖偶爾相諧，上去聲則很少相諧。以此來看〈中部經〉之例，不大可能是下及晉宋時的用韻現象。

(6)元部　2 例

　　丹　患（天中章）

　　粲　岸　煥　漢（天中章）

此兩例在天中章前後相連，若統而觀之，亦可認爲平仄通諧。但考慮到「宅中有眞常衣丹，審能見之無疾患」，正對應外景經「宅中有士常衣絳，子能見之可不病」，後四句爲《外景經》所無；又患字古有平聲一讀，如賈誼〈鵬鳥賦〉、劉向〈九嘆·離世〉、劉歆〈遂初賦〉、

---

❶❷　本句「故能不死天相溉」，溉，本文本、李一元本、明天啓本、精華錄本、周楣聲本同，他本及書帖均作「既」，義及韻部均同。

蔡琰〈悲憤詩〉、劉去〈歌〉、揚雄〈解嘲〉、班彪〈北征〉等皆以「患」
與平聲字諧，故分為兩段。

(7)耕部　9例

　　精　生　寧　靈　平（上部經）

　　精⑬　亭　令　生（中部經）

　　靈　成　明　清⑭　嬰⑮　停⑯　明　精⑰　經　生（心神章）

　　鈴　平　清　英⑱　盈　生　傾（肝部章）

　　精　明　旌⑲　鈴　兵（膽部章）

　　生　明　盈　星⑳　傾　嬰（呼吸章）

　　精　生　傾㉑　青㉒　形㉓　寧　靈　明　平　丁　清（瓊室章）

---

⑬　本句「服天順地合藏精」，合藏精，諸本即書帖同，涵虛子本作「藏精海」。

⑭　本句「翳鬱導煙主濁清」，濁清，品節本、何所子本、臺中本作「清濁」，《道書
　　全集》本作「清渾」，皆誤。

⑮　本句「腎神玄冥字育嬰」，嬰，朱靖旬本作「英」。

⑯　本句「脾神常在字魂停」，停，冷謙本、朱靖旬本、崔磐臨本作「庭」，非。

⑰　本句「六腑五藏神體精」，精，許元莊本、朱靖旬本、涵虛子本作「清」。

⑱　本句「百痾所鍾存無英」，英，純陽道人本作「災」，非。

⑲　本句「雷電八振揚玉旌」，旌，鈔本作「旄」，誤。

⑳　本句「遙望一心如羅星」，星，周楣聲本作「心」，涉前文「一心」而誤。

㉑　本句「若當決海百瀆傾」，傾，《修眞十書》本、本文本、許元莊本、品節本、鈔
　　本作「飲」，按，《胎息精微論》《雲笈七籤》等引皆作「傾」，且作「飲」於義
　　於韻皆不妥，今不取。

㉒　本句「葉去樹枯失青青」，青青，董德寧本、胡安樸本作「菁菁」。

㉓　本句「氣亡液漏非己形」，形，涵虛子本作「行」，非。

精 腥 零 嬰 傾 精❷ 寧（百穀章）

精❷ 情 丁 經（沐浴章）

(8)陽部　4例

方❷ 王 行 光（中部經）

長 光 漿 央 香 堂❷（中部經）

王 行 光 梁 藏 陽（心典章）

上 向 暢 盟（沐浴章）

　　盟乃庚韻字，《詩經》及西漢均與陽部字諧，東漢以後始與耕部字諧。〈沐浴章〉可以認爲陽耕通諧，顧炎武列於陽部，❸今姑從。但盟乃平聲，上向暢爲仄聲，盟誓之盟是否可讀成盟津之盟的莫更切一音，無考。統觀《黃庭》用韻，似歸入平仄通諧爲宜。

(9)侵部　1例

深 陰（三關章）

(10)鐸部　1例

---

❷　本句「何不食氣太和精」，精，許元莊本、邵穆生本、品節本、純陽道人本、涵盧子本作「清」。

❷　本句「過數已畢體神精」，施駿本、董德寧本、胡安樸本作「清」，兩可。涵盧子本誤倒作「體精神」。

❷　書帖及何所子本、了悟子本、朱靖旬本無此句。

❷　本句「立於玄膺舍明堂」，舍明堂，書帖及何所子本作「通神明」。明，庚韻，前漢與陽部諧，後漢與耕部諧。

❸　見顧炎武《唐韻正》（北京：中華書局，1982年）卷5，頁286。

澤 白 落㉙ 席 索（肺之章）

澤白是陌韻字，席是昔韻字。陌昔兩韻，傅玄、束皙、張華、張載、潘岳等人多獨用，劉宋以後即融入錫部。

(11)月部　1例

達 渴 謁 活（上部經）

達渴是曷韻字，活是末韻字，謁是月韻字。曷末鎋三韻在三國以後與月屑薛黠四韻分而爲二，所以此例也很可能是三國以前的用韻現象。

(12)緝部　1例

級㉚ 集㉛ 立 邑 急（上部經）

(二)同用：

(13)之幽同用　2例

道 守 久㉜ 寶 守 彩（中部經）

道 守 止 理 草 老（下部經）

道寶草是皓韻字，如此相諧，仍是漢人用韻常例，說已見前。彩

㉙　本句「存此眞神勿落落」，落落，冷謙本、崔磐臨本作「落莫」，朱靖旬本作「落寞」。

㉚　此句原爲「絳宮重樓十二環」，環與前源前深崙等爲元眞侵通諧。明天啓本、精華錄本同，其他諸本及書帖均作「十二級」。按，據文意當屬下，與「集、立、邑、急」相諧。

㉛　本句「瓊室之中五色集」，集，純陽子本作「積」，昔韻，古韻在錫部。

㉜　本句「昇降進退合乃久」，久，何所子本、了悟子本、朱靖旬本、涵盧子本及諸書帖均作「九」，係涉同音而誤。

是之部字，漢代之、幽同用甚多，魏晉亦不少。然幽部、之部與漢時屬幽部的豪韻系字同用，僅限於漢代，如褚少孫〈補龜策列傳〉、班彪〈冀州賦〉、班固《漢書・魏豹田儋韓信傳》及〈敘傳下〉、闕名〈費鳳別碑〉等。晉代唯楊方〈合歡詩〉之一以「杯灰」和豪韻的「牢」與幽同用。劉宋以後不再有此同用現象。〈下部經〉一例，亦可認為幽之幽兩兩轉韻，然與〈中部經〉一例合觀，並考慮到「精侯天地長生草」一句，《修眞十書》等一部分版本在他處，有些版本無此句，故暫厝於此。

(14)之幽魚同用　1例

　　起　道❸　府❹　耳　子　齒（下部經）

之幽、之魚或幽魚同用，兩漢時甚多，而之幽魚三者同用，有班固〈典引〉基周（幽）熙幽（幽）區（魚）頤、〈西都賦〉𧛠（之）矩所老（幽）舉，王逸〈九思・逢尤〉愚虛蘇隅埃（之）如由（幽）仢朝（宵），無名氏〈孔雀東南飛〉母婦友久（幽）厚（魚），闕名〈平輿令薛君碑〉父緒朽（幽）已（之）後等例。曹魏時祇劉楨〈魯都賦〉隅嬉（之）洲（幽）衢魚一例，此以後不見。

(15)魚之同用　1例

　　朱❺　居　之　治　府❻　持❼（上部經）

---

❸　本句「上座天門候故道」，候故道，朱靖㫚本作「氣道裏」，似誤。

❹　本句「津液體泉通六府」，府，李一元本、許元莊本、品節本、施駿本、石和陽本、董德寧本等作「腑」。

❺　本句「中池有士服赤朱」，《修眞十書》本、本文本、中央圖書館藏明刻本等均作「中池有市衣赤衣」。衣脂部，音亦相近。

❻　本句「玄膺氣管受精府」，李一元本、施駿本、明天啓本、精華錄本、周楣聲本同，其他二十餘種注本及書帖「府」均作「符」。

　　魚之同用，漢魏晉都有，劉宋唯宋明帝〈白紵篇・大雅〉和謝靈運〈撰征賦〉兩例，齊梁陳隋皆無。但本例治爲志韻字，府爲麌韻字，一去一上，三聲通諧，頗爲少見。漢堂谿協〈開母廟石闕銘〉治隅禖之相諧，是平去通諧之一例。

　(16)魚幽同用　2例

　　　珠 隅 區❸ 游 符❸ 無（上覩章）

　　　殊 朱 無 除 居 憂 驅 霞❹ 輿 書 廬 蹋 如❹（隱影章）

　　魚幽同用，兩漢至魏晉宋常見。

　(17)魚歌同用　5例

　　　午❹ 野 下 戶 者（上部經）

　　　廬❹ 呼 邪 家 無 枯 都 餘（下部經）

---

❸　本句「急固子精以自持」，自持，周楣聲本作「閉之」，文意非古，今不取。

❸　本句「五靈夜燭煥八區」，後四字冷謙本作「煥八區燭」，誤。

❸　本句「身披鳳衣御虎符」，虎符，祝尙先臨本作「虎苻」，崔磐臨本作「虎書」，均誤。

❹　本句「控駕三素乘晨霞」，乘晨霞，朱靖旬本作「游太虛」，蓋或以「霞」字不諧，改爲「虛」字，殊不必。

❹　本句「人間紛紛臭帤如」，帤如，李一元本、何所子本、臺中本、施駿本、《道書全集》本、董德寧本、了悟子本、眾眞合注本、蔣國祚本、胡安樸本、精華錄本、周楣聲本同，他本作「如帤」，句意及韻均不變。

❹　本句「至道不煩無旁午」，午，何所子本、施駿本、朱靖旬本、涵虛子本及諸書帖均作「迕」。

❹　本句「隱藏華蓋觀通廬」，觀通廬，何所子本、石和陽本、了悟子本及書帖均作「通六合」，合字不諧，疑從書帖而誤。

華 家 和 羅 娑❹ 枯 華 蘇 霞（心部章）

素 污 舍 度 故 路（常念章）

舍 呼 邪 家 枯 都 餘（隱藏章）

〈心部章〉可以認爲是魚歌魚轉韻，然就全章之文意觀之，處理爲歌魚同用更妥。此章中「和羅娑」是歌部字。「華家霞」中古在麻韻，西漢在魚部，東漢轉入歌部。若以西漢論，則屬魚歌及魚之麻同用；依東漢論，則屬魚歌及歌之麻同用。今考西漢韻譜中歌魚相諧十一例，絕大多數是歌和魚之麻相諧，眞正歌魚同用極少。東漢班彪〈北征賦〉、張衡〈西京賦〉及〈南都賦〉、王逸〈九思·遭厄〉中都有魚歌同用之例，可見其比西漢更普遍。上列除「和羅娑」三字外，「華家霞舍邪野下者」皆西漢時的魚之麻，其餘是魚部字。如不作合韻看，這些同用似乎是西漢的用韻現象。但仔細考察東漢以後的用韻情況，當「華家霞舍邪野下者」等魚之麻轉入歌部後，仍大量與魚部字相諧，直至劉宋以後始不相雜廁，似屬之東漢魚歌同用爲妥。

⒅歌幽魚同用　1 例

受❺ 戶 者 語 處❻（靈臺章）

歌魚幽同用之例不多，唯見張超〈誚青衣賦〉以歌部之「下」、幽部之「道首受酒」與魚部相諧。漢以後不見有用例。特別是，晉宋時期，大多數作家已有將麻韻的上去聲獨用的傾向。本例「者」是馬韻字，

---

❹　本句「金鈴朱帶坐婆娑」，婆娑，《修眞十書》本、鈔本作「婆婆」，誤。

❺　本句「閒關營衛高玄受」，玄受，朱靖旬本作「元溯」，非。

❻　本句「右有白元併立處」，處，臺灣中研院本、施駿本、《道書全集》本、純陽道人本作「據」，誤。

尚與幽魚同用，似是晉宋「傾向」以前的現象。

⒆脂歌眞同用　1例

　　衣❼ 羅 柯 扉 機 巍 微 暉 威 斤 衰 （黃庭章）

斤是眞部字，脂眞對轉，同用甚多。羅柯是歌部字，扉機巍微暉威衰是脂部字，如無「衣」字，完全可以認爲是歌部韻轉換脂部韻，衣字在前，可見此是歌脂同用。歌脂同用西漢甚多，東漢僅傅幹〈皇后箴〉器愛化內一例。魏晉以後無歌脂用例。

⒇元眞同用　18例

　　言 神 元 門 田 根 存 （上部經）

　　煩 安❽ 間 言 園 前❾ 門 （上部經）

　　田 根 門 還 存 煩 傳 （下部經）

　　前❺ 君 言 神 篇 仙 閒 煙 研 天 痊 殘 延❺ （上清章）

　　官❺ 干 蘭 顏 寒 眞 泯 （口爲章）

　　眞 神 元 丸 玄 堅 田 倫 千 （至道章）

---

❼　本句「黃庭內人服錦衣」，衣，朱靖旬本作「霞」，疑誤。

❽　本句「垂拱無爲身體安」，諸書帖均作「垂拱無爲身體安體」，衍「體」字。

❾　本句「清淨香潔玉女前」，前，李一元本、明天啓本、精華錄本、周楣聲同，他本及書帖均作「存」。「存」在眞部，然無礙本例元眞同用。

❺　本句「上清紫霞虛皇前」，前，冷謙本、朱靖旬本、祝尙先臨本作「尊」。

❺　本句「亦以卻老年永延」，年永延，涵虛子本、周楣聲本作「永延年」。

❺　本句「口爲玉池太和官」，官，本文本、冷謙本、董德寧本、涵虛子本、周楣聲本、崔磐臨本作「宮」，誤。

圓 玄 源 津 幡㊼ 煙 存 門 天（腎部章）

閉 鮮 裙㊺ 文 雲 元（膽部章）

閉㊺ 前 煩 端㊻ 陳 門（靈臺章）

仙 前 源 身（呼吸章）

煩 篇 神 然 安 言 閉 玄 前 門 園 眞 鄰 緣（治生章）

鍊 見 眄㊼ 賤 宴（玄元章）

根 堅㊽ 津 仙（玄元章）

神 眞 聞㊾ 文 巾 門 關 陳 幡㊻ 紜 煙 開 根（仙人章）

君 端 仙 輪㊿ 眠㉒ 存 然 專 眞 神（紫青章）

㊼ 本句「蒼錦雲衣舞龍幡」，幡，《修眞十書》本、冷謙本、品節本、何所子本、施駿本、《道書全集》本、董德寧本、純陽道人本、胡安樸本、周楣聲本作「蟠」，涵盧子本作「帆」，鈔本作「鐇」，許元莊本作「端」，皆字之誤。

㊺ 本句「九色錦衣綠華裙」，裙，許元莊本作「姸」。

㊺ 本句「明堂金匱玉房閉」，閉，朱靖旬本、祝尙先臨本、崔磐臨本作「門」，誤。

㊻ 本句「借問何在兩眉端」，端，邵穆生本、崔磐臨本作「開」。

㊼ 本句「須得至眞始顧眄」，眄，《修眞十書》本、劉長生本、李一元本、許元莊本、邵穆生本、鈔本、作「盼」，冷謙本、了悟子本、純陽道人本、朱靖旬本、涵盧子本、眾眞合注本、蔣國祚本、精華錄本作「盼」。按，作「盼」誤。

㊽ 本句「玉氏金籥常完堅」，堅，《修眞十書》本作「全」。

㊾ 本句「黃童妙音難可聞」，聞，鈔本作「文」，誤。

㊻ 本句「執劍百丈舞錦幡」，幡，本文本作「蟠」，誤。

㊿ 本句「飛昇十天駕玉輪」，輪，涵盧子本作「輸」，誤。

㉒ 本句「晝夜七日思勿眠」，眠，許元莊本、冷謙本、何所子本、臺中本、施駿本、《道書全集》本、董德寧本、了悟子本、純陽道人本、胡安樸本、周楣聲本作「瞑」，古韻在耕部，本書元眞耕通諧亦有用例。

門 根 還 難 丹 元❻ 殘 端 (肝氣章)

薫 篇 鮮❻ 存 還 冤 (沐浴章)

纏 全 丹 宣 官 患 仙 文 (沐浴章)

　元眞同用，兩漢六朝很多，內容也很複雜。如仔細分析，兩漢元部包括寒桓刪先仙山元七韻，三國時，眞部的仙先山三類字轉入元部。此時眞元雖仍多合韻，但以眞部與元部中的先仙山元四韻合用爲多，而與寒桓刪三韻合用相對就少。就眞部看，漢代眞部包括眞諄臻文欣魂痕七韻，至晉，魂痕獨立，逮宋，文欣又獨立，形成眞、魂、文三部三分的局面。以這種用韻的發展趨勢來檢驗《黃庭經》眞元同用之例，像〈膽部章〉眞與先仙山元諧，似是三國時代的普遍用韻現象，〈口爲章〉是眞與寒桓刪相諧，適屬三國時的用韻特例。其他諸例，將這十四韻混諧，很難指出哪一例是元眞兩部各自分化後的用韻現象。所以，《黃庭經》眞元同用所體現的時代衹能是三國或三國以前的兩漢。

　⑵元眞多同用　1例

　丹 崙 環 人 宮 玕❻ 桓 身 丸 連 山 門 魂 津❻ 元❻ 閒 端 存 (若得章)

　多部宮字韻文中用得極多，但卻無與元眞同用者。又本例元眞兩

---

❻　本句「要復精思存七元」，元，汪且本作「九」，誤。

❻　本句「約得萬偏義自鮮」，鮮，許元莊本、冷謙本作「解」，顯係「鮮」字形近而誤。涵虛子本作「宣」，義雖通而非古，茲不取。

❻　本句「璿璣玉衡色蘭玕」，玕，許元莊本、邵穆生本、品節本、臺中本、《道書全集》本、純陽道人本作「干」。

❻　本句「三眞扶胥共房津」，津，祝尙先臨本作「精」，誤。

❻　本句「五斗煥明是七元」，元，鈔本作「言」，誤。

· 223 ·

部所涉之韻與前述一樣，還是兩漢元眞同用跡象。參見⒇所述。

　⑿耕眞元同用　1例

　　生⑱　淵⑲　然　根⑳　堅　坤　丹㉑　門㉒　泉　根　巾　門　根　存㉓
　　神㉔　仁㉕（中部經）

　　此例除「生」字外，皆元眞部字，是否首句不入韻或有誤？就下文「晝夜思之可長存」蔣國祚本作「可長生」看，可作「存」，但就所收眾本看，無異文，不能臆測。對照下文有「陽東耕眞元」同用，可存此一式。此種同用，後漢許愼、堂谿協、李尤、蔡邕等都有用例，堂谿協〈開母廟石闕銘〉即是以耕部「庭生情寧驚」與眞元部字相諧。但魏晉以後無此用例。且此例中的眞元兩部亦寒桓刪、魂痕、先仙等相雜，

---

⑱　本句「內拘三神可長生」，可長生，朱靖句本作「常獨居」，不取。

⑲　本句「魂欲上天魄入淵」，淵，《修眞十書》本、許元莊本、品節本、《道書全集》本、石和陽本、董德寧本等均作「泉」，疑涉唐諱而改。

⑳　本句「庶幾結珠固靈根」，固靈根，李一元本、施駿本、明天啓本、涵虛子本、精華錄本等均作「環無端」。

㉑　本句「象以四時赤如丹」，丹，石和陽本作「赤」，誤。

㉒　本句「前仰後卑列其門」，列其門，董德寧本、胡安樸本作「各異關」，而《道書全集》《道藏輯要》關作「開」，誤。

㉓　本句「晝夜思之可長存」，存，蔣國祚本作「生」。

㉔　本句原作「仙人道士非異有」，李一元本、明天啓本同，董德寧本、胡安樸本、精華錄本作「非有異」，其他諸本作「非有神」，書帖作「非可神」。按，「非異有」、「非有異」似均誤。

㉕　本句「積精所致和專仁」，和專仁，李一元本、何所子本、明天啓本、了悟子本、純陽道人本、精華錄本及書帖等同，《修眞十書》本、許元莊本、品節本、施駿本、《道書全集》本、石和陽本、董德寧本等作「爲專年」。

顯示出兩漢的用韻跡象。

⑵元眞侵同用　2例

　　源 員 前 深 崟（上部經）

　　元 陰 門 存 分 雲 根 閒 天 門（上有章）

眞侵同用，前漢即有用例。眞元侵同用，西漢有司馬相如〈長門賦〉、王褒〈洞簫賦〉、東漢有馮衍〈顯志賦〉、傅毅〈七激〉、王逸〈九思·悼亂〉、李尤〈函谷關賦〉及闕名〈三公山碑〉、〈辛通達李仲曾造橋碑〉等。魏晉以至隋，雖眞侵、元侵仍頻有用例，眞元侵同用，已不再見。此兩例中的眞元，亦是眞部未分以前的常例。

⑵眞質同用　1例

　　聞 室（中部經）

眞質雖爲陽入對轉，用例卻不多。《詩·大雅·召旻》引替、《楚辭·離騷》艱替是其例，漢以後詩文中唯有劉向〈九歎·惜賢〉鬱忿一例。

⑵東陽同用　2例

　　絳 病 上 恙 償 慶 藏 壯 竟⑯ 仗⑰（上部經）

___

⑯ 本句「心結幽闕流下竟」，「竟」字石和陽本作「境」。竟映韻而境梗韻，古皆在陽部。

⑰ 本句「養子玉樹令可仗」，仗，《修眞十書》本、本文本、許元莊本、品節本、明天啓本、臺灣中研院本等皆作「壯」，蔣國祚本作「拄」，三希堂法帖作「扶」。按，作「拄」、「扶」似與下文午、野、下、戶、者相諧，然觀文意，「至道不煩無旁午」以下，義已轉折，故以諧陽部爲是。

　　皇⑱ 璿 蒙（高奔章）

陽東同用之例，西漢十一例，東漢十六例，降及魏晉，依然同用。
齊梁陳隋時，祇張融〈海賦〉陽容相諧，他已不見。

(26)陽東耕眞元同用　1例

　　陽 通 涼 形 生 精 田 門 根 星 端（下部經）

(27)冬陽耕東眞元同用　1例

　　宮⑲ 光 堂 行 王⑳ 漿 祥 英 長 陽 精 形 庭 形 盛㉑ 靈 童
　　光㉒ 閒㉓ 莖㉔ 生 淵 靈 童㉕ 方㉖ 英（下部經）

---

⑱　本句「口銜靈芒攜五皇」，皇，《修眞十書》本、本文本、汪旦本、鈔本、《道書
　　全集》本、董德寧本、胡安樣本、周楣聲本作「星」，古韻在耕部，陽耕東同用本
　　書有例，音義亦通，茲仍從「皇」。

⑲　本句「脾腫之神主中宮」，宮，朱靖旬本、涵盧子本作「央」。

⑳　本句「金木水火土爲王」，王，許元莊本、《道書全集》本、石和陽本、蔣國祚本、
　　《道藏輯要》本等均作「主」，褚遂良臨本作「玉」，韻不諧，似均誤。

㉑　本句「強我筋骨血脉盛」，盛，《修眞十書》本、許元莊本、品節本、《道書全集》
　　本、石和陽本、董德寧本等作「成」。

㉒　本句「內息思存神明光」，神明光，董德寧本、胡安樣本作「神光明」，涵盧子本
　　作「光神明」。

㉓　本句「出於天門入無閒」，閒，李一元本、施駿本、涵盧子本、精華錄本同，他本
　　作「戶」，與韻不諧，今不取。

㉔　本句「恬淡無欲養華莖」，養華根，李一元本、施駿本、精華錄本同，何所子本、
　　了悟子本、朱靖旬本及書帖均作「遂得生」，他本均作「養華根」。

㉕　本句「坐於臍閒見小童」，小童，李一元本、明天啓本、涵盧子本、精華錄本同，
　　施駿本作「嬰兒」，他本及書帖無此句。

㉖　本句「問於仙道與奇方」，方，李一元本、何所子本、明天啓本、石和陽本、了悟
　　子本、朱靖旬本、涵盧子本、精華錄本及書帖同，他本作「功」。

陽聲韻後鼻音與前鼻音數部混諧，例不多見。東漢〈薛君碑〉耕蒸東侵眞元混諧，爲僅見之例，其他一般祇二三部，至多四部混諧，如眞元耕、耕陽眞、陽元耕、眞元侵耕等等。五六部陽聲韻混諧之例亦不見於魏晉宋及其以後的詩文。又例⒅中「田門根端」混諧，也不是晉以後的用韻常例。

⒅東陽耕冬同用　3例

　　童　重　中⑰　香　傷　芳　明　章　翔　殃（脾部章）

　　長　光　傾　漿⑱　香　方⑱　堂　通⑲　京　涼　蔥　望　崇（肝氣章）

　　宮　王⑲　堂　光　中　豐　霜　祥　陽　英　糧　黃　霜　瓊　精　形　青　靈

　　生　崇　形　明　英　靈　章（隱藏章）

⒆陽東蒸冬耕同用　1例

　　倉　堂　康　糧⑫　章　王　通　朋　方　芒　康　望　鄉　空　終　停　英　亡

　　昌　亨　償　殃（脾長章）

⒇陽東耕同用　1例

---

⑰　本句「方圓一寸命門中」，命門中，邵穆生本作「守命門」，誤。

⑱　本句「上合三焦下玉漿」，漿，冷謙本作「英」，今不從。

⑱　本句「治蕩髮齒鍊五方」，方，何所子本作「行」。

⑲　本句「下溉喉嚨神明通」，神明通，冷謙本作「通神明」，鈔本作「神明堂」。

⑲　本句原作「五藏六腑神明主」，《修眞十書》本、本文本、李一元本、許元莊本、邵穆生本、明天啓本、了悟子本、精華錄本、崔磐臨本同，朱靖旬本作「生」，他本均作「王」。按，生爲王之誤字。作「主」雖可與前面魚部相諧，但中間隔一「宮」字，無此通諧者，且以內外景經經文對照，依經義「宮」字句當屬下，故此句當作「王」爲是。

⑫　本句「治人百病消穀糧」，糧，邵穆生本作「梁」。

藏 愡 壯 競 瑠❾❸ 喪 仗❾❹ 命❾❺（上覩章）

陽部後鼻音四、五部混諧，漢人詩文中亦不多。桓譚〈仙賦〉、闕名〈柳敏碑〉、〈張表碑〉均陽耕東相諧。晉以後亦少多部混諧者。

(31)祭月同用　1例

達 外 渴 謁 泄 活 闊 括（常念章）

祭月同用，西漢有六例，東漢有十四例。❾❻三國之時，祭泰分爲兩部，「外」是泰部字。月部分爲屑曷兩部，「達渴活闊括」歸曷，「謁泄」歸屑。依周祖謨先生研究，「祭部同屑部相押，泰部同曷部相押，很少相混」。此例泰與屑曷同諧，似乎還是兩漢的用韻現象。至遲也是「很少混諧」時期的三國用韻現象。

(32)祭月脂同用　1例

蓋 闕❾❼ 氣 位 帶 快 氣 害 滯❾❽（肺部章）

祭月脂相諧，兩漢唯司馬相如〈上林賦〉質祭月脂一例。三國晉時期，即使祭分爲祭泰二部，但還常常合用並與脂部去聲相諧，故此例

---

❾❸　本句「神生腹中御玉瑠」，玉瑠，鈔本作「玉鐺」，精華錄本作「玉當」，崔磐臨本作「瑠玉」，誤。

❾❹　本句「琳條萬尋可蔭仗」，仗，許元莊本、何所子本、《道書全集》本、作「伏」，誤。涵盧子本作「藏」。朱靖甸本作「仗蔭」，亦誤倒。

❾❺　本句「三魂自寧帝書命」，許元莊本誤倒作「命書」。

❾❻　周祖謨先生認爲，「兩漢的時候祭部和相承的入聲月部不大混用」。筆者以爲從祭月兩部用韻的比例及其和其他入聲同用合用之比例看，祭月同用數應該說是比較多的。

❾❼　本句「下有童子坐玉闕」，闕，朱靖甸本、祝尙先臨本作「關」，誤。

❾❽　本句「用之不已行不滯」，滯，涵盧子本作「壞」。

下限可延至晉代。

⑶祭質月同用　2例

　　蒂㊾一月室畢失室⑩（中部經）

　　一節術列際月一室畢失（五行章）

〈上林賦〉的質月祭脂同用，亦可作爲此例的比照之例。他如劉向〈九歎·惜賢〉血廢（祭）、揚雄〈冀州箴〉替弊（祭）、〈將作大匠〉世（祭）泗室卒等皆質祭同用。三國以還，月部分爲屑曷二部，屑部多與祭與質同用，曷部則很少跟祭部合韻，且絕不不跟質部合韻。上二例中，「蒂際」屬三國時之祭部，「月節列」屬三國時之屑部，其他均質部字，與三國時押韻亦相應。

⑶鐸職同用　1例

　　白⑩落索色⑩（下部經）

鐸職相諧，西漢有揚雄〈解嘲〉熾伯（鐸）、〈青州箴〉極石（鐸）牧，司馬相如〈子虛賦〉亦以「伏（職）」與鐸部字相諧。東漢有馮衍〈顯志賦〉德（職）石、杜篤〈論都賦〉樊（職）莋貊、班固〈答賓戲〉德（職）著澤落薄、〈孔雀東南飛〉石直（職），以及馬融〈廣成頌〉、闕名〈王政碑〉等，魏晉以後未見有用例。

⑶緝月質同用　1例

集⑯ 立 邑 別 急 泣 殁（瓊室章）

緝月質同用，東漢有闕名〈柳敏碑〉闕弼（質）栗（質）立（緝）祭及杜篤〈論都賦〉月緝質錫職五部混用一例，漢以後未見有用例。

通過對以上 87 韻段 35 類的比較、闡釋，可以進一步分析《黃庭》內、外景經的撰著年代。35 類中，除獨用的之部(1)、歌部(4)、侵部(9)、緝部(12)和魚幽同用(16)等少數幾類外，都程度不同地反映出一定的時代痕跡。歸納於下：

㈠魚部獨用(3)中的與《外景經》有關的三例平去通諧和元部獨用(6)中的患字作爲平聲與丹相諧或作爲仄聲與平聲字相諧，魚之同用(15)中治與平聲字相諧，都顯示出其用韻的古老。

㈡幽部獨用(2)和之幽同用(13)的例字中夾雜有豪韻系字，魚歌同用(17)，〈中部經〉的耕眞元同用(22)和眞質同用(24)，〈下部經〉的陽東耕眞元(26)和冬陽耕東眞元(27)多部混諧，以及〈下部經〉的鐸職同用(34)等等，都反映出兩漢，特別是東漢用韻特點。

㈢月部獨用(11)、眞元同用(22)、元眞冬同用(21)、元眞侵同用(23)、祭月同用(31)、祭質月同用(33)，表明這些韻例帶有三國時代前後的用韻特點。之幽魚同用(14)也不大可能晚於曹魏。脂歌眞(19)和歌幽魚(18)同用的韻例也應是魏晉以前或晉宋以前的常例。

㈣鐸部獨用(10)，〈脾部〉〈肝氣〉〈隱藏〉〈脾長〉〈上覩〉五章的東陽耕冬(28)、陽東蒸冬耕(29)、陽東耕(30)數部混諧，以及〈肺部章〉祭月脂同用(32)，則可將這些韻例的年代下限延至晉代。而脂部獨用(5)中的〈中部經〉以漑字與氣、味諧，又表明這種韻例一般是晉宋以前的用

---

⑯　本句「瓊室之中八素集」，集，崔磐臨本作「雜」，誤。

韻常例。

㈤耕部字雖與其他韻部字相諧，但耕部獨用⑺有 9 例，陽部獨用
⑻亦有 4 例，分析其韻字，似乎是庚韻系字在東漢時歸入耕部後的用韻
現象，這種現象可一直延續到魏晉以後。

㈥東陽同用㉕〈上部經〉韻例中的「慶」字，《廣韻》收在敬韻，
而西漢及西漢以前均與平聲字押韻，至韋玄成〈戒子孫詩〉始與「盛」
字相諧。⑩則此韻例似是韋氏以後之押韻現象。

綜茲六條，可略窺《黃庭經》年代之上下限：《外景經》之韻例
似比《內景經》更古更早；《外景經》韻例可早到西漢，晚不過三國，
而以東漢最有可能；《內景經》韻例與東漢魏晉詩文用韻相合，而以魏
晉尤爲可能。

立足於這種用韻烙印的時代，來重新審視一些史料，將會使我們
得到新的啓示。

> 《列仙傳·朱璜》：「朱璜者，廣陵人也，少病毒瘕，就睢山
> 上道士（黃）阮丘……丘與璜七物藥，日服九丸。百日，病下如
> 肝脾者數斗……與《老君黃庭經》，令日讀三過，通之，能思
> 其意……如此，至武帝末故在焉。」

又《歷世眞仙體道通鑑》卷九《黃庭眞人傳》云：

---

⑩ 顧炎武《唐韻正》卷十二輯集大量例證，可證明慶字在西漢及其以前讀平聲，即顧
氏所謂「古音如羌」。韋詩見逯欽立《先秦漢魏晉南北朝詩》（北京：中華書局，
1983 年）漢詩卷 2，頁 115。

> 黃庭眞人王探，字養伯，太原人也……常以朝元煉藏，吐故納
> 新爲務……仙人趙先生……遂授以黃庭內修之訣及澤瀉丸方。
> 依按累月，頓覺神異……年九十一歲，以漢武帝元朔六年戊午
> 正月，西靈金母遣仙官下迎授書爲太極眞人。

　　漢武帝好神仙，故皆託之於武帝之世。如拂去其飄忽無據的仙氣，
聯繫東漢以還道教的迅速傳播，以及東漢延熹八年（公元 165）邊詔奉
桓帝之命作《老子銘》已有「出入丹廬，上下黃庭」等語之史實。可見
當時丹廬、黃庭、道教、老子早已緊密聯繫在一起。緣此而來體味「黃
庭內修訣」、「《老君黃庭經》」之名稱，似乎不應該感到不可思議。
降及漢末曹魏，張魯統治漢中數十年，大行五斗米道。張亡後，諸祭酒
不能統一於一人領導，遂有人申飭戒令，此即今見《道藏》所收《正一
法文天師教戒科經》中的《大道家教令》，該教令作於公元 255 年，令
有「何以《想爾》《妙眞》，三靈七言……」、「《妙眞》自我所作，
《黃庭》三靈七言，皆訓喻本經，爲《道德》之光華」諸語，此已足探
知由「黃庭內修訣」到《黃庭經》的發展歷程。
　　由《大道家教令》所述可以確信，公元 255 年，《外景經》已定
型，並已作爲天師道內部的教科書。而該年，被奉爲上清第一代太師的
魏夫人已三歲。夫人後爲天師道祭酒，在上清派中的地位至關重要。許
多文獻的記載都從不同角度透露出夫人曾爲《黃庭》作過注疏之類的
傳，故知《內景經》應是魏夫人所作或經其加工潤飾而流傳下來的。⑩
這與《外景經》《內景經》各自所反映的韻例年代先後恰相一致。

---

⑩　詳細論證參《黃庭經新證》，同註❸，頁 400-401。

二、《黃庭中景經》韻譜所反映的年代 與前人述說的矛盾

　　《黃庭中景經》之著錄首見於宋鄭樵《通志·藝文略》「諸子類」中，⑩鄭袛著錄「《黃庭中景經》一卷」，不標注者。至《宋史·藝文志四》「道家附釋氏神仙類」中才注明「李千乘《黃庭中景經注》一卷」。今所見袛有明正統《道藏》本和《重刊道藏輯要》尾集本，比勘兩本，似尾集本據《道藏》本翻刻。關於此書的價值與撰作年代，宋歐陽修最早予以評介：「又別有《中景經》者，皆非也……《中景》一篇，尤爲繁雜，蓋妄人之所作也。」⑩此調一定，對後世頗有影響。王明雖曾提出過此經與《抱朴子·惑篇》中的《黃庭太清中經》是否有關係的想法，⑩苦無證據，袛能是猜想。因爲李千乘是隋代道士，而《道藏》本「桓」字避宋諱缺筆，故近之論者或言「此經出自宋本」，⑩或言「約出於隋唐」，「爲後人模仿二經（按指《黃庭》內外景經）而作」，⑩或但言「撰於宋前」，⑪要皆含糊其詞，不敢直指其比較確切的年代。

　　《中景經》一百六十三句，其用韻簡單而雜亂。所謂簡單，即其

---

⑩　《通志》（浙江古籍出版社，1988 年），卷 67，頁 788 上。

⑩　《集古錄》，文淵閣《四庫全書》本（上海古籍出版社，1989 年），卷 10，頁 2b。

⑩　同註❶。

⑩　見《道藏提要》（北京：中國社會科學出版社，1991 年），頁 1112。《道教大辭典》，中國道協、蘇州道協合編（華夏出版社，1994 年），頁 257。

⑩　見胡孚琛主編《中華道教大辭典》（北京：中國社會科學出版社，1995 年），頁 342。

⑪　見朱越利《道藏分類解題》（華夏出版社，1996 年），頁 296。

往往十幾句乃至幾十句才換韻；所謂雜亂，是其長長的一串韻中，常夾雜著幾個顯然不是韻的字。然若撇開這些混亂跡象，仍能理清其用韻傾向。茲將《中景經》之韻譜展列於下，以論其所反映之年代。

第一韻段：眞元東陽侵同用

　　神 綸 玄 錢 間 根 官 門 分 存 玄 邊 然 紈 還 間 陳 君
　　槃 神 聰 門 丹 冠 神 香 金 人

聰是東韻字，香是陽韻字，金是侵韻字。此例可參內、外景經韻例(26)，如單就三國以後的眞元字分析，眞綸神陳人是眞部字，根門存是魂部字，分君是文部字，玄錢間邊然是先部字，官紈還槃丹冠是寒部字。這五部字混諧，不可能是劉宋以後的作品。

第二韻段：陽元同用

　　央 方 方 糧 強 漿 方 黃 廂 長 芒 丹 常 方 央

此例祇有「丹」是寒部字，其他都是陽唐字。陽唐相諧，漢魏六朝同。元陽同用，以「丹」與陽部字相諧，漢《孔雀東南飛》有例。

第三韻段：元獨用　1例

　　丹 泉 環 間 仙 邊 還

丹還是寒部字，其他是先部字。劉宋時，先部很少與寒部字相諧，因而這似乎還是漢魏諧韻的跡象。

第四韻段：陽耕元東蒸冬（魚月）同用

　　光 霜 方 光 明 行 常 亡 詳 端 彰 陽 亡 鄉 雨 行 央 光
　　堂 堂 方 陽 冠 兵 東 澄 雙 裳 詳 星 亡 裳 梁 倉 翔 中
　　王 鄉 光 龍 宗 漿 黃 陽 詳 方 月 章 王 漿 糧 央 王 黃
　　倉 熿 堂 光 翔 堂 行 明

雨是霙部字，月是月韻字，此兩句似可能有誤。端冠是寒部字，

與陽耕等是前後鼻音通諧問題。可參見內外景經韻例(26)(27)。

第五韻段：魚之幽（東眞月）同用

居 杯 臺 來 中 神 部 褐 龜 州 治 持 扶

中為東韻字，神為眞韻字，褐為曷韻字，此三字恐亦有誤。魚之幽相諧，可參內外景經韻例(14)。

第六韻段：陽東元耕同用

黃 帳 方 黃 張 堂 通 央 陽 方 方 兵 行 橫 蒼 關 迎 央常 亡 王

此例亦可參內外景經韻例(26)。

第七韻段：眞陽元侵同用

田 方 田 連 元 垣 門 文 神 門 神 人 心 身

此例除方字之外，田連元垣是先部字，門是魂部字，神人身是眞部字，文是文部字，心是侵部字。這種混諧也不是劉宋以後的現象。

第八段：無韻

矣 府 性

從《中景經》的韻例，尤其是眞元等韻部的諧韻看，這些韻文的實際產生年代不可能是隋唐及其以後。該經依次敘述頭頂、髮、耳、目、鼻、口、舌、喉、肺、心、膽、胃、腎、丹田等之位置、形狀、顏色、作用與所主之神的長短、服色、名諱等，與《內景經》互相補充，因此，從形式到內容，二者都有千絲萬縷的聯繫。如若從歷史角度予以考察，天師道祭酒除魏夫人外，尚有多多，各位祭酒在教授《道德》《黃庭》《想爾》的同時，都會有所發揮。因此，類似《黃庭內景經》的內容和句式之經文可能會不止一種。夷考上清經從出世、流傳，亦即從魏夫人——劉璞——楊羲——許穆、許翽以還，一直到陶弘景整理楊、許手

跡，其間輾轉傳鈔、傳授散佚、妄自增損、師心新造等事屢屢發生，⑫
是知陶弘景整理流傳之外亦必有類似的道經在民間流傳。又從今見內、
外《景經》的某些章節、段落之文意、句式突兀不連處，以及某些文句
的用韻前後不諧處可窺知，內、外《景經》並不是完整無缺的。在這種
道經紛出，真偽相雜的歷史中，李千乘作為一名道士，摭拾道經之遺佚，
加以注釋，以廣流傳，都是情理中事。若此推測不誤，則其中一些雜亂
不韻之處都能得到合理解釋。

三、早期道經韻文與《黃庭經》之用韻比較

　　早期道教經籍之確切年代往往難以勘定，茲擇取數種有較明確年
代、有韻文的道經，排比其韻譜，以與《黃庭經》用韻相比較。
　　《正一法文天師教戒科經》是早期天師道中的經籍殘卷，計匯集
五篇文件而成，其中《大道家教令》《天師教》《陽平治》三篇係張魯
之後裔所發布。《女青鬼律》六卷，亦是早期天師道中的戒律。⑬《大
道家教令》和《女青鬼律》中數次提到《黃庭》一經，如「被髮而行在
黃庭」（《鬼律》卷五）「黃庭三靈七言」（《大道家教令》）等，足
見兩書與《黃庭》關係之深。⑭下面列其韻文之韻腳，來觀察其用韻特

---

⑫　詳參陶弘景《真誥》和張君房《雲笈七籤》等書。筆者《黃庭經新證》有較為詳細
　　的條述。亦可參閱。同註❸。
⑬　《正一法文天師教戒科經》，《道藏》力字號；《女青鬼律》，《道藏》力字號。
　　（文物、天津、上海書店出版社，1988 年）第 18 冊。
⑭　兩書內容與《黃庭經》亦多相涉，有些句子如出一轍，筆者擬另作〈〈戒科經〉〈女
　　青鬼律〉與〈黃庭經〉比較研究〉，以闡釋其內容與詞彙方面問題，此不贅。

點。

《天師教》七言韻文一段，為省篇幅，不再分獨用同用類列出，而僅以段分列，轉韻處用豎線隔開（下面幾經例同此）。

言 民 煙 因 民 先 辰 閒 先 眠 言 煩 還 秦 民 神 人 官 泉 言 人 神 臣 人 眠 閒 言 天 冠 前 民 文

以上韻字如以晉宋時期的寒、先、眞、魂、痕五部來衡量，則除了魂部字沒有，其他四部字都有，這在劉宋以後是不太可能的。所以，仍應作為漢末、三國、晉初時眞元兩部未分之前的韻例來解釋，將它視作魏晉閒的眞元同用，則內容、韻文形式與時代都相吻合。此與內外《景經》眞元同用(20)的時代相一致。

《女青鬼律》卷五有七言韻文七段：

第一韻段：人 邊 連 呑 傳 年 恐 然 勤 存 ‖ 心 淫 禁 ‖ 民 千 人 身 人 賢 先 君 言 尊 山 身 君 仙 身 辰 人

第二韻段：愚 憂 遊 朱 扶 頭 求 ‖ 年 堅 人 民 天 間 千 遷 緣 言 連 申 年 言

第三韻段：光 行 亡 蜂 從 雙 逢 亡 從 生 中 ‖ 親 言 存 言 仙 人 ‖ 星 明 名 并 經 生 并 靈 聲 經 明

第四韻段：有 久 妻 如 居 廬 舒 胥

第五韻段：星 形 平 驚 名 并 平 生 營 經 形 庭 清 生 名 ‖ 先 神 仙 患 身 分 民 雲 人 還 天

第六韻段：心 親 民 神 堂 ‖ 軀 州 流 書 如 儔 居 噁 餘 居 如

第七韻段：弊 至 脫 ‖ 清 榮 形 經 生 庭 名 清 殃 生 靈 名 停 經

　　第一韻段心淫禁三字是侵部字，前後相連，可以認爲是獨立的韻段。但其前後文義也是很緊密的，故視作元眞侵同用，也可與〈上部經〉〈上有章〉之用韻相參。恐字腫韻，漢代在東部，其廁與元眞同用之間，在兩漢詩文中亦無同例，但對照《黃庭經·若得章》之冬部宮字（東韻）廁於元眞同用(21)之間，似乎可以悟出二者之間的一些共同點。

　　第三韻段的陽東耕冬正與《黃庭經》用韻例(28)相符。耕部除第七韻段的「殃」字雜廁期間外，都是耕庚清青字，與《黃庭經》的九例一樣，都是東漢陽部之庚系字轉入耕部以後的韻例。

　　第六韻段侵眞陽同諧，《黃庭》無例，但可參《中景經》第一韻段。第七韻段祭脂月同用，《黃庭》無例，漢馬融《廣成頌》有兩用例。

　　第五韻段「患」字與平聲字諧，與《黃庭》及漢代情況一致。第六韻段去聲「噁」字與平聲字諧，亦是較古的韻例。

　　所有元眞同用用晉宋以後韻部分析，除第二韻段屬先眞同用外，全是多部混諧，顯然還是漢魏晉的元眞兩部同用常例，也是《黃庭經》的元眞用韻常例。

　　陳國符先生曾作《道藏經中外丹黃白法經訣出世朝代考》，❶亦利用韻文對一些早期道經的年代作過推定。今選擇數種與《黃庭》年代相近的道經，重新排列其韻譜，予以比較，某些結論與陳先生有所不同。

　　《太清金液神丹經》　該經三卷，首有正一天師張道陵序，卷中題長生陰眞人撰。韻文計八十一句，五百六十七字，韻譜如下：

---

❶　先刊於《中國科技史探索》，中華文史論叢增刊（上海：上海古籍出版社，1986年），頁 309-355。又節刊於《中國古代化學史研究》（北京：北京大學出版社，1985 年），頁 211-260。

經 庚 營 生 成 ‖ 池 衣 宜 威 魃 飛 衰 隨⑯ 持 ‖ 亡 襄 降
用 ‖ 緫 斷 隕 ‖ 弄 放 夢 宮 充 龍 隆 窮 通 中 ‖ 林 沈 深
金 ‖ 皇 龍 ‖ 年 千 ‖ 霜 王 ‖ 丹 璉 官 安 桓 患 延 言 冤
全 宣 ‖ 見 遍 鍊 嚥 ‖ 老 抱 腦 飽 老 ‖ 竟 敬 病 命 ‖ 密
抑 ‖ 人 堅 牽 淵 天 ‖ 流 丘 臾 殊 廚 夫 符 浮 游 ‖

抑，《廣韻》職韻於力切，兩漢詩文為作韻字，同小韻字兩漢在
職部。密，兩漢質部。職質同用，西漢有揚雄《解嘲》，東漢有張衡《東
京賦》、闕名《辛通達李仲曾造橋碑》《無極山碑》《費汎碑》等。患
字與平聲押韻，是漢代常例；此韻段真元同用，仍是兩部未分化前之情
形，皆可與《黃庭》用韻(6)(20)相參。亡襄降用為漢代陽東冬三部同用，
陳氏舉西漢東方朔《七諫·沈江》為例，從而導致其得出此經為「西漢
末東漢初出世」的結論。其實，東漢闕名《武斑碑》亦東冬陽耕同用，
統觀全部用韻，似還是定為東漢較妥。

《黃帝九鼎神丹經》《九轉流珠神仙九丹經》中之《真人歌》，⑰
乃係南北朝隋唐間道士輯錄早期真人之韻文，韻譜如下：

第一：河 巴 沙 家 華 蠡 多 河 砂 家 邪 華 和 佳 華 過 沙
　　　和 多 過 遐 河 車 何 羅 蟆 歌 和 華 過 他（此出《黃帝九鼎
　　　神丹經》，以下出《九轉流珠神仙九丹經》）

（前缺）：多 都 加 爐 多 巴 河 砂 家 邪 華 過 沙 和 （？）

---

⑯　本句原作「受我神言宜見迎」，迎與韻不諧，今從《雲笈七籤》本改。陳文中頗有
　　誤字，今直錄原文韻字，不一一出校。

⑰　《黃帝九鼎神丹經》中之《真人歌》在《道藏》溫字號，18 冊，頁 825 下；《九轉
　　流珠神仙九丹經》中之《真人歌》在《道藏》之字號，19 冊，頁 427。

多 過 他 河 車 家 何 羅 蟆 歌 和 何 華 他

第二：符 餘 俱 姝 珠 由 夫 俱 珠 須 書 餘 噓 … 居 辛 書
　　　夫 釜 由 廬 餘 初 …

第三：丹 觀 間 面 錢 燔 山 焉 神 親 精 堅 因 年 山 間 難

第六：丹 仙 間 丹 間 間 丸 … 因 成 言 …

總歌：丹 清 然 因 神 先 身 陽 王 明 強 章 央 強 翔 瞳 重
　　　倡 房 皇 堂 霜 王

第一和「前缺」二首語句稍異，韻字多同，實爲一首，皆魚之麻轉入歌部以後之韻例；再從第二首用十九個魚部字而不雜一麻韻字，更說明此是東漢及其以後的韻文。第二首廁一「八十一日當庚辛」之「辛」，以干支無法移換，祇能作出韻例。魚幽同用，參《黃庭》韻例(16)。第三、第六兩首眞、魂、寒、先等部同用，顯然還是漢魏的眞元兩部同用韻例，其間廁入「精」「成」二字，形成眞元耕同用，都與《黃庭》韻例(20)(22)相合。陳氏亦認爲此文爲西漢末東漢初之物，恐非。體味總歌中「始爲陵陽字子明，攻擊胡虜誅豪強。延及巴越侵豫章，四夷來降合中央」云云，很可能隱指張道陵傳教於江西及巴蜀事。

《太清金液神氣經》所載之《玄元太皇靈策》和清虛眞人口述韻文，⑱羅列於下：

《玄元太皇靈策》：堂 方 光 行 ‖ 玕 丹 根 晨 眞 盤 仙 恩 言
　　　存 泉 聞 傳

清虛一：精 明 靈 情 明 清 經 營 生

清虛二：紀 子 始 起 死 已 使 已 旨

---

⑱　《太清金液神氣經》，《道藏》興字號，18 冊，頁 776。

清虛三：分 然 還 篇 晨 煙 津 神 眞 傳
清虛四：靈 明 形 冥 營 庭 明 英 經
清虛五：靈 精 明 生 清 經 程
清虛六：文 晨 陳 煙 津 晨 醇 婉 玄 篇 賢
清虛七：書 符 虛 流 腴 珠 夫 書 哉
清虛八：中 宮 雄 光 堂 房 翔 剛 王 倉

一、四、五三首之耕部字獨用，不雜陽部字，必是陽部之庚系字
轉入耕部以後的東漢用韻情況，與《黃庭》韻例耕部獨用(7)相吻。雖然
這種用韻一直延續到六朝，但《玄元太皇靈策》後半韻段及三、六三首
都是晉以後的眞、文、先、寒、魂或眞、文、先混用，祇能被認爲是漢
魏之間的韻例，與《黃庭》韻例眞元同用(20)相吻。又，第七首之幽魚同
用與《黃庭》韻例(14)同，第八首東陽同用與《黃庭》韻例(25)同。凡此，
均足說明兩者年代之近。

以上援引的道經韻文經分析比勘，與《黃庭經》用韻基本一致，
其年代都在東漢到曹魏晉初之際。但這並不證明今存《道藏》中的這些
道經就是漢魏晉時的原本，它完全可能是六朝道流摭拾舊文，重新整理
編纂的。至於《黃庭經》，筆者推定《外景》定本不出天師道上層核心
人物的範圍，《內景》的作者是魏夫人，這除了韻例所反映的時代之外，
還有許多文獻證據，限於篇幅，茲皆從略不贅。

二〇〇〇年一月廿日至二月廿八日草於楡枋齋

《韻補》中的「古音」「今音」與「俗讀」「今讀」

金周生*

一、前言

　　《韻補》是一本具有影響力的韻書。研究宋代古音學，首先會提到書中對古韻「通」「轉」歸類的看法，作者吳棫成爲宋代古音學的創始人；書中反切影響到朱熹的「叶韻音」，在朱子學術受重視的時代，吳棫的《韻補》音已於不覺中深入士子的腦海；現代學者利用朱熹注古書的「叶韻音」反切探討古韻分部或宋代音系，雖然鮮少提到《韻補》，但它卻是叶韻音反切的根源；書中又提到「俗讀」，這對瞭解當代方音現象，也提供了些許資料。《韻補》雖對後代有這麼多的影響，但我們對它所能提供的音韻訊息，卻仍有疏漏、誤判或照顧不周的地方，本文即由《韻補》所涉及「古音」「今音」「俗讀」「今讀」四方面，作一分析探討。

* 　　輔仁大學中文系副教授。

二、《韻補》中的「古音」系統

　　《韻補》以《廣韻》、《集韻》的二百零六韻爲分韻基礎，在韻目下注明可「通」「轉」的韻目，今依序將系聯韻目小注「通、轉」後的結果整理於下。

平聲部分九類：

㈠東（冬鍾通，江或轉入）

㈡支（脂之微齊灰通，佳皆咍轉聲通）

㈢魚（虞模通）

㈣眞（諄臻殷痕庚耕清青蒸登侵通，文元魂轉聲通）

㈤先（仙鹽【添古通鹽】嚴【凡古通嚴】，寒桓刪【覃古通刪〔談古通覃〕咸古通刪〔銜古通咸〕】，山轉聲通）

㈥蕭（宵肴豪通）

㈦歌（戈通，麻轉聲通）

㈧陽（江唐通，庚耕清或轉入）

㈨尤（侯幽通）

上聲部分九類：

㈠董（腫通，講或轉入）

㈡紙（旨止尾薺賄海通，蟹駭轉聲通）

㈢語（麌姥通）

㈣軫（準梗【耿靜古通梗】迥拯【等古通拯】寢通，吻【隱古通吻】轉聲通）

㈤銑（阮獮琰忝豏【檻古通豏】儼【范古通儼】通，混很旱【緩古通旱】

　　潸【產古通潸】感【敢古通感】轉聲通）

㈥篠（小巧皓通）

㈦哿（果通，馬轉聲通）

㈧養（講蕩通）

㈨有（厚黝通）

去聲部分十一類：

㈠送（宋用通，絳或轉聲通）

㈡寘（至志未霽祭隊廢通，泰卦怪夬代轉聲通）

㈢御（遇暮通）

㈣震（稕焮願恩恨映諍勁徑證嶝沁通，問轉聲通）

㈤翰（換勘闞通）

㈥霰（線豔栝斂通，諫【襉古通諫】陷【鑑梵古通陷】轉聲通）

㈦嘯（笑效號通）

㈧箇（過通）

㈨禡

㈩漾（絳宕通）

㈩一宥（候幼通）

入聲部分六類：

㈠屋（沃燭通，覺或轉聲通）

㈡質（術櫛職【德古通職】緝通，勿轉聲通【迄古通勿】）

㈢月（屑【薛古通屑】陌【麥昔〔錫古通昔〕古通陌】葉業【帖古通業】
　　通，沒曷【末古通曷】黠【鎋古通黠】轉聲通）

㈣藥（覺鐸通）

㈤合（盍通）

㈥洽（狎乏通）

在這三十五類中，是由「古通某」「古轉聲通某」「古通某或轉入某」三種用語貫穿而成，但真正內含卻只有「古通某」「古轉聲通某」二種，「古通某或轉入某」僅是某韻「古通」「古轉聲通」的合說而已。「古通某」「古轉聲通某」的含義，吳棫並沒有明說，但由《韻補》收字時，基本上「古通某」的韻，其韻字在所「通」的韻中不出現；在「古轉聲通某」的韻，其韻字卻會在「轉聲通」的韻中出現。如：「多」韻下注「古通東」，「東」韻下就不收「多」韻字；「皆」韻下注「古轉聲通支」，「支」韻下就會收「皆階喈偕乖淮懷」等「皆」韻字；「江」韻下注「古通陽或轉入東」，而「陽」韻不收「江」韻字，「東」韻卻收「窓雙」等「江」韻字。可知「通」與「轉」在韻部聯繫上是有密疏程度上的差異的。

吳棫注「通」「轉」時，實際存在「通」「轉」的標準韻有不一致的矛盾情形。以入聲「月」部說，並不是所有「通」「轉」皆以「月」部為基礎，而是呈現如下四個層次：

第一層	第二層	第三層	第四層
十月	十一沒(古轉聲通月) 十二曷(古轉聲通月) 十四點(古轉聲通月) 十六屑(古通月) 二十陌(古通月) 二十九葉(古通月) 三十三業(古通月)	十三末(古通曷) 十五鎋(古通點) 十七薛(古通屑) 二十一麥(古通陌) 二十二昔(古通陌) 三十帖(古通業)	二十三錫(古通昔)

上文用「月（屑【薛古通屑】陌【麥昔〔錫古通昔〕古通陌】葉業【帖
古通業】通，沒曷【末古通曷】黠【鎋古通黠】轉聲通）」層層不同括
號表示，就是有突顯此一問題的意思。吳棫注「通」「轉」的層次有別，
我們不應抹殺這一現象，因為其間應該仍然存在著韻與韻間的疏密關
係。

　　伍明清《宋代之古音學》曾對《韻補》的古音系統提出一些問題，
他說：

> 翰韻何以不與平上之寒、旱韻同，而「轉聲通」霰類？禡韻何
> 以不與平上聲之麻、馬韻同，而「轉聲通」箇類？合韻何以不
> 與平上聲之覃、感韻同，而「轉聲通」月類？洽韻何以異於平
> 上去聲之咸、賺、陷韻，而「轉聲通」月類？此外，《韻補》
> 此四韻中收字不多，……至於其韻何以獨立，則仍無從得知。(頁
> 37)

對這種現象，他也推測說：

> 吳棫不以中古韻母系統強合古韻，亦不以求四聲相配整齊為目
> 的，當是其觀察古韻所得之結果。（頁38）

吳棫撰《韻補》的補音工作，每字下都有韻例為證，按證據立音，所以
我認為這種解釋是合理的。從上面的系聯看，吳棫對「古音」系統的認
知，應當是四聲分押，韻部至少可以分為三十五類。

三、《韻補》中的「今音」系統

《韻補》卷一「一東」首字「江」下注：

> 沽紅切。……凡反切皆用「今音」，後倣此。

我們歸納全書反切上下字，理應可以獲得《韻補》的「今音」系統，但由於《韻補》一書的性質，只在補韻書收音的不足，所以全書收錄的音節數較少，無法作為完整呈現音系的資料；但我們運用書中反切，作「下字同，上字聲必不同類」，「上字同，下字韻必不同類」的客觀分析，以及對《韻補》反切的來源作一瞭解，仍然可以對《韻補》的「今音」系統作出相對客觀的結論，以下就從這兩方面作一分析。

㈠《韻補》反切的來源

《韻補》共有一千零八十四個反切，其中反切用字大部分與《集韻》相同；以「魚」韻為例，《韻補》三十五個音節的反切裡，與《集韻》反切相同者多達三十三個，不同者僅二例，這兩例所切出的音也並無不同（見下表，用字不同者前識★號）。

《集韻》音	《韻補》音
攻乎切	攻乎切
斤於切	斤於切
丘於切	丘於切
空胡切	空胡切
丘於切	★強於切
牛居切	牛居切

同都切	同都切
陳如切	陳如切
女居切	女居切
奔謨切	奔謨切
滂模切	滂模切
芳無切	芳無切
馮無切	馮無切
蒙晡切	蒙晡切
微夫切	微夫切
遵須切	遵須切
逡須切	逡須切
孫租切	孫租切
詢趨切	詢趨切
詳余切	詳余切
專於切	專於切
窗俞切	窗俞切
床魚切	床魚切
商居切	商居切
常如切	常如切
衣虛切	衣虛切
匈于切	匈于切
荒胡切	荒胡切
洪孤切	洪孤切
訛胡切	★訛乎切
容朱切	容朱切
羊諸切	羊諸切
雲俱切	雲俱切
凌如切	凌如切
人余切	人余切

由此可知《韻補》受《集韻》影響甚大。《韻補》呈現的「今音」系統理應與《集韻》同，但限於《韻補》的編寫體例與補音性質，書中反切是無法有效全面與《集韻》作出對比的。

㈡從反切分析《韻補》的音類

利用反切，以「下字同，上字聲必不同類」，「上字同，下字韻必不同類」的客觀分析，是瞭解《韻補》音類的另一種方式。如用中古四十一聲類爲標準，幾組相關聲類間在《韻補》中可形成對比的次數如下：

	幫	滂	並	明	非	敷	奉	微
幫		5	6	4	1			2
滂			3	2				1
並				11	1		1	2
明								
非						2	2	3
敷							3	
奉								2

	端	透	定
端		8	11
透			7

	知	徹	澄
知		1	3
徹			3

	精	清	從	心	邪
精	1	9	7	7	3
	清	1	6	6	2
		從		5	1
			心		1

	見	溪	群
見		12	9
	溪		4

	曉	匣
曉		6

	影	喻三	喻四
影	2	7	4

　　王力先生《漢語語音史》講宋代音系，他認爲宋代的聲母變化有四項：

　　1.全濁聲母全部消失了。並母平聲併入了幫滂兩母；奉母併入了非敷兩母；從母併入了精清兩母；邪母併入了心母；定母併入了端透兩母；澄母併入了知徹兩母；床母平聲併入了照穿兩母；床神禪併入了穿審兩母；群母併入了見溪兩母；匣母併入了曉母。2.舌葉音消失了。莊母字一部分併入精母，一部分併入照母；初母字一部分併入清母，一部分併入穿母；山母字一部分併入心母，一部分併入審母。3.娘母併入了泥母。4.影母

併入了喻母。❶

王先生的證據多取自朱熹的叶韻音，但朱熹曾說：

> 或問：「吳氏叶音何據？」曰：「他皆有據。泉州有其書，每
> 一字多者引十餘證，少者亦兩三證。他說，元出更多，後刪去，
> 姑存此耳。然猶有未盡。」
> 器之問《詩》叶韻之義。曰：「只要音韻相叶，好吟哦諷誦，
> 易見道理，亦無甚要緊。……」又曰：「叶韻多用吳才老本，
> 或自以意補入。」❷

可見朱熹叶韻音多承繼自吳棫，用分析《韻補》反切方法檢視王先生所
說，顯然不能全然反應出以上的音變結果，以下簡單舉出幾個例證做說
明。

《韻補》所收反切	反應音韻現象
柏，卜各切；魄，匹各切；白，僕各切。	幫滂並母有別
富，方遇切；踣，芳遇切。負，符遇切。	非敷奉母有別
倒，董五切；妥，統五切；圖，動五切。	端透定母有別
趁，知鄰切；闐，池鄰切。	知澄母有別
尊，蹤倫切；村，七倫切；存，從倫切。	精清從母有別

---

❶　見《漢語語音史》，頁 261。

❷　見《朱子語類》，卷 80。

宮，俱王切；傾，曲王切。窮，渠王切。	見溪群母有別
薨，呼公切；降，胡公切。	曉匣母有別
司，相吏切；祠，祥吏切。	心邪母有別
畏，於非切；運，于非切。	影喻母有別

以反切分析法觀察《韻補》的聲類，似乎看不出其與中古音系有什麼差別。王先生歸納朱熹的叶韻音，認爲宋代韻母變化也十分明顯，他說：

> 宋代的韻部比晚唐五代的韻部少得多了，從四十個韻部減爲三十二個韻部，少了八部。主要是由於純二等韻部都轉入一等韻或三四等韻去了，江併於陽，肴併於蕭豪，佳皆併於咍，黠鎋併於曷末，洽狎併於合盍，刪山併於寒桓，咸銜併於覃談，毫無例外，這也是一種發展規律。❸

細分之，所謂三十二韻部與《廣韻》的對應關係如下表。

部名	《廣韻》韻目
東鍾	東董送　冬宋　鍾腫用
支齊	支紙寘　脂旨至　之止志（以上九韻之齒頭音，「師」字除外
	微尾未　齊薺霽　祭　廢
資思	支紙寘　脂旨至　之止志（以上九韻之齒頭音及「師」字）
魚模	魚語御　虞麌遇　模姥暮

---

❸　見《漢語語音史》，頁304。

皆來	佳蟹卦　皆駭怪　咍海代　泰　夬
灰堆	灰賄隊
眞群	眞軫震　諄準稕　臻　文吻問（以上三韻之喉牙音）　殷隱焮
聞魂	文吻問（以上三韻之脣音）　魂混慁
寒山	寒旱翰　桓緩換　刪潸諫　山產襉　元阮願(以上三韻之脣音）
元仙	元阮願（以上三韻之喉牙音）　先銑霰　仙獮線
蕭爻	蕭篠嘯　宵小笑　肴巧效（以上三韻之喉牙音）
豪包	豪皓號　肴巧效（以上三韻之舌齒音）
歌戈	歌哿箇　戈果過
麻蛇	麻馬禡
江陽	陽養漾　唐蕩宕　江講絳
庚生	庚梗映（以上三韻之二等音）　耕耿諍
京青	庚梗映（以上三韻之三四等音）　清靜勁　青迥徑
蒸登	蒸拯證　登等嶝
尤侯	尤有宥　侯厚候　幽黝幼
侵尋	侵寢沁
覃咸	覃感勘　談敢闞　咸豏陷　銜檻鑑　凡范梵(以上三韻之脣音）
鹽嚴	鹽琰豔　添忝㮇　嚴儼釅　凡范梵（以上三韻之喉牙音）
屋燭	屋沃燭
質職	質　術　櫛　物（喉牙音）　迄　陌（三等）　昔　錫　職（三四等）
物沒	物（脣音）　沒
曷黠	曷　末　黠　鎋　月（脣音）
月薛	月（喉牙音）　屑　薛
覺藥	藥　鐸　覺

麥德	陌（二等）　麥　職（二等）　德
緝立	緝
合洽	合　盍　洽　狎
葉業	葉　怗　業

但我們分析朱熹所推崇的《韻補》音，卻無法得出相同的結論，以下也擇要舉例作一說明。

《韻補》「東鍾」部能細分證據：

「東三」「鍾三」有別：

彰，之戎切；童，諸容切。同爲照二字，戎爲東韻三等字，容爲鍾韻三等字。

《韻補》「支齊」部能細分證據：

「支開」「之開」有別：

義，魚羈切；牛，魚其切。同爲疑母，羈爲支韻開口字，其爲之韻開口字。

「支開」「微開」有別：

柯，於離切；哀，於希切。同爲影母，離爲支韻開口字，希爲微韻開口字。

「支合」「微合」有別：

毀，翾規切；諱，呼韋切。同爲曉母，規爲支韻合口字，韋爲微韻合口字。

「脂開」「之」有別：

蚑，渠伊切；裘，渠之切。同爲群母，伊爲脂韻開口字，之爲之韻字。

「脂開」「微開」有別：

蚑，渠伊切；釿，渠希切。同爲群母，伊爲脂韻開口字，希爲微韻開口字。

「脂開」「齊開」有別：

資，津私切；次，牋西切。同爲精母，私爲脂韻開口字，西爲齊韻開口字。

「之」「齊開」有別：

加，居之切；皆，堅奚切。同爲見母，之爲之韻字，奚爲齊韻開口字。

《韻補》「資思」部能細分證據：

「支開」「脂開」有別：

斯，相支切；私，息夷切。同爲心母，支爲支韻開口字，夷爲脂韻開口字。

「脂開」「之」有別：

資，津私切；茲，子之切。同爲精母，私爲脂韻開口字，之爲之韻字。

《韻補》「魚模」部能細分證據：

「魚」「虞」有別：

遊，羊諸切；偸，容朱切。同爲喻四，諸爲魚韻字，朱爲虞韻字。

「魚」「模」有別：

據，斤於切；家，攻乎切。同爲見母，於爲魚韻字，乎爲模韻字。

「虞」「模」有別：

煦，匈于切；灰，荒胡切。同爲曉母，于爲虞韻字，胡爲模韻字。

《韻補》「真群」部能細分證據：

「眞」「諄」有別：

　堅，古因切；昆，倶倫切。同爲見母，因爲眞韻字，倫爲諄韻字。

「眞」「文」有別：

　研，魚巾切；原，虞雲切。同爲疑母，巾爲眞韻字，雲爲文韻字。

「眞」「殷」有別：

　研，魚巾切；言，魚斤切。同爲疑母，巾爲眞韻字，斤爲殷韻字。

「諄」「文」有別：

　淵，一均切；怨，紆云切。同爲影母，均爲諄韻字，云爲文韻字。

「諄」「殷」有別：

　淵，一均切；厭，紆勤切。同爲影母，均爲諄韻字，勤爲殷韻字。

「文」「殷」有別：

　原，虞雲切；言，於斤切。同爲影母，雲爲文韻字，斤爲殷韻字。

《韻補》「元仙」部能細分證據：

「元開」「先開」有別：

　狷，魚軒切；彥，倪堅切。同爲疑母，軒爲元韻開口字，堅爲先韻開

　口字。

「元合」「先合」有別：

　鰥，姑元切；關，圭玄切。同爲見母，元爲元韻合口字，玄爲先韻合

　口字。

「元合」「仙合」有別：

　鰥，姑元切；官，居員切。同爲見母，元爲元韻合口字，員爲仙韻合

　口字。

「先開」「仙開」有別：

　賓，卑眠切；斑，卑連切。同爲幫母，眠爲先韻開口字，連爲仙韻開
　口字。

「先合」「仙合」有別：

　關，圭玄切；官，居員切。同爲見母，玄爲先韻合口字，員爲仙韻合
　口字。

《韻補》「蕭爻」部能細分證據：

「宵」「肴」有別：

　優，於喬切；幽，於交切。同爲影母，喬爲宵韻字，交爲肴韻字。

「肴」「豪」有別：

　傚，何交切；膠，何高切。同爲匣母，交爲肴韻字，高爲豪韻字。

《韻補》「豪包」部能細分證據：

「歌」「戈一」有別：

　加，居何切；瓜，古禾切。同爲見母，何爲歌韻字，禾爲戈韻一等字。

「歌」「戈三」有別：

　呀，虎河切；靴，許肥切。同爲曉母，河爲歌韻字，肥爲戈韻三等字。

《韻補》「江陽」部能細分證據：

「江」「陽開」有別：

　空，枯江切；慶，墟羊切。同爲溪母，江爲江韻字，羊爲陽韻開口字。

「江」「唐開」有別：

　空，枯江切；抗，丘岡切。同爲溪母，江爲江韻字，岡爲唐韻開口字。

「陽合」「唐合」有別：

　宮，俱王切；觥，姑黃切。同爲見母，王爲陽韻合口字，黃爲唐韻合
　口字。

《韻補》「京青」部能細分證據：

「庚三」「清」有別：

　敬，居卿切；頸，拘盈切。同爲見母，卿爲庚韻三等字，盈爲清韻字。

「庚」「青」有別：

　敬，居卿切；徑，堅靈切。同爲見母，卿爲庚韻三等字，靈爲青韻字。

「清」「青」有別：

　頸，拘盈切；徑，堅靈切。同爲見母，盈爲清韻字，靈爲青韻字。

《韻補》「尤侯」部能細分證據：

「有」「厚」有別（平聲缺例，以上聲字爲證）：

　綠，力九切；老，朗口切。同爲來母，九爲有韻字，口爲厚韻字。

《韻補》「屋燭」部能細分證據：

「屋一」「沃」有別：

　國，古祿切；覺，姑沃切。同爲見母，祿爲屋韻一等字，沃爲沃韻字。

《韻補》「質職」部能細分證據：

「質」「術」有別：

　結，激質切；骨，訣律切。同爲見母，質爲質韻字，律爲術韻字。

「質」「迄」有別：

徹，直質切；澤，直扼切。同爲澄母，質爲質韻字，扼爲迄韻字。

「質」「陌」有別：

徹，直質切；虐，直戟切。同爲澄母，質爲質韻字，戟爲陌韻字。

「質」「昔」有別：

柲，卑吉切；伯，必益切。同爲幫母，吉爲質韻字，益爲昔韻字。

「質」「錫」有別：

垤，徒吉切；瀆，亭歷切。同爲定母，吉爲質韻字，歷爲錫韻字。

「質」「職」有別：

結，激質切；見，訖力切。同爲見母，質爲質韻字，力爲職韻字。

「術」「迄」有別：

曲，區聿切；掘，渠鬱切。同爲群母，聿爲術韻字，鬱爲迄韻字。

「術」「陌」有別：

躅，直律切；虐，直戟切。同爲澄母，律爲術韻字，戟爲迄韻字。

「術」「昔」有別：

悴，子聿切；爵，資昔切。同爲精母，聿爲術韻字，昔爲昔韻字。

「術」「錫」有別：

曲，區聿切；契，詰歷切。同爲溪母，聿爲術韻字，歷爲錫韻字。

「術」「職」有別：

骨，訣律切；麥，訖力切。同爲溪母，律爲術韻字，力爲職韻字。

「迄」「錫」有別：

器，欺訖切；契，詰歷切。同爲溪母，訖爲術韻字，歷爲錫韻字。

「陌」「麥」有別：

沛，蒲迫切；茇，蒲麥切。同爲並母，迫爲陌韻字，麥爲麥韻字。

「昔」「錫」有別：

爵，資昔切；簀，則歷切。同爲精母，昔爲昔韻字，歷爲錫韻字。

「昔」「職」有別：

伯，必益切；福，筆力切。同爲幫母，益爲昔韻字，力爲職韻字。

《韻補》「月薛」部能細分證據：

「屑開」「薛開」有別：

裔，五結切；栵，魚列切。同爲疑母，結爲屑韻開口字，列爲薛韻開口字。

《韻補》「藥覺」部能細分證據：

「覺」「藥開」有別：

谷，詭岳切；戟，訖約切。同爲見母，岳爲覺韻字，約爲藥韻開口字。

「覺」「藥合」有別：

屋，乙角切；沃，鬱縛切。同爲影母，角爲覺韻字，縛爲藥韻合口字。

「覺」「鐸開」有別：

谷，詭岳切；各，剛鶴切。同爲見母，岳爲覺韻字，鶴爲鐸韻開口字。

「覺」「鐸合」有別：

谷，詭岳切；虢，光鑊切。同爲見母，岳爲覺韻字，鑊爲鐸韻合口字。

「藥開」「鐸開」有別：

戟，訖約切；各，剛鶴切。同爲見母，約爲藥韻開口字，鶴爲鐸韻開口字。

　　從上面幾組音韻對比觀察，以反切分析法區別《韻補》的韻類，似乎也看不出與中古音系有何顯著的差別。

至於聲調方面，《韻補》按四聲分卷，與《廣韻》同，調類仍爲四個。經過以上的分析，我認爲《韻補》中的「今音」系統仍是沿襲《廣韻》與《集韻》而未加改變的。

四、《韻補》中的「俗讀」「今讀」音

《韻補》中有「俗讀」一詞，如「茲」下注文：

> 「葘」本側持切，聲當近「之」；「慈」本疾之切，聲當近「齊」。今俗讀此二音，幾與「魚虞」等韻相叶，其失之甚矣。

「子」下注文：

> 「子」本獎禮切，經舊又有壹音，如今世俗所讀，而與「雨」韻相叶。

「士」下注文：

> 今與止韻叶用，古有一音，如今世俗所讀，而與「舉武」爲音。

「事」下注文：

> 古有一音，如今世俗所讀，與「御遇」相叶。

「葘」「慈」「子」「士」「事」的中古音都不與「魚虞」「雨」「舉武」「御遇」等音相同，則所謂「今俗讀」當是吳棫當時的俗讀音。伍明清《宋代之古音學》認爲此種音當爲武夷人吳棫所說之閩北方言，並舉今閩北音爲證，其說可信。又《韻補》中有「今讀」一詞，如「資」

下云：

> 津私切，聲如齋。……今讀訛，「咨薑」類同。

「薺」下云：

> 才資切。……今讀訛，茨餈類同。

「私」下云：

> 息夷切。……今讀訛。

「茲」下云：

> 子之切。……「思」，息茲切，「詞」，似茲切，皆當用此音
> 以翻，今讀訛。

「資」下云：

> 如今讀，叶魚韻。

「斯」下云：

> 如今讀，叶魚韻。

「詞」下云：

> 如今讀，叶魚韻。

「臻」下云：

聲與今讀「爭」相近，叶先韻。

「紘」下云：

如今讀，叶先韻。

「行」下云：

聲如今讀。叶先韻。

「死」下云：

少禮切，……今讀訛。

「士」下云：

上止切，……古士有二讀，一與語韻相叶者，聲如今讀，一與紙韻相叶者，聲當如始，不當如今讀。「士仕史使」皆倣此。

「使」下云：

子如今讀，皆叶語韻。

「今讀」音也當與上「俗讀」同一性質。這些出現在《韻補》中的特殊讀法，雖在爲以今音證古音作說明，但也透露出一些吳棫當時的「俗讀」資料。❹

---

❹　邵榮芬〈吳棫《韻補》和宋代閩北建甌方音〉一文對此有詳細說明，在此不一一具引。

上文所引又有一事值得注意，王力先生認爲朱熹時已有舌尖高元音，並立「資思」部以與「支齊」部分別，王先生說：

> 爲什麼知道朱熹的「資思」是獨立的韻部呢？這是因爲「資思」韻字如果和「支齊」沒有分別，那麼它們和「支齊」韻字押韻就用不著讀叶音，現在除了韻腳同屬「資思」韻（如〈瞻彼洛矣〉押茨師）以外，一律讀叶音，可見「資思」和「支齊」是不同的韻部了。❺

許世瑛先生〈朱熹口中已有舌尖前高元音說〉一文也舉出許多例證說明，如「子」下說：

> 招招舟子（叶獎履反），人涉卬否（四十四有，叶補美反），人涉卬否，卬須我友（四十四有，叶羽軌反）。（〈邶風·匏有苦葉〉四章）
> 世瑛謹按「匏有苦葉」第四章以「止韻」「子」字跟「有」韻「否、友」等字爲韻腳：朱子口中讀起來覺得不能押韻，於是把「否」字叶爲「補美反」，「反」字叶爲「羽軌反」，查「美」字見廣韻上聲「五旨」韻，「軌」字也見「旨」韻，而「子」字朱子叶爲「獎履反」，「履」字也屬「旨」韻，「軌、履」三字雖然同屬「旨」韻，可是有開口跟合口之別，韻鏡第六轉（開口）列「美、履」二字於上聲明母跟來母下。而列「軌」字於第七轉（合口）上聲見母下，這只是由於開口合口的不同罷了。這

---

❺ 見《漢語語音史》，頁268。

並非因爲朱子口中讀「止」韻字跟「旨」韻字不能押韻，才把「子」字叶爲「獎履反」，可見「旨、止」兩韻字，在朱子口中是可以押韻的。從這一點看起來，朱子所以要把「子」字叶爲「獎履反」，是因爲朱子讀「子」字的韻母已經變爲舌尖前高元音的緣故。❻

「斯」下說：

伯氏吹塤，仲氏吹箎（五支），及爾如貫，諒不我知（五支），出此三物，以詛爾斯（五支，叶先齎反）。（〈小雅·何人斯〉七章）
世瑛謹按，這一章詩的韻腳字「箎、知、斯」同屬「支」韻字，朱子卻將「斯」字改叶爲「先齎反」，「齎」是「齊」韻字。唯一的理由來解釋它是因爲「斯」字的韻母在朱子口中讀爲舌尖前高元音，而「箎、知」二字之韻母，朱子讀舌面前高元音，因而必須將「斯」字的切語下字改爲讀舌面前高元音的「齎」字，才能使他們叶韻呀！❼

王、許二位的說法單從朱熹的注叶韻音與舌尖高元音起於宋、元之間的角度看，的確有他的合理性，但我們如果知道朱熹的叶韻音往往抄自吳棫《韻補》（前引「子」字「獎履反」就沿用吳棫的「獎履切」），則《韻補》「子」「斯」下所說「今世俗所讀，而與雨韻相叶」「如今讀，

---

❻　見《許世瑛先生論文集》，頁 289。
❼　見《許世瑛先生論文集》，頁 303、304。

叶魚韻」的話就不得不作爲朱熹注叶音的「唯一」理由。也就是說,當時、當地人(宋代閩北)在讀《詩》時,用「俗讀」「今讀」,造成不押韻的現象,所以朱熹必需用叶音補救,而當時的「俗讀」「今讀」,不是將「子」「思」韻母讀成舌尖音,而是讀成一個舌面圓唇音的字。

由以上的說明,我們可以瞭解《韻補》中的「俗讀」「今讀」音,是吳棫對當時方音的描述,它和該書中的「古音」「今音」系統是不同的。

五、結論

《韻補》是一本利用古代五十多種書中用韻現象,以補《集韻》等韻書收音不足的「補音」性質韻書。歸納其中依四聲分列所顯現出的「古音」,至少可分爲三十五韻類;其中的「今音」系統,從韻書反切中看,應該和《集韻》相同;而書中所舉出的「俗讀」「今讀」,則又與作者吳棫當時的閩北方音有關。總之,吳棫容或對古音問題不甚瞭解,其所補之音也許因此不盡可信,但由本文的分析,將使我們對書中「古音」「今音」的眞正內涵及「俗讀」「今讀」二個名詞有了較正確的認知。

參考書目

許世瑛　1974,《許世瑛先生論文集》,弘道文化印行。

陳新雄　1978,《音略證補》,文史哲出版社。

王　力　1980,《龍蟲並雕齋文集》,中華書局。

　　　　1985,《漢語語音史》,中國社會科學出版社。

吳　棫　1987，《韻補》，中華書局。

王星賢點校　1987，《朱子語類》，華世出版社。

伍明清　1989，《宋代之古音學》，自印臺大碩士論文。

邵榮芬　1995，〈吳棫《韻補》和宋代閩北建甌方音〉，中國語文 1995
　　　　年第五期。

南宋孫奕俗讀「平分陰陽」
存在的基礎

李無未*

一

關於南宋孫奕俗讀聲調「平分陰陽」，我們通過《示兒編》「聲訛」與《九經直音》音注亦可以清楚見到。❶比如《示兒編》卷十八「聲訛」12 例（括弧內所列次序爲：《廣韻》反切、聲母、韻目）：

(1) 以恫通（他紅、透東）爲同（徒紅、定東）

(2) 以橢移（弋支、余支）爲衣（於希、影微）

(3) 以黟伊（於脂、影脂）爲移（弋支、余支）

(4) 以腓肥（符非、奉微）爲非（甫微、非微）

(5) 以迂于（羽俱、雲虞）爲紆（憶懼、影虞）

(6) 以饋分（府文、非文）爲墳（符分、奉文）

---

* 吉林大學古籍研究所副教授。

❶ 《示兒編》與《九經直音》版本及體例情況參看筆者相關論文。以下部分內容可參見北京大學《語言學論叢》21 輯拙文〈南宋已「平分陰陽」考證〉，（北京：商務印書館；1998 年 10 月），頁 174-181。

(7) 以棼汾（符分、奉文）為分（府文、非文）

(8) 以璠翻（孚袁、敷元）為煩（附袁、奉元）

(9) 以佺銓（此緣、清仙）為全（疾緣、從仙）

(10) 以泡拋（匹交、滂肴）為匏（薄交、並肴）

(11) 以鐋湯（吐郎、透唐）為堂（徒郎、定唐）

(12) 以不紑（甫鳩、非尤）為浮（縛謀、奉尤）

從表面上看，這些字例都是以聲母的清濁作為辨別誤讀的標誌，但根據竺家寧先生與筆者的研究，《九經直音》與《示兒編》音注所反映的南宋音系中的全濁聲母已經清音化，這從一些字例混讀上可以明顯看出：

a.透定混讀。(1)《九經直音·孟子·離婁下》「他（透）、沱（定）」。(2)《示兒編》「以坦（透）祖（定）為阻」。(3)《示兒編》「以代（定）太（透）為待。」

b.幫並、滂並混讀。(1)《九經直音·春秋·宣公十二年》「薄（並）、博（幫）」。(2)《九經直音·孟子題辭》「迫（幫）、百（並）」。(3)《九經直音·毛詩·楚茨》「苾（並）、匹（滂）。」(4)《九經直音·易經·豐卦》「沛（滂）、佩（並）。」(5)《示兒編》「以扁（幫）辨（並）為褊。」(6)《示兒編》「以病（並）丙（幫）為病」。(7)《示兒編》「以媲（滂）睥（並）為畀。」

c.非奉、敷奉混讀。(1)《九經直音·論語·述而》「憤（奉）、分（非）上。」(2)《九經直音·論語·微子》「飯（奉）、反（非）。」(3)《九經直音·禮記·檀弓上》「賵（敷）、奉（奉）」。(4)《示兒編》「以痱（奉）肥（奉）為扉（非）。」(5)《示兒編》「傅（非）、音附（奉）。」(6)《示兒編》「復（奉）、芳（敷）服反」。

d.精從、清從混讀。(1)《九經直音・毛詩・楚茨》「茨（從）、茲（精）。」(2)《九經直音・毛詩・漸漸之石》「漸（從）、七（清）咸。」(3)《九經直音・周禮・樂師》「薺（從）、咨（精）。」(4)《示兒編》「以蕞（從）倅（清）爲撮」。(5)《示兒編》「以濺（精）箭（精）爲賤（從）。」(6)《示兒編》「以婕（精）接（精）爲捷（從）。」

次濁余（喻四）母與全清影母、雲母（喻三）在《九經直音》與《示兒編》音注中已合流爲零聲母。它們的混用足以證明這一點，如：

(1) 《九經直音・孟子・梁惠王上》「曳（余）、衣（影）去」。

(2) 《九經直音・孟子・告子下》「於（影）、于（雲）朱」。

(3) 《九經直音・毛詩・甫田》「婉（影）、遠（雲）」。

(4) 《九經直音・毛詩・正月》「菀（影）、余（余）物」。

(5) 《示兒編》「以藥（余）握（影）爲約」。

(6) 《示兒編》「份（余）逸（余）爲益（影）」。

(7) 《示兒編》「以鎰（余）佚（余）爲抑（影）」。❷

全濁聲母的清化、零聲母字的擴大（喻三、喻四與影母的合流），使我們有理由相信聲母的清濁不是辨別誤讀的標誌，正讀與誤讀的聲母是一個。那麼韻母是不是區別誤讀的標誌呢？從《示兒編》「聲訛」平聲這 12 例來看，有 10 例正讀與誤讀韻母完全相同。只有例(2)、例(3)的韻母不同。例(3)「支脂」只是韻目形式上的不同，它們在宋代合爲一部。例(2)中「支微」也不是區別標誌，王力、唐作藩先生均已證明「支微」在晚唐五代至南宋時已混而爲一，列入「支齊部」，與孫奕音

---

❷ 竺家寧〈九經直音的濁音清化〉，《木鐸》第 8 期，1979 年 12 月。拙文〈南宋《示兒編》音注「濁音清化」問題〉，《古漢語研究》1996 年 1 期，頁 21-24。

注相同。

這樣看來，12 例中正讀與誤讀聲母、韻母都沒有區別、完全相同，那麼誤讀在哪兒呢？很顯然誤讀在聲調上。

音注中聲調同屬平聲，但這只是表面現象，事實上平聲已分爲陰陽二類。「平分陰陽」的條件是什麼？應該是聲母的清濁。「定余奉雲從並」這些全濁、次濁的聲母字讀陽平，「透影非敷清滂幫」這些全清、次清聲母的字讀陰平。如此可見，孫奕分辨誤讀的標準放在了聲調的陰平、陽平上。讀陰平爲陽平、讀陽平爲陰平都是不合乎南宋聲調實際的。它說明，在孫奕生活的時代，主要是十二世紀，平分陰陽已經定型；而且，許多文人已經把它作爲判斷字調音讀正確與否的尺規了。

另外，《九經直音》的平聲音注也透露了一些「平分陰陽」的資訊，如：

(1)　《論語·序》「沖，蟲，又充」。

(2)　《論語·鄉黨》「恂，荀，又旬」。

(3)　《春秋傳·襄公十二年》「台，胎、臺二音」。

(4)　《春秋傳·隱公六年》「焉依，如字，爲煙者非」。

(5)　《春秋傳·襄公二十一年》「則夫，如字，又音扶」。

例(1)「沖」，《廣韻》直弓切，澄母東韻。「蟲」與「沖」在同一小韻內。「充」，《廣韻》昌終切，昌母東韻。《廣韻》未注「沖」有這一讀。據竺家寧先生研究知照系聲母在《九經直音》音注中相混很普遍，❸如《孟子·告子》「朝、昭」；《尚書·費誓》「楨，眞」；《孟子·離婁上》「畜，充」；《毛詩·巷伯》「侈、恥」；《論語·

---

❸　竺家寧〈九經直音知照系的演變〉，《東方雜誌》第 14 卷 7 期，1981 年 1 月。

先進》「撰，傳」等。知照系聲母合而爲一，所以「澄昌」無別也是可能的。孫奕說「沖」「又充」，證明還存在陰平一讀，與陽平「蟲」有區別。例(2)「恂荀」，《廣韻》相倫切，心母諄韻。「旬」，《廣韻》詳遵切，邪母諄韻。「心邪」二母在《九經直音》中混用，如《毛詩·卷耳》「兕、死」；《毛詩·敝笱》「鱮，須」，等。心邪已沒有分別。「荀」、「旬」所存在的僅有陰平、陽平聲調上的差別。《中原音韻》就把二字分別列在了眞文韻的「平聲陰」與「平聲陽」中。例(3)「台胎」，《廣韻》土來切，透母咍韻；臺，《廣韻》徒哀切，定母咍韻。定母清化後，「胎台」的聲母已沒有分別，聲調的陰平與陽平成爲顯著的區別因素。例(4)「焉」，《廣韻》有「有（雲）乾（仙）」、「於（影）乾（仙）」兩讀。雲母讀音發生變化，成爲零聲母，也促進了「焉」平聲的分化。「焉」讀陽平，《中原音韻·先天》韻有記載，如「平聲陽」中「焉」與「妍言研延埏」等字同空。《中原音韻·先天》韻未記載「焉」的陰平一讀，但《九經直音》所注「焉」的「煙」字卻見「平聲陰」中，應該認爲「焉」在《九經直音》存在陰平一讀。例(5)「夫」在《廣韻》中有「甫（非）無（虞）」、「防（奉）無（虞）」兩讀。奉母清化，與非敷合流爲[f]。奉與敷混讀，《九經直音》亦有例證，如《尚書·堯典》「敷，夫」；《毛詩·何彼穠矣》「夫，孚」，等等，聲母沒有區別，聲調的陰平、陽平也就成了區別音讀的標誌了。「扶」，《廣韻》防無切，奉母虞韻，陽平。「如字」應該是「甫無切」，非母，陰平調。

二

　　孫奕俗讀「平分陰陽」與《中原音韻》「平分陰陽」取得了一致，這是非常明顯的，可以認爲，在 12 世紀末、13 世紀初，漢語已形成「平分陰陽」的格局：即古全清和次清歸陰類，古全濁和次濁歸陽類。

　　如果從現代普通話聲調?生的歷史去看孫奕俗讀「平分陰陽」，其意義當然是重大的，它一定是當時漢語標準語聲調的眞實存在形態，但聯繫孫奕長期生活的地域──吉州，即後來的吉安去考慮，問題就不那麼簡單了。

　　「平分陰陽」有沒有可能是南宋吉安話聲調的一個突出特點？從我們所掌握的一些今吉安話聲調的情況來看應該是可能的。比如今吉安話聲調，據陳昌儀調查，吉安片方言聲調除永豐、寧崗之外，平聲均分陰、陽二類，其陰平、陽平具體調值情況是：

縣市	陰平	陽平
吉安市	34	21
吉安縣	34	21
吉水縣	34	21
峽江縣	44	51
泰和縣	13	33
萬安縣	35	24
永新縣	35	12
遂川縣	53	22
安福縣	34	31
蓮花縣	55	13

井崗山　　　　34　　　　13

　其調型特徵爲：陰平爲升調或平調，以升調爲常見；陽平則以降調爲常見，兼有升調與平調。「平分陰陽」的條件是什麼？仍然受古清濁的制約，除遂川外，都不受送氣不送氣的制約。❹

　孫奕俗讀聲調陰平、陽平調值情況我們並不清楚，但與今吉安話平聲調類一致是肯定的，其「平分陰陽」的條件也基本相當，應該說，這一定不是偶然的，孫奕俗讀聲調的「吉安音」特性由此顯露出來。這使我們對孫奕俗讀「平分陰陽」又有了更深一層的認識，它的意義很可能就不局限於南宋標準語聲調上了，而且，還擴展到了南宋吉安方音聲調上了，即對認識早期吉安方音聲調形態是很有價值的。

　但我們又認爲，僅憑今吉安話聲調「平分陰陽」與南宋孫奕俗讀「平分陰陽」相通這一點就如此定論，似乎還有些操之過急，「平分陰陽」之外，其他聲調特性有沒有相通之處？

　依竺家寧先生研究《九經直音》與我們研究《示兒編》音注的情況來看，南宋孫奕音注「俗讀」「濁上歸去」非常明顯，❺如：

　(1)　《九經直音・論語・陽貨》：「稻，桃去」。

　(2)　《九經直音・孟子・梁惠王下》「雉，值」。

　(3)　《九經直音・詩經・猗嗟》「技，其去」。

　(4)　《九經直音・詩經・谷風》「售，受」。

---

❹　陳昌儀《贛方言概要》，（南昌：江西教育出版社，1991 年 9 月版），頁 41-43

❺　竺家寧〈九經直音聲調研究〉，《淡江學報》1981 年 7 月，第 17 期。拙文〈南宋《示兒編》音注「濁上歸去」問題〉，《金景芳九五誕辰紀念文集》（長春：吉林文史出版社，1996 年 4 月版），頁 743-750。

(5) 《示兒編》卷十八「聲訛」：以代太爲待（徒亥、定海）

(6) 《示兒編》卷十八「聲訛」：以宕蕩（徒朗、定蕩）爲實。

今吉安話去聲調類，王綀認爲有陰去、陽去兩個，❻陳昌儀認爲只有陽去一個。❼許多學者贊同王綀的觀點，如任燕平。❽陰去聲來自中古全清和次清聲母的去聲；陽去來自三個方面：一是中古全濁和絕大部分次濁聲母的去聲字；二是中古全濁聲母的上聲字；三是中古全濁聲母和部分次濁聲母的入聲字。「由於全濁聲母的上聲字已經歸入陽去聲，比起中古時代來，現代的上聲字有所減少，……少量去聲字如統、署之類讀上聲。」❾南宋孫奕俗讀「濁上歸去」與今吉安話「陽去」基本上是一致的。

比較難以理解的是入聲字在孫奕俗讀中情況。竺家寧先生《九經直音聲調研究》一文認爲：「在《九經直音》中，-p、-t、-k 韻尾的字可以互相注音，又以陰聲字配入聲，可知入聲字的這些韻尾都已經消失，但是大部分入聲的特性尚未喪失，所以才有陰聲配入聲的例子。《九經直音》的入聲字可能只剩下了一個弱化的喉塞音-ʔ韻尾，所以原來不論是-p、-t、-k 哪一種韻尾，都能互相注音。另外，有少數字連弱化的-ʔ也不復存在了。」❿如果按竺先生的理解，肯定與今吉安話情況對應不上。今吉安話「所有中古入聲字既不能形成一個統一的獨立調類，也

---

❻　《吉安縣誌》第三十一篇《方言》，1994 年鉛印本。

❼　《贛方言概要》（南昌：江西教育出版社，1991 年 9 月），頁 41-43。

❽　任燕平〈吉安市方言與普通話語音比較〉，《吉安師專學報》1997 年 3 期。

❾　見《吉安縣誌·方言》，內部鉛印本 1994 年。

❿　竺家寧〈九經直音聲調研究〉，《淡江學報》1981 年 7 月第 17 期。

不能根據各類入聲字本身的特點分別形成不同的獨立調類；作爲入聲特點的塞音韻尾已經脫落，變成元音韻尾；調值讀得跟其他類舒聲韻相同。」⓫所以它已經沒有入聲了。

　　孫奕俗讀入聲字難道眞的就沒有一點與今吉安話相符合的情況？其實，並不儘然，還是可以找到一些蛛絲馬跡的。比如清聲母的入聲字字讀陰平：

(1)　《九經直音·禮記·樂記》：「趨（七逾、清虞。《中》，魚模「平聲陰」），促（七玉、清燭。《中》魚模「入聲作上聲」）。」

(2)　《九經直音·滕文公下》「撻（他達、透曷。《中》家麻韻「入聲作平聲陰」），胎（土來，透咍，《中》皆來韻「平聲陰」）入」。

(3)　《九經直音·毛詩·晨風》「駁（北角、幫覺。《中》蕭豪韻「入聲作上聲」），波（博禾、幫戈。《中》歌戈韻「平聲陰」）入。」

(4)　《九經直音·毛詩·雨無正》「出（赤律、昌術。《中》魚模韻「入聲作上聲」），吹（昌垂、昌支。《中》齊微韻「平聲陰」）。」

(5)　《九經直音·尙書·序》「悉（息七、心質。《中》不見），辛（息鄰，心眞。《中》眞文韻「平聲陰」）。」

(6)　《九經直音·禮記·明堂位》「揩（口皆、溪皆。《中》皆來韻「平聲陰」），戛（古黠、見黠。《中》不見）。」

按，例(5)「悉」字，《中原音韻》不見，但《中原音韻》之後的

⓫　見《吉安縣誌·方言》，作者王練。

《中原雅音》收了「悉」字，邵榮芬先生考定它是齊韻上聲。⓬例(6)
中「夏」字也不見《中原音韻》，《中原雅音》也收了此字，邵榮芬先
生考定它是麻韻上聲。另外，「揩夏」兩字是見溪混用，《九經直音》
亦見例證，如《毛詩·采綠》「曠（溪），古（見）滂切」。這6例中，
有3例的入聲字《中原音韻》「入聲作上聲」，只有1例是「入聲作平
聲陽」，屬於特例。陰聲韻字後注「入」的，仍然是與入聲沒有關係，
因爲在《廣韻》中沒有對應入聲韻。⓭6例中的「促、撻、駁、出、悉、
夏」，在吉安話均屬陰平(35)。

再如濁聲母入聲字讀陽去：

(1) 《九經直音·禮記·學記》「約（於略、影藥。《中》蕭豪韻
「入聲作去聲」），要（於笑、影笑。《中》蕭豪韻「去聲」）
去，又藥（以灼、餘藥，《中》蕭豪韻「入聲作去聲」）。

(2) 《九經直音·論語·雍也》「畫（胡封、匣卦。《中》去聲），
獲（胡麥、匣麥。《中》不見）。

(3) 《九經直音·周易·旅》「旅（力舉、來語。《中》魚模韻去
聲），陸（力竹、來屋。《中》魚模韻「入聲作去聲」）。」

按，例(1)三字同音，餘影混爲零聲母，「藥」的又讀功能失去。
今吉安敦厚話藥[io²¹³]，去聲。例(2)獲，今吉安按[fɛ²¹³]，去聲。例(3)

⓬ 邵榮芬《中原雅音研究》（濟南：山東人民出版社，1981年9月版）。
⓭ 詳細情況可見拙文〈南宋孫奕俗讀「入注陰平」的性質〉，《吉林大學古籍所建所
十五周年紀念文集》（長春：吉林大學出版社，1998年12月版），頁523-533。

今吉安話[tyə²¹³]，去聲。❹

「清入作去」，在吉安話也能夠見到，這與孫奕音注俗讀相呼應：

(1) 《九經直音·毛詩·正月》炤（之少、章笑），音灼（之若、章藥。《中》蕭豪「入聲作上聲」）。

(2) 《九經直音·尚書·洪範》「折（旨熱、章薛。《中》車遮「入聲作上聲」），去。」

(3) 《示兒編》卷十八「聲訛」以湔制（征例、章祭）爲淅（旨熱、章薛。《中》車遮「入聲作上聲」）。

(4) 《示兒編》卷二十：結（古屑、見屑。《中》車遮「入聲作上聲」），音髻（古詣，見霽。《中》齊微「去聲」。）

按，例(1)炤，《集韻》又有之遙切，章母宵韻，但這裏應讀去聲。《毛詩·正月》「亦孔之炤」之「炤」，《禮記·中庸》引作「昭」。孫奕在《中庸》「之詔」下注曰：「照」。照，吉安話白讀[tʻau²¹³]。例(2)折，今吉安話白讀[sɛ²¹³]，去聲。例(3)淅，今吉安話白讀作[tsɛ²¹³]，例(4)結，今吉安話白讀[t iɛ²¹³]。但從總量上看，今吉安話「清入作去」不如南宋孫奕俗讀多。❺

從「濁上歸去」到「入讀陰平」、「入讀陽去、陰去」，南宋孫奕俗讀與今吉安話基本相通，這說明「平分陰陽」不是孤立地存在的，是有實際方音作基礎的。可以這樣下結論，從南宋到今天的吉安話「平分陰陽」相沿一貫。據此也可以推測，其調值也不會相差很多：南宋時

---

❹ 拙文《南宋〈九經直音〉俗讀「入注三聲」問題》，《延邊大學學報》1998 年 2 期，頁 153-159。

❺ 拙文〈南宋孫奕俗讀「清入作去」考〉，《中國語文》1998 年 4 期。

吉安話陰平以升調爲常見，陽平則以降調爲常見。

三

南宋孫奕俗讀「平分陰陽」與 100 年以後的《中原音韻》「平分陰陽」基本一致這是事實，但如果要問爲什麼，回答是很難的。

學者們一般認爲，《中原音韻》所反映的是十四世紀北方中原官話語音系統的，而孫奕俗讀南方吉安音濃重，似乎兩者很難聯繫起來考慮，從聲調來看「平分陰陽」一致，但「入讀陰平」，「清入作去」卻不同，這就更拉大了二者之間的距離。但這樣看問題有嫌簡單化，卻忽視了最基本的一條事實，即《中原音韻》的產生恰恰與元代吉安有著密不可分的關係。

㈠《中原音韻》的成書與刊行。據《中原音韻》的《自序》與《後序》，周德清寫《中原音韻》的緣起，是應青原（青原山，今吉安市東南郊）人蕭存存之請而作。蕭存存「每病今之樂府有遵音調作者，有增襯字作者……文律俱謬」，所以，向周德清請教。周德清針對他所提出的具體問題一一進行解答，並在此基礎上寫成《中原音韻》與「諸起例」。

書與「諸起例」首先在他的朋友中間流傳，吉安「賞音眾」，羅宗信、曾玄隱、歐陽玄（原籍吉安）都與周德清討論過語音問題。有趣的是，《中原音韻》的刊行也是在吉安。歐陽玄《序》說：「青原（吉安）好事君子，有繡梓以廣其傳，且征予序。」瑣非複初《序》說：「然德清不欲予今 名於世。青原友人羅宗信能以具眼識之，求鋟諸梓。」《中原音韻》「不獨中原，乃天下之正音也。」羅宗信確實做了一件功

德無量的事情。**⑯**據甯繼福先生研究，《中原音韻》印行在 1341 年。

（二）吉安才俊能「賞音」的緣由。吉安才俊能對《中原音韻》「賞音」，除了「博學、工於文詞」之外，還因爲能通「正音」。比如蕭存存提出的「白字不能歌者」，白，傍陌切，並母陌韻入聲。周德清說：「入聲於句中不能歌者，不知入聲作平聲也」。按《中原音韻·皆來》韻「入聲作平聲陽」。口語中有這種區別，所以才具備其敏感性。

羅宗信也是懂得「正音」的。《中原音韻後序》載，「謳者歌樂府《四塊玉》，至『彩扇歌，青樓飮』，宗信止其音，而謂余曰：『彩字對青字，而歌青字爲晴。吾揣其意，此字合用平聲，必欲揚其音，而青字乃抑之，非也。……以別陰陽字義，其斯之謂歟？』」青，《廣韻》，倉經切，清母青韻開口四等；而晴，疾盈切，從母清韻開口三等，三四等無別。但由於聲母清濁不同，青屬陰平，晴屬陽平，與《中原音韻》一致，羅宗信的判斷準確無誤。

蕭存存的敏感，羅宗信判斷的準確無誤，一方面是由於他們有「賞音」的素質，另一方面也不排除他們的口語音在「審音」時所發揮的作用。「入聲消失」與「平分陰陽」肯定是元代吉安話聲調的特徵，這與《中原音韻》音系基本一致。我們設想，周德清一定清楚這一點。

明確了《中原音韻》與元代吉安的這種關係，實際上也就不難解釋南宋孫奕俗讀吉安音系與《中原音韻》音系如此相像的原因之所在，它們同屬中原之音，大概並不過份。

陳昌儀著眼於贛語的歷史層次，認定贛語止攝開口韻章組字今讀與移民相關，其中也提到了吉安，並說，這是「吉安地區音系普遍簡化

---

⑯ 見甯忌浮《中原音韻表稿》（長春：吉林文史出版社 1985 年 6 月）。

且入聲消失的社會歷史原因。」❶這種認識非常正確,它開啓了我們深
入認識吉安方音形成的思路,只可惜,陳先生沒有宋元吉安語音文獻上
的證據,從孫奕等人俗讀來看,恰可以填補這方面的缺憾。

　　據葛劍雄等研究,至宋元時期,北方人已有四次大規模遷入吉安。
第一次是晉永嘉喪亂南遷,約在西元 307－453 年之間,這一次來的人
不算多。第二次是「安史之亂」後,據《元和郡縣誌》稱,吉州戶數顯
著增加,比天寶年間增加 10%。第三次是「靖康之亂」(1126 年)後。
比較著名的是建炎三年(1129 年),隆祐太后率官民逃到江西,遇金
兵追擊,自洪州沿贛江跑到了吉州(吉安)。儘管她於次年八月到達臨
安,但跟隨她的官民大部分留在了那裏。第四次是元軍征討,造成了史
無前例的大移民。元統一後的十四、五年間,江西路人口增加 82%,
到 1351 年已達 1600 萬,占全國人口總數 1/5 弱。在歷次移民大潮中,
吉州是接收移民最多的地區之一。❶

　　宋元時期,北方,尤其是中原人的遷入,肯定會給吉安語音帶來
很大變化。中原官話衝擊吉安本地話,使得吉安方音迅速向中原官話靠
攏,吉安話音系簡化也就不足爲奇了。周德清「欲正言語,必宗中原之
音」(《自序》),常恨「留滯江南,又無有賞其音者」(《虞集序》),
在吉安卻遇到了眾多的「賞音者」,吉安人方音與中原之音的合拍,不
能不說是一種機緣,僅僅用巧合來解釋恐怕過於淺薄了。

---

❶　陳昌儀〈贛語止攝開口韻知章組字今讀的歷史層次〉,《南昌大學學報》1997 年第
　　2 期。

❶　葛劍雄《簡明中國移民史》(福州:福建人民出版社,1993 年 12 月版),頁 149、
　　248、297、326。

由南宋孫奕俗讀所反映的「平分陰陽」繼續往前追溯，恐怕應該與中原之音聯繫起來更爲妥當，而且線索能夠找到一些。

八十年代以來，杜其容、王士元等人從不同角度提出中古四聲八調的說法。主要根據：一是韻書記載。如唐代孫面《唐韻》序云：「切韻者，本平四聲，引字調音，各自有清濁。」這裏的各自有清濁「便是陰陽的聲調分化。以平聲爲例，就是根據清濁分爲陰平、陽平的。二是漢語方言中平聲分陰陽兩調很普遍，只有極少數例外，也是主張中古四調說無法解釋的。三是押韻實例。杜甫《麗人行》一詩似有意利用平聲的陰陽調來押韻。」前六句每句韻情形如下：

三月三日天氣新，長安水邊多麗人。
態濃意遠淑且眞，肌理細膩骨肉勻。
繡羅衣裳照暮春，蹙金孔雀銀麒麟。

各句的押韻字，正好單數句是陰平，雙數句是陽平。結尾的第三段跟第一段相反，單數句是陽平，雙數句是陰平：

黃門飛鞚不動塵，禦廚絡繹送八珍。
簫鼓哀吟感鬼神，賓從雜遝實要津。
後來鞍馬何逡巡，當軒下馬入錦茵。
楊花零落覆白蘋，青去銜鳥飛紅巾。
炙手可熱勢絕倫，愼莫近前丞相嗔。

如果承認了它是杜甫有意安排的話，那麼就可以說在杜甫時代平聲字裏

已有陰陽兩調現象。「即使沒有被一般人公認，至少杜甫覺察其存在。」如果不承認是杜甫有意安排，當時既是高低相同的平聲調，只是用聲母清濁不同的字來試驗詩律，只是隨意安排。**⑲**但許多人忘記了這樣一點，杜甫出生於河南鞏縣，正是中原官話產生之地。杜甫方音聲調「平分陰陽」也完全可能。也許這首詩所安排的區別陽平、陽平是眞實可信的。

這些推測，我們不能視之爲鑿空，其理由也比較充分。如果由南宋孫奕「平分陰陽」所反映的「中原官話」聲調去觀察，同樣處於中原區域的杜甫方音「平分陰陽」也應該存在，這種穩定性的承襲是許多方音固有現象，雖然相隔 500 年，保留這種聲調特點是合情合理的。

但也有一個問題，即按通常的理論「平分陰陽」的前提是「濁音清化」。杜甫時代，一般人認爲濁音並未清化，如果是這樣，怎麼還能說是「平分陰陽」呢？

關於這個問題，一些學者也有所解釋，比如丁邦新，他說：「清濁聲母影響聲調的演化是很普遍的，但未必是必然的影響。」**⑳**我們按普遍規律理解，也許杜甫方音已經「濁音清化」而當時「韻書之音」未必「濁音清化」，就是說杜甫方音「濁音清化」還未被我們認識到。這樣一來，我們就不能隨便懷疑杜甫「平分陰陽」的存在。至於還有沒有「上去入」陰陽六調，我們更是無從考察了，也是非常複雜的問題。

---

⑲ 丁邦新〈漢語聲調的演變〉，《丁邦新語言學論文集》（北京：商務印書館，1998年 1 月），頁 106-126。

⑳ 丁邦新〈漢語聲調的演變〉，《丁邦新語言學論文集》（北京：商務印書館，1998年 1 月），頁 106-126。

綜上所論，南宋孫奕俗讀「平分陰陽」既帶有中原官話的特性，又是今吉安話「平分陰陽」的直接來源，它的存在一定受各個時代社會文化的制約，由此，才成爲我們必須破解的難題。

參考引用書目

宋孫奕：《履齋示兒編》（元劉氏學禮堂刻本，成書開禧元年九月）。
　　　　《九經直音》（《四庫全書》收元世祖至元二十四年梅隱書堂刻本《明本排字九經直音》）。
王　力：《漢語語音史》（北京：中國社會科學出版社，1985 年 5 月）。
丁邦新：《丁邦新語言學論文集》（北京：商務印書館，1998 年 1 月）。
唐作藩：《音韻學教程》（北京：北京大學出版社，1987 年 5 月）。
陳昌儀：《贛方言概要》（南昌：江西教育出版社，1991 年 9 月）。
寧繼福：《中原音韻表稿》（長春：吉林文史出版社，1985 年 6 月）。

江有誥等韻學說述評

陳瑤玲*

　　江有誥（西元？－1851 年），字晉三，號古愚，安徽歙縣人，是清代乾嘉晚期著名的古音學家。一生著作豐富，而今卻只有《江氏音學十書》流傳於世，雖名爲「十書」，已刊可見的也只有《詩經韻讀》、《群經韻讀》、《楚辭韻讀》、《先秦韻讀》、《諧聲表》、《入聲表》、《唐韻四聲正》、《等韻叢說》八種。江氏的學術成就主要在於古音學，夏炘、王國維論述清代古音研究概況，都認爲江有誥是古韻研究的集大成者❶。江氏所以能有此成績，善於運用等韻原理，是原因之一，段玉裁於〈江氏音學序〉中即評論說：「蓋余與顧氏炎武、孔氏廣森皆一於考古，江氏永、戴氏震則兼以審音，而晉三於二者尤深造自得」，王力也指出江氏以區區一個貢生，而能有超越前輩的成就，即得力於等韻之學❷。然而，江氏等韻之學如何，審音能力如何，卻從未見學者有深入的探討，偶有論及，也多將焦點匯聚於江氏如何運用等韻學的知識判斷

---

*　　靜宜大學中文系。

❶　　見夏炘：《詩古韻表廿二部集說》，《音韻學叢書》（臺北：廣文書局，民國 55 年），卷上，頁 1；王國維：〈江氏音學跋〉，《觀堂集林》（臺北：世界書局，民國 72 年 5 月），頁 404。

❷　　王力：《清代古音學》（北京：中華書局，1992 年 8 月），頁 208。

古韻分合，江氏在《等韻叢說》中尚有等韻字母之學，則不見有學者討論。本文即取江有誥《等韻叢說》中有關字母之論說與古韻研究中等韻知識的運用情形爲對象，分析其等韻學說內容、審音能力，並加以評論。

一、有關字母的幾個音學觀點

(一)以三十六字母爲古今正音

　　江有誥十分推崇中古的三十六字母，認爲是「天地自然之理，今音雖與古音異，而母則不異」❸，自古迄今不變，不能增減，不可更改，其用以表現上古陰聲韻的《入聲表》，即以三十六字母排列而成。同時又以三十六字母的古讀爲正音，做爲評定時音、是非正誤的標準。

　　由於語音的演變，中古的三十六字母已無法符合當時實際語音的聲母系統，這個時期的一些韻書、韻圖或刪併某些聲類，或增立幾個字母，多多少少反映了聲母系統的變化。如明代章黼的《韻學集成》合併三十六字母的知照二系、疑喻、娘泥而成三十一類；桑紹良的《青郊雜著》也認爲三十六字母多有重複，如疑喻、泥娘、知照、徹穿、澄牀、非敷都應合併，且書中中古全濁聲母不論平仄，一律歸送氣清音，反映了當時的河南方音，只剩二十母。但江有誥卻認爲字母的增減都是俗音的訛誤，應當以三十六字母爲尺規，檢驗俗讀的正誤，凡是混淆七音、三十六字母分類的，都是訛讀。江氏說：

---

❸　江有誥：〈古音凡例〉，《音學十書》（北京：中華書局，影印《音韻學叢書》，1993 年 7 月）。

七音之所以不紊者，正賴字母以明也，否則牙必混喉，齒必混舌，而人各以意為翻切，俗音之訛當講求雙聲，不必言字母，誤矣。❹

官音呼影母粗音不誤，呼疑母粗音似影之濁；歙音呼疑母粗音不誤，呼影母粗音似疑之清，其互相訛混如此。❺

又如〈辨字母訛讀〉「影」母下注：「黯丙切，呼如『忍』日母誤。『黯』字官音分明，歙人呼作牙音誤」。當時官音的疑母併入影母，歙音影母的粗音前增生了 ŋ-，而細音混入日母，❻都與三十六字母系統不合。又如〈辨字母訛讀〉牙音四母下注云：

見，幹電切，呼如「戰」照母誤；溪母，枯羹切，呼如「蚩」穿母誤；群，毬云切，呼如「猶」澄母誤。「毬」字歙音分明，官音

---

❹ 江有誥：《等韻叢說》，《音學十書》（北京：中華書局，影印《音韻學叢書》，1993 年 7 月），頁 8。

❺ 同前註，頁 3。所謂「粗細」，江有誥在「辨七音十類粗細」題下注：「一二等為粗音，三四等為細音」。

❻ 此處江有誥所述當時歙縣方音，大抵與今日相同，惟影母細音今多為零聲母，日母多為n-，僅少數相混，當時影與忍同音，但今日歙音影音iʌ，而忍音niʌ。江氏的這些描述，間接保存了清代嘉慶年間官音及徽州方言零星的語音材料。本文徽州方言資料主要根據平田昌司《徽州方言研究》（東京：好文出版社，1998 年 2 月），又據鄭張尚芳：〈皖南方言的分區〉一文（《方言》，1986 年第 1 期，頁 8-18），績溪與歙縣同屬績歙片，較為接近，所以也參考趙元任：〈績溪嶺北方言〉（臺北：《中央研究院歷史語言研究所集刊》，第 36 本，上冊，民國 54 年 12 月，頁 11-107。）

呼如「儔」澄母誤。

見、溪母混入照、穿❼，群母混入澄母，官音「毬」字與歙音的澄母字「儔」同爲舌面前音，混淆了中古三十六字母的界限，都是訛讀，江氏都一一加以辨別，務必使界線清楚劃然。

由此可知，江有誥的心目中三十六字母有一套標準讀音，而這一套標準讀音是超越官音及方音，不論官音或方音，凡不符合這個標準讀音的都不得其「正」。《等韻叢說》中特別重視字母的讀法，極力辨析七音十類粗細發音部位上的不同，區分字母發音方法清濁發送收的差異，就是爲了證明此一聲母系統的合理性，即使許多分類在實際語音早已混同無別，也要以正音加以辨析矯正，不能反過來因混同疑似而增減字母。

江有誥以古音爲正音，是承襲自江永的觀念。江永以三十六字母「爲反切之總持，不可增，不可減，不可移動」，「不但爲切字之本原，凡五方之音孰正孰否，皆能辨之」❽，不能因時音的混同或分化而增減刪併字母，其心目中三十六字母也有一套超乎官音、鄉音的音讀，江永說：「問讀字母當以官音乎？抑鄉音亦可乎？曰不論官音、鄉音，唯取不失其位者讀之」❾，「位」指聲母在根據語音特徵七音清濁所排列出來

---

❼ 中古的見、溪二母的細音及群母今徽州方言與照系讀音同爲舌面音，知系三等也讀舌面音，如九tçio、輕tçhiʌ̃、琴tçhiʌ̃、知tçi、抽tçhio、澄tçhiʌ̃、照tçio、昌tçhia、升çiʌ̃、神çiʌ̃、禪tçhie。

❽ 江永：《音學辨微》三〈辨字母〉（《百部叢書》，臺灣藝文印書館，據《借月山房彙鈔》影印，民國56年），頁3。

❾ 同前註，頁6。

的字母表中的位置，不失其位，符合三十六字母音讀才是正音，凡是訛讀都須根據「正音」須加以矯正。江有誥以夏燮爲師⓾，夏燮十分推崇江永，並以江永《四聲切韻表》及《音學辨微》授江氏，使悉心校閱，故江有誥除了古韻的研究外，等韻學方面也深受江永的影響。

㈡反對聲、介合母的音節切分方式

隨著語音的演變，明清分析字音的概念也隨之起變化，許多等韻學家因韻母洪細開合的不同，亦即結合聲母輔音與介音，對聲母再加以細分。耿振生《明清等韻學通論》說：「明清時代等韻學中的聲母體系有一種影響頗大的分類法，就是把聲母輔音和介音結合起來，按呼分成『大母』、『小母』。……一種方式是區別開、齊、合、撮四呼，……一種方式只區別粗音和細音。」⓫如章氏《韻學集成》三十一母又依呼的不同，細分爲一百四十四聲，桑氏《青郊雜著》也按韻母「四科」的不同，區分聲母爲四類，共計七十四母，所謂「四科」相當於開口呼、齊齒呼、合口呼、撮口呼四類，如「見母攝觥、坰、庚、京是也」；又

⓾ 江有誥以夏氏爲師，夏氏子炘《聞見一隅錄》卷一〈過庭偶錄〉云：「江晉三性好音韻，先君子謂之：『等韻之外有古韻，可識三代上元音。』示以顧亭林《音學五書》，晉三談而好之，遂舉以贈。後晉三定古韻爲二十一部，段茂堂以爲集韻學大成，晉三常告人曰：『吾之通古韻，乃吾師之力也』。」清同治丁卯年刊本。

⓫ 耿振生《明清等韻學通論》（北京：語文出版社，1992 年 9 月），頁 58。李新魁：《漢語等韻學》也提到這樣的現象：「從韻母來說，主要元音發生了歸併、混一的現象，只存下帶[i]與不帶[i]介音兩類韻母的明顯分別，而與這兩類韻母相拼的聲母，有的韻圖就將它定爲粗音與細音的不同。粗、細再配上原來開口呼與合口呼兩種區別，便可以有四種音」（北京：中華書局，1983 年 11 月），頁 70。

如方以智《切韻聲原》併三十六字母爲二十母，二十母又依粗音、細音的不同加以區分，如見母分爲「庚見粗、京見細、肱見粗、君見細」四狀，端母分爲「登端粗、丁端細」二狀。明末沈寵綏《度曲須知》分字音爲「字頭、字腹、字尾」，清初趙紹箕《拙庵韻語》也分字音爲「呼、應、吸」三部分，所謂「字頭」、「呼」部分都包含聲母與介音。傳統音節的分析是二分法：聲母、韻母介音+主要元音+韻尾，而明清時期音節的切分是：聲母介音、韻腹、韻尾三部分。

江有誥並不贊成這種作法，《等韻叢說》云：

> 前人所立三十六母偶取一字爲例，即一字可該四等開合之音。見溪群疑定泥知徹澄孃並明非敷奉微精清從心邪照穿審禪曉影喻日，細音也，舉細可以該粗；端透幫滂牀匣來，粗音也，舉粗可以該細，開口合口亦同此例，昧者或從而增減之，誤矣。❷

字母是用來代表聲類的標目，是隨意挑選的，並無特殊意義，只要聲類相同，不論其韻母爲幾等，都可以用同一個字母來代表。字母雖因粗細而略有不同，但三十六字母實已能含括，無需再分立小母。對於漢語音節的切分，顯然江有誥認爲介音是韻母的一部分，開合洪細的差異並非聲母的不同，不當因介音的不同，再細分聲母。

㈢音有定位、定數

《等韻叢說》中提到：「三十六字母外，尚有十四位無字之音」、

---

❷　同註❹，頁2。

「俗音每混入無字之位」、「牙、舌、唇當第五位，有音無字，齒音第五位有其字耳」，而〈辨清濁與發送收〉有依清濁發送收表列的五十字母位，所謂的「位」、「無字之音」及五十字母位，是明清等韻學中「音有定位、定數」觀念下的產物。明清兩代在邵雍及祝泌等人以數理陰陽學說附會等韻研究的影響下，許多音韻學者都或多或少接受音有定位、定數的觀念，以此為出發點來研究等韻⓭。

「音有定位」是指字音據聲、韻、調的組合關係，在韻圖中以一定的位置來表現。要使音有定位，首先即必須對字音加以分析，上字的七音、清濁、發送收，下字的開合洪細都須分辨清楚，才能按類定音。而分析字音當以音理分析為正途，但邵雍《皇極經世聲音唱和圖》，卻以陰陽五行的觀念來編制韻圖，不但音有定位，也有定數。「聲音唱和圖」共十六篇三十二圖，每篇上列聲圖韻類，下列音圖聲類。「聲」分十大類，每一大類之中又按闢、翕開合及平、上、去、入區分；「音」分十二大類，每一大類中又依清、濁及開、發、收、閉四等區分，並以天的四象日、月、星、辰配平、上、去、入，以地的四象水、火、土、石配開、發、收、閉。這種附會陰陽術數觀念的作法，對後代等韻學的研究影響很大，許多學者多認為音出於自然，字音的分類都應符合自然之數。如邵雍以四等、四聲配四象；明代喬中和《元韻譜》以「元」為名，韻分十二佸攝，是取「一元之數會十二」之義；馬自援《等音》分韻為十三，以合十二律及閏月之數。甚而為了湊足數目，而增減音類，

⓭　明清等韻學家附會陰陽數理的情形，詳參李新魁：《漢語等韻學》，頁102-112〈從音有定位、定數觀念來研究等韻〉，及耿振生《明清等韻學通論》，頁97-109，〈神話語音系統的聲音本原論〉。

如喬中和將字母併爲十九類，每類再依四呼細分，不足四類的強拉他類的字湊成數；又如馬自援《等音》、林本裕《聲位》大韻下均再依介音不同分爲五類，是爲五音，五音中有四音是四呼的不同，剩餘的一類，馬氏爲與 -i 重複的韻類，林氏則以不存在的 -m 尾韻湊足五音。江永也有五十母之數，說是「符乎大衍之數，亦出於自然也」❹。

　　江有誥受江永影響，也立有五十母，不過五十之數是江永、江有誥在分析聲母結構後，就各種不同的語音特徵，交叉排列而成，並未扭曲聲母系統，強自加減音類以牽就定數之說。江永的五十音圖與江有誥的五十母清濁發送收配合表，都是以矩陣形式來表現聲母，下舉江有誥的五十母清濁發送收配合表爲例❺，《等韻叢說》：

　　　牙、舌、唇、齒每類各有六音，三清三濁，前二爲發聲，中二
　　　爲送氣，末二爲收聲，家眘齋以心邪審禪爲別起別收，非也。
　　　牙舌唇當第五位有音無字，齒音第五位有其字耳。喉音止四聲，
　　　無送氣。來日二母舊列在喉音後，今移在舌頭正齒之後者，來
　　　爲泥之餘，日爲禪之餘，以便讀也。舊立三十六母，無字之音
　　　不列，今立五十母，無字者以黑圈代之。

---

❹　同註❽，十〈辨無字之音〉，頁 27。
❺　此表略有更動，原表發送收標於每一字母之前，清濁標於每一字之下，此處統一標
　　於表前。

	發聲	送氣	收聲		發聲	送氣	收聲
牙音六				輕唇音六			
清	見	溪	○	清	非	敷	○
濁	○	群	疑	濁	○	奉	微
舌頭音六				齒頭音六			
清	端	透	○	清	精	清	心
濁	○	定	泥	濁	○	從	邪
舌上音六				正齒音六			
清	知	徹	○	清	照	穿	審
濁	○	澄	娘	濁	○	牀	禪
半舌音二				半齒音二			
泥母之餘		○清	來濁	禪母之餘		○清	日濁
重唇音六				喉音四			
清	幫	滂	○	清	曉		影
濁	○	並	明	濁	匣		喻

江永的五十音圖與此相近，但只列清濁，並未配合發送收，而來、日二母合為一類，都列於濁音下，其餘與江有誥的配合表相同。

這種圖表先分析、比較聲母的語音特徵，再將特徵相同者聚合為一類，而以發音特徵做座標式的安排，縱橫交叉，排出整齊的矩陣圖。每一交叉點代表了一個聲母的音值，聲母各依其語音性質歸位定音，設立字母，位置不同語音特徵也不一樣，但並非每一個母位上都有音。圖表先按發音部位分成幾大類，再依發音方法的不同安排位置，據陰陽對偶的觀念，使字母清濁配對，有清無濁或有濁無清的，以圓圈或方圈標識，稱為「無字之音」或「無字之位」，不再設立字母，增加音類。這些無字之位是由有字之位推衍出來的，有字無字合計共五十位，實際所主張的聲母系統只有三十六類。

　　音既有定位，任何字，只要聲母的語音特徵相同，都可歸於同一位；而只要是同一位的字，也都可以作爲該位的字母。因此江有誥說：「前人所立三十六字母偶取一字爲例」，而江永《音學辨微·辨字母》也說「三十六位雜取四聲四等之字，位有定而字無定，能知其意，盡易以他字，未嘗不可」，董忠司師對這種以字母作爲音標符號，重視位次甚於字母的作法，認爲是正確可取的。❻

　　這是以科學的方法分析聲母，按類定音，隱然揭示了聲類的聚合關係，以及發音部位與發音方法的配列關係。薛鳳生即認爲明清兩代的音韻學家「提出了『音有定位定數』的觀念，是與現代音韻理論暗合的，這表示他們都隱約地認識到了漢語內部音位結構」。不過也指出「他們沒有能夠完全從語言的實際出發，反而由於陰陽五行等先入之見，錯誤地把『音有定位定數』的觀念與玄學的術數之說結合起來」❼。這也是時代的局限，音韻系統的完整性、對稱性讓古人感到驚奇，「自然覺得這是宇宙間的至理，是與道同在的天籟，因而才有玄學的穿鑿附會」❽，或許我們不能完全以現代的觀點去評論。

㈣運用方言考求古音

　　江有誥在說明字母正確音讀時，常以時音爲例，主要是官話及歙縣方言。如以官音「黯」字爲影母的正音，歙音「毬」字爲群母的正音，歙音疑母粗音的讀法爲正音，而官音是錯誤的。從方音與三十六字母的

---

❻　董忠司師：《江永聲韻學評述》（臺北：文史哲出版社，民國 77 年 4 月），頁 148。

❼　薛鳳生：《國語音系解析》（臺灣學生書局，民國 75 年 9 月），頁 25，註 1。

❽　同前註，頁 27，註 4。

比對中，江氏發現這些語言多多少少保存了中古的讀音。《等韻叢說》云：

> 吾歙方音出于鄉者十誤二三，出于城者十誤四五，蓋鄉音遠古
> 相承無他方之語雜之，故多得其正。城中閒雜官音，官音之正
> 者不知學，其不正者多學之矣，牙之疑、喉之曉、匣，歙西方
> 音得之爲多，昔人謂禮失當求諸野，余于音學亦云。

在這段話中江有誥以其心目中的字母音讀，評定官音以及歙音之出於城者與鄉者的正誤，這雖是不正確的語言觀念，但從中也可看出江有誥的某些觀念與現代歷史語言學的說法接近：

1. 各處方音往往有古音存焉。不論官音或鄉音之於城、於鄉者，或多或少都保存一些古音，而由這些時音可以考求出古代的語音。從江有誥多次以官音或鄉音來說明字母正確音讀，可以瞭解江氏認爲字母正確的讀法，有些存在於官音中，有些存在於歙音中，並沒有哪一個方言的讀法是完全正確的，而每一個方言中也多多少少保存了正確的音讀。

2. 方音城、鄉的差異是語言接觸所造成。江有誥能區別出正音、官音及方音中之於鄉、於城者的不同，且指出方音隨城、鄉的不同，是語言接觸所造成，保留古讀的程度並不一樣：鄉音由於與外界接觸較少，受官音或其他方音的影響較少，保留古音較多；而城市裡面，因政治與文化上的關係，接觸官音機會較多，影響較深，保留古讀較少。

此一觀念實已有現代語言學中的利用方言以歷史比較法重建古音的影

子。

　　江有誥以時音求古音的作法，雖與後世歷史語言學的方法相近，但終究不成系統，且在觀念上有很大的差異。江氏並不能以正面的態度來接受方音的差異是語言演變的結果，而認為是鄉音錯誤較少，城市的讀音錯誤較多，時時以三十六字母來是非各種音讀的正誤。其次，現代歷史語言學家根據方言材料來考求古音，是比較方言的空間差異，根據這些差異的形式，排列出語音的發展序列，再擬測出音讀，而江有誥則直接認定方音中某些讀音為古代音讀，不但對方言缺乏正確的認識，對於古讀的確定也失之於主觀。這種根據當時某一方音所得的結論，「不能奉為金科玉律，也不能貶得一文不值。」⑲

二、字母音讀的辨析

　　江有誥認為三十六字母不可增減，界限不可淆亂，因此雖然已與實際語音不符，但仍須要區別它們之間的不同，對於字母的發音部位及方法，都盡所能的加以分析，以證明它們的合理性。這些音讀的描述與分析的方法，或許有些牽強，不太明確，但卻呈現了江氏心目中三十六字母的讀音，類似近代學者所做的擬音。江有誥借著方音、反切、部位描寫、清濁發送收的分類等，辨正字母的訛讀，表現其心目中三十六字

---

⑲　李榮：〈關於方言研究的幾點意見〉，《語文論衡》（北京：商務印書館，1985年 11 月，頁 21-38），頁 22。李榮於文中即指出江永對於中古四等的認識：「一等洪大，二等次大，三四皆細，而四尤細」，「大概是根據當時所謂官音，就是十八世紀前期的北京音說的」。

母的音讀，以下綜合這些資料，分別就發音部位與方法兩部分，說明江氏這兩方面的研究成果。

(一)發音部位

　　江有誥有關三十六字母發音部位的描述，主要在〈辨七音十類粗細〉與〈辨字母訛讀〉兩部分，下文即根據這些資料，配合所引用的方音，歸納得出江氏所認為七音十類的發音部位，並說明江氏如何描述這些聲母及其粗細音發音時的生理機制。

1.牙音

　　〈辨七音十類粗細〉云：「四母惟見、溪粗音不誤，疑母粗音官音誤，歙音不誤。四母細音惟『鳩、毬』二音間或不誤，其餘無不誤讀者」，「七音十類中牙之細音多混於舌上」，再根據上文所引〈辨字母訛讀〉牙音四母下所注，江氏以歙音的粗音為牙音的正音。

　　江有誥在〈辨字母訛讀〉中指出見、溪、群細音，除「毬、鳩」少數幾個字外，讀音與照系三等的「戰、蟲、酰」同音，也與知系字混同，這與今日歙縣方言相符。歙縣方言一二等多讀舌根音，如官 kuɛ、坑 khɛ；細音字多顎化為舌面音，與部分知系細音及照系字多混同，如叫見、朝知皆音 tɕio，丘溪、抽徹都音 tɕhio，商審音ɕia，都是舌面前音。疑母〈辨字母訛讀〉注：「疑，俄其切，呼如『怡、尼』並誤，『俄』字歙音分明，官音呼如『阿』之陰平誤。」歙縣方言疑母細音或作零聲母，或作 n，疑、尼今歙音即皆讀 ni；而疑母洪音則歙縣方音多保存古讀，作 ŋ，江氏以「俄」字的歙音為疑母正音，「俄」歙音 ŋo，聲母即為舌根鼻音，由此可知，江有誥認為牙音四母當為舌根音。
〈辨七音十類粗細〉描述牙音的發音狀況為：

牙音粗音舌抵牙齦，細音舌抵牙尖。……上爲齒，下爲牙，讀此四音必令舌抵下牙則正矣。

舌根音由舌根與軟顎接觸而成聲，舌位後縮，江有誥則將重點放在舌根拱起後舌頭的情形，認爲牙音發音時舌位均需接觸到下牙。聲母粗細的區別，與韻母的粗細相對應，根據由江氏的描述，細音聲母舌頭接觸下齒尖，則其韻母舌位應較前較高，聲母受細音韻母影響，而帶有舌面色彩；反之，粗音韻母舌位當較低，故舌頭向下而碰觸到下齒齦。這種描述並不太精確，舌根音發音的重點應當在舌面後，粗細的差別亦然，舌尖的情況如何並非關鍵，這樣的形容很難掌握發音要竅，況且牙音粗音發音時，舌尖未必會碰到下齒齦。江永〈辨七音〉中形容牙音發音部位爲：「氣觸牡牙」[20]，雖沒有明確指出舌根與軟顎，但已注意到氣流是在口腔後部受到阻礙，江有誥卻未根據江永的說法，再進一步推敲，十分可惜。

2.舌音

舌音三類九母辨訛讀的情形不多，除泥母與孃母外，其餘都未見訛讀辨正。〈辨七音十類粗細〉描述此九母粗細音的發音部位爲：

舌頭：粗音舌尖擊齶，細音舌頭擊齶

舌上：粗音舌抵前齶，細音舌抵中齶

半舌：粗音舌尖微擊齶，細音舌頭微擊齶

---

[20]　同註❸，四〈辨七音〉，頁6。

　　江有誥認爲舌音都是舌與齶的作用，其中舌頭音與半舌音發音部位都在舌的端部與齶，這種描述與大多數現代漢語方言的舌尖中部位相合，歙縣方言即是。而五母的粗細則有舌尖及舌頭的差別，接細音韻母的聲母，因受高元音韻母的影響，使舌位升高而略向舌面靠近，因而細音在舌頭，較粗音的舌尖爲後，描述也相當精確。

　　舌上的位置與舌頭、半舌略有差別，前者云「舌」，後者云「舌尖、舌頭」，並不強調舌尖、舌頭，尤其是舌上細音是舌抵中齶，中齶應不在上顎前端的齒齦部分，相對的舌位也應當較舌頭、半舌爲後。

　　江有誥描述舌頭音時是舌尖或舌頭「擊」顎，而舌上音是舌「抵」中顎或前顎，與江永使用的動詞相同。江永《音學辨微・辨七音》對舌上音的描述是：「舌上抵齶」，另在〈辨疑似〉中提到泥母與孃母的區別時，說：「泥舌頭微擊齶，孃舌腹黏齶」，舌頭用「擊」，舌上用「抵」、用「黏」，「黏」當指舌與上顎的接觸面積較大❷❶，「抵」也應有相同的意思。黃廷鑑《三十六字母辨》闡述江永字母之學時，解釋此句泥母擊齶，是「齶之末，近齒處」，娘母黏齶，是「齶之中，齒齦上有楞處」，且指出「知、徹、澄三母音必令舌端放空不著齦齶，而以舌之中面黏上齶用力呼之」，「知徹四母皆用舌腹侷起著齶」，下又自注：「舌腹即舌之中面」❷❷，董忠司師認爲這是舌面前音發音狀況最佳的形容，而認定江永舌上音的部位是舌面前❷❸。舌面前音接觸面積較舌尖音大，江有

---

❷❶　同註❶❻，頁 186。

❷❷　黃廷鑑：《三十六字母辨》（《百部叢書》，臺北藝文印書館，影印《借月山房彙鈔》，民國 56 年），頁 3。

❷❸　同註❶❻，頁 185-187。

誥也使用同樣的動詞，應當也是這樣的差別！

3.唇音

〈辨七音十類粗細〉辨重唇音粗細云：「粗音在兩唇外，細音在兩唇內」，無疑問的，重唇音的發音部位爲雙唇，至於以唇外、唇內來區分重唇音的粗細，似乎過於牽強。輕唇音四母因只有細音，並沒有發音部位的描述，僅談及影母與微母的差異：

> 影母合口與微母相類，要知微母是輕唇，須兩唇相著而喉不用力，影母合口則力在喉，特兩唇微聚而已。

輕唇作用在唇，影母在喉，影母合口受 -u 的影響，使「兩唇微聚」而似微母，趙蔭棠稱讚江氏此說甚爲可取，可見其對音理之透澈。❷然而以輕唇微母爲「兩唇相著」，則又無法與重唇音區別，歙縣方言微母多讀 m，少數作零聲母，如：望 mu、問 mã、舞 u，江氏可能受方音微母也讀雙唇音的影響，故以微母爲兩唇相著。

4.齒音

江有誥齒音十一母發音部位的描述不多，日母因無粗音，無所謂辨粗細，而齒頭音及正齒音兩類粗細之辨如下：

齒頭：粗音舌抵上齦，細音舌抵齒尖。
正齒：音在齒牙之間，而氣觸正齒。

---

❷　趙蔭棠：《等韻源流》（臺北：文史哲出版社，民國 74 年 7 月），頁 307。

齒頭音江永描述爲：「音在齒尖」，意義含混，王力修正作：「當云舌靠門牙」❷。江有誥所謂「舌抵上齦」、「舌抵齒尖」，雖仍不太明白，但指出相互接觸的兩個發音部位，已較江永具體，而接近王力的說法。齒頭音近代學者多擬爲舌尖前音，歙縣方言即作舌尖前或舌面前，如：酒 tsio、袖 tshio、蘇 su、箱 sia、草 tshɔ、先 se，舌面前音較少，且多出現於細音韻母之前，從時音中選取正音的江有誥，很有可能認爲是舌尖前音。羅常培《普通語音學綱要》描述舌尖前音云：

> 舌尖前音（又叫尖齒音，從前叫齒頭音）：閉塞輔音舌尖緊貼上門齒背；擦音舌抵下齒背，舌葉接觸兩邊的上白齒和硬顎的一部分；氣流從舌面中縫跟上齒當中的小凹槽擠出來。❷

舌尖前音成阻時，舌尖抵住或靠近上齒背，阻礙氣流，舌尖中則貼在上齒齦，舌尖有時「甚至可以同時和上下齒背接觸，在聽感上並沒有明顯的差異」❷。江有誥描述時不用「舌尖」，可見是將重點放在的舌尖中部的較大範圍，所以說「舌抵上齦」。細音受 -i 影響，舌面前升高，舌尖往下伸展，故「舌抵齒尖」，舌尖甚至會碰到下齒背，江氏的描述尚能掌握重點！

正齒音有二、三等區別，但江有誥卻未辨別粗細，且「音在齒牙

---

❷ 王力：《漢語音韻學》（《王力全集》第四卷，山東教育出版社，1986 年 12 月），頁 131。

❷ 羅常培、王均《普通語音學綱要》（北京：商務印書館，1981 年 12 月），頁 89。

❷ 林燾、王理嘉：《語音學教程》（北京大學出版社，1992 年 11 月），頁 62。

之間，而氣觸正齒」一句更是糢糊、籠統。歙縣方言正齒莊組與齒頭音混，多讀舌尖前音，照組則與知系三等、見系細音混，多讀舌面前音，官音則與知、莊、照混，江氏掌握的方言有限，因此無法明確說出正齒音的讀音。半齒音日母江有誥並無發音部位描述，在〈辨字母清濁與發送收〉中改動來日二母的位次，謂：「來日二母舊列在喉音後，今移在舌頭、正齒之後者，來爲泥之餘，日爲禪之餘，以便讀也」，來母與舌頭音同爲舌尖中音，則日母在江有誥心目中的發音部位，也當與正齒音相同。

5.喉音

「喉」音，顧名思義當出於喉，江有誥辨其粗細說：

> 粗音在舌根之上，細音在舌根之下。四母惟曉、匣一等音不誤，二三等音多混入審、禪。影母粗音歙音誤，官音不誤；影喻細音多混入半齒。呼此四母必令齒、舌不動，則得矣。

在〈辨字母訛讀〉中：「曉，火了切，呼如『少』誤。匣，合甲切，歙音分明，官音呼如『上』誤。影，黯丙切，呼如『忍』誤，『黯』字官音分明，歙人呼作牙音誤。喻，旺遇切，呼如『孺』誤」，曉匣二母反切上字改用「火、合」，全爲一等字，影母用二等開口「黯」的官音，並指明是官音的讀法，喻母以喻三爲母合口「旺」字爲切，是以影母粗音的官音，以及曉、匣一等的讀音爲正音。

江有誥認爲要舌、齒不動才能與半齒區別，可知發此音時，氣流在口腔不受發音器官阻礙，正是語音學中所謂「喉音」。今日國語中古影母讀零聲母，而歙音洪音的開口前多爲ŋ，合口多是零聲母，影母三

四等及喻母則多爲元音開頭的零聲母，與江氏所說情形相近。江有誥認
爲影母粗音歛音讀法錯誤，官音正確，他心目中影母當爲零聲母，直接
以元音開頭，所以描述其發音時必須舌齒不動。喻母今日歛縣方言多以
元音開頭，當時則多讀同日母字，江氏認爲混入半齒的音爲訛讀，而發
音時也須舌齒不動，則音首也應當無明顯阻礙的輔音，其與影母的區別
除清濁外，並沒有特別說明。喻母不論官音或歛音都無法區別，故江有
誥也無法說出三十六字母的區別爲何。

　　曉母績溪一二等開合口除遇攝一等合外及蟹止宕三攝三四等合口都
讀 h，三四等開合口除蟹止宕三攝合口外，皆讀 ç，匣母一等開口讀 h，
合口讀 h、f、v 不定，二等開口讀 h、ç 不定，合口大都讀 h，三四等
開合口大多讀 ç，與江有誥所說曉匣細音混入審禪的情形相近，其心目
中曉匣二母的正音應當是喉擦音。至於喉音的粗細，江有誥認爲有舌根
之上與舌根之下的區別，則牽強而難以瞭解。

　　經過上文的分析，可知江有誥對語音發音時的生理機制，已有相
當的體認。明清學者辨析發音部位，是以神珙《五音聲論》、《韻鏡》
以來五音、七音的分類、名稱爲基準點，在這基礎上，方以智、江永、
黃廷鑑等人進一步注意到發音器官接觸的兩個部位，江有誥則更注意到
發音部位受韻母洪細影響所產生的差別，而特別加以細緻的描寫。如述
喉音之發音，云「必令齒、舌不動」，影母合口是「力在喉，特兩唇微
聚而已」，舌頭粗音是舌尖所發，細音則爲舌頭的作用等，都與現代語
音學的分析相同。同時也認識到聲母雖韻母洪細而有差異，但仍可歸爲
一母，並不須要特立一母，這雖然是他力主三十六字不可增減的結果，
但也與現代音位學音位變體的觀念相近，江有誥的審音、辨音的能力實
已有相當的水準。

　　然而，由上文也可以發現江有誥的描述未必都很精確，對發音生理機制的描寫也有不能切中要點缺失，如牙音由舌根與軟顎阻礙而成聲，與唇、舌音之由唇、舌發音相較，初學者較難掌握，江氏即誤將描述重點集中在舌頭與下齒及下齒齦。另外，官音、歙音中不能區別的聲母，也往往無法明確說出讀音，如齒音含混籠統的描述，喻母則完全沒有說明，使初學者無法與其他字母區別。江有誥的缺失，除去個人的審音水準、文字的表達能力外，「由於歷史條件，古代科學發展水平的種種限制，我國古代音韻家在這方面取得的歷史成就，畢竟帶有它的時代局限性」，不過也正因為他們沒有借助現代的醫學、物理學的輔助，而是「憑自己的觀察、探索，研究音韻的自然屬性，其成績的取得，也就尤為可貴」❷，其成就仍然值得肯定。

㈡發音方法

1.發送收的分類標準

　　江有誥對聲母的分析，不使用早期等韻圖的清濁四分法來區分，而是以發送收配合清濁的方式來分類。早期等韻圖所使用的全清、次清、全濁、次濁的分類方法❷，至明清時期由於語音演變，已無法範圍當時的聲母系統，明代方以智《切韻聲原》分聲母為二十類，就改以初

---

❷　郭錦桴：〈我國古代研究音韻的生理和物理性特徵的歷史成就〉（北京：中國人民大學出版社，《語言論集》第二輯，1984 年 8 月），頁 243。

❷　最早的《韻鏡》、《七音略》稱清、次清、濁、清濁，其後學者多採用此一分類方式，不過名稱、分類並不完全相同，羅常培在《漢語音韻學導論》中總合各家說法，定為全清、次清、全濁、次濁，而為現代學者所採用。

發聲、送氣聲、忍收聲的概念來分類。這是因爲當時北方音的全濁聲母消失,平聲的全濁聲母清化後雖變同次清,但聲調變爲陽平,由聲調還可以與陰平的清聲母分辨,而仄聲變同全清,聲調並無陰陽的不同,便無法分辨了。因此放棄襲用已久的清濁分類法,而改用發、送、收來分類。方以智《切韻聲原》二十母發送收之分配如下:

【宮倡】

幫發 p	見發 k	曉匣發送 x
滂並送 ph	溪群送 kh	夫非奉送 f
明收 m	疑影喻收 O	微收 v

【商和】

端發 t	精發 ts	知照發 tʂ
透定送 th	清從送 tsh	穿徹澄牀送 tʂh
泥孃收 n	心邪收 s	審禪收 ʂ
來收餘 l		日收餘 ʐ[30]

江永、江有誥、陳澧、洪榜、勞乃宣等也採用這種分類法,但他們所要分析的是中古的三十六字母,全濁聲母無法表現,因此多兼用清濁與發送收來分析。

江有誥以發送收來分析三十六字母,並以清濁對偶的方式,將同一發音部位的四、五位字母,予以清濁配對,製成清濁、發送收的配合表。其清濁之配對,以牙舌唇諸音而言,二清二濁並非直接以全清配全濁,次清配次濁,可見不是無標準的隨意配對,而是經過一番審音,比較同一部位中各母發音方法的異同,方法相同的清濁聲母給與相配,缺

---

30 方以智原書曉母注「宮淺發送」,疑母注「角宮收即宮深發」,詳下文說明。擬音採自黃學堂:《方以智《切韻聲原》研究》(國立高雄師範學院碩士論文,民國78年1月),頁 120-128。

清聲母或缺濁聲母的，則配以無字之位，正好是六位三列，與發送收的三橫列相合，所以能結合兩者，而用來分析聲母。

這種方法較清濁四分法爲進步，傳統的四分法，從現代語音學角度來看，並不是單一的分類標準，實際上包含三種：1.帶音與否，如全清、次清爲不帶音，全濁、次濁爲帶音。2.送氣與否，如全清爲不送氣，次清爲送氣。3.阻礙方式，如全清、次清、全濁爲塞音、塞擦音、擦音，次濁爲鼻音、邊音、半元音。發送收則將帶音與否排除在分類標準之外，張世祿即指出字母發音方法的分析發展到此，完全屬於輔音在發音時氣程阻礙的程度上的差異，即指破裂音或破裂兼摩擦音的送氣和不送氣，及邊音、摩擦音、鼻音的幾類；論到清濁就專指關於輔音帶樂音與否的區別，不像從前只以全清、次清、全濁、次濁四類來混同的概括。❸

以現代語音學的角度觀之，發送收的分類標準有二：阻礙方式及送氣與否。然而江氏的分類標準應只有一個，即自發音時氣流強弱來區分。如單就受阻狀態來看，發送收三分實際上只有兩類，收聲一類，非收聲一類，這兩類音最大的不同是，非收聲所受阻礙大，發音時氣流較強；收聲一類所受阻礙較小，氣流較弱❸。非收聲成阻時氣流通道完全阻塞，軟顎上升，除阻時須有較大的氣流來克服阻礙。收聲氣流則並未

---

❸ 張世祿：《中國音韻學史》（臺灣商務印書館，民國75年10月），頁181。

❸ 羅常培、王均《普通語音學綱要》中分辨各氣流在各種受阻狀態下的強弱時，即以鼻音、邊音、顫音、閃音、半元音都是無需較強氣流來克服阻礙的輔音，是樂音成分占優勢、比較接近元音的輔音，蘇聯語音學家合并爲一類，稱爲「響音」，西歐的語言學家也把鼻音、邊音、顫音合稱「流音」，傳統聲韻學中則爲「次濁」，可知這些音有其特殊性。其餘的輔音無論帶音與否，阻礙較大，克服阻礙的氣流較強、噪音成分較多，是「噪音」。頁86-87。

完全受阻，如鼻音口腔通道雖完全阻塞，但軟顎下垂，氣流可自鼻腔洩
出，不須強有力的氣流來克服阻礙；擦音的噪音成分雖較多，但其氣流
通道保留一隙縫，受阻程度也不若非收聲大；零聲母直出於喉，根本不
受發音器官阻礙，音首的若有喉塞音，阻力也不大，氣流均較弱。

　　江有誥另外尚有「收餘」，雖非收聲，但既稱「收」餘，其發音
方法也當與收聲有相通之處。實則來、日的氣流也較弱：邊音來母雖然
口腔中間有阻礙，但氣流能由舌兩邊通過，現代語音學家分類時，甚至
與擦音、邊擦音合為廣義的擦音，或者與鼻音同歸為塞通音㉝；日母的
讀音各家的看法差異較大，明清官話的日母，學者或以為是捲舌閃音
ɽ，或認為是捲舌濁擦音 ʐ，不論閃音或擦音阻力都不如非收聲大。再
配合非收聲的兩類，發聲與送氣是根據除阻時呼出氣流的強弱來區別
的，即明顯的可以看出，發送收是古人根據氣流的輕重強弱程度來區分
的。

　　陳澧《切韻考》所謂：「發聲者，不用力而出者也；送氣者，用
力而出者也；收聲者，其氣收斂者也」，勞乃宣《等韻一得》分為戞透
轢捺四類，其區別是：「音之生由於氣，……戞稍重，透最重，轢稍輕，
捺最輕」，也都是「扣住『氣』字來解說」㉞。受阻狀態不同，氣流所
受阻力即有大小，聽覺上便有輕重程度的差別，郭錦桴即指出：「把語
音看成是一種聲波（氣流）的現象，不同的語音形成是由於氣流在口腔

㉝　《現代漢語知識辭典》「擦音」條下：「廣義的擦音還包括氣流通道的兩邊或一邊
　　有隙縫的所謂邊擦音[ɬ]、[ɮ]。有的甚至包括一般的邊音[l]」。（四川人民出版社，
　　1990年5月），頁65。《普通語音學綱要》：「鼻音跟邊音又叫通塞音」，頁87。
㉞　同註⑯，頁172。

中遇到阻礙形式的不同而產生，這種認識無疑是符合物理聲學的觀點的。」❸

2.全濁與次清的配列

　　江有誥以全濁聲母與次清相配，同爲送氣，江永、陳澧、洪榜都是如此配列，後代學者主張中古全濁聲母爲送氣的濁塞音、塞擦音者，或以此爲根據，羅常培即以吳音全濁聲母送氣的情形，仍依從清代學者的配列，擬爲送氣音❸。既爲後世擬音的論據之一，那麼如此分配的主要依據又是什麼？由一些跡象來看，清代學者對全濁聲母的處理，除了沿用前人的安排外，也可能是參考了當時的實際語言。

　　中古全濁聲母只有一套，宋元韻圖排列時並未特別指明是全清或是次清的濁音，明方以智二十母的分配，並沒有這個問題，全濁聲母消失，韻圖中平聲歸入次清，仄聲歸入全清，但在「簡法二十字」則以全濁字母附注於次清字母之下，如上文所引。到清代兼用清濁與發送收來分析三十六字母，便有全濁聲母配全清或配次清的問題產生，李光地以全濁聲母在北方爲次清的濁聲，在南方則爲全清的濁聲❸，如「端，清聲；透，清聲；定，北方爲透濁聲，南方爲端濁聲；泥，濁聲」，明顯的可以看出，主要是根據全濁聲母在方言中音變後的差異來分配，李氏以北音變同送氣，南音變同不送氣，因此有不同的相對關係。不過並非

---

❸　同註❷，頁 234。

❸　見羅常培：《漢語音韻學導論》（臺北：里仁書局，民國 71 年 8 月），頁 30-33。
　　中古全濁聲母今日吳語方言是否爲濁送氣音，學者看法不一，羅氏認爲是保留全濁本值。

❸　李光地：《榕村別集》卷一〈等韻辨疑〉，《榕村全集》（臺北：力行書局，第 13冊，民國 58 年 1 月）。

所有的北音都變成送氣，所有的南音都變成不送氣⑱，李光地爲閩南安溪人，全濁聲大多數都變成不送氣，因此認爲南方是全清的濁音，江永即曾批評說：

> 牙音、舌頭、舌上、重唇、輕唇、齒頭、正齒七句皆以第三字爲最濁，實第二字之濁聲，並無第一字濁聲之說也。而各方水土不同，隨其所稟呼之有輕重，則呼第三字似第一字濁聲者有之矣，然不可以南北限也。即如吾婺源人呼群定澄並諸母字，離縣治六十里以東達於休寧，皆輕呼之；六十里以西達於饒，皆重呼之，南方何嘗無呼群母字爲溪濁聲者乎？一方如此，他方可知。中原音呼群定澄並諸母之仄聲字多用輕呼，則北方何嘗無呼第三字似第一字之濁聲者乎？群字當注云溪濁聲，有輕呼似見濁聲者，方音，非正音！⑲

　　江永不贊成李氏南北分配的不同，主張第三字當爲第二字的濁聲，如方音中有作爲第一字的濁聲者，並非正音。江永並沒有說明配次清的原因，不過可以看出，李光地或江永對全濁聲母的分配，都是根據清化以後的現象，作爲判斷基礎。北音全濁聲母消失後，除平聲因聲調變爲陽平，尚可與清聲母區分外，仄聲則無法分辨，致令明清學者多無法分辨清濁，或把聲調的分陰陽當作清濁的差別，或者因變同次清，而

---

⑱　全濁聲母在漢語方言中清化的情形，可參考楊秀芳〈論漢語方言中全濁聲母的清化〉，（《漢學研究》，第 7 卷第 2 期，民國 78 年 12 月）。

⑲　江永：《音學辨微》附錄〈榕村等韻辨疑正誤〉，頁 33。

誤認爲是發聲與送氣的差別，如方以智《切韻聲原》：「將以用力輕爲清，用力重爲濁乎？將以初發聲爲清，送氣聲爲濁乎？將以喉喉之陰聲爲清，喉喉之陽聲爲濁乎？」又如陳澧認爲宋元人所分清、濁、次清、次濁等，實「乃發送收耳，蓋未有發送收名目，而強爲清濁也」。再加上方以智的「簡法二十字」以全濁字母附於次清之下，或許這就是江永、江有誥等人如此配列的原因。

江永提及婺源以東到休寧讀不送氣音，以西到饒一帶讀送氣音，平田昌司認爲以西送氣音的唸法是贛方言型，以東才是徽州方言區。可知江永當時的徽州方言古濁母便讀不送氣音，送氣音應是近幾百年間顯著增加的新層。歙縣與績溪在婺源之東，而今大多讀送氣音，也是受到周圍贛客方言與官話方言影響的緣故⓭。因此江有誥的另一個參考方音──歙音，當時恐怕也是不送氣音居多數，則其認爲正音的送氣音，可能是取自官音，或是受方以智以來配送氣的影響。

江有誥極力辨析字母的音讀，實亦與上古韻研究有關。江氏於〈古韻凡例〉中云：「今音雖異，而母不異」，故諸《韻讀》韻字下注音，其聲母即維持三十六字母；其《入聲表》以韻圖形式呈現古音系統，聲母也採三十六字母，三十六字母就是江氏的上古聲母系統。然其時語音已不同於三十六字母，爲使此一聲母體系爲古今正音之說有事實上的根據，得以驗諸口舌，故有此論。

⓭　平田昌司：〈徽州方言古全濁聲母的演變〉，(《均社論叢》1982 年 12 期，頁 33-51)，引自楊秀芳〈論漢語方言中全濁聲母的清化〉。又平田昌司：《徽州方言研究》。

三、古韻研究中等韻原理的運用

清代古韻學家在處理上古韻部分合時，除歸納古代韻語及諧聲偏旁外，同時也根據中古韻圖考求古音，運用等韻的音理知識、音韻系統結構，對音類的分合加以判斷，稱之為「審音」。戴震〈與段若膺論韻〉說：「審音本一類，而古人之文偶有相涉，有不相涉，不得捨其相涉者，而以不相涉為斷；審音非一類，而古人之文偶有相涉，始可以五方之音不同斷為合韻。」即借由審音來釐清糾葛不清的韻部。研究上古音而以中古音為審音的依據，並非以今律古，其理論根據是字音易變，而語音系統不易改變，即戴震所說：「音之流變有古今，聲類大限無古今」。等韻學是分析漢字字音之學，治古音者除據古文獻考古外，能否根據音理處理問題，也是古韻分部能不能精密，語音系統能否建立的關鍵。

從字母音讀的辨析，可知江有誥對音理的分析，已有相當的水準，而於古音研究時，江氏也善於運用等韻的知識，留心韻母等呼的不同，以辨析韻部、讀音異同、尋繹古音系統的脈絡，尤其是平入分配問題的解決。

(一)據等呼定平入關係

入聲於韻書體系中原與陽聲韻相承，哪一個入聲韻與什麼陽聲韻相配由韻圖可知，凡相配的陽、入聲韻，其等第、開合都相合。自顧氏據上古韻文押韻改配陰聲韻，則入聲韻與陰聲韻的支配關係，即必須重新尋找。平入分配脈絡的探索除利用考古的方法外，也須審以音理，注意相配韻類的等呼是否相合，但陰、入相配等呼是否相合，顧炎武並不存於心，因此觀其《古音表》所列平入分配各韻，多有等呼不合者。如

以錫之半與薛共配祭，而祭韻三等、錫韻四等，三等月韻配二等佳韻，一等沒韻配二等皆韻，二等鎋韻配一等代韻，二等沃韻配三等虞韻等等。❹多未顧及等呼的差別，毫無系統可言，故江永重新分配，「必審其音呼，別其等第，察其字音之轉，偏旁之聲，古音之通，而後定爲此韻之入」，作成《四聲切韻表》，雖主要是今音的研究，但其入聲韻又據上古音與陰聲韻相配，實已架構出古音系統的雛形❹。

江有誥繼江永之後，對江永分配不精者，再詳加考訂，其《入聲表》陰、入韻類的對應，皆詳審音呼、區別等第，凡相配的陰、入聲韻開合及等第粗細都必須相同，糾正了江永分配上的錯誤，理清了陰、入聲韻之間的關係。除歌部無入聲外，所考陰、入分配入下：

	陰　聲	等　呼	入　聲		陰　聲	等　呼	入　聲
之	之之入	三等開口	職	七	支之入	三等合口	昔之一
一	之之入(無字)	三等合口	職		齊通支之入	四等開口	錫
	咍之入	一等開口	德麥韻字附		齊通支之入	四等合口	錫
	咍之入(無字)	一等合口	德麥韻字附		佳之入	二等開口	麥之一
	尤通之之入	三等開口	屋之一		佳之入	二等合口	麥之一
幽	尤幽之入	三四等開口	屋之一	脂	脂之入	二三等開口	質櫛
二	蕭宵通尤之入	三四等開口	錫屋陌字附	八	脂之入	三等合口	術

---

❹　顧炎武：《音學五書》（北京：中華書局，影印《音韻學叢書》，1982 年 6 月）。

❹　江永的《四聲切韻表》是依二〇六韻條分縷析，四聲相從，排列而成，主要爲表現中古韻書二〇六韻的語音系統，但又認爲韻書分韻是古今音變的結果，也可呈現古音的系統。《四聲切韻表·凡例》說：「若概以今音表之，則古音不見，故特立分古今一例，支虞先蕭豪庚尤各韻有分出之類以從古，切音仍舊以從今」。（臺北：藝文印書館，《百部叢書》影印《借月山房彙鈔》，民國 55 年）。

	看通尤之入	二等開口	覺之一
	豪通尤之入	一等開口	沃之半
宵三	蕭之入	四等開口	錫之一
	宵之入	三等開口	藥之一
	肴之入	二等開口	覺之一
	豪之入	一等開口	沃鐸之半
侯四	侯之入	一二等開口	屋覺之一
	虞通侯之入	三等古開今合	燭
魚五	魚之入	三等合口	藥陌之一
	虞之入	三等合口	藥之一
	模之入	一等合口	鐸之半
	麻通魚之入	三等古合今開	昔之一
	麻通模之入	二等古合今開	陌麥之一
	麻通模之入	二等古合今開	陌麥之一
支	支之入	三等開口	陌昔之一

	微之入	三等開口	迄
	微之入	三等合口	物
	齊之入	四等開口	屑
	齊之入	四等合口	屑
	皆之入	二等開口	黠之半
	皆之入	二等合口	黠之半
	灰之入	一等合口	沒
祭九	祭之入	三等開口	薛
	祭之入	三等合口	薛
	泰之入	一等開口	曷
	泰之入	一等合口	末
	夬之入	二等開口	鎋黠之半附
	夬之入	二等合口	鎋
	廢之入(無字)	三等開口	月
	廢之入	三等合口	月

　　江永《四聲切韻表》因雜揉古今音而成，少數析出的入聲韻，找不到相配的陰聲韻，而未列表，無由知其相承的情形，江有誥則多以合表同配或附於他韻的方式，解決這種情形。如：江永在《四聲切韻表·凡例》謂覺韻古音分爲二，其一爲「樂學」之類，其一爲「角嶽」之類，而表中覺韻只與肴韻相配，爲宵部的入聲，未見與其他陰聲韻相配；江有誥則以二等覺韻「角、嶽」等字與一等屋韻合表，爲侯部一等侯韻的入聲。又《古韻標準》入聲第六職部別收二等麥韻的「麥、革、馘」三字，但《四聲切韻表》中並未列出；江有誥則附入之部一等德韻之中，同配咍韻。又江永陌韻三等開口「戟、隙」一類與藥鐸通，表中無相配的陰聲韻，江有誥與魚部藥韻開口合爲一表，定爲三等合口，配三等合

口的魚韻。江永陌韻三等開口「屐」一類不與藥鐸通，而與陽聲韻庚梗敬相配者，《四聲切韻表》中無陰聲韻相配，江有誥則與支部昔韻開口合爲一表，爲支韻三等開口之入。又如櫛韻江永專配臻韻，無相配之陰聲韻；江有誥則與質韻合表，同配脂韻開口。《入聲表·凡例》云：「質韻二等止有穿母有一字，而照牀審則無，櫛韻三音適所以配之，故質櫛同爲脂開口之入」，據聲母的互補關係，合質、櫛二韻合爲一類，同爲脂韻開口入聲，可見其審音之精。

　　由此可知，江氏認爲依等呼分表不必過於瑣碎，且這些韻類於韻部中或無等第相同的陰聲韻，或有同等的入聲韻類，但同等的陰聲韻類卻不夠分配，只好以合併韻類的方式與陰聲韻相配。這種處理方式，對王力古韻部的分等，應具有啓示作用，王力在〈上古韻母系統研究〉中依江有誥《入聲表》作上古韻圖，最初將之、蒸二部陰陽對應表中的少數二等皆麥韻字自成一表，爲二等韻類，其後又覺得太過拘泥等韻門法，認爲之部只該分爲一、三等洪細兩類，皆、麥兩韻都是之部的少數字，可以當成由咍、德變來，上古爲一等，後世流入二等，是不規則的演變。❹這與上述江氏將麥韻附入德韻的處理方式相同，其不拘泥中古韻圖的分等，很可能是受江氏《入聲表》的影響。

㈡古今開合未必相同

　　江永韻類的開合，依中古等韻圖而定，陰陽入相配的結果，有時造成相配的陰入陽聲韻類間開合不完全同。江有誥則認爲相配的陰、入

---

❹　王力：〈上古韻母系統研究〉，《王力文集》第 17 卷（山東教育出版社，1989 年
　　12 月，頁 116-195），頁 130。

聲韻類開合必須相同，若要與陽聲韻相配，開合也要相合，但古今開合未必要完全相同。《入聲表·凡例》云：

> 即如音齊之說（按指入聲轉陽聲），亦止可施之開合同者，如蒸拯證職、文吻問物是也。若開合不同，弗能轉矣。屋沃燭皆開口韻，音齊以之配尤侯幽是矣，乃復以之配東冬鍾，豈有同此一字，既讀開口，又可讀合口乎？藥鐸爲魚模入，古音自必讀此二韻爲合口，音齊反謂爲陽唐正入，而謂魚模之入爲借，豈其然乎？

江永陽入分配據中古音，陰入支配則據上古音，造成某些入聲韻配陰與配陽時，開合不同，如藥韻開口與魚韻相配時定爲合口，與陽韻開口相配時，又標開口；鐸韻開口與模韻相配時定爲合口，與唐韻相配時，卻標開口，相配的陰、陽聲韻，中古開合不同時，江永便出現這種開合前後自相矛盾的現象。故江有誥說江永「調停舊說」是治絲益棼。

江有誥所定開合古今不同者，有些在表中標出，有些則未明說。上古韻類開合的認定，大抵以陰聲韻部的古韻本部的中古開合爲主，古本音、及入聲之開合如有不同，皆改與古韻本部相同。如虞韻中古原爲合口，上古分爲二，在侯部的，因不屬於侯部本音之韻，故改同侯韻，定爲開口，與之相配的燭韻，也由合口改爲開口；在魚部的，則仍爲合口。又如屋沃燭宋元等韻圖爲合口，江有誥全改爲開口。《入聲表》韻類開合與中古韻圖不同者，如下：

　1.之部屋韻，因是尤通之之入，改三等合口爲三等開口。

　2.幽部屋韻三等也因與開口的尤幽相配，而改爲開口；沃之半原爲合

口，因爲是豪通尤之入，改爲開口。另外配蕭韻的尙有屋韻「肅」字，也改開口。❹

3. 宵部沃韻爲合口，因與開口鐸韻同爲開口豪之入，改爲開口。

4. 侯部虞韻因與侯韻相通，改爲開口，與之相配之燭韻也改爲開口。

5. 魚部魚之入藥陌、模之入鐸原爲開口，因魚、模而改爲合口；麻通魚及通模之原爲三、二等開口者，改爲合口，相配之昔、陌、麥原亦開口，也改爲合口。又麻通模之原爲二等合口者，及其相配之入聲陌麥二等合口，中古是合口，不是開口，江有誥卻也注明「古合今開」，恐有誤失。

江有誥直接就古韻本部的開合定韻母的開合，但相通的韻類上古開合是否即如古韻本部的開合，實大有問題。蓋因古韻開合的判定，仍須有古文獻上的佐證，不能簡單、主觀地以某些韻類爲依據。後世學者主要據中古開合的區別，觀察諧聲偏旁開合互諧的情形而定。如王力據諧聲互諧，以及假借、聲訓、連語有開合互通的情形，以魚部魚、模及麻韻開口上古入開口，虞韻及麻韻合口爲合口；而董同龢據諧聲關係，以魚韻、麻藥鐸陌之開口歸開口，虞韻、麻韻藥鐸陌之合口歸合口，模韻唇、部分牙喉音爲合口，其餘爲開口，與江氏全歸合口不同。❺又江氏所根據的宋元韻圖時代較晚，如魚、屋韻據《韻鏡》應爲開口。然而江有誥不拘泥於中古的開合系統，認爲古今開合未必相同，卻是較前人觀念進步之處，是以王力古韻開合的考訂雖與江氏不盡相同，卻肯定其跳脫中古

---

❹　此屋韻附於錫韻，原表除屋韻附錫韻外，尙有陌韻之目，但察該表，未見陌韻字。

❺　見王力分呼標準見〈上古韻母系統研究〉，頁 140；各部開合見韻圖各部之說明。董說則見其《上古音韻表稿》，頁 63 及各韻母分論。

開合系統的作法⑯。

㈢自系統結構定韻分合

　　江有誥古韻分部研究也十分重視音韻結構的整齊性，據此處理例外押韻的糾葛，段玉裁自脂部析出質櫛屑，江有誥認爲不可，即從等韻來看。江氏說：

> 以等韻言之，質櫛者脂開口之入也，術者脂合口之入也，迄者
> 微開口之入也，物者微合口之入也，屑者齊之入也，黠者皆之
> 入也，沒者灰之入也。⑰

缺少了質櫛屑三韻，脂韻三等開口與屑韻無相配的入聲韻，陰入分配便不整齊：

質櫛	三等開口	脂	三等開口	屑	四等	齊	四等
術	三等合口	脂	三等合口	黠	二等	皆	二等
迄	三等開口	微	三等開口	沒	一等合口	灰	一等合口
物	三等合口	微	三等合口				

---

⑯　後世學者對各韻類上古開合的看法並不一致，除上述二家外，高本漢認爲魚、虞均爲合口，李方桂則認爲上古沒有合口介音，中古合口介音由上古圓唇輔音變來。

⑰　江有誥：〈寄段茂堂先生原書〉，《音學十書·詩經韻讀》，卷首。

戴震也同樣從等韻的角度來看❹，認爲若析出質韻，缺少開口，則術韻不足以配脂；又屑爲齊、先之入，皆爲四等，若析出屑爲先之入，則相應的陰聲韻齊韻也應分出，而段氏卻與脂微等韻合爲一部，故戴氏認爲或分或合，段氏仍應詳考。戴氏〈與段若膺論韻〉云：

> 又六術韻字不足配脂，合質櫛與術始足相配，其平聲亦合眞臻諄始足相配。屑配齊者也，其平聲則先齊相配。今不能別出六脂韻字，配眞臻質櫛者，合齊配先屑爲一部，且別出脂韻字配諄術者，合微配文殷物迄、灰配魂痕沒爲一部。廢配元月、泰配寒桓曷末、皆配刪黠、夬配山鎋、祭配仙薛爲一部，而以質櫛屑隸舊有入之韻，餘乃隸舊無入之韻，或分或合，或隸彼或隸此，尚宜詳審之。❹

但段氏並沒有改變看法，他認爲江、戴二氏以等韻言之，但「等韻之法起於近世，豈古音有是乎？」❺況且古今音斂侈未必完全相同，古音齊韻並非四等韻。段氏謂「音有正變，音之斂侈必適中，過斂而音變矣，過侈而音變矣」，「脂微者音之正也，齊皆灰者，脂微之變也」❺，齊韻古音讀如微韻，後世音變，「微韻未變，齊韻則變而斂矣」，「謂術

---

❹　江有誥《入聲表》書成後因段玉裁始知戴氏之說，故江氏的分配，並非取自戴說。

❹　戴震：《聲類表》（臺北：廣文書局，影印《音韻學叢書》），卷首。

❺　段玉裁：〈答江晉三論韻〉，《音學十書·詩經韻讀》，卷首。

❺　段玉裁：《今韻古分十七部表》之〈古十七部音變說〉（北京：中華書局，影印《音韻學叢書》，1983 年 7 月）。

不足配脂，謂齊必配屑者，皆今音非古音也」，「脂韻字有以質櫛爲入者，亦今音非古音也」**❷**，批評戴、江二氏以今律古。

戴、江二氏所講的等呼，是中古的等呼，古音確實未必如此，但從陰陽入或陰入分配的完整性上作觀察，仍有其參考價值，正是二氏在方法上勝於他家之處。反是段玉裁認爲所謂齊配屑、脂配質櫛爲今音非古**❸**，而謂《切韻》之以屑配先爲「乃自古至六朝如是而不可易者」**❹**，正是以今律古。戴、江二氏以質櫛屑配脂齊，除審音外，上古語料仍是重要的依據，段氏之說適得其反。且不論段氏「古斂今侈」之說是否正確，便就段說而言，齊韻之爲四等韻，是由微韻斂之而來，則中古四等屑韻也可說是由質韻變斂而成，古音仍然相對應。由下表可以看出，江氏的分配要比段氏整齊：

段玉裁			江有誥		陽聲韻**❺**
陰聲韻	入聲韻	陽聲韻	陰聲韻	入聲韻	
脂微齊皆灰祭泰夬廢	術物迄月沒曷末黠鎋薛	元寒桓刪山仙	祭泰夬廢	月曷末黠鎋薛	元寒桓刪山仙
		諄文殷魂痕	脂微齊皆灰	質術櫛物迄沒屑	諄文殷魂痕
	質櫛屑	眞臻先			眞臻先

---

❷ 同註**❺**。

❸ 如《四聲等子》、《切韻指南》以質屑爲止、蟹入聲。

❹ 同註**❺**。

❺ 江有誥陽聲韻不與陰、入相配，因此就陰、入間的分配來看，是十分整齊的。下表同。

不過江氏反對入聲韻與陽聲韻相配，因此不能看出結構上的參差，無法由眞、文之分，解決脂微及質術間的糾葛，是其古音學說上的一大缺失。

又如，江有誥發現段氏的脂部中，祭泰夬廢與月曷末黠鎋薛諸韻只有去、入兩個聲調，並無平、上聲，而其他都是四聲具備，因此獨立出祭部。王念孫自脂部分出至霽質櫛屑爲至部，江氏不贊成，也是因爲割出至部後，脂齊則無相承的去入聲韻。不分雖未必正確，但也是自音韻結構來判斷分合。

又如幽侯的入聲分配，段玉裁幽侯分部，但侯部無入，而與幽部同入；戴震自系統考慮，合併幽、侯；江有誥則將侯部入聲自幽部析出。三家分合如下：

段玉裁			戴　震			江有誥		
陰聲韻	入聲韻	陽聲韻	陰聲韻	入聲韻	陽聲韻	陰聲韻	入聲韻	陽聲韻
尤幽	屋沃燭覺	東多鍾江	尤侯幽	屋沃燭覺	東多鍾江	尤幽	屋沃覺	東鍾江
侯						侯	燭	多

相較之下明顯可見，戴、江的陰陽入分配非常整齊，而段氏則齟齬不合。戴氏幽侯之合雖不如段氏之分，然戴氏所以合併，也是要使「彼此相配，四聲一貫」❺⑥，從結構的整齊性來看，段氏不如戴氏。戴氏不分主要是受今音尤侯幽同屬流攝的影響，合於今音卻不合於古音，故江有誥批評這種作法是「猶惑於今人近似之音也」❺⑦，而再從段氏幽部析出入聲，

---

❺⑥　同註❹⑨。

❺⑦　同註❸。

使侯部分配有入，不但合於古人用韻，以使得平入分整齊有序，解決了戴、段之間的爭議，而爲後世學者所遵從。

四、結語

綜合上文對江有誥等韻學說的分析，其成就主要可歸結爲下列幾點：

1. 江有誥頗能掌握聲母發音時的生理機制，也注意到韻母洪細對聲母發音部位的影響，對七音十類的發音狀態加以細緻的描寫；而據發音時氣流強弱不同的差異分出發送收三類，也與現代語音學物理性質分析的觀點相同。雖然分析仍有粗疏、不精確之處，但這是時代的局限，沒有受過現代語音學的訓練而能有此成績，已屬不易。

2. 據七音、清濁及發送收分析聲母，以聲母的發音特徵排列出五十母位圖，按類定音，揭示了三十六字母的聚合關係，似乎已經認識到了漢語內部的音位結構；而對於韻母粗細對聲母所造成的細微差異，江氏認爲仍應歸於一位，這些都與後世音位的觀念相近。

3. 以時音說明古音，認爲方音中實保有古音成分，同時也認識到方音城、鄉的差異是受官音影響程度不同所致，與現代歷史語言學的說法接近。然而江有誥卻不能接受時音與古音不同是語言自然演變的結果，而處處以其心目中三十六字母的音讀，來評定官音、方音的是非正誤，是其等韻學說的一大缺失。

4. 吸取了等韻學自語音系統觀察漢語各種語音現象的研究方法，運用於古韻分合的研究，重視系統結構的整齊性，留心韻母等呼的不同，據此定出平入的分配關係，架構出上古音的韻母系統。而古音

體系的建立，正是江有誥在古音學中的最大貢獻。

江有誥將等韻的觀念運用於古音的研究中，考古、審音齊下，因而成就大大超越前人，成爲清代古音學的集大成者。不過，江氏在等韻學史上開創之功不多，其分析字音的概念及方法，都承襲自前人，尤其是江永，但高明的審音能力，卻是其古音研究能有此成就的主要原因之一。

元代標準語韻書的
聲母系統研究

楊徵祥*

一、前言

語音到了元代，正面臨一個南北合流，逐漸走向統一的劇變時期，也因而這個時期的語音面貌，無論是在聲母、韻母以及聲調各方面，都明顯與《切韻》的音韻系統不同，而呈現不一樣的面貌，因此，吾人透過對元代韻書的研究，或可更爲了解由中古音到近代音的演變過程。

在現存的元代韻書之中，《中原音韻》因爲可以反映當時語音面貌，所以成爲研究元代語音系統的重要參考資料，但因其性質屬「爲北曲押韻而作的一部韻書」，故而所代表的應是當時北方官話的語音系統❶，而非標準語。

除了《中原音韻》之外，今日可見反映元代語音面貌的韻書還有《蒙古字韻》及《古今韻會舉要》。《蒙古字韻》由於：

㈠在性質方面，這是一部「蒙漢對音」的工具書，通行全國，當係

---

*　國立成功大學博士班。

❶　詳見陳新雄先生《中原音韻概要》（臺北：學海出版社，1990 年 3 月七版），頁 1。

標準語音系統。

㈡今日所得見朱宗文校正之《蒙古字韻》，於卷首所附〈校正字樣〉文中有「浙東本誤」、「湖北本誤」，由此可見，這是一部通行在不同方言區之間所使用的工具書，它可以在不同方言區通行使用，當爲標準音系統無疑❷。

至於《古今韻會舉要》，根據李師添富考察的結果發現，其基礎音系爲當時的標準音❸，雖然之前竺師家寧以爲《古今韻會舉要》所反映的語音是元代的南方音❹，然而在針對《古今韻會舉要》及《蒙古字韻》的音韻系統相互比對驗證之後，發現兩部韻書的音韻系統極爲近似，皆當屬標準音系❺。此一標準語音系統，鄭張尚芳先生稱爲「中原雅音（讀書標準音）」❻。

由於《古今韻會舉要》及《蒙古字韻》不僅成書的年代相近，且同爲反映元代標準語的韻書，故而，藉由彼此音韻系統的異同比較，或可得出元代標準語系統的語音面貌。本文將針對兩部韻書的聲母部分，

---

❷ 詳見拙著《蒙古字韻音系研究》（臺南：國立成功大學中文研究所碩士論文，1996年 5 月），頁 585-588。

❸ 詳見李師〈《韻會》『字母韻』的性質與分合試探〉（收於《輔仁國文學報》第 15 期，臺北：輔仁大學，1999 年 5 月），頁 127。

❹ 詳見竺師《古今韻會舉要的語音系統》（臺北：臺灣學生書局，1986 年 7 月初版），頁 25。

❺ 詳見拙著《蒙古字韻音系研究》（臺南：國立成功大學中文研究所碩士論文，1996年 5 月），頁 585-588。

❻ 詳見鄭張尚芳先生〈《蒙古字韻》所代表的音系及八思巴字一些轉寫問題〉（收於《李新魁教授紀念文集》，北京：中華書局，1998 年 8 月一版一刷），頁 165。

進行比較研究，以說明元代標準語韻書的聲母系統，及其中所反映的若
干語音現象。

二、《古今韻會舉要》

《古今韻會舉要》凡三十卷，由元代熊忠根據黃公紹的《古今韻
會》改編而成。黃書不知成於何時，不過熊氏書前有廬陵劉辰翁於「壬
辰十月望日」的題序，故考知黃書之成當不晚於此年，即元世祖至元二
十九年（西元 1292 年）❼。熊氏因「惜其編帙浩繁，四方學士不能遍
覽」❽，於是針對黃書刪繁舉要，直至元大德元年（西元 1297 年）方
才成書。對於聲母的安排，據李師添富研究，《古今韻會舉要》雖於書
前附列《禮部韻略》三十六母，而內容實為新立的三十六母❾，已非傳
統音系的面貌。《古今韻會舉要》以「始見終日」的「牙、舌、脣、齒、
喉」五音次序來排列聲母，其聲母之音值可推擬如下❿：

重脣音：幫〔p-〕、滂〔p´-〕、並〔b´-〕、明〔m-〕
輕脣音：非〔pf-〕、敷〔pf´-〕、奉〔bv´-〕、微〔ɱ-〕

---

❼ 參考李師添富〈《古今韻會舉要》與〈禮部韻略七音三十六母通考〉比較研究〉（收
於《輔仁學誌——文學院之部》第 23 期，臺北：輔仁大學，1994 年 6 月），頁 1。

❽ 詳見熊忠《古今韻會舉要·序》（元刊本）。

❾ 詳見李師添富〈《古今韻會舉要》與〈禮部韻略七音三十六母通考〉比較研究〉（收
於《輔仁學誌——文學院之部》第 23 期，臺北：輔仁大學，1994 年 6 月），頁 3。

❿ 詳見李師添富《古今韻會舉要研究》（臺北：國立臺灣師範大學國文研究所博士論
文，1990 年 6 月），頁 286-287。

舌頭音：端〔t-〕、透〔t'-〕、定〔d'-〕、泥〔n-〕

牙　音：見〔k-〕、溪〔k'-〕、群〔g'-〕、疑〔ŋ-〕、魚〔w-〕

齒頭音：精〔ts-〕、清〔ts'-〕、從〔dz'-〕、心〔s-〕、邪〔z-〕

正齒音：知〔tɕ-〕、徹〔tɕ'-〕、澄〔dʑ'-〕、審〔ɕ-〕、禪〔ʑ-〕、
　　　　娘〔ɳ-〕

喉　音：影〔ʔ-〕、幺〔j-〕 **❶**、曉〔x-〕、合〔ɣ-〕、匣〔ɣj-〕、
　　　　喻〔0-〕 **❷**

半舌音：來〔l-〕

半齒音：日〔nz-〕

上述三十六聲母與傳統三十六字母有別之處在於：自「影母」析出「幺母」，自「匣母」析出「合母」，而傳統「疑、喻（爲）」二母，則被重新離合爲「疑、魚、喻」三母，故較傳統音系多出「幺、合、魚」三母；此外書中知、照二系已然合流，「照、穿、床」與「知、徹、澄」三母無別，故雖同爲三十六母，實則面貌有異。

---

❶　李師添富指出，《韻會》「影」、「幺」二母之分別在於喉塞音是否保留，故「幺母」的聲值當可推擬作〔0-〕。唯「幺母」若推擬作〔0-〕則與喻母無別，因此根據「幺母」的「帶磨擦成分」及「具有細音性質」兩個因素，將「幺」母推擬作〔j-〕。詳見李師添富《古今韻會舉要研究》（臺北：國立臺灣師範大學國文研究所博士論文，1990 年 6 月），頁 284。

❷　以〔0-〕表零聲母，以下同。

三、《蒙古字韻》

　　《蒙古字韻》是元代用八思巴字對譯漢字的一部韻書，作者不詳，成書年代當於元至元六年（西元 1269 年）頒行八思巴字之後，到至大戊申年（西元 1308 年）朱宗文作校正之前的這段時間。《四庫全書總目提要》說它是「文移案牘，通行備檢之本」⓭，故其性質可能有點類似於今日的「國音標準彙編」⓮。由於今日所見的《蒙古字韻》是「反映當時漢語共通語語音最全面最系統」⓯的韻書，因而此書成爲研究元代漢語語音系統的重要參考資料。

　　關於《蒙古字韻》的聲母，我們首先看到原書卷首（上五頁）所附的「字母表」。此表中列有漢字聲母的三十六字母，並附有八思巴字字母的譯寫。其三十六字母的安排，按「始見終日」之「牙、舌、脣、齒、喉」五音次序排列。然而根據研究結果發現⓰，《蒙古字韻》雖以三十六字母統攝全書，然舌音「知、徹、澄」三母已與齒音「照、穿、床」三母合流，輕脣音聲母「非」母亦與「敷」母無別，而喉音「匣」母的洪音新立爲「合」母，「影」母中失落喉塞音的聲母新立爲「幺」

⓭　詳見《四庫全書總目提要・卷四四》（臺北：藝文印書館，1989 年 1 月六版），頁930。

⓮　詳見鄭再發先生《蒙古字韻跟跟八思巴字有關的韻書》（臺北：臺大文史叢刊，1965年），頁 4。

⓯　楊耐思先生語。詳見《中國大百科全書・語言文字類》「《蒙古字韻》」條（北京：中國大百科全書出版社，1992 年 1 月一版二刷），頁 287。

⓰　詳見拙著《蒙古字韻音系研究》（臺南：國立成功大學碩士論文，1996 年 5 月），頁 23-137。

母，「疑」母合口零聲母的大部分韻字**❼**與「喻」母的合口新立爲「魚」母，這些都可認作是反映時代語音特色，而與三十六字母有異之處。

如上所述，《蒙古字韻》書中聲母因知、照二系與非、敷二母的合流，減少了四母，故雖新立合、幺、魚三母，實際爲數僅三十五，其音值今推擬如下**❽**：

牙　音：見〔k-〕、溪〔k′-〕、群〔g′-〕、疑〔ŋ-〕

舌頭音：端〔t-〕、透〔t′-〕、定〔d′-〕、泥〔n-〕

重脣音：幫〔p-〕、滂〔p′-〕、並〔b′-〕、明〔m-〕

輕脣音：非敷〔f-〕、奉〔v-〕、微〔ɱ-〕

齒頭音：精〔ts-〕、清〔ts′-〕、從〔dz′-〕、心〔s-〕、邪〔z-〕

正齒音：知(照)〔tɕ-〕、徹(穿)〔tɕ′-〕、澄(床)〔dʑ′-〕、娘〔n̠-〕、
　　　　審〔ɕ-〕、禪〔ʑ-〕

喉　音：曉〔x-〕、合〔ɣ-〕、匣〔ɣj-〕、影〔ʔ-〕、幺〔j-〕、
　　　　喻〔0-〕、魚〔w-〕

半舌音：來〔l-〕

半齒音：日〔nʑ-〕

---

❼　中古疑母一等合口字，《蒙古字韻》的作者（編者）並未將這些字歸入魚母，而於「字母表」中註明這些音歸零聲母的「喻母」。詳見拙著《蒙古字韻音系研究》（臺南：國立成功大學中文研究所碩士論文，1996 年 5 月），頁 115。

❽　詳見拙著《蒙古字韻音系研究》（臺南：國立成功大學碩士論文，1996 年 5 月），頁 134。

此三十五聲母與前述《古今韻會舉要》三十六聲母最大的分別，在於《蒙古字韻》輕脣音聲母「非、敷」二母已無別，而《古今韻會舉要》則「非、敷」二母仍然分立。

四、兩部韻書聲母之比較

前輩學者們多以今日所見《古今韻會舉要》卷首所附〈禮部韻略七音三十六母通考〉中，有「蒙古字韻音同」陰梓，而逕以爲《古今韻會舉要》的成書曾參考《蒙古字韻》[19]，故而以爲《古今韻會舉要》的成書必定晚於《蒙古字韻》。其實，〈禮部韻略七音三十六母通考〉雖附於《古今韻會舉要》卷首，然所載與《古今韻會舉要》內容卻「未盡相同」[20]；且陰梓「蒙古字韻音同」，是否一定視爲「《蒙古字韻》音同」，抑或僅表示「蒙古韻音同」[21]，而不必一定加上書名號，這是値

---

[19] 如李新魁、麥耘兩位先生說：「撰於大德元年（1927）的《古今韻會舉要》多有參照《蒙古字韻》之處。」詳見李、麥兩位先生合著《韻學古籍述要》（陝西：陝西人民出版社，1993 年 2 月一版一刷），頁 461。

[20] 根據李師添富研究，〈通考〉所載與《韻會》內容雖極近似卻未盡相同，蓋以《韻會》所載乃當時實際語音系統，而〈通考〉所考者則爲《禮部韻略》之音系也。詳見李師添富〈《古今韻會舉要》與〈禮部韻略七音三十六母通考〉比較研究〉（收於《輔仁學誌——文學院之部》第 23 期，臺北：輔仁大學，1994 年 1 月），頁 1。

[21] 如《古今韻會舉要》卷內屢言「蒙古韻音入某母」、「蒙古韻某屬某字母韻」，就並非專指某部韻書而言。

得吾人再進一步探討的問題㉒，因牽涉較廣且與本文論述無直接關係，故暫不討論。

　　倒是今日所見的《蒙古字韻》之版本，校正時確實曾參考《古今韻會舉要》。《蒙古字韻》於卷首所附校正者朱宗文的〈序文〉云：

> 當以諸家漢韻，證其是否，而率皆承訛襲舛，莫知取舍，惟《古今韻會》於每字之首，必以四聲釋之……三十六之母，備於《韻會》，可謂明切也已，故用是詳校各本誤字，列于篇首，以俟大方筆削云。㉓

可知朱宗文校正《蒙古字韻》時，曾以《古今韻會舉要》爲本。㉔

　　俱爲元代標準語系統的兩部韻書，對於聲母安排，儘管都是「始見終日」，但是次序卻略有不同：

　　首先是舌上與正齒音的次第問題：

㉒　關於《古今韻會舉要》卷內所引「蒙古韻」，究竟是哪一部韻書，根據考察結果發現，雖與今日所見的《蒙古字韻》極爲近似，然而並非全同，同時也與《四聲通解》所援引之《蒙古韻略》有所差異。詳見拙著〈韻會所引「蒙古韻」考〉（收於《聲韻論叢》第八輯，臺北：臺灣學生書局，1999 年 5 月初版）。

㉓　詳見照那斯圖、楊耐思兩位先生《蒙古字韻校本》（北京：民族出版社，1987 年 10 月一版一刷），頁 15-16。

㉔　〈序文〉所稱《古今韻會》及《韻會》，當指熊忠的《古今韻會舉要》一書。案黃公紹原著以「浩繁未刊，不傳於世而終告佚亡。」詳見李師添富《古今韻會舉要研究》（臺北：國立臺灣師範大學國文研究所博士論文，1990 年 6 月），頁 4。

《蒙古字韻》

　　舌頭－舌上（正齒）－重脣－輕脣－齒頭

《古今韻會舉要》

　　舌頭－重脣－輕脣－齒頭－舌上（正齒）

《蒙古字韻》依「牙－舌－脣－齒－喉－半舌－半齒」的順序來排列，而《古今韻會舉要》及附於卷首的〈禮部韻略七音三十六母通考〉雖然也是同樣依此順序來排列，然而卻已將「舌上」移至「齒頭」之後，而與「正齒」合而爲一。《古今韻會舉要》如此的安排，除了反映「舌上」與「正齒」合流的語音現象之外，應是編纂者以爲此時「知系已非舌上音，而是正齒音了」㉕，故將「舌上」移至「齒頭」之後。《蒙古字韻》雖然「知、照」二系也已然合流，但是知系仍置於舌頭音之後排列，仍然隸屬舌音。

　　其次是齒頭音的排列次第：

《蒙古字韻》

　　精、清、從、心、邪

《古今韻會舉要》

　　精、清、心、從、邪

㉕　竺師家寧以爲，《韻會》把知系字都歸入「次商」，與精系的「商」相鄰，而不稱「次徵」而與端系的「徵」爲鄰，可以知道這時的知系已非「舌上音」，而是「正齒音」了，因爲精（商）、端（徵）的分野，正是「齒」與「舌」。詳見竺師《古今韻會舉要的語音系統》（臺北：臺灣學生書局，1986 年 7 月初版），頁 28。

齒頭音「精、清、從、心、邪」的次序，因《古今韻會舉要》增添傳統
所無的「次清次」，故將次第改爲「精、清、心、從、邪」❷。

　　喉音的排列次第也有差異：

　　《蒙古字韻》
　　　　曉－匣－匣(合)－影－喻(魚)－影(幺)－喻
　　《古今韻會舉要》
　　　　影－曉－幺－匣－合－喻❷

由喉音聲母的排列順序來看，似乎《古今韻會舉要》及附於卷首的〈禮
部韻略七音三十六母通考〉對於喉音的安排，仍遵循早期韻圖喉音「影
－曉－匣－喻」的安排方式，而《蒙古字韻》的排列次第則和傳統已然
不同。

　　兩部韻書除了上述對於韻字聲母安排的順序略有不同之外，對少
數韻字的聲母歸類也有所差異，例如中古疑母一等合口字，《古今韻會
舉要》置於疑母，而《蒙古字韻》則歸爲「屬於元音」的「喻母」❷，

---

❷　所謂的「次清次」，指清擦音，詳見竺師家寧《古今韻會舉要的語音系統》（臺北：
　　臺灣學生書局，1986 年 7 月），頁 14。因爲書中對於韻字的安排依「清－次清－
　　次清次－濁－次濁－次濁次」順序排列，故將齒頭音「心」（次清次）與「從」（濁）
　　二母的順序作了調整。

❷　《古今韻會舉要》「魚」母排在牙音「疑」母之後。

❷　中古疑母一等合口字，於《蒙古字韻》中已失落了鼻音〔ŋ-〕聲母，而以合口的介
　　音〔u-〕爲起首，由於此時字音已與疑母不同，因此《蒙古字韻》的作者（編者）
　　並未將這些字歸入疑母，而這些中古疑母一等合口字顯然又與「魚母」不同，於是
　　《蒙古字韻》的編纂者將這些字的八思巴字對音，直接以元音（介音）爲起首，而

由此也可以看得出來，因爲此時的字音正在演變之中的緣故，所以兩部韻書編纂者，對於韻字的安排，呈現大同而小異的情形，《蒙古字韻》的編纂者認爲這些字已經丟失了〔ŋ-〕聲母，視爲零聲母字，而《古今韻會舉要》的中古疑母一等合口字則仍保存鼻音聲母〔ŋ-〕。

至於兩部元代標準語韻書聲母最大的差異，在於輕脣音聲母「非、敷」二母是否分立，根據考察的結果發現，《古今韻會舉要》「非、敷」二母有別，而《蒙古字韻》「非、敷」二母則已然合流。

對於輕脣音聲母「非、敷、奉」三母演變的過程，前輩學者的推擬大抵如下[29]：

〔中古早期〕	〔中古後期〕	〔國語〕
p- →	pf- → f-	→ f-
p′- →	pf′- → f-	→ f-
b′- →	bv′- → v-	→ f-

吾人可以發現，中古後期的輕脣音聲母呈現出兩段不同的演化。關於輕脣音聲母逐漸合流的現象，學者們並未提出其理論的確切證據爲何[30]。

於「字母表」中註明這些音歸零聲母的「喻母」。詳見拙著《蒙古字韻音系研究》（臺南：國立成功大學中文研究所碩士論文，1996 年 5 月），頁 115。

[29]　詳見竺師家寧《聲韻學》（臺北：五南圖書出版有限公司，1991 年 7 月初版一刷），頁 491。

[30]　如王力先生說：「到了十二、三世紀濁音清化的時代，v 變成了 f，於是非敷奉合流了。」詳見王力先生《漢語史稿》（香港：波文書局，未著明出版年月日），頁 115。

因此，輕脣音聲母演變的過程，究竟是一經分化合流，非、敷、奉立刻合流爲一個〔f-〕，抑或是先形成「非、敷」〔f-〕／「奉」〔v-〕的對立，而後再經濁音清化而形成今日的〔f-〕，成爲吾人研究漢語音韻史的一個有意義的命題。

　　經由考察結果得知，元代韻書《蒙古字韻》所反映的輕脣音聲母的語音面貌，爲「非、敷」二母合流，而與「奉」母不相雜混，此種音韻現象，正爲吾人提供了一個強而有力的證據，在輕脣音聲母分化合流成爲〔f-〕之前，確曾有非、敷與奉母清濁對立的語音面貌。也就是說《古今韻會舉要》「非、敷、奉」三母分立而未合流的語音面貌，其音值應仍推擬作：

　　　　非　〔pf-〕

　　　　敷　〔pfʻ-〕

　　　　奉　〔bvʻ-〕

而《蒙古字韻》「非、敷」二母合流而與「奉母」有別的語音面貌，其音值則宜推擬作：

　　　　非　〔f-〕

　　　　敷　〔f-〕

　　　　奉　〔v-〕

作爲漢語語音史上的發展過程中的一個環節，吾人由《蒙古字韻》所反映的輕脣音聲母語音面貌，可以得知濁音聲母「奉母」的「濁音聲母清化」，晚於「非、敷」二母合流，也就是說，在輕脣音聲母「奉母」合併爲清擦音〔f-〕之前，有一段時期爲濁擦音〔v-〕，而與「非、敷」二母有別，這個重要的語音面貌，適足爲前輩學者論述輕脣音聲母變化時，提供重要而且直接的佐證。

　　《古今韻會舉要》是一部「舊瓶裝新酒」**❸**的韻書，由於「舊韻之承襲日久而未敢遽變，以致更革未盡徹底」**❸**，因此所反映的語音面貌與傳統韻書**❸**系統大致相同，例如雖然實際的語音系統爲新立的三十六母，以及二百一十七個字母韻，但是外表卻仍呈現《禮部韻略》三十六母，一百七韻之形式。

　　至於《蒙古字韻》雖然也仍有其未敢遽改傳統韻書之處**❸**，但是全書分爲十五個韻部，較等韻十六攝還要簡省，書中不列切語，而改以八思巴字字頭對音，入聲韻字與陰聲韻字相承，「平、上、去、入」四聲共用一個八思巴字字頭對音，這些特殊的編排體例，使得《蒙古字韻》與傳統韻書大不相同。也就是說，《古今韻會舉要》與《蒙古字韻》俱爲載記元代標準語語音的韻書，但若依其編纂的角度而言，《古今韻會舉要》似乎反映較早的語音面貌，而《蒙古字韻》則較爲接近元代的實際語音，由「中古疑母一等合口字」及「非、敷二母的分合」的安排上

❸ 董同龢先生生語，詳見《漢語音韻學》（臺北：文史哲出版社，1991 年 9 月十一版），頁 181-207。

❸ 詳見李師添富《古今韻會舉要研究》（臺北：國立臺灣師範大學國文研究所博士論文，1990 年 6 月），頁 9。

❸ 依據陳新雄先生的說法：「所謂傳統韻書是指《切韻》、《唐韻》、《廣韻》、《集韻》、《禮部韻略》、《五音集韻》、《壬子新刊禮部韻略》、《平水新刊禮部韻略》、《韻府群玉》、《佩文韻府》等韻書所代表的韻系而言，它們分韻雖有或多或少的不同，但基本上韻系是一致的。而且都是以傳統的平上去入四聲來分卷的。」詳見陳新雄先生《中原音韻概要》（臺北：學海出版社，1990 年 3 月七版），頁 1-2。

❸ 詳見拙著《蒙古字韻音系研究》（臺南：國立成功大學中文研究所碩士論文，1996 年 5 月），頁 589。

來看，似乎也可認定《古今韻會舉要》所反映的聲母系統的要較《蒙古字韻》早些。

五、結語

經由以上的分析比較，吾人可以得出以下幾點心得：

㈠關於元代標準語韻書的聲母系統，由於《古今韻會舉要》反映較早的語音面貌，而《蒙古字韻》則較爲接近元代的實際語音，因此應以《蒙古字韻》的三十五母爲代表，他們的音值分別爲：

牙　音：見〔k-〕、溪〔kʹ-〕、群〔gʹ-〕、疑〔ŋ-〕

舌頭音：端〔t-〕、透〔tʹ-〕、定〔dʹ-〕、泥〔n-〕

重脣音：幫〔p-〕、滂〔pʹ-〕、並〔bʹ-〕、明〔m-〕

輕脣音：非敷〔f-〕、奉〔v-〕、微〔ɱ-〕

齒頭音：精〔ts-〕、清〔tsʹ-〕、從〔dzʹ-〕、心〔s-〕、邪〔z-〕

正齒音：知(照)〔tɕ-〕、徹(穿)〔tɕʹ-〕、澄(床)〔dʑʹ-〕、娘〔ɳ-〕、審〔ɕ-〕、禪〔ʑ-〕

喉　音：曉〔x-〕、合〔ɣ-〕、匣〔ɣj-〕、影〔ʔ-〕、幺〔j-〕、喻〔0-〕、魚〔w-〕

半舌音：來〔l-〕

半齒音：日〔nʑ-〕

元代標準語韻書的三十五母之中，濁音聲母尚未清化，與中古無別。然而知、照二系的混合，非、敷二母的合流，再加上除了中古的喻母之外，

新立的么母及魚母，也可視爲零聲母㉟，反映了零聲母範圍的逐漸擴大，這三種與中古語音不同的面貌，正呈現出由中古音演變到近代音的一個跡象㊱。

㈡藉由《古今韻會舉要》與《蒙古字韻》對於輕脣音聲母安排上的差異，吾人可以得出輕脣音聲母演變規律的證據，即濁音聲母「奉母」的「濁音聲母清化」，晚於「非、敷」二母合流，也就是說，在輕脣音聲母「奉母」合併爲清擦音〔f-〕之前，有一段時期爲濁擦音〔v-〕，而與「非、敷」二母的〔f-〕音有別。

㈢至於《古今韻會舉要》及《蒙古字韻》雖同爲反映元代標準語的韻書，卻呈現出大同小異的情況，這是因爲當時語音之分化尚在進行中，因此所依據的雖然都是當時的標準語，然而或許由於語音分化與合流的進展情形不一，加上韻書編纂者非同時同地，審音依據自也不同，所以兩部韻書才會呈現出些微的差異。

參考書目

王 力

《漢語史稿》香港：波文書局，未著明出版年月日

㉟ 李師添富指出，喻、么、魚三紐皆屬零聲母而分立，乃因其中古來源不同，而當時仍未完全變作相同之過渡現象也。詳見李師添富〈古今韻會舉要聲類考〉（收於《中國聲韻學國際學術研討會論文》香港：香港浸會學院，1990 年 6 月），頁 17。

㊱ 竺師家寧指出，由中古聲母到國語的演化有五種途徑：1.濁音清化 2.輕脣化 3.捲舌化 4.顎化 5.零聲母化。詳見竺師家寧《聲韻學》（臺北：五南圖書出版有限公司，1991 年 7 月初版一刷），頁 490-492。

北京大學中國語言文學系語言學教研室

　　《漢語方音字匯》北京：文字改革出版社，1989 年 6 月二版一刷

朱宗文（校正）

　　《蒙古字韻》臺大圖書館藏本，未注明出版社及出版年月日

　　《蒙古字韻校本》北京：民族出版社，1987 年 10 月一版一刷（楊
　　　　耐思、照那斯圖合校）

李師添富

　　《古今韻會舉要研究》臺北：國立臺灣師範大學國文研究所博士
　　　　論文，1990 年 6 月

　　〈古今韻會舉要聲類考〉收於《中國聲韻學國際學術研討會論
　　　　文》，香港：香港浸會學院，1990 年 6 月

　　〈古今韻會舉要〉疑、魚、喻三母分合研究》收於《聲韻論叢》
　　　　第三輯，臺北：臺灣學生書局，1991 年

　　〈《古今韻會舉要》匣合二紐之分立〉收於《語言研究》1991 年
　　　　增刊，1991 年 11 月

　　〈《古今韻會舉要》與〈禮部韻略七音三十六母通考〉比較研究〉
　　　　收於《輔仁學誌──文學院之部》第二十三期，臺北：輔
　　　　仁大學，1994 年 6 月

　　〈《韻會》「字母韻」的性質與分合試探〉收於《輔仁國文學報》
　　　　第十五期，臺北：輔仁大學，1999 年 5 月

李新魁

　　《中原音韻音系研究》河南：中州書畫社，1983 年 2 月一版一刷

　　《韻學古籍述要》陝西：陝西人民出版社，1993 年 2 月一版一刷
　　　　（李新魁、麥耘合著）

周德清

《中原音韻》臺北：藝文印書館，1979 年 3 月三版

《中原音韻》（四庫全書本）臺北：臺灣商務印書館，1983 年

《中原音韻》北京：中國戲劇出版社，1982 年 11 月一版四刷（收
於《中國古典戲曲論著集成一》）

《校訂補正中原音韻及正語作詞起例》臺北：學海出版社，1978
年 10 月二版（李新魁先生校訂）

竺師家寧

《古今韻會舉要的語音系統》臺北：臺灣學生書局，1986 年 7 月
初版

《聲韻學》臺北：五南圖書出版有限公司，1991 年 7 月初版一刷

《近代音論集》臺北：臺灣學生書局，1994 年 8 月初版

陳新雄

《中原音韻概要》臺北：學海出版社，1990 年 3 月七版

陸志韋

〈釋中原音韻〉收於北京：《燕京學報》第 31 期，1946 年

麥　耘

《音韻與方言研究》廣東：廣東人民出版社，1995 年 4 月一版一刷

董同龢

《漢語音韻學》，臺北：文史哲出版社，1991 年 9 月十一版

楊耐思

《中原音韻音系》，北京：中國社會科學出版社，1981 年 10 月一
版一刷

〈韻會與七音、蒙古字韻〉收於：《語言文字學術論文集——慶

祝王力生學術活動五十周年》，北京：知識出版社，1989 年

楊徵祥

《蒙古字韻音系研究》，臺南：國立成功大學中文研究所碩士論
文，1996 年 5 月

〈《蒙古字韻》疑、魚、喻三母分合研究〉收於《第一屆南區四
校中文系研究生論文研討會論文集》，高雄：國立中山大
學中國文學系，1996 年 4 月

〈《蒙古字韻》輕脣音聲母非敷奉之分合研究〉收於《雲漢學刊》
第三期，臺南：國立成功大學中國文學研究所，1996年6月

〈論元代的脣音聲母〉吉林：漢語音韻學第五屆國際學術研討會，
1998 年 8 月

〈《韻會》所引「蒙古韻」考〉收於《聲韻論叢》第八輯，臺北：
臺灣學生書局，1999 年 5 月初版

熊　忠

《古今韻會舉要》（元刊本）中央圖書館藏本

《古今韻會舉要》（四庫全書本）臺北：臺灣商務印書館

《古今韻會舉要》（淮南書局重刊本）臺北：大化書局，1990 年
7 月

寧繼福

《古今韻會舉要及相關韻書》，北京：中華書局，1997 年 5 月一
版一刷

鄭再發

《蒙古字韻跟跟八思巴字有關的韻書》，臺北：臺大文史叢刊，
1965 年

鄭張尙芳

〈《蒙古字韻》所代表的音系及八思巴字一些轉寫問題〉，收於
《李新魁教授紀念文集》，北京：中華書局，1998 年 8 月
一版一刷，頁 164-181。

《韻略易通》與《中原音韻》
音位系統比較研究

前　言

　　成書於明英宗正統七年（西元 1442 年）的蘭茂《韻略易通》❶，
上距元泰定帝泰定年間（西元 1323－1328）寫成的周德清《中原音韻》，
約百年。蘭氏在《韻略易通》的凡例中，一再強調不泥於古韻經史，編
書的動機只在於「欲便於識認」，「惟以應用便俗字樣收入」❷，是部
通俗的字書。四庫總目因此譏其「變古法以就方音」❸的淺陋。然而正
因為蘭氏敢於擺脫傳統韻書、經史字音的羈絆，以當時通俗語音為根
據，才足以代表明正統年間一種官話方言的實錄。

　　語音的擬定，不同系統是無法比較的。薛師鳳生教授曾精確詳實

---

❶　電腦無韵字，凡需用韵字如《中原音韵》、《韵略易通》，一律用韵。

❷　參見《韻略易通》凡例，廣文書局。

❸　《四庫全書總目提要》卷四十四經部小學類存目二，藝文印書館。

的爲《中原音韻》擬定音位系統❹，我們在薛師的教導和引領下，也嘗試著分析、歸納《韻略易通》的語料，並擬測其音位系統，且進一層與薛師所擬定的《中原音韻音位系統》做比較，在同異之間，試著窺探語音演變的進程。

一、韻略易通的音位系統

　　易通共分二十韻，前十韻爲陽聲韻，四聲俱全；後十韻爲陰聲韻，唯有平、上、去三聲。蘭氏先制定早梅詩二十個字母，來代表二十個聲母；就實際字音需要，每一韻或二十字母俱全，或僅部分字母。每一韻文字的編排方法，依早梅詩字母的先後次序，將字母置於行首，其下按照平、上、去、入四聲，排入同音字組，或四聲俱全，或僅部分聲調字。每一字母下，包括一組或多組韻母；如屬多組韻母，必分行排列，井然不紊。由此可知易通字音的成分爲聲母、韻母及聲調，下文將就這三方面，來探討韻略易通的音位系統。

(一)聲母

　　蘭氏編撰韻略易通的態度既不泥於古韻經史，而「旁採百家之異同」，收入「應用便俗字樣」，再分析、歸納當代語料時，勢必發現「且字母三十有六，犯重者十六」❺的古今語音差殊現象。蘭氏勇於擺脫傳統，創造革新，將代表中古韻圖時代三十六種聲母的三十六字母，歸併

---

❹　薛師鳳生教授《中原音韻的音位系統》，1990 一版，北京語言學院出版社。

❺　三句引文見《韻略易通》凡例。

爲二十字母。蘭氏極巧妙的制定一首易識認、易頌讀的早梅詩——「東
風破早梅，向暖一枝開。冰雪無人見，春從天上來。」二十個字，來描
寫新漢語時代早期官話的二十個聲母。今依發音部位，說明二十字母的
音位。

　　1.脣音（B）❻：冰（p）、破（ph）、風（f）、無（v）、梅（m）。
　　脣音五音位，包括送氣及不送氣的雙脣塞音、脣齒擦音、脣齒流
音❼與雙脣鼻音。

　　2.齒音（D）：東（t）、天（th）、來（l）、暖（n）。
　　齒音四音位，包括送氣及不送氣的齒塞音、齒流音與齒鼻音❽。

　　3.齒嗦音（Ds）：早（c）、從（ch）、雪（s）。
　　齒嗦音三音位，包括送氣及不送氣的齒嗦塞擦音、齒嗦擦音❾。

　　4.顎捲舌音（Pr）：枝（cr）、春（crh）、上（sr）、人（r）。
　　顎捲舌音四音位，包括送氣及不送氣的顎捲舌塞擦音、顎捲舌擦
音與顎捲舌流音❿。

　　5.喉音（G）：見（k）、開（kh）、向（h）、一（ø）。
　　喉音四音位，或以爲實質僅三音位，包括送氣及不送氣的喉塞音
與喉擦音。然而沒有聲母也是一種聲母，ø 代表零聲母，同樣具有起首

---

❻　凡語音術語代號，如「B」代脣音，「D」代齒音等，除特別需要，不復加註，請
　　參閱薛師鳳生教授《中原音韻的音位系統》術語代號表。

❼　流音是比擦音摩擦更少的發音方法。脣齒流音「無」母或以爲是脣齒濁擦音。

❽　齒塞音、齒鼻音或稱舌尖塞音、舌尖鼻音。齒流音或以爲是舌尖邊音。

❾　齒嗦塞擦音、齒嗦擦音，或以爲是舌尖塞擦音、舌尖擦音。

❿　顎捲舌塞擦音、顎捲舌擦音或以爲舌尖面塞擦音、舌尖面擦音。顎捲舌流音，或以
　　爲舌尖面濁擦音。

辨義作用的輔音效應。將零聲母歸屬喉音，是較好的選擇❶。

　　二十音位中我們要特別說明的是：

　　1.二十字母有「一」母也有「無」母，如江陽「一」母（王、往、旺）⓬、「無」母（亡、罔、妄）等兩母字，國語以成同音，而易通分屬兩母，自然是「一」母爲零聲母，而「無」母爲傳承自中古「微」母的脣齒流音。

　　2.齒嗦音（早從雪）三母、喉音（見開向）三母與顎捲舌音（枝春上人）四母，均可配洪音和細音，茲例舉於下：

　　(1)西微　　早母洪音：平催 上嘴 去醉

　　　　　　　　細音：平齏 上濟 去霽

　　　　　　從母洪音：平催 上璀 去翠

　　　　　　　　細音：平妻 上泚 去砌

　　　　　　雪母洪音：平雖 上髓 去歲

　　　　　　　　細音：平西 上洗 去細

　　(2)東洪　　見母洪音：平公 上鞏 去貢 入谷

　　　　　　　　細音：平恭 上拱 去共 入菊

　　　　　　開母洪音：平空 上孔 去空 入哭

　　　　　　　　細音：平窮 上恐 去　 入曲

　　　　　　向母洪音：平洪 上嗊 去鬨 入斛

---

❶　零聲母是否有喉音的成分是見仁見智的問題，零聲母歸屬喉音有其傳統及語音學上的根據。如果我們承認中古影母及喻母有無聲母的擬音可能，「影」、「喻」二母便是三十六字母的喉音。零聲母的語音情況往往和其他喉音音位相同。

⓬　字例除特別需要外，僅就平、上、去、入各取一字，下同，不復加註。

細音：平雄上洶去　入旭

(3)甲、庚晴　枝母洪音：平爭上　去諍入側

細音：平貞上整去正入直

春母洪音：平撐上　去掌入坼

細音：平稱上逞去秤入尺

上母洪音：平生上省去眚入色

細音：平升上　去盛入石

人母細音：平仍上　去扔

乙、西微　枝母洪音：平追上箠去綴

細音：平知上豸去智

春母洪音：平吹上揣去吹

細音：平癡上恥去熾

上母洪音：平誰上水去瑞

細音：平　上　去世

人母洪音：平綏上蕊去芮

　　由上可知，這三組字母，既然都可配洪音和細音，（早從雪）和（見開向）字母，自然並未像國語般，細音字的聲母轉成舌面的塞擦音，支辭韻的早系字韻母，未如國語般轉成舌尖前高元音。支辭韻的（枝春上人）四母字的韻母，也未如國語發展成舌尖上翹的捲舌舌尖後高元音，因此聲母依然只是舌尖面混合的顎捲舌音。

　　下文依發音部位與方法，將二十字母排列成表（按：塞音（S）包括塞音及塞擦音。）：

	非響音(Mom-R)		響音(R)	
	塞音(S)	擦音(Fr)	流音(L)	鼻音(N)
唇音(B)	p(冰)ph(破)	f(風)	v(無)	m(梅)
齒音(D)	t(東)th(天)		l(來)	n(暖)
齒嗦音(Ds)	c(早)ch(從)	s(雪)		
顎捲舌音(Pr)	cr(枝) crh(春)	sr(上)	r(人)	
喉音(G)	k(見)kh(開)	h(向)	ø(一)	

(二)韻母

易通共分二十韻，其韻目如下：1.東洪 2.江陽 3.真文 4.山寒 5.端桓 6.先全 7.庚晴 8.侵尋 9.緘咸 10.廉纖（此為前十韻四聲全者）11.支辭 12.西微 13.居魚 14.呼模 15.皆來 16.蕭豪 17.戈何 18.家麻 19.遮蛇 20.幽樓（此為後十韻皆無入聲）。

易通在字母下，分行排列各類韻母的編輯方式，是了解各韻韻母的最佳指標。陽聲十韻置前，配有入聲，平上去三聲都帶有鼻音韻尾，而入聲可能仍然保持輔音韻尾"p"、"t"、"k"。陰聲十韻位後，只有平上去三聲，或不帶韻尾，或帶有半元音韻尾。下文就平上去三聲與入聲，分別探討易通韻母音位。

1.平上去三聲

(1)陰聲十韻

甲、開尾六韻

易通不帶韻尾的開尾韻有支辭、居魚、乎模、戈何、家麻、遮蛇等六韻。

　　支辭，僅收（早從雪）及（枝春上人）七母字，而且都只有一組韻母，如果沒有全面觀察易通韻字的情況，很容易像國語般，認爲是舌尖前、後高元音"ᴉ"——包括舌尖前高元音及捲舌舌尖後高元音兩個同位音。今檢查易通聲韻母配合情況，即可發現早系及枝系，均可配合洪音和細音。既可配細音，支辭的韻腹自然不可能是舌尖前、後高元音。

　　薛師鳳生教授爲支思、齊微、魚模、尤侯選擇了前高元音"i"作韻腹，因爲它們來自內轉⓭。易通支辭、西微、幽樓與中原音韻支思、齊微、尤侯相當，而居魚與呼模是由《中原音韻》魚模洪、細兩組韻母劃分而來。因此我們也擬定"i"做這幾韻的韻腹。

　　至於家麻、戈何、遮蛇較爲單純。家麻擬爲"a"、戈何"o"、遮蛇"e"。下表將提出這六韻的各類韻母，並任舉一例。

	韻　母	字　例
支辭	i	資子自
呼模	Wi	烏五誤
居魚	Ywi	盧呂慮
戈何	o	何荷賀
	wo	那娜糯
家麻	a	麻馬罵
	ya	加賈價
	wa	花踝化
遮蛇	ye	耶也夜
	ywe	鞋

⓭　參見薛師鳳生教授《中原音韻的音位系統》5.12。

乙、收陰聲韻尾四韻

　　易通收陰聲韻尾的有西微、皆來、蕭豪、幽樓四韻。前兩韻帶展唇舌面前高半元音 " y "，後兩韻帶圓唇舌面後高半元音 " w "。" y " 與 " w " 當韻尾時，只是半元音性質❹。西微、幽樓韻腹 " i "，皆來、蕭豪 " a "。四韻韻母及字例見下表：

	韻　母	字　例
西微	iy	皮否屁
	yiy	梅美妹
	wiy	催璀翠
皆來	ay	哀靄愛
	yay	鞋蟹解
	way	乖枴怪
幽樓	iw	鄒偢
	wiw	周帚胄
	ywiw	浮否覆
蕭豪	aw	包寶鮑
	yaw	標表俵

(2)陽聲十韻

　　易通收鼻音韻尾的有十韻，共三類鼻音韻尾。

　　甲、收 n 尾四韻

---

❹　韻頭與韻尾 " y "、" w "，音質屬元音，然而實際讀音並未如當韻腹的元音發出全元音，僅是半元音性質。

易通收舌尖鼻音 n 尾的有眞文、山寒、端桓、先全四韻。其中後三韻，國語已演變成一韻，然而易通並非如此。山寒和端桓在唇音、喉音上，有對比現象，見下表顯示。

	山寒	端桓
冰	班板辦	般 半
破	攀攀	潘 判
梅	蠻慢	漫滿漫
見	關慣	官管盥
向	還皖患	歡澣喚
一	頑綰腕	剜椀翫

山寒除喉音尚保持細音外，其他字母都是開口或合口洪音。在喉音上，正好和先全對比，見下表。

	山寒	先全
見	間簡諫	官管盥
開	慳	牽遣繾
向	閒僩限	軒顯縣
一	顏眼晏	煙偃鷰

由此，收"n"尾四韻，將各自擬定一個主元音：眞文"i"、山寒"a"、端桓"o"、先全"e"。

	韻　母	字　例
眞　文	in	分粉忿
	yin	津儘盡
	win	村忖寸
	ywin	唇盾順
山　寒	an	班板辦
	yan	蘭懶爛
	wan	還皖患
端　桓	on	漫滿漫
	won	孌卵亂
先　全	yen	軒顯縣
	ywen	淵遠院

乙、收 ŋ 尾三韻

　　易通收舌根鼻音的 "ŋ" 尾的有東洪、江陽、庚晴三韻。庚晴的韻腹，擬定爲舌面前半高半低元音 "e"，江陽爲舌面前低元音 "a"，是較沒有疑問的。國語東洪、庚晴已合成一韻，韻腹 "e"。易通卻不能如此擬定，因爲東洪和庚晴在唇音、喉音上有顯著的對比，下文將選錄這兩韻平上去的唇音字[15]，並列出喉音的對比現象，來說明東洪、庚晴勢必有各自不同的韻腹。

　　冰：

　　　a. 東洪　：平　上捧去

　　　b. 庚晴　：平冰上餅去並

　　　　　　　：平崩上祊去逬

---

[15]　庚晴無「風」母字。

破：

a. 東洪　：平蓬 上捧 去

b. 庚晴　：平平 上　去聘

　　　　：平朋 上　去碰

梅：

a. 東洪　：平蒙 上蠓 去夢

b. 庚晴　：平明 上茗 去命

		東　洪	庚　晴
見	開齊合撮	公恭	庚京觥
開	開齊合撮	空穹	坑卿傾
向	開齊合撮	烘凶	亨興薨兄
一	開齊合撮	翁邕	罌英縈

　　東洪、庚晴無一字重見。東洪除喉音（見開向一）四母，含有合口洪音和撮口細音外，其他各母都只有合口洪音。

　　我們為東洪選擇了舌面前高元音"ｉ"作韻腹，是深思熟慮的結果。

　　其一：就音位結構來說，整齊的分配與發展，也是值得觀察的。薛師鳳生教授在《中原音韻的音位系統》一書中，為《中原音韻》東鍾韻選擇圓唇舌面後半高半低元音"ｏ"作韻腹⓰，如此，《中原音韻》庚青、東鍾、江陽三個收"ŋ"尾的韻部，韻腹都是較低的元音——"ｅ"、"ｏ"、"ａ"，音配相當整齊。只是如果從另一方面考慮，《中原音韻》和易通都擁有五個韻尾——"ｙ"、"ｗ"、"ｎ"、"ŋ"、"ｍ"，薛師鳳生教授為《中原音韻》齊微、尤侯、眞文、侵尋等四韻，分別擬出"ｉｙ"、"ｉｗ"、"ｉｎ"、"ｉｍ"四組韻母；很明顯的，"ｙ"、"ｗ"、"ｎ"、"ｍ"四韻尾，都配高元音"ｉ"。在薛師的引領下，我們也為易通西微、幽樓、眞文、侵尋四韻，擬出"ｉｙ"、"ｉｗ"、"ｉｎ"、"ｉｍ"四個韻母，如果我們為易通東洪選擇"ｉ"作韻腹，東洪為"ｉŋ"，則易通的五個韻尾，都可配"ｉ"元音。尤其進一步觀察《中原音韻》、易通至匯通、國語的演變情況時，可以發現《中原音韻》易通眞文、侵尋"ｉｎ"、"ｉｍ"，到了匯通，國語，不僅"ｍ"韻尾消失，而且高元音"ｉ"也轉成了半低元音"ｅ"。假使我們能為東洪選擇"ｉ"作韻腹，則"ｉ"轉成"ｅ"，是鼻音韻尾一致的現象，我們可用下一公式，來描寫這一現象：

⓰　薛師鳳生教授《中原音韻的音位系統》5.5。

i → e/-n、ŋ、m ⓘ

這個公式說明在鼻音韻尾前韻腹"i"演變成"e"。

其二：假使我們接受易通還保持入聲韻尾"p"、"t"、"k"的話，則東洪的"i"韻腹，可增強入聲韻母的整齊性——侵尋"ip"、眞文"it"、東洪"ik"。

由此，我們為東洪設定主元音"i"。三韻韻母及字例見下表：

	韻 母	字 例
東　洪	wiŋ	東董洞
	ywiŋ	恭拱共
庚　晴	eŋ	登等鄧
	yeŋ	明茗命
	weŋ	薨橫
	yweŋ	榮永泳
江　陽	aŋ	方倣放
	yaŋ	將蔣匠
	waŋ	莊奘壯

丙、收"m"尾三韻

易通收"m"尾的有侵尋、緘咸、廉纖三韻。國語此三韻和眞文

ⓘ 「→」表變化符號，說明左邊的成分可化解至右邊。「／」表條件符號，斜線右邊的條件是左邊規則能夠成立的條件，「、」表並列符號，並列符號中各成分各自獨立，可認取其一。

等相同，都收舌尖鼻音"n"，合爲一韻。易通既獨立成韻，韻尾依然和《中原音韻》相同，收雙唇鼻音"m"。侵尋和緘咸在枝系韻母上有對比現象，而侵尋、緘咸、廉纖在見系字上都有細音對立，見下表：

	侵尋	緘咸
枝	簪灒讚	詀斬湛
春	岑碜讖	攙懺嶄
上	森伅滲	衫摻鈒

	侵尋	緘咸	廉纖
見	今錦禁	監減鑑	兼檢儉
開	衿	嵌　嵌	謙慊欠
向	歆	咸喊陷	枚險
一	吟飲蔭	巖黯	炎琰艷

因此三韻韻腹必不同，侵尋"i"、緘咸"a"、廉纖"e"。

	韻　母	字　例
侵　　尋	im	簪灒讚
	yim	紝恁賃
緘　　咸	am	甘感紺
	yam	監減鑑
廉　　纖	yem	添忝掭

2.入聲

入聲有無問題，一直都是研究早期官話難以解決的癥結。周德清

《中原音韻》敢於突破切韻、等韻將入聲字配陽聲韻的羈絆，把入聲字歸入陰聲韻，並且加以拆散，分別再輯錄完平、上、去三調字之後，標出「入作平」、「入作上」、「入作去」在其下收進入聲字，顯然《中原音韻》已沒有入聲；然而周氏在《中原音韻·正音作詩起例》，談及入聲卻又表現似有似無的兩可之說。

易通受《中原音韻》及明官修《洪武正韻》的影響，在入聲上易通的編排，和這兩部書有同有異。與《中原音韻》相同的是，《中原音韻》和易通將入聲與平、上、去三調字合輯，都在同一以平聲字為標題的韻目下。互異的是《中原音韻》將歸屬每一韻的入聲字拆開，放置在註明「入作平」、「入作上」、「入作去」的標題下；易通卻非如此，而是在每一字母下輯入完平、上、去三調字後，直接標明「入」，排進入聲字。《中原音韻》將入聲字歸入陰聲韻，易通歸屬陽聲韻。與《洪武正韻》相同的是兩書均分平、上、去、入四調，也都配陽聲韻。互異的是，《洪武正韻》入聲字雖與陽聲韻相配，卻獨立成十韻，不與相配的陽聲韻混合；易通則將入聲字與相配之平、上、去三調字混合，組成一韻。易通入聲這種編排，引起入聲有無的疑惑，連聲韻學家陸志韋先生，當談及易通入聲時也多少陷入困境[18]。拙著〈韻略易通研究〉一文，雖承認易通有入聲，但入聲韻尾非 " p "、" t "、" k "，而是小舌音（uvular）" q "[19]。以小舌音來處理易通入聲，也依然陷入困境，因為有些不同韻部的字，將被擬為同音字。經過多年深篤的思考，基於下列幾個理由，

---

[18]　陸志韋〈記蘭茂韻略易通〉，頁 49，《陸志韋近代漢語音韻論集》，1988 北京，商務印書館。

[19]　參見拙著《真堂論文集·韻略易通研究》，1993，文史哲出版社。

我們漸趨向於承認易通有入聲，且一如等韻，有"p"、"t"、"k"之別。

⑴我們曾將易通入聲字全部抄出，查出廣韻反切及韻攝等呼，分析歸納陽聲十韻入聲字的來源。發現入聲字的歸類非常有系統，整齊一致。東洪來自通攝；江陽來自江、宕二攝；眞文來自臻攝；山攝一二等字及山、咸二攝三等合口，收入山寒；山合一「末」韻收入端桓；山攝三、四等字，歸入先全；庚晴入聲來自梗、曾二攝；侵尋來自深攝；緘咸來自咸攝一、二等；廉纖來自咸開三「葉」、「業」及咸開四「帖」。或會以爲蘭氏依據韻圖編排，自然整齊劃一。然而從易通凡例可知，蘭氏一再說明旨在「欲便於識認」，不溺於古韻經史，而且在體悟「且字母三十有六，犯重者十六」下，即大膽歸併三十六字母爲二十字母，何以偏偏收集入聲字，完全不論實質語音，而一味抄襲傳統？如果爲作詩塡詞設計，周德清已將入聲字拆散，歸入陰聲韻，參考《中原音韻》編排的易通，反而採用明標入聲，將入聲配陽聲的傳統方法，這是很可置疑的。

⑵易通家麻韻「人」母平聲「髿」字下注云：「毛細也，本作入聲，人轄切」（按：廣韻入聲十五鎋：「髿，細毛也，而鎋切。」假使易通眞的沒有入聲，那麼蘭氏必然會照「髿」字的做法，把入聲字歸入平、上、去，加註曰：「本作入聲，某某切。」

⑶據易通分合刪補的明末畢拱辰《韻略匯通》、徐孝《重定司馬溫公等韻圖經》及明末清初樊騰鳳《五方元音》都具有打破傳統韻書的革命精神，不僅對平上去三聲，甚至於對入聲的分合也大加變動，但他們依然保持著入聲；明熹宗天啓年間西洋傳教士金尼閣（Nicolas Trigault）《西儒耳目資》也具有入聲。學者們大多能接受代表南方官話的《洪武正韻》，仍然保有入聲韻尾"p"、"t"、"k"；則出書在雲

南的易通，似乎也可認爲是一支演進較緩的官話。早期官話多種，在語言的進程中，"p"、"t"、"k"的消失，不是同步進行的。有的消失，有的轉移爲喉塞音（implosive glottal）或小舌音（uvular）等，有的依然保持"p"、"t"、"k"。易通極可能就是代表這種演進較遲的官話。

基於上述理由，我們只能相信易通確實有入聲，而且保持"p"、"t"、"k"韻尾。下表將擬定陽聲十韻的入聲韻母：

	韻　母	字　例
東洪	wik	督
	ywik	旭
江陽	ak	鶴
	yak	爵
	wak	卓
眞文	it	不
	yit	一
	wit	卒
	ywit	律
山寒	at	髮
	yat	轄
	wat	刮
端桓	ot	潑
	wot	脫
先全	yet	滅
	ywet	絕
庚晴	ek	色
	yek	的

	wek	或
	ywek	域
侵尋	ip	澀
	yip	習
緘咸	ap	納
	yap	甲
廉纖	yep	念

(三)聲調

　　易通聲調，表層上分平、上、去、入四調，實質上平聲仍分陰、陽。有些字母下平聲字，分爲兩組，中間用圈隔開，如東洪「風」母：（平風楓封丰峰蜂烽鋒豐酆〇馮逢縫），對照匯通「風」母：（平風楓封丰峰蜂菶灃烽鋒豐下平馮逢縫）。顯然的，易通平聲有陰平（上平）、陽平（下平）兩種。

　　易通錄出平、上、去、入四調字後，或又標出「附平聲」（附平）、「附上聲」、「附音入」，其下收錄少數字。例如：眞文「春」母下，收錄「溫」等平、上、去、入四調字，其後又稱（附平聲恩）；又西微「春」母下，收錄「癡」等平、上、去四調字，其後又稱（附平馳）；又加麻「上」母下收錄「沙」等平、上、去四調字，其後又稱（附上聲耍），原已有上聲字「灑」；又眞文「上」母下收錄「脣」等平、上、去、入四調字，其後又稱（附音入率蟀摔），原已有入聲字「術」。這些所謂「附平聲」等，可能只是又讀，也就是「恩」、「馳」、「耍」、「率蟀摔」等，又可讀如「溫」、「癡」、「灑」、「術」等，補充字音而已，與聲調分類沒有關係。

㈣易通音位總表

下文將以公式及表格說明易通的字音結構。

1. 聲母（I）＋韻母（F）＋聲調（T）
2. 聲母（C）→二十音位（見上述聲母表）
3. 聲調（T）→平（陰平、陽平）、上、去、入
4. 韻母（F）→〔韻頭（M）〕＋韻腹（V）＋〔韻尾（E）〕
5. 韻頭（M）→y、w、yw
6. 韻尾（E）→y、w、n、ŋ、m、p、t、k
7. 韻腹（V）→i、e、a、o
8. 平上去三聲韻母總表（按：爲方便表格羅列，以韻目次序代表各韻。下表數字，請參照前文所列韻目）：

E	ø				y		w	
M\V	i	e	a	o	i	a	i	a
ø	11（支）		18（麻）	17（歌）		15（哀）	20（鄒）	16（朝）
y		19（耶）	18（家）		12（知）	15（挨）	20（周）	16（昭）
w	14（孤）		18（瓜）	17（戈）	12（追）	15（歪）	20（浮）	16（包）
yw	13（居）	19（鞋）						

E	n				ŋ			m		
M\V	i	e	a	o	i	e	a	i	e	a
ø	03 (臻)		04 (安)		07 (庚)	02 (岡)		08 (簪)		09 (甘)
y	03 (眞)	06 (堅)	04 (間)		07 (京)	02 (江)		08 (針)	10 (兼)	09 (監)
w	03 (溫)		06 (攀)	05 (潘)	01 (公)	07 (舡)	02 (光)			
yw	03 (盫)	06 (娟)			01 (弓)	07 (局)				

二、韻略易通與中原音韻音位系統比較

　　《中原音韻》分十九韻，差異在易通將《中原音韻》的魚模劃分為居魚和呼模兩韻。韻目名稱或完全因襲，如蕭豪，或稍加改異，如寒山與山寒，或完全不同，如尤侯與幽樓。韻字的收集大同而小異；就在這韻字分合的差殊上，可以窺探出語音演變的軌跡。

　　《中原音韻》陽聲韻中，分平聲陰、平聲陽、上、去四調，陰聲韻中除上述四調外，又有所謂「入作平」、「入作上」、「入作去」，似乎又有入聲。易通陽聲韻分平、上、去、入四調，陰聲韻沒有入聲。因此，例如《中原音韻》歸入魚模的入聲字，出現在易通的東洪韻；齊微、車遮、皆來的入聲字，出現在庚晴等[20]。下文將就聲母及韻母兩部分來比較二書音位。

---

[20]　參見陸志韋〈記蘭茂韻略易通〉，頁49，二書入聲字比較。

㈠聲母

《中原音韻》未像易通般，明標二十字母，來代表二十聲位；因此想要了解《中原音韻》的聲母，只好從同音字組的分合上去考定。近代已有許多學者從事《中原音韻》的研究，獲得相當顯著的成就❷。薛師鳳生教授《中原音韻的音位系統》一書中，曾精確的擬定《中原音韻》的聲母為二十音位，茲載錄於下❷：

	塞音（S）		擦音（Fr）	響音（R）	
唇音（B）	p	ph	f	m	v
齒音（D）	t	th		n	l
齒嗍音（Ds）	c	ch	s		
顎捲舌音（Pr）	cr	crh	sr		r
喉音（G）	k	kh	h	ŋ	ø

　　將此聲母表，與前述易通聲母表兩相對照，即可發現易通的二十音位，完全同於《中原音韻》，差異的只是易通沒有喉鼻音（舌根鼻音）"ŋ"。《中原音韻》和易通的齒嗍音、顎捲舌音和喉音，都可配洪、細韻母。

---

❷　如趙蔭棠《中原音韻研究》，商務印書館；陸志韋〈釋中原音韻〉，《陸志韋近代漢語音韻論集》，1988，北京，商務印書館；董同龢《漢語音韻學》第四章，自刊本，1968，廣文、學生書局經銷；薛師鳳生教授《中原音韻的音位系統》，1990一版，北京語言學院出版社。

❷　參見薛師鳳生教授《中原音韻的音位系統》，頁45。

　　代表“ŋ”聲母的中古疑母字，演變至《中原音韻》，分成三類聲母。大多數轉爲零聲母“ø”，例如「牛（流開三疑），尤侯平❷」、「岳（江開二疑），蕭豪入作去」等；少數字變爲舌尖鼻音“n”，例如：「齧臬（山開四疑）孽（山開三疑），車遮入作去」等；又少數字仍然保持“ŋ”聲母，例如「仰（宕開三疑），江陽上、去❷」、「我（果開一疑），歌戈上」、「傲（效開一疑），蕭豪去」、「虐瘧（宕開三疑），蕭豪入作去」、「業（咸開三疑），車遮入作去」等。

　　易通卻非如此。二十字母已沒有代表“ŋ”聲母的字，凡中古「疑」母字，一律變成零聲母，無一例外。上述「牛（幽樓平）」、「岳（江陽入）」、「齧❷臬孽（先全入）」、「仰（江陽上）」、「我（戈何上）」、「傲（蕭豪去）」、「虐瘧（江陽入）」、「業（廉纖入）」等，均出現在「一」母下，已成爲無聲母。下一公式，用來描寫在韻母前，中古疑母字、《中原音韻》“ŋ”母字，至易通消失，轉爲無聲母的演變情況：

　　　　ŋ → ø / -v

(二)韻母

　　易通韻母的基礎音位：韻頭有三個“y”、“w”、“yw”，韻腹

---

❷　「流開三疑」指流攝開口三等疑母，「尤侯平」指尤侯韻平聲，下簡稱同此，不復加註。

❷　《中原音韻》江陽上、去兼收「仰」字，易通去聲不收。

❷　《中原音韻》作「齧」，易通作「齧」。

"i"、"e"、"o"、"a",韻尾"y"、"w"、"n"、"ŋ"、"m"、"p"、"t"、"k",韻頭與韻腹與《中原音韻》完全一致。薛師鳳生教授曾博引眾說論證《中原音韻》沒有入聲❷。由上述入聲的討論,我們認為易通還有入聲,並且有輔音韻尾"p"、"t"、"k"。《中原音韻》的韻尾有"y"、"w"、"n"、"ŋ"、"m",和易通平、上、去三聲的韻尾音位相同。下文僅就平、上、去三聲的韻母,與《中原音韻》做比較。

易通東洪,與《中原音韻》東鍾相當,來自等韻通攝❷。薛師鳳生教授為東鍾選擇圓唇舌面後半高半低元音"o"作韻腹,我們為易通東洪擬定展唇舌面前高元音"i"。

通攝合口一等與合口三等,歸入《中原音韻》東鍾後,大多仍然保持洪、細的對比,「農」與「濃」(n-)、「籠」與「龍」(l-)、「宗」與「蹤」(c-)、「叢」與「從」(ch-)、「鬆」與「松」(s-),都不同音,依然洪、細有別。易通除喉牙音(見、開、向、一)四母,依然保持洪、細對比,其他一律由撮口細音轉成合口洪音;因此,上述「農濃」、「籠龍」❷等各組字,都同行排列,成為同音字。至於《中原音韻》東鍾韻中的通合三喉牙音字,表現卻不一致;有些保持洪細對比,有些混同為一音。「空(溪一)❷與穹(溪三)」(kh-)、「紅(匣一)宏(匣三)與雄(匣三)」(h-)、「翁(影一)與邕(影三)」

---

❷ 參見薛師鳳生教授《中原音韻的音位系統》第六章。

❷ 有關易通各韻源流及例外字歸類,請參看拙著〈韻略易通研究〉,此文不再贅述。

❷ 易通暖母平聲「農」與「濃」、來母「龍」與「籠」同行排列,韻母相同。中間有圈隔開,可能是誤加或是聲調有陰陽之別。

❷ 「溪」指三十六字母中的牙音「溪」母,「一」指韻圖中的一等。下凡字母及四等簡稱,同此,不復加註。

（ø-）、「甕（影一）與用（喻四）」（ø-）尚保持洪、細分別。但「工（見一）弓（見三）」（k-）、「孔（溪一）恐（溪三）」（kh-）、「貢（見一）共（群三）」（k-）、「翁（影一）癰（影三）」（ø-），已洪、細混同。

易通東洪喉牙音，通合一與通合三分行排列，洪、細有別，上述《中原音韻》混同的「工」與「弓」等各組字，都分爲二音。下列公式，用來描寫韻腹“o”，在韻尾“ŋ”前轉爲“i”，除喉牙音外，韻頭“y”在韻母“wiŋ”前失去，使原通合三韻字失去韻頭“y”，而混同於通合一：

$$o \rightarrow i \,/\, \text{-ŋ}$$
$$y \rightarrow ø \,/\, \text{-wiŋ}$$
$$c + \text{ywiŋ} \rightarrow c + \text{wiŋ} \qquad c \neq g$$

易通江陽與《中原音韻》江陽相當，來自等韻江、宕二攝。兩江陽韻的字大致相同，略有不同的是，《中原音韻》依然保持著宕合一（唐）❸⓿和宕合三（陽）的洪細對比，去聲「晃幌（宕合一蕩匣）」和「況貺（宕合三漾曉）」不同音，這些字至易通，合爲一音。

易通眞文，與《中原音韻》眞文相當，來自等韻臻攝。其中臻攝精系字，歸入《中原音韻》與易通眞文後，大致保持洪、細對比。「村（清一）」與「逡（清四）」（ch）、「孫（心一）」與「詢（心四）」（s-）、「論（來一）」與「倫（來四）」（l-）仍然保持洪、細對比；只有「尊（精一）」與「遵（精三）」混爲一音，「遵」轉爲洪音。這

---

❸⓿　「宕合一唐」指宕攝合口一等唐韻。下簡稱同此，不復加註。

種現象，可能是「遵」受偏旁「尊」的影響，類化成一音，與語音的進程無關。

　　易通山寒，與《中原音韻》寒山相當，來自山攝一、二等及少數山咸三等字。咸合三「凡」韻唇音字，「凡」（平）「范」（上）「汎梵」（去）等字，先聲母輕唇化變爲脣齒擦音“f”，失去介音“y”，又與其他合口重唇字一樣失去介音“w”，由合口變開口。因聲母“f”與韻尾“m”同是唇音，發生異化作用，“m”轉爲“n”，所以《中原音韻》歸入寒山，易通歸入山寒。

　　易通端桓與《中原音韻》桓歡相當，來自山攝合口一等。薛師鳳生教授爲桓歡僅擬一組韻母“won”，薛師以唇音字都帶合口韻頭“w”。我們爲易通端桓脣音字，擬爲開口音爲“on”韻母。易通先全與《中原音韻》先天相當，來自山攝三、四等字。

　　易通庚晴，與《中原音韻》庚青相當，來自梗、曾二攝。《中原音韻》庚青和東鍾，韻字有重見情形；易通庚晴與東洪，卻無一字重見。梗攝開口二等喉牙音字，歸入庚青後，喉牙音大部分產生介音“y”，變成細音，和梗開三、梗開四、曾開三、曾開四合併，這是等韻各攝二等喉牙音轉變至早期官話的共通現象。例如「庚（梗開二庚見）經（梗開四青見）兢（曾開三蒸見）」（k-）「輕（梗開三清溪）坑（梗開二耕溪）卿（梗開三庚溪）傾（梗合三清溪）」（kh-）「行（梗開二庚匣）形（梗開四青匣）」（h-）「英（梗開三庚影）應（曾開三蒸影）嚶（梗開二耕影）」（ø-），都是同音字。部分喉牙音沒有產生介音“y”，保持洪音，例如，庚青韻「亨（梗開三更影）」與「馨（梗開四青曉）」與「京（梗開三庚見）」（h-）「嬰（梗開二耕影）」與「英（梗開三庚影）」（ø-）。易通並沒有依照喉牙音二等韻產生介音的通則，梗開

二喉牙音依然保持洪音，與梗開三、四有別，例如「庚」與「京」（k-）「坑」與「卿」（kh-）「亨」與「興」（h-）「甖」與「英」（ø-）都是隔行分列，洪、細有別。

　　易通侵尋、緘咸、廉纖，分別與《中原音韻》侵尋、監咸、廉纖相當，來自等韻深攝、咸攝一二等、咸攝三四等都保持雙唇鼻音韻尾。

　　易通支辭，與《中原音韻》支思相當，來自等韻止攝開口三等。西微與齊微相當，來自等韻止攝大部分與蟹攝大部分。

　　《中原音韻》魚模，來自等韻遇攝，至易通分為兩韻：遇合三（莊系字除外）為居魚；遇合一及遇合三莊系字為呼模。

　　易通皆來，和《中原音韻》皆來相當，來自等韻一二等大部分字及止攝合口三等莊系（照二）字。

　　易通蕭豪，和《中原音韻》蕭豪相當，來自等韻效攝。《中原音韻》蕭豪韻的韻字有數組對立的情況：「褒包標」、「高交嬌」、「蒿哮囂」、「奧勒要」，迫使學者們不得不擬出兩種至三種的主元音[31]。薛師鳳生教授為蕭豪韻選擇 "o"、"a"、"e" 三種韻腹。效攝純為開口，除唇音字有韻頭 "w" 外，其餘都是開口。韻母為 "ow"、"wow"、"aw"、"yaw"、"waw"、"yew"[32]。這種對比至易通完全消失，都成為同音字。因此蕭豪韻只有一個韻腹 "a"。易通蕭豪唇音字，我們擬為開口，因此只有兩組韻母："aw"、"yaw"。下一公式說明主元音 "o"、"e"、"a"，在韻尾 "w" 前，合併為 "a"：

---

[31]　如董同龢《漢語音韻學》擬出兩個音位，頁 67，陸志韋〈釋中原音韻〉擬出三個音位，頁 20。

[32]　參見薛師鳳生教授《中原音韻的音位系統》5.10。

o、e、a→a / -w

易通戈何，和《中原音韻》歌戈相當，來自等韻果攝一等字。家麻與家麻相當，來自等韻假攝二等及少數其他攝字歸入。遮蛇與車遮相當，來自等韻假攝和果攝三等。幽樓與尤侯相當，來自等韻流攝。

綜觀上述，在平、上、去三聲的韻母上，易通和《中原音韻》沒有極大的差異，由韻字的分合，多少也可提供我們了解早期官話百年間的演變軌跡，以期為建立漢語官話史的完整體系，提供部分的語料與原則。

關於漢語近代音的幾個問題

葉寶奎*

漢語近代音的研究起步較晚，許多問題有待深入探討，尤其是學術界對近代漢語標準音問題眾說紛紜，使人不得要領，究竟癥結何在？我們認爲要正確認識漢語近代音，首先應該考查近代漢語標準音與基礎方言代表點口語音的關係，弄清楚正音、北音、南音的基本情況。本文擬就與漢語近代音相關的幾個問題談點看法與體會，就教于方家。

一、基礎方音的多極化

呂叔湘（1985 年）說：「現代的官話區方言，大體可以分成北方（黃河流域及東北）和南方（長江流域和西南）兩系。我們或許可以假定在宋、元時代這兩系已經有相當分別，……現在的北方系官話的前身只是燕京一帶的一個小區域的方言。到了金、元兩代入據中原，人民大量遷徙，北方系官話才通行到大河南北，而南方系官話更向南引退。」呂先生關於燕京一帶方言成爲北系代表的時限以及南系的分佈範圍的意見還值得商榷，而關於宋元時代南北兩系已有相當區別以及燕京方言的崛起逐步取代中州音的看法是很有見地的。近代漢語基礎方言代表點

---

* 廈門大學副教授。

口語音呈現多極化的局面，南京音與中州音、北京音並存，這是漢語近代音區別于古音的一個重要變化，值得注意。

　　從歷史上看我國早在春秋時期，在華夏先民聚居的中原地區已經形成了稱爲「雅言」的區域共同語。《論語·述而》記載：「子所雅言，詩書執禮，皆雅言也。」《史記·封禪書》云：「昔三代之居，皆在河洛之間。」中原一帶自古以來就是漢族先民繁衍生息之地。三代以降，秦漢魏晉（南北朝除外）以至唐宋，中原地區一直是我國政治文化的中心區域。其間雖伴隨著改朝換代、國都的遷移而導致基礎方言代表點口語音的遷移變化和基礎方言區的擴大，但中原地區始終是漢語基礎方言的中心地區。「中原之音」或曰「中州音」一直是基礎方言中最有代表性的音系。秦漢至魏晉時期，漢語語音（漢語標準音與基礎方言代表點口語音）大體上是按照自身的發展規律緩慢演化的，而魏晉以後情況有了較大變化，由於外力的推動（與北方少數民族語言的多次交匯融合以及後來通俗白話文學的蓬勃發展），語音變化明顯加快並導致基礎方言代表點口語音逐漸呈現「多元化」的局面。其變化主要表現爲以下三個方面：

　　1.「中原之音」變速加快。西晉末「永嘉之亂」，五胡亂華，少數民族入主中原，時間長達近 300 年。漢語北方方言長期與少數民族語言交匯融合，北方話深受影響。顏之推《顏氏家訓·音辭篇》云：「說者謂自五胡亂華，驅中原之人於江左，而河淮南北間雜夷言。聲音之變或自此始。」爾後又經金、蒙古及滿清入主中原，累計時間更長。一千多年來北方方音幾乎都是在烏拉爾、阿爾泰諸語言的影響下不斷發展的。這就是漢語北方方言較其他方言距古漢語音韻遠、差別大的主要原因。

2.南音的形成與發展。永嘉之亂,晉室南遷,中原板蕩,大批中原士民南下江淮,將中州音帶到江淮地區,中州音與吳楚方音交匯融合,南下的中州音借助政治的影響力逐漸同化當地土音,導致長江中下游地區方言逐漸北方化,使北方方言的範圍擴展到江南。當然這種變化是一個緩慢的過程,而漢族政權南遷金陵,與北方少數民族政權南北分治的局面爲以南京音爲代表的新方言(江淮方言)的形成提供了必要條件,加上江南地區的順利開發,經濟文化的發展也有利於南音地位的提高。一千多年來基礎方言南北音的對立實源於西晉末年的「衣冠南渡」和南北朝的對立。而南宋時期漢族政權再度南遷,南北對峙的局面不僅促使江淮方言的進一步北方化也再次強化了南音的地位。少數民族入主中原,少數民族語言影響所及主要限於北方地區。南北分治加上長江「天塹」之阻,因而限制了外族語言對江南方言的直接影響。因此,儘管南音逐漸向北音靠近,但變化明顯慢於深受外族語言影響的北音。

3.北京音崛起並逐漸取代中州音而成爲北音的代表,成爲基礎方言中最有代表性的音系。這種演變是在特定的歷史文化背景下經歷了較長的歷史階段才逐漸完成的。朱星先生(1982)認爲,「燕代方音又稱東北方音音系,在上古不得勢,直到晉代五胡侵入,匈奴鮮卑二大族從東北遼河流域侵入內蒙,再從和林一帶進入雲中大同,後又侵入燕趙,鮮卑族慕容氏成立四個燕國:前燕、後燕、南燕、北燕,最後由鮮卑族拓跋氏建北魏,統一了北中國……從此燕代方音抬頭……說到元代,只需說政治中心的國都變了,本屬東北方音的燕代方音抬頭了,它取代了西北方音音系。」朱先生恐怕是說得過早了,北魏時的燕代方音在北方話區並沒有多大的影響力與地位,說它受鮮卑語的影響當是眞的。就是到了元代,燕代方音取代中州音的條件也還不具備。北京唐代屬幽州,

是唐代北方軍事重鎮。西元 936 年石敬塘把燕雲十六州割讓給契丹，北京地區從此脫離漢族政權的管轄，時間長達 300 年。北京方言與外族語言長期密切接觸，和中原地區的漢語反而關係疏遠。這種特殊的語言背景對北京音的演化起了積極的推動作用，使得北京音在遼金時代就可能已經成爲漢語方言中發展最快、結構最簡單的音系（林燾 1987）。到了元明時期雖然政治中心已由中州的汴梁遷到了北京，可是基礎方言代表點口語音的遷移轉變卻沒那麼快。這是因爲：(1)北京音長期與中原漢語關係疏遠；(2)北京音的漢文化底蘊尙嫌淺薄（至少在元明以前不如中州音），北方人對北京音還缺少心理認同；(3)元代以前北京城規模不大，人口不多，經濟文化水平均不能與開封、洛陽等大都市相比。元明時期北京人口變化很大，北京音正經歷著與北方方音交匯融合的回歸過程，只有融入北方話之後才有可能成爲北音的代表。元世祖至元七年（1270年）抄籍數，整個「大都路」才有 147,590 戶，401,350 人。估計當時「大都」人口不過十萬左右。後來人口有了大幅增長，除了大批蒙古人外還有相當數量的外地移民，特別是中原地區的民眾和大批文化人進入大都，對於北京音與中州音的融合起了重要作用。明洪武元年（1836年）順帝及有關人眾俱退往北方，「大都」改名「北平」，明太祖把「大都」殘留的居民遷到河南開封。據殘存《永樂大典》引《圖經志書》所載，明初北平城近郊區人口的情況是：「洪武二年初報戶一萬四千九百七十四，口四萬八千九百七十二。洪武八年實在戶八萬六百六十六，口三十二萬三千四百五十一。」北平人口七年間淨增 27 萬多，可見移民之多。洪武三十五年（1402 年）明成祖即位後更加頻繁地向北京大量移民，爲遷都做準備。永樂十九年（1421 年）遷都北京後，大批官吏及眷屬人等從南京移居北京，加上守衛京城的大量軍隊以及陸續從全國

各地徵召來京的各行各業工匠，數量也相當可觀。明初五十多年，全國各地移居北京的人口當有幾十萬，再次大大改變了北京的人口結構。這一時期與北京話接觸最頻繁的已不是契丹、女眞等少數民族語言而是來自中原和江南各地的漢語方言了。元明兩代北京音處於回歸北方話區、與漢語方言頻繁接觸融合、不斷調整漸趨穩定的時期，其影響力與地位也在逐漸提高，但尙未超過中州音。

1644 年明亡，八旗入京，大批滿族人和東北漢人移居北京，但淸初滿人帶來的東北方音與北京音有著深厚的歷史淵源關係，差異不大，二者的融合恰好促使北京話與東北方言的關係進一步密切，包括東北方言在內的北京方言區開始形成（林燾先生稱之爲「北京官話區」），爲現代北京音以及「北京官話區」奠定了基礎。數百年間北京音借助政治經濟文化的力量（從元至淸北京作爲全國政治經濟文化中心已有較長時間，到了淸代，中原古都開封、洛陽的地位與北京已不可同日而語），尤其是元明以來白話通俗文學的蓬勃發展使得北京音的地位不斷提高。於是有了「國朝建都于燕，天下語音首尙京音」的呼聲（淸陳鍾慶《古今音韻通轉彙考》）。淸代北京音取代中州音成了基礎方言中最有影響最有代表性的音系，這是北京音自遼金以來在特定的歷史文化背景下經歷數百年逐漸自然演化的結果。

上述情況表明，在近代漢語基礎方言中，南北差異由來已久，不過江淮方言（南音）是後起的，是北音南移的產物，其主要趨勢是逐漸向北音靠近但一直與北音保持一定區別（南音的變化慢於北音）；在南北音並存的同時還伴隨著北音內部中州音與北京音的交匯並存、北京音逐漸取代中州音成爲北音代表的過程。這一複雜現象很值得注意，它是我們正確認識近代音的基本前提。

二、南音、北音是共同語標準音嗎

　　漢民族共同語標準音先秦時期稱爲「雅音」，孔夫子誦讀詩書用的當然是雅音（雅言之音）。雅者，正也，雅音就是正音，明清時期稱爲「官話（音）」，也有人稱之爲漢音。明梅膺祚《字彙》後附的《韻法直圖·梅序》說：「讀韻須漢音，若任鄉語，便致差錯……蓋四方土音各有所偏，惟漢音乃得其中正。」關於近代漢語標準音，張九林（1991）認爲，「一到元代，燕代方音就正式取代了自古以來秦洛方音在全國的地位，一躍而爲全國通語。」林燾（1999）說：「到了元代，蒙古族統一了中國，在北京地區興建了世界聞名的元大都，取代了過去的長安和洛陽，成爲全國唯一的政治中心，元大都話也就取代了長安、洛陽一帶的中原方言，成爲具有新的權威性的方言。」「到了明代……實際上這種全國都能通行的官話已經是以當時最具權威性的都城方言北京話作爲標準。」李葆嘉（1998）認爲，「北宋都東京（開封），正音基礎音系又東移汴洛，形成了近古河洛音系，稱中原正音或中原雅音。南宋南遷臨安，官方語言承襲北宋汴洛正音，或受江浙吳音影響。蒙古元都大都（北京），但中國士人並不以大都音爲正音……明初太祖都南京，以當時的南京音爲標準音……成祖遷都北京，將大量江淮人帶往京津，仍以南京音爲標準音……」「直至清代中葉以後，京音地位才逐步上升，但此時的京音已是北遷的江淮話在當地發展幾百年形成的後裔。由此可見，明清官話經歷了一個從南京標準音到北京標準音這樣的演變過程。」張衛東（1998）認爲，「有明一代至清末的漢語官話分南北兩支，南方官話以江淮方言爲基礎方言、以南京話爲標準且長期處於主導地位，通行全國。」「這『南京音』既是狹義南方官話（江淮官話）的標準音，

同時也是通行於全國的官話標準音。」李新魁（1980）說：「從漢語發展的具體歷史事實來考察，漢語共同語的標準音，實際上一直表現於兩個方面。一個是書面共同語的標準音，一個是口語共同語的標準音。書面語的標準音就是歷代相傳的讀書音，這種讀書音在南北朝以至唐代大體上就是《切韻》和《廣韻》所反映的讀音系統……而口語的標準音就一直以中原地區的河洛語音（一般稱之爲『中州音』）爲標準。」直到「清代中葉以後北京音才逐漸上升爲正音。」還認爲，「《洪武正韻》這個官音系統與《中原音韻》音系是相當接近的。它們所表現的都是中原之雅音。」以上幾種意見均值得商榷，我們認爲：⑴共同語標準音與基礎方言口語音既有聯繫又有區別，並不是一回事。共同語標準音是通行全國的，具有較強的穩固性，而基礎方言代表點的口語音是代表方言的，通行範圍只限於一定區域且變化的速度相對快一些，尤其是南北朝以來基礎方言口語音的變化更爲顯著。儘管基礎方言代表點口語音的變化也會影響和帶動共同語標準音的變化，但二者的演化實際上是不同步的，因爲口語音的某些變化只有經過較長時間成爲普遍公認的事實之後才有可能爲標準音接納而導致標準音的變化。我們不能因爲「中原之音」（中州音）自古以來一直是基礎方言代表點口語音而認爲「作爲這一中心的中原漢語方言，自然便取得了通語或稱凡語的資格」，認爲「中原之音」就是雅言之音（張啓煥 1991）。那種以爲國都的遷移、民眾的流動馬上就會導致標準音的更替轉換的看法實在是過於簡單化了。改朝換代、國都的遷移、民眾的流動，當然會影響基礎方言代表點口語音的變化，但語音的交匯融合遷移變化需要時間，體現爲一個緩慢的過程，而且政治中心的遷移對標準音的影響則是間接的，更需要假以時日了。李新魁先生雖然注意到以傳統讀書音爲基礎的標準音與方言口語音的

區別,但他認爲標準音包含書面語標準音和口語標準音並將基礎方言代表點口語音提升爲口語共同語的標準音,事實上還是把基礎方言代表點的口語音等同於共同語標準音。⑵漢語近代音是歷史的產物,是在特定的歷史文化背景下形成的。考查漢語近代音除了注意社會歷史變化的因素之外還應當注意各種文化因素對語音的制約作用。漢語自古以來方言複雜、方音分歧,近代彌甚,而文字和書面語卻是全國統一的,古人歷來注重文字,讀書音具有很高的地位和影響力。漢字不是表音體系的文字,漢字和反切具有超時空超方言的特點。官修韻書便於傳播學習,使五方之人學習正音有了統一的依據,而唐宋以來的科舉考試不僅強化了正音的權威性而且有力地促進了正音的推廣普及。漢語書面語和口語長期脫節,導致共同語標準音與基礎方言口語音的分離,文言文的使用一直延續到 20 世紀,其間雖有伴隨北方通俗文學的發展而形成的白話文,但直至清末民初還未取代文言文成爲全國性文學語言。落後的封建經濟、教育不普及、交通不便等也使得一地方音難以在全國範圍內推廣普及。由於讀書只是少數人的事,因此就是官韻所定的語音標準也難以眞正在全國範圍推廣普及。《洪武正韻》的編撰原則是「一以中原雅音爲定」,旨在確定新的統一的語音標準。其凡例云:「何者爲正聲?五方之人皆能通解者斯爲正音也。」五方之人皆能通解者自然不是一時一地之音。在當時情況下能在較長時間爲五方之人(主要是全國各地的文化人)所共識通用的音系,只能是規範的書面語讀書音(字音),只有傳統的讀書音才有可能具備超時空的功能,成爲通行全國的標準音。⑶說共同語中書面語標準音與口語標準音並存,這在理論上也許是對的,但據我們的考查,近代漢語的情況並非如此。比如,代表方言口語音的《中原音韻》只是製作北曲的規範而不是通行全國的標準音,而以讀書

音爲基礎的《洪武正韻》才是「天下萬國所宗」的正音標準。且二者音系的差異也是明顯的，它們所表現的並不都是中原雅音。清人張祥晉《七音譜》卷三云：「莊重之音曰雅音，即正音也。今吾儒諷誦經典，肅對大賓，固必用莊重之音。」建立在傳統讀書音基礎上的標準音代代相傳，在知識階層中有著深厚的基礎和廣泛的心理認同，正音不單純是讀書人讀書應試時所遵奉的標準，同時也是官場上以及各種社交場合所使用的規範典雅的語音。

顏之推《顏氏家訓·音辭篇》說：「自茲厥後，音韻鋒出，各有土風，遞相非笑，指馬之喻，未知孰是。共以帝王都邑，參校方俗，考覈古今，爲之折衷，摧而量之，獨金陵與洛下耳。」看來顏氏早已爲我們勾勒出了認識當時語音狀況的基本框架。當時基礎方言中最有代表性的當是金陵（南音）和洛下（北音），但是南音與北音並不相同，南音「輕舉而切詣」，北音「沈濁而鈋鈍」，且「南染吳越，北雜夷虜，皆有深弊」，都不是共同語的標準音。它們與「雅俗共賞，以爲典範」的《切韻》音系既有聯繫又有區別。看來近代漢語標準音與基礎方言代表點口語音之間相互關係的基本格局早在南北朝時就奠下基礎了。

明代張位《問奇集·各地鄉音》：「大約江北入聲多作平聲，常有音無字，不能具載；江南多患齒音不清，然此亦官話中鄉音耳。若其各處土語，更未易通也。」張氏所云，意謂入聲已消失的北音和齒音不清的南音都是官話中的鄉音而不就是官話（音）。有些學者根據張位的話而推論南音是共同語的標準音或南音和北音都是共同語的標準音，實是大謬也。明代朝鮮學者的許多音韻著作中漢字的諺文注音均分正音與俗音兩種，正音記的是《洪武正韻》所定的字音，俗音所記的是北京音，兩種音系並存。《老樸集覽》引《音義》云：「南方人是蠻子，

山西人是豹子，北京人是呔子。」「呔」是「說話帶外地口音」之義。可見那時的朝鮮學者並不認為北京音是標準音，北京音與正音是不同的。

清人莎彝尊《正音咀華·十問》說得更清楚：「何為正音？答曰：遵依欽定《字典》《音韻闡微》之字音即正音也。何為南音？答曰：古在江南省建都，即以江南省話為南音。何為北音？答曰：今在北燕建都，即以北京城話為北音。」《正音咀華》（1853）是作者專為廣東人學習正音而編撰的，書後還列舉正北音異的材料，莎氏的意見十分明確。就具體音系而言，《正音咀華》音系與李汝真《李氏音鑒》（1810）之北京音、胡垣《古今中外音韻通例》（1866）之南京音相比均有明顯差異，可見莎氏關於《字典》《音韻闡微》之字音即正音、正音既不同於北音也不同于南音的意見是正確的。（葉寶奎 1996，1998）

近代漢語標準音（正音、官話音）與北音、南音同源異流，既有聯繫又有區別。就演化的情況來看，北音（尤其是北京音）變化速度明顯快於南音和正音。元明以來不僅南音跟著北音走，而且官話音受北音和通俗白話文學的雙重影響，變俗傾向愈來愈明顯，也一直是跟著北音的變化而變化的，但總是慢一兩步，直至清末官話音與北京音仍有區別，北京音還不是共同語標準音。這是歷史事實，我們不應迴避。如果北京音早在元明時期就已經是通行全國的標準音了，那麼我們現在推廣普通話也就不必這麼費力了，果真如此，豈不善哉。

三、正音與基礎方言的關係如何

正音與基礎方言的關係如何？這也是考查漢語近代音時值得注意

的一個問題，如果認識不當，亦不免步入誤區。北方方言自古以來一直
是漢語的基礎方言，是共同語標準音賴以生存的基礎，共同語與基礎方
言關係密切，這是毫無疑問的。共同語高於基礎方言，共同語標準音不
等於基礎方言代表點的口語音，這也是既成事實，尤其是漢語近代音的
情況更是如此。然而有許多學者在考查近代漢語標準音時卻不顧以上基
本情況而總是試圖尋找與之對應的地點方音來確定某一時期共同語的
「基礎方言」，自覺或不自覺地將共同語的基礎方言加以縮小以便確定
更加具體化的「基礎方言」。比如關於明代官話，就有「北京方言說」
（認爲歷史上北京是元明清三代的國都，北京話當是明代官話的基礎方
言），「中州方言說」（元明一直到清代中葉漢語共同語的標準音仍然
是中州音），「安徽方言說」（因爲明朱氏皇權發跡於安徽，又徙民不
少於北京，明代北京話是在安徽方言的基礎上發展起來的），「南京方
言說」（明初奠都南京，確立了南京方言的優勢地位，永樂遷都後，成
祖又攜大批南京人北上，南京話在北京城區紮下根來，南京方言當是明
代官話的基礎方言）等（見鄧興鋒 1992）。我們認爲：(1)以上幾種意
見若是立足於考查某一時期基礎方言內部某次方言或地點方言語音的
演化以及對基礎方言及其代表點音系可能產生的影響等等，那將是十分
有益的。然而他們力圖將某一地點方音提升爲共同語標準音的想法是不
足取的，因爲那不符合近代漢語的實際情況。(2)共同語（標準音）以北
方話爲基礎方言而不是建立在某個次方言或地點方言的基礎上的。承認
某個次方言或地點方言是共同語的基礎方言就等於否定北方方言作爲
基礎方言的地位。(3)近代漢語標準音是歷史的產物，**是兩**千多年來代代
相傳逐漸演化而形成的，具有顯著的歷史傳承性，**它**不是在當時某個地
點方音的基礎上形成的，不代表一時一地的方音。**假如我們**對於共同語

與基礎方言既有聯繫又有區別的狀況缺乏正確認識,片面強調地點方音與共同語標準音的對應關係,結果只能是否定標準音的存在。比如耿振生（1992）就認為,「莎氏所說的正音是一個極其空洞的口號,純粹是一種抽象的觀念,……沒有一定的語音實體和它對應,它只存在理論上而不存在實際生活中。」並主張「研究近代漢語語音史,應當放棄標準音觀念。」事實上與近代漢語各個時期標準音完全對應的地點方音確實難以找到,但難道真的就可據此否定標準音的存在嗎?近代漢語就真的沒有標準音了嗎?

袁家驊（1989）說:「漢語和它的方言的發展史的突出特點就是書面語言的統一,書面語言和口語的脫節,方言處於半獨立狀態而同時從屬於書面語言。這種狀態跟漢族人民的經濟政治文化生活是分不開的。」袁先生的話可謂說到點子上了,這對於我們正確認識與考查漢語近代音應當有所啟迪。

主要參考文獻

呂叔湘（1985）《近代漢語指代詞》,學林出版社,頁 58-59。

朱　星（1982）〈漢語古音研究的過程與方向〉,《天津大學學報》
　　　　第一期。

林　燾（1987）〈北京官話溯源〉,《中國語文》第三期。

張清常（1992）〈移民北京使北京音韻情況複雜化舉例〉,《中國語
　　　　文》第四期。

張九林（1991）〈漢語兩大方言音系申說〉,《古漢語研究》第三期。

林　燾（1999）〈從官話、國語到普通話〉,《福建省推廣普通話宣

傳手冊》。

李葆嘉（1998）《當代中國音韻學》，廣東教育出版社，頁18。

張衛東（1996）〈試論近代南方官話的形成及其地位〉，《深圳大學學報》第四期。

李新魁（1980）〈論近代漢語共同語的標準音〉，《語文研究》第一期。

張啓煥（1991）〈略論汴洛語音的歷史地位〉，《古漢語研究》第一期。

葉寶奎（1996）〈也談正音咀華音系〉，《語言研究》增刊。

　　　　（1998）〈談清代漢語標準音〉，《廈門大學學報》第三期。

鄧興鋒（1992）〈明代官話基礎方言新論〉，《南京社會科學》第五期。

耿振生（1992）《明清等韻學通論》，語文出版社，頁116。

袁家驊（1989）《漢語方言概要》，文字改革出版社，頁6。

論《福州話拼音字典》中的福州話音系

張屏生*

一、前言

　　福州話是閩東話的代表方言，相較於其他漢語方言來說，它具有豐富的語音特點和複雜的語音變化機制，是從事方言研究者興味濃厚的研究課題。在研究福州話的參考文獻當中由美國傳教士 R.S. Macay 和 C.C. Baldwin 所編纂的《Alphabetic Dictionary of The Foochow Dialect》（福州話拼音字典 The Presbyterian Mission Press Shanghai.）❶，是早期一批運用描寫語言學方法研究漢語方言的著作之一；這部字典相當詳盡的提供了一百多年前的福州話語音和詞彙材料，對於福州話的研究提供了一些頗富啓發性的訊息。本文擬從全書的記音材料，通過音節的排比

---

*　屏東師院語文教育學系。

❶　《福州話拼音字典》原書在 1870 年出版，後由 Leger 增訂，第三版在 1929 年出版，本文引用的是第三版。第一版由日本學者蚸口　靖先生提供，第三版是元智大學洪惟仁老師提供，本文引用「序言」的中文說明是由新加坡《南大語言文化學報》的編輯助理卓月蓮小姐所翻譯，在此表示深忱的感謝。

檢索和音位歸納的原則，整理出當時所記錄的福州話語音系統，並和現代幾種記錄福州話的文獻作比較，以便瞭解福州話百年來語音的演變發展情形。

二、《福州話拼音字典》（以下簡稱《福州典》）的語音系統

㈠聲母

《福州典》一書的聲母如下：

			塞音				鼻音		擦音		邊音	
			不送氣		送氣							
			清				濁		清		濁	
脣	雙脣		p 邊 (b)		pʰ 波 (p)		m 蒙					
舌尖	舌尖		t 低 (d)		tʰ 他 (t)		n 日				l 柳	
	舌尖前		ts 曾 (c)		tsʰ 出 (ch)				s 時			
牙	舌根		k 出 (g)		kʰ 氣 (k)		ŋ 顏					
喉	喉		ɸ 鶯						h 非 (h)			

※ 括號內是本書的羅馬字拼寫符號。

1. 《福州典》的聲母有 15 個（含零聲母），這和現代的福州話是相同的。除了ŋ-聲母之外，其餘的聲母都在國語的聲母系統當中，只要掌握了國語的聲母發音就可以輕易的學會這些聲母的發音。❷

2. / ts-、tsʰ-、s- / 這一套聲母，在和 i、y 起首的韻母相拼的時候會有明顯的顎化情形，有的材料選用 / tɕ-、tɕʰ- / （如陶燠民）或 / tʃ-、tʃʰ- / （如藍亞秀）來作爲音位化的符號，但是這些符號用來和不是以 i、y 起首的韻母相拼的時候，恐怕不容易拼出實際的音值，因此筆者仍然使用 / ts-、tsʰ- / 作爲音位化的符號。

3. 現代的福州話，大多數地區的人是把原來在傳統韻書中的「柳」母的例字唸成了 n-，造成了 n-、l-不分的情況。

4. 在《福州典》中並沒有描寫到福州話連讀時候的聲母類化音變，李如龍說：「福州話聲母的類化在 100 年前的教會羅馬字的方言讀物中還沒有反映，最早的報告見於 30 年代的陶燠民的《閩音研究》。」❸所以現代福州話因爲聲母類化音變而多出β-、ʒ-兩個聲母，這兩個聲母並不包括在語音系統內。

㈡韻母

---

❷ 在序言上說：「在比較上，聲母無需太多的解釋，雖然以上的提醒也適用，它的音和英文中相同字母所發的音幾乎一樣，除了第八個例外，它近似英文字母 j 在 jaw[dʒɔ]一字中的發音。第 13 個(ŋ-)可能會產生困難，因爲大多西方語言以 ng(ŋ) 爲字尾，而不是字頭。快速的說出 singing 這個字，然後省略前面的兩個字母，正確的音就很靠近了。通過練習可以使耳朵和發音器官很快的適應有關聲音。音標若根據國語發音來讀將給福州音提供相當程度的準確性……。」

❸ 見李如龍：〈論漢語方言語音的演變〉，《語言研究》，1991 年 1 期，頁 102-113。

　　《福州典》的韻母是由／a、ɔ、o、œ、ɛ、e、i、u、y／9 個主要元音，／i、u／2 個介音，／i、u、y、ŋ、k、ʔ／6 個韻尾所構組，排列如下：

《戚林八音》	嘉佳	開哉	郊交	山干	—	—	嘉佳	開哉	郊交	山干	—	—
例字	家茶	改	豆頭	三山			百白	沒有字	沒有字	襪鴨		
《福州典》	a	ai	au	ang	aing	aung	ah	×	×	ak	aik	auk
變韻												
國際音標	a	ai	au	aŋ	aiŋ	auŋ	aʔ	aiʔ	auʔ	ak	aik	auk
變韻												

《戚林八音》	歌高	催催		釭綱		歌高	催催		釭綱
例字	刀草	短坐		湯蒜		桌學	沒有字		薄角
《福州典》	o̤	oi		ong	—	o̤h	oih		ok
變韻		o̤i		aung		—	o̤iʔ		auk
國際音標	o	oi		oŋ		oʔ	oiʔ		ok
變韻		ɔi		auŋ			ɔiʔ		auk

《戚林八音》	初梳		東江		初梳		東江	
例字	初梳		多蔥		殼		北六	
《福州典》	e̤		e̤ng		e̤h		e̤k	
變韻	ae̤		ae̤ng		ae̤h		ae̤k	
國際音標	œ		œŋ		œʔ		œk	
變韻	ɔy		ɔyŋ					

《戚林八音》	西街	溝勾	燈庚		西街	溝勾	燈庚
例字	買賣	走豆	冷店		咩	㸷	血八
《福州典》	a̤	eu	eng		a̤h	euh	ek
變韻		aiu	aing			aiuh	aik
國際音標	ε	εu	εŋ		ε?	εu?	εk
變韻		au	aiŋ			au?	aik

《戚林八音》					沒有字		
例字							
《福州典》					eh		
變韻							
國際音標					e?		
變韻							

《戚林八音》	之箕	秋周	賓京		之箕	秋周	賓京
例字	飛肥	手酒	金		氾喉	沒有字	日笠
《福州典》	i	iu	ing		ih	iuh	ik
變韻	e	eu	eng		eh	euh	ek
國際音標	i	iu	iŋ		i?	iu?	ik
變韻	e	eu	eŋ		e?	eu?	ek

《戚林八音》	奇迦		聲正		奇迦		聲正
例字	車蔗		兄餅		壁食		吉屐
《福州典》	ia		iang		iah		iak
變韻							
國際音標	ia		iaŋ		ia?		iak
變韻							

《戚林八音》	橋嬢			香姜			橋嬢			香姜		
例字	橋茄			長丈			尺石			藥腳		
《福州典》	io			iong			ioh			iok		
變韻												
國際音標	io			ioŋ			ioʔ			iok		
變韻												

《戚林八音》	雞圭		燒嬌	天堅			雞圭		燒嬌	天堅		
例字	雞蛇		少跳	欠點			乜		沒有字	接舌		
《福州典》	ie		ieu	ieng			ieh		ieuh	iek		
變韻												
國際音標	ie		ieu	ieŋ			ieʔ		ieuʔ	iek		
變韻												

《戚林八音》	孤姑	輝龜		春公			孤姑	輝龜		春公		
例字	牛苦	水龜		風分			剸	沒有字		福出		
《福州典》	u	ui		ung			uh	uih		uk		
變韻	o	oi		ong			oh	oih		ok		
國際音標	u	ui		uŋ			uʔ	uiʔ		uk		
變韻	o	oi		oŋ			oʔ	oiʔ		ok		

《戚林八音》	花瓜	歪乖		歡官			花瓜	歪乖		歡官		
例字	花話	大磨		半卵			畫	孬		法活		
《福州典》	ua	uai		uang			uah	uaih		uak		
變韻												
國際音標	ua	uai		uaŋ			uaʔ	uaiʔ		uak		
變韻												

《戚林八音》	過朱	杯盃		光光		**過朱**	杯盃		光光	
例字	厝芋	火被		軟門		燭郭	捼		雪月	
《福州典》	uo	uoi		uong		uoh	—		uok	
變韻										
國際音標	uo	uoi		uoŋ		uoʔ	—		uok	
變韻										

《戚林八音》	須車		銀恭			**須車**		銀恭	
例字	豬煮		中鐘			唥		竹叔	
《福州典》	ṳ		ṳng			ṳh		ṳk	
變韻	Ɛṳ		eṳng			eṳh		eṳk	
國際音標	y		yŋ					yk	
變韻	œy		œyŋ					œyk	

《戚林八音》	□蟛	□伓		**無字**		無字	
例字	紙蟛	伓					
《福州典》	—	ng					
變韻							
國際音標	—	e					
變韻	—						

1. a [a]，序言說：「a，在編號 2(ua)、5(ang)、7(a)、9(uang)、27(iang)、31(ia)以及 21(aeng)和 29(ae)的仄聲中讀如 father 一字中的音。a 後面加 i 形成複元音 ai，在編號 6(ai)和 32(uai)中以及編號 14(eng)的仄聲讀如 aisle 一字中 ai 的音。a 後面加 u 形成複元音 au，在編號 22(au)以及編號 19(aung)中的仄聲讀如 house 一字中 ou 的音。」英文 father 的 a 唸[ɑ:]，音位化可以寫成／a／。英文 house 中的 ou

唅[aʊ]，音位上可以寫成／au／。

2. e [e]，序言說：「e，在編號 14(eng)、26(ie)、30(ieng)、33(eu)以及編號 8(ing)的仄聲中近似 men 一字中的發音。在編號 17(ieu)以及編號 4(eu)和 20(e)的仄聲中，它幾乎不可聞而接近 a 在 say 一字中的音。」英文 men 的 e 唸[ɛ]，英文 say 中的 a 唸[e]，這個元音在音位上可以寫成[e]。

3. i [i]，序言說：「i，在編號 3(iong)、4(iu)、12(uoi)、16(ui)、17(ieu)、20(i)、25(io)、26(ie)、27(iang)、28(oi)、30(ieng)、31(ia)中近似 machine 一字中 i 的發音。在編號 8(ing)中，它接近 pin 中 i 的發音，至於 ai 參見上文。」英文 machine 中的 i 唸[i]；英文 pin 中的 i 唸[ɪ]，這個元音，音位化之後可以寫成／i／。

4. o [o]，序言說：「o，在編號 3(iong)，19(ong)，28(oi)以及編號 1(ong)、13(o)、16(oi)的仄聲中讀如 old 中的音。在編號 12(uoi)❹中它幾乎未聞。在編號 15(uong)、23(uo)、25(io)中，它更像 up 中 u 的發音。」英文 old 中的 o 唸[o]；英文 up 中的 u 唸[ʌ]❺。這個元音音位化之後可以寫成／o／。《福州典》有另外一個開口度較大的／ǫ／，音值接近[ɔ]，這兩個符號可以分，也可以不分，為了簡化元音的系統，筆者將它合併為／o／，[ɔ]作為音位變體。

---

❹　uoi 這個韻中的 o 是很微弱的，所以有些材料把它描寫成過渡音，像《討論稿》就寫成 uᵊi，而現代的福州話中，已有一部分人把這個韻母和 ui 韻混同了，造成了舊韻書中「杯、輝」的合併。

❺　根據《福州話音檔》和筆者目前的調查，o 在福州話的任何韻母結構中，都聽不出有[ʌ]音色。

5. u [u]，序言說：「u，在編號 1(ung)、2(ua)、4(iu)、9(uang)、12(uoi)、13(u)、15(uong)、16(ui)、17(ieu)、22(au)、23(uo)、32(uai)、33(eu)以及編號 4(iu)及 19(aung)的仄聲中近似 moon 中的 oo。」英文 moon 中的 oo 唸[u]，音位化寫成／u／。

6. a̤ [ɛ]，序言說：「a̤很像 care 中 a 的發音（編號 24 號），但在仄聲中相當的不同，接近 ae̤，a 有如 father 中之音，而 e̤ 有如 her 中之音。」英文 care 中的 a 唸[ɛ]，音位化可以寫成／ɛ／。如果爲了簡化音位系統，和音標使用的考量，可以把它和[e]合併寫成／e／，把[ɛ]當作音位變體。

7. e̤ [œ]，序言說：「e̤，在編號 21(e̤ng)和 29(e̤)中，類似 her 中 e 的發音。當後面是 ṳ，如編號 11(ṳ)、18(eṳng)中的仄聲，則需特別的注意。」這個元音從現代福州話相關文獻的描寫來看，接近[œ]，音位化寫成／œ／（如果從音標使用的考量上也可以寫成／ø／）。

8. o̤ [ɔ]，序言說：「o̤，在編號 10 中讀如 law 中之 aw，同編號 28 的仄聲。」音位化寫成／ɔ／。

9. ṳ [y]序言說：「ṳ，在編號 11(ṳ)、18(ṳng)中是法文如 lune 中的 u 或德文 für 一字中的 ü。發音器官的位置和 he 中的 e 相同，除了嘴唇是圓起來，就像發 go 中的 o 一樣。」根據現代福州話文獻的描寫來看，這個元音接近[y]，音位化寫成／y／。

10. ／ŋ̍／是鼻音自成音節作爲韻母，不和其他聲母相拼。

11. 一般漢語方言下降複元音之後是不接輔音韻尾的，但是福州話中在陽聲韻有 aiŋ、auŋ、ouŋ、oyŋ、ɛiŋ；在入聲韻有 aik、auk、ouk、oyk、ɛik 這樣的韻母結構，在現代的福州話材料除了陶燠民、藍亞秀、

王天昌❻的材料入聲韻記成-k 之外,其他的材料都已記成-ʔ❼,下

---

❻　研究福州話的相關文獻如下:

陶燠民:《閩音研究》(北京:科學出版社,1956 年 5 月,第一版第一次印刷,簡稱「陶燠民 1956」)。

藍亞秀:〈福州音系〉,《臺灣大學文史哲學報》,民國 42 年第 6 期,頁 241-331,簡稱「藍亞秀 1953」)。

王天昌:《福州語音研究》(臺北:世界書局,民國 58 年,簡稱「王天昌 1969」)。

高本漢:《中國音韻學研究》(臺北:商務印書館,民國 59 年 7 月,臺 3 版)。

福建省漢語方言調查指導組、福建省漢語方言概況編寫組:《福建省漢語方言概況》(廈門,1962 年,簡稱「討論稿」)。

袁家驊:《漢語方言概要》(北京:文字改革出版社,1989 年 6 月,第 2 版第 3 次印刷)。

北京大學中國語文學系語言學教研室:《漢語方音字匯》(北京:文字改革出版社,1989 年 6 月,第 2 版第 1 次印刷,簡稱「方音字匯」)。

李如龍、梁玉璋、鄒光椿、陳澤平:《福州方言詞典》(福州:福建人民出版社,1994 年 10 月第 1 版第 1 次印刷,簡稱「李如龍 1994」)。

陳澤平:《福州方言研究》(福州:福建人民出版社,1998 年 2 月,第 1 版第 1 次印刷,簡稱「陳澤平 1998」)。

梁玉璋、馮愛珍:《福州話音檔》(上海:上海教育出版社,1996 年,第 1 版第 1 次印刷,簡稱「梁玉璋 1996」)。

馮愛珍:《福州方言詞典》(南京:江蘇教育出版社,1998 年 12 月,第 1 版第 1 次印刷)。

❼　如果把福州話的相關文獻依年代排列下來,會發現一個有趣的現象;那就是入聲韻是-ʔ、-k 並存,然後全部變成-k,再全部變成-ʔ,而陽聲韻尾-ŋ 卻都沒有變化。從「語音的變化都是有系統的」這個觀點來看,就會發現福州話的-ŋ、-k 發展的不平衡性。一般來說,漢語方言陽聲韻尾和入聲韻尾的變化是相互牽動的,如果陽聲韻尾會出現什麼樣的變化,那麼它相應的入聲也會有相同的變化方向;例如:潮州話原來可能有-n/-t,後來-n 的例字轉成了-ŋ,-t 的例字自然也都轉成-k。但是福州話的入聲,從文獻上來看大都只剩下-ʔ,而陽聲韻還是保持收-ŋ的情況,這是值得注意的現象。

降複元音接-ʔ在漢語方言中是很普遍的現象❽。根據筆者調查的經驗，這種音節的共同特點就是-ŋ接在單元音後面音色比較顯著，但是接在複元音後面音色比較模糊。

12. / io、oi / 這兩個韻母的例字，在現代福州話相關文獻的描寫，大都唸成/ yo、øy /，藍亞秀認為是高本漢忽略了介音的圓脣性質❾；筆者卻認為這是一種音變的結果。

13. 在《福州典》中有些入聲韻例字很少，而且大都沒有合適的漢字來書寫，如「ɔʔ(oh)、eʔ(eh)、œk(ęk)、εʔ(ạh)、ieʔ(ieh)、yʔ(ụh)」等韻母，這些邊際韻在歸納音系的時候，有些學者為了避免模糊語音系統的基本格局，就不把它列入韻母系統。

14. 在福州話中某些韻母的主要元音會在特定的調型中產生變化，這些運音變現象在《福州典》也有精確的描述。(請參見韻母系統)

(三)聲調

1. 基本調類：福州有 7 個基本調，相關資料的調值對照如下：

---

❽ 在一般的漢語音節結構當中，上升複元音可以接-m/p、-n/t、-ŋ/k 或-ʔ，而下降複元音之後就只能接-ʔ，福州話的下降複元音雖然可以接-ŋ/k，但是也只能出現複元音的音節結構，不會出現在三合元音的音節結構當中，換句話說不會出現像 iauŋ、iauk、uaiŋ、uaik……這樣的韻母。

❾ 如果照藍亞秀的說法，那所有以 i 為介音的韻母都要有圓脣的性質，這恐怕無法合理的解釋福州話的語音系統。筆者認為這一個韻母和 oi 應該要一起觀察，這兩個韻母中的 i 現在的福州話大都唸成 y，陳澤平（1998:87）就提到了 io>yo、oi>oy 這樣的音變事實，所以這不是高本漢在材料上對這個韻母審音的疏漏，他只是參考相關材料加以改寫而已。

	陰平	上	陰去	陰入	陽平	陽去	陽入
(1)《福州典》	44	33	13	13	53	341	4
(2)陶燠民 1956	44	31	113	24	52	452	4
(3)《討論稿》	44	31	213	23	53	242	5
(4)袁家驊	44	31	213	23	52	242	4
(5)《方音字匯》	44	31	213	23	52	342	4
(6)藍亞秀 1953	55	33	11	13	61	242	56
(7)王天昌 1969	55	33	113	24	51	242	45
(8)李如龍 1994	44	31	213	23	53	242	5
(9)梁玉璋 1996	44	32	212	23	53	242	5
(10)陳澤平 1998	55	33	213	24	53	242	5
(11)馮愛珍 1998	55	33	212	24	53	242	5
(12)張屏生	55	31	11	13	51	353	5

　　以上材料來源請參見參考文獻，其中(1)《福州典》、(2)陶燠民是用樂譜音律的高低來描寫聲調，筆者將它轉成 5 點制；(12)是筆者調查審定的材料⑩。

　　下圖是《福州典》的聲調音律圖（轉錄自《福州典》前言 xx）。

---

⑩　筆者 1999 年 4、5 月在日本調查，發音人潘秀蓉 30 歲，日本東京外國語大學大學院（研究所）學生。用五度記調法對於聲調的描寫，應該要有調位的觀念，而不是機械的操弄相對音高在五度上的表現。如果不把「調值」和「調位」分清楚，就會像藍亞秀把陽平調定成 / 61: /、陽入調定成 / 56: /。記調上以能夠辨認調型為主，只要能夠區分調型，調層越少越好，理論上使用 3 個調層就可以把福州話的調位描寫出來了。

(1)陰平調是高平調，定為／44:／。序言說：「第一聲是一致平穩
的聲音，發起來比平常說話的調子略高些，從開始到結束並沒有
升降。在這一點，它像一個音鍵所發出來的音；因此它可以被稱
為唱歌的調或單樂調。進行的時間是長的。」

(2)陰上調是中平調，定為／33:／。序言說：「第二聲以平常說話
的聲調發出，而在結束的時候聲音通常降一個音調，就像英語平
心靜氣的對話中語句的結尾。但是當緊連下一個字的時候，第二
聲則持續而上揚，就像一般談話時，不發重音字的重讀消失一
樣。進行的時間也是長的。」從〈聲調音律圖〉來看，陰上調應
該是中平調；但是從文字解說的理解卻又好像是中降調。福州話
相關文獻陰上調兩種調型都有，本文暫時根據〈聲調音律圖〉把
陰上調定為／33:／。

(3)陰去調是低升調，定為／13:／。序言說：「第三聲是演說家所
謂的「上升的第三聲」，在英語裏直接問句的著重字中可以聽到，
如：「Does it rain?」聲音透過 8 音度中的兩個音調間歇趨向提
高，進行的時間也是長的。」

(4)陰入調是中升促調，定為／13:／。序言說：「第四聲透過同第
三聲一樣的間歇升高，但在試圖發韻尾-h 的音時，它戛然而止，
仿彿突然被打斷一樣。在其他以 ng 結尾的不同聲調的字裏，第
四聲的突然收束聽起來有點像被抑制的或半發的-k，但克啦聲是
聽不見的。它比第三聲發得還快，但是時間頗長。」這是說發-k

的時候，發音的過程只有成阻和持阻，而沒有除阻。

(5)陽平調是高降調，定爲 / 52: / 。序言說：「第五聲是急促的發聲，開始時比平常說話的音調高出兩個調子，然後突然下降到基本調。它是演說家所謂的「下降的第三聲」或強調的時候「下降的第五聲」。它有時候被稱爲訓斥的聲音。」

(6)陽上和陰上是一樣的。序言說：「第六聲和第二聲相同，底下無字。換句話說，它沒有被使用，只是在理論上存在而已。」**⓫**

(7)陽去調是升降調，定爲 / 242: / 。序言說：「第七聲是發自喉嚨的下降昂低音，它從聲音的基調開始，強力提升到五線譜中的第四線音高，再以徹底的重音下降到底下第一線音高，進行的時間是長的。」

(8)陽入調是高促調，定爲 / 4: / 。序言說：「第八聲是第一聲的突然中止，正如第四聲是第三聲的突然中止一樣，它進行的時間短，比第四聲結束得更突然。」

2.連讀變調

(1)序言說：「當兩個或更多字像復合名稱或詞語緊密連結的時候，詞語或詞組中第一個字的聲調可能因這個事實而改變。這條規則

⓫ 從中古音和現代福州話的聲調比較上，原來中古音是上聲調，聲母是清和次濁的例字，現代福州話大都唸陰上調，而全濁聲母的例字大都就和陽去調唸同樣的調值，就是「濁上歸去」。這樣一來在八音中實際上就缺少一個調，傳統的漢學先生教人「呼八音」的時候，爲了方便習誦，會把陽上調在陽上的位置上重複唸一遍，所以序言上才會說：「第六聲和第二聲相同，底下無字。換句話說，它沒有被使用，只是在理論上存在而已。」另外筆者在調查臺灣閩南話的時候，也有發音人在呼八音的時候，會把陰去調和陽去調呼成同調。

的唯一例外應該是當接下來的另一個字純粹是後綴或不重要的
字時，主要字通常毫不更改的保留原來的聲調。」這是說福州話
有連讀變調的現象，一般的連讀變調是發生在詞組的前字，如果
後字是輕聲或特殊的構詞，那麼前字就不變調。

(2)序言說：「當第一聲出現在一個組合的第一個字的時候，它通常
　　以很重及清楚的音調唸出。」根據陳澤平（1998:18）來看，陰
　　平變調有高平調和高降調兩種情況。

(3)序言說：「第二聲變調具有特殊的音調變化，在上面聲調的描述
　　中已經有談論到。」現代福州話的陰上變調有低降調、中平調和
　　高平調三種情況，低降調和輕聲的調值從聲學實驗上是無法分辨
　　的，它的分辨是靠詞彙的結構來判斷。**⓬**

(4)序言說：「第三聲變調無法區別於第一聲。」現代福州話的陰平
　　和陰去變調後的調形完全一樣。**⓭**

(5)序言說：「第四聲變調以-h 結束時有第一聲變調的特質，以-k
　　結束時有第二聲變調的特質。」這是說「收-ʔ的陰入」和陰平變
　　調後的走向完全一樣，「收-k 的陰入」和陰上變調後的調型完

⓬　像臺灣閩南話中的「起厝」和「陳厝」中的「厝」，在聽感上並不容易分辨兩者音
　　值上的差異，筆者只是根據「厝」前面的字有沒有變調來判斷是否為輕聲，前字如
　　果出現變調，那麼「厝」就要唸本調；如「起厝」kʰiₛₛ tsʰu¹¹；前字如果出現本調，
　　那麼「厝」就要唸輕聲；如「陳厝」tan¹³ ·tsʰu₁₁。這兩個詞中的「厝」一個是唸陰
　　去本調，一個是低降調輕聲。

⓭　在調查方言中，因為有些詞素無法找到出現本調的語境，所以經常要利用變調來推
　　本調。如果碰到福州話這種「陰平、陰去和陽去」的變調走向完全相同的情形，就
　　無法明確的掌握該詞素的原始調類。

全一樣。⓮

(6)序言說：「第五聲變調以壓低的聲調發出，沒有明顯的重讀。這
　　個「抑制的第五聲」需要特別注意，因為它和全強調型態的第五
　　聲有著明顯的對比差異。」現代福州話的陽平變調如下：

陽平＋陰平　農村 nuŋ$_{55}$ tsʰuoŋ^{55}　　陽平＋陽平　銀行 ŋuŋ$_{33}$ ŋouŋ^{53}

陽平＋陰上　洋傘 yoŋ$_{33}$ naŋ^{33}

陽平＋陰去　皇帝 xuoŋ$_{21}$ na^{213}　　　陽平＋陽去　名字 miaŋ$_{21}$ nzei^{242}

陽平＋陰入　油漆 iu$_{21}$ zeiʔ^{24}　　　　陽平＋陽入　牛肉 ŋu$_{33}$ nyʔ^5

　　以上轉錄自陳澤平（1998:19），從上面陽平的變調情形來看，
　　「低而壓下」應該是指 21:調，但是陽平變調不全都是變成 21:，
　　也有 33:和 55:的情況。

(7)序言說：「第七聲和第三聲的變調一樣，發音完全和第一聲相同。」
　　現代福州話的陰平、陰去和陽去變調後的調型完全一樣。

(8)序言說：「在福州，第八聲和第五聲變調 發音一樣；在一些鄉
　　間區域會像第一聲的變調那樣，以重音發出。」現代福州話的陽
　　入和陽平變調後的調型完全一樣。

⓮　根據陳澤平（1998）來看，帶「-ʔ的陰入、陽入」在變調後，-ʔ會消失，而且走向
　　分別和陰平調、陽平調的變調一樣。因為陳澤平（1998）沒有收-k 的材料，筆者核
　　對了藍亞秀（1953）的材料，發現收-k 的陰入、陽入調在變調後分別和陰上、陽平
　　變調的調型一樣，差別只是在於-k 的有無；換句話說陰上、陽平的變調沒有-k，而
　　「收-k 的陰入、陽入」變調後仍然有-k。

三、結語

　　《福州典》編纂的主旨是要呈現一部能夠直接解說福州方言的作品，讓學中國語的學生可以通過這本書的內容，來獲得一般中文書寫相關的語文知識。從這個角度來看，這部辭書編纂的成果是應當受到肯定的。除此之外，這部辭書最大的貢獻就是記錄了百年前福州話的語音和詞彙（約 3 萬多條），通過文獻的排比核對，可以瞭解到《福州典》的編纂者具有相當水準的審音能力，所以能夠將百年前福州話複雜的音韻現象作精確的考查和描寫，特別是韻母和聲調的變化方面。在內容上對於沒有適當漢字表現的口語詞也有收錄，這正好彌補了傳統「十五音」韻書的缺失。因此這部辭書對於探索福州話百年來語音變化的研究者來說，具有重要的參考價值。

方言接觸中的規律面向
——從音變規律的「條件項」論閩北方言陽平乙調清化送氣音

黃金文*

摘　要

　　本文的重點有二：一是古全濁聲母字在閩方言清化讀送氣的字在各方言對當與轄字有差異，應爲移借而來的「閩方言清化送氣層」。二是某個特定方言如何藉由音變的傳遞去影響另一個方言，以提供一個討論方言接觸（層次）的新方法。

　　中古的全濁平聲的聲母有一部份字在今天的閩方言裡讀作清化送氣音。在 1 節裡，本文從閩方言的對當與反映，討論這個方言區裡全濁清化讀送氣的現象，既非「分化演變」也不是「原始閩語的濁聲母的不同」。除了從方言接觸的角度比較容易理解閩語清化送氣層與正常的清化不送氣演變之間的糾結外，第 2、3 節更進一步指出閩北方言中「閩方言清化送氣層」的兩項音韻特徵——分別是「舌尖塞音 h-化」與「舌

---

* 　作者現爲國立暨南國際大學中國語文學系助理教授。

尖塞擦音 t^h-化」兩項變化；並由兩個出現「無條件變化」（unconditional sound change）的「來源語標的」（建寧與光澤）聯繫起這個層次與客贛方言之間的關係。

1. 閩方言中古全濁聲母今讀送氣與不送氣

1.1 閩方言中古全濁平聲今讀清化送氣與不送氣

　　中古全濁聲母平聲字在閩北建甌方言中最多有四種可能的讀音。以《建州八音》及石陂方言作對照，建甌方言中古舌尖濁塞音的這四種讀音分別爲 21 調的不送氣清音如「長塘」、21 調的送氣音如「談團」、33 調的送氣音如「籌糖桃」以及 33 調的不送氣音如「綢腸」：

【表一】建甌、石陂方言中古「定」、「澄」聲母的反映

中古聲韻條件	例字	《建州八音》❶	建甌	石陂
流開三尤澄	裯	油直三	tiu21	-----
流開三尤澄	籌	油他一	t^{h}iu33	-----
流開三尤澄	綢	油直一	tiu33	tiu33
宕開三陽澄	長	园直三	toŋ21	doŋ31
宕開三陽澄	腸	园直一	toŋ33	toŋ33

---

❶　以下依序表示某個特定的字在《建州八音》裡收在某韻某聲母的某調之內。例如「裯」字的「油直三」就出現在《建州八音》「油」韻「直」聲的「第三調」所收的字裡。

宕開一唐定	塘	囥直三	tɔŋ21	dɔŋ31
宕開一唐定	糖	囥他一	tʰɔŋ33	tʰɔŋ33
效開一豪定	逃	柴直三	tau21	dɔ31
效開一豪定	桃	柴他一, 柴直三	tʰau33, tau21	tʰɔ33
咸開一談定	談	南直三	tʰaŋ21	daŋ31
山合一桓定	團	蟠直三	tʰuiŋ21	duaiŋ31

上表中有幾組都是中古同音字，如「禂」、「籌」與「綢」，「長」與「腸」，「塘」與「糖」或者「逃」與「桃」，因此可以知道建甌或石陂等方言這些字的聲母今讀的差異不是語音演變的結果。我們把上述的讀音列作底下的表，說明這四種建甌方言可能的讀音分別是「陽平甲調不送氣音」、「陽平甲調送氣音」、「陽平乙調不送氣音」與「陽平乙調送氣音」：

【表二之一】建甌方言中古全濁聲母平聲字的四個層次

建甌	石陂	《建州八音》	例字	
t-/21	d-/31	「直」聲/第三調	禂長塘逃	陽平甲調不送氣音
tʰ-/21	d-/31	「直」聲/第三調	談團	陽平甲調送氣音
t-/33	t-/33	「直」聲/第一調	綢腸	陽平乙調不送氣音
tʰ-/33	tʰ-/33	「他」聲/第一調	籌糖桃	陽平乙調送氣音

建甌方言裡這四個層的區別分別是依閩北方言中古全濁聲母（平聲）今讀[±送氣]與[±陽平甲調]的特徵，至於造成層次的原因是因爲清

化速率與類型不一的方言互相接觸與移借的結果❷。這四個層次的轄字
多寡，各個方言點的實際表現並不一定相同，尤其是表中的「第4層（官
話方言層）」。官話方言層在建甌方言轄有部份中古全濁塞音與塞擦音
字，但在石陂方言裡其轄域則僅有塞擦音，下表各個層次的確實轄域（例
字）暫以建甌為準。又，其中有若干閩北方言其部份中古全濁聲母字仍
讀[+濁]，如石陂方言的第1層，表中以（　）注明。根據黃金文（2000）
的研究，同個層次其它方言點如建甌方言的[-濁]反映應是後起的演
變──清化。因此我們列出石陂方言聲母實際音讀作為對照，以說明其
中[-濁]的 t 本應讀為[+濁]的 d，是一種存古現象。我們以 t 與 d 表示[±
濁]的差異列出這四個層次如下：

【表二之二】閩北方言中古全濁塞音、塞擦音的四個層次

閩北 （　）內為石陂讀音	閩南及 其它閩方言	例字	層次
t- (d-) / 陽平甲調	t-	「堂銅除池齊情」	第1層（閩北原 有反映）
tʰ- / 陽平乙調	tʰ-	「桃頭糖蟲蠶床」	第2層（客贛層）
t- / 陽平乙調	t-	「婆排堂」	第3層（閩南層）
tʰ-(d-❸) / 陽平甲調	t-	「臣巢螃貧頻談團	第4層（官話層）

---

❷　請參考黃金文（2000）博士論文相關章節的討論。

❸　石陂方言的官話方言層僅有中古裡母讀送氣清塞擦音的字，至於中古全濁塞音的字
　　石陂都還保留此區原有的反映，如第1層的讀法，因此我們以(d-)標示。

現在我們要把焦點集中在閩北方言中古全濁聲母平聲字第 1 與 2 層的讀音上。閩北地區方言的陽平字今天分爲四種讀音,其中的陽平甲調讀不送氣清音❹（即上表中的第 1 層）爲原有的反映,如「堂銅除池齊情」；這些字在其它的閩方言都讀爲不送氣清音。換句話說,中古全濁聲母字在閩方言讀不送氣清音是正常的發展,下表爲這些陽平甲調的「堂銅除池齊情」等字在閩方言中的對當：

【表三】閩語次方言古全濁聲母平聲字今讀清化不送氣❺

例字	攝	開合	等第	調	韻	紐	廈門	潮州	福州
池	止	開	三	平	支	澄	ti24	ti55	tie52
除	遇	合	三	平	魚	澄	tu24	tɯ55	ty52
銅	通	合	一	平	東	定	tɔŋ24 / taŋ24	taŋ55	tuŋ52 / tøyŋ52
題	蟹	開	四	平	齊	定	te24 / tue24	toi55	tɛ52
堂	宕	開	一	平	唐	定	tɔŋ24 / tŋ24	tuŋ55 / tʰaŋ55	touŋ52
齊	蟹	開	四	平	齊	從	tse24 / tsue24	tsoi55 / tsʰi55	tsɛ52
情	梗	開	三	平	清	從	tsIŋ24 / tsiã24	tsiã55 / tsʰeŋ55	tsiŋ52

❹ 若是石陂等方言,則聲母未清化,聲調也是讀陽平甲調。

❺ 中古全濁聲母字在閩北的石陂方言仍然讀濁音；而中古全濁聲母字在今天的建陽方言聲母雖不讀全濁,但也仍維持中古塞音、塞擦音的三向對立。舉例來說,中古的「端透定」在這兩種方言都還是對立的。

例字	攝	開合	等第	調	韻	紐	石陂	建甌	建陽	邵武
池	止	開	三	平	支	澄	di31	ti21	lɔi41	tʰi33
除	遇	合	三	平	魚	澄	dy31	ty21	ly41	tʰy33
銅	通	合	一	平	東	定	dɔŋ31	tɔŋ21	lɔŋ41	tʰuŋ33
題	蟹	開	四	平	齊	定	di31	ti21	lɔi41	tʰi33
堂	宕	開	一	平	唐	定	dɔŋ31	tɔŋ21 / tɔŋ3	lɔŋ334 / ---	thuŋ33
齊	蟹	開	四	平	齊	從	dzi31	tsi21 姓/ tsai21	lɔi334 / lai41	tʰi33 / tɕʰi33
情	梗	開	三	平	清	從	dzeŋ31	tseiŋ21	lɔiŋ41	tʰin33 / tʰiaŋ33

　　上面以平聲的舌尖塞音、塞擦音爲例，閩北的石陂、建陽尚保留濁音或清濁的對立；同屬閩北方言的建甌、閩南的廈門與潮州方言，以及閩東的福州方言「堂銅除池齊情」等字的反映則是不送氣的清塞音或塞擦音。只有少數的閩方言將中古全濁聲母字「堂銅除池齊情」等字讀爲送氣音，這些方言則以閩西北的邵武方言爲代表。邵武方言「堂銅除池齊情」字清化讀送氣，我們有理由相信是晚近外來的影響，請參考本文第2節。底下則是一批不合於正常演變的陽平字（即【表二】裡的第2層），這批字「桃頭糖蟲蠶床」在現代的閩方言裡都讀作送氣音，形成表面的例外現象：

【表四】閩語次方言古全濁聲母平聲字今讀清化送氣

例字	攝	開合	等第	調	韻	紐	石陂	建甌	建陽	邵武	福州	莆田	永安	廈門
皮	止	開	三	平	支	並	pʰo33	pʰyɛ33 / pʰo33	(hui334)	pʰɛi53 / pʰi33	pʰui52	pʰuɛ13	pʰuɛ33	pʰi24 / pʰe24
藨	效	開	三	平	宵	並	pʰiau33	pʰiau33	pʰiɔ334	pʰiau53	pʰiu52	pʰiau13	pʰiu33	---❻
篷	通	合	一	平	東	並	---	pʰɔŋ33	pʰɔŋ334	pʰuŋ53	pʰuŋ52	pʰaŋ13	phaŋ33	pʰaŋ24 / pʰaŋ24
糖	宕	開	一	平	唐	定	tʰɔŋ33	tʰɔŋ33	hɔŋ334	tʰɔŋ53	tʰouŋ52	tʰuŋ13	tʰam33	tʰŋ24 / tʰɔŋ24
頭	流	開	一	平	侯	定	tʰeu33	tʰE33	hou334	tʰɛu53 / tʰɛu33	tʰau52	tʰau13	tʰw33	tau24 / tʰɔ24
桃	效	開	一	平	豪	定	tʰɔ33	tʰau33	hau334	tʰau53 / tʰau33	tʰo52	tʰo13	tʰau33	tʰo24 / to24
桐	通	合	一	平	東	定	tʰɔŋ33	tʰɔŋ33 / tɔŋ21	---/ loŋ334	tʰuŋ53	tʰwyŋ52	tʰaŋ13	tʰaŋ33	tʰaŋ24 / tɔŋ24
啼	蟹	開	四	平	齊	定	tʰie33	tʰi33	hiɛ334	tʰi53	tʰiɛ52	tʰil3	tʰe33	tʰi24 / tʰe24
錘	止	合	三	平	支	澄	tʰy33	tʰy33	hy334	tʰɛi53	tʰui52	tʰui13	tʰui33	tui24 / tʰuei24
蟲	通	合	三	平	東	澄	tʰɔŋ33	tʰɔŋ33	hoŋ334	tʰuŋ53 / tʰuŋ33	tʰøyŋ52	tʰaŋ	tʰaŋ33	tʰaŋ24 / tʰiɔŋ24
床	宕	開	三	平	陽	崇	tsʰɔŋ33	tsʰɔŋ33	tʰɔŋ334	tʰoŋ53	tsʰouŋ52	tsʰuŋ13	tsʰam33	tsʰŋ24 / tsʰɔŋ24
樵	效	開	三	平	宵	從	tsʰau33	tsʰau33	tʰau334	tʰau53	(tsʰa52) ❼	(tsʰɑ13)	tsʰa24 / tsiau24	
蠶	咸	開	一	平	覃	從	tsʰaiŋ33	tsʰaŋ33	tʰaŋ334	tʰon53	tsʰɛiŋ52	tsʰaŋ13	tsʰam33	tsʰam24

---

❻　此字泉州音讀 pʰiɔ24，可視爲廈門音的補充。

❼　將這三個點的語音以（）標示出來，是因爲我們懷疑福州、蒲田、泉州三個方言點
　　指示「樵」的本字應該是蟹攝開口二等佳韻的「柴」。請比較這三個方言點的「樵」
　　「藨」，如果是效攝三等開口的字，韻母讀音應該如這三個方言的「藨」。

　　對照【表三】【表四】兩個表，首先從整個閩方言看起，「桃頭糖蟲虦床」等字無論在閩北、閩南或閩東等各個方言都讀爲送氣清音❽；而「堂銅除池齊情」等字的反映則是不送氣清音。其次觀察閩北的邵武方言，「桃頭糖蟲虦床」在邵武方言都讀53調（陰入）；「堂銅除池齊情」讀33調，兩類字今讀不同調。最後是閩北的建陽方言，可以注意「桃頭糖蟲」等中古「定」「澄」母字在建陽皆讀爲擦音 h，「床虦前」等中古「從」「崇」聲母字則讀送氣清塞擦音 tsʰ-或塞音 tʰ-；但「堂銅除池齊情」等字則無論是「定」母或「從」母都讀爲 l-。

　　下兩節將詳細討論與閩北建陽、邵武兩個方言有關的現象，現在我們先來考慮閩方言究竟如何形成今讀清化送氣與清化不送氣的兩組字音。面對「桃頭糖蟲虦床」等今讀爲送氣清音，而「堂銅除池齊情」等字今讀不送氣清音的現象，有三種理解的可能途徑：

　　一、以中古音系統爲基準，到了閩方言發生了「分化」。「桃頭糖蟲虦床」今讀送氣與「堂銅除池齊情」今讀不送氣是條件變化的結果，二者的出現環境正好互補。

　　二、「桃頭糖蟲虦床」今讀送氣及「堂銅除池齊情」今讀不送氣，正展現超越《切韻》等中古音架構的聲母類別。在《切韻》裡等音系裡「桃頭糖蟲虦床」與「堂銅除池齊情」聲母讀同音是因爲這兩類聲母「合流」的結果；相對來說，只有閩方言還保存這個較早期的分別。

　　三、「桃頭糖蟲虦床」今讀送氣而「堂銅除池齊情」今讀不送氣，事實上是兩種不同清化規律的方言相互接觸所造成的。

---

❽　　在這個表裡增加代表閩中的永安方言、及代表莆仙區的莆田方言，顯示「桃頭糖蟲虦床」這類送氣音在地理分布上的範圍。

　　首先我們可以先排除第一種解釋成立的可能：讀送氣的「桃頭糖蟲蟹床」與不送氣的「堂銅除池齊情」這兩組閩方言陽平的讀音不應該是「分化」（split）的結果。對照同樣是中古宕攝開口一等的「糖」字與「堂」字，以及同為中古蟹攝開口四等的「啼」字與「題」字，可以看到同一韻攝等第（和聲調）條件卻各有送氣(tʰ-)與不送氣(t-)兩種讀音。由於語音的演變應該有條件，「糖」與「堂」，「啼」與「題」形成對比，正好說明閩方言的全濁字清化後同時有送氣與不送氣兩種讀法，並不是語音演變「分化」所造成的結果。

　　既然閩方言兼有送氣與不送氣兩組清化讀音不是語音演變的結果，這個現象就只剩後面的兩種解釋方式：古語本來就有讀為[±送氣]的不同，或者方言接觸的結果。若假設古語（原始閩語）中的「桃頭糖蟲蟹床」字與「堂銅除池齊情」字本來在[±送氣]的表現本來就是不同的，即可以為原始閩語構擬兩套濁聲母*d-, *dʰ-，現代閩方言分別讀清化不送氣音與清化送氣音。若認為是方言接觸的結果，則可以假設閩方言分化前曾與其它的漢語方言接觸，形成各方言普遍存在的清化送氣層。

　　接下來在 1.2 節裡，我們要說明閩方言裡清化的字在[±送氣]徵性上出現區域差異，顯示客贛方言極可能是與閩語接觸的「來源語」，正因此造成閩北的清化送氣層轄字範圍較大。從那些各個方言對當不整齊的例字看來，原始閩語的濁聲母系統中[±送氣]徵性不可能同時存在。這個清化送氣徵性出現的區域差異是我們不同意「原始閩語兩套濁聲母*d-, *dʰ-」方案的理由之一。

1.2 閩方言濁音清化[±送氣]表現的地域性差異

　　前面我們曾說有一些中古全濁聲母平聲字在各個閩方言都讀爲送氣音（如「桃頭糖蟲蠶床」），並初步排除這些清化送氣音來自正常語音演變的可能。前文舉出的都是對當整齊的例子，還有一些字各方言在送氣徵性上的對當是很不一致的。這些對當上[±送氣]表現的差異爲——閩北方言讀送氣音，但在閩北以外的各方言卻反映爲不送氣音。比如我們對照閩南的廈門及潮州方言、閩東的福州方言與閩北的建甌方言，就可以看到只有閩北的建甌方言將「前樵臍錘桃鋤」等字讀送氣音：

【表五】閩北方言讀清化送氣而其它閩方言讀清化不送氣的中古陽平字

例字	攝	開合	等第	調	韻	紐	廈門	潮州	福州	建甌
前	山	開	四	平	先	從	tsiɛn24 / tsɪŋ24	tsõi55	tsieŋ52 / seiŋ52	tsʰiɪŋ33
樵	效	開	三	平	宵	從	tsiau24	tsiəu55	tsieu52	tsʰau33
臍	蟹	開	四	平	齊	從	tse24 / tsai24	tsi55 / tsai55	tsi52 / sai52	tsʰe33
錘	止	合	三	平	支	澄	tʰui24 / tui24	tʰui55 / tui55	tʰuei52 / tuei52	tʰy33
桃	效	開	一	平	豪	定	tʰo24 / to24	tʰo55	tʰo52	tʰau33 / tau21
鋤	遇	合	三	平	魚	崇	tʰu24 / ti24	tsʰo55 / tɯ55	tʰy52	tʰy33

　　閩方言在這些字[±送氣]的反映不一，顯示閩方言送氣層（中古全濁平聲字）範圍大小有方言差異。假使閩方言中古全濁聲母今送氣與不送氣兩種讀音是原始閩語音韻系統裡有*d-, *dʰ-兩個音位，那麼我們就不應該看到閩方言內部這種對當上的不一致現象。既然原始閩語音韻系統裡有*d-, *dʰ-，按理*d-, *dʰ-清化以後分別讀作 t-與 tʰ-，兩者之間不會有夾纏不清的現象。就算有部份閩方言採取不同的演變方式，我們也

應該能夠期待「規則變化」（無論是無條件演變或是條件演變的態勢），比如說無論*d-或*dʰ-清化全部讀送氣音 tʰ-(*d-, *dʰ- > tʰ-)，或者*d, *dʰ-清化全部讀作不送氣音 t-(*d-, *dʰ- > t-)。如今各方言在送氣與否出現這種對當的參差，使得原始閩語兩套濁聲母 d, dʰ假設的解釋力變得薄弱而且不周延。

　　相反的，若閩方言送氣層是因為方言接觸所造成，那麼越靠近「來源語」的區域，清化送氣音「取代」原有濁音或清化不送氣反映的可能性越高，這種對當上[±送氣]的差異也就被視為合理且正當。上面這些字在接近客贛的閩北方言區讀作送氣，而除了閩北之外的閩方言都讀作不送氣，表示：客贛方言極可能是閩方言送氣層的「來源語」。表中還有部份字出現了「異讀」，如「錘鋤桃」等，就是「取代」過程中兩語音形式並存的現象。以閩南的廈門方言為例，「錘鋤桃」等字不送氣的讀音反映了閩語的全濁清化，而送氣的異讀則是借自於客贛方言。這幾個字[±送氣]的「異讀」正是閩方言與客贛方言接觸的證據。另外我們再看上表裏閩南方言三個沒有異讀的字，看這幾個字在閩北地區的讀音：

【表六】閩北方言「前」「臍」「樵」字讀音

例字	攝	開合	等第	調	韻	紐	石陂	建甌	建陽	邵武	崇安
前	山	開	四	平	先	從	tsʰiŋ33	tsʰiIŋ33	tsʰien334	tʰin53 / tʰiɛn33	tsʰiŋ33
臍	蟹	開	四	平	齊	從	tsʰe33	tsʰe33	tʰe334	---	tsʰie33
樵	效	開	三	平	宵	從	tsʰau3	tsʰau3	tʰau334	tʰau53	tʰau33

　　相對於閩南方言[-送氣]的表現，這三個字在閩北方言裡都讀作[+送氣]，這個現象顯示我們的設想有其道理。前面說過「前臍樵錘桃鋤」等字在閩南與閩東等地區讀不送氣而閩北讀送氣音，也看到「錘鋤桃」等字在閩南等地有送氣與不送氣的異讀，從而推測：客贛方言區是閩方言全濁清化讀送氣這個層次的來源。當方言接觸意味著「取代」時，除了閩北以外，那些距離稍遠的閩方言自然還有若干字的不送氣音讀未被取代。在不保存異讀的情況下，閩北區域內的石陂、建甌、建陽、邵武乃至崇安一致地將「前臍樵」等字讀為送氣音，則是客贛方言的清化送氣音與原有不送氣反映置換最成功的例子。若從閩北方言這種讀送氣的一致表現，我們可以再推論：有一部份閩語送氣層的形成可能晚於閩北與其它閩方言分化的時間。

1.3 清化規律與原始閩方言的濁聲母

　　上節說明「原始閩語兩套濁聲母*d-, *dʰ-」沒有辦法解釋：何以濁音清化後，原始閩語*dʰ-的字在今天的各個閩方言不是一致地讀送氣的tʰ-。接下來我們從石陂等保留中古「端透定」聲母三向對立的方言，說明「原始閩語兩套濁聲母*d-, *dʰ-」方案不能成立的另一個理由。

　　我們注意到閩方言讀清化不送氣的字（「堂銅除池齊情」等）在石陂等少數方言仍保存著濁音的讀法；但是那些讀清化送氣的字（「桃頭糖蟲蟳床前臍樵錘鋤」等）卻沒有任何一個閩方言還讀作濁音。若以舌尖塞音與塞擦音為例，可以表示如下：

【表七】閩方言今讀[±送氣]的中古全濁舌尖音的清化差異

石陂	建甌	閩南、閩東等	例字
d-	t-	t-	堂
t^h-	t^h-	t^h-	糖
dz-	ts-	ts-	齊
ts^h-	ts^h-	ts^h-	臍

　　假如原始閩語有兩套（甚至更多）濁聲母，這幾套濁聲母在清化與不清化的表現上應該是一致的。所以像石陂這種未發生清化的方言，就應該有 d-與 d^h-兩種舌尖濁塞音，在那些聲母已經清化的方言中 d-與 d^h-則分別讀作 t-與 t^h-。可是我們看到的現象是：石陂只有不送氣的舌尖濁塞音 d-，卻沒有送氣的舌尖濁塞音 d^h-。這樣的現象顯示：原始閩方言的濁音只有一套，而且這一套濁音在那些聲母發生清化的方言裡讀不送氣清音；而那些各個方言都讀作送氣清音的字是外來的。否則無法解釋何以僅見原始閩語 d-今讀濁音的方言，卻看不到原始閩語 d^h-今讀濁音的方言！

　　在本文進一步「閩語今讀清化送氣音層」系統性特徵以前，現在簡單總結 1.1 節關於閩方言對當的討論：

　　一、以舌尖音來說，「桃頭糖蟲蠶床」等字無論在閩北、閩南或閩東等各個方言都讀為送氣清音，而「堂銅除池齊情」等字的反映則是濁音或不送氣清音；裡頭有些成對的中古同音字，如「糖」與「堂」，說明中古全濁聲母平聲字在今天的閩方言有「清化送氣」與「清化不送氣」兩種音讀，不應是正常的語音演變（「分化」）所造成的。

二、如「堂銅除池齊情」一類，閩方言今讀濁音或不送氣清音的那些字，在各方言間的對當大致整齊。但另外有一批字（「前臍樵錘桃鋤」等字）閩北讀送氣音，在閩南與閩東等地區卻讀不送氣音。清化的送氣徵性出現區域差異顯示：客贛方言極可能是與閩語接觸的「來源語」，致使閩北的清化送氣層轄字較多。而同時，這個清化後送氣徵性表現的區域差異也正是我們不採取「原始閩語兩套濁聲母*d-, *dʰ-」方案的理由。

三、假如原始閩語有兩套（甚至更多）濁聲母，這幾套濁聲母在清化與不清化的表現上應該是一致的。可是我們看到的現象是：像石陂這類濁音未清化的方言裡，只有不送氣的舌尖濁塞音 d-，卻沒有送氣的舌尖濁塞音 dʰ-。這樣的現象說明閩語裡讀送氣清音的那些中古全濁聲母字「桃頭糖蟲蟹床」等是移借來的。

四、在閩北讀清化送氣的字裡，「錘鋤桃」在閩南等地出現了送氣與不送氣的異讀，表示閩南這幾個字的讀音還有若干游離空間，原有的清化不送氣音未完全被清化的送氣音取代。至於閩北的石陂、建甌、建陽、邵武乃至崇安一致地將「前臍樵」等字讀爲送氣音，表示閩語送氣層的形成最晚可能晚於閩方言分化。不過，究竟「送氣清化層」進入閩語確實「時距」有多長，尚待進一步觀察。

2 舌尖塞音 tʰ, d 讀 h-

在 1.2 與 1.3 節中，本文由閩北方言討論「清化送氣層」的兩項音韻變化：送氣舌尖清塞音與舌尖濁塞音的擦音化(*tʰ, *d > h)，以及送氣舌尖清塞擦音與舌尖濁塞擦音的塞音化(*tsʰ, *dz > tʰ)。

2.1 舌尖塞音 h-化的典型：建寧方言

漢語裡舌尖塞音讀爲清擦音 h-的現象分布在閩北的建陽、邵武、光澤、泰寧，贛方言區的吉水、南城、建寧等地，還有粵方言區的斗門、江門、新會、台山、開平、恩平和鶴山等地。福建北部的閩方言除了建陽之外，其它的方言的地理位置都很接近江西省，所以一般稱閩西北方言；贛方言的南城、建寧也在閩贛兩省交界的區域，其中建寧方言更在福建省境內。我們先來看中古「定澄」母字在閩北建陽、邵武方言以及贛方言的建寧、南城等地今讀：

【表八】建陽、邵武及建寧、南城方言「定」「澄」母字的反映

字	建陽	邵武	建寧（贛）	南城（贛）
糖	hɔŋ334	tʰɔŋ53	haŋ213	hɔŋ45
頭	həu334	tʰɛu53 / tʰɛu33	heu213	hiɛu45
桃	hau334	tʰau53 / tʰau33	hau213	hou45
桐	--- / lɔŋ334	tʰuŋ53	hŋ213	---
啼	hiɛ334	tʰi53	---	---
銅	lɔŋ41	tʰuŋ33	hŋ213	tʰuŋ45
題	lɔi41	tʰi33	hi213	tʰi45
堂	lɔŋ334	thuŋ33	hɔŋ213	hɔŋ45

錘	hy334	tʰɛi53	tsʰi213	tɕʰy45
蟲	hoŋ334	tʰuŋ53 / tʰuŋ33	tʰuŋ213	tʰuŋ45
池	lɔi41	tʰi33	tsʰi213	tɕʰi45
除	ly41	tʰy33	tsʰi213	tɕʰy45

我們已經說過閩北方言「定」母反映為陽平甲調濁音或清化不送氣音，如表中的「銅題堂」等字；另外有一批屬於「閩方言清化送氣層」的字，如「糖頭桃桐啼」等，在閩北地區則讀為陽平乙調的送氣清音。我們可以看到閩北建陽方言「糖頭桃桐啼」這些閩方言一般讀清化送氣的字，建陽全部都作擦音 h-。另一方面，贛語南城、建寧方言並沒有陽平甲乙的分別，不過這兩個方言與建陽同樣都有「定」母擦音化的演變，而且在建寧方言裡不分「銅題堂」或「糖頭桃桐啼」全部都讀 h-聲母。至於閩北的邵武，雖然未發生上述的變化，卻在聲調上區別「銅題堂」與「糖頭桃桐啼」的不同。

　　建陽、南城與建寧中古「定」母所發生的變化(*d > h-)，與中古的「透」母字的變化是一致的。底下是贛語建寧方言中古「蟹山效咸」四攝的「透」母字：

【表九】建寧方言「蟹山效咸」四攝的「透」母字今讀❾

蟹攝		山攝		效攝		咸攝	
太	hai	攤	han	討	tʰau	貪	ham
梯	hi	炭	han	套	hau, tʰau	探	ham
體	hi	鐵	hiet	挑	hiau	塌	hap
替	hi	脫	hɔt	跳	hiau	塔	hap
推	hei					添	hiam
腿	hei					貼	hiap
退	hei						

---

❾　含中古漢語各個調類的字。

從建寧方言蟹山效咸四攝「透」母字的反映，我們可以說這個方言舌尖送氣清塞音的擦音化(*t^h > h-)是「無條件變化」❿。少數例外的情況，如「討 t^hau」「套 t^hau」應是後來與其它方言接觸造成的，「套」字的異讀 t^hau 與 hau 正可以說明這樣推測的合理性。在這個方言中古「定」母先清化，之後再與「透」母字共同變化爲 h-聲母，可作以下的式子：

【式一】建寧方言中古「定」「透」母的演變

定母 (*d- >) d- > t^h- > h-

透母 (*t^h- >) t^h- > t^h- > h-

建寧方言「定」「透」母擦音化*d-, *t^h- > h- 是一種「無條件變化」。像建寧這類「無條件變化」的方言對「方言接觸」課題有兩種可能的幫助：

一、建寧方言極可能就是最先發生這類「舌尖塞音擦音化」演變的方言；由於爲變化的擴散中心點，因此在這個方言裡「無條件變化」正如「條件變化」都是規則音變，也就是說都有「條件項」存在，所以我們能找到變化的條理。

二、另一種可能是，建寧方言的變化是來自臨近方言的影響或引發，我們可以假設這個「來源語」所發生的舌尖塞音擦音化是一項規則演變；但更重要的是建寧接受了這類變化而且加以放大成爲「無條件音變」。同時由於建寧的這項變化適用於所有合乎條件的「演變項」上，

---

❿ 如果寫成規律，「無條件音變」表示其條件項爲ø，所以這樣的變化還是有條理可詢，可視爲「規則變化」的一種。

所以可以知道建寧方言有足夠的能量對外傳播「舌尖塞音擦音化」的演變。

無論建寧的這項*d-, *tʰ->h-變化是屬於前者還是後者，建寧方言在這個變化的傳播過程裡扮演的無疑地都是「傳導者」角色，而非影響力所及的邊界「終止者」。所以建寧這樣的「來源語標的」提供我們的其實是：影響建陽方言發生*d-, *tʰ->h- 的「來源語」或「中介者」的一個典型。以下本文將簡單以「來源語標的」稱呼建寧這樣的角色。

2.2 建陽方言部分中古定母字讀 h-

前面舉出建寧做爲影響建陽方言發生*d-, *tʰ- > h-的「來源語標的」，接下來繼續說明的是建陽方言將塞音讀爲擦音 h-的情況。贛語的建寧方言將中古透母字反映爲 h-，在閩北的建陽方言裡也可以看到同樣的變化。中古「透」母字在建陽方言全部讀爲擦音 h-，如：

【表十】建陽方言中古「透」母字今讀⓫

他 ha,	拆 hia,	托 hɔ,	土 ho,	踢 he,
拖 hue,	胎 hai,	悌 hɔi,	天 hieiŋ,	炭 hueiŋ,
汀 haiŋ,	挺 hɔiŋ,	吞 huŋ		

我們已經說過建陽方言中古「透母」字讀爲擦音 h-的變化是一則無條件的變化。建陽方言的「定母」字先是清化爲 tʰ-（濁音清化，全部送氣），而後隨著「透母」tʰ-變化爲 h-聲母。比較建陽與建寧兩個

⓫　含中古各個調類的字。

方言，「舌尖塞音擦音化」現象最大的差異在中古「定母」字的反映。建寧方言的定母字全部都讀為擦音 h-，與「透母」字一樣，為無條件變化；而建陽方言卻只有一部份的「定母」字讀 h-：

【表十一】部份閩北方言及贛、粵方言「定」等字的對當⑫

字	建陽	邵武	建寧（贛）	南城（贛）	斗門（粵）	台山（粵）
糖	hɔŋ334	tʰɔŋ53	haŋ213	hɔŋ45	hɔŋ22	hɔŋ22
頭	hou334	tʰɛu53 / tʰɛu33	heu213	hiɛu45	hɐu22	heu22
桃	hau334	tʰau53 / tʰau33	hau213	hou45	hou22	hau22
桐	--- / lɔŋ334	tʰuŋ53	hŋ213	---	hɔŋ22	høŋ22
啼	hiɛ334	tʰi53	---	---	hɐi22	hɐi22
銅	lɔŋ41	tʰuŋ33	hŋ213	tʰuŋ45	---	---
題	lɔi41	tʰi33	hi213	tʰi45	---	---
堂	lɔŋ334	thuŋ33	hɔŋ213	hɔŋ45	---	---

以下是同屬中古效攝一等侯韻的「偷頭」二字在各方言的反映，在出現「定」「透」聲母擦音化的方言裡，「偷」（透母）與「頭」（定母）兩字今天都讀為 h-聲母：

---

⑫ 漢語裡舌尖塞音讀為清擦音 h-的現象除了閩北的建陽外，還分佈於贛方言區的吉水、南城、建寧等地以及粵方言區的斗門、江門、新會、台山、開平、恩平和鶴山等。這些分屬贛、粵、閩的漢語方言的定母字在濁音清化後，與中古的透母字採取同樣的弱化趨勢。由於贛、粵、閩這些方言在演變上有許多相似處，所以我們一併列表以供參照，不過目前尚沒有證據可以說明粵方言與客贛到閩西北地區所發生的變化有甚麼樣的關聯。

字	建陽	邵武	斗門（粵）	台山（粵）	建寧（贛）	南城（贛）
偷	hɔu53	tʰɛu21	hɐu33	heu33	hɔu34	hiɛu11
頭	hɔu334	tʰɛu53 / tʰɛu33	hɐu22	heu22	heu213	hiɛu45

從「偷頭」在建陽讀 h- 的現象看來，建陽的這種「透母」字與部份「定母」字合流之後再發生變化的情形，與建寧方言的並無不同。結合上一個表中，建陽方言中古「定」母字的演變，可寫如下：

【式二】建陽方言中古「定」「透」母的演變

　　　　　定母　　　　d-　　＞l-　　＞l-

　　　　　　　　　　　d-　　＞tʰ-　＞h-

　　　　　透母　　　　tʰ-　　　　　＞h-

值得注意的是：那些建陽方言裡讀 h- 的中古全濁塞音，如舌尖塞音「桃頭糖」等，在其它的各個閩方言都讀爲送氣清音。換句話說，建陽方言中古「定」母字今讀有兩個層次，各讀爲 l- 與 h-。比 l- 與 h- 稍早的一個階段是 d- 與 tʰ-，正是其它閩方言的 d-（清化後則作 t-）與 tʰ-兩個層次。建陽在中古「定」母字讀 tʰ-這個層次裡的進一步發展，讀h-，本文以爲與建寧等方言密切相關。

2.3 建陽方言部分中古澄母字讀 h-

前一段觀察了建陽等地中古「透」「定」母今讀爲擦音的現象，現在要看的是建陽的「澄」母字今讀。下面是建陽、邵武及其它有相似現象的方言：

【表十二】部份閩北方言及贛、粵方言「鎚」「蟲」字今讀

字	建陽	邵武	建寧（贛）	南城（贛）	斗門（粵）	台山（粵）
鎚	hy334	tʰɛi53	tsʰi213	tɕʰy45	tʰui22	tsʰui22
蟲	hoŋ334	tʰuŋ53 / tʰuŋ33	tʰuŋ213	tʰuŋ45	tʰoŋ22	tsʰøŋ22

對照建陽等地「定」「澄」母字今讀，可以發現建陽的澄母「鎚蟲」字與定母的「糖頭桃」等字發生相同的變化－讀爲 h-聲母，而其它舌尖塞音讀爲清擦音 h-的方言並不如此。下面我們利用幾個字說明中古「知」系字與「端」系字在這些方言中演變的異同：

【表十三】部份閩北方言及贛、粵方言「知、徹」母字的反映[13]

字	中古聲母	建甌	建陽[14]	邵武	建寧	南城	斗門	台山
多	端母	tuɛ, tɔ	tɔ	to, tai	tɔ	tɔ	t uɔ	uɔ
豬	知母	---[15]	---	ty	tsɔ	tɕiɛ	tsi	tsi
知	知母	ti	toi	ti	tsi	tɕi	tsi	tsi
追	知母	ty	---	tsei	tsi	tɕi	tsui	tsui
拖	透母	tʰuɛ, tʰɔ	hue, tʰɔ	tʰo, tʰai	tʰɔ, hɔ	hɔ	huɔ	h uɔ
超	徹母	tʰiau	hiɔ	tʰiau	tʰau	tʰau	tʰiu	tsʰiau

---

[13] 由於這些字在聲調上的反映十分規律，又與此處的討論無關，故本表省略掉聲調的標示。

[14] 建陽方言的語料十分有限，所以這個表還有許多字的讀音必須空白。所幸，建陽方言的知系字反映與其它閩北方言相同——多半爲讀舌尖塞音（「端知不分」），因此這個部份請參考同爲閩北的建甌與邵武方言。

[15] 建甌、建陽等閩北方言稱「豬」爲 kʰy21，我們懷疑「豬」不是 kʰy21 的本字，故不列入。

抽	徹母	tʰiu	hau	tʰɔu	tʰɔu	tɕʰiu	tʰɐu	tsʰeu
撐	徹母	tsʰaiŋ	---	tʰaŋ	tʰaŋ	tʰaŋ	tʰaŋ	tsʰaŋ
癡	徹母	tsʰi	---	tɕʰi	tsʰi	tɕʰi	tʰi	tsʰi

　　比較「豬知追」與「多」等字的讀音，我們可以知道贛語的建寧
與南城、粵語的台山與斗門方言「端母」「知母」早已分化爲二，所以
知母的「豬知追」今讀塞擦音而非塞音。既然「知母」與「徹母」、「澄
母」爲同一個發音部位的語音自然類，那麼平行於「知母」讀塞擦音，
屬於中古「徹母」的「超抽癡撐」等字在這些方言裡的讀音也應該是塞
擦音而非塞音。因此我們可以判斷這些方言中「徹母」作送氣清塞音的
讀音實爲後來語音變化的結果，而不是直承上古漢語「端知不分」的特
徵。同理，贛語的建寧、南城以及粵語的台山、斗門方言的「澄母」字
應該讀爲舌尖塞擦音，所以建寧與南城中古澄母的「蟲」字讀送氣的舌
尖清塞音 tʰ- 也應該是後來的變化：

　　【式三】建寧、南城等方言中古「端系」「知系」的變化

　　　　　定母　　　　　d- > tʰ- > h-

　　　　　澄母　　　　　dz- > tsʰ- > tʰ-

　　　　　透母　　　　　tʰ- > tʰ- > h-

　　　　　徹母　　　　　tsʰ- > tsʰ- > tʰ-

　　至於建陽方言，我們看到的是端系與知系聲母平行的變化，中古
「定」「澄」母字先經過濁音清化，再與「透」「徹」母字一起演變成
爲擦音 h-：

　　【式四】建陽方言中古「端系」「知系」的變化

定母　　　　d->t^h-　　　>h-

澄母　　　　d->　　t^h-　　>h-

透徹母　　　t^h->t^h-　　　>h-

　　最後來看邵武方言。邵武方言「追（知母）」讀塞擦音 ts-而「豬知（知母）」等字還讀舌尖塞音 t-，由此很難判斷「超抽撐拆（徹母）」「錘蟲（澄母）」作送氣的舌尖清塞音應爲「存古」特徵——「端知不分」，還是像建寧等地方言般爲「創新」的結果——送氣清塞擦音「塞音化」。在這個變化上可以參考邵武方言的「章」「莊」「昌」「初」「崇」等中古聲母字今讀：

【表十四】邵武方言中古「章」「莊」「昌」「初」「崇」今讀[16]

ts-（或 tɕ-）　　　之紙志質（「章母」）、爭盞壯捉（「莊母」）

ts^h-（或 tɕ^h-）　車扯臭尺（「昌母」）、叉鏟察（「初母」）

　　　　　　　　　愁鋤助（「崇母」）

t^h-　　　　　　　吹炊出（「昌母」）、叉鏟察抄炒（「初母」）

　　　　　　　　　巢床助（「崇母」）

　　根據邵武方言中古「章」「莊」母字今讀塞擦音 ts-聲母，中古「昌」「初」「崇」聲母字[17]今有讀作塞擦音 ts^h-（若後接-i-則作 tɕ^h-）也有

---

[16]　本表不限於平聲字。又，邵武方言還有部份的「崇母」字讀 s-（後接-i-讀作ɕ-）如「事士柿」等，與這裡的討論無關，故略。

[17]　這裡的中古濁聲母之所以不包括中古的「船」母，是因邵武方言的「船母」字與「禪母」字都讀爲ɕ-，與這裡的討論無關。

讀爲 t^h-聲母的現象，我們只能就道理上說明並假設：邵武方言中古「徹」
「澄」二母今讀 t^h-的字，不完全是「存古」「端知不分」；中古「徹」
「澄」二母邵武方言今讀 t^h-的字有部份很可能像建寧方言－是來自中
古「徹」「澄」二母字先讀爲塞擦音 ts^h-再演變爲送氣清塞音 t^h-的結
果。

2.4 邵武方言的兩次全濁清化

在討論完建陽方言的舌尖塞音擦音化後，還有一個相關問題需要
交待：從邵武陽平調分甲乙的現象，應假定邵武方言陽平甲乙兩批字聲
母的清化不在同個時期：至少前一批清化的時間就在閩方言「清化送氣
層」進入的同時。

1.1 節曾經說明過閩方言陽平字的兩種今讀－送氣與不送氣音，清
化讀不送氣音是原有的反映，清化讀送氣音則與客贛方言接觸的結果。
隨後我們說明建寧*d-, *t^h- > h-的無條件變化，並以建寧爲建陽方言的
舌尖塞音擦音化的「來源語」。相對於建陽等若干閩北方言，邵武方言
裡雖未出現「桃頭糖蟲蠶床」讀擦音 h-的現象，「桃頭糖蟲蠶床」等
字在聲調上卻有特殊的反映。由邵武「桃頭糖蟲蠶床」讀 53 調⓲而「堂
銅除池齊情」卻讀 33 調的現象，本文認爲邵武這兩批字的清化是兩個
不同時期的移借產物。否則無法理解同屬中古陽平字，在邵武方言何以
有些讀 53 調有些讀 33 調：

⓲ 同樣將「頭桃蠶前床」等陽平字讀爲送氣清音（或 h-）、入聲（或去聲）的方言除
　了邵武還有閩西北的光澤、泰寧、順昌、將樂、明溪等方言，這裡取邵武爲代表。

【式五】邵武方言移借自客贛方言的兩次全濁清化

邵武方言（平聲）

全濁清化一 *d > tʰ-, 53　　　　早期借詞

全濁清化二 *d > tʰ-, 33　　　　晚期借詞⓳

如果我們同意全濁字「堂銅除池齊情」清化後讀爲不送氣音是閩方言典型的反映，那麼邵武方言這兩則前後不同時期的清化律在聲調上出現差異，但在送氣與否的反映則是相當一致，正說明：邵武的這兩則清化律受到客贛方言的影響極深。前一則清化律出現在早期進入閩方言的那些客贛方言借字，如「桃頭糖蟲鱟床」。早期的「桃頭糖蟲鱟床」等字是閩方言共有的大層次，邵武方言除了表現在聲母的送氣外，也表現在聲調讀 53 調。晚期的借字則如「堂銅除池齊情」等字，應晚於閩方言的分化，這一期呈現的特徵是以 33 調搭配送氣音。

　　我們可以注意到邵武方言 53 與 33 兩調的陽平字都只有送氣清音。爲什麼不說邵武的「桃頭糖蟲鱟床」與「堂銅除池齊情」讀送氣音是同時變化的結果？既然閩北地區的方言陽平調普遍出現甲乙調的分化，我們何不主張邵武方言也只是陽平分化爲 53 與 33 兩調，而讀爲 53 與 33 這兩調的陽平字同時受到客贛方言送氣的影響？不過，從閩方言「桃頭糖蟲鱟床」等字都讀爲送氣清音的情況看來，不需要將邵武方言 53 調與 33 調陽平字的清化視爲同時。還有另一個理由是有些邵武方言的陽平字出現「異讀」的現象，表示這種現象是方言接觸所造成的。

⓳　邵武方言第二次移借的清化律，由於其施用範圍極廣，有時我們也以規律的移借看待。

像底下這三組異讀字就可以證實 53 與 33 兩種陽平調應屬於兩個層次：

皮　　　$p^h\epsilon i53$ / $p^h i33$

頭　　　$t^h\epsilon u53$ / $t^h\epsilon u33$

桃　　　$t^h au53$ / $t^h au33$

　　基於各個閩方言「桃頭糖蟲簟床」等字讀爲送氣清塞音，我們應理解爲閩方言與客贛方言接觸的一種早期借字。這批借字由於進入閩語的時間極早，使得閩語各方言在這些字[+送氣]與[-濁]兩項特徵的對當上十分一致：各個方言無論濁音清化與否，「桃頭糖蟲簟床」等字都作送氣清音；而閩語的濁音清化律除了邵武以外都爲「濁音清化不送氣」。邵武方言這批早期借字與後來的濁音清化的字不同聲調；至於邵武方言裡讀 33 調的陽平字音一律送氣，可視爲這個方言的晚期借字。

　　簡單地作個小結，由於邵武、建陽乃至於其它閩方言「桃頭糖」等借字出現了有別於「堂銅」的反映與對當，請參考以下：

【表十五】邵武、建陽及其它閩方言「桃頭糖」與「堂銅」等字的對當

	邵武	建陽	石陂	其它閩方言
「桃頭糖」	t^h-/53	h-	t^h	t^h
「堂銅」	t^h-/33	l	d	t

我們便可以指出「閩方言清化送氣層」的第一項特徵，中古「定」母字清化讀送氣與中古的「透」母 t^h-合流（除了建陽以外的閩方言），在建陽則 t^h-進一步演變讀 h-。本節一方面以建寧方言作爲建陽等方言舌尖塞音 h-化的「來源語標的」，說明「閩方言清化送氣層」在建陽方

言的變化；另一方面用邵武方言中古全濁平聲字今讀[+送氣]/53 調，說明「閩方言清化送氣層」的[+送氣]應來自客贛方言的影響。如果我們單就中古全濁聲母邵武今讀送氣清音這個特徵看，邵武方言正可以反映客贛方言的影響。因為邵武方言的兩個層次裡，無論先後，清化送氣的發生都是「完全」的（即無條件變化）；站在這個角度上說，邵武方言無疑也是一個「來源語標的」，作為「閩方言清化送氣層」接受客贛語清化律的中介。

3 舌尖塞擦音 ts^h-, dz-讀 t^h-

3.1 舌尖塞擦音 t^h-化的典型：光澤方言

本節將討論閩方言「清化送氣層」的另一項特徵：舌尖塞擦音 t^{h}化。首先提供發生舌尖塞擦音*dz-, *ts^h-完全演變為送氣清塞音 t^{h}的方言，說明「舌尖塞擦音 t^{h}化」變化的典型，以作為閩北地區發生這項變化的影響源——「來源語標的」。

光澤是一個閩西北方言，光澤也和其它的閩北方言一樣，陽平有分為甲乙兩調的情形，其中以舌尖塞音最為明顯：

【表十六】光澤方言的定母字

桃	hau41	逃	t^{h}au334
潭	həm41, həm334	談	t^{h}an334
糖	hoŋ41	堂	hoŋ334
桐	hŋ41, t^{h}uŋ334	銅	hŋ334, t^{h}uŋ334
頭	hɛu41	投	hɛu334

除此之外，光澤方言的語音系統裡還有另一項值得注意的音韻變化——中古舌尖塞擦音「清」「從」聲母字在今天的光澤方言讀作送氣的舌尖清塞音 tʰ-。而且相當有意思的是光澤這項由舌尖塞擦音*dz, *tsʰ變化爲 tʰ-的演變是「無條件的變化」，底下是中古「蟹山效咸」四攝的「清」母與「從」母字：

【表十七】光澤方言「蟹山效咸」四攝的「清」母與「從」母字[20]

	蟹攝		山攝		效攝		咸攝	
從母	裁	tʰai	錢	tʰien	造	tʰau	蠶	tʰɔm
	才	tʰai	前	tʰin	槽	tʰau	暫	tʰiɛm
	材	tʰai	全	tʰien	樵	tʰau	雜	tʰap
	在	tʰai	賤	tʰiɛn	曹	tʰau		
	財	tʰai	絕	tʰiɛ	皂	tsau		
	齊	tʰi	截	tsɔi				
	罪	tʰɛi, tsɛi						
清母	菜	tʰə, lai	淺	tʰiɛn	草	tʰau	參	tʰam
	猜	tʰai	擦	tʰai	俏	tʰiau		
	踩	tʰai	切	tʰɔi, tʰie				
	蔡	tʰai						

需要補充說明的是光澤方言塞擦音讀塞音的變化其實適用於中古精莊二系的字。在此爲了方便只舉出中古精系字作例子。

上列「蟹山效咸」四攝的「清」母與「從」母字光澤今讀多反映爲 tʰ-，幾個有限的例外只有：「皂菜截罪」字。無論從中古或現今平

面的音韻來看，「皂菜截罪」等字讀 ts-並沒有一致的條件，單獨來看：光澤「菜」讀 lai 僅見於地名，還不能確定「菜」是否爲 lai 的本字❷。光澤方言裡「肥皂」一般稱「鬼子鹼」kuei44 tsə44 kam44，（見陳章太、李如龍 1991, p.248）；因此光澤「皂」應該是最近的外來詞彙，所以我們這裡的討論可以將「皂」讀 ts-排除在外。從「罪」字聲母有 tʰ-與 ts-異讀的情況，更可以說明光澤方言「清從」母字讀 ts-與 tʰ-實際上是個方言接觸的問題（ts-層晚於 tʰ-層）。基於「皂菜罪」等類的考慮，可以將「截」讀 ts-視爲較早的 tʰ-聲母已完全被外來的 ts-聲母置換的結果。

中古舌尖塞擦音「清」「從」聲母字在今天的光澤方言全部讀作送氣的舌尖清塞音 tʰ-，是一項「無條件變化」。從光澤方言「舌尖塞擦音 tʰ化」呈現出的強勢，可以證實這項變化在閩北地區強烈影響力。

3.2 建陽方言部分中古舌尖塞擦音 tʰ-化

如果光澤方言是個完美的典型，證實「舌尖塞擦音 tʰ化」在閩北地區的影響力，那麼建陽、邵武、泰寧等地送氣的舌尖塞擦音讀作 tʰ-的現象就是方言接觸所造成的不規則變化。

在建陽、邵武、泰寧等地方言裡頭，送氣塞擦音讀作 tʰ-的不規則變化沒有任何音韻條件可循；而且除了這幾個方言點之外，同樣的變化並不見於其它閩方言區。沒有條件可循表示這項變化不是「規則變化」，不同於我們熟知的「分化演變」。同時，既然大部份閩方言的送氣塞擦

---

❷ 像這種地名讀音特殊的情況，有兩種可能：一種是保留這個字較早期的音讀，一種則是文字化的結果。這裡的情形因爲受到資料型態的限制，無從判斷是哪一種。

音與中古音的聲母有整齊的對應關係，建陽、邵武、泰寧等地的這項變化就不能以「古語的不同」來處理。以整個閩方言區來說，建陽、邵武、泰寧等地大致處在閩方言與贛方言鄰接的區域；贛語正是常出現送氣的塞擦音讀作 t^h- 的方言；上小節我們又提出光澤方言爲「舌尖塞擦音 t^h 化」影響中介的「標的語」。所以我們認爲像建陽、邵武等這種不規則的「舌尖塞擦音 t^h 化」音變正是閩北乃至整個閩方言與客贛方言接觸的證明。

　　以下是建陽、邵武及發生相同變化的幾個贛、粵方言❷，「床柴前蠶」字在這些方言裡的讀音是這樣的：

【表十八】部份閩北方言及贛、粵方言「床柴前蠶」等字今讀

字	建陽	邵武	光澤	崇安
床	t^{h}ɔŋ334	t^{h}oŋ53	t^{h}ɔŋ41	t^{h}ɔŋ33
樵	t^{h}au334	t^{h}au53	t^{h}au41	t^{h}au33
前	--- / tsʰieŋ334	t^{h}in53 / t^{h}iɛn33	t^{h}in41	laŋ22 / tsʰiŋ33
蠶	t^{h}aŋ334	t^{h}on53	t^{h}ɔm41	t^{h}aŋ33

字	建寧（贛）	南城（贛）	斗門（粵）	台山（粵）
床	sɔŋ213	sɔŋ45	t^{h}ɔŋ22	tsʰɔŋ22

---

❷　粵語的許多方言都有送氣塞擦音讀 t^h- 的變化，不但如此，還有不送氣擦音讀 ts- 的變化。這個表之所以同時列舉兩個粵方言，是因爲我們還在密切觀察粵方言（甚至是其它的漢語或非漢語方言）的相同變化與贛、閩西北方言究竟有沒有關聯。由於目前並沒有直接的證據可供聯繫，所以本文暫時不討論粵方言的相關現象。

樵	---	---	tʰiu22	tiau33 ㉓
前	tsʰiɛn213 ㉔	tɕʰian45	tʰin22	tʰen22
蠱	tʰam213	tʰan45	tʰam21	tʰam35

　　閩北崇安與建陽方言裡「床柴前蠱」等字都讀送氣清塞音 tʰ-。邵武與光澤方言這幾個字除了聲母讀 tʰ-外，聲調更讀爲陽平乙調㉕進而與入聲調合流，而非陽平甲調，說明這些字是整個閩北乃至閩語區早期的借字。這些方言裡塞擦音讀 tʰ-的現象當然還包括中古送氣的清塞擦音：

【表十九】部份閩北方言及贛、粵方言中古塞擦音聲母字讀 tʰ-

字	建陽	崇安	邵武	光澤	順昌	建寧(贛)	南城(贛)	斗門(粵)	台山(粵)
村(清母)	tʰuŋ	tʰuiŋ	tʰɔn	tʰɔn	tsʰuɛ	tʰun	tʰyn	tʰun	tʰun
青(清母)	tʰaŋ	tʰaŋ	tʰaŋ, tsʰin	tʰaŋ	tsʰɔ̃, tsʰiŋ	tsʰiaŋ, tsʰiŋ	tɕʰiaŋ, tɕʰiŋ	tsʰeŋ	tʰen
窗(初母)	hein	tʰɔŋ	tʰɔŋ	tʰɔŋ	tʰiuŋ	tʰɔŋ	tʰɔŋ	tʰɔŋ	tʰɔŋ
初(初母)	tʰo	tʰu	tsʰu	tʰu	tʃʰu	tʰu	tʰu	tʰuɔ	tsʰuɔ
春(昌母)	tʰeiŋ	tʰɔŋ	tʰin	tɕʰin	tʃʰuŋ	tʰun	tɕʰyn	tʰɐn	tsʰun
昌(昌母)	tsʰiɔŋ	tʰɔŋ	tɕʰioŋ	tɕʰiɔŋ	tʃʰɔ	tʰɔŋ	tʰɔŋ	tʰiɔŋ	tsʰiaŋ

㉓　台山方言中古的濁聲母平聲字清化一般都讀送氣音，這裡的「樵」讀 tiau33 作不送氣音，配合的 33 爲陰平調。若方言志的記錄正確，則此字聲母與聲調的反映都與一般的演變不同。

㉔　建寧方言的陽平調陳章太、李如龍（1991）記爲 331，而李如龍、張雙慶（1992）記爲 213，今暫依後者。

㉕　「床柴前蠱」等字在石陂都讀作陽平乙調，在光澤、邵武則讀作入聲（各爲 41, 53）。若利用光澤、邵武方言與石陂方言的對當，則可以說光澤、邵武方言這幾個字所屬的陽平乙調已經與入聲合流了。

這些方言裡，中古「從」母的「床柴前蠶」等字與中古的「清」母的「村青」等字的聲母都讀作 tʰ-，所以中古塞擦音聲母讀 tʰ-與塞音讀 h-兩項變化一樣，應該都是發生在「濁音清化」之後的變化。

3.3 邵武與客贛方言中古「覃」韻讀[+圓唇]元音

前面從塞擦音讀 tʰ-的特徵討論閩北及閩方言「清化送氣層」來自客贛方言的假設，現在我們還要利用送氣清化層中的「蠶」字的韻母進一步說明：塞擦音讀 tʰ-的變化應該與這批早期借字進入閩方言同個時期發生的。

一般而言，閩方言並不區別中古咸攝開口一等的「談韻」與「覃韻」，比如以下兩組舌尖音聲母字，前一欄「擔坍談蠟慚」爲中古「談韻」字，而後一欄「耽貪潭拉蠶」等爲「覃韻」字，前後兩欄的同列字如「擔耽」、「坍貪」、「談潭」、「蠟拉」、「慚蠶」、「敢感」在今天閩方言多讀爲同音字：

【表二十】閩方言中古咸攝開口一等的「談韻」與「覃韻」今讀❷⑥

談韻	覃韻	廈門	潮州	福州	建甌
擔	耽	tam	tam ❷⑦	taŋ	taŋ
坍	貪	tʰam	tʰam	tʰaŋ	tʰaŋ
談	潭	tʰam	tʰam	tʰaŋ; taŋ	tʰaŋ; tʰaiŋ
蠟	拉	laʔ	(la ❷⑧); laʔ	laʔ	laʔ

---

❷⑥　本表不限於中古漢語平聲字。

❷⑦　潮州方言的「擔」還有 tã一讀。

❷⑧　潮州方言「拉」la 爲陰平調，因此這個讀音應屬於另一個層次。

慚	𧮾	tsʰam	tsʰam; tsʰôi	tsaŋ	tsaŋ21; tsʰaŋ33
敢	感	kam ㉙	kam; kã	kaŋ	kɔŋ

請比較上表兩兩成對的中古「談」「覃」韻舌尖音聲母字與最末列的「敢感」，除了閩北建甌方言將部份咸攝開口一等舌根音字（如「敢」）的元音讀爲[+圓唇]外，其它的閩方言多半反映爲[-圓唇]元音。閩方言這種無論「談韻」或「覃韻」都讀[-圓唇]元音的現象，只有潮州方言的「𧮾」字例外：潮州「𧮾」讀 tsʰôi、「慚」字卻讀 tsʰam；咸攝開口一等「覃」韻的元音爲[+圓唇]，而「談」韻的元音則爲[-圓唇]。本文認爲潮州「𧮾」讀[+圓唇]的情形並不是單純的例外，而是與邵武方言一樣受到客贛方言的影響。以下各舉出幾個贛方言點與邵武方言作比較：

【表二十一】客、贛以及邵武方言中古「談」「覃」韻讀[+圓唇]元音㉚

	[+圓唇]	[-圓唇]
邵武	納𧮾雜鴿合暗 （「覃」韻） 甘柑敢 （「談」韻）	答搭貪探踏潭南男納參感含 （「覃」韻） 擔膽擔去場塔痰談籃臘蠟喊 （「談」韻）
臨川 （贛）	貪婪簪𧮾感堪龕砍勘含函撼憾 （「覃」韻） 攬甘柑敢蚶酣邯 （「談」韻）	耽潭譚探南男參慘 （「覃」韻） 聃擔去膽談痰淡籃藍覽欖纜慚攙暫三橄瞰毯（「談」韻）
平江 （贛）	答貪探潭南男納參𧮾雜感鴿含合暗 （「覃」韻）	搭踏 （「覃」韻）

㉙ 廈門方言「敢」字還有 kan 一讀。

㉚ 收進中古漢語各個調類的字。

	甘柑敢 （「談」韻）	擔膽擔去塌塔痰談籃臘蠟喊 （「談」韻）
建寧 （贛）	感含鴿合暗 （「覃」韻） 甘柑敢 （「談」韻）	答搭貪探踏潭南男納參蠶雜 （「覃」韻） 擔膽擔去塌塔痰談籃臘蠟喊 （「談」韻）

我們的主要觀察重點在這些方言中古「覃」、「談」韻讀[+圓唇]的現象。表中除了舌根音之外，以[+圓唇]元音作爲主要元音都出現在「覃」韻❸❶。平江方言只有「搭踏」兩個覃韻字讀[-圓唇]元音，除了這兩字外❸❷，平江可以說是「覃」「談」兩韻井然有別的最典型方言。

　　贛方言區裡這種「覃韻」字讀[+圓唇]除了臨川外，還集中出現在宜丰、平江、修水、安義、都昌、陽新、宿松、余幹等地，這一整片地區可以用平江方言爲代表。客贛語最靠近邵武的地區在讀[±圓唇]這個特點上的反應則以贛語建寧方言爲代表，這片方言有贛語的弋陽、南城、客語的長汀、寧化等。至於閩方言，在之前我們即已看過多將中古

---

❸❶　中古的「談」韻都來自上古「談部」；而「覃」韻則有兩個來源，一部份來自上古「談部」（上古「談部」的「覃」韻字很少而且罕用）、另一部份字來自上古的「侵部」。不過「覃」韻的不同上古韻部來源與此處的問題無關。由於表中的[+圓唇]音除了幾個「談」韻舌根音之外都是「覃」韻字，可以認爲「甘柑敢」等「談韻」舌根音字讀[+圓唇]是後起的變化。而這個後起的「談韻」舌根音字讀[+圓唇]現象也與我們觀察的目的無關。

❸❷　平江方言的「搭踏」與「雜」都是來自於與上古「侵部」的「覃韻」相配的入聲字。這三字的主要元音，「搭踏」讀[-圓唇]元音，「雜」則按規律讀[+圓唇]元音，我們因此認爲「搭踏」的例外可能有其它因素造成。

覃韻字讀[-圓唇]元音。如果我們把這群方言以及閩方言按照「覃韻」字讀[±圓唇]的徵性加以排列，會得到一變化多寡的連續帶：

【表二十二】「覃韻」字讀[±圓唇]的連續帶

[+圓唇]				[-圓唇]
臨川、余幹	邵武	建甌	潮州	廈門
平江、陽新		建寧、弋陽		福州
安義、都昌		南城、寧化		及其它閩方言
宜丰、修水		長汀		

上表的情況，客贛方言「談」「覃」有別，「覃」韻讀[+圓唇]；閩方言則是「覃」韻讀[-圓唇]，並與「談」韻字合流。因而我們必須說：「談」「覃」韻合流讀[-圓唇]元音這項變化是閩方言的「創新」，否則很難解釋客贛方言如何發生「談」「覃」有別的現象。在閩方言「談、覃韻合流」這項變化上，基於「創新」做為「方言分群」的標準，無疑出現至少三個待解釋的方言，即邵武、建甌與潮州。

為了使邵武、建甌與潮州合乎閩方言共為一群的規範，我們得作一個假定：這三個方言「覃」韻讀[+圓唇]的現象是來自客贛方言區的影響[33]。這樣的假定從潮州方言與邵武方言「蟲」字主要元音具[+圓唇]徵性可以得到證實。本文之前已經交代過「蟲」為早期閩方言向客贛語借入的詞彙，這是何以「蟲」在閩方言裡皆讀送氣清音，也何以閩北方

---

[33] 當然也可能是無關於分群的存古現象。但從「蟲」字正屬於閩方言的陽平乙調清化送氣層，我們排除了這種存古假設成立的可能性。

言在「蠶」字的聲母或聲調上的反映特殊的理由。這裡看到的則是：閩南的潮州與閩北的邵武裡「覃」韻具[+圓唇]徵性的主要元音還固結在「蠶」這個早期借字裡。

　　閩語「蠶」字爲早期借字除了此字跨南北方言片的[+圓唇]徵性作爲證據外，還可以參考贛、客語與閩語「覃」韻讀[±圓唇]方言的分布。從這些方言地理位置的相對距離上著眼，平江、臨川等地與閩語區距離最遠；建寧等地則已經在福建境內。按照道理，若閩語「覃」韻讀[+圓唇]爲晚期所發生的移借，其影響來源（「來源語」）應該是一個臨接的方言區，而不是距離閩語區的較遠的客贛方言。不過，我們看到建寧等贛方言「覃」韻讀[+圓唇]限於舌根音字，而邵武方言「覃」韻字讀[+圓唇]的多寡介於平江與建寧之間，而且不局限於舌根音字。與建寧等福建邊境的贛客方言最相近的，反而是稍遠的建甌方言。從這些方言彼此的遠近關係以及各方言在「覃」韻讀[+圓唇]字的分佈情形，可以說明「蠶」這類字進入閩語的時間應該極早。

　　從閩語少數方言出現「蠶」字這種中古「覃」韻讀[+圓唇]的現象，可以提供我們論證閩北方言塞擦音讀 tsʰ-爲客贛方言的影響，而且這個移借現象的發生是非常早期的。假使結合第 2、3 節裡討論到的兩項變化，分別是「舌尖塞音 h-化」與「舌尖塞擦音 tʰ-化」，我們可以知道出現於閩語早期的送氣清化層，其影響源正是客贛方言。

4. 結論：閩方言及閩北方言裡的「客贛方言層」

　　閩北方言中古全濁聲母平聲字今有四種可能的讀音，底下我們藉

由【表二十一】❸說明建甌方言中古全濁聲母平聲字的四種讀音中,本
文討論的是讀陽平乙調送氣音的那個層次。

【表二十三】建甌方言中古全濁聲母平聲字的四種讀音

建甌	石陂	《建州八音》	例字	客贛方言層
t-/21	d-/31	「直」聲/第三調	裯長塘逃	陽平甲調不送氣音
tʰ-/21	d-/31	「直」聲/第三調	談團	陽平甲調送氣音
t-/33	t-/33	「直」聲/第一調	綢腸	陽平乙調不送氣音
tʰ-/33	tʰ-/33	「他」聲/第一調	籌糖桃	陽平乙調送氣音

本文關注的焦點一方面是部份中古全濁聲母字在閩方言讀送氣清音的
現象,一方面是討論方言接觸的方法。底下則分別就這兩方面說明本文
的結論:

　　一,關於閩方言的「清化送氣層」。中古的全濁平聲的聲母有一
部份字在今天的閩方言裡讀作清化送氣音。在1節裡,本文從閩方言的
對當與反映,闡明這個方言區裡全濁清化讀送氣的現象既非「分化演變」
也不是「原始閩語有數套濁聲母」。因為「分化演變」,必須要有變化
條件可尋;而「原始閩語的數套濁聲母」則無法說明這幾套濁聲母在後
來演變時何以發生清化不一和轄字範圍不一或者交錯的現象。

　　二,相反的,從方言接觸的角度則比較容易理解何以這個地區對
個別字的[±送氣]可能有不同的反映。閩西北地區方言除了在清化送氣
的轄字較其它閩方言為多之外,邵武方言中古全濁聲母清化全數讀作[+

---

❸　即本文【表二之一】。

送氣]正提供我們一個「標的語」，證實閩方言的「清化送氣層」應來自客贛方言的影響。

三，在本文2、3節更進一步指出閩北方言裡「閩方言清化送氣層」的兩項音韻特徵－分別是「舌尖塞音 h-化」與「舌尖塞擦音 tʰ-化」兩項變化；再由發生「無條件變化」的「來源語標的」，分別是建寧與光澤，聯系起這個層次與客贛方言之間的關係。

第一段是基於「對當」方面的證據論證「閩方言清化送氣音」不應上推至原始閩方言系統；第二、三段則是提供一種新的方言接觸的論證方式。在歷史語言學裡，任何「音變規律」都有三個組成要件：「演變項」、「生成項」與「條件項」。本文所觀察的建寧與光澤方言的「無條件變化」若寫為規律，是一則「條件項為ø」的變化規律。這類「條件項為ø」的變化仍屬於「規律變化」的範疇，也就是有條件可循的、規則的語音演變。本文從「條件變化」及「無條件變化」等規則音變在「條件項」上的要求，提出一個討論方言接觸的新構想：音變在方言與方言之間的傳遞或影響的能量，可以由「來源語標的」的存在加以證實。

參考書目

Hashimoto, O. -K. Y. 1976, Substratum in Southern Chinese, the Tai connection. Computational Analyses of Asian and African Languages 6: p. 1-9.

Norman, Jerry 1973, 〈Tonal development in Min〉 Journal of Chinese Linguistics 1: 222-238.

Norman, Jerry 1974, 〈The Initials of Proto-Min〉 Journal of Chinese Linguistics 2: 27-36.

丁邦新　1982　〈漢語方言區分的條件〉，《清華學報》，新 14.1-2, p.257-273。

北京大學中國語文學系　1989　《漢語方音字彙》第二版，文字改革出版社。

平田昌司　1988　〈閩北方言第九調的性質〉，《方言》1988. 1, p.12-24。

何大安　1988　《規律與方向：變遷中的音韻結構》，中央研究院歷史語言研究所專刊之九十。

何大安　1993　〈從中國學術傳統論漢語方言研究的過去、現在和未來〉，《中央研究院歷史語言研究所集刊》1993, 63.4, p.713-731。

何大安　1996　Stages and Strata in Dialectal History — Case studies of Heng county, Da county, and Shipo. English translated by George Hayden. In C.-T. J. Huang and Y.-H. A. Li (eds.), New Horizons in Chinese Linguistics, 215-234. Dordrecht/ Boston/ London: Kluwer Academic Publishers.

何大安　2000　〈語言史研究中的層次問題〉，「臺灣語言學的創造力學術研討會」會議論文。漢學研究中心，國家圖書館。

李如龍　1996　《方言與音韻論集》，香港中文大學中國文化研究所吳多泰中國語文研究中心。

李如龍、張雙慶等　1992　《客贛方言調查報告》，廈門大學出版社。

李如龍、潘渭水　1998　《建甌方言詞典》，李榮主編《現代漢語方言大詞典》，江蘇教育出版社。

林端材　1795　《建州八音》，懷古堂藏版，道光庚寅桂月重鐫。

陳章太、李如龍　1991　《閩語研究》，語文出版社。

黃金文　2000　《方言接觸與閩北方言演變》，國立臺灣大學中國文學
　　　　研究所博士論文（初稿）。

楊秀芳　1982　《閩南語文白系統的研究》，國立臺灣大學中國文學研
　　　　究所博士論文。

楊秀芳　1993　〈論文白異讀〉，《王叔岷先生八十壽慶論文集》；
　　　　823-849，臺北：大安出版社。

鄭張尚芳　1995　〈贛、閩、粵語裡古全濁聲母今讀濁音的方言〉，收
　　　　於《吳語和閩語的比較研究》中國東南方言比較研究論叢第一
　　　　集，上海教育出版社。

鄭張尚芳　1985　〈浦城方言的南北區分〉，《方言》1985. 1, p.39-45。

徽州績溪方言的音韻歷史鏈移

程俊源*

0、緒說

語言是一成系統的結構體，因此其演變亦常是於一定的音韻格局內，作出結構性的調整，以期維護系統的平衡（徐通鏘 1990b, 1994），因此從變化的動因看，「變化」毋寧是來自語言系統內部的要求（A. Martinet 1952）。而審視漢語徽州績溪方言的歷史音韻行為，我們恰可以觀察當中運作的歷史規律與歷史鏈移變化。

現代漢語方言中「徽語」（或徽州方言）名目的定立時見擺盪、始終不定，章太炎（1900-1）《檢論》卷五〈方言〉最早將漢語方言「略分九種」❶，首先標出了「徽州方言」的獨立地位及其分割界域，如「東南之地獨徽州、寧國處高原為一種。厥附屬者浙江衢州、金華、嚴州、江西廣信、饒州也。」（李榮 1989:242）其後 1934 上海申報館的《中

---

* 臺灣師範大學國研所。

❶ 其所分立的九種漢語方言概為：(1)河北、山西；(2)陝西、甘肅；(3)河南、湖北、湖南、江西；(4)福建；(5)廣東；(6)山東、江淮；(7)蘇南、浙北；(8)徽州、寧國；(9)四川、雲南、貴州、廣西。（顏逸明 1987:59）

華民國新地圖·語言區域圖》、李方桂（Li 1937/73:5）〈中國的語言與方言〉取消了徽語的名目認爲此地語音較特殊暫未作歸類；而趙元任（1939, 48）的《中國分省新圖·語言區域圖》則又復見「皖方言」、「徽州方言」的名目分立❷，洎 50 年代到 80 年代初，羅常培、呂叔湘（1955）、丁聲樹、李榮（1956）的工作討論；袁家驊（1960:24）及詹伯慧（1981:98）的著作分析，則又取消了「徽語」的獨立地位，大致將其附於「江淮官話」下論列。

　　丁邦新（1982:262）較明確地說明其不分立的理由，考之徽州方言的音韻變化中，古舌根系顎化屬晚期歷史條件，因此不足以作劃分大方言區的條件，而若就較早期具普遍性的歷史條件——「濁音清化律」的運作看，其古全濁入今次清的現象卻雷同於江淮官話的如皋、泰興、南通……等通泰方言區，再者調類平、去分陰陽，上、入各一種，亦同於南通，故將其視爲下江（江淮）官話的一種，只是其在語音層面受到較多吳語的影響而已，所以不須獨立爲一大方言區❸。不過「濁音清化律」是否份屬早期性的音韻條件，學者間倒有不同的看法，羅杰瑞（Norman 1988:181）認爲古濁母在中國北方至少存留至十或十一世紀，因此在方

---

❷　趙元任（1962:27）說明「『徽州方言』在漢語方言裡很難歸類，因爲所有徽州話都分陰陽去，近似吳語，而聲母沒有濁塞音，又近於官話區。若以音類爲重、音值爲輕，可以認爲是吳語的一種。」而當中提到徽州話在趙元任先生調查的時代皆還分陰陽去，不過平田昌司（1982:277-8, 1998:67,85）的報告則休寧、屯溪兩地並無陽去調，但由屯溪市志編纂委員會（1990:403）與金家騋（1999）的說明指出屯溪、休寧都還保有陽去調，因此趙說應不誤。

❸　丁邦新（1987:814）又用較晚期的一些語言現象，如「ts:tʂ的區分」、「z̩;l 的區分」、「入聲調類」及「陰陽去的區分」等條件，結論仍暫時將皖南方言劃入下江（江淮）官話，是否要獨立一支皖方言，留待進一步研究。

言分類時視爲較晚期的歷史時期較爲適當❹。故從而提出了十個新的方言分類條件，內容包含了音韻、語法、詞彙三個介面（羅杰瑞 Norman 1988:181-3），以上述徽州方言爲例，其古濁音今讀送氣清音的類型其實並不止同於江淮的通泰方言，其與贛語在類型上亦一致❺，因此若只

---

❹ 克實而論「古濁母的演變」對漢語方言的分區是有著一定的效度，以《中國語言地圖集》的劃分法，便可以見其大致用二條規律區分方言，以「古入聲的演變」劃分出官話與非官話，以「古濁母的演變」區分東南方言（張振興 1997:244、張光宇 1999:33、溫端正 2000:4）。不過張琨（1994:19）亦指出處理全濁母的辦法有時在區分方言上仍可能失去其重要性。以粵語區爲例可見到如廣西藤縣*b>p、博白 *b>ph、廣州、陡門鎮*b>ph/平上、*b>p/去入（舉古並母以形式化表述，其餘濁母與此平行）。如此同一語區卻進行了異樣的規律，那麼對於這種齟齬。可能的解釋方法也許是這屬粵語內再區分的小方言，應該使用更晚期的音韻特徵區分，而不是早期的「古濁母的演變」，不過這樣便產生了一個邏輯上的悖論，如果「古濁母的演變」是早期的歷史條件，那麼以此條件設準操作，上述粵語區的次方言，便不能算是「次方言」了，因爲它們應該於早期便區分開了，倒過來如果他們是粵語的「次方言」，那麼他們便應在歷史早期運作相同的規律而一齊分開，可是事實卻又不然，如此上面的兩條陳述命題顯然是二律背反（antihomy）的。因此上述的命題如果得遵守排中律才能具效力的話，那麼「古濁母的演變」應用於「分群」與「分區」時應該再作一原則的確認。

❺ 附帶一說古全濁母不分平仄今音皆讀送氣清音，除贛語、江淮通泰方言外，較顯明的例子是客語亦如此，因此魯國堯（1994）聯系此三者的音韻現象並勾稽其歷史背景認爲客、贛、通泰方言皆源於南朝通語。不過若僅是「全濁入次清」的角度看，山西晉南地區如洪洞、臨汾、新絳、聞喜、萬榮亦復如此（徐通鏘 1990a:1）。因此不若換個視野綜合思考，從「問我祖先來何處、山西洪洞大槐樹」的移民史角度看，講南朝通語的人民，前身可能收納來自古司豫（山西、河南）一帶的移民，由此繼續流布繁衍，在中國東南一隅江蘇通泰、安徽南部、黃山南麓、鄱陽湖流域、贛南再越過武夷山到閩西、粵東等都是「全濁入次清」這一音韻特徵的地域分布範圍。（張光宇 1996:79-80）

根據古全濁音入次清的規律所劃分出的分言區將會十分廣大，反而使得
這條規律顯得沒有效力令人懷疑。不過若考慮到績溪方言的第三人身代
詞用 ke（渠）與贛語用法一致時（如臨川），那麼將徽州方言視爲漢
語中部方言中贛語的一支並不會有太大的齟齬，徽、贛兩者的差別只是
因徽州方言地理上較靠近北方官話區，所以受北方漢語的影響較深而已
（羅杰瑞 Norman 1988:206）。如上述丁邦新將徽州方言附於北方江淮
官話系統，而羅杰瑞則處理爲中部贛語的一支，換言之這只是歸屬上的
不同「徽語」仍不具獨立的地位。但雅洪托夫（S. E. Yakhotov 1974:131）
的見解則與此相反，認爲安徽南部的這塊方言語言面貌特殊，必須被劃
爲一特別的方言，其分立的理由可從消極與積極兩方面去看待，由消極
面向看，雖然皖南方言的各個土語是那麼不同，似乎無法提出這個方言
的任何共同特徵，不過也許可以從反面描寫它反而更好，在長江以南安
徽和相鄰省份的方言中，無法歸入官話、贛語，或者吳語的方言，可以
將之組成皖南方言，換個角度說徽州方言有其不必然爲其他方言的理
由。那麼倒過來再往積極面向觀察時，可以發現此方言有著特殊的複合
元音例如ɯːɛ、yːe 的形式❻，這在漢語裡非常少有（類似的情況可以在
越南話或泰語中看到），換言之徽州方言本身亦有一具對外排化性的正
面理由。因此「徽語」地位的分廢，透顯了漢語方言區分時理論與實踐
上的難度，從先期的感性認識到晚近的理論知解，或立或否之間，條件
的擬定，標準的抉擇，決定了語言分區（areal classification）的圖像。

---

❻　此即馬希寧（1997:150-74）所言的「元音性介音」，這種長元音的形式除婺源以外，
　　各次方言間十分常見，如「別」休寧讀 phiːɛ、「話」黟縣爲 uːaʔ、鳧峰爲 uːa，而
　　當中以[uː-]類長元音最常見（鄭張尚芳 1986:15）。

　　方言區的形成，實質上是方言親緣關係在地理上分布（朱德熙 1984:247）。因此學術經驗上，常將語言於發生學上的分群（genetic subgrouping），運用於語言的地理分區（丁邦新 1982）。這類方法的應用是由乎對象本身附帶的性質決定的，因爲同支系的語群，地理上亦常是同居一地。而地理上同居一地的現象，也從另一個側面間接支持歷史比較法的假設，因爲比較法往往設想一種語言發生了分裂以後，分裂後的子語任何變化都是獨立的，不牽涉到姊妹語言裡的變化（布龍菲爾德 L. Bloomfield 1933:390）。因此地理上遠離隔絕的語言便似乎較易於分類，印歐語是這樣的例子，不過在東亞大陸這類「農耕民型」的語言中，並不見得容易滿足這樣的理論假設（橋本萬太郎 1985:11-22）。因此當我們設定運作共同語言規律亦即具有共同創新（shared innovation）是分群的原則時（何大安 1995, 1998），卻又不乏見到子語間因結構相似而平行演變，例如梅耶（Antoine Meillet 1957:40）指出「出於一種『共同語』的各種語言，甚至在分離和開始分化之後，還可以有許多同樣的或相似的變化。」，又或者子語間因接觸而導致規律相互影響（何大安 1988）。使得子語間縱然有所創新，也因相互的交涉，濡沫趨同，爾我難辨（何大安 1998:141-2）。這些都使得「分群」的假設不易澈底地實行於漢語方言的分區。因此從方法論看「分區」與「分群」仍應有著本質上的區別，「分區」是以「地理界劃」爲目的，而「分群」則是以「語言特徵」（或說規律運作）爲第一義，換言之，方言分區的工作，除了歷史條件上共同創新的考量外，地域、地理上的限制，抑是方言分區的重要參數（張琨 1992a:9、張光宇 1997:1）。因此對於「徽語」若只看其歷史音類在現代的投影，正如平田昌司（1998:24）所述：「徽州方言和嚴州方言有不少共同點，但其大多數在漢語東南方言中比較常見，

不一定能當作「徽語」的重要特徵看待。」所以李榮（1989:248）說「徽語鄰接吳語，方言複雜，目前還只能說說徽語各片的性質。徽語的共性有待進一步的調查研究」。是故目前「徽語」的析離，正如北方「晉語」的分立，除了音韻特徵外，很大程度得聚焦於其「地域」因素。（李榮1985、劉勛寧 1995:449-50、張振興 1997:245, 2000:6、溫端正 1998:248, 2000）

因此在 1987 年《中國語言地圖集》後，「徽語」有了較爲定性的地位與認識（李榮 1989:248、張振興 1997:242-3），其地理分布大致上在安徽新安江流域舊徽州府區與浙江舊嚴州府區等地。而音韻的特點上，聲母系統較近贛語，古全濁母今主要讀送氣，韻母則接近浙南吳語，如古蟹、效攝-i、-u 的尾脫落，古陽聲韻演變爲鼻化元音（或更進一步丟失鼻化成份）……等（鄭張尚芳 1986:8-13）。所謂聲母形式近贛、韻母變化近吳，在於如前段所述大部份的徽州方言古全濁入次清，走客贛一系的路子，不過馬希寧（1997:58-76）卻指出位於徽州南端「徽語中心區」的幾個縣如休寧、屯溪等，卻有不少古全濁讀入全清的例子，這暗示了除了韻母特徵外，縱然是聲母系統，徽語的老底亦可能與吳、湘有所聯繫，而今古濁母讀送氣的特徵，則是來自四世紀以後北方南下的送氣類型語言的影響。因此從徽語古濁音聲母的變化類型丁邦新（1982:262, 1987:814)採之歸附於江淮官話，羅杰瑞（Norman 1988:206）因之並附同第三人稱的用法而列屬贛方言，但兩者卻同時忽略了韻母的變化類型，徽州方言聲、韻母皆可能與吳、湘有所關聯（見下文）。再從歷史背景看，吳、徽地域可能本屬相連，孟慶惠（1988:315-7）指出了安徽南部的「銅太方言」，與吳語的音韻關聯，雖地域上不與吳語區直接相連，但至今仍有一條彼此相通的走廊，說明了其歷史上的聯繫，

而除地域與語音外，詞彙及語法等方面徽語也與吳語多所關聯（許心傳 1988、伍巍 1988）。這或許也是歷來學者願意把「徽語」附於「吳語」下討論的原因（趙元任 1962:27、張光宇 1996:1）。趙元任＆楊時逢（1965:11）即謂「……『徽州方言』，在聲調方面，因為所有徽州話都分陰陽去，近似吳語，而聲母都沒有濁塞音，又近似官話區。這一隅的方音很有點介乎吳楚之間的意味。」因此無論從地理平面上或歷史音韻變化上看，「吳頭楚尾」的「徽語」都有著搭界過渡的性質。（趙元任 1962:27）

「徽語」的性質雖有其臨界性，但亦有自身獨具的新創變化，本文正嘗試尋繹徽語績溪方言蟹、止、流等諸攝的鏈動變化與歷史規律的內在次序，並探討聲韻組合時古端、見、精組的音韻變化。

一、績溪音系的歷史鏈移

位於安徽東南部的徽語績溪方言，其古蟹攝開口三、四等同止攝開口字，今讀舌尖元音[-ɿ]（apical vowel），從比較上看，我們可以見到其大致對應著其他徽語其他次方言的舌面前高元音[-i]。❼

---

❼　下表語料來源──績溪（平田昌司 1998:38）、歙縣（平田昌司 1998:55-6）、婺源（平田昌司 1998:149-50）、休寧（平田昌司 1998:92,95-6）、建德（曹志耘 1996:65-6）、壽昌（曹志耘 1996:92-3）。

表 1

	米	低	弟	妻	西	勢	溪	型	皮	地	刺	枝	基	離	姨
績溪	mï	tsï	tshï	tshï	sï	sï	tshï	nï	phï	tshï	tshï	tsï	tsï	nï	ï
歙縣	mi	ti	thi	tshi	si	çi	tçhi	li	phi	thi	tshï	tçi	tçi	li	i
婺源	mi	ti	thi	tshi	si	çi	tçhi	li	phi	thi	tshï	tçi	tçi	li	i
休寧	me	te	the	tshe	se	çie	tçhie	le	phi	thi	tshï	tçi	tçi	li	i
建德	mi	ti	ti	tçhi	çi	sii	tçhi	li	pi	thi	tshï	tsï	tçi	li	i
壽昌	mi	ti	thi	tçhi	çi	çi	tçhi	li	phi	thi	tshï	tçi	tçi	li	i

　　比較表 1 中所摘取的幾個「徽語」次方言，休寧表現出尚未有「蟹止合攝」的行為❽，「績溪」、「歙縣」、「婺源」及嚴州方言的「建德」、「壽昌」則體現了蟹止合流。但一般方言表現為[-i]韻的，績溪則表現為[-ï]，蟹止攝讀[-ï]的形式在漢語方言間本不特殊，但大多與聲母的搭配共存，尤其以古知、章、莊組為常，其次則為精、見組等，但績溪古蟹止攝來源的[-ï]韻卻可接古音各式來源的聲母，這種分布上的缺少限制相較於其他方言反而顯得特殊。不過正如趙元任(1968:99)所謂「原則上大概地理上看得見差別往往也代表歷史演變上的階段。所以橫裡頭的差別往往就代表豎裡頭的差別。」上表徽州各次方言間表現出的不均衡，正好可供我們回溯其歷史發展上的序列，從比較上看，績溪

---

❽　從整個漢語史的角度看蟹止的合攝在中國的中晚唐時代已如此（唐作藩 1991:63）、而「徽語」的次方言間除休寧尚未「蟹止合攝」外，屯溪、黟縣及嚴州淳安亦大致如此。（平田昌司 1998:73-6,111-3、曹志耘 1996:23-5）而與一般的漢語方言相似的是，其蟹攝的元音形式低於止攝，體現了外轉韻攝的性質。

的[-ï]韻我們不難暫推論出-i→-ï的邏輯變化歷程❾，不過無獨有偶的，這樣的變化並非只見於績溪，同樣地處於安徽但份屬江淮官話的合肥方言亦有相似的行為，這是屬表象上的雷同，亦或有著相同的底蘊。❿

表2

	批	弟	祭	滯	制	啓	型	皮	地	紫	知	士	枝	基	裡	姨
合肥	phï	tsï	tsï	tʂhï	tʂï	tshï	ï	phï	tsï	tsï	tʂï	sï	tʂï	tsï	ï	ï
							zï								zï	zï
															li	i
泰興	phi	tɕhi	tɕi (際)	—	tsï	tɕhi	li	phi	tɕhi	tsï	tsï	sï	tsï	tɕi	li	i
泰州	phi	thi	tɕi	tshï	tsï	tɕhi	ni	phi	thi	tsï	tsï	sï	tsï	tɕi	ni	i
南京	phi	ti	tsi	—	tʂï	tɕhi	li	phi	ti	tsï	tʂï	sï	tʂï	tɕi	li	i
揚州	phi	ti	tɕi	tsï	tshï	tɕhi	li	phi	ti	tsï	tsï	sï	tsï	tɕi	li	i

審視表1與表2，合肥古蟹攝開口三、四等及止攝開口三等字，共時上所表現的語音形式與績溪如出一轍。首先我們觀察[-ï]韻在音系中

---

❾ 因為如果倒過來認為-ï→-i 的話，我們得進一步說明績溪的「低 tsï」、「地 tshï」這類古端組讀塞擦音的形式，別的方言在運作了-ï→-i 後，ts-也跟著回頭變為 t-（這是邏輯的說也可能同時），這樣在解釋上顯然較為迂曲不經濟。而附帶一說，績溪止攝-i→-ï 的變化中，出現「悲、碑、卑、美」四個例外（平田昌司 1996:38,46），不過從音韻環境看，不難發現其脣音聲母的條件，如此可對所謂「例外」提出一定程度的說明。再者「美」字 mi、mē 的兩讀形式，若將同屬次濁母的「耳、二……」等字並觀，提示了止攝的另一層次 ɐ 的可能。因此對於上述的「例外」，不管認為是脣音聲母造成了殘餘，抑或認為屬語言層的夾雜紛歧，皆不妨礙我們觀察出-i→-ï 的變化規律。

❿ 下表語料來源——合肥（李金陵 1997:67-8,71、北大中文系 1989:80,96）、泰興（顧黔 1990:284-5）、泰州（俞揚 1991:260-1）、南京（劉丹青 1995:1-28）、揚州（王世華、黃繼林 1996:2-28）。

的分布（distribution），可以見到績溪與合肥的[-ï]韻在組合關係上似有其一定的限制，僅能接脣音系(p-)、舌尖音系(ts-、tʂ-)（及零聲母ø-），不過這分布屬於共時的音韻結構，若再加上歷史線索時，可以發現接[-ï]的古聲類卻是「五音俱全」並無特別的限制，換言之以歷史的眼光看[-ï]的產生並非來自聲母的影響，那麼反之則應是韻母自身的演變，當我們再將同屬江淮官話的泰興、泰州、南京、揚州方言附之比較時，可以輕易窺知其亦是來自-i→-ï的發展變化。而「姨」、「裡」有[-i]韻的共時變異形式，是屬詞彙擴散的變化殘餘形式（residue），抑或份屬不同的音韻層次？判斷策略在於由結構與系統的對應著手，我們認爲其應來自新語層的干擾，因爲整個合肥音系 l-聲母允許接-i-介音（流 liɯ）或-i-元音（領 lin），但不並接-i-獨韻(*li)，合肥古影、喻、疑、泥、來在古蟹攝開口三、四等及止攝開口三等字前合流，如「醫、移、宜、尼、狸」聲韻形式相同，北大中文系（1989:79-96）皆作[ï]，而李金陵（1997:67-8）則作[zï]，音值上的些微差異暗示了[z-]應是後來伴隨[-ï]才產生的⓫。那麼從古今的對照看合肥音系[l-]聲母並不允許接[i]獨韻，因此「裡 li」的例外形式（「姨 i」的元音形式對應於此）說明了其應爲新進的形式，屬新語層的移入。⓬

　　上述對「合肥」來自古蟹攝開口三、四等、止攝開口三等字[-ï]韻

⓫　伍巍（1995:60）指出「z-」的增生無疑是元音帶摩擦的表現，「u」的表現也是如此，有「v」、「β」等摩擦性較強的異讀形式。

⓬　「裡 li」的例外形式，一則指出其爲文讀層，一則說明合肥音系的共時結構中，l-聲母接-i 獨韻的結構，應只是種偶然性的缺口（accidental gap），所以或可容受新形式的移入。而並非將「*li」的組合當成是系統性空缺（systematic gap）般的限制（constraint）。

的分析，同理地亦適足以相應地說明「績溪」的相似變化。那麼「徽語」與「江淮官話」雷同的行為我們應如何看待。❸

表 3

	資	雞	低	姐	周	偷	狗	手	牛	寫	夜	家	沙
績溪	tsï	tsï	tsï	tɕiɔ	tsi	thi	ki	si	ŋi	ɕiɔ	iɔ	ko	so
合肥	tsï	tsï	tsï	tɕi	tʂɯ	thɯ	kɯ	ʂɯ	liɯ	ɕi(文) se(白)	i(文) zï(白)	tɕia	ʂa

　　當我們擴大視野觀察兩者音系中「攝」與「攝」之間的互動關係，亦即我們把審視的角度放在結構格局的變動，也許能從中窺見一些不同的圖像。從表 1、表 2 的比較，我們不難發現「績溪」與「合肥」雖都曾運作-i→-ï 的規律，似乎屬共同創新，因此造成「資＝雞＝低」同音，但對於所遺下-i 的系統空缺，兩者的填補行為並不盡相同，績溪由流攝移入，而合肥則由假開三填補。換言之，兩方言針對空缺時，反應出的系統性調整並不相同。不過當我們如此說明時，似乎暗示了這樣的鏈動變化（chain shift）是一拉力鏈（drag chain）的移動方式，但其究屬拉力鏈或推力鏈（push chain）的演變模式（R. King 1969），我們先嘗試進一步說明-i→-ï 的變化影響源為何。

　　表 3 中「績溪」與「合肥」有個幾個鮮明的例字「資＝雞＝低」，從比較上看，我們或許可以重構為 tsï←tsi←tɕi←*ki(ti)的邏輯演變過

---

❸　下表語料來源——績溪（平田昌司 1998:38-9,41-2）、合肥（李金陵 1997:67-8,72-3,83-4）。

程⓮。擬設「tɕi」的中間階段是因為舌根音聲母在-i 前不顎化卻直接舌尖化的情形，相當罕見，而精組的*ts-漢語史上的變化較晚於見組，漢語方言間也大體如此，換言之精組的變化通常蘊涵了見組（何大安 1988:26,29），因此上述推論的演變式，不管精組*ts-在歷史上是否曾經過顎化 tɕ-的階段，都不妨得到最後的結果 tsï，所以上述簡化成一條規律附之討論。那麼在這樣的演示，說明了當中包含了幾種演變動力，第一為舌尖系及舌根系的顎化(tɕi←*ki(ti))，第二為-i 元音使聲母舌尖化(tsi←tɕi)，而第三個變化階段則可能作兩向的理解，或許是 ts-聲母再反過來使韻母變為舌尖元音(tsï←tsi)，抑或許是-i 元音單獨高化為舌尖元音(-ï←-i)，兩者都能得到的 tsï←tsi 變化結果，不過詮釋的方式卻相反，前者動力來自聲母影響，而後者則反之是韻母自身的演變。如果眼界暫止於「資＝雞＝低」等上述諸例，理論上兩種解釋方式都可能，不過如果我們對照表 1、表 2「批」、「米」、「犁」、「姨」諸例，則顯然認為-ï←-i 的變化屬齒音聲母(ts-)影響元音的變化(-i→-ï)，條件上並不充分，因為其他系組的聲母亦已變化為舌尖元音，因此績溪、合肥古蟹止攝-i→-ï 的變化是韻母自身的變化，而非聲母的影響。⓯

⓮　將端組(ti)附同於見組(ki)，並不表示歷史上端、見組起變的時代一致，只是指出其演變的邏輯過程相同。張琨（1992:255）曾將漢語方言中舌尖元音，在各項聲母後出現的變化歷程表述為*ki>*ti>*tʃi>*tʂi>*tsi>tsï。

⓯　下表語料來源──績溪（平田昌司 1998:38,43）、歙縣（平田昌司 1998:61-2）、屯溪（平田昌司 1998:80-1,76）、休寧（平田昌司 1998:98,97）、黟縣（平田昌司 1998:115,118）、祁門（平田昌司 1998:136,138）、婺源（平田昌司 1998:151,155）、淳安（曹志耘 1996:28）、遂安（曹志耘 1996:48,46）、建德（曹志耘 1996:72）、壽昌（曹志耘 1996:99-100）。

表 4

	偷	口	樓	歐	酒	手	丘	流	有	腰
績溪	thi	khi	ni	ŋi	tsi	si	khi	ni	ie	ie
歙縣	thio	khio	lio	ŋio	tsio	çio	tɕhio	lio	io	iɔ
屯溪	thiu	tɕhiu	liu	iu	tsiu	çiu	—	liu	iu	io
休寧	thiu	tɕhiu	liu	iu	tsiu	çiu	tɕhiu	liu	iu	io
黟縣	thaɯ	tʃhaɯ	laɯ	iaɯ	tʃaɯ	saɯ	tʃhaɯ	laɯ	iaɯ	iːu
祁門	the	tɕhie	le	ie	tse	çie	tɕhie	le	ie	iɯːə
婺源	thɑ	tɕhiɑ	lɑ	iɑ	tsɑ	sɑ	tɕhiɑ	lɑ	iɑ	ɔi
淳安	thɯ	khɯ	lɯ	ɯ	tsiɯ	sɯ	tɕhiɯ	lɯ	iɯ	iə
遂安	thiu	khɯ	liu	—	tɕiu	çiu	tɕhiu	liu	iu	iɑ
建德	thəɯ	khəɯ	ləɯ	əɯ	tɕiəɯ	səɯ	tɕhiəɯ	liəɯ	iəɯ	iɔ
壽昌	thəɯ	khəɯ	ləɯ	əɯ	tɕiəɯ	səɯ	tɕhiəɯ	liəɯ	iəɯ	iɤ

　　從目前的材料看「徽州方言」古流攝的表現，雖然有各自有細音韻或洪音韻的不同，但大體上一、三等同型❶，而「嚴州方言」則傾向仍分一、三等（遂安除見系一等，其餘已讀同三等）❶。從上表的比較看，徽州、嚴州方言或多或少都有單元音化的傾向，這大概是源自吳語老底的痕跡，不單流攝如此，古蟹、效攝亦如此（見表 5），因此績溪

---

❶　張琨（1988:20）指出徽州方言中流攝一、三等同韻的現象，與四川華陽濂水井的客家話相若，不曉得是否與《切韻·序》的「……尤候俱論是切」有所關聯。

❶　表 4 績溪「有」字讀入效攝，我們認為應屬語層交疊的殘跡，因為徽州方言大致仍分效、流兩攝，從形式看績溪的「有」同於祁門的形式，那麼理論上便可能有兩種的詮釋方式，或者 ie 為 i 的前身，抑或者移借自次方言而來，不過因不具系統性，故並不影響以下論題。

古流攝今讀-i 的形式，顯然是與吳語類型相同之複元音韻母單化的結果，馬希寧（1997:188）將徽語如休寧、屯溪古流攝的變化形式化的表述爲*iəu→iᵊu→iu。古流攝分一、三等，以「*iəu」爲討論的起點，概是因爲徽州方言中古流攝一、三等同形，且一等讀如三等，換個角度說是一等讀細音與一般的漢語方言不同，而績溪顯然亦屬一等讀如三等的類型，那麼或許我們可以將績溪古流攝的行爲重構爲*iəu→iᵊu→iu→i 的變化過程，變化速率快於徽州其他的次方言，而動力則在於複元音的單化。❸

表 5

	績溪	歙縣	屯溪	休寧	黟縣	祁門	婺源	淳安	遂安	建德	壽昌	合肥
排	phɑ	phɑ	pa	pa	pa	phɑ	phɔ	phɑ	phɑ	pɑ	phɑ	phɛ
刀	tɤ	tɔ	tɤ	tɤ	tɤɛ	tɔ	tɔ	təʔ	tɔ	tɔ	ˑtɤ	tɔ

　　如果我們相信語言的在時間中流動是有其一定的方向、沿流（drift）（薩丕爾 E. Sapir 1921:138,154），而非如青年語法學派的「音變盲目說」或「音變的原因是不知道的」（布龍菲爾德 L. Bloomfield 1933:477、徐通鏘 1990b:1），那麼績溪古流攝讀-i 顯然源於語言自身潛在的變化趨向，即古複元音韻攝的單元音化，而不一定是蟹止攝-i→-ï 的變化牽

---

❸　下表語料來源——績溪（平田昌司 1998:40,43）、歙縣（平田昌司 1998:57,60）、屯溪（平田昌司 1998:74,78）、休寧（平田昌司 1998:93,95）、黟縣（平田昌司 1998:112,116）、祁門（平田昌司 1998:134,135）、婺源（平田昌司 1998:154）、淳安（曹志耘 1996:25,27）、遂安（曹志耘 1996:44,47）、建德（曹志耘 1996:67,71）、壽昌（曹志耘 1996:94,98）、合肥（李金陵 1997:74,80）。

引古流攝補入，反而是績溪古流攝單元音化的行爲，推使蟹止攝由-i
變入-ï，參證其他徽語的次方言，績溪蟹止攝讀[-ï]的形式並無其他的促
成動力，反過來看，也因爲其他的徽語次方言古複元音單化後，尚未讀
入蟹止攝，因此蟹止攝多數仍讀爲-i 的形式未見變化，變化速率較績溪
爲遲。因此我們傾向認爲績溪-i→-ï 的音韻變化，爲一推力鏈的演變模
式，這樣的詮釋顯然能照顧到較多的方言現象，與吳、徽語音韻變遷的
潛在洪流，在詮釋上多了一份保證。

　　而我們若另外再從音韻的共時結構及與歷史音類的對應著眼，亦
能得到另一側面的證明。

	流開一	止合三
	斗	醉
績溪	ti	tɕy

上述我們認爲績溪古流攝共時讀-i 的形式，源自語系自身發展的沿流，
而非古蟹止攝變化的拉力吸引。那麼我們從共時的結構關係思考，-i
相應的合口應爲-y，上表的開合對立中「醉 tɕy」來自古止合三，張琨
（1992b:257）指出漢語方言中止合三的讀法有兩大類，一類最常見讀合
口來自*-wi 如龜 kue，一類則是[*-wi]的調換讀[*-ju]，現代方言中讀爲
[-y]，吳語、徽語、湖南鄉話、閩北及山西清徐可以見到這類變化，但
從現象的分布上看卻是以吳語爲最大宗。

	蘇州	溫州	休寧	瀘溪	建甌
鬼	kuɛ 文 tɕy 白	tɕy	tɕy	tɕy	ky
貴	kuɛ 文 tɕy 白	tɕy	tɕy	tɕy	ky
跪	guɛ 文 dʑy 白	dʑy	tɕhy	tɕhy	ky

　　這即是所謂的「支微入魚」的現象，這個現象在中國的明代即有記錄，在明正德七年序刊的《松江府志》有如此的記載：「韻之訛則以支入魚龜音如居，爲音如俞之類，以灰入麻，以泰入箇槐音如華、大音如惰之類。」這類「支微入魚」、「灰入麻」在徽州方言亦復如此，大致都是元音後化高化的結果（張光宇 1996:6、馬希寧 1997:179-82、顧黔 1997），換言之這亦是吳、徽聯繫的令一證據。

　　因此如果以否證的角度思考的話，績溪古流攝的變化眞是古蟹止攝吸引的話，那古流攝走入-i 時，共時相應的合口韻，理論上雖有可能但不見得必然就有動力吸引其入-y，以達到結構平衡。但從方言的聯繫與歷史文獻的反應，績溪的-y 韻顯然由自「支微入魚」與吳語的變化類型一致，那麼古流攝的-i 韻亦應由自與吳語類型相同的「複元音單化」，這也是「徽語」承自吳語的老底，有著相同的音韻變化潛流所使然。因此績溪流攝讀-i 的形式自非源自蟹止攝的拉力吸引，反之蟹止攝唸-ï 的形式則是受流攝-i 的推力所致。

二、合肥音系的歷史鏈移

　　準此回視同處安徽的江淮官話合肥方言，將「老母雞」讀爲「老母資」的特色（馬希寧 1997:183），以及假三讀入蟹止的形式，在類

型上與績溪方言有著異曲同工，而其原理是否亦如同上述演示。

由動態演變的眼光看，合肥話屬古複元音的韻攝，今音亦有著單元音化的傾向。而這樣的演變類型，在地域上還可以向西擴及於湘語一帶，及至贛語為界。⑲

	合肥	揚州	蘇州	溫州	長沙	雙峰	南昌	余干
街	tɕiɛ	tɕiɛ	kɑ	ka	kai	ka	kai	kai
		kɛ						
排	phɛ	phɛ	bɑ	ba	pai	ba	phai	phai
麻	ma	ma	mɑ	ma	ma	mo	ma	ma
下	ɕia	ɕia	jio	ɦio	ɕia	ɣio	ha	ha
			xa	ɦio		xa	ɣo	ka
歌	kʊ	kɣɯ	kəu	ku	ko	kʊ	kɔ	ko
羅	lʊ	lo	ləu	ləu	lo	lʊ	lɔ	lɔ
苦	khu	khu	khəu	khu	khu	khəu	khu	lu
路	lu	lu	ləu	løy	ləu	ləu	lu	khu
豆	tɯ	tɣɯ	dɤ	dəu	təu	de	thɛu	thɛu
狗	kɯ	kɣɯ	kɤ	kau	təu	ke	kiɛu	kɛu

這一元音單化的演變類型在方言間如此穩固存續於吳、徽、湘、江淮官話（通泰方言）（魯國堯 1988），無疑這屬地理上的鄰接性（geographical proximity）所決定的，那麼這一地理上分布廣域接連成片的方言板塊，毋寧可以視之為一「吳楚江淮方言連續體」（dialect continuum）（張

⑲　下表語料來源——合肥、蘇州、溫州、長沙、雙峰、南昌（北大中文系 1985:45,142,2,12, 22,34,125,112,203,209）、余干（陳昌儀 1998:80-90）。

光宇 1993:33, 1994:412-4, 1999:34-6）。

而附帶一說的是「複元音的單化」在各個語區中其實都不難找到例子，例如閩南語系「教」讀 ka、「桃」讀 tho，梅縣客話「配」讀 phi（李如龍、張雙慶 1992:43），而江西方言中蟹、止合、效、流諸攝亦不少讀單元音的，如大庾「到 tɔ」、贛縣「該 kæ」（楊時逢 1982:317），因此上述指出元音單化的方言區以贛語為界，乃在於贛語元音單化的行為並不盡同於上述吳語類型的方言（何大安 1988:105），而更重要的是上述的「連續體」元音部份表現了一鏈動變化的演變模式。以蘇州吳語為例：蟹二(*ai)讀-a、假二(*a)讀-o、果(*o)讀-u(~əu)、遇(*u)讀-əu、流(*-əu)讀-y，古今音韻格局上 ai→a→o→u→əu→y 的鏈移變化極明顯（張光宇 1996:6）。而徽、湘、江淮官話、通泰方言等則或多或少與此變化模式相若。

不過合肥元音的單化並不能就此簡單地類比於績溪的類型，因為在合肥音系中移入-i 韻的是假三而非流攝，那麼我們便不能以元音單化的這股沿流解釋假攝的變化，合肥古假攝的變化行為並不符應前述的演變模式，因此我們由合肥自身的文白對比系統作一觀察，可以發現假三讀入-i 應屬一元音高化的現象。

	些	爹	夜	寫	謝	使	蜘	妹
文	se	ti	i	çi	çi	sï	tʂï	me
白	sï	te	zï	se	se	se	tʂe	mï

觀察假攝字的文白模式，可以發現假攝大致有三個語音形式「e、i、ï」，對於假攝的這三個形式，「-i」為系統的分布，且大多具文讀色彩，故

類屬於文讀層，而「-e」的形式應早於「-i」爲合肥音系固有的形式，-i 的形式或可推論爲-i←-ie←*-ia 的變化[20]，而「-ï」的形式我們認爲可能爲「-i」的後續新創變化。理由在於從宏觀的角度看，整個漢語語音的發展過程中，元音的高化現象相當普遍，或可視爲漢語語音發展的規律之一，例如：歌韻，上古是 a，中古是 ɑ，現代北方方言，一般是 o，吳語則進一步，許多地區已讀-u。再如模韻，是由 ɑ 到 u；侯韻是從 o 到 ou 再到 əu；之韻是從 jə 到 i；支韻是 ja 到 je 再到 i 等。說明漢語元音發展的變化中，「高化」是種普遍的態勢（王力 1958:83）[21]。不過若從廣域的漢語方言比較，及由中古音類出發來看，中古的假攝字(*-ia)高化至-i，縱然在漢語方言間實不多見，不過在整個語區元音高化較爲明顯的山西方言（陳慶延 1991:439），則多少可以捃摭到相類似的例子（侯精一、溫端正 1993:150-1,158,160 語料排列上文下白）。

	太原	清徐	太谷	祁縣	平遙	文水	孝義	平定	和順	婁煩	離石	臨縣	汾陽	聞喜
茄	tɕhie	tɕhie	tɕhie tɕie	tɕhi tɕi	tɕie	tɕi	tɕie	tɕhie	tɕhi	tɕhiei	tɕhiei	tɕhiɑ	tɕhi	tɕhiɑ
斜	ɕie	ɕie	ɕie	ɕi ɕyi	ɕie	ɕi	ɕie	ɕie	ɕi	ɕiei	ɕiei	siɛ siɑ	ɕi	ɕie ɕiɑ

---

[20] 中間階段的構擬形式，似乎暗合於白讀的形式，不過我們並非認爲文讀-i 的形式由白讀的-e 演變而來，而是就古音所提供的訊息及今音的反應，作出邏輯上有權擬設的詮釋方式。

[21] 與此相似的是英語的「元音大轉移」(The English Great Vowel shift)亦屬一元音高化的音韻行爲，而造成的「鏈移效應」(chain effect)，理論上可以有三向的可能解釋，或者從最高位的元音 iː、u:等先分裂，如此是一「拉鏈」的變化方式，抑或者由最低的 a:開始，那麼便可以作「推鏈」的理解。當然亦可能由中間的 eː、o:開始起動，那麼「推」、「拉」可能並時共存（R. L.Trask 1996:85-88）。

西	çi	çi	çi	sï	çi sei	sï	çi	çi	çi	çi	sï	sei	sï	çi
姨	i	i	i	ï	i	ï	i	i	i	i	zï	i	zï	i

從整個《山西方言調查研究報告》42 個方言調查點中，目前古假（果）開三讀[-i]韻的只見到 4 點，地域分布上除汾陽屬西區，其餘皆在中區，且汾陽亦位於西區之東邊，地理上極靠近中區，整個山西方言元音高化現象極普遍，但似乎以中區速率最快，而南區的聞喜則還保持古假攝的元音形貌，有趣的是果假三讀[-i]韻的方言，其蟹止攝三四等亦相應的讀入[-i]韻，與合肥方言相似，而蟹止攝讀入[-i]韻的方言其果假攝並不得就讀入了[-i]韻，那麼我們可以說上述的音韻變化中[-i]韻的變化蘊涵（imply）了[-i]韻，換個角度說[-i]韻的變化行為早於[-i]韻的變化。這樣的邏輯判斷還有其他的次方言點支持，除上表的「離石」外，「汾西」、「沁縣」等亦是蟹止攝有讀入[-ï(z)]韻的形式，但果假三等則還未高化至[-i]韻，亦即蟹止攝的變化規律在歷史上應早於果假攝，因此涵蓋的方言較多。[22]

　　將山西與合肥方言的例子作一整合，我們可以判斷出在元音高化的語區中，蟹止攝的行為甚於果假，換言之合肥、山西的例子應是拉力鏈的變化方式，這在邏輯重構上顯然較為理順。

　　漢語方言間的變化方式鏡象萬千，共時語音形式的表現容或千差

---

[22]　除山西外中國西北的漢語方言中亦有些果假三讀[-ɿ]的例子，新疆焉耆方言「爺ɿ」、「爹 tɿ」、「姐 tçɿ」（劉俐李 1994:100-2），不過焉耆話[-i]、[-ɿ]韻對立，換言之古蟹止、果假三重估（reinterpretation）後仍然對立，但[-ɿ]韻與[-i]韻影響力不同，[-ɿ]韻能顎化見組字如「茄 tçhɿ」，但不顎化端組，而[-i]韻則可。

萬別，但總體的大勢仍然是可以掌握的，從古內外轉韻攝對立的角度看，大體外轉韻攝元音皆低於內轉韻攝，那麼外轉假攝讀「-i」的高元音形式顯得不同一般，不過若搭配上述蟹止攝的鏈動變化時，我們可以認為假攝的「-i」是受蟹止攝吸引而填補空缺，亦即這是一拉力鏈的演變模式，這樣的設說較方便說明為何合肥、山西假攝的讀法如此的不同於其他漢語方言，因此將動力源設定為蟹止攝的拉力，詮釋上較為合理，亦可兼顧到較多的方言。

三、績溪、合肥的歷史音韻次序

附帶一說的是，績溪、合肥中「資＝雞＝低 tsï」的同音現象，表示了見、端組字都有了舌尖化的現象*ki, ti→tɕi→tsi→tsï，而這樣的變化較常見的似乎只發生於-i 獨韻時❷，-i-當介音時則聲母能顎化卻不舌尖化，例如績溪「交」讀 tɕie、「刁」讀 tie，合肥「巧」讀 tɕhiɔ、「店」讀 tiï，因此「資＝雞＝低 tsï」這類舌尖化的行為正與雲南方言的顎化音現象相若，兩者的差異導因於-i 當元音與-i-當介音時，結構位置的不同，影響變化的效力亦有所差別-i 元音具有舌尖化聲母的能力，而-i-介音則否（何大安 1986、1988）。

那麼回視績溪方言的例子，「題、啼、地、弟、低」讀 tsï，但「丟、兜、斗、陡」則讀 ti，後者 t-似乎不見顎化或舌尖化為塞擦音，不過這

---

❷ 徽語績溪方言中[i]當元音時只能出現於獨韻，其共時音系中並無接輔音尾的結構[*-iC]（平田昌司 1998:38-49）。而合肥方言雖具有接輔音尾[-iC]結構如「丁 tin」「聽 thin」（李金陵 1997:99），但並不顎化舌尖塞音[t-]。顯然[-i]當獨韻時在變化行為上稍快了一步。

卻透顯了音韻變化的次序（order），蟹止攝讀-i 的時候，流攝尚未讀-i，因此蟹止攝讀的-i 元音，顎化並進一步舌尖化了精、見、端組聲母，而後流攝才讀入-i 韻，因此沒能趕上當初-i 韻舌尖化聲母的規律，亦即規律的運作是有次序並且有時間限制的，當運作的年代過去了，縱然有相同的環境亦不見得會變化，換言之音韻變化時的條件參項，常只是一必要條件（necessary condition）而非充分條件（sufficient condition）。那麼我們可以將上述諸多的規律整理成如下的表式（representation）。續溪的音韻規律中 R1 先於 R2，R2 與 R3 由前文的判斷爲一推力鏈的變化，雖爲 R2 推動 R3，但邏輯上得 R3 先走或兩者同時變化，否則 R2 饋入(feed)R3，將會全變成-ï。另外 R1 亦得先於 R3 否則會得到一取消關係(voiding relation)，使 R1 無法變化（王士元 Wang 1969:18-20）。

R1 蟹止-i 元音的顎化、舌尖化聲母：*k, t→tɕ→ts / ＿i
R2 流攝讀入-i：*iəu→iəu→iu→i
R3 蟹止讀入-ï：*-i→-ï

而合肥的音韻變化規律則爲：

R1' 蟹止-i 元音的顎化、舌尖化聲母：*k, t→tɕ→ts / ＿i
R2' 假三讀入-i：*ia→ie→e→i
R3' 蟹止讀入-ï：*-i→-ï

R1'先於 R2'，R3'與 R2'上文判斷爲 R3'牽動 R2'的變化，因此邏輯上 R3'先走 R2'補其結構空缺（slot），否則 R2'會饋入 R3'，當然兩者歷史上的實際時間亦允許同時。而 R1'亦如前述得先於 R3'，否則亦是一取消關係。綜合上述續溪與合肥的歷史音變次序，因相互間的運作有了

先後關係，所以上述的諸多規律前項規律所得的「生成項」並不能為後項規律所利用，屬於一分泄的次序（bleeding order）（P. Kiparsky 1968、李壬癸 1991:462）。

四、餘論

上節關於元音[-i]與介音[-i-]的討論中，「精、見組」的顎化與舌尖化在漢語方言中俯拾皆是（張光宇 1993），但「端組」的顎化、舌尖化則相形的較少，績溪等地將古端組的「弟」讀 tshï，顯示了 tshï←tɕhi (tʃhi)←thi 的演變效力。表象上這與張琨（1994）討論的漢語方言中另一條音韻演變效力 tsh-→th-，音變方向上適足相反，不過前者有一定的音韻環境促成，而後者則並無一定的環境條件可尋，並且有些方言不獨送氣的舌尖塞擦音(tsh-)變為送氣舌尖音(th-)，甚至不送氣的舌尖塞擦音精母(ts-)也相應地平行變化（parallel development）變入不送氣的舌尖塞音(t-)，如藤縣、台山、開平、鶴山和南海等（張琨 1994:23）。因此這兩者在變化的內在肌理上並不相同。

端組的顎化除安徽績溪、合肥外，青海西寧「地 tsï」、「提 tshï」（張成材 1994:2-3）、新疆焉耆永寧方言「低 tsï」、「啼 tshï」（劉俐李 1994:100）。而處於變化中間階段的形式，如聲母已變化但韻母尚未變入[-ï]的，依然可以捃摭到些例證，如陝西扶風方言的「地」tsi、「體」tshi（毋效智 1997:195）。而吳語區溫州方言（外緣鄉鎮非城關話）亦將端組讀顎化音，如「顛 tɕie」、「天 tɕhie」、「頭 dʑiu」（傅佐之、黃敬旺 1980:263）。焉耆回民的漢語方言「第」讀 tɕi、「鐵、天」的聲母也是 tɕh-（劉俐李 1984:21）。侯精一、溫端正（1993:24）

指出山西方言北區中應縣、朔城、平魯、五台、神池、寧武、山陰及霍州共 8 個方言點中，「田、錢」「條、橋」在細音韻母前，聲母亦是相同皆讀為 tɕh-。不過從其後所附的字音對照表中，我們還可以發現婁煩、嵐縣、朔州、沁縣的「條」亦讀 tɕh-。（同上 1993:178-9）

「輔音的顎化現象」其實在世界語言中並不乏見，英語如此（F. Katamba 1993:86-7），蒙古語亦如此（武・呼格吉勒圖 1986:388-94）。對於上文這類古端組的顎化現象，伍巍（1995:60）認為這是高元音的前化與高化現象所帶的摩擦性所致，而石汝杰（1998:103）亦指出這類聲母在高元音前發生顎化的現象（和俄語相似），也許與高元音的強摩擦傾向有關係，但還不甚清楚。我們認為從音理的角度高元音的摩擦性無疑是詮釋上述現象的正解。不過並不能就此認為高元音必然只具摩擦性，只引起顎化，例如山西汾西的見二組聲母現象：

汾西	家	夾	甲	交	巧	覺	角	間	揀
文讀	tɕia	tɕia	tɕia	tɕiao	tɕhiao	tɕiu	tɕiu	tɕiã	tɕiã
白讀	tia	tia	tia	tiao	thiao	tiu	tiu	tiã	tiã

白讀的 t-只出現於-i-前頭，演變模式也許由自*ki-→(tɕi-)→ti-（張光宇 1993:28,34）雖曾經過高元音的摩擦性而顎化，但下一步變 t-則不能認為是摩擦性的作用了[24]。再如山西聞喜方言古幫組字開口三、四等字，

---

[24]　中間的階段或疑之形式同於文讀，那麼白讀豈非來自文讀？其實當我們對漢語方言的文白現象建立「層次」（stratum）的概念時（羅杰瑞 Norman1979、楊秀芳 1982,1993、徐通鏘 1991:§15、§16），並不必如此直觀地認識，當白讀讀 tɕi-時，

接 i 細音韻時 p, ph, m→t, th, l /＿i（潘家懿 1985）㉕。另外亦有諸多方言古來母逢細音變讀為舌尖塞音 li→t(d)i，例如江西南城、大庾、鄱陽、湖口、新喻、臨川、都昌、樂平、黎川等（楊時逢 1982:315-6）。以上這些現象說明高元音並不必然只產生摩擦性及引起顎化。

另外與-i-相應的-u-，在漢語方言間特色亦十分顯著，例如山西西安話的「豬 pfu」、「蟲 pfhən」（唐明路 1990、劉伶 1986），山東肥城話的「豬 pfu」、「春 pfhẽ」（錢曾怡、曹志耘、羅福騰 1991:184），而同樣合口三等字的條件，位於關中平原的戶縣，「飛、妃」讀 ʂʮ（趙新 1998:124），客、贛語中秀篆、寧化、宜丰、建寧「水」讀 fi（李如龍、張雙慶 1992:57）。其實我們若再跳高一層看，歷史上「輕重脣的分化」，從音韻環境著眼看，與上述這些方言的音韻變化，不必然沒有內在聯繫，古今音變其實有其一致性的原則（uniformitarian principle），上述的現象抽繹地看顯然與-u-的摩擦性能相繫聯。因此-i-、-u-於音韻演變上的效力還可供我們進一步地核驗與研究。

五、結論

語言的變化有其普遍的運作機制，亦有其殊性的內在肌理，我們嘗試辨析徽州績溪方言與江淮合肥方言的歷史音韻變化，演示其變化的

文讀大概還未進入或則仍舊讀 ki-，當白讀 tɕi-→ti-後，文讀才進入或才 ki-→tɕi-，換言之白讀變化的速率甚於文讀，因此上述 ki-→tɕi-→ti-的推論應不致與文白的觀念衝突。

㉕ 這一現象與越南「漢越語」（Sino-Annamese）中的「脣音聲母例外字」有一定程度的神似，不過聞喜音變的轄字範圍及音變的條件較為廣大清楚。（潘家懿 1995:43）

動力因素與規律運作的內在次序，期能對徽語的性質增加質的認識，而我們的方法論原則正在於「結構格局」與「系統分布」的操作運用。徽語績溪方言與江淮官話合肥方言，雖然有著相似的音韻變化，但由於方言各自的殊性不同，使得結構調整時並不同調。再者廣袤的漢語方言中，對高元音-i-、-u-於音韻組合時的演變方式與演變結果，亦是形貌各異、精彩紛呈，甚至亦可供我們進一步核驗古漢語的聲類分合及音韻變化的結構模組（徐通鏘 1994, 1997:143-69、李娟 1997）。因此-i-、-u-在音韻結構中的變化實相，是否可抽擇出一定的共性，還可供我們作進一步地探討與研究。

參引書目

屯溪市志編纂委員會 (1990) 《屯溪市志》安徽教育出版社 1 版 合肥

王 力 (1958) 《漢語史稿》中華書局 (1996) 1 版 3 刷 北京

王世華、黃繼林 (1996) 《揚州方言詞典》江蘇教育出版社 1 版 南京

王福堂 (1999) 《漢語方言語音的演變和層次》語文出版社 1 版 北京

北大中文系 (1989) 《漢語方音字彙》文字改革出版社 2 版 北京

布龍菲爾德 (1933) 《語言論》袁家驊、趙世開、甘世福 譯 商務印書
　　　　館 (1997) 1 版 3 刷 北京

平田昌司 (1998) 《徽州方言研究》好文出版社 1 版 東京

安徽地方志編纂委員會 編 (1997) 《安徽省志·方言志》方志出版社

何大安 (1988) 《規律與方向：變遷中的音韻結構》史語所專刊之 90

李如龍、張雙慶 (1992) 《客贛方言調查報告》廈門大學出版社 1 版 廈
　　　　門

李金陵 (1997) 《合肥話音檔》上海教育出版社 1 版 上海

侯精一、溫端正 (1993) 《山西方言調查研究報告》山西高校聯合出版
　　社 1 版 太原

徐通鏘 (1991) 《歷史語言學》商務印書館 1 版 北京

────── (1997) 《語言論》東北師範大學出版社 1 版 長春

袁家驊 (1960) 《漢語方言概要》文字改革出版社 (1989) 2 版 3 刷

馬希寧 (1997) 《徽州方言語音現象初探》清華大學語言學 新竹

張光宇 (1996) 《閩客方言史稿》南天書局有限公司 初版 1 刷 臺北

張成材 (1994) 《西寧方言詞典》江蘇教育出版社 1 版 南京

曹志耘 (1996) 《嚴州方言研究》好文出版社 1 版 東京

梅　耶 (1957) 《歷史語言學中的比較方法》科學出版社 1 版 北京

詹伯慧 (1981) 《現代漢語方言》湖北教育出版社 (1985) 1 版 新州

趙元任 (1968) 《語言問題》臺灣商務印書館 (1982) 4 版 臺北

劉丹青 (1995) 《南京方言詞典》江蘇教育出版社 1 版 南京

橋本萬太郎 (1985) 《語言地理類型學》余志鴻 譯 北京大學出版社

薩丕爾 (1921) 《語言論》陸卓元 譯 陸志韋 校 商務印書館 (1997) 新
　　2 版 4 刷 北京

Francis Katamba (1993) "*An introduction to Phonology*" The Longman Inc.
　　6th impression N.Y.

Jerry Norman (1988) "*Chinese*" Cambridge Language Surveys, New York

R. D. King(1969) "*Historical Linguistics and Generative Grammar*"
　　　　　　　　Prentice-Hall, Inc., Englewood Cliffs, New Jersey.

R. L. Trask(1996) "*Historical Linguistics*" Edward Arnold Publishers
　　Limited.

參引期刊論文

丁邦新 (1982)〈漢語方言區分的條件〉《清華學報》新 14.1,2:257-273
　　　新竹

───── (1987)〈論官話方言研究中的幾個問題〉《史語所集刊》
　　　58.4:809-841　臺北

毋效智 (1997)〈陝西省扶風方言同音字彙〉《方言》3:192-205　北京

平田昌司 (1982)〈休寧音系簡介〉《方言》4:276-284　北京

石汝杰 (1998)〈漢語方言中高元音的強摩擦傾向〉《語言研究》
　　　1:100-109　北京

伍　巍 (1988)〈徽州方言和現代「吳語成份」〉《吳語論叢》329-335
　　　上海教育出版社　上海

───── (1995)〈合肥話「-i」、「-y」音節聲韻母前化探討〉《語文
　　　研究》3:58-60, 21　太原

朱德熙 (1984)〈在中國語言和方言學術討論會上的發言〉《中國語文》
　　　4:246-252　北京

何大安 (1986)〈元音 i,u 與介音 i,u──兼論漢語史研究的一個面向〉
　　　《王靜芝先生七十壽慶論文集》227-238　文史哲出版社　臺北

───── (1995)〈論排灣群語言的分群〉《臺灣研究通訊》5,6:19-34　清
　　　華大學　新竹

───── (1998)〈臺灣南島語的語言關係〉《漢學研究》16.2:141-171　臺
　　　北

李　娟 (1997)〈章組字的歷史演變〉《語言學論叢》19:37-67　商務印
　　　書館　北京

李　榮 (1985) 〈官話方言的分區〉《方言》1:2-5 北京

—— (1989) 〈漢語方言的分區〉《方言》4:241-259 北京

李壬癸 (1991) 〈漢語的連環變化〉《聲韻論叢》3:457-471 學生書局 臺北

沈　同 (1989) 〈祁門方言的語音特點〉《方言》1:30-39 北京

孟慶惠 (1988a) 〈歙縣方音中的歷時特徵〉《語言研究》1:123-130 武漢

—— (1988b)〈皖南銅太方言與吳語的關係〉《吳語論叢》315-321 上海教育出版社 上海

武·呼格吉勒圖 (1986) 〈元音*i 對蒙古語族語言或方言語音演變的影響初探〉《中國民族語言論文集》386-394 四川民族出版社 成都

金家琪 (1999) 〈休寧方言有陽去調〉《方言》2:141-145 北京

唐作藩 (1991) 〈唐宋間止、蟹二攝的分合〉《語言研究》1:63-37 武漢

唐明路 (1990) 〈西安方言 pf, pfh 音的其時變異〉《語言研究》2:25-31 武漢

徐通鏘 (1990a) 〈山西方言古濁塞音、濁塞擦音今音的三種類型與語言史研究〉《語文研究》1:1-7 太原

—— (1990b) 〈結構的不平衡性和語言演變的原因〉《中國語文》1:1-14 北京

—— (1994)〈音系的結構格局和內部擬測法(上)(下)〉《語文研究》3:1-9, 4:5-14 太原

張　琨 (1988) 〈談徽州方言的語音現象〉《音韻學研究通訊》12:10-31

武漢

―――(1992a) 〈漢語方言的分類〉《中國境內語言暨語言學》1:1-21 中研院史語所 臺北

―――(1992b) 〈漢語方言中的幾種音韻現象〉《中國語文》4:253-259 北京

―――(1994) 〈漢語方言中的*ts>h/x 和*tsh>th〉《史語所集刊》65.1:19-36 臺北

張光宇 (1993) 〈漢語方言見系二等文白讀的幾種類型〉《語文研究》2:26-36 太原

―――(1994) 〈吳語在歷史上的擴散運動〉《中國語文》6:409-417 北京

―――(1997) 〈東南方言關係綜論〉第 30 屆漢藏語言暨語言學會議會前論文 北京

張振興 (1997) 〈重讀《中國語言地圖集》〉《方言》4:241-248 北京

―――(2000) 〈閩語及其周邊的方言〉《方言》1:6-19 北京

張盛裕 (1983) 〈太平（仙源）方言的聲韻調〉《方言》2:92-98 北京

俞　揚 (1991) 〈泰州方言同音字彙〉《方言》4:259-274 北京

曹志耘 (1997) 〈嚴州方言語音特點〉《語言研究》1:86-95 武漢

許心傳 (1988) 〈績溪方言詞和吳語方言詞的初步比較〉《吳語論叢》322-327 上海教育出版社 上海

陳慶延 (1991) 〈山西西部方言白讀的元音高化〉《中國語文》6:439 北京

傅佐之、黃敬旺 (1980) 〈溫州方言端透定三母的顎化現象〉《方言》4:263-266 北京

傅國通 (1990) 〈徽語淳安話記略〉《語言論叢》266-280 杭州大學出版社 杭州

楊秀芳 (1993) 〈論文白異讀〉《王叔岷先生八十壽慶論文集》823-849 大安出版社 臺北

楊時逢 (1982) 〈江西方言的內部紛歧〉《清華學報》14.1,2:307-326 新竹

溫端正 (1998) 〈《方言》和晉語研究〉《方言》4:247-259 北京

——— (2000) 〈晉語「分立」與漢語方言分區問題〉《語文研究》1:1-12 太原

趙　新 (1998) 〈戶縣話中兩組合口三等字的特殊讀音〉《語言研究》2:124 武漢

趙元任 (1962) 〈績溪嶺北音系〉《史語所集刊》34:27-30 臺北

———、楊時逢 (1965) 〈績溪嶺北方言〉《史語所集刊》36:11-113 臺北

趙日新 (1989) 〈安徽績溪方言音系特點〉《方言》2:125-130 北京

劉　伶 (1986) 〈甘肅張掖方言聲母 tṣ, tṣh, ṣ, z與 k, kh, f, v 的分合〉《アヂア・アフリカの計數研究》26:75-84 東京外國語大學 東京

劉勛寧 (1995) 〈再論漢語北方話的分區〉《中國語文》6:447-454 北京

潘家懿 (1995) 〈聞喜變音與漢越語變音〉《語文研究》2:38-43 太原

鄭張尚芳 (1986) 〈皖南方言的分區（稿）〉《方言》1:8-18 北京

魯國堯 (1988) 〈泰州方言史與通泰方言史研究〉《アヂア・アフリカの計數研究》30:149-224

——— (1994) 〈客、贛、通泰方言源於南朝通語說〉《魯國堯自選集》

66-80 河南教育出版社

錢曾怡、曹志耘、羅福騰 (1991) 〈山東肥城方言的語音特點〉《方言》
　　3:182-187 北京

顏　森 (1986) 〈江西方言的分區（稿）〉《方言》1:19-38 北京

顏逸明 (1987) 〈八十年代漢語方言的分區〉《華東師範大學學報》
　　4:56-66 上海

顧　黔 (1990) 〈泰興方言同音字彙〉《方言》4:284-292 北京

───── (1997) 〈通泰方言韻母研究──共時分布與歷時溯源〉《中國
　　語文》3:192-201 北京

André Martinet (1952) "*Function, Structure, and Sound Change*" Word
　　8.1:1-32

Fang-Kuei Li (1973) "*Language and dialects of China*" Journal of Chinese
　　linguistic 1.1:1-13

Jerry Norman (1979) "*Chronological strata in Min dialects*" 《方言》
　　4:268-274 北京

Paul Kiparsky(1968) "*Linguistic universals and linguistic change*"
　　　　　　　　Universals in linguistic Theory 170-202 Emmon
　　　　　　　　Bach and Rober T. Harms eds. Hot, Rinehart &
　　　　　　　　Winston, Inc. New York.

William S-Y. Wang (1969) "*Competing Changes as Cause of Residue*"
　　Language 45.1:9-25

優選理論對現代漢語音韻研究的影響

蕭宇超*

前　言

　　近年來，研究現代音韻學就不能不談「優選理論」（Optimality Theory），這是一個非派生的理論，其思考邏輯與早期「衍生音韻學」（Generative Phonology）的「派生機制」（Derivational Device）大異其趣。自 Prince & Smolensky (1993)的同名著作提出之後，即像旋風似的，在一、兩年間席捲全美國與加拿大。近兩、三年，這股學術風潮更蔓延至全世界，一時蔚成最新的研究主流，學者喜歡也好，不喜歡也好，似乎都不可不了解這個理論，許多漢語音韻學者亦相繼投入此項研究。本文擬就優選理論對目前漢語音韻研究的影響作階段性分析：首先討論優選理論與傳統派生理論之特色，隨後探討優選理論對於節奏、變調、鼻音及介音等四方面研究之影響。

*　國立政治大學語言學研究所。

優選理論

　　衍生音韻學在傳統上區分二或多個「結構層」（Structure Levels），
主張由「深層結構」（Underlying Structure）而至「表面結構」（Surface
Structure）的變化必須經過「有序規則」（Ordered Rules）一步一步的
「派生」（Derivation）。換句話說，音韻變化以派生爲基準，而派生
過程以規則爲取向，如下圖說明：

(1) 規則取向

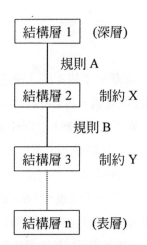

結構層 1 藉由規則 A 變化爲結構層 2，後者再經過規則 B 變化爲結構
層 3 等等以此類推。在派生機制下也設有少數「制約」（Constraints）
來規範結構層的「合格性」（Well-formedness），而制約與制約之間具
備一致性，不會有所牴觸；這些制約擁有限制或引發規則運作的功能，
譬如在圖(1)中，制約 X 可能限制規則 A 的運作，或者引發規則 B 的運
作。

　　在「優選理論」中沒有派生規則，深層結構與表層結構之間是一種非派生關係。具體而言，任何一個「輸入值」（Input），經由共通語法中的「GEN 衍生函數」（Generator）可產生無限的、所有可能的「候選輸出值」（Output Candidates），如圖(2)所示：

(2) 制約取向

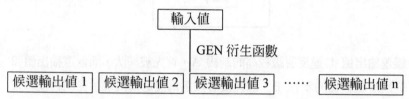

這些候選輸出值經由「EVAL 評估函數」（Harmony Evaluator）交予一組相關的「共通制約」（Universal Constraints）進行篩選。共通制約存在於各個自然語言之語法內，在個別語言中根據重要性依次往下「分等」（Ranking），語言差異即反映於不同的「制約分等」上。在優選理論下，制約間可能出現「衝突」（Conflict），具有「可違反」（Violable）的屬性，然而必須是「最小違反」（Minimal Violation），也就是層級愈高的制約愈不可以違反，若違反的制約層級相同，則以違反的數量少者為佳，最後篩選出「優選輸出值」（Optimal Output）。見圖(3)說明：

(3)

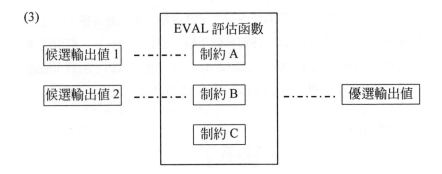

候選輸出值 1 違反層級較高的制約 A，首先被淘汰，而候選輸出值 2 違反層級較低的制約 B，因此後者被選爲優選輸出值。從制約基準來看，輸入值與輸出值之間存在的是對應關係及評估過程，沒有派生變化，制約運作的特質乃是其「平行性」（Parallelism），也就是輸入值所對應的所有輸出值同時接受相關制約的評估，在「單一步驟」（One-Step）之內完成。❶

(4) 派生與非派生

制約取向	規則取向
區分二個結構層	區分二或多個結構層
衍生無限表層結構	衍生有限表層結構
制約評估	規則派生
單一步驟	多步驟
制約間可能出現衝突，可違反	制約間有一致性，不可違反
制約分層級	制約不分層級

---

❶　以中文介紹優選理論者有王佳齡（1995）、蕭宇超與鄭智仁（2000）等。

節 奏

「韻律音韻學」（Prosodic Phonology）主張句法與音韻之間存在一個仲介性質的「韻律結構」（Prosodic Structure），而此種韻律結構則是部分根據句法上的訊息形成（Selkirk 1984, 1986; Nespor & Vogel 1986）。從這個觀點，陳淵泉（Chen 1984）研究漢語七言詩與五言詩的韻律節奏，提出三個規則說明詩歌「格律音步」（Metrical Foot）的形成，茲摘譯如下：

(5) 格律音步 (Chen 1984)

(a) IC：由左至右將句法直接成分(IC)組成二音節音步。

(b) DM：由左至右將未配對之音節組成二音節音步。

(c) TM：將剩餘之單音節依循句法分叉方向加入相鄰之音步。

這三個格律音步規則爲有序規則：IC 必須最先運作，其次爲 DM，最後爲 TM。例(6)說明其派生過程：

(6) 句法樹

```
漁  人  網  集  寒  潭  下
(   )      (   )          IC
    (       )             DM
        (          )      TM
(漁 人)(網 集)((寒 潭)下)
```

【漁人】與【寒潭】首先構成雙音節 IC 音步，【網】與【集】隨之配對成雙音節 DM 音步，最後落單之音節【下】依循句法分叉方向加入

左鄰之 IC 音步,與【寒潭】合併為三音節 TM 音步。故而派生出之音步節奏為:(漁人) (網集) ((寒潭)下)。

陳淵泉(Chen 2000)在即將出版的專書中,從優選理論的角度重新分析音步節奏的問題,以「最小韻律單位」(Minimal Rhythmic Unit, MRU)的觀念提出例(7)中的制約,取代例(5)中的有序規則:

(7) 最小韻律單位 (Chen 2000)

　　(a) Binary:最小韻律單位至少為二音節。

　　(b) Bound:最小韻律單位至多為二音節。

　　(c) LtoR:最小韻律單位由左至右構成。

　　(d) NoStr:直接成分(IC)必須構成最小韻律單位。

　　(e) Congr:X 與最近之句法詞彙節點組成最小韻律單位。

節奏制約的層級分等為:NoStr >> Binary >> Bound >> Congr >> LtoR。處理的不只是詩句的節奏,而且包括口語節奏,見表(8)說明:

(8) 輸入值:[[哪種]酒] [有害] ([ ]表句法結構)

[[哪種]酒] [有害]	NoStr	Binary	Bound	Congr	LtoR
a. (哪種)(酒有害)			*	*!	**
☞ b. (哪種酒)(有害)			*		***
c. (哪種)(酒)(有害)		*!			*****
d. (哪種酒有害)			**!*		

表格中左方的制約層級最高,向右層級漸低,最左欄列出候選輸出值,右邊五欄顯示相關制約評估這些候選值的情況,星號*數表示違反相關制約的次數,驚嘆號!表示「致命的違反」(Fatal Violation),亦即

某候選輸出值在該階段遭淘汰，空白格表示該制約未被違反，網格表示該制約是否被違反已不重要，而優選輸出值則以手形符號☞來表示。在這四個候選輸出值當中，(8)(c)違反 Binary 而被淘汰；(8)(d)違反 Bound 三次，在二次違反時已被淘汰；(8)(a)與(8)(b)亦同時違反 Bound，但是往下一層(8)(a)則違反 Congr，因此(8)(b)為優選輸出值。陳先生的處理方式給予節奏的非派生分析注入新的啟發，Binary 與 Bound 的衝突，驗證了制約分級的必要，LtoR 則相當於 Align-L(MRU, IP)，亦即對齊最小韻律單位左邊與「語調詞組」（Intonational Phrase）左邊，融入了 McCarthy & Prince (1993)的「概括對齊」（Generalized Alignment）觀念。不過這個分析也留下兩個問題：其一，(8)(d)為快速說話節奏，而例(7)的制約群無法評估篩選出此一讀法，其二，問題出現於表(9)：

(9) 輸入值：[[水果]酒] [好]

[[水果]酒] [好]	NoStr	Binary	Bound	Congr	LtoR
☜ a. (水果)(酒好)				*	**
b. (水果酒)(好)		*!	*		***
c. (水果)(酒)(好)		*!*			*****
d. (水果酒好)			**!		

這裡的制約評估似乎力有不及，錯誤地篩選出(9)(a)，如向下手勢符號☜所標示；然而，真正的優選輸出值應為(9)(d)，在此無法導出。其關鍵乃在於「詞彙完整性」（Lexical Integrity），亦即單一詞彙不可做韻律分割，陳先生在書中雖然略有提及，但未明確分析是否應訂定為制約，或者只作為制約運作的原則，此點有待「說清楚，講明白」。

變　調

　　石基琳（Shih 1986）就陳淵泉（Chen 1984）的格律音步規則進一步修訂，以處理國語中的口語變調 (3 ——→ 2 / ___ 3)，茲列如下：

(10)　音步規則 (Shih 1986)

　　(a) IC：由左至右將句法直接成分(IC)組成二音節音步。

　　(b) DM：由左至右將未配對之音節組成二音節音步除非句法分叉方向相反。

　　(c) Super：將剩餘之單音節依循句法分叉方向加入相鄰之音步。

(10)(b)　主要的修訂部份是句法分叉方向相反的兩個音節不可配對爲 DM 音步，也就是說，例(6)的詩句在口語中有不同的節奏，如例(11)所示：

(11)

漁　人　網　集　寒　潭　下		
（　　）　　（　　）	IC
（　　　　）（　　　　　）	Super
（漁　人）網）（集（寒　潭）下）	

在口語中，【網】與【集】的句法分叉方向相反，不可構成雙音節 DM 音步。因此【網】加入【漁人】組成三音節 Super 音步，而【集】、【下】皆加入【寒潭】組成四音節 Super 音步。石先生認爲國語三聲變調的運作有以下幾個原則：

(12)(a) 主要範疇爲音步，上限範疇爲語調詞組。

(b) 運作模式爲循環模式。

(c) 音步內必須運作，音步之間可選擇性運作。

音步之間的運作也就是語調詞組範疇內的運作，在這個循環裡，三聲變調可選擇性運作，以派生不同的讀法，見例(13)說明：

(13)

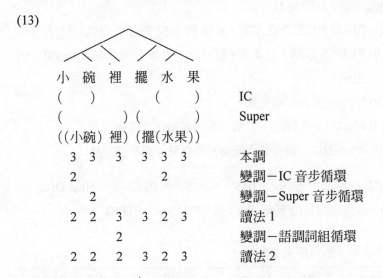

小	碗	裡	擺	水	果	
(	)		(		)	IC
(		)	(		)	Super
((小碗)		裡)	(擺	(水果)	)	
3	3	3	3	3	3	本調
2			2			變調－IC 音步循環
	2					變調－Super 音步循環
2	2	3	3	2	3	讀法 1
		2				變調－語調詞組循環
2	2	2	3	2	3	讀法 2

三聲變調先運作於 IC 音步循環，【小】與【水】發生變調，接著運作於 Super 音步循環，【碗】發生變調，得出讀法 1；若三聲變調繼續運作於語調詞組循環，則【裡】亦發生變調，得出讀法 2。❷石先生的音

---

❷ 端木三（1997）認爲即使在優選理論的架構下，音韻規則的運作仍然需要「循環模式」（Cyclicity），請詳參該文討論。

步分析對後來的研究有很深的影響，包括洪同年（Hong 1987）、張正生（Zhang 1988）以及蕭宇超（Hsiao 1991）等皆從這個框架發展出來。

　　張寧（Zhang 1997）認為三聲變調必須建立於輕重音之上，以樹狀韻律結構而言，重音為 S 節點，輕音為 W 節點。張先生根據優選理論的觀念提出以下的制約：

(14) 變調制約 (Zhang 1997)

　　(a) PTAS: S 節點下之本調，未受 W 節點支配者，必須分析出來。

　　(b) PTRS: S 節點下之本調，至少受一個 W 節點支配者，必須分析出來。

　　(c) *33: 不允許相鄰三聲。

　　(d) MaxD: 正常速度下之最大聲調範疇為二音節

　　(e) Align-Di-L: 對齊聲調範疇左邊與雙音節單位左邊。

變調制約的層級分等為：PTAS >> *33 >> PTRS >> Align-Di-L >> MaxD。評估過程可由下表說明：(S = PTAS; s = PTRS)

(15) 輸入值：狗打傘走 wwsS

wwsS	PTAS	*33	PTRS	Align-Di-L	MaxD
a. (223)(3)		*!		*	*
b. (23)(22)	*!		*		
☞ c. (3)(223)			*		*
☞ d. (2223)			*		*
e. (23)(23)			*	*!	

虛線表示相關制約無明顯分等必要。(15)(a)有兩個三聲相鄰，違反*33；在(15)(b)中，S 節點的聲調沒有分析出來，違反 PTAS；(15)(e)右起雙音節單位之左邊未與聲調範疇左邊對齊，違反 Align-Di-L；因此，(15)(c)與(15)(d)雙雙被選爲優選輸出值。這個分析的優點是可以同時篩選出不同的讀法，但是也留下一個問題：(15)(c)屬於慢速的讀法，而(15)(d)屬於正常速度的讀法，兩者本質有差異，制約評估應該要能作此區分。

鼻 音

　　近年來學者多認爲鼻音是一種「自主特徵」（Autosegmental Feature），而鼻輔音或鼻元音的出現乃是音段與鼻音特徵連結的結果；鼻音屬於一種「浮游詞素」（Floating Morphemic），可區分兩類音節：第一類帶有浮游鼻音，可形成鼻音節；第二類則不帶有此浮游鼻音，祇能形成非鼻音節。從這個角度來看，鼻音的分佈關乎「原始連結」（Initial Association）與「特徵擴展」（Feature Spreading），兩者運作的對象皆祇包括元音、濁輔音與喉輔音。關於閩南語音節內部成份的鼻音連結原則，文獻上有不同的說法：林燕慧（Lin 1989）認爲鼻輔音底層預連鼻音，鼻音連結起自韻腹，可朝聲母擴展；李壬癸（Li 1992）認爲鼻音連結起點可以不同，由左至右擴展；王旭（Wang 1993）認爲鼻音連結起自韻母末端，可朝聲母擴展，範疇定義爲《聲母》《韻腹 韻尾》；洪惟仁（Hong 1996）認爲鼻音連結起自韻腹，朝響度低之音段擴展。

　　鍾榮富（Chung 1996）認爲鼻音連結起自音節末端，範疇內部成份必須整體連結或斷連，範疇定義爲《聲母 韻腹》《韻尾》。另一方面，鍾先生則將這些觀念歸納成非派生的制約（鍾榮富 1995）：

(16) 鼻音制約 (鍾榮富 1995)

  (a)基本：右側：音節的右側，鼻音範疇的右側。

      左側：音節的右側，鼻音範疇的左側。

  (b)同化：範疇內所有的音段一定要鼻音。

  (c)展擴：右側：音韻詞的右側，鼻音範疇的右側。

      左側：音韻詞的右側，鼻音範疇的左側。

  (d)衝突：清聲母不可以變成鼻音。

鼻音制約的層級分等為：衝突 >> 展擴 >> 同化 >> 基本。表(17)以閩南語例舉說明：

(17) 輸入值：知影 /tsɑɪ ɪɑ/ nasal

/tsɑɪ ɪɑ/ nasal	衝突	展擴	同化	基本
☞ a. (tsã͡ɪ ĩɑ̃)			*	*
b. ts(ã͡ɪ ĩɑ̃)		*!		
c. tsɑɪ (ĩɑ̃)		*!		
d. (t͡sã͡ɪ ĩɑ̃)	*!			*

(17)(d)違反層級最高的衝突，清聲母不可鼻化；(17)(b)與(17)(c)皆違反擴展左側。因此三者皆遭淘汰，而(17)(a)則被選為優選輸出值。鍾先生的分析擺脫了派生的巢臼以及特徵擴展方向的爭議，不過也留下一個問題：(17)(a)屬於撒嬌口吻的讀法，而(17)(d)才是真正的「無標讀法」（Unmarked Reading），語料需要進一步分析。

介 音

　　介音的研究在漢語中亦引起不少爭議：殷允美（Yin 1989）與包志明（Bao 1990）認為元音前的介音屬於聲母位置；林燕慧（Lin 1989）認為它雖不屬於韻腹，卻是韻母之下的節點；鍾榮富(Chung 1989)主張它可以同時連結至聲母和韻腹；端木三（Duanmu 1990）則提出另一種看法，認為它不是音段，而只是聲母中的「次發音特徵」（Secondary Articulation Feature）。

　　李文肇（Li 1997）從歷時與共時的證據發現在漢語中 / w / 與 / j / 的音韻行為不甚一致，前者較接近真正的輔音。吳瑾瑋（Wu 1999）比較成人與兒童的語言亦得出類似的結論，並提出下列制約：

(18) 介音制約（Wu 1999）

　　(a) MAX：輸入值中每一個音段皆必須有一個輸出對應。

　　(b) NUCLEUS：每一個音節皆必須有韻腹。

　　(c) ONSET：每一個音節皆必須有聲母。

　　(d) *COMPLEX：禁止複合音段。

　　(e) MARGIN/GLIDE：介音必須於輸出值中分析出來。

　　(f) MARGIN/STOP：塞音必須於輸出值中分析出來。

介音制約在成人漢語中的層級分等為：MAX >> NUCLEUS >> ONSET >> *COMPLEX >> MARGIN/GLIDE, MARGIN/STOP。以 /w/ 為例，出現於元音前時，會與一般輔音同時成為聲母，下表說明：

(19) 輸入值：躲 /two/ （成人）

/two/	MAX	NUC	ONSET	*COM	M/G	M/S
☞ a. tw.o				*		
b. t.wo				*	*!	
c. tw.□	*!	*		*		
d. □.wo	*!		*		*	*
e. w.o	*!					*
f. t.o	*!				*	

方格□表示空白音段位置。(19)(c-f)皆有音段消失，違反 MAX 而遭淘汰。(19)(a)與(19)(b)同時違反*COM，但後者致命違反 M/G，故前者為優選輸出值。在兒童漢語中的制約層級則略有不同，即：NUCLEUS >> ONSET >> *COMPLEX >> MARGIN/GLIDE, MARGIN/STOP >> MAX。也就是 MAX 的層級變為最低，如下表所示：

(20) 輸入值：躲 /two/ （兒童）

/two/	NUC	ONSET	*COM	M/G	M/S	MAX
a. tw.o			*!			
b. t.wo			*!	*		
c. tw.□	*!		*			*
d. □.wo		*!		*	*	*
☞ e. w.o					*	*
f. t.o				*!		*

(20)(a)有複合聲母，(20)(b)有複合韻腹，兩者皆違反*COM；(20)(c)沒有韻腹，違反 NUC；(20)(d)沒有聲母，違反 ONSET；在(20)(f)中介音

消失，違反 M/G；結果，(20)(e)爲優選輸出值。吳先生的分析頗具參考價值，在成人與兒童漢語中制約層級分等出現變化；由兒童至成人，MAX 由最低而至最高。不過在成人漢語中 MAX 層級最高也是令人懷疑的地方，此一推論的結果將是成人漢語不可以有任何音段消失的現象，諸如兒化、音節連併等將無法解釋。本文建議制約評估應如下表：

(21) 輸入值：躲 /two/ （成人）

/two/	NUC	ONSET	MAX	M/G	M/S	*COM
☞ a. tw.o						*
b. t.wo				*!		*
c. tw.□	*!		*			*
d. □.wo		*!	*	*	*	
e. w.o			*!		*	
f. t.o			*!	*		

表(21)將 MAX 置於 NUC 與 ONSET 之下，亦可篩選出與表(19)相同的優選輸出值。不過嚴格說來，在這兩個表格中，NUC、ONSET 與 MAX 的層級分等無必要動機，有待進一步驗證。

結　論

優選理論捨棄派生規則，代之以共通語法中的制約，這些制約依照語言個別差異而有不同層級分等，輸入值對應之所有候選輸出值同時接受制約評估，在單一步驟內篩選出優選輸出值。陳淵泉（Chen 2000）以最小韻律單位的觀念提出非派生制約，給予節奏分析注入新的啓發。

張寧（1997）將三聲變調的制約建立於輕重音之上，如此可同時篩選出不同的讀法。鍾榮富（Chung 1995）認爲鼻音連結起自音節末端，範疇內部成份必須整體連結或斷連，並將這些觀念歸納成非派生的制約，擺脫了派生的巢臼以及特徵擴展方向的爭議。在吳瑾瑋（1999）的論述中，國語介音獲得定位，而兒童與成人語言的演變也藉由制約層級的變化得以詮釋。此外，Yip（1993）的廣東話外來語研究、林蕙珊（2000）的國台語夾碼變調研究等皆是以優選理論爲基礎。儘管現階段在漢語中，優選理論的音韻研究尚未十分成熟，這個理論的觸角卻已逐漸伸展至語言習得、社會語言等等，未來仍具相當的研究空間。

參考文獻

鍾榮富。(Chung 1995)。〈優選論與漢音的音系〉，《國外語言學》。第 3 期。1-14 頁。

洪惟仁。(Hong, 1996)。《從閩南語輔音的鼻化、去鼻化看漢語音節類型》第五屆國際暨第十四屆全國聲韻學學術研討會論文集。53-76。

蕭宇超・鄭智仁。(Hsiao & Cheng 2000)。〈從傳統與現代音韻學的角度看日語中的英語外來語〉。跨世紀、跨文化、跨語言──現代與傳統研討會論文。東吳大學。

李仁癸。(Li 1992)。《閩南語鼻音問題》。中國境內語言暨語言學。第一輯。423-435。

王佳齡。(Wang 1995)。〈優選論〉，《國外語言學》。第 1 期。1-4頁。

Bao, Z. (包志明). 1990. Fanqie Language and Reduplication. Linguistic Inquiry. 21: 317-350.

Chen, M. (陳淵泉). 1984. "Unfolding Latent Principles of Literary Taste: Poetry as a Window onto Language." Tsinghua Journal of Chinese Studies. 16: 203-240.

Chen, M. (陳淵泉). 2000, in press. Tone Sandhi. Oxford Press.

Chung, R. (鍾榮富). 1989. Aspects of Kajia Phonology. Ph.D. Dissertation. University of Illinois Urbana.

Chung, R. (鍾榮富). 1996. The Segmental Phonoogy of Southern Min in Taiwan. Taipei: Crane Publishing Co.

Duanmu, S. (端木三). 1990. A Formal Study of Syllable, Tone, Stress and Domain in Chinese Languages. Ph.D. Dissertation. Massachusetts Institute of Technology.

Duanmu, S. (端木三). 1997. "Recursive Constraint Evaluation in Optimality Theory: Evidence From Cyclic Compounds in Shanghai." Natural Language and Linguistic Theory. 15: 465-507.

Hong, T. (洪同年). 1987. Syntactic and Semantic Aspects of Chinese Tone Sandhi. University of California, San Diego. Ph.D. Dissertation.

Hsiao, Y. (蕭宇超). 1991. Syntax, Rhythm and Tone: A Triangular Relationship. Taipei: Crane Publishing Co.

Li, W. (李文肇). 1997. A Diachronically-Motivated Segmental Phonology of Mandarin Chinses. Ph.D. Dissertation. University of Oxford.

Lin, Y. (林燕慧). 1989. Autosegmental Treatment of Segmental Processes in Chinese Phonology. Ph.D. Dissertation. The University of Texas at Austin.

Lin, H. (林蕙珊). 2000. "Rule-Interaction in Mandarin-Min Code-Mixing."

Paper for NACLL-12. San Diego State University.

McCathy, J. & A. Prince. 1993. "Generalized Alignment." Yearbook of Morphology. 79-153. Dordrecht: Kluwer.

Nespor, M., and I. Vogel. 1986. Prosodic Phonology. Dordrecht: Foris Publications.

Prince, A. & P. Smolensky. 1993. Optimality Theory: Constraint Interaction in Generative Grammar. New Brunswick, NJ: Rutgers University, Rutgers Center for Cognitive Science.

Selkirk, E. 1984. Phonology and Syntax: the Relation between Sound and Structure. MIT Press.

Selkirk, E. 1986. "On Derived Domain in Sentence Phonology." Phonology Yearbook. 3: 371-405.

Shih, C. (石基琳). 1986. The Prosodic Domain of Tone Sandhi in Chinese. University of California, San Diego. Ph.D. Dissertation.

Wang, S. (王旭). 1993. "Nasality as an Autosegment in Taiwanese." Paper for ISTL-1.

Wu, C. (吳瑾瑋). 1999. The Pre-Nucleus Glides /j, w/ in Taiwan Mandarin: a Perspective of Phonological Acquisition. Paper for ICSTLL 32.

Yin, Y. (殷允美). 1989. Phonological Aspects of Word Formation in Mandarin Chinese. Ph. D. Dissertation. The University of Texas at Austin.

Yip, M. 1993. "Cantonese Loanword Phonology and Optimality Theory." Journal of East Asian Linguistics 2: 121-291.

Zhang, N. (張寧). 1997. "The Avoidance of the Third Tone Sandhi in

Mandarin Chinese." Journal of East Asian Linguistics 1: 293-338.

Zhang, Z. (張正生). 1988. Tone and Tone Sandhi in Chinese. The Ohio State University. Ph.D. Dissertation.

Robins, R. H. (1976). *A Short History of Linguistics* (pp.16-32). London: Longman.

Yang, P. F. M. (1989). *Han and non-Han words in Chinese: Sino-Tai Special Lexicon.* Linguistics.

從「優選理論」來談
國語的三聲變調*

林蕙珊**

一、引言

　　本篇論文旨在以「優選理論」（Optimality Theory）的框架背景來討論國語的三聲變調現象。國語三聲變調的發生，是當兩個三聲（L）相鄰時，❶前一個三聲會變成二聲（LH）。如例（一）所示：

（一）　　雨　　傘
本調　　L　　L
變調　　LH　　L

---

*　　作者在此特別要感謝吾師政治大學語言學研究所蕭宇超教授，論文評論人臺灣師範大學英語系黃慧娟教授，以及第十八屆中國聲韻學學術研討會所有的與會人員，對於本篇論文提供了許多精闢的見解及寶貴的意見。

**　國立政治大學語言學研究所。

❶　　一般說來，「213」是用來標示出現在詞尾的國語三聲，即「全上」，非詞尾的三聲多半呈現所謂的「半上」，而以「21」來標示。本文為了方便討論，採用 Shih (1986)及 Hsiao (1991)的標法，一致以 L 表示，因為國語三聲就音韻功能而言即是一個低調。

在國語三聲變調的文獻中，Cheng (1973)、Shih (1986)、Hung (1987) 及 Hsiao (1991) 等以「傳統派生」（derivational）的模式來探討國語的三聲變調。不過「傳統派生模式」在處理國語三聲變調時仍遺留了些許的問題，例如它無法順利的以一致的方式來處理「介詞片語」（PP）和「非介詞片語」（non-PP）的變調問題。本文根據「優選理論」的框架來探討國語的三聲變調現象。主要的重點則是放在如何根據「優選理論」，提出一致的方法來處理「非介詞片語」與「介詞片語」的國語三聲變調。論文共分爲四個小節來討論：第二節簡單的介紹了「傳統派生模式」的分析方法及其所遺留的問題；第三節根據了「優選理論」的模式，提出了二組的制約，並說明此兩組制約是如何來解釋國語中「非介詞片語」及「介詞片語」❷的變調，第四節則是本篇論文的結論。

二、「傳統派生」的分析模式

「傳統派生模式」（Derivational Approach）提出了以下的規則（rule）來解釋國語三聲變調的現象。

（二） 國語三聲變調規則： L → LH/__L

在「傳統派生模式」下，當有兩個以上的三聲相鄰時，國語三聲變調規則必須要運作在某種「聲調範疇」（Tone Sandhi Domain）之內，以解釋國語的三聲變調的現象。在聲調範疇的定義上，基本上可以分爲兩個派

---

❷　由於時間上的限制，本文所探討的介詞片語將不包括含有代名詞的片語。

別。一派是採取「直接指涉假設」（Direct Reference Hypothesis）。❸此
派學者如 Cheng (1973) 認爲國語的聲調範疇應該是根據句法結構來定
義的。另一派則是採取「間接指涉假設」（Indirect Reference Hypothesis）。
❹此派學者如 Shih (1986)、Hung (1987)、Hsiao (1991) 等則認爲國語的
聲調範疇應該是定義在介於音韻以及句法結構之間的「韻律結構」
（Prosodic Structure）上。在 Shih (1986) 之後，大部份的學者都同意國
語的三聲變調的範疇應該是一個「音步」（foot）。不過，Shih (1986) 所
提出的「音步形成規則」（Foot Formation Rule）❺可以解釋大部份「非
介詞片語」的國語三聲變調，卻沒有辦法解釋部份的「介詞片語」的變
調，如例（三）及例（四）所示。

---

❸ 直接指涉假設認爲音韻規則必需直接運作在句法結構上。採取此觀點的包含 Cheng
(1973)，Clement (1978)，Odden (1987)，Chung (1989)及 Lin (1995)。

❹ 間接指涉假設認爲音韻規則不能直接運作在句法結構上，而需要運作在介於音韻結
構及句法結構之間的律韻結構。採取此觀點的包含 Selkirk (1986)，Shih (1986)及
Hsiao (1991, 1995)等。

❺ Foot Formation Rule (FFR)   (Shih 1986: 110)

  Foot (f) Construction

  IC: Link immediate constituents into disyllabic feet.

  DM: Scanning from left to right, string together unpaired syllables into binary feet,
  unless they branch to the opposite direction.

  Super-foot (f') Construction

  Join any leftover monosyllable to a neighboring binary foot according to the direction of
  syntactic branching.

（三）「非介詞片語」

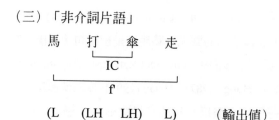

（L　（LH　LH）　L）　　（輸出值）

（四）「介詞片語」

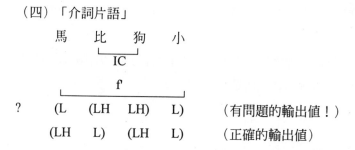

?　　（L　（LH　LH）　L）　　（有問題的輸出值！）
　　　（LH　L）　（LH　L）　　（正確的輸出值）

根據「音步形成規則」，例（三）及例（四）應得到相同的音步結構，即（σ（σ σ）σ）。不過如此的話，例（四）則無法得到正確的讀法。

三、「優選理論」的分析模式

「優選理論」是一種非派生的分析模式(non-Derivational Approach)。在「優選理論」中，「輸入值」（Input）與「輸出值」（Output）之間沒有規則派生（derivation）。在這個理論中，輸入值會經由一個函數Gen而產生所有對應的「侯選輸出值」（output candidates），這組侯選值會同時的被一組相關的「語言共通的制約」（Universal Constraints）所評估（evaluate），最後違反最少且最低層級的制約，則會被選為「最

理想的候選輸出值」（the optimal candidate）。此章節將細分爲三小節：第一小節作者提出一組韻律制約（Prosodic Constraints）來處理國語三聲變調的範疇；在第二小節中，作者提出一組聲調制約（Tonal Constraints）來處理國語三聲的聲調變化；第三小節則是說明此兩組制約如何整合以解釋國語的三聲變調。其中，由於聲調範疇的處理較爲複雜，本章節將用較多的篇幅來介紹韻律制約的形成及運作。

㈠韻律制約

在處理國語三聲變調的聲調範疇上，本文首先提出了制約 FtBin，因爲國語的「音步」（Foot）和其它大部份的語言的音步一樣，都是以兩個音節爲最理想的結構。

（五）FtBin：音步必須等於兩個音節。

制約 FtBin 是一個「累計制約」（gradient constraint）。在輸出值中，每一個超過二個音節以上的音節，都會違反制約 FtBin 一次。因此三音節音步違反 FtBin 一次，四音節音步則違反 FtBin 二次，以此類推。除了制約 FtBin 之外，還需要以下二個制約。

（六）ParseSyll：每個音節都要被納入音步之中。

（七）*MonoF：音步不能爲單音節。

制約 ParseSyll 可以排除在單數音節的結構中，符合制約 FtBin，但卻含有沒有被納入音步的音節的結構，如 $\sigma(\sigma\,\sigma)$。制約*MonoF 可以排除在單數音節的結構中，含有單音節音步的結構，如 $(\sigma)(\sigma\,\sigma)$。制約 ParseSyll 及制約*MonoF 也都是累計制約。在輸出值，每多一個沒有

納入音步的音節，就會多違反制約 ParseSyll 一次；而每多一個單音節
的音步，就會多違反制約*MonoF 一次。除了以上兩個制約之外，我們
還需要 Align(IC, Ft)L 及 Align(IC, Ft)R 這兩個制約。

（八）Align(IC, Ft)L：緊鄰結構（Immediate Constituents）❻（IC）的
　　　左側必須與音步（Ft）的左側對齊。
（九）Align(IC, Ft)R：緊鄰結構（IC）的右側必須與音步（Ft）的右側
　　　對齊。

這是因為國語三聲變調的範疇常常是受到其語法的「緊鄰結構」的影
響。例如：三音節字串的音步結構可以是（σ(σσ)）或者是（(σσ)
σ）。形成（σ(σσ)）結構的字串，其語法緊鄰結構多半是{σ{σ
σ}}，❼而形成（(σσ)σ）結構的字串，其語法的緊鄰結構也多半是
{{σσ}σ}，如表（十）所示。

（十）

緊鄰結構	音步結構	例句
{σ　{σ　　σ}}	(σ　(σ　　σ))	買水桶
{{σ　σ}　σ}	((σ　σ)　σ)	水桶小

在輸出值中，一個緊鄰結構的左側如果沒有和音步的左側對齊的話，則

---

❻　The immediate constituents of A will be the nodes which are immediately dominated by
　　A. (Radford 1988)
❼　　{...} 中所包含的字串是語法中的緊鄰成份。

違反制約 Align(IC, Ft)L 一次，二個緊鄰結構的左側如果沒有和音步的左側對齊的話，則違反兩次，以此類推。同理，一個緊鄰結構的右側如果沒有和音步的右側對齊的話，則違反制約 Align(IC, Ft)R 一次，二個緊鄰結構的右側如果沒有和音步的右側對齊的話，則違反兩次，以此類推。不過在表（十一）中所列的那種在國語中不傾向有的音步結構，並沒有違反 Align(IC, Ft)L 或 Align(IC, Ft)R，因為在這個結構中，它的每個緊鄰結構的左側都和音步的左側對齊，而每個緊鄰結構的右側都和音步的右側對齊。

（十一）

		違反 Align(IC, Ft)L 及 Align(IC, Ft)R 的次數	
緊鄰結構	$\{\sigma\ \sigma\ \{\sigma\ \sigma\}\ \sigma\ \sigma\}$	Align(IC, Ft)L	Align(IC, Ft)R
音步結構	$(\sigma\ (\sigma\ (\sigma\ \sigma)\ \sigma)\ \sigma)$	ϕ	ϕ

爲了排除表（十一）的音步結構，我們另外需要 Align(Ft, IC)L 及 Align(Ft, IC)R 這兩個制約。

（十二）Align(Ft, IC)L：音步（Ft）的左側必須與緊鄰結構（IC）的左側對齊。

（十三）Align(Ft, IC)R：音步（Ft）的右側必須與緊鄰結構（IC）的右側對齊。

在輸出值中，一個音步的左側如果不是和緊鄰結構的左側對齊的話，則違反制約 Align(Ft, IC)L 一次，二個音步的左側如果不是和緊鄰結構的

左側對齊的話，則違反兩次，以此類推。同理，一個音步的右側如果不是和緊鄰結構的右側對齊的話，則違反制約 Align(Ft, IC)R 一次，二個音步的右側如果不是和緊鄰結構的右側對齊的話，則違反兩次，以此類推。因此，這兩個制約可以排除表（十一）的音步結構，如表（十四）所示。

（十四）

		違反 Align(Ft, IC)L 及 Align(Ft, IC)R 的次數	
		Align(Ft, IC)L	Align(Ft, IC)R
緊鄰結構	$\{\sigma\ \sigma\ \{\sigma\ \sigma\}\ \sigma\ \sigma\}$		
音步結構	$(\sigma\ (\sigma\ (\sigma\ \sigma)\ \sigma)\ \sigma)$	*!	*!

　　影響國語的三聲變調中音步結構的，除了語法緊鄰結構之外，更重要的是韻律結構中的「音詞」（Prosodic Word）❽這個結構。我們知道，國語三聲的音步結構是傾向於二音節的結構。因此，以「狗想洗澡」這一個四音節的字串為例，它的音步節構就是 $(\sigma\ \sigma)(\sigma\ \sigma)$，如例（十五）的(a)所示。但是同樣是一個四音節的結構，「軟狗餅干」這個字串的音步結構卻是 $(\sigma\ (\sigma\ (\sigma\ \sigma)))$，如例（十五）的(b)所示。

---

❽　在國語裏，音詞通常包含一個「實詞」（lexical word）（如名詞、動詞、形容詞等）。國語中的「虛詞」（functional word）（如介詞，量詞，代名詞等）通常是附著於其左方的實詞，即左向附著（leftward cliticization）。如果虛詞的左側沒有實詞的話，它則向其右方的實詞附著。例如，在「馬比狗小」這個字串中「馬」，「狗」與「小」為實詞，因此各自形成了一個音詞。「比」為虛詞，因此會向左附著而與「馬」字構成另一個音詞，即[[馬]比][狗][小]。

（十五）

音步結構	音詞結構	例句
a. $(\sigma\quad\sigma)(\sigma\quad\sigma)$	$[\sigma][\sigma][\sigma\ \sigma]$	狗想洗澡
b. $(\sigma\ (\sigma\ (\sigma\quad\sigma)))$	$[\sigma\ [\sigma\ [\sigma\ \sigma]]]$ ❾	軟狗餅干

（[...]中所包含的是音詞）

這是因爲音步結構的形成，傾向於不破壞一個音詞的完整性。也就是它不會將一個音詞（如下例中的 prwd2）中的部份音節（如 s2）和別的音詞中（如 prwd1）的音節（如 s1）形成一個音步（如 f1）。

（十六）

$[(\ \sigma_{s1}\ \ [\sigma_{s2}\ )_{f1}\ [\sigma\quad\sigma\ ]_{prwd3}\ ]_{prwd2}\ ]_{prwd1}$

$\quad$軟$\quad\quad$狗$\quad\quad$餅$\quad$干

---

❾ 根據 Ito & Mester (1998:36)的觀點，在複雜形式的詞彙（如軟狗餅干）及複合詞（如兒童樂園）中，位於樹狀圖終端成份（terminal node）的是詞幹（stem），而非終端成份（non-terminal node）才是詞（word）。如下圖所示。因此「軟狗餅干」這個詞的內部結構則爲<軟 <狗<餅干 >>>。("<" 及 ">" 在此代表詞的左右邊界）。

```
            詞
          /   \
         /     詞
        /     /   \
       /     /     詞
      /     /     /  \
    詞幹   詞幹   詞幹  詞幹
     軟    狗    餅    干
```

因此，在「軟狗餅干」這個字串中，「餅干」，「狗餅干」與「軟狗餅干」分別爲一個實詞，因此各自形成了一個音詞，即[軟[狗[餅干]]]。

換言之，音步結構的左、右邊界一定會是與音詞結構的左、右邊界對齊，而不會是在音詞結構的內部。因此我們需要以下兩個制約。

（十七）Align(Ft,Prwd)L：音步（Ft）的左側必須與音詞（Prwd）的左側對齊。

（十八）Align(Ft,Prwd)R：音步（Ft）的右側必須與音詞（Prwd）的右側對齊。

在輸出值中，一個音步的左側如果不是和音詞的左側對齊的話，則違反制約 Align(Ft, Prwd)L 一次，二個音步的左側如果不是和音詞的左側對齊的話，則違反兩次，以此類推。相同的，一個音步的右側如果不是和音詞的右側對齊的話，則違反制約 Align(Ft, Prwd)R 一次，二個音步的右側如果不是和音詞的右側對齊的話，則違反兩次，以此類推。

　　以上所提出的各項韻律制約的排列層級如下：

（十九）Align(Ft, Prwd)L, Align(Ft, Prwd)R, ParseSyll, *MonoF
　　　　 >> FtBin,　Align(IC, Ft)L, Align(IC, Ft)R
　　　　 >> Align(Ft, IC)L, Align(Ft, IC)R

首先，我們來看看這些制約是否能解釋不同音節及結構的「非介詞片語」的變調：⓾

非介詞片語：

⓾　本文中所列舉之例子，多是參考自 Shih (1986)。

【三音節】

（二十）

[小 [雨 傘]]❶ {σ {σ σ}}	A(Ft, Prwd)L	A(Ft, Prwd)R	Parse Syll	*MonoF	FtBin	A(IC, Ft)L	A(IC, Ft)R	A(Ft, IC)L	A(Ft, IC)R
a. ((σ σ) σ)		*!				*	*		*
☞ b. (σ (σ σ))					*				
c. (σ)(σ σ)		*!		*		*			*
d. σ (σ σ)			*!				*		
e. (σ σ σ)					*	*!			

在例（二十）中，(a)和(c)同時違反了最高階層的制約 Align(Ft,Prwd)R
而被排除。而(d)也因為違反了同樣是位於最高階層的制約 ParseSyll，
所以也被排除。(b)和(e)同時違反了 FtBin 一次，不過(e)因為另外違反
了制約 Align(IC, Ft)L 一次而被排除，因此選出了(b)才是最優的輸出值。

（二十一）

[[總 統] 府] {{σ σ} σ}	A(Ft, Prwd)L	A(Ft, Prwd)R	Parse Syll	*MonoF	FtBin	A(IC, Ft)L	A(IC, Ft)R	A(Ft, IC)L	A(Ft, IC)R
☞ a. ((σ σ) σ)					*				
b. (σ (σ σ))	*!				*		*	*	
c. (σ σ) (σ)	*!			*	*			*	
d. (σ σ) σ			*!				*		
e. (σ σ σ)					*		*!		

在例（二十一）中，(b)和(c)同時因為違反了最高階級的制約 Align(Ft,
Prwd)L 而被排除。而(d)因為違反了也是位於最高階層的制約

---

❶　延續 Zhu (1956), Shih (1986)及 Chen (1996)的看法，本文將修飾語加名詞([MN])的字
串（如「小雨傘」）當成是一個語法詞彙（syntactic word）而不是一個詞組（phrase）。

ParseSyll，所以也被排除。(a)和(e)同時違反了 FtBin 一次，不過(e)因爲
另外違反了制約* Align(IC, Ft)R 一次而被排除，因此選出了(a)才是最
優的輸出值。

　　【四音節】

（二十二）

[狗] [想] [洗 澡]⓬ {σ {σ {σ σ}}}	A(Ft, Prwd)L	A(Ft, Prwd)R	Parse Syll	*MonoF	FtBin	A(IC, Ft)L	A(IC, Ft)R	A(Ft, IC)L	A(Ft, IC)R
a. (σ (σ (σ σ)))					**!				
☞ b. (σ σ) (σ σ)						*			*
c. (σ σ　σ σ)					**!	**			
d.(((σ σ)　σ)σ)		*!			**	**			**

在例（二十二）中，(d)因爲違反了最高層級的制約 Align(Ft,Prwd)R 而
被排除。(a)和(c)同時因爲在 FtBin 這個層級違反較多的制約，因此也被
排除。最後選出了(b)才是最優的輸出值。

⓬　在國語之中，很常見到一個音步包含了兩個或兩個以上的音詞。這樣的現象雖然似
　　乎不符合 Selkirk (1984)所提出的 Strict Layer Hypothesis 的這項假設，即範疇
　　（Prosodic catogory）C^i 必須要直接支配（dominate）範疇 C^{i-1} 的這項假設。不過在
　　優選理論的架構下，Strict Layer Hypothesis 已經被細分爲四個次制約，即：(1)
　　Layeredness（C^i 不能夠支配比它層級高的 C^{i+1}）、(2) Headedness（任何一個範疇 C^i
　　都必須要支配一個範疇 C^{i-1}，除非範疇 C^i 已經是最小範疇的音節）、(3) Exhasitivity
　　（範疇 C^i 不可以直接支配 C^j，當 j<i-1 時）、(4) Nonrecursivity（範疇 C^i 不能支配
　　C^j，當 j=i 時）（Selkirk 1995）。因此，國語中一個音步可能包含了兩個或兩個以
　　上的音詞的現象，只是說明了在決定國語的變調範疇中，制約 Layeredness 的排列
　　層級應該很低，所以它的違反並不會對聲調範疇的決定產生任何影響。

（二十三）

[軟 [狗 [餅 干]]] {σ {σ {σ σ}}}	A(Ft, Prwd)L	A(Ft, Prwd)R	Parse Syll	*MonoF	FtBin	A(IC, Ft)L	A(IC, Ft)R	A(Ft, IC)L	A(Ft, IC)R
☞ a. (σ (σ (σ σ)))					**				
b. (σ σ) (σ σ)		*!					*		*
c. (σ σ σ σ)					**	*!*			
d. (((σ σ) σ) σ)		*!*			**	**			**

在例（二十三）中，(b)和(d)同時違反了最高層級的制約 Align(Ft, Prwd)R，因此必須被排除。(a)和(c)同時各違反了 FtBin 二次，不過(c)多違反了 Align(IC, Ft)L 二次，因此也被排除了，因此可以正確的得到(a)才是最優的輸出值。

（二十四）

[那 種] [酒] [好] {{{ σ σ } σ } σ }}	A(Ft, Prwd)L	A(Ft, Prwd)R	Parse Syll	*MonoF	FtBin	A(IC, Ft)L	A(IC, Ft)R	A(Ft, IC)L	A(Ft, IC)R
a. (σ (σ (σ σ)))	*!				**		**	**	
☞ b. (σ σ)(σ σ)							*	*	
c. (σ σ σ σ)					**!		**		
d. (((σ σ) σ) σ)					**!				

在例（二十四）中，(a)因為違反了最高層級的制約 Align(Ft, Prwd)L，因此必須被排除。(c)和(d)同時在 FtBin 這個層級違反了較多的制約，因此也被排除了。最後可以正確的得到(b)才是最優的輸出值。

（二十五）

[[輔 導] 長] [請] {{{σ σ} σ} σ}	A(Ft, Prwd)L	A(Ft, Prwd)R	Parse Syll	*MonoF	FtBin	A(IC, Ft)L	A(IC, Ft)R	A(Ft, IC)L	A(Ft, IC)R
a. (σ (σ (σ　σ)))	*!*				**		**	**	
b. (σ σ)(σ　σ)	*!							*	*
c. (σ σ　σ　σ)					**		*!*		
☞ d.(((σ σ) σ)　σ)					**				

在例（二十五）中，(a)和(b)同時各違反了最高階級的制約 Align(Ft, Prwd)L，因此必須被排除。(c)和(d)同時各違反了 FtBin 二次，不過由於(c)又多違反了 Align(IC, Ft)R，也被排除。因此可以正確的得到(d)才是最優的輸出值。

（二十六）

[狗] [打] [傘] [走] {σ{{σ σ} σ}}	A(Ft, Prwd)L	A(Ft, Prwd)R	Parse Syll	*MonoF	FtBin	A(IC, Ft)L	A(IC, Ft)R	A(Ft, IC)L	A(Ft, IC)R
☞ a. (σ (σ　σ) σ)					**				
b. (σ σ) (σ　σ)						*	*	*!	*
c. (σ σ　σ　σ)					**	*!	*		
d.(((σ σ)　σ) σ)					**	*!			*

在例（二十六）中，(c)和(d)因為在 FtBin 這個層級違反較多的制約而被排除。(a)和(b)同時在 FtBin 這個層級違反了二次制約，不過由於(b)又多違反了制約 Align(Ft, IC)L 及制約 Align(Ft, IC)R，因此也被排除。最後可以正確的得到(a)才是最佳的輸出值。

【五音節】

（二十七）

[老 李] [買] [好 酒] {{σ σ}{σ{σ σ}}}	A(Ft, Prwd)L	A(Ft, Prwd)R	Parse Syll	*MonoF	FtBin	A(IC, Ft)L	A(IC, Ft)R	A(Ft, IC)L	A(Ft, IC)R
☞ a. (σ σ)(σ (σ σ))					*				
b.((σ σ) σ)(σ σ)					*	*!			*
c.(σ σ σ σ σ)					**!*	**	*		
d.(σ σ)(σ)(σ σ)				*!					*

在例（二十七）中，(d)因為違反了最高層級的制約*MonoF 而被排除。
(b)及(c)因為在 FtBin 這個層級中違反較多的制約，因此也被排除。最
後正確的得到(a)才是最佳的輸出值。

從上面的討論中，我們證明了本文所提出的制約層級可以成功的
解釋「非介詞片語」的範疇。接下來我們來看看同樣的制約層級是否可
以解釋不同音節數的「介詞片語」的範疇。

介詞片語的連讀變調

【三音節】

（二十八）

[往 [北]][走] {{σ σ}σ}	A(Ft, Prwd)L	A(Ft, Prwd)R	Parse Syll	*MonoF	FtBin	A(IC, Ft)L	A(IC, Ft)R	A(Ft, IC)L	A(Ft, IC)R
a. (σ (σ σ))					*		*!	*	
☞ b.((σ σ) σ)					*				
c.(σ σ σ)					*		*!		

在例（二十八）中，(a),(b)及(c)同時違反了制約 FtBin 一次。然而因為(a)和(c)又各多違反了 Align(IC, Ft)R，它們必須被排除。最後可以正確的得到(b)才是最佳的輸出值。

【四音節】

（二十九）

[[馬] 往][北] [走] {{σ {{σ　σ} σ} σ}}	A(Ft, Prwd)L	A(Ft, Prwd)R	Parse Syll	*MonoF	FtBin	A(IC, Ft)L	A(IC, Ft)R	A(Ft, IC)L	A(Ft, IC)R
a.(σ　(σ　(σ　σ)))	*!				**		*	*	
☞ b. (σ　σ)(σ　σ)						*	*	*	*
c.(σ　(σ　σ) σ)	*!				**				
d.(σ　σ　σ　σ)					**	*!	*		
e.(((σ　σ)　σ) σ)					**	*!			*

在例（二十九）中，(a)與(c)都違反了制約 Align(Ft, Prwd)L，因為「往」字是一個介詞，它是一個虛詞，因此它的左側不是音詞的左邊界。音步的左邊界若與它對齊，則會違反 Align(Ft, Prwd)L。因此(a)與(c)都必須被排除。(d)與(e)在制約 FtBin 這個層級中違反較多次數的制約，因此也被排除。最後可以正確的得到(b)才是最優的輸出值。

【五音節】

（三十）

[[小馬] 往] [北] [走] {σ σ}{{σ　σ} σ}}	A(Ft, Prwd)L	A(Ft, Prwd)R	Parse Syll	*MonoF	FtBin	A(IC, Ft)L	A(IC, Ft)R	A(Ft, IC)L	A(Ft, IC)R
a.(σ σ)　((σ σ)σ)	*!				*				*
☞ b.((σ σ)　σ)(σ σ)					*	*	*		
c.(σ σ　σ σ σ)					***	*!	**		*
d.(((σ σ)　σ)　σ)σ)					***	*!			

在例（三十）中，(a)因爲違反了最高層級的制約 Align(Ft, Prwd)L 而被排除。(c)和(d)因爲在 FtBin 這個層級中違反較多的制約而被排除。最後得到(b)才是最優的輸出值。

　　從上述的討論中，我們證實了本文所提出用來解釋「非介詞片語」的範疇的制約，亦可以順利的解釋「介詞片語」的範疇。

㈡聲調制約

　　在此小節，本文提出了三個聲調制約來處理國語三聲的變調現象。首先，由於在國語裏，通常兩個三聲是不能夠相鄰的，因此我們提出了制約*LL。

（三十一）*LL：二個三聲不相鄰。

制約*LL 所反應出的是「必要起伏原則」（Obligatory Contour Principle）這個語言共通（universal）的現象，也就是相同的成份不能處於相鄰的位置。這個制約和「優選理論」中一個很重要的制約互相衝突，即制約 Faith。

（三十二）Faith：輸入值的聲調必需和輸出值的聲調一致。

因爲制約*LL 要求不能有兩個三聲相鄰，因此，若輸入值中有兩個相鄰的三聲，則必須改變其中一個聲調以符合制約*LL，而制約 Faith 卻要求輸入值及輸出值必需要一致，也就是它不允許輸出值的聲調有任何的改變。除了制約*LL 及制約 Faith 之外，我們還需要制約 ParseFin，以確保當兩個三聲相鄰而必須改變其中一個聲調時，所產生變調的不會是

範疇最右邊的聲調。

（三十三）ParseFin：維持聲調範疇內最後一個聲調。例如，在($\sigma_1 \sigma_2$)
σ_3)這個聲調範疇中，σ_3 的聲調輸出值必需和其輸入值的
聲調調值一致。

制約 ParseFin 所反映的是「右重的系統」（Right-Dominant System）的特
性。⑬屬於這種系統的的語言，如國語，台語，南方吳語等，通常會保留最
右邊的聲調，而任由其它的聲調產生變調。*LL，Faith 及 ParseFin 這
三個聲調制約都是累計制約，即每兩個相鄰的三聲均違反*LL 一次；每
一個不同於輸入值的輸出值均違反制約*Faith 一次；而每一個最外層的
聲調範疇的最末一個聲調的調值若沒有被維持時則違反制約 ParseSyll
一次。它們的排列次序如（三十四）所列：

（三十四）ParseFin>> *LL >> Faith

例（三十五）則說明了這三個聲調制約如何運作來獲得正確的國語三聲
變調：

（三十五）

雨　傘 L　L	ParseFin	*LL	Faith
☞a.　LH　L			*!
b.　L　LH	*!		*
c.　L　L		*!	
d.　LH　LH	*!		**

---

⑬　詳參 Cheng (1996)及 Hsiao (2000)之討論。

在例（三十五）中，(b)與(d)都各違反了制約 ParseFin 一次，因為二者的最末一個聲調都沒有保留本調，因此必須被排除。(c)違反了制約 *LL，因為它有二個相鄰的三聲，因此(c)也必須被排除。最後得出(a)才是最理想的輸出值，這與國語的變調相符。

(三)整合韻律制約與聲調制約

本文提出了兩組的制約，一組為用來處理國語三聲變調範疇的韻律制約，另一組則為用來處理國語三聲聲調變化的聲調制約。本小節將解釋兩組制約如何運作以解釋「非介詞片語」及介詞片語」的三聲變調現象。根據 Hsiao (2000) 的主張，在優選理論的次理論「對應理論」（Correspondence Theory）❹之下，句法、韻律及音韻這三個語法層次之間至少有三種對應關係：一、句法與韻律之對應；二、韻律與聲調之對應；三、前二者之對應，如圖（三十六）所示。這三種對應關係是在同一個步驟中完成，而不是分階段的派生。

（三十六）   Hsiao (2000)

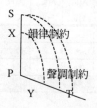

（S＝句法；P＝韻律；T＝聲調；X＝S-P 對應；Y＝P-T 對應）

---

❹   詳參 McCarthy & Prince (1995)。

根據此運作模式，本文所提出的二組制約也分別處在不同的對應關係之中。韻律制約處在句法與韻律的對應關係中；聲調制約則處在韻律與聲調（即音韻）的對應關係中，如下圖所示：

（三十七）

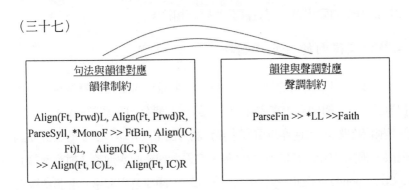

以「狗想洗澡」這個字串爲例，在 S 與 P（即句法與韻律）的對應中，可以導出表（三十八）（＝表（二十二））中的(b)爲最優的聲調範疇。

（三十八）（句法與韻律對應）

[狗] [想] [洗 澡] {σ {σ {σ σ}}}	A(Ft, Prwd)L	A(Ft, Prwd)R	Parse Syll	*MonoF	FtBin	A(IC, Ft)L	A(IC, Ft)R	A(Ft, IC)L	A(Ft, IC)R
a. (σ　(σ　(σ　σ)))					**!				
☞ b. (σ　σ)(σ　σ)						*			*
c. (σ　σ　σ　σ)					**!	**			
d.(((σ　σ)　σ)　σ)		*!			**	**			**

在句法與韻律對應的過程中，X 和 Y（即句法與韻律以及韻律與聲調間）也呈對應的關係，相關的聲調制約則在同時評估聲調候選值，而選出表（三十九）的(a)爲最佳的聲調輸出值。

（三十九）（韻律與聲調對應、X 與 Y 對應）

狗　想　洗　澡 L　L　L　L (σ　σ) (σ　σ)	ParseFin	*LL	Faith
☞ a.　LH　L　LH　L			**
b.　LH　LH LH　L	*!		***
c.　L　LH　L　LH	*!*		***
d.　L　L　L　L		*!**	

透過上述的運作，韻律制約和聲調制約似乎可以成功的解釋國語的三聲變調。不過相同的運作模式卻無法解釋含有「循環音步結構」（Cyclic Foot Structure）的變調。譬如「總統府」這個字串，經由韻律制約的評估之後，所得到的範疇為((σ σ)σ)，如表（四十）（＝表二十一）所示。然而，當相關的聲調候選值經由聲調制約的評估之後，所得出的聲調（即表（四十一）的(e)）卻是錯誤的。正確的聲調輸出值應是(c)。

（四十）（句法與韻律對應）

[[總 統] 府] {{σ σ} σ}	A(Ft, Prwd)L	A(Ft, Prwd)R	ParseSyll	*MonoF	FtBin	A(Prwd, Ft)R	A(IC, Ft)L	A(IC, Ft)R
☞ a. ((σ　σ)　σ)				*				
b. (σ　(σ　σ))	*!				*	*		*
c. (σ　σ) (σ)	*!			*	*			
d. (σ　σ)　σ			*!				*	*
e. (σ　σ　σ)				*		*	*!	*

（四十一）（韻律與聲調對應、X 與 Y 對應）

總　統　府 L　　L　　L ((σ　σ)　σ)	ParseFin	*LL	Faith
a. LH　L　　L		*!	*
b. LH　LH　LH	*!		***
c. LH　LH　L			**!
d. L　　L　　L		*!*	
☞ e. L　　LH　L			*

我們需要另一個制約 O-O-Ident ⓯來處理這方面的問題。⓰

（四十二）O-O Ident：在以「附著形態」（bound form）呈現的音步中
　　　　　的聲調必須和其以「自由形態」（free form）呈現的音步中
　　　　　的聲調一致。

制約 O-O Ident 主要是根據 McCarthy & Prince (1995) 的「對應理論」
（Correspondence Theory）而來。這個制約要求，在以「附著形態」呈
現的音步的聲調（如下表的 Ta'和 Tb'）必須和其以「自由形態」呈現
的音步的聲調（如 Ta 和 Tb）一致。

⓯　Kenstowicz (1996), Ito, Kitagawa, & Mester (1996), Ito & Mester (1998),and Duanmu
　　San (1997) 等都以類似的制約來解釋涉及循環結構的音韻現象。

⓰　感謝吾師政大語言學研究所蕭宇超教授提供 O-O Ident 運用於變調之想法與引導。

（四十三）

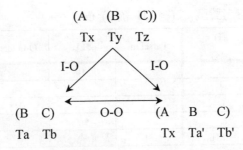

制約 O-O Ident 並非一個不能違反的制約。它有時必須要被違反，以符合制約*LL，（如表（四十五）所示）。因此，它的排列層級必須要低於制約*LL。（四十四）為聲調制約的排列層級。

（四十四）ParseFin >> *LL >> *O-O Ident >> Faith

　　首先，我們以「非介詞片語」為例，看看此組制約如何運作，以解釋循環音步結構的變調。「總統府」這個字串，經由韻律制約的評估後，所得到的聲調範疇為$((\sigma\,\sigma)\sigma)$，如表（四十）所示。相關的聲調候選值，經由聲調制約的評估後，得到了正確的國語變調，如表（四十五）所示。

（四十五）（韻律與聲調對應、X 與 Y 對應）

參考聲調：:(總 LH 統 L) ❼

(總　統　府) L　　L　　L	ParseFin	*LL	O-O Ident	Faith
a.　LH　L　　L		*!		*
☞ b.　LH　LH　L			*	**
c.　L　LH　L			*!*	*
d.　L　L　　L		*!*	*	
e.　LH　L　　LH	*!			**

根據制約 O-O Ident，「（總統府）」這個音步結構中的「總統」兩字
的聲調，必須和當它以自由形態出現時的聲調一致，即表（四十五）上
方的參考值，LH L。在例（四十五）中的四個候選值中，只有(a)和(e)
符合 O-O Ident 這項制約。不過由於(a)違反了制約*LL，而(e)違反了制
約 ParseFin，因此必須被排除。例（四十一）的(e)，即例（四十五）(c)
現在可以順利被排除了，因爲它違反了制約 O-O Ident。(b)是最後所選
出的最佳輸出值，因爲它違反最低層級且最少的制約。這個結果符合了
國語的三聲變調。

　接下我們以「小馬往北走」這個「介詞片語」爲例。這個字串經

---

❼　「總統」兩字以自由形態出現時的聲調可由下表得到。

(總　　統) L　　L	ParseFin	*LL	O-O Ident	Faith
a.　LH　LH	*!			**
☞ b.　LH　L				*
c.　L　LH	*!			*
d.　L　L		*!		

由韻律制約的評估之後所得到的範疇為 $((\sigma\ \sigma)\sigma)(\sigma\ \sigma)$，如表（四十六）（＝表（三十））所示。

（四十六）（句法與韻律對應）

[[小 馬] 往] [北] [走] {σ σ}{{σ σ}σ}}	A(Ft, Prwd)L	A(Ft, Prwd)R	Parse Syll	*MonoF	FtBin	A(IC, Ft)L	A(IC, Ft)R	A(Ft, IC)L	A(Ft, IC)R
a. (σ σ)((σ σ) σ)	*!				*				*
☞ b. ((σ σ) σ)(σ σ)					*	*	*		
c. (σ σ σ σ σ)					***	*!	**		*
d.(((σ σ) σ) σ) σ)					***	*!			

相關的聲調候選值經由聲調制約的評估之後，我們可以得到正確的國語變調，如表（四十七）所示。

（四十七）（韻律與聲調對應、X 與 Y 對應）

參考聲調：：(小 LH 馬 L) ⓲

((小 馬) 往) (北 走) L L L L L	ParseFin	*LL	O-O Ident	Faith
a. L L L L L	*|***	*	*	
☞ b. LH LH L LH L			*	***
c. L LH L LH LH	*!		**	***
d. LH L LH LH L	*!			***

⓲ 「小馬」兩字以自由形態出現時的聲調可由下表得到。

(小 馬) L L	ParseFin	*LL	O-O Ident	Faith
a. LH LH	*!			**
☞ b. LH L				*
c. L LH	*!			*
d. L L		*!		

根據制約 O-O Ident，在「（小馬往）」這個音步中的「小馬」兩字的聲調，必須和當它以自由形態出現時的聲調一致，即表（四十七）上方的參考值，LH L。在例（四十七）中的四個候選值中，只有(e)符合這項制約。不過由於(e)違反了制約 ParseFin，因此必須被排除。(b)是最後所選出的最佳輸出值，因爲它違反最低層級且最少的制約。這個結果也符合了國語的三聲變調。

四、結語

　　本論文從「優選理論」的角度來處理國語的三聲變調現象，並提出了二組的制約。一組爲韻律制約，主要是用來制定國語三聲變調的聲調範疇。這組制約包含了制約 Align(Ft, Prwd)L，制約 Align(Ft, Prwd)R，制約 ParseSyll，制約*MonoF，制約 FtBin，制約 Align(IC, Ft)L，制約 Align(IC, Ft)R，制約 Align(Ft, IC)L 及制約 Align(Ft, IC)R。另一組則爲聲調制約，主要是用來解釋國語三聲的聲調變化。這組制約包含了制約 ParseFin，制約*LL，制約 O-O Ident 及制約 Faith。透過這兩組制約的運作，本文摒除了「傳統派生模式」的缺失，而提供國語中「非介詞片語」以及「介詞片語」的三聲變調現象一個更一致的處理方式。

參考書目

〔中文部份〕

蕭宇超　2000　〈優選變調：臺灣閩南語例舉〉《臺灣語言學的創造力學術研討會論文》　國家圖書館。

〔英文部份〕

Chen, Y. Matthew. 1996. Tone Sandhi. Manuscript.

Cheng, C. C. 1973. A Synchronic Phonology of Mandarin Chinese. Paris: Mouton & Co.

Chung, R. 1989. Aspects of Kejia Phonology. Ph. D Dissertation. University of Illinois.

Clements, G. N. 1978. "Tone and Syntax in Ewe." Elements of Tone, Stress, and Intonation. Ed. D. J. Napol, 21-99. Washington, D. C.: Georgetown University Press.

Hsiao, Y. 1991a. Syntax, Rhythm and Tone: A Triangular Relationship. Taipei: Crane Publishing Co.

———. 1995. Southern Min Tone Sandhi and Theories of Prosodic Phonology. Taipei: Student Book Co., Ltd.

Hung T. 1987. Syntactic and Semantic Aspects of Chinese Tone Sandhi. UCSD. Ph. D. Dissertation.

Ito, Junko and Armin Mester. 1998. "Markedness and Word Structure: OCP Effects in Japanese."

Ito, Junko, Yoshihisa Kitagawa, and Armin Mester. 1996. "Prosodic faithfulness and correspondence: Evidence from a Japanese Argot." Jorunal of East Asian Linguistics. 5: 217-294.

Kenstowicz, Michael. 1996. Base-Identity and Uniform Exponence: Alternatives to Cyclcity. In Current Trends in Phonology, Ed. J. Durand and B. Laks. Paris-X and Salford: University of Salford Publications.

Lin, Jo-wang. 1994. "Lexical Government and Tone Group Formation in Xiamen Chinese." Phonology 11: 237-275.

McCarthy, John and Alan Prince. 1995. "Faithfulness and Reduplicative Identity." University of Massachusetts Occasional Papers in Linguistics 18: Papers in Optimality Theory. Ed. Jill Beckman, Laura Walsh Dickey and Suzanne Urbanczyk 249-384.

Odden, D. 1987. "Kimatuumbi Phrase Phonology.". Phonology Yearbook 4: 13-36.

Radford, Andrew. 1988. Transformational Grammar: A first Course. Cambridge University Press, New York.

Selkirk, Elizabeth. 1986. "On Derived Domains in Sentence Phonology." Phonology Year Book 3:371-405.

Shih, C. 1986. The Prosodic Domain of Tone Sandhi in Chinese. UCSD. Ph.D. Dissertation.

Zhu, Dexi. 1956. "Xiandai Hanyu Xingrongci De Yanjiu [A Study On Adjectives In Modern Chinese]." Yuyan Yanjiu 1:83-112.

《新撰字鏡》所載日本漢字音之研究——直音部份[*]

吳聖雄[**]

一、目的

本文根據天治本《新撰字鏡》中收錄的直音，觀察九世紀末的日本人如何模仿中國的聲韻學，記錄日本漢字音。進而經由這些直音所反映的音韻特徵，研究當時日本漢字音的音韻系統。

二、材料

本文取材對象：「天治本《新撰字鏡》❶」是日本現存最早的一部

[*]　本文爲國科會 88、89 兩個年度專題研究計畫成果的一部份。計畫編號爲 NSC88-2411-H-003-013、NSC89-2411-H-003-001。1999 年 7 月 21 日，得到平山久雄先生的幫助，到日本宮內廳書陵部核對了天治本《新撰字鏡》的原本。僅在此向平山先生及書陵部致謝。

[**]　國立臺灣師範大學副教授。

❶　本文根據的複製本是：日本臨川書店 1987 增訂版第五刷。

準漢和辭典❷。它幾乎曾經失傳，一直到十八世紀，它的節略本一卷才被學者注意，開始流傳❸。到了十九世紀，先在文政年間（1818-1830）發現了十二卷本的卷二與卷四兩卷，又在安政三年（1856）發現了另外的十卷；居然能夠合成一個完本，獻給東京帝室博物館，現藏日本宮內廳書陵部❹。也就是所謂的「天治本」。

　　天治本《新撰字鏡》是法隆寺的僧人們，在天治元年（1124）分頭抄寫成的❺。它是《新撰字鏡》現存最早的抄本，也是唯一的十二卷本。由於它的時代早，篇幅大，收錄了許多失傳的材料，因此早爲學者們所注意，根據本書作了許多輯佚的工作。

　　根據編者僧·昌住的自序，這部書編成的經過是：先摘錄《一切經音義》中的注音與訓解，加上日本的讀法，再根據被注字的偏旁分部，於寬平四年（892）編成三卷的字書。又在昌泰年間（898-901）根據《玉篇》、《切韻》、《小學篇》、《本草》等書的材料，增補成爲一部十二卷、一百六十部首的大辭典❻。

　　這部書除了在部首的改良上，有一定的歷史意義；在語言學方面也有相當大的價值。因爲它收錄了中日兩方的古代注音及釋義的材料，而且數量相當可觀。昌住的序中說：「亦於字之中，有東倭音訓，是諸

---

❷　它的性質基本上是一部字書，收錄兩萬多字。有些注解裡會有用萬葉假名所作的「和訓」，約有 3700 多條，略有漢和辭典的功能。所以以「準」稱之。

❸　參阪倉篤義（1973），見天治本《新撰字鏡》（臨川書店）p4.倒 4-5.10。

❹　參阪倉篤義（1973），見天治本《新撰字鏡》（臨川書店）p20.1-6。

❺　抄寫經過參西端幸雄（1991）。

❻　參天治本《新撰字鏡》，（臨川書店）p16-17。

書私記之字也。或有西漢音訓，是數疏字書之文也。❼」所謂「東倭音訓」，是指東方日本人所作的注音及訓釋；而「西漢音訓」則是指西方中國人所作的注音及訓釋。

這些所謂的「東倭音訓」，由形式上可以大致分別爲兩類：一類是模仿中國反切、直音的注音形式來記錄日本漢字音，即所謂「音」。另一類則是利用萬葉假名式的注音來記錄日語，即所謂「訓」❽。第一類的注音，因爲表面上和中國的反切、直音相同，因此很難由形式上與其他的材料區別。但是由音韻特徵來看，它們和中國的反切、直音實質上大不相同。因此，如何能將這類注音由《新撰字鏡》龐雜的材料中篩選出來，加以分析研究，便成爲一項很有意義的挑戰。本文先討論其中直音的部分。

三、文獻探討

國內對《新撰字鏡》的討論比較有限。據管見所知，周祖謨（1990）曾作過一篇非常簡短的介紹。主要是由字書的觀點介紹它的分部與編排，對於它在語言學方面的意義，則並未多談❾。

日本方面，有關《新撰字鏡》的研究很多。最重要的是貞苅伊德（1959-61）的研究，他依照《新撰字鏡》注解形式的不同，將每一部首分爲各自連續的若干組，辨認它們分別來自《玄應音義》、《切韻》、

---

❼　天治本《新撰字鏡》，（臨川書店）p18.1-2。

❽　就萬葉假名的表音而言是注音，就其所記錄的日語詞彙而言是訓釋。

❾　另外魏建功（1936）在《十韻彙編序》中曾經提到：「日本昌住字鏡所引切韻是陽聲蒸登在末了」。雖然簡短，但是對《切韻》的研究相當重要。

或是《玉篇》。在成書過程的研究上，作了非常重要的貢獻。往後如上田正（1981、1983）就根據他的辦法由《新撰字鏡》中輯出了許多《切韻》的佚文。井野口孝（1978）研究《新撰字鏡》與《玉篇》的關係、池田証壽（1982、1984）研究《新撰字鏡》與《玄應音義》的關係，也都根據他的「解剖」，繼續對《新撰字鏡》作分析，寫出相當嚴謹的考證。

　　然而根據《新撰字鏡》作日本漢字音研究的論文，卻比較少見。與本文有直接關係的，是高松政雄（1973）的研究。他由《新撰字鏡》中摘錄了 241 個直音（不包括韻書查不到的 27 個）。扣除韻書同音的，剩下 129 個。再扣除偏旁相關及有疑問的，剩下 61 個韻書不同音的異字直音。再扣除可能反映中國音韻變化的，剩下 21 個。他的討論就針對這 21 個例子❿，專談韻類相通的問題。

　　本人對於高松政雄的研究不能完全滿意。因爲他只著重於討論韻類相通的問題，聲類、開合、調類方面則付之闕如；而且 21 個例子似乎也少了一點；更令人不安的是本人共摘錄了 348 條直音，與他的數字也有出入。因此這個問題仍有值得探索的地方。

四、直音的性質

(一)直音的摘錄原則

　　高松政雄取材的原則是：先有反切，再有作爲又音的直音不收⓫。

---

❿　他把這 21 個例子又分爲「同攝相通」11 例、與「異攝相通」10 例兩類，而「同攝相通」只舉了 6 個例子；因此他實際舉出來的，只有 16 例。

⓫　高松政雄（1973）p20.上.倒 2-下.1。

這個原則是需要考慮的，因爲本人發現作爲又音的直音，有些明白地標明「倭」或「和」，表示它是日本的讀法。現在將所有標明「倭」或「和」的直音抄錄下來：

59.7　丕　<u>扶悲扶似二反</u>信敬也誠也又人名<u>倭比音</u>⓬

61.7　忩⓭　<u>餘庶反去</u>預也悦也忌也<u>倭余音</u>

275.5　革　<u>所奇反</u>改也隔客二字音<u>倭之音</u>

347.2　灑　<u>所買反又所倚反上所寄反去</u>和沙音汙也汛也

597.5　攄　<u>陟旅反平</u>擊也豆久<u>陟瓜反</u>和果音也

這些最明確的日本式直音，都出現在又音的位置，如果不收又音，就會遺漏最明確的材料。另外，值得注意的是：這些直音都出現於注解的後部。可以據此推測：編者先據漢籍抄錄了反切與訓解，然後又由其他的來源添加了這些日本式的直音。了解到這種成書的過程，那麼出現於又音的直音不但不宜忽視，而且更有可能正是我們要尋找的材料。因此只要是直音，本文一律摘錄。

　　摘錄的直音，本文著重於觀察被注字與注字之間的音韻關係，因此將每一個配對視爲一組。如上文所引的「革」字有「隔、客」兩個直音，本文就將「革」與「隔」、「革」與「客」分別視爲一組。

⓬　本文引用《新撰字鏡》原文時，先以直音的位置爲準，注出它在天治本的頁碼與行數。被注字原爲大字，底下的注爲雙行小字，這裡改爲相同的字體，中間用空格隔開。反切與直音用下加底線標明。原文有許多錯誤，爲了存眞，有些地方沒有改動，也不加標點。

⓭　原作「余」，因前一行已有「余」字，據其注文比較《廣韻》363.倒4、與《萬象名義》二·85.ウ.1，知爲「忩」字之誤。

　　另外，有些形式是直音，但是在比較的過程中發現是抄寫錯誤的，如：

　　　748.1　甯ㄑ　銳音

《廣韻》侵韻「祲，子心切」的小韻中有「甯，銳意」。據此可知「音」是「意」的誤抄。這是編者的誤解，還是抄寫者的錯誤，沒有辦法判斷。本文不加收錄。又如：

　　　532.8　齏　子題反將音屬璧也

似應以「將」爲「齏」的直音，但是類似的注解又出現於：

　　　687.8　鳌　子題反齏醬屬也璧也

與這一條比較，可以判斷「將音」是「醬」的誤寫。因此本文也不加收錄。

　　根據以上的原則，共摘錄 348 組直音。

㈡直音的分布

　　與書中一萬七千餘組的反切比起來，348 組的直音相對地要稀疏多了。這和《玄應音義》有七千多組反切，只有三百多組直音，《玉篇》有一萬五千多組反切，只有二十幾組直音，《切韻》的注音以反切爲主，應有一定的關係。因爲根據的材料以反切爲主要的注音方式，這種懸殊的比例，自然很容易被承襲到書中。

　　根據本文的統計，直音在書中的分布情形如下表：

卷次	1	2	3	4	5	6	7	8	9	10	11	12
直音數	35	14	14	23	28	24	36	31	36	36	42	29

雖然每一卷都有直音，但是在各部間的分布則並不平均，160 部中，一共只有 98 部出現直音。一部超過十個直音的只有 6 部，共 88 個直音。一部超過五個直音的則有 24 部，共 204 個直音。也就是說：348 組直音中，約有五分之三的直音集中在 24 部之中。

貞苅伊德（1959-61）的「解剖」，將《新撰字鏡》的每個部首依注解形式的不同分為若干群，推定各群可能的來源，列出了相當詳細的對照表。本文將直音在書中出現的位置與他所列的對照表比較，得到這些直音出現在各群的數據如下：《切韻》群 49 組、《玉篇》群 20 組、包含《一切經音義》的群 100 組、第十二卷「連字部」可能包含《文選》某注的部份 9 組、最後一部「臨時雜要字」2 組、以及他所謂「出所不詳」、「所據不詳」、「弁別不能」的部份 168 組。

本人曾將《新撰字鏡》與《玄應音義》、《玉篇》所收的直音比較，發現與《玄應音義》相合的有 24 組，只有 18 組出現於貞苅伊德所謂包含《一切經音義》的群，另有 6 組出現於「出所不詳」的部份；與《玉篇》相合的有 3 組，其中的一組與《玄應音義》重複，另外 2 兩組出現於《玉篇》群。

由這些數據來檢討：包含《一切經音義》的群有 100 組直音，但是真正來自《玄應音義》的卻只有 18 組；由《新撰字鏡》成書的過程來看，它的初編三卷本是摘錄《玄應音義》的材料，再加上其他的材料編成，因此這一群中其他的 82 組直音可能有其他的來源。《玉篇》群有 20 組直音，但是只有兩組確實出於《玉篇》，因此《玉篇》群中的

材料,也可能有其他的來源。最值得注意的是:有 168 組直音出現在「出所不詳」、「所據不詳」、「弁別不能」的部份,這些部份的材料也可能有其他的來源。這些其他的來源,有可能是昌住自作,也有可能是昌住所稱:由「諸書私記之字」中抄錄「東倭音訓」的「音」。

所以《新撰字鏡》中直音的數量雖然不多,但是它們的來源與漢籍的關係卻有一定的距離,其中有相當數量的直音應是成於日本人之手,可以用來了解日本漢字音。

㈢直音與與原典的比較

貞苅伊德的方法,用於了解《新撰字鏡》成書的脈絡是有效的。但是如果要藉以確定散見書中各個直音的性質,就有一定的限制。因為有些直音可能是隨著注解一起抄自漢籍,有些直音則可能是增補自其他的來源。要確定某個直音的來源,必需與原典比較。

本文據以比較的材料是:

⑴黎明版澤存堂板《廣韻》,主要是藉助它索引的功能,用來對《切韻》的部份作比較。

⑵上田正《玉篇反切總覽》、高山寺本《篆隸萬象名義》、及國字整理小組所編《玉篇》零卷。主要利用上田正的書作索引,查考《萬象名義》與《玉篇》零卷,對《玉篇》的部份作比較。

⑶周法高《玄應反切字表》、上田正《玄應反切總覽》、周法高影印弘教本《玄應音義》。利用周法高、上田正的書作索引,查考《玄應音義》,對《一切經音義》的部份作比較。

凡是出處的註明都遵循這些書中的習慣。

本人在比較的過程中,發現了一些有趣的現象,對於這些直音的

性質有所了解，說明如下：

1.改「音某」為「某音」

　　按照一般漢籍的習慣，直音通常用「音某」的形式。但是《新撰字鏡》卻將它改成「某音」的形式。如：

　　264.4　顤 <u>元音</u>赤馬腹白日顤

這段注文出於《一切經音義》788.8「禿顤」條：

　　音元。三蒼：「赤馬白腹日顤」

兩者文字大致雷同，只是刪去出處的「三蒼」，又將「白腹」顛倒。而直音的部份則是將「音元」改為「元音」。在 348 組直音中，只有三組用「音某」的形式，分別是：「85.4 蒴，音多」、「438.4 苙，音立」、「697.8 象，音常」，而「音立」的一組在「立」字的右下角打了一個小鉤、「音常」的一組在「音」字右上角打了一個圓頭的倒鉤，這些小鉤在書中都是校對符號，表示應該顛倒過來，它們原來可能也是「某音」的形式。因此可以確定，將「音某」改為「某音」是編者有意的改動。

2.直音與反切共存的關係

　　在既有反切又有直音的項目裡，有反切與直音同音的現象，如：

　　214.3　緫縔緫 三同<u>思叡反</u>去蜀白細布也凡布細而疏者謂之緫又<u>歲音</u>

「思叡反」與「歲」同音。這條注解有兩個來源，一是《玄應音義》380.7「爲緫」條：

又作「繀繐」二形，同思叡反。說文：「蜀白細布也」，凡布細
而疏者謂之繐。

一是《玄應音義》695.3「繐衣」條提到「繐繐」，而後爲「繐」注音
說：

繐，音歲

編者將不同來源的材料合在一起時，沒有注意到這個問題，因此就造成
了反切與直音同音的現象。反切與直音同音的情形有 14 例，爲了節省
篇幅，以下僅列出被注字及相關的反切與直音：

75.8	悠	翼周反：由音	77.8	傜	餘昭反：遙音
85.4	觰	都柯反：音多	156.1	疷	巨支反：祇音
156.1	瘀	息移反：斯音❹	165.7	詳	與章反：羊音
198.3	鬊	書閏反：舜音	280.1	般	補姦反：班音
295.4	覜	弋笑反：搖音❺	465.1	耘	禹軍反：云音
503.6	蠡	盧啓反：禮音	530.4	需	相俞反：須音
616.5	佳	諸惟反：佳音❻			

這顯示編者在摘錄時並沒有能力審音，只是把不同形式的注音加以收
錄。

---

❹ 《廣韻》支韻此字下有又音「斯齊切」，「斯音」當是「斯齊」之誤。

❺ 根據《廣韻》，「搖」字除了平聲以外，還有去聲的一讀。而去聲中，「搖」字剛
好是「覜」的上一個字，推測這個直音正是用這個方法作的。

❻ 被注字與直音同字，是所有直音中的一個特例。「諸惟反」來自《玉篇》，而「佳
音」可能是編者又據《切韻》作直音時誤抄。

由某些現象顯示，編者對反切所切的是什麼音並不了解，如：

596.8　折（析）　普厚反又尺音破也

這條注解出於《玄應音義》1052.5「剖析」條：

普厚反。剖，猶破也，中分爲剖。下思狄反。析，分也。

編者不但將字形誤認爲從「手」，而置於「手部」；又將「剖」字的反切拿來注「析」，對於反切所切的是什麼音並沒有留意。

3.以同小韻字為直音

直音的目的，是爲了要替生難字注音，因此在選字時應該儘量選常用的字。但是《新撰字鏡》中，有些直音的用字卻是較不常用的字，如：

426.1　渶　莁音

「渶」，《廣韻》在東韻，與「洪、紅、鴻」等字同音，而「渶」則列於「莁」之下，注「上同」。編者可能是根據這個訊息，直接把「莁」拿來作「渶」的直音。又如：

427.4　芙　附于反❶芙蓉也　　蒤　芙音蒤芘子　　莎　薄胡反亂芻也
蒲　莎音脾也　　蒲　莎音水草

《廣韻》虞韻「芙」與「蒤」同小韻、模韻「莎」與「蒲」、「蒲」同小韻。由這個例子可以看出，編者既由《切韻》中摘錄了某字及其反切，

再摘錄同小韻的字時，就直接用前一個同小韻的字爲直音。

　　《切韻》系的韻書將同音字排在同一個小韻裡，只在小韻的首字注反切。編者如果由《切韻》中摘錄資料，把它們重新按照部首排列，當他遇到非小韻首字時，一個辦法是到首字底下去找反切，另一個辦法就是在附近找個同音字作直音。以上的例子因爲都同是艸部字，編者把它們排在一起，我們可以很容易地看出他選字的痕跡。但是如果同小韻字分屬不同部首，我們就不太容易分辨這組直音是不是用這種方法作的了。然而《新撰字鏡》中，有 149 組直音可以用《廣韻》找到它們具有同小韻的關係。許多無法確指來源、而聲韻調又全同的直音，很有可能就是編者利用「同小韻則同音」的原則作出來的。

4.直音與四聲共存的關係

　　在《新撰字鏡》348 組直音中，有 12 組加注了四聲：

108.1　峒　同音上		111.4　噯　憂音平
173.8　謵　習音入		176.7　詘　屈音入
295.5　覸　搯音去		451.8　菓　果音上
555.8　逈　同音去		600.6　週　周音平⓱
607.5　府　付音上		608.1　庬　亡音⓲平
660.6　實⓳　類音平		704.6　九　久音上

⓱　「平」原誤作「干」，今正。

⓲　《萬象名義》六.10.オ.1 有「庬，亡江反」，這個直音可能是將反切上字誤爲直音。
　　高松政雄（1973）p25.上.1 把它當作「江陽相通」的例證，可能有問題。

⓳　這個字在《康熙字典》裡也查不到，只能存疑。

本來直音的原則就是：被注字與注字同音；也就是兩者聲、韻、調全同。因此對中國人來說，只要依照注音的字來唸，就可以得到被注字的讀音，也就可以正確地掌握它的調類。但是《新撰字鏡》不但在許多反切之後加註四聲，在少數的直音後面也加註四聲。這顯示：漢語的四聲，對日本人來說，已經不是一個不可分離的上加成份；而是一個被獨立出來，需要特別去注意的問題。更有趣的是：這 12 組直音裡，「峒、同音」、「府、付音」注字的調類與所註的四聲不符❹。這顯示編者雖然有辦法注出四聲，但是實際上卻並沒有辦法分辨四聲，反映出當時日本人對漢字音的知識與實際間的落差。

5.讀半邊字的問題

有些直音，由它們漢語中古音的音韻地位來說，在日語裡是不太可能同音的，但是這種情況還不少，例如：

		被注字			注字
48.8	忥	曉未開三去	心	心侵三平
62.6	畣	端合一入	福	非屋三入
146.6	郁	影屋三入	右	爲宥三去
174.6	諠	曉元合三平	宣	心仙合三平
517.2	鼂❷	澄宵三平	即	精職開三入
531.8	圄	疑語三上	幸	匣耿開二上
571.4	憦	匣銑開四上	然	日仙開三平

---

❹ 用現在的國語讀起來，「搖」用來注去聲似乎也不妥，但是「搖」在《廣韻》裡有平、去兩讀。因此這個直音還是有根據的。

❷ 這個字「鼄」上的部份抄得像個「即」，可能就是因此讀成「即」。

595.8	拽	喻祭開三去	世	審祭開三去
702.6	喤	澄緝三入	言	疑元開三平
702.8	垚	疑蕭四平	土	透姥一上
771.3	喆	知薛開三入	吉	見質開三入
772.4	怛	端曷開一入	但	定旱開一上
772.7	吻	微吻合三上	勿	微物合三入

被注字與注字，由音韻地位來看，的確相差很大；但是在偏旁上卻有相當的類似之處。由這些例子可以推測：作直音的人可能不知道這些字的讀法，而是用讀半邊字的辦法爲它們注音。

6.重新詮釋

《新撰字鏡》的編者經常誤解原文的意義，如：

265.6　駥　六音良健馬

這條注解應是出於《切韻》。《廣韻》屋韻「六，力竹切」的小韻中有「駥，駥良，健馬。」編者不知「駥良」是一詞，把它的下一字當作訓解。又如：

746.4　野　也音哉由也

把《論語》「野哉由也」的引文當作注文，作了一個完全不通的訓解。

但是在少數的直音中，顯示編者雖然將原典的注解作了重新的詮釋，卻饒有語言學上的意義，如：

245.4　罕　呼旱反希也疏也又干音

這條注解出於《玄應音義》157.8「罕人」條：

> 呼旱反。罕，希也，謂希疏也。字從网，從干聲。

編者將字形說解部份的「干聲」詮釋爲直音。「罕」爲上聲曉母字，而「干」爲平聲見母字。日本人不能區別曉母與見母、也不能分別平聲與上聲，因此由編者的立場來說，用「干」來注「罕」是一個很好的直音。又如：

735.5　帶　<u>帝音</u>行也約束也飾也著也行用也歷也

在《玄應音義》393.4「須瘝」條有以下的注解：

> 音帶。經中或作「須帶」，音同「帝」，又徒計反。中陰經作「須滯」；樓炭經作「須嚏」，音帝；皆梵音輕重也。……

由於兩者只有直音的部份相同，編者是不是由這裡摘錄的並不能確定。但是如果這組直音真的是由這裡來的，那麼就相當有意義。因爲《玄應音義》把「帶」讀成「帝」，目的是爲梵文對音的特殊讀法注音。然而《新撰字鏡》所注的，卻是「帶」字的一般讀法。由於齊韻字在日本吳音中有許多讀得和咍泰韻字一樣，因此這個直音能夠與日本人的語感相合。在形式上，雖然都是二字同音；但是在《玄應音義》中的意思是要把原是一等的「帶」讀成四等的「帝」；到了《新撰字鏡》中，則被重新詮釋，把四等的「帝」讀得與一等的「帶」相同。

五、直音所反映的音韻現象

　　要由漢語中古音韻地位的異同，對每一組直音進行比較，先要能
確定每個字的漢語中古音韻地位才行。然而在這 348 組直音中，並不是
每個字都可以查到它們的音韻地位。由於《新撰字鏡》收字來源複雜，
有些字並非來自中土，再加上錯字連篇，有若干被注字不但在《玄應音
義》、《萬象名義》、與《廣韻》中找不到，即使在《康熙字典》裡也
不見蹤跡，因此沒辦法確定它們漢語中古的音韻地位。這些字包括 6
個「日本國字」、1 個「朝鮮國字」，以及 12 個無法查到來源的字。

　　扣除這 19 組直音，剩餘的 329 組直音，可以依據每組漢語中古音
韻地位是否相同分為兩大類，即：音韻地位相同的 154 組，和音韻地位
不同的 174 組。

　　由於《新撰字鏡》的編者懂得「同小韻則同音」的道理，在某些
地方可以看出他很積極地運用這個道理作了許多直音，又由某些地方看
起來他對審音不太在行，因此在面對一組漢語中古音韻地位全同的直音
時，我們就沒有把握斷定它究竟有沒有反映日本人當時的語感。因為這
個直音固然有可能根據他的讀音而作；也有可能只是材料的抄錄，或是
由同小韻中覓字而作，編者可能並不知道這個字該怎麼唸❷❸。也就是

---

❷❸　275.5 的「革」字下注「隔客二字音倭之音」。「革」與「隔」，《廣韻》都是麥
　　韻見母開口二等字，說「革」讀成「隔」是「倭之音」，當然表示日本人也認為它
　　們同音。但是所有註明是「倭音」或「和音」的直音中，只有這一組的音韻地位相
　　同，是很難得的資料。其他音韻地位全同的直音，因為沒有註明，因此很難說它們
　　沒有參考漢籍。

說：音韻地位相同的直音，由於有參照漢籍的疑慮，不能用來作爲理解日本漢字音的線索。

至於音韻地位不同的直音，如果沒有漢籍的根據，作直音的人要認定它們爲同音，就必需根據他自己的讀音。當然，他所根據的讀音有可能是來自口耳相傳，也有可能是來自其他非語言的因素，如有邊讀邊。在這 174 組音韻地位不同的直音中，有 29 組的音韻對當關係相當異常，就如同上文讀半邊字的例子，本文也加以扣除。剩下的 145 組直音，是非常寶貴的資料，本文將它們分別註出漢語中古音的音韻地位，列成對照表置於附錄一。以下就由音韻對當的觀點來觀察這些直音。

(一)聲母

由附錄二的統計可以看出：不同聲類間的互注情況很普遍。由互注的聯繫可以將漢語的聲類分成以下幾組：以下爲方便討論，將本人對古日語所擬測的輔音列在前面，作爲比較。

0-	影喻爲㉔
k-	見溪群曉匣㉕
ŋ-	疑㉖
t-	端透定知徹澄㉗

㉔ 由「影喻」、「喻爲」各有 1 個互注的例子，將這三個聲類聯繫爲一組。

㉕ 由「見溪群曉匣」自注 11 例，互注 26 例，將這五母合爲一組。

㉖ 「疑」母字 4 例都是自注，沒有和其他聲類接觸的例子，因此獨立爲一組。

㉗ 「端透定」自注 7 例、互注 6 例，「知徹澄」自注 3 例、互注 3 例，各自形成一組。又有 1 個「透」母字注「徹」母字的例子，顯示這兩組還有聯繫。現在暫時將它們合爲一組。

n-　　　泥（娘）日㉘

r-　　　來㉙

s-　　　照穿神審禪（莊初）床疏精清從心邪㉚

p-、m-　幫滂並非敷奉明微㉛

　　由以上的比較可知：無論是在發音部位或是發音方法上，這些直音都大量混同了漢語原有的區別。在發音部位的混同上，最明顯的是：牙喉音混同、精莊照不分、幫非不分，而端知不分因爲只有一個跨類接觸的例子，現象比較不明顯。至於發音方法上，在以上所歸的幾個大類中，不論全清、次清、全濁，都有互注的例子，而且沒有特別明顯的偏向，這顯示作直音的人沒有辦法分別這些發音方法上的不同。

　　在這些現象中，最值得注意的就是：顯示了當時的日本人沒有辦法分辨清濁。爲了更明確地突顯這個現象，我們可以比較清音異母互注與清濁互注這兩種情況的統計數字：

㉘　「泥」母與「日」母有 1 個互注的例子，將它們聯繫爲一組。沒有「娘」母的例子。

㉙　「來」母 10 例都是自注，因此獨立爲一類。

㉚　精、莊、照三系字互注形成一組。同系互注的例數分別是：照系 10、莊系 2、精系 8，跨系互注則有 11 例。莊系字中，「莊、初」兩母字沒有出現；只有「床、疏」兩母字作爲被注字，它們除了可被「疏」母注音以外，「疏」母還被「禪」母注音 1 例；而「疏」母字除了自注以外，還對「穿、審、禪、心」等母有 6 個注音的例子。另外精系字注照系字雖然只有「心」母注「禪」母 1 例，但是照系字注精系字卻有 5 例。由這些互注的情況將精、莊、照三系合爲一組。

㉛　「幫滂並」三母自注 2 例、互注 10 例，「非敷奉」三母自注 3 例、互注 1 例。「幫滂並」與「非敷奉」互注 7 例。另外值得注意的是「明」母注「並」母 2 例，與「並」母注「微」母 1 例。由這些互注的情況將幫、非兩系合爲一組。

清音異母互注

曉	見	見	溪	透	徹	穿	穿	審	精	清	心	心	心	幫	滂	敷	
見	曉	溪	見	端	透	照	疏	疏	穿	心	穿	疏	精	非	幫	滂	
2	1	2	6	2	1	1	1	2	1	1	1	2	1	2	3	1	30

全濁注清音

曉	見	見	溪	透	徹	照	疏	心	幫	滂	
匣	匣	群	群	定	澄	禪	禪	從	並	並	
1	1	2	1	2	1	1	1	1	1	5	17

清音注全濁

匣	匣	匣	群	群	定	澄	禪	禪	禪	床	從	並	並	奉	
曉	見	溪	見	溪	端	知	照	疏	心	疏	心	幫	非	敷	
2	2	2	2	2	2	2	2	1	1	1	1	1	4	1	26

清音聲母互相混淆的有 30 例，而清濁混淆的則有 43 例。如果根據清聲母混淆的例子，相信當時的日本人沒辦法分辨全清與次清的不同；那麼根據清濁混淆的例子，也就該相信當時的日本人沒辦法分辨清音與全濁的不同。

對於這個現象，我們也應該考慮：作直音的人會不會受到偏旁的影響，只讀半邊字，沒有注意到被注字與注字間清濁的區別。如果將有諧聲偏旁關係的直音除掉，可以得到以下的數字：清音異母互注 21 例、全濁注清音 2 例、清音注全濁 12 例。雖然數目減少了許多，但是在沒有偏旁可以參考的情況下，清濁相混的例子仍有 14 例，這表示清濁相混確實存在日本漢字音中。

另外，也許有人會懷疑：會不會是全濁讀清音的漢音混在裡面，

造成清濁混淆的印象？要回答這個問題必需要找到韻母具有吳音特徵、而聲母又有清濁互注的例子。由於吳音、漢音許多韻母是一致的，要在有限的材料中找到符合這麼嚴格的條件的資料是很困難的。在這沒有偏旁影響的 14 個例子中，有 8 例是同韻自注，3 例分別是「支、脂」、「豪、唐」、「庚、清」互注，都沒有辦法區別是吳音還是漢音。但是很幸運的，居然找到了三個例子：「463.8 稠（尤韻澄母）」用「注（遇韻知母）」、「653.6 豎（麌韻禪母）」用「秀（宥韻心母）」、「28.8 脖（沒韻並母）」用「發（月韻非母）」。「麌、尤[32]」「沒、月」接觸都是吳音有別於漢音的特徵。因此這三組直音反映的是：吳音也有清濁混淆的情況。這說明了：清濁混淆並不只是日本漢音的特徵，事實上它是早期日本漢字音共同的特徵。

㈡韻母

1.開合混同

開合互注的例子並不多，它們出現於止、蟹、臻、山四攝的舌尖音與脣音聲母字：

750.7	亹	微尾合三上	備	並至開三去
603.6	齎	精齊開四平	最	精泰合一去
683.1	對	端隊合一去	帝	端霽開四去
556.1	退	透隊合一去	體	透薺開四上
778.5	耒	來隊合一去	來	來咍開一平

---

[32] 舉平以該上去。

422.1	藺	來震開三去	輪	來諄合三平
21.8	吞	透痕開一平	頓	端恩合一去
42.6	胇	並質開三入	弗	非物合三入
532.4	變	幫線開三去	反	非阮合三上
113.1	歠	知薛合三入	哲	知薛開三入 ㉝

由漢語的角度來說，這些都是最能明確反映開合對立的音韻條件，而《新撰字鏡》的直音將它們混同，可見當時的日本人對漢字音開合的區別是有困難的。另外還有一組直音：

619.5	羸	來支合三平	流	來尤三平

用流攝三等字注止攝合口字，這個現象和朝鮮漢字音止攝合口字與流攝字合流的現象剛好相合，這組直音所反映的讀音是否與朝鮮漢字音有關，是個值得玩味的現象。

2.等第混同

各等互注的統計表如下：

注字 被注字	一	二	三	四
一	22	5	17	3
二	4	8	3	
三	3	1	63	2
四	2	2	5	5

㉝　這組開合互注的關係有相同的三例，另兩例見於 123.7 及 672.6。

大體上來說，同等自注的情況最多，但是異等互注的情況有 47 例，也值得注意。

　　以下再觀察異等互注的情況都出現在哪些攝：

等第＼攝	通	遇	蟹	臻	山	效	果假	宥	梗	曾	流	深咸
一二							＋					
一三	＋	＋		＋	＋			＋		＋	＋	＋
一四			＋									
二三									＋			
二四						＋			＋			
三四									＋			

由這張分布圖可以看出：大致上有一、三等韻的攝，除了蟹、效兩攝，都有一三等互注的情況；這表示漢語一、三等的區別經常被混同。另外，蟹攝有一、四等，效攝有二、四等，梗攝有二、三、四等互注的情況。這些現象都反映了日本漢字音將漢語等第混同的實情。

　3.韻部混同

　　韻部接觸的情況請參附錄三。這裡根據韻部接觸的情況將它們分為以下的幾類：東鍾、支脂之微、魚、虞模尤、灰咍泰齊、眞諄、文痕魂、元寒桓先仙、蕭肴、（歌）❸❹戈麻、陽唐庚耕青、侵覃談；屋燭職德、陌麥昔錫。

　　其中比較值得注意的是：

---

❸❹　由於「歌」與「戈麻」沒有接觸的例子，這裡用括號作區別。

(1)宥梗接觸

53.4	炯	匣迥合四上	向	曉漾開三去	
307.8	墻	從陽開三平	城	禪清開三平※	
378.4	釯	見梗合二上	廣	見蕩合一上	
606.2	廧	從陽開三平	城	禪清開三平	

(2)虞尤接觸

264.7	驅	溪虞三平	久	見有三上	
463.8	稠	澄尤三平	注	知遇三去※	
653.6	竪	禪麌三上	秀	心宥三去	
684.7	盂	爲虞三平	有	爲有三上※	

(3)屋燭職德接觸

559.2	速	心屋一入	即	精職開三入※	
619.5	勗	曉燭三入	國	見德合一入	
275.7	勒	來德開一入	六	來屋三入※	

(4)陰陽接觸

388.5	構	見候一去	向	曉漾開三去※	
685.4	盜	定號一去	當	端唐開一平※	

高松政雄（1973）認爲(1)到(3)反映的是吳音的特徵。而(4)則反映舌根鼻音韻尾已經混同於-u 元音韻尾了。他已討論的部份，這裡就不再重述。本人僅就他所舉的例子略作補充，在他論文中提到的例子，本

文就在那一條的後面加「※」號。

　　另外有一點值得討論的，就是高松政雄用「構－向」的例子一方面論證陽聲韻尾的陰聲化，另一方面又認爲「向」爲「構」所注的音是「kau」，用這個例子來支持沼本克明：厚　kou－漢音、kau－吳音的主張㉟。由於陰陽接觸還有「盜－當」的例子，前一個主張是可信的。但是當時「構」的讀音是不是「kau」還值得討論。侯韻字，日本吳音讀-ou 或-u、漢音讀-ou，因此-au 的讀音對日本漢字音來說是相當例外的讀音。本人在閱讀這組直音的時候，覺得這個「向」字寫得也有點像「句」字。查考與這組直音相關注文的來源，有《玉篇》與《切韻》兩種可能。以下把三段文字列出，以便比較：

388.5　構　向音合也亂也成也

　　構，古侯反。范、虐、疾、成、合、蓋、亂。《萬象名義》四.11 才.3

　　構，架也、合也、成也、蓋也、亂也。《廣韻》侯韻 p439.4

由訓解來看，二書都含有「合、成、亂」的訓解，但是《萬象名義》在「構」字之下有「古侯反」的反切，編者並沒有據以抄錄。《廣韻》裡，「構」字不在小韻首字，因此此底下沒有反切；巧的是在下一行鄰接的地方剛好有一個「句」字，解釋作「句當」。如果考慮《新撰字鏡》的編者會使用同小韻字來作直音，那麼這個直音很可能是和「構」同小韻的「句」字，抄寫的人把它寫得扁了一點，使得它看起來像個「向」字。如果採用這種可能性，就沒有必要認爲「構」字有一個特殊的讀法。因此高松政雄的第二點主張仍有商榷的餘地。

㉟　高松政雄（1973）p28.上.6-下.倒 8。

㈢聲調

各調類互注的統計數字如下：

注字 被注字	平	上	去	入
平	22	14	7	
上	20	8	7	
去	16	10	14	
入				27

145 組直音，平、上、去三聲經常自由地互注，而且各聲自注的次數都不比注他聲的次數多。這顯示作直音的人不能分辨漢語聲調的區別，因此將漢語不同調的字混注。但是值得注意的是：入聲字不與其他調類的字互注；這顯示入聲有一個明顯的特徵，是日本人可以把握，用來與平、上、去三聲字區別的依據。如果這個特徵是一種聲調的抑揚，那麼很難解釋爲什麼同樣是聲音的高低起伏，日本人容易混淆其中的三種，而又有能力辨別另外的一種。個人認爲這是由於漢語的入聲字原來帶塞音韻尾，借入日語後被添上元音成爲一個附加的音節；由於入聲字與舒聲字被日本人詮釋爲兩種不同的聲韻結構，因此容易把握。而舒聲字的三種調類要用聲調的抑揚來區別，這是日語音韻系統所沒有的區別，因此容易混淆。

六、結論

漢字不僅能記錄漢語，也能記錄漢語以外的語言。中國傳統的直音、反切等注音的方式，不僅在中國不同的時代與地域被使用，它還曾

經東渡日本，在日本漢字音傳承的歷史中擔任過重要的角色。本文通過
《新撰字鏡》內外兩方面的線索，探討當時的日本人如何使用直音來記
錄日本漢字音。結果發現《新撰字鏡》的編者對於漢語、漢文的造詣有
所限制，經常不能正確地理解反切、直音所表達的是何種讀音，也不能
把握漢語聲調的區別，對於某些生難字詞的讀音，甚至採用有邊讀邊的
辦法來處理。但是編者對於漢語音韻學的常識也有一定的知識，所以他
能利用「同小韻則同音」的道理，參考韻書作出非常精準的直音；也能
利用書面的訊息爲少數直音加註四聲。由於知識與實際之間的落差，形
成書中的直音反映三種截然不同的音韻特徵。於漢籍有徵的直音，反映
的是漢語中古韻書的音韻格局。經過日本人審音的直音，反映的是把漢
語區別大幅簡化了的日本漢字音。還有若干直音，成於粗率的有邊讀
邊，嚴重的形成不可解的音韻對當關係，輕微的則混雜於日本漢字音的
一層當中。

　經由對《新撰字鏡》直音性質的理解，本文希望專門分析屬於日
本漢字音層的直音。因此由摘錄所得的 348 組直音中，過濾掉無法比較
中古音韻地位的 19 組、音韻地位相同的配對 154 組，以及對當關係異
常的 29 組。經過音韻對當關係的分析，了解到當時的日本漢字音，在
聲母方面大量混同了發音部位與發音方法的區別，而最重要的特徵是不
分清濁。在韻母方面則是開合混同、等第混同、以及韻部之間的混同。
聲調方面則是平、上、去三聲混同，而入聲以聲韻結構與舒聲有別。

參考書目

上田正　　1981　新撰字鏡の切韻部分について，國語學 127 13-20。
　　　　　1986　玄應反切總覽，私家版。

　　　　　1986　玉篇反切總覽，私家版。

大島正二　1981　唐代字音の研究，汲古書院。

　　　　　1981　唐代字音の研究　資料索引，汲古書院。

山本秀人　1986　改編本類聚名義抄における新撰字鏡を出典とする
　　　　　　　　和訓の增補について，國語學 144 1-14。

山田孝雄　1940　國語の中に於ける漢語の研究（1994 訂正版第五
　　　　　　　　刷），寶文館。

川瀨一馬　1986　增訂古辭書の研究，雄松堂出版。

井野口孝　1978　新撰字鏡「玉篇群」の反切用字，文學史研究（大阪
　　　　　　　　市立大學）17,18 49-62。

王　力　　1982　玄應一切經音義反切考，語言研究 1982,1 1-5。

有坂秀世　1937　新撰字鏡に於けるコの假名の用法，國語音韻史の研
　　　　　　　　究　三省堂 131-144。

池田証壽　1982　玄應音義と新撰字鏡，國語學 130 1-18。

　　　　　1984　新撰字鏡玄應引用部分の字順について，北海道大學
　　　　　　　　國文學會・國語國文研究 71 40-58。

西原一幸　1982　『新撰字鏡』本文中における『正名要錄』の利用に
　　　　　　　　ついて，金城學院大學論集・國文學編 25 1-15。

西端幸雄　1991　天治本『新撰字鏡』と法隆寺一切經，辭書、外國資
　　　　　　　　料による日本語研究　19-31。

李　榮　　1973　切韻音系，鼎文書局。

沖森卓也　1989　日本語史，櫻楓社。

阪倉篤義　1973　新撰字鏡解題，新撰字鏡　增訂版　臨川書店 3-22。

京都大學　1958　天治本・享和本　新撰字鏡國語索引，臨川書店。

　　　　　　1967　天治本　新撰字鏡（增訂版）附享和本・群書類從本，
臨川書店。

周法高　　1962　玄應《一切經音義》反切考　附冊－玄應一切經音
義，中研院史語所專刊之 47。

　　　　　　1968　玄應反切字表，崇基書店。

周祖謨　　1936　論篆隸萬象名義，問學集 894-918。

　　　　　　1936　萬象名義中之原本玉篇音系，問學集 270-404。

　　　　　　1990　日本的一種古字書《新撰字鏡》，文獻 44 219-224。

　　　　　　1994　唐五代韻書集成，臺灣學生書局。

河野六郎　1936　玉篇に現れたる反切の音韻的研究，河野六郎著作集
2 3-154。

沼本克明　1982　平安鎌倉時代に於る日本漢字音に就ての研究，武藏
野書院。

　　　　　　1986　日本漢字音の歷史，東京堂。

邵榮芬　　1982　切韻研究，中國社會科學出版社。

吳聖雄　　1991　日本吳音研究，國立臺灣師範大學國文研究所博士論
文。

　　　　　　1992　日本漢字音材料對中國聲韻學研究的價值，第二屆國
際暨第十屆全國聲韻學研討會論文集　669-681。

　　　　　　1995　日本漢字音能爲重紐的解釋提供什麼線索，第四屆國
際暨第十三屆全國聲韻學研討會論文集　(A9)1-28。

　　　　　　1997　由長承本《蒙求》看日本漢字音的傳承，第十五屆全
國聲韻學研討會論文集　廿七/1-16。

　　　　　　1999　〈平安時代假名文學所反映的日本漢字音〉，《第六

屆國際暨第十七屆全國聲韻學研討會會前論文》，1-23。

貞苅伊德　1959　新撰字鏡の解剖〔要旨〕－その出典を尋ねて－，訓
　　　　　　　點語と訓點資料 12 53-74。

　　　　　1960　新撰字鏡の解剖〔要旨〕──付表（上），訓點語と
　　　　　　　訓點資料 14 63-82。

　　　　　1961　新撰字鏡の解剖〔要旨〕──付表（下），訓點語と
　　　　　　　訓點資料 15 1-28。

　　　　　1982　『大般若經音義中卷』と『新撰字鏡』，訓點語と訓
　　　　　　　點資料 67 72-80。

　　　　　1983　『新撰字鏡』〈臨時雜要字〉と『漢語抄』，國語と
　　　　　　　國文學 60.1 44-62。

馬淵和夫　1971　國語音韻論，笠間書院。

　　　　　1984　增訂日本韻學史の研究，臨川書店。

高松政雄　1970　新撰字鏡小學篇について，訓點語と訓點資料 41
　　　　　　　13-38。

　　　　　1973　新撰字鏡の「直音注」について，訓點語と訓點資料
　　　　　　　53 19-32。

　　　　　1976　新撰字鏡の反切－卷第一の檢討より－，訓點語と訓
　　　　　　　點資料 57 1-30。

　　　　　1977　新撰字鏡の反切（二），訓點語と訓點資料 60 7-17。

湯淺幸孫　1982　新撰字鏡序跋校釋，國語國文 51.7 1-21。

湯澤質幸　1996　日本漢字音史論考，勉誠社。

橋本進吉　1965　國語音韻史，岩波。

築島裕　1964　國語學，東京大學出版會。

　　　　　　　1969　平安時代語新論，東京大學出版會。

　　　　　　　1987　平安時代の國語，東京堂。

築島裕 編 1995　日本漢字音史論輯，汲古書院。

藤堂明保 1969　漢語と日本語，秀英。

　　　　　　　1971　漢字とその文化圈，光生館。

　　　　　　　1980　中國語音韻論——その歷史的研究，光生館。

附錄一、倭讀直音總表

說明：

1. 本表選錄天治本《新撰字鏡》中可能反映日本漢字音的直音 145 組。

2. 首欄列該直音在天治本的頁碼與行數。如果被注字與注字不在同一行，則以注字所在的行數爲準。

3. 被注字含有數個異體字時，原則上選取第一個字形；如果不是電腦內建字形，則依次選下一個字形；如果皆非電腦內建字形，則根據《今昔文字鏡》依以上的原則，採用外字的方式插入一個字形。

4. 被注字與注字之後，據《廣韻》註出該字中古音的音韻地位。依序爲聲類、韻目、開合、等第、調類。中古音沒有開合對立的韻類，則不註開合。

5. 排列的順序，以被注字的音韻地位爲準。舒聲在前、入聲在後；依照韻類、聲類、調類的優先順序排序。

頁、行	被注字		注字	
308.2	峒	透董一上	同	定東一平
35.3	胴	定送一去	同	定東一平
555.8	迵	定送一去	同	定東一平
388.6	櫳	來東一平	龍	來鍾三平
374.7	銃	穿送三去	充	穿東三平
687.2	豐	敷東三平	峰	敷鍾三平
136.6	拲	見腫三上	共	群用三去
432.4	茋	群鍾三平	共	群用三去
106.3	睻	照支開三平	之	照之開三平
343.1	漬	從寘開三去	四	心至開三去
619.5	蠃	來支合三平	流	來尤三平

頁、行	被注字		注字	
146.2	皵	溪支開三平	奇	群支開三平
746.4	虧	溪支合三平	貴	見未合三去
696.4	棄	溪至開三去	記	見志開三去
547.1	雉	澄旨開三上	知	知支開三平
687.7	至	照至開三去	志	照志開三去
772.7	鴟	穿脂開三平	至	照至開三去
611.4	冀	見至開三去	記	見志開三去
59.7	丕	滂脂開三平	比	幫旨開三上
217.2	線	心止開三上	死	心旨開三上
425.5	蕙	心止開三上	思	心之開三平
647.4	祈	群微開三平	豈	溪尾開三上

頁、行	被注字		注字	
750.7	甓	微尾合三上	備	並至開三去
61.7	悆	喻御三去	余	喻魚三平
746.4	豫	喻御三去	与	喻語三上
677.6	慮	來御三去	呂	來語三上
677.3	處	穿語三上	所	疏語三上
746.3	舒	審魚三平	所	疏語三上
619.2	署	禪御三去	所	疏語三上
204.1	助	床御三去	所	疏語三上
684.7	盂	爲虞三平	有	爲有三上
264.7	軀	溪虞三平	久	見有三上
653.6	竪	禪麌三上	秀	心宥三去
342.4	澍	禪遇三去	主	照麌三上
607.5	府	非麌三上	付	非遇三去
538.6	鄜	敷虞三平	浦	滂姥一上
439.7	符	奉虞三平	敷	敷虞三平
548.7	魖	曉模一平	虎	曉姥一上
33.3	胡	匣模一平	古	見姥一上
498.2	辜	見模一平	古	見姥一上
660.5	寤	疑暮一去	吾	疑模一平
531.1	圃	幫姥一上	甫	非麌三上
678.8	鱺	來齊開四平	里	來止開三上
772.1	倈	來霽開四去	來	來咍開一平
603.6	齎	精齊開四平	最	精泰合一去
681.5	妣	幫薺開四上	比	幫旨開三上
598.8	誓	禪祭開三去	制	照祭開三去
735.5	帶	端泰開一去	帝	端霽開四去
505.6	蕭	徹夬開二去	泰	透泰開一去
609.1	灰	曉灰合一平	化	曉禡合二去
683.1	對	端隊合一去	帝	端霽開四去
556.1	退	透隊合一去	體	透薺開四上
450.4	蕾	來賄合一上	累	來寘合三去

頁、行	被注字		注字	
778.5	耒	來隊合一去	來	來咍開一平
683.9	耐	泥代開一去	乃	泥海開一上
422.1	蟎	來震開三去	輪	來諄合三平
390.5	楯	神準合三上	順	神稕合三去
685.4	盆	並魂合一平	分	非文合三平
64.2	体	並混合一上	本	幫混合一上
21.8	吞	透痕開一平	頓	端慁合一去
245.4	罕	曉旱開一上	干	見寒開一平
532.1	园	疑桓合一平	元	疑元合三平
280.2	盤	並桓合一平	猛	明梗開二上
684.6	盤	並桓合一平	猛	明梗開二上
212.6	縵	明換合一去	曼	微願合三去
21.8	吞	透先開四平	田	定先開四平
624.4	片	滂霰開四去	遍	幫霰開四去
176.5	詃	見銑合四上	玄	匣先合四平
60.8	然	日仙開三平	年	泥先開四平
127.4	蟬	照獮開三上	善	禪獮開三上
235.6	饍	禪線開三去	善	禪獮開三上
214.5	綫	心線開三去	賤	從線開三去
532.4	變	幫線開三去	反	非阮合三上
481.1	梟	見蕭開四平	交	見肴二平
685.4	盜	定號一去	當	端唐開一平
648.7	裸	疑歌開一平	我	疑哿開一上
90.1	爹	定哿開一上	多	端歌開一平
600.8	貨	曉過合一去	化	曉禡合二去
779.6	襄	心戈合一平	沙	疏麻開二平
713.3	叵	滂果合一上	波	幫戈合一平
616.7	雅	疑馬開二上	牙	疑麻開二平
347.2	灑	疏馬開二上	沙	疏麻開二平
481.4	鞾	匣麻合二平	花	曉麻合二平
138.3	踝	匣馬合二上	果	見果合一上

頁、行	被注字		注字		頁、行	被注字		注字	
308.1	塦	喻馬開三上	耶	喻麻開三平	58.8	膁	溪忝四上	兼	見添四平
534.6	夜	喻禡開三去	也	喻馬開三上	64.8	傔	溪㮇四去	兼	見添四平
548.5	䖬	穿馬開三上	車	穿麻開三平	492.7	犯	奉范三上	凡	奉凡三平
549.8	韔	徹漾開三去	長	澄陽開三平	559.2	速	心屋一入	即	精職開三入
307.8	墻	從陽開三平	城	禪清開三平	619.5	勖	曉燭三入	國	見德合一入
606.2	䑉	從陽開三平	城	禪清開三平	42.6	胇	並質開三入	弗	非物合三入
697.8	象	邪養開三上	常	禪陽開三平	741.7	虼	群迄開三入	乞	溪迄開三入
726.8	蘂	心蕩開一上	桑	心唐開一平	258.7	闋	溪月合三入	決	見屑合四入
560.2	徬	並宕開一去	方	非陽開三平	464.6	扢	匣沒開一入	乞	溪迄開三入
687.6	生	疏庚開二平	成	禪清開三平	714.1	麧	匣沒開一入	乞	溪迄開三入
378.4	鉚	見梗合二上	廣	見蕩合一上	28.8	哱	並沒合一入	發	非月合三入
653.7	竟	見映開三去	京	見庚開三平	388.8	榤	見屑開四入	洁	見質開三入
653.7	競	群映開三去	竟	見映開三去	113.1	歠	知薛合三入	哲	知薛開三入
259.7	閞	滂耕開二平	平	並庚開三平	123.7	啜	知薛合三入	哲	知薛開三入
272.7	抨	滂耕開二平	平	並庚開三平	672.6	歠	知薛合三入	哲	知薛開三入
518.4	鮏	心青開四平	生	疏庚開二平	682.3	妷	幫陌開二入	白	並陌開二入
53.4	泂	匣迥合四上	向	曉漾開三去	582.6	拍	滂陌開二入	白	並陌開二入
683.4	等	端等開一上	登	端登開一平	682.3	魄	滂陌開二入	白	並陌開二入
377.6	鐙	端嶝開一去	登	端登開一平	702.1	皛	滂陌開二入	白	並陌開二入
704.8	厹	群尤三平	九	見有三上	275.5	革	見麥開二入	客	溪陌開二入
463.8	稠	澄尤三平	注	知遇三去	43.8	膕	見麥合二入	國	見德合一入
388.5	構	見候一去	向	曉漾開三去	685.3	益	影昔開三入	亦	喻昔開三入
601.1	貿	明候一去	牟	明尤三平	484.2	鶺	精昔開三入	尺	穿昔開三入
473.6	䇎	日寑三上	任	日侵三平	582.5	擗	並昔開三入	白	並陌開二入
231.4	襟	見侵三平	欽	溪侵三平	596.8	析	心錫開四入	尺	穿昔開三入
177.2	謵	影覃一平	音	影侵三平	629.3	式	審職開三入	色	疏職開三入
619.2	罯	影感一上	音	影侵三平	771.8	淢	曉職合三入	或	匣德合一入
43.4	腩	泥感一上	南	泥覃一平	597.4	捯	透德開一入	得	端德開一入
772.1	菻	來覃一平	林	來侵三平	275.7	勒	來德開一入	六	來屋三入
772.6	憯	清感一上	三	心談一平	211.1	級	見緝三入	及	群緝三入
702.5	焱	喻豔三去	炎	為鹽三平					

附錄二、聲類接觸統計表

	影	喻	爲	見	溪	群	曉	匣	疑	端	透	定	知	澄	泥	日	來	照	穿	神	禪	疏	精	從	心	幫	滂	並	非	敷	奉	明	微	計
影	2	1																																3
喻		4	1																															5
爲			1																															1
見				7	1	2	1	2																										13
溪				6	1																													7
群				2	2	1																												5
曉				2		1	3																											6
匣				2	2		2																											6
疑									4																									4
端										4																								4
透										1	2	2																						5
定										2		2																						4
知													3																					3
徹										1				1																				2
澄													2																					2
泥															2																			2
日															1	1																		2
來																	10																	10
照																		2	1															3
穿																		1	2			1												4
神																				1														1
審																						2												2
禪																		1	1		2	1												5
床																					1													1
疏																						1			1									2
精																						1	1											2
清																									1									1
從																						2			1									3
心																		1			2		1	1	3									8
邪																					1													1
幫																										2	1	1						4
滂																										3		5						8
並																												2	4	1		1		8
非																													1					1
敷																													1	1				2
奉																													1			1		2
明																															1	1		2
微																																	1	1
計	2	5	2	19	6	4	6	2	4	8	2	4	5	1	3	1	10	5	4	1	6	8	2	1	6	5	1	8	7	2	1	3	1	145

計 145 組

附錄三、韻部接觸統計表

	東	鍾	支	脂	之	微	魚	虞	模	齊	祭	泰	咍	諄	文	元	魂	寒	先	仙	肴	歌	戈	麻	陽	唐	庚	清	登	尤	侵	覃	談	鹽	添	凡	
東	4	2																																			6
鍾		2																																			2
支				1	1	1	1																			1											5
脂					1	2	3																														6
之						1	1																														2
微					1		1																														2
魚									7																												7
虞									3	1																				3							7
模										1	4																										5
齊											1	1				1	1																				4
祭													1																								1
泰													1																								1
夬																1																					1
灰				1					2							1							1														5
咍																1																					1
眞														1																							1
諄															1																						1
魂														1			1																				2
痕																	1																				1
寒																		1																			1
桓																2									2												4
先																			3																		3
仙																1			1	3																	5
蕭																					1																1
豪																						2															2
歌																						1		2													3
戈																						1		6													7
麻																							2		2												4
陽																										2											2
唐																											2	1	1								4
庚																											2										2
耕																										1	1										2
青																											1	1									2
登																													2								2
尤																								1						1							2
侯																										1				1							2
侵																															2						2
覃																															3	1	1				5
鹽																																		1	1		2
添																																			1		1
凡																																				1	1
	4	4	3	6	6	2	7	5	5	3	1	2	3	2	1	3	2	1	4	3	1	2	2	9	5	3	7	3	2	6	5	1	1	1	2	1	

計 118 組

	屋	質	物	迄	月	屑	薛	陌	昔	職	德	緝	
屋										1			1
燭											1		1
質			1										1
迄				1									1
月						1							1
沒				2	1								3
屑		1											1
薛							3						3
陌								4					4
麥								1			1		2
昔								1	2				3
錫									1				1
職										1	1		2
德	1										1		2
緝												1	1
	1	1	1	3	1	1	3	6	3	2	4	1	

計 27 組

共 145 組

後　記

　　《聲韻論叢》是國內唯一專門刊登聲韻學論文的刊物，它在語言學界的影響力，以及國際上的聲譽，都是值得本會會員欣慰的。近年來網路索引愈來愈發達，期刊論文篇目可以迅速地經由網路取得，在研究成果的流通上起了重大的影響力。然而本刊在分類上屬於會後論文集，而非期刊；因此同仁們辛苦研究的成果，並沒有被登錄在網路的期刊論文索引中。這對本會研究成果的傳播，無疑是一大損失。另外在國科會的主導之下，「流通價值」的理念被積極強調，研究成果是否能迅速在學界中廣為流通，也成為刊物評價的一個重點。目前國內許多人文學門的會後論文集都已經轉型為一年兩期的期刊，各大學中文系的學報也都在積極轉型。因此在時勢所趨的壓力之下，將《論叢》轉型為期刊，已經是刻不容緩的事情。剛好《論叢》現在出版到第十輯，由第十一輯開始轉型為期刊，正是一個很好的時機。因此，去年理事會改組，姚榮松先生當選理事長之後，他就指示我對《論叢》作一個轉型計畫。

　　轉型計畫的擬定，主要參考了國科會〈國內學術性期刊評量參考標準（乙表）〉。希望盡量符合它的規範，以爭取優良期刊的補助。另一方面則希望爭取本刊收錄於國際索引的機會，以增加本會研究成果在國際上的影響力。轉型計畫首先在今年三月三十日召開的理監事聯席會議上通過，再成立專案委員會作細部規畫，現在將已經取得的共識向同好們報告。

　　轉型的首要工作就是將《聲韻論叢》改為每年四月和十月出刊、

一年兩期的期刊。原則上刊名不變、版面也不作太大的變化，僅由原來的二十五開改為十六開，以符合期刊版面的要求。期數則與第十輯沿續，由第十一輯開始。十月的一輯，稿源以年會所發表的論文為主；四月的一輯，則輔以徵稿。轉型後的《論叢》在今年十月就要出刊，請同好們把握時間，讓它準時出版。

　　其次是在審稿的方式上有所改變。往年由於所發表的論文都在大會上宣讀，經過講評人的討論、發表人的答辯，以及所有會員的提問，論文的評價已有公論。發表人將論文修訂之後，學會委請五位專家把所有的論文審閱一遍，分別排出一個優先順序表；再由秘書處加總平均，作成總的排序；最後根據這個總排序決定刊登的篇目。現在依照國科會的要求，每篇論文必需至少由兩位專家匿名審查，而且要有一定的退稿率。規畫小組認為，我們過去採用的方式是值得肯定的，但是國科會的要求也該儘量配合。我們可以藉著這樣的轉型，擴大審查的基礎，讓年輕的學者們都來參與。本會向來有一個優良的傳統，那就是不問地位，只論學術。所以安排年輕講師去講評教授的論文，在本會早已不乏其例。現在配合著《論叢》的轉型，希望年輕學者們，都準備加入審稿的行列。不過，由於本會財力有限，在得到補助之前，可能沒有辦法支付審稿費，要請審稿的同仁擔負這樣繁重的義務，謹在此先致歉意與感謝。另外，我也希望提醒年輕的學者們：作為一個審查人，不應有大權在握，決定別人生死的心態。審查的標準固然應該從嚴，但是，別人花了許多苦心，辛勤寫出來的論文，背後有多少的努力，一定要認真地去體會。要指摘別人的缺點，也一定要審慎地先去查證。

　　雖然採用匿名審查，但是審查意見仍然是可以公開的文件。為了維護審查的品質，我們設計了兩項機制：第一、是我們同時評選優良評

審意見，以書評的方式在《論叢》中刊登，並建立優良審查人資料檔，希望對嚴謹的審查人形成一種鼓勵。第二、被退稿的論文有敗部復活的機會。被退稿的論文，如果根據審查意見作了修訂，並提出具體修訂清單，這篇論文經審查通過，仍是可以刊登的。被退稿的人對於評審意見不服，可以向編輯部提出書面的答辯。編輯委員則根據兩方所提的具體理由作判斷，給予申請人重新評價的機會。我們認為：如果論文作者不能為自己辯護，只憑審查意見的一面之辭決定論文的去取，這其實並不公平。理論上來說：論文的作者應是該論題的專家。因此本刊有責任提昇論文審查的水準，更有義務維護作者的尊嚴。透過這樣一個對話的機制，讓審查意見與作者的答辯兩面俱呈，希望能夠減少遺珠之憾。因此，要維持相當的敗部復活率，也是編輯委員們的一項責任。所以，我們鼓勵論文作者對不合理的意見提出答辯。

　　最後，我想對有志投稿的年輕學者們提供一些建議：千萬不要因為怕被退稿而不寫論文；更不要因為被退稿了而氣餒。在一個專家養成的過程中，把挫折的經驗轉化為成長的助力，其實是必要的訓練。所以萬一被退稿了，也不要難過太久。平靜下來的時候，把審查意見仔細地讀一讀，有道理的部分就坦然接受。如果某些意見誤解了你的意思，不妨先反省一下：是不是我在這個地方表達得不夠清楚？可不可以把文字修改一下，讓它變得更有說服力？但是明顯的委屈也不該默認，應該舉證堅持學術的是非。我們強烈支持任何人爭取敗部復活的機會，但是請一定要提出能夠說服人的理由。如果決定爭取敗部復活，請準備一張清單，分成兩部分；一部分列舉修訂了哪些地方，另一部分說明答辯的理由；連同修訂好的論文重新投稿。如果藉著這段經驗，提昇了自己寫作論文的能力，不也是一個很好的學習嗎？

　　這一輯的編纂工作進行得非常匆促。當出版組從秘書處接獲資料的時候，已經是二月二十八日了。感謝五位審查委員費神閱讀了所有的稿件，分別作出了嚴謹的排序。姚理事長不但親自聯繫審查事宜，還對許多爭議作了裁決。學會秘書程俊源先生不但處理了許多煩雜的事務，還在姚理事長的指導下，將一至十輯的篇目編成了兩種索引。王榮正、李彥震、陳文玫、莊秀珠、林雅馨幾位同學，幫忙校對。學生書局的鮑邦瑞先生全力支持《論叢》轉型，並督促排版、印刷工作如期完成。曾雅雯小姐負責連絡、吳若蘭小姐抱病負責排版。謝謝他們。

2001 年 5 月 11 日於師大國文系

吳聖雄　謹記

附　錄

《聲韻論叢》1-10 輯論文分類索引

分類	作者	篇　　名	輯數	起迄頁碼
1.1	董忠司	沈寵綏的語音分析說	2	73-110
1.1	李壬癸	漢語的連環變化	3	457-471
1.1	鍾榮富	空區別性特徵理論與漢語音韻	4	299-334
1.1	李如龍	聲母對韻母和聲調的影響	5	59-70
1.1	姚榮松	重紐研究與聲韻學方法論的開展	6	303-321
1.1	吳聖雄	日本漢字音能爲重紐的解釋提供什麼線索	6	371-413
1.1	陳新雄	怎麼樣才算是古音學上的審音派	6	451-469
1.1	吳世畯	李方桂諧聲說商榷	6	531-558
1.1	歐淑珍、蕭宇超	從「韻律音韻學」看台灣閩南語的輕聲現象	6	865-895

分類	作者	篇　　　名	輯數	起迄頁碼
1.2	金慶淑	試論上古漢語和古代韓語	9	457-475
1.3	董忠司	江永聲韻學抉微	2	197-235
1.3	何大安	周法高先生行誼、貢獻	6	1-4
1.3	耿振生	明代學術思想變遷與明代音韻學的發展	9	85-98
1.3	唐作藩	江永的音韻學與歷史語言學	9	311-322
1.3	薛鳳生	音系學的幾個基本觀點與漢語音韻史	9	477-486
1.3	陳瑤玲	江有誥等韻學說述評	10	287-324
2.1	丁邦新	上古陰聲字具輔音韻尾說補證	1	61-72
2.1	龔煌城	從漢藏語的比較看上古漢語若干聲母的擬測	1	73-96
2.1	黃坤堯	史記三家注異常聲紐之考察	1	175-220
2.1	陳新雄	《史記·秦始皇本紀》所見的聲韻現象	4	1-13
2.1	金鐘讚	論《說文》一些疊韻形聲字及其歸類問題	4	89-124
2.1	陳新雄	上古陰聲韻尾再檢討	7	1-34
2.1	金鐘讚	段玉裁的歸部與其「古十七部諧聲表」	7	35-58
2.1	吳世畯	部份《說文》「錯析」省聲的音韻現象	8	163-186
2.1	陳梅香	《說文》連緜詞之音韻現象探析	8	187-226
2.1	金鐘讚	從音義關係看「酉」字的上古音	10	85-98
2.1	李鵑娟	丁履恆「合韻理論」與章君「成均圖」比較研究	10	99-143
2.1	吳世畯	《說文》讀若所反映的幾個漢代聲母	10	145-174
2.1	陳梅香	《說文》既言「某聲」又注「讀若」之音韻現象初探——以聲母部分為主	10	175-208

分類	作者	篇　　名	輯數	起迄頁碼
5.1.7	金周生	《詩集傳》非叶韻音切語與朱熹讀《詩》方法試析	9	59-83
5.2	吳聖雄	《同文韻統》所反映的近代北方官話音	2	111-142
5.2	朴允河	《等韻一得》所表現的尖團音探微	6	637-662
5.2.1	林慶勳	論音韻闡微的協用與借用	2	143-167
5.2.1	林慶勳	刻本《圓音正考》所反映的音韻現象	3	149-203
5.2.1	陳盈如	論嘉慶本《李氏音鑑》及相關之版本問題	5	215-245
5.2.1	李靜惠	試探《拙菴韻悟》之圓形音類符號	6	613-636
5.2.1	林慶勳	論《等切元聲·韻譜》的兩對相重字母	6	663-682
5.2.1	岩田憲幸	《同聲千字文》所傳《中原雅音》記略	6	683-698
5.2.1	宋韻珊	試論《五方元音》與《剔弊廣增分韻五方元音》的編排體例	7	137-154
5.2.1	向惠芳	潘耒《類音》反切的變例及影響	9	567-590
5.2.2	林慶勳	《諧聲韻學》的幾個問題	2	169-195
5.2.2	林慶勳	從編排特點論《五方元音》的音韻現象	2	237-266
5.2.2	林慶勳	試論《日本館譯語》的韻母對音	4	253-298
5.2.2	林慶勳	《日本館譯語》的柳崖音注	5	1-35
5.2.2	林慶勳	《中州音韻輯要》的聲母	9	527-566
5.2.2	詹秀惠	《韻略易通》與《中原音韻》音位系統比較研究	10	345-371
5.2.3	姚榮松	渡江書十五音初探	2	337-354
5.2.3	陳光政	述評鏡花緣中的聲韻學	3	125-148

《聲韻論叢》1-10 輯論文作者索引

分類	作者	篇　名	輯數	起迄頁碼
6.2.5	朴允河	略論十九世紀上海方言的聲調及其演變	7	191-212
6.2.5	朴允河	上海方言當中 k(i)變爲 tɕ(i)的時期探討	8	499-518
4.3	朴萬圭	試析《帝王韻記》用韻——並探高麗中末漢詩文押韻特徵	3	257-272
4.3	朴萬圭	海東文宗崔致遠詩用韻考	4	227-251
4.3	朴萬圭	就漢梵對音收-t /-l 韻尾試論韓漢入聲譯音收-l 韻尾	8	291-303
6.1.2	江文瑜	國語和台語帶有疑問語助詞之句子的語調研究	6	827-864
6.2.1	何大安	「濁上歸去」與現代方言	2	267-292
6.2.6	何大安	論達縣長沙話三類去聲的語言層次	3	307-331
1.3	何大安	周法高先生行誼、貢獻	6	1-4
6.2.4	何文華	廣州話之聲調	2	423-441
1.2	余迺永	中古重紐之上古來源及其語素性質	6	107-174
6.2.3	吳中杰	從歷史跟比較的觀點來看客語韻母的動向：以台灣爲例	8	479-498
4.3	吳世畯	從朝鮮漢字音看一二等重韻問題	4	159-192
1.1	吳世畯	李方桂諧聲說商榷	6	531-558
2.1	吳世畯	部份《說文》「錯析」省聲的音韻現象	8	163-186
1.1	吳世畯	高本漢《GSR》諧聲說商榷	9	487-504
2.1	吳世畯	《說文》讀若所反映的幾個漢代聲母	10	145-174
5.2	吳聖雄	《同文韻統》所反映的近代北方官話音	2	111-142
1.1	吳聖雄	日本漢字音能爲重紐的解釋提供什麼線索	6	371-413

分類	作者	篇　　名	輯數	起迄頁碼
7.4	陳貴麟	近體詩平仄格律的教學實踐——從「倒三救」談起	7	459-478
4.1	陳貴麟	韻書中方音混合的兩種類型:音類聯合型和單字雜合型	9	353-376
6.2.2	陳雅玟、蕭宇超	閩南語重疊副詞的變調分析:從「儉儉 a談起	6	897-916
4.3	陳新雄	陳澧切韻考系聯廣韻切語上下字補充條例補例	1	221-247
7.5	陳新雄	中共簡體字混亂古音韻部系統說	1	97-110
2.3	陳新雄	毛詩韻三十部諧聲表	3	1-23
2.1	陳新雄	《史記・秦始皇本紀》所見的聲韻現象	4	1-13
1.1	陳新雄	怎麼樣才算是古音學上的審音派	6	451-469
2.1	陳新雄	上古陰聲韻尾再檢討	7	1-34
7.2	陳新雄	聲韻與文情之關係——以東坡詩爲例	9	117-146
7.2	陳新雄	聲韻學與古籍研讀	10	1-19
1.3	陳瑤玲	江有誥等韻學說述評	10	287-324
1.2	麥耘	漢語語音史上詞彙擴散現象一例——捲舌噝音使 i/j 消變的過程	9	377-393
7.4	曾進興、曹峰銘、鄭靜宜	漢語語音切割的基本單位:論音節結構字彙狀態與似字程度的作用	5	195-214
7.5	曾榮汾	音序辭典編輯觀念改進的構思	4	417-432
1.1	曾榮汾	字頻統計法運用聲韻統計實例	8	91-122
7.5	曾榮汾	《廣韻切語資料庫》之建構與運用	9	99-115

分類	作者	篇　　名	輯數	起迄頁碼
6.2.2	歐淑珍	閩南語單音節形容詞重疊與變調現象的問題	9	781-807
1.1	歐淑珍、蕭宇超	從「韻律音韻學」看台灣閩南語的輕聲現象	6	865-895
5.1.6	蔡孟珍	明·沈寵綏在戲曲音韻學上的貢獻	9	255-288
7.2	鄭再發	漢語的句調與文學的節奏	9	147-158
4.2	鄭張尙芳	重紐的來源及其反映	6	175-194
6.2.2	鄭縈	永安方言的 m 尾	5	329-357
6.2.2	鄭縈	宜蘭方言的語音變化	8	441-460
1.1	鄭錦全	從傳統聲韻學開拓漢語方言計量研究	9	615-636
5	黎新第	科際整合與近代音研究論爭三題	9	395-421
6.2.1	蕭宇超	漢語方言中的聲調標示系統之檢討	6	767-783
7.4	蕭宇超	現代音韻學知識在語言教學上所扮演的角色	7	355-370
6.2.1	蕭宇超	儿化(尾)音變(一)──縮短現代音韻與傳統聲韻的距離	8	345-354
1.1	蕭宇超	優選理論對現代漢語音韻研究的影響	10	477-495
6.1	蕭宇超、林蕙珊	國、臺語夾雜時的三聲變調	9	769-779
4.2	龍宇純	中古音的聲類與韻類	6	63-81
7.1	龍宇純	從音韻的觀點讀《詩》	9	17-32
4.3	薛鳳生	試論《切韻》音系的元音音位與「重紐重韻」等現象	6	83-105
1.3	薛鳳生	音系學的幾個基本觀點與漢語音韻史	9	477-486

分類	作者	篇　　名	輯數	起迄頁碼
1.1	謝美齡	「合韻」、「旁轉」說及例外諧聲檢討	8	123-162
6.2.2	謝雲飛	閩南語輕脣音音值商榷	2	293-313
6.2.2	謝雲飛	麗水方言與閩南方言的聲韻比較研究	3	333-380
5.1.6	謝雲飛	皮黃科班正音初探	4	377-416
6.2.3	鍾榮富	論客家話的〔V〕聲母	3	435-455
1.1	鍾榮富	空區別性特徵理論與漢語音韻	4	299-334
3	簡宗梧	徐邈能辨別輕重脣音之再商榷	1	119-133
7.5	簡宗梧	運用音韻辨辭真偽之商榷	1	393-405
6.2.3	羅肇錦	客語異讀音的來源	2	355-382
6.2.3	羅肇錦	閩客方言與古籍訓釋	3	405-433
7.4	羅肇錦	現代漢語平仄應用的極限——論詩歌教學的一個誤解	7	437-458
6.2.1	羅肇錦	略論粵、閩、贛客語韻尾的反向發展——論[-ʔ早於-p -t -k]和[-~早於-m -n -ng]	9	637-654
6.1	蘇宜青、張月琴	從聲學角度看國語三聲連調變化現象	3	473-502
2.1	龔煌城	從漢藏語的比較看上古漢語若干聲母的擬測	1	73-96
1.2	龔煌城	從漢藏語的比較看重紐問題（兼論上古*-rj 介音對中古韻母演變的影響）	6	195-243
1.2	龔煌城	從漢藏語的比較看上古漢語的詞頭問題	9	323-351
6.2	Jerry Norman	Vocalism in Chinese Dialect Classification	9	809-822

國家圖書館出版品預行編目資料

聲韻論叢・第十輯

中華民國聲韻學學會、輔仁大學中國文學系所主編.—
初版.— 臺北市：臺灣學生，
2001[民 90] 面；公分

ISBN 957-15-1081-5 (精裝)
ISBN 957-15-1082-3 (平裝)

1.中國語言 — 聲韻 — 論文，講詞等

聲韻論叢・第十輯(全一冊)

主　編　者：中華民國聲韻學學會、輔仁大學中國文學系所
出　版　者：臺　灣　學　生　書　局
發　行　人：孫　　　善　　　治
發　行　所：臺　灣　學　生　書　局
　　　　　　臺北市和平東路一段一九八號
　　　　　　郵政劃撥帳號00024668號
　　　　　　電　話：(02)23634156
　　　　　　傳　真：(02)23636334
本書局登
記證字號：行政院新聞局局版北市業字第玖捌壹號
印　刷　所：宏　輝　彩　色　印　刷　公　司
　　　　　　中和市永和路三六三巷四二號
　　　　　　電　話：(02)22268853

精裝新臺幣七〇〇元
定價：平裝新臺幣六〇〇元

西元二〇〇一年五月初版

80255-10

臺灣 學生書局 出版

中國語文叢刊